SADE
Justine und Juliette
III

Ch.-A.-Ph. van Loo,
Sade-Porträt
um 1760–1762

INHALT

D. A. F. de Sade

Justine und Juliette

III

Herausgegeben und übersetzt
von Stefan Zweifel und
Michael Pfister

Matthes & Seitz

Die Herausgeber danken:

Professor Michel Delon (Paris) und Professor Jean Deprun (Versailles) sowie der Bibliothèque de la Pléiade (Editions Gallimard, Paris) · Thibault Marquis de Sade und seiner Familie · Dr. Hans-Ulrich Seifert (Trier) · der Houghton Library der Harvard University · der Bibliothèque Nationale Paris · Ingold Wildenauer, der dem Marquis bei verschiedenen Lesungen seine »Stimme aus dem Untergrund« lieh und so auch am Heiligmorgen 1991 (um 6.30 Uhr in der Früh), unerachtet einer Bombendrohung und eines Schweigegeldangebots durch Unbekannt, weit über hundert Leuten eine »blasphemische Religionsstunde mit dem Marquis de Sade« vortrug.

Thibault de Sade

Schmerz, Zärtlichkeit,
Humor, Poesie in Sade's
mörderischem
Denksystem

Thibault de Sade, seines Zeichens Urururururenkel des Marquis de Sade, spielt bei der Veröffentlichung von rund einem halben Dutzend Bänden mit unveröffentlichten Schriften, Dokumenten und Briefen Sades sowie aus seinem familiären Umfeld eine zentrale Rolle. Noch 1992 soll unter seiner (und Georges Festas) Federführung eine neue (fünfmal längere als die bisher bekannte) Version der *Italienreise* Sades erscheinen, die gewiß das Herzstück der *Inédits* darstellen wird und in deren Licht die *Juliette* neu (autobiographisch geprägt) gelesen werden kann und muß. Thibault de Sade hat über »Sade und die Politik« abgeschlossen, ist heute in der Politik tätig (an der Assemblée Nationale) und »kennt den Göttlichen besser als jeder andere, denn er hat Einblicke in Archive, in die noch kein gemeiner Mann geschaut« (DER SPIEGEL).

Der Text wurde – wie alle Vor- und Nachwörter, wofern kein anderer Übersetzer vermerkt ist – von den Herausgebern ins Deutsche übertragen.

»Laure verdreht mir den Kopf; ich werde gleichsam zum Kind; den ganzen Tag lese und in der Nacht träume ich von ihr. Höre nur, was mir gestern von ihr träumte, während sich die ganze Welt gerade vergnügte. Es geschah ungefähr um Mitternacht. Seine Aufzeichnung[1] ein Händen, war ich just eingeschlummert. Da erschien sie mir jählings ... Ich sah sie! Das Grauen der Grabesgruft hatte ihren strahlenden Reizungen keinerlei Abbruch getan, und es loderte noch dasselbe Feuer in ihren Augen wie damals, als diese von Petrarca gerühmt wurden. Ein schwarzer Flor, über den ihre blonde Haarpracht nachlässig herabfloß, umhüllte sie um und um. Es schien, als wollte die Liebe das ganze grausige Gepränge, in dem sie sich meinen Augen offenbarte, überstrahlen, um sie noch schöner erscheinen zu lassen. »Was seufzest du auf Erden?« fragte sie mich. »Komm, geselle dich zu mir. In jenem unermeßlichen Raum, den ich bewohne, gibt es weder Kummer noch Sorgen, noch Wirrsal. Fasse den Mut, mir zu folgen.« Bei diesen Worten warf ich mich ihr zu Füßen und sprach zu ihr: »O meine Mutter! ...« Und Schluchzer erstickten meine Stimme. Sie reichte mir ihre Hand, die ich mit meinen Tränen bedeckte; auch sie weinte. »Als ich diese Welt, die dir ein Greuel ist, bewohnte«, fügte sie hinzu, »ließ ich meinen Blick zum Vergnügen in die Zukunft schweifen; ich verfolgte die Vermehrung meiner Nachkommenschaft bis zu dir und sah dich nicht derart unglücklich.« Alsdann, von Verzweiflung und Zärtlichkeit verzehrt, schlang ich meine Arme um sie, weil ich sie zurückhalten oder begleiten und mit meinen Tränen netzen wollte, doch das Trugbild war entschwunden. Zurück blieb nur mein Schmerz.

[1] Gemeint sind die »Aufzeichnungen zum Leben Petrarcas«, die aus der Feder von Sades libertinem Onkel und Voltaire-Freund, dem Abbé de Sade, stammen und 1764 bis 1767 in drei Bänden veröffentlicht wurden. Darin wird unter anderem die These verfochten, daß Petrarcas Laura die Gattin von Hugues de Sade und somit die Stammmutter der ganzen Familie war. Ein von Sade stellenweise (gerade auch bei den Sonett-Übersetzungen des Abbé) eigenhändig überarbeitetes Exemplar war 1991 im Petrarca-Museum von Fontaine-de-Vaucluse zu sehen und befindet sich jetzt wieder im Archiv der Familie de Sade. (Vgl. auch im ersten Teil der »parasitären Kurzbiographie« am Ende dieses Bandes das Jahr 1327; Anm. d. Ü. u. Hrsg.)

O voi che travagliate, ecco il cammino
Venite a me se'l passo altri non serra
Petr., Son. LIX

Gute Nacht, meine teure Freundin, ich liebe dich und küsse dich von ganzem Herzen. Habe doch ein wenig mehr Mitleid mit mir, ich beschwöre dich, denn ich versichere dich, daß ich unglücklicher bin, als du denken magst. Ermiß nur, was ich alles erleide, meine Seele aber ist von der tiefen Schwermut meiner Vorstellungskraft erfüllt. Ich küsse selbst jene Leute, die mir feind sind, denn was ich an ihnen hasse, sind nicht sie selbst, sondern lediglich ihre Fehler.«[2]

Schmerz, Zärtlichkeit, Humor, Poesie

So ist Sade: »Ich küsse selbst jene Leute, die mir feind sind, denn was ich an ihnen hasse, sind nicht sie selbst, sondern lediglich ihre Fehler.«

So ist und bleibt Sade.

So finde ich ihn voll Freude in den Augen und den Worten von Stefan Zweifel und Michael Pfister wieder.

Das Studium oder nur schon die schlichte Lektüre Sades waren seit jeher ins wahnhafte Dunkel angefressener Fanatiker getaucht, die in ihrem Dünkel den Menschen Sade und das Bild, das sie sich von ihm machten, für sich allein behalten wollten. So wurde Sade ein weiteres Mal hinter Schloß und Riegel gesteckt, und zwar durch den Willen gewisser Leute, die ihn mit niemandem teilen wollten, keinen Widerspruch duldeten und Sades Werke in die Zwangsjacke ihres sakrosankten Denkens steckten.

Die Jahre gingen ins Land, und die Bücher des »Göttlichen Marquis« bevölkerten fast ausschließlich die Bibliotheken der Sammler.

Lesehunger und Wissensdurst haben in jüngster Zeit zu Neueditionen bereits bekannter Werke und namentlich zu Erstausgaben unveröffentlichter Schriften sonder Zahl geführt.

Gewisse Leute – und zwar immer dieselben – werfen sich in die Pose von Pseudo-Genies, denen Gewalt angetan wird, und schreien Zetermordio: Wehe! Sade wird gelesen! Skandalös! Man will Sade unter die Leser bringen! Die alten Eiferer verbünden sich mit denen, die gegen jede Veränderung geifern. Denkt nur, die Demokratie ist in Gefahr!

---

[2] Das Zitat entstammt einem Brief aus dem Jahre 1779, den der aufgrund einer von seiner Schwiegermutter erwirkten »lettre de cachet« im »Hühnerstall zu Vincennes« eingekerkte Sade »am 17.Februar, nach zwei Jahren in gräßlichen Ketten«, an seine Frau richtet. (Anm. d. Ü. u. Hrsg.)

Wie kann man es wagen, die vielfältigen Mysterien, von denen Sade umhüllt ist, zu lüften?! Wie schändlich! Wie kann man es wagen, ihm ins Antlitz zu schauen, um ihn schätzen (um nicht zu sagen: bewundern, lieben...) zu lernen?! Wie niederträchtig! Wie kann man es wagen, Sade den Klauen jener zu entreißen, welche sich einbilden, er könne nur überleben, solange er unter dem Tisch gehandelt werde?! Wie kann man es wagen, der ganzen Welt ins Gesicht zu sagen, Sade sei kein Monster, sondern der geniale Alchimist unserer ureigensten Widersprüche?! Wehe! künftig werden dem Schmutz und der Sünde Tür und Tor geöffnet sein! Wie kann man es nur wagen...

Man kann, ja man muß es wagen, muß es wollen, wünschen und dann erkämpfen, denn Sade hat das verdient.

Wagnis und Verdienst, diese beiden Begriffe verbinde ich heute namentlich mit der wunderbaren Arbeit von Stefan Zweifel und Michael Pfister.

Sie haben es gewagt, sich in ein Werk zu stürzen, das gewiß aufwühlend und mitreißend, aber auch ungemein schwierig und komplex ist; wie sie darf man nämlich über der Wörtlichkeit niemals Sades Geist vergessen, denn Sade ist alles in einem: Fühlen und Empfinden, Feuer und Flamme, ein schleichendes Gift...

Ja, Sade schlüpft in Sie hinein; er kriecht in Ihre Seele, verfinstert Ihr Herz, bemächtigt sich Ihres ganzen Wesens; Sade saugt Sie aus, und wenn er dann, wie aus Versehen, von Ihnen abläßt, fühlen Sie sich... leer. Unvorstellbar allein mit ihrem neuen Ich, das ein anderer ist.

Stefan Zweifel und Michael Pfister haben es verstanden, diese heimtückische Kraft in jeden Satz, in jede Seite einfließen zu lassen. Sie haben all dies aufgespürt, eingearbeitet und übersetzt, voll Poesie.

Nur selten findet man, über die Jahrhunderte hinweg, eine derart verblüffende Osmose zwischen dem Marquis de Sade und seinen Übersetzern. Sie gehören zu den ersten, die erfaßt haben, daß das Sadesche Schreiben voll Poesie ist. Poesie des Befremdlichen, des Zärtlichen und des Extremen. Der Marquis de Sade hätte sie geliebt! Für diese Überzeugung bitte ich tausendmal um Entschuldigung!

»Fürst, O erlauchter Marquis de Sade.« Vielen Dank, Monsieur Verlaine!

ITALIEN: DIE WIEGE VON JULIETTE − EIN AUSBLICK

Mir gefällt die Vorstellung, daß im selben Zeitraum die ersten Bände von *Justine und Juliette* in Deutschland und in Frankreich eine Biographie des Marquis de Sade aus der Feder von Maurice Lever erschienen sind. Diese Biographie, ein wahres Monument, das auf unzähligen unveröffentlichten Schriften aus dem Familienarchiv beruht, ist ein Wegweiser, um Sades wahres Gesicht wiederzuentdecken[3] – von seiner Kindheit über die Jugend bis hin zu seinem Tode. Diese Biographie ist der unverzichtbare Schlüssel für jeden, der einen neuen Zugang zu Sade finden will.

Anschließend werden die Editions Fayard sieben Bände mit unveröffentlichten Texten herausgeben: Korrespondenz, Theaterstücke, historische Werke, Reflexionen, literarische Notizen, einen Reisebericht... Im Jahre 1992 erscheint namentlich die *Italienreise* (in einer Originalversion, die fünfmal länger ist als die bisher veröffentlichte Fassung), die für Sade eine wesentliche Grundlage für die Abfassung gewisser Werke darstellt, vor allem für *Justine und Juliette*.

Diese *Italienreise* wird mit zahlreichen Zeichnungen illustriert sein, die der Maler Jean-Baptiste Tierce verfertigte, von dem sich Sade auf seiner Reise begleiten ließ. Dieserweise wurden all jene Landschaften »skizziert«, ja »photographiert«, deren er sich später in seinem Werk bedienen sollte.

Im Juli 1775 beginnt Sade seine große Italienreise[4]. Er flieht aus Frankreich, flieht das Gefängnis, flieht vor dem drohenden Entzug seiner Freiheit; dieser unbändig starke, geradezu stürmische Freiheitsdrang wird ihn die Grenzen des Vorstellbaren überschreiten lassen. Ahnt er, daß diese Reise für ihn zur Skizze oder Matrize zahlreicher Werke werden wird? Vermutlich, denn er pflegte alles und jedes in den Dienst seines Schreibens zu stellen.

Turin, Parma, Modena, Bologna, die glühenden Flammenzungen des Vulkans von Pietramala stellen seine ersten italienischen Etappen auf dem Weg nach Florenz dar. Dort trifft er Barthélémy Mesny, seines Zeichens Arzt des Großherzogs von Toscana; die Familie Mesny wird für ihn übrigens schicksalhaft sein: der Doktor Mesny selber wird zu seinem florentinischen »Philosophen« und unermüdlichen Informationslieferanten, eine seiner Töchter (hochschwanger) zu seiner ersten italienischen Mätresse (Tränenspuren auf ihren Briefen im Familienarchiv sprechen Bände) und einer seiner Schwiegersöhne, Jean-Baptiste Tierce, zu seinem bevorzugten Reisemaler... Wenig später begegnet er Ange Goudar, einer faszinierenden, schillernden Persönlichkeit: ein gewitzter Schriftsteller und Pamphletist, Abenteurer und Reisender, Spion und Libertin, den Casanova »einen Teufelsbraten« nannte.

Sehr schnell wird Sade zum Geliebten von Ange Goudars Frau, die Jahre zuvor dem um sie werbenden Casanova nur die kalte Schulter zeigte: Sarah, die dem Marquis de Sade später als Modell für die Figur von Lady Clairwil (in

---

[3] Wie in Band 1 angekündigt, haben wir u.a. diese maßgebliche Lebensdarstellung abgewartet, um eine »parasitäre Kurzbiographie« beizufügen, deren erster Teil am Ende dieses Bandes zu finden ist. (Anm. d. Ü. u. Hrsg.)

[4] Vgl. zu seinen vorgängigen, kürzeren Italienreisen die »parasitäre Kurzbiographie«, die Jahre 1772 und 1774.

Juliette) dienen wird. Nach dem Vorbild von Sarah Goudar wird Sade sämtliche Protagonisten seines italienischen Wanderjahres verwenden, um die Personen aus *Justine und Juliette* und deren Problematiken zu konstruieren.

Er verläßt Florenz und begibt sich nach Rom, wo er seine Zeit damit zubringt, Antiquitäten für sein Studierzimmer und Vorbilder für seine Romanhelden zu sammeln. Es ereignen sich schicksalhafte Begegnungen und Begebenheiten wie: die Krönung von Papst Pius VI., die Audienz beim Kardinal de Bernis, das Angebot des neapolitanischen Königs Ferdinand, den Marquis in seine Dienste zu nehmen, etc.; allesamt »Unglücksraben«, die vom Marquis in seinen Romanen »travestiert« wurden – eine historische Travestie, die es Sade erlaubt, all diese Männer ohne deren Wissen in die Libertinage zu stürzen.

Sobald ihm der Alltagskram einmal Zeit ließ, nutzte er in Rom die Gelegenheit, sich mit einem gewissen Doktor Iberti anzufreunden, der für den Marquis zu einem römischen Mesny werden sollte. Da Iberti überall ein- und ausging, enthüllte er Sade eine Fülle von Anekdoten und Bettstrohgeschichten aus dem römischen Alltag und – aus den Hinterzimmern des Vatikan; dies sollte ihm übrigens vier Monate Kerker im Inquisitionsgefängnis eintragen, denn man befand ihn für schuldig, dem Marquis etwas allzu offenherzig Einblick in die Archive des Vatikan verschafft zu haben!

Sade als Archivplünderer im Vatikan! dies bereitete ihm sicher nicht wenig Vergnügen! Zum »Dank« wird Iberti eine Rolle in *Juliette* erhalten! ...

Mit dem neuen Jahr 1776 trifft Sade in Neapel ein, wo er von Jean-Baptiste Tierce empfangen wird, der ihm bei all seinen Gesuchen und Besuchen behilflich sein sollte. Ein unentwirrbares *Quiproquo* wird ihn im Mai 1776 dazu bewegen, Neapel und Italien rasch zu verlassen, um wieder nach Lacoste zurückzukehren. Italien läßt ihn ziehen, doch wird er diese Rundreise seiner Lebtage nicht vergessen: ein wahres Füllhorn von Gewährsleuten, Anekdoten und Erinnerungen – .

Sein Werk wird folgenden Titel tragen: »Italienreise oder historische und philosophische Abhandlungen und Untersuchungen über die Städte Florenz, Rom, Neapel, Loreto und über die Verbindungsstraßen zwischen diesen vier Städten, ein Werk, in dem man sich der Darstellung der Sitten und Gebräuche, der Formen der Gesetzgebung etc. ... unter Berücksichtigung der Antike sowohl als auch der Neuzeit auf eingehendere und ausführlichere Art und Weise gewidmet hat, als dies allem Anschein nach bis heute je unternommen worden ist«. Die für 1992 geplante Veröffentlichung der *Italienreise* in einer möglichst vollständigen Fassung in den »Editions Fayard« wird also einen vollkommen neuen und faszinierenden Blick auf das Leben des Marquis de Sade in Italien und auf den Einfluß dieser Reise auf sein Werk ermöglichen.[5]

Unter letzterem Gesichtspunkt entpuppt sich Italien als der Altar, auf dem sich Juliette … Sade hingibt.

Juliette in Rom, Lady Clairwil in Florenz und Minski in Pietramala, all dies bildet ein einziges breitgespanntes Geflecht, in dem sich die realen Erlebnisse des Comte de Mazan[6] aufs engste mit der Sadeschen Fiktion vermischen: Leopold von Toscana, Königin Charlotte, die Kardinäle Albani und Bernis, Pius VI. usw … Minski, Brisa-Testa, Clairwil …

Rufen wir uns in Erinnerung, was André Pieyre de Mandiargues, der 1991 von uns gegangen ist, im Jahre 1967 sagte:»Italien ist für Sade zweifelsohne ein Glücksfall … Es macht ihn leichtfüßiger … es bringt ihn von der Künstlichkeit ab und führt ihn zu einem gewissen Realismus oder zumindest zu einem gewissen Impressionismus … Was für ein Vorreiter Sade doch in jenen märchenhaften Kapiteln der zweiten Hälfte von *Juliette* ist! Wieviel verdankt ihnen doch die französische Romantik mit all ihren Ausläufern bis hin zur ersten Knospe der Lilie des Symbolismus!

Was für ein Vorreiter!

EIN MÖRDERISCHES ZWISCHENSPIEL MIT PÄPSTLICHEM SEGEN

»Unglück über den gemeinen und seichten Schreiberling, der, indem er nur jenen Meinungen hofiert, die gerade im Schwange sind, seine von der Natur empfangene Kraft verrät, um uns lediglich den Weihrauch anzubieten, den er willfährig zu Füßen der jeweils herrschenden Partei verbrennt.«

Dies also ist jene Figur, deren allzu oft verfälschtes Denken von Exzeß und Widersprüchlichkeit lebt, von Leidenschaft und Bissigkeit, von Wahrheitssuche und Phantasie, von Vernunft und Logik.

»Ich trage jene Gedanken vor, die, seit ich selber denken kann, mit mir verschmolzen sind und deren Wucht sich der schändliche Despotismus der Gewaltherrscher jahrhundertelang entgegengestellt hat. Pech für jene, welche sich durch derlei große Gedanken verderben lassen, Pech für jene, die nur gerade die schlechten Seiten von philosophischen Ansichten zu erfassen ver-

---

[5] Es ist mir ein Anliegen, an dieser Stelle auf die beispielhafte Arbeit von Georges Festa in seiner Dissertation *Marquis de Sade. Voyage en Italie (1775–1776). Edition critique* hinzuweisen. Diese in jeder Hinsicht fesselnde Dissertation wird, so hoffe und vermute ich, zahlreichen künftigen Arbeiten von gleicher Qualität den Weg bahnen.

[6] Unter diesem Decknamen reiste Sade durch Italien. Unter anderem war er auch Besitzer eines Anwesens in Mazan in der Nähe von Carpentras. (Anm. d. Ü. u. Hrsg.)

mögen und sich von allem und jedem verderben lassen! Wer weiß, womöglich würden sie sich auch von der Lektüre von Seneca und Charron vergiften lassen. Diese Leute spreche ich gar nicht an: ich wende mich ausschließlich an jene, die in der Lage sind, mich zu verstehen, denn die werden mich ohne Gefahr lesen.« Es ist wohl kein Zufall, daß es gerade der Rahmen von *Juliette* Sade erlaubt, folgendes Prinzip am besten umzusetzen: die geistigen Strukturen der Leser aufzulösen und selber zu seinen Schriften, diesen alleszermalmenden Maschinen, Abstand zu wahren.

Der Papst Braschi (d.i. Pius VI.), aus dessen Apologie des Mordes die folgenden Zitate stammen, scheint Sade als Sprachrohr zu dienen. Wir sollten zum Auftakt alle abgeschmackten Vorurteile und irrigen Grundeinstellungen aus unserem Denken verbannen. Halten wir uns an die Realität des Sadeschen Textes.

»Die kopfstößigste Verstiegenheit, zu der der Eigenstolz den Menschen wohl oder übel treiben mußte, war es, sich zu erdreisten, ein solches Aufhebens von sich selber zu machen.« Der Mensch ist nämlich eine zerbrechliche Maschine, der nichts eignet, was es ihr a priori erlauben würde, sich über irgendein anderes Geschöpf zu erheben.

»Zur frühesten Wahnvorstellung, zu der er sich aufgrund ebendieses Eigenstolzes hatte hinreißen lassen, zu dieser empörenden Torheit, sich für die Ausgeburt einer Gottheit zu halten und sich einzubilden, eine unsterbliche Seele, das himmlische Werk dieser allwissenden Hand, zu besitzen, zu dieser entsetzlichen Verblendung mußte er zweifelsohne den frommen Glauben hinzugesellen, er sei hienieden von unschätzbarem Wert.« Gerade das Christentum stiftet in Form der Dogmen von der Unsterblichkeit der Seele, vom Schöpfergott und vom Vorrang des Menschen falsche Grundannahmen. Der Mensch ist also bereits doppelt verdammt: nicht nur zur Nutzlosigkeit, sondern auch zum Irrtum.

»Hätte er ein wenig tiefer geschürft, so hätte er sich selbst viel weniger wichtig genommen, ein philosophischer Blick auf diese von ihm verkannte Natur hätte ihm die Augen dafür geöffnet, daß er als hinfälliges und unvollkommenes Werk aus den Händen dieser blinden Mutter hervorgegangen ist, daß er allen anderen Geschöpfen gleicht, daß er, mit allen anderen unwiderruflich verbunden, wie alle anderen ein Mängelwesen und demzufolge in keiner Weise dazu angetan ist, sich wichtiger zu nehmen.«

Der Vorrang des Menschen über alle anderen Geschöpfe wird also verworfen; er ist mitnichten der Nabel, sondern lediglich ein x-beliebiger Bestandteil der Welt. Er wurde nicht von einem großen, göttlichen Uhrmacher bevorzugt behandelt, sondern ist lediglich das Nebenprodukt einer blinden Natur. Der Schöpfer ist kein allmächtiger und allgewaltiger Gott, der Schöpfer des Menschen ist die Gleichgültigkeit. Der Mensch ist das hinfällige Produkt einer Natur, die ihre *creatio continua* unbewußt vollzieht:

»Kein einziges Wesen hienieden ist von der Natur willentlich so und nicht anders gestaltet, keines mit einer bestimmten Absicht geschaffen worden; allesamt sind sie die Folgeerscheinungen ihrer Gesetze, ihres Schaltens und Waltens.«

»Diese Geschöpfe sind nicht gut noch schön, nicht wertvoll, noch eigens geschaffen: sie sind nichts als der Schaum, das Ergebnis der blinden Naturgesetze, (…)« (So wie der Dampf ist das Geschöpf) »… nicht eigens geschaffen (…), sondern lediglich eine Folgeerscheinung, ein Gemengelage, das sein Dasein einem fremden Element verdankt und für sich genommen keinen Wert besitzt; es kann sein oder nicht sein, ohne daß diesetwegen jenes Element, aus dem es entwichen ist, beeinträchtigt würde; es ist diesem Element genauso wenig schuldig, wie dieses Element ihm schuldig ist.«

Die Beziehungen zwischen Mensch und Natur sind also null und nichtig; der Mensch ist unabhängig von der Natur; er kommt ohne ihre Hilfe aus … In unseren Augen mag Sades Theorie ein wenig naiv wirken, und von der Warte unser fortgeschrittenen Wissenschaft aus kann sie zum Gegenstand mannigfaltiger Kritik werden; in den Augen des 18.Jahrhunderts aber ist sie bahnbrechend. Mithilfe der Gleichgültigkeit der Natur kann er nämlich den Aufweis erbringen, daß der Mensch seine Freiheit wahrnehmen muß, um sich seine eigenen Maßstäbe zu setzen, statt sich denjenigen der Religion oder der Naturverherrlichung zu unterwerfen. Hier trifft er sich zwar wieder mit dem vernunftgläubigen Atheisten, aber das hält ihn nicht davon ab, vermöge einer destruktiven Methode das Konzept des naturgegebenen radikal Bösen zu entwickeln. Einmal geschaffen, unterhält der Mensch keine Beziehung zur Natur mehr; dies verhindert jedoch nicht, daß diese letztere dem menschlichen Herzen unantastbare Prinzipien, ja Naturgesetze eingeprägt hat. Auch wenn sich die Natur in der Folge gleichgültig verhält, bleibt der Mensch nichtsdestoweniger von ihren Gesetzen gezeichnet. Was Sade zu diesem Punkt auch immer verlauten läßt, es besteht trotz allem eine unterschwellige Beziehung zwischen »Schöpfer« und »Geschöpf«. Die Natur lenkt den Menschen vermöge ihrer Gesetze auf vorgegebene Bahnen, und die Freiheit verflüchtigt sich nach und nach im Schatten dieser allgewaltigen Gesetze. Doch da dies nicht dem entsprach, was Sade mit seinem Denken erreichen wollte, drehte er den Spieß einfach um.

»Erst einmal in die Welt geworfen, ist der Mensch nicht mehr eins mit der Natur; hat ihn die Natur erst einmal ausgeworfen, vermag sie nichts mehr über den Menschen; jeder tritt nach seinem eigenen Gesetz an. Bei diesem uranfänglichen Wurf empfängt der Mensch unmittelbar in ihm waltende Gesetze, von denen er nicht mehr abweichen kann; es sind dies die Gesetze der Selbsterhaltung, der Vermehrung, Gesetze, die mit ihm einsgeworden sind ... die allein in seiner Hand liegen und auf die die Natur ohne weiteres verzichten kann; denn er ist nicht mehr eins mit der Natur, er ist von ihr abgenabelt.« Der Mensch sei nicht mehr auf die Natur angewiesen? Zweifel sind erlaubt, und die Folgerung mutet etwas überstürzt an. Die Natur sei nicht mehr auf den Menschen angewiesen? Im Rahmen des Sadeschen Denkens ist dies unabdingbar. Mit Hilfe der Gleichgültigkeit der Natur wird er das Böse im Menschen zu rechtfertigen suchen; das Unternehmen scheint schwierig, ist in Wirklichkeit jedoch recht einfach und gleichwohl ungeheuer spannend. Die Funktion der Natur besteht im Schöpfen und Vermehren. Sobald sie diese Funktionen erfüllt hat, zieht sie sich zurück und überläßt es dem Menschen, sich ohne ihre Unterstützung zu vermehren.

»Wenn sich die in die Welt geworfenen Geschöpfe nicht weiter fortzeugten, so würde sie neue Wesen in die Welt werfen und sich somit wieder eines verloren gegangenen Vermögens erfreuen können. Wenn sie dessen Ausübung wirklich gewünscht hätte, wäre ihr dies zwar nach wie vor möglich gewesen, doch unternimmt sie niemals etwas Überflüssiges, und solange sich die ersten von ihr ausgeworfenen Wesen kraft ihrer eigenen Befähigungen fortzeugen, sorgt sie sich nicht länger eigenhändig um Fortzeugung: unsere Vermehrung, die nur mehr noch in uns selbst innewohnendes Gesetz darstellt, beeinträchtigt entschiedenermaßen die Möglichkeiten der Natur. Dieserweise verkommt das, was wir für Tugenden erachten, in ihren Augen zu Verbrechen. Mehr noch, wenn sich die Geschöpfe gegenseitig ausrotten, sind sie, in den Augen der Natur, durchaus im Recht, denn sie verweigern sich zwar einer angeborenen Befähigung, nicht aber einem übergeordneten Gesetz, und sie versetzen die Natur wieder in die Lage, eine ihrer reizvollsten Befähigungen entfalten zu müssen ...«

Die größte Freude der Natur, wenn man so sagen kann, besteht darin, aktiv tätig zu sein, und dazu ist es unabdingbar, daß der Mensch jene Gesetze, die ihm vorübergehend übertragen wurden, von Zeit zu Zeit an sie zurückgibt. Zwischen der Natur und dem Menschen muß das schöpferische Moment hin- und herpendeln. Eine neuartige Beziehung, die Sade zwar durchaus herausarbeitet, in seinem Theorem der Beziehungslosigkeit zwischen Mensch und Natur aber jeweils unterschlägt: so eilt der Mensch gewissermaßen einer verkümmerten Natur zu Hilfe, die sich selber durch das Abtreten ihrer Macht zur Untätigkeit verdammt hat ...?? So muß der Mensch von Zeit zu Zeit von »den unmittelbar in ihm waltenden Gesetzen, von denen er nicht abweichen kann«, abweichen!? Die Weiterentwicklung dieser Theoreme ist eine vertrackte Sache.

»...würden sich diese Geschöpfe nicht weiter fortzeugen oder sich gegenseitig gar ausrotten, so träte die Natur wieder in ihre uranfänglichen Vorrechte ein, die ihr von niemandem mehr streitig gemacht würden, wohingegen wir die Natur an ihre zweitrangigen Gesetze fesseln und sie ihres tatkräftigsten Vermögens berauben, indem wir uns fortzeugen, statt uns gegenseitig auszurotten. In diesem Sinne laufen sämtliche Gesetze, die wir erlassen haben, um zur Vermehrung zu ermuntern oder die Zerstörung zu ahnden, unweigerlich all ihren Gesetzen zuwider: und jedesmal, wenn wir unseren Gesetzen Folge leisten, durchkreuzen wir geradewegs ihre Wünsche.« Nicht weil die Natur die Zerstörung ausdrücklich gebietet – die Natur ist gleichgültig –, sondern weil sie sie nicht ausdrücklich verbietet, ist es gegen die Natur gerichtet, die Zerstörung zu verdammen. Denn die Zerstörung kann für sie eine Wohltat sein. Ja, die Zerstörung ist sogar mehr als gerechtfertigt, da die menschlichen Gesetze den ursprünglicheren Gesetzen der Natur zuwiderlaufen. Die Natur ermuntert zum Bösen, und da alles, was gegen dieses Naturgebot verstößt, nach Religion und Monarchie riecht, soll man folglich von der Zerstörung und vom Bösen leben.

Hier liegt der Schlüsselgedanke des Marquis de Sade, dank dem er, in der Theorie, das Böse verherrlichen kann, das, in der Praxis, die Zerschlagung aller Vorurteile und aller vorherrschenden Grundprinzipien zugunsten einer reinen Revolution erlaubt. Destruktion im Dienste einer besseren Rekonstruktion.

»Selbst jene Morde, die von unseren Gesetzen mit äußerster Härte geahndet werden, jene Morde, die wir für die schlimmstmöglichen Freveltaten halten, tun ihr (sc. der Natur), wie Sie ersehen können, keinerlei Abbruch, und können ihr auch keinen Abbruch tun, sondern befördern in gewisser Hinsicht ihre Absichten, da wir sie ja allenthalben selber morden sehen (...) Der größte Verbrecher auf Erden, der verabscheuungswürdigste, wildwütigste, unmenschlichste Mörder ist demnach lediglich das Werkzeug ihrer Gesetze ... lediglich das Triebrad ihrer wahren Wünsche und der verläßlichste Vollstrecker ihrer Mutwilligkeiten.«

Die Rechtfertigung des Mordes wäre also vollbracht. Der Mord als legitime, unübertreffliche Tat öffnet der Verherrlichung all jener Taten Tür und Tor, die nach menschlichen Gesetzen strafbar sind: in den Augen der Natur sind die Laster Tugenden, ist das Böse gut.

»Eine verhängnisvolle Wahrheit, gewiß, da sie auf bestechende Weise aufweist, daß die Laster und die Tugenden unserer Gesellschaftsordnung null und nichtig, ja die Laster sogar noch wichtiger als die Tugenden sind, da sie schöpferische Kräfte freisetzen ...«

Doch Sade läßt es nicht bei einer simplen Rechtfertigung des Mordes bewenden. Er geht noch viel weiter, er verankert das Prinzip Zerstörung in der

Weltordnung. Natur und Welt führen uns Tag für Tag Chaos, Krieg, Zerstörung, Tod vor Augen; das Leben der einen Arten beruht auf dem Tod der anderen. Das Leben, der Tod: ein einziger Kreislauf, den der Mensch des 18. Jahrhunderts zwar durchschaut, ohne daraus jedoch weitergehende Folgerungen zu ziehen. Sade hinwiederum wird in seinen Folgerungen möglicherweise etwas allzu weit gehen.

Kurzum, die »drei Reiche« gründen gezwungenermaßen auf dem Tod, denn die Zerstörung ermöglicht die Wiedergeburt. Der Tod ermöglicht Leben unter anderen Formen.

»Sie (sc. die tote Materie) führt der Erde Säfte zu, macht sie fruchtbar und dient nicht nur der Erneuerung des eigenen Reiches, sondern auch derjenigen der anderen Reiche (…) Dieserweise wandelt sich diese ausgelöschte Materie, in einer frischen Gebärmutter, selbst zum Keim ätherischer Materieteilchen, die widrigenfalls in ihrer augenscheinlichen Trägheit verharren würden.«

Ohne Tod ist Leben unmöglich! – das liegt etwa auf der Hand, wenn man sich schlicht und einfach vorstellt, daß die Erde heute von allen in den letzten Jahrtausenden geborenen Lebewesen bedeckt wäre …! Doch Sades Denken zielt nicht in diese Richtung. – In seinem schillernden Stil und seinem nie erlahmenden Wunsch, alles zu enthüllen und zu erklären, handelt er nicht von der endgültigen Auflösung, sondern vom Kreislauf von Leben und Tod, von der andauernden Erneuerung, vom Prinzip der Transformation … Von heillosen Verstrickungen und gelegentlichen »Schnitzern« abgesehen, ein Diskurs ohnegleichen.

Je mehr Zerstörungen, um so mehr Möglichkeiten zur Neuschöpfung, so daß man schließlich zu einer absurden und unhaltbaren Hyperbel gelangt.

»Keine Zerstörung heißt: keine Nährstoffe für die Erde und folglich keine Möglichkeit für den Menschen, sich weiterhin fortzupflanzen.«

Würde diese Tendenz die Oberhand gewinnen:

»Die Himmelskörper hielten allesamt in ihrem Lauf inne, und indem einer von ihnen übermächtig würde, höbe sich ihre gegenseitige Anziehung auf; es gäbe keine Schwerkraft und keine Bewegung mehr.«

Offenkundig ist Sade auch in diesem Bereich exzessiv, und ebendeshalb lassen gewisse seiner Geistesblitze sein eigenes Denken weit hinter sich. Und so bekräftigt er nur um so nachdrücklicher, daß die Zerstörung unwiderruflich das oberste Naturgesetz sei. Jetzt, wo er der Natur und dem Menschen ihre Plätze zugewiesen und die zwischen ihnen herrschenden Beziehungen herausgearbeitet hat, macht er sich an die Aufgabe, sein Konzept vom Mord als der höchsten Pflicht auszufeilen. Nachdem er dieses Naturgesetz erst einmal gegen die menschlichen Gesetze ausgespielt hat, wird er letztere einer um so schärferen Kritik unterziehen, als er damit die absoluten Naturgesetze noch unangefochtener durchsetzen kann.

Da Mord und Zerstörung die dringlichsten Anliegen der Natur darstellen, dürfen diese Handlungen also nicht länger von den armseligen, auf religiöse oder monarchistische Vorurteile gegründeten menschlichen Gesetzen verurteilt werden.

»Es ist demnach widersinnisch, sie zu tadeln oder zu ahnden, und noch lachhafter, sich der natürlichen Neigungen zu schämen, die uns wider unseren Willen zur Mordtat treiben, denn in Ansehung des unstillbaren Durstes, den die Natur nach Morden hegt, werden auf Erden gar nie genügend Morde verübt werden.«

Es scheint also offensichtlich, daß die Natur dem unaufhörlichen Zerstörungswerk des Menschen durchaus etwas abzugewinnen vermag. Indem die Natur diese Handlungen nicht verurteilt, »erlaubt« sie sie gewissermaßen. Der Mensch und seine Gesetze sind belanglos, es zählen einzig und allein die absoluten Gesetze der Natur. Nach und nach nähern wir uns der Vorstellung vom Recht des Stärkeren, die zu einem Leitgedanken wird. Doch zuvor will Sade den Leser in Sachen Mord und Totschlag vollständig beruhigen und »von jeder Schuld freisprechen«. Er will dem Tod seine Dramatik, seine heilige Aura nehmen, um ihn besser in den Griff zu bekommen. So stößt man wieder auf jenen Philosophen, der in die Maxime vernarrt zu sein scheint: »Nichts ist Schöpfung, alles ist Wandel.«

»O Juliette! verlieren Sie niemals aus dem Blick, daß es keine wirkliche Zerstörung gibt; daß selbst der Tod etwas anderes ist, nämlich — physikalisch und philosophisch betrachtet — nichts weiter als eine neuartige Verwandlung der Materie, in deren Innerem das tätige Prinzip oder, wenn man so will, das Prinzip der Bewegung stetsfort weiterwirkt, wenn auch auf eher undurchsichtige Weise. Die Geburt eines Menschen stellt demnach nicht mehr den Anfang seines Daseins und der Tod nicht mehr dessen Ende dar.«

»Nichts entsteht von Grund auf, nichts vergeht endgültig, alles ist lediglich *actio* und *reactio* der Materie; gleich den Meereswogen, die sich ständig auftürmen und wieder glätten, ohne daß es dabei zu einer Verminderung oder Zunahme der Wassermassen käme; es ist dies eine immerwährende Bewegung, die seit jeher und für immer Bestand hat und zu deren Hauptträger wir werden, ohne uns dessen zu versehen (...). All dies ist ein Wandel ohne Ende...«

Die Natur stiftet uns zur Zerstörung an, der Tod ist nur ein leeres Wort, es fehlt nur noch, daß der Mensch zu einem wertlosen Kadaver erklärt wird, und alles würde gerechtfertigt erscheinen. Wie hätte Seneca ahnen sollen, daß Sade ihn dereinst nur allzu genau lesen würde, als er auf die Schwelle unserer

Zeitrechnung schrieb:»Wer den Tod verachtet, ist Herr über das Leben der anderen!«

»Gestalte und zerstöre demnach, ganz nach Lust und Laune: die Sonne wird so oder so aufgehen; all jene Himmelskugeln, die ich im Weltraum aufhänge und lenke, werden weiterhin ihre gewohnten Bahnen ziehen.«

So sind die Naturgesetze; so ist die Natur, die das Böse nicht bestraft und zur Zerstörung ermuntert; so sind die kostbarsten und wertvollsten Gesetze, unantastbar und immerwährend. So ist die Natur: gleichgültig und herrschsüchtig. *Naturalia non sunt turpia.*

Sade sieht sich zwischen seinen Personen hin- und hergerissen: hin- und hergerissen zwischen der Gleichgültigkeit und der Herrschsucht, zwischen dem Extremen und dem Realen; diese Natur, von der er sich so sehr gewünscht hätte, daß sie ihm bei der Zerstörung der Religion von Nutzen sei, ebendiese Natur beginnt er bereits zu hassen, wünscht sie zu zerstören. So ist Sade, der bei den letzten Worten einer Apologie bereits durchscheinen läßt, daß ihre eigene Agonie bereits im Keim angelegt ist.[7] Als ein Mann der Gegensätze und Widersprüche begegnet er uns, wenn er zum krönenden Abschluß die Natur anruft:

»O du! sollten wir zu ihr sprechen, du einfältige und blinde Gewalt, deren unbeabsichtigtes Ergebnis ich bin, du, die du mich mit dem Wunsch auf diesen Erdball geschleudert hast, daß ich dich verletze, und mir die dazu notwendigen Mittel gleichwohl nicht verleihen kannst, hauche meiner entflammten Seele doch etwelche Verbrechen ein, die dir bessere Dienste leisten als jene, die du mir bislang freigestellt hast. Ich will deinen Gesetzen wohl Folge leisten, denn sie fordern Frevel, und nach Freveln hege ich einen unstillbaren Durst: ermögliche mir doch andersgeartete als jene, die du mir in deiner Hinfälligkeit bisher angeboten. Selbst wenn ich sämtliche Geschöpfe, die auf Erden kreuchen und fleuchen, ausgerottet hätte, wäre ich noch weit von meinem Ziel entfernt, weil ich dir damit ja nur dienlich gewesen wäre... Rabenmutter!... und mein einzig Trachten geht dahin, mich für deine Torheit oder für jene Boshaftigkeit zu rächen, die du die Menschen spüren läßt, indem du ihnen nie die notwendigen Mittel verschaffst, den greulichen Neigungen zu frönen, die du ihnen einhauchst!«

Doch Schluß jetzt! Sade ist nicht der Papst Braschi! Und auch wenn Sade die Introspektion über die Maßen liebte, so hätte er solch pauschale Entzifferungen seines Werkes wohl nur wenig geschätzt.

---

[7] Vgl. dieselbe Denkfigur in der Almani-Episode (J/J 3, S. 81 ff.). Der 3.Justine-Band gehört überhaupt mehrheitlich (nicht nur in der Naturauffassung) der Juliette-Phase an. (Anm. d. Ü. u. Hrsg.)

Lassen wir Juliette nun in den Strudeln ihrer italienischen Verzückung zurück.

Der Marquis de Sade hingegen ist aus Italien zurückgekehrt, doch ist er nicht mehr in sein Jahrhundert zurückgekehrt. Ein freier Mensch jenseits aller Gefängnisse! Ein freier Geist jenseits der Jahrhunderte!

Ein Mensch, der von seinen Leidenschaften und Erlebnissen umgetrieben wurde, der von widerspruchsreichen Entdeckungen und umstürzlerischen Verheißungen nur so strotzte, der alles ergründen, alles sehen, alles kennenlernen, alles durchdenken, alles auf den Begriff bringen wollte. Mit seinem Leben, seinem Namen und seinem Ruf hat er seinen Erkenntnissen Tribut gezollt. Aufgrund seiner verbalen Ausbrüche wurde er von einem vorurteilsbeladenen Jahrhundert zum nächsten als »Monster der Perversion« abgestempelt.

Was für Torheiten!

Er war ein »Monster der Freiheit«.

»Ermiß nur, was ich alles erleide, meine Seele aber ist von der tiefen Schwermut meiner Vorstellungskraft erfüllt.«

Andreas Pfersmann

Sade der métamiste

Der Metamist oder der changierende Mensch lautet der frühere Titel der Komödie *Le capricieux* (»Der Launenhafte«), wie ihn noch der »Catalogue raisonné« von Entwürfen und druckreifen Werken aus dem Jahre 1788 verzeichnet, wobei Sade seine gräzistische Wortschöpfung in einer kleinen Anmerkung erklärt:»Dieses Wort kommt vom griechischen Verb *meta*, das wechseln bedeutet« (*Œuvres complètes du Marquis de Sade*, Edition Lely, Paris, Têtes de feuilles, 1973, kurz: OC, Bd. II, 263). Im Vorwort seines Stückes erläutert er, was ihn zu dieser gelehrten Neubildung veranlaßte und warum er wieder von ihr Abstand nahm, als es galt, seinem Bühnencharakter einen Namen zu verleihen:»Kaum war er entworfen, als wir auch schon zu spüren begannen, wie sehr die französische Sprache der Ausdrücke ermangelt, um gewisse Charaktere zu bezeichnen; denn das Wort *launenhaft* reicht bei weitem nicht aus, um all die verschiedenen Züge zu vereinen, welche die Person ausmachen, die hier im Blickpunkt steht; wie aber sollte man es anstellen? Zu griechischen Zusammensetzungen Zuflucht nehmen, daran wurde wohl gedacht, doch wie sollte man sie bilden? Wie in dieser Sprache denjenigen bezeichnen, *der will und doch nicht will, der soviel begehrt und sich aus nichts etwas macht*. (...) Nachdem diese Schwierigkeiten erkannt waren, tat es demnach not, auf denjenigen Begriff der französischen Sprache zurückzugreifen, der für diese Mannigfaltigkeit von Einstellungen, die sich in unserem Helden allaugenblicklich durchdringen, am günstigsten ist, und es konnte kein anderes gefunden werden als das Wort *»LAUNENHAFT«* (in der älteren Gesamtausgabe bei Jean-Jacques Pauvert, Bd. XXXIV, 327f.). Kaum ein Terminus vermag dem barocken Verwandlungskünstler Sade gerechter zu werden als dieser vom ihm höchstpersönlich kreierte Begriff. Eine Stelle aus der Korrespondenz belegt, daß er sich selbst als *Launenhafter* ein Rätsel war (OC XII, 195). Die Laune ist aber bereits eine Rationalisierung der Affekte. Hinter der Diskontinuität verbirgt sich eine Simultaneität kontradiktorischer Empfindungen zahlreichen Objekten gegenüber, mit den vielfältigsten Auswirkungen auf das literarische Schaffen von Sade.

Die Figur des Launenhaften erfährt im ambivalenten »Mischwesen« ihre Fortsetzung: Nachdem der Zigeuner Brigandos in *Aline et Valcour* mit seiner ganzen Truppe in die Fänge der heiligen Inquisition geraten ist und sich im Moment der Trennung von Léonore noch einmal die Tugendhaftigkeit dieses großherzigen, gnostischen Robin Hoods erweist, gelangt die Gemahlin von Sainville in einem Selbstgespräch zur Überzeugung: »(…) wer angesichts eines Übels seine Seele vielen Tugenden öffnet, muß unweigerlich zugrunde gehen« (*Aline et Valcour*, Edition Delon, Bibliothèque de la Pléiade, Bd.I; im folgenden kurz: A/V, 898). Diese Erkenntnis seiner Heldin bekräftigt Sade in einer ausführlichen Anmerkung:

»Man hat bisweilen nach dem Grund für diese Folgewidrigkeit gefragt, er liegt in der Entwicklungsgeschichte des menschlichen Herzens; nicht die schlechten Eigenschaften der anderen würdigen unseren Eigenstolz herab, sondern ihre Vollkommenheit, derentwegen man sich kaum vor dem durch und durch schlechten Wesen hütet, wenn man gar keine Gemeinsamkeit mit ihm hat. Doch die Eigenheiten des Mischwesens treiben die Eigenliebe zur Verzweiflung; über das Gute empört, will man herausfinden, ob es nicht doch Böses stiftet, und man fördert all dessen Laster zu Tage, um sich für dessen Tugenden zu rächen. Verhängnisvolles Ergebnis, doch dürfen wir dennoch nicht an seiner Güte zweifeln: wahrhaftige Weisheit besteht darin, sich den Mitmenschen anzupassen, dies ist der einzige Weg, um glücklich zu werden; nun, gemäß diesem Grundsatz wird jener, der, unseligerweise nicht durchweg gut zu sein vermag, viel besser daran tun, durchweg böse zu sein, als das eine mit dem anderen zu vermischen; in den Augen der Tugend wird er Unrecht, in den Augen der Menschen aber vollkommen Recht haben; und es sind ja die Menschen, von denen unser Schicksal abhängt. Ein bedrückender, aber richtiger Gedankengang.« (A/V 898)

Diese Passage muß trotz ihrer Länge zitiert werden, weil sie für das Verständnis von Sade und seinem Werk von zentraler Bedeutung ist und erkennbar macht, welche autobiographischen Rationalisierungen an der Entwicklung seiner literarischen Verfahrungsweise beteiligt waren. Wie die Selbstinszenierung des M. de Mézane (= Mazan)[1] am Ende des Romans zeigt, der ganz wie sein reales Vorbild in die Fänge der Justiz gerät, als er seine todkranke Mutter in Paris besucht, verstand sich Sade selbst als *être mixte*, als »Mischwesen«, das zum Opfer der tugendhaften Anteile seiner Seele wurde. Die Umstände seiner Gefangennahme waren durchaus angetan, seine Existenz im Lichte der gesellschaftlichen Bestrafung des Guten erscheinen zu lassen, die er in der *Nouvelle Justine* zum Naturgesetz hypostasiert. Typisch für seine Wahrnehmung der

---

[1] Vgl. A/V, 1064f.. Sade war »co-seigneur de Mazan« und reiste inkognito als Comte de Mazan durch Italien.

Situation ist eine Forderung, die er im Frühherbst 1784 in einer Liste von Desiderata erhebt: »Die Quälereien sollten sich wenigstens gegen die Laster und nicht gegen die Tugenden richten, wie es stets geschieht.« (OC XVII, 82).

Die erlittene Erfahrung, daß gerade die menschlichsten Regungen eines Individuums Elend und Verfolgung nach sich ziehen können, scheint den Gefangenen der Bastille zumindest ebenso traumatisiert zu haben wie die bloße Tatsache seiner Haft. Das Pathos seiner schier unendlichen Beweisführung, daß die Tugend alias Justine zum Unglück und das Laster alias Juliette zu seligem Reichtum verurteilt sind, legt davon ein beredtes Zeugnis ab. So sehr es einleuchtet, daß die *Mißgeschicke der Tugend* zur ständigen Obsession des Romanciers werden konnten, so sehr nimmt die Seltenheit des *être mixte* in seinem Werk Wunder. Wie läßt sich die Verflüchtigung der »gemischten« Seelen, zu denen sich der Autor rechnet, verstehen?

Es lohnt, sich vorerst einmal der wichtigsten Figur zuzuwenden, in deren Herzen »tugend« – und »laster«hafte Strebungen koexistieren. Wie das Beispiel von Léonore zeigt, kann man zwar von einem Nebeneinander »guter« und »schlechter« Eigenschaften sprechen, nicht aber von ihrer Mischung und schon gar nicht von *Ambivalenz* im Sinne der Psychoanalyse. Dieser Terminus, den Freud von Bleuler übernimmt, bezeichnet gemäß einer konzisen Definition von J. Laplanche und J.-B. Pontalis die »Gleichzeitige Anwesenheit einander entgegengesetzter Strebungen, Haltungen und Gefühle, z.B. Liebe und Haß, in der Beziehung zu ein- und demselben Objekt«.[2] Von diesem Konflikt, den Sade in einer Reihe von Paradigmen durchlebt, allen voran dem moralischen, hat er seine Heldin befreit. Tugend und Laster beziehen sich bei ihr auf verschiedene Objekte und Tätigkeitsfelder und befinden sich in keinem Widerstreit. Anfänglich reichen ihre Vorzüge von der unbedingten ehelichen Treue zu Sainville, die sie im Verlauf ihrer Abenteuer erfolgreich verteidigen kann und sich auch späterhin erhält, über die Dankbarkeit, die sie ihren Rettern bezeugt, bis zu einem seltenen Feingefühl. Unter dem Eindruck ihrer Erlebnisse entfremdet sie sich jedoch den Tugenden und schwört ihnen gar im Verlauf ihrer Begegnung mit Brigandos ab.[3] Die Erzählerin von Vertfeuille, die von ihrer Reise berichtet, läßt bereits Juliette erahnen. Das Bild, das Déterville von ihr zeichnet, ist das einer kaltherzigen, stolzen, apathischen und grausamen Frau, die sich nicht einmal die menschlichen Qualitäten der Zigeuner zu eigen gemacht hat (A/V, 955 ff.). In einem Brief an ihre Mutter treten überdies Habgier und Schadenfreude zu Tage. Léonore hat die menschlichen Regungen,

---

[2] J. Laplanche und J.-B. Pontalis, *Das Vokabular der Psychoanalyse*, Erster Band, Frankfurt, Suhrkamp (STW 7), 1977, S. 55.
[3] »Meine Gottesverlassenheit und die Boshaftigkeit der Menschen haben mich zu meinen Verfehlungen verleitet.« (A/V, 829)

die Madame de Blamont und M. de Mézane ins Unglück stürzen, aus ihrem Herzen gebannt. Sie kann sich in der Welt des Präsidenten von Blamont behaupten, weil sie sich aller Eigenschaften begeben hat, die ihrer Selbsterhaltung im Wege standen.

Als Sade Léonore konzipiert (1788), gibt es noch Formen der Entwicklung in der Gestaltung seiner Personen. Die Abspaltung des Guten vollzieht sich bei ihr als Resultat eines Prozesses, dessen Ergebnis die Gesellschaft zu verschulden hat. Ihre Unsensibilität, belehrt Sade seine Leser in einer Note, verdankt sich einer exzessiven Sensibilität, die es durch geeignete Maßnahmen in die rechten Bahnen zu lenken gälte, statt ihre Auswirkungen zu bestrafen. Die Charakterdeformierung in der gefährlichen »Schule des Mißgeschicks« (A/V, 956), deren Stadien Léonore durchläuft, ist in der *Philosophie dans le boudoir*, ist bei den »lasterhaften Erziehern« seit eh und je vollzogen. Dolmancé situiert die schlimmen Erfahrungen mit anderen Menschen als Ursache seiner Verdorbenheit in längst vergangenen Zeiten:

»Ihre Undankbarkeit dörrte mein Herz aus, ihre Heimtücke rottete in mir jene verderblichen Tugenden aus, für die ich vielleicht wie Sie zur Welt gekommen war.« (OC III, 526)

Die entwicklungspsychologisch begründete Kulpabilisierung der Gesellschaft wird noch einmal ausgesprochen, aber nicht mehr vorgeführt, weil Sade den Schiffbruch des »Mischwesens« zur Voraussetzung seines Schreibens macht. Die blasse Gestalt des Chevalier de Mirvel, der bei aller Neigung zur Libertinage gegen Dolmancé Tugend und Sensibilität verteidigt, sich dann aber doch am grausamen Szenario seines Freundes beteiligt, bezeichnet die Unmöglichkeit einer solchen Zwischenposition. Erfahrung und Sozialisation als gesellschaftlicher Ursprung des Bösen (und als Legitimation von Sade) werden nur knapp angedeutet, weil der bioelektrische Determinismus als parallele Verteidigungsstrategie die Oberhand gewonnen hat. Er teilt die Menschen von Geburt an in die Klasse der Henker und die Klasse der Opfer, ohne daß es zwischen beiden irgendwelche Übergänge gäbe. Im klandestinen Werk des Marquis ist ein streng manichäistisches Universum gestaltet, in dem Gut und Böse nur als unvermittelte Extreme, als personifizierte Prinzipien existieren. Es sind mathematische Größen, an denen er immer wieder den selben Beweis vorführt. Die im »conte« beheimatete Figur als transparente Inkarnation eines moralischen Habitus, einer Idee, holt Sade in den Roman, als verfolge er dort dieselbe Intention, die er Voltaire zuschreibt: »(...) da er nichts anderes im Sinn hatte, als seine Romane mit Philosophie zu versehen, gab er dafür alles andere auf« (OC X, 11). Bei aller in der *Idée* geäußerten theoretischen Präferenz für

Prévost und Rousseau konstruiert Sade seine Figuren nach einem radikalisierten voltaireschen Schematismus. Seine schriftstellerische Praxis ist zum Teil seiner Romantheorie voraus, zum Teil hinkt sie beträchtlich hinter ihr nach.

Im viktorianischen England verfaßt ein später Zögling der Schauerromantik binnen drei Tagen eine Gruselnovelle, die einen interessanten Zugang zur Schwarzweißmalerei von Sade eröffnet. *The Strange Case of Dr. Jekyll and Mr. Hyde* (1886) von Robert Louis Stevenson verhalf seinem Autor zum großen Durchbruch und wurde Gegenstand mehrerer Verfilmungen. Die Story des Arztes, der eine Droge entwickelt, um die bösen Anteile seines Ichs in der Gestalt des verbrecherischen Mr. Hyde abzuspalten und sich umbringt, um weitere Untaten seines *alter ego* zu verhüten, ist bekannt.

Der Zwiespalt »guter« und »böser« Neigungen, den Jekyll für alle Unerträglichkeit des Lebens verantwortlich macht und den Sade in Vincennes, später in der Bastille, als grausamen Widerstreit zwischen »Tugend« und »Laster« durchmacht, ist der Ambivalenzkonflikt schlechthin, wie er sich in der Mischung zärtlicher und aggressiver Regungen ein und demselben Objekt gegenüber darstellt. Was der Arzt der Novelle qualvoll am eigenen Ich erfährt, haben die Menschen der Urzeit immer wieder nach außen projiziert, auf die Naturmächte und die Dämonen. Es blieb dem Begründer der Psychoanalyse vorbehalten, zu zeigen, wie sich die ursprüngliche Erfahrung der Gleichzeitigkeit von Liebe und Haß in der Beziehung zum Vater auf das Verhältnis zum Überirdischen auswirkte:

»Es braucht nicht viel analytischen Scharfsinns, um zu erraten, daß Gott und Teufel ursprünglich identisch waren, eine einzige Gestalt, die später in zwei mit entgegengesetzten Eigenschaften zerlegt wurde. In den Urzeiten der Religionen trug Gott selbst noch alle die erschreckenden Züge, die in der Folge zu einem Gegenstück von ihm vereinigt wurden.

Es ist der uns wohlbekannte Vorgang der Zerlegung einer Vorstellung mit gegensinnigem – ambivalentem – Inhalt in zwei scharf kontrastierende Gegensätze. Die Widersprüche in der ursprünglichen Natur Gottes sind aber eine Spiegelung der Ambivalenz, welche das Verhältnis des Einzelnen zu seinem persönlichen Vater beherrscht.«[4]

Die *Zerlegung einer Vorstellung mit gegensinnigem – ambivalentem – Inhalt in zwei scharf kontrastierende Gegensätze* praktiziert Sade auf den verschiedensten Ebenen seines imaginären Universums, am deutlichsten aber in der Moralität seiner Figuren. Es sieht so aus, als habe er sich der eigenen Widersprüchlichkeit zwischen ethischem Rigorismus und sadistischen Phantasien, zwischen Homo-

---

[4] Sigmund Freud, *Eine Teufelsneurose im siebzehnten Jahrhundert*. Studienausgabe Band VII, Frankfurt, Fischer, 1982, S. 301.

und Heterosexualität, zwischen der Perversion des Libertin, der rasenden Eifersucht des Ehemanns und der sublimierten Sexualität des Familienvaters durch einen literarischen Exorzismus entledigen wollen, kraft dessen seine eigenen Triebkräfte, endlich in gute und böse geschieden, in antagonistischen Personen seiner Schöpfung Gestalt annehmen würden. Die konstitutionelle Ambivalenz wird zum Motor ihrer permanenten Verleugnung im Imaginären.

Es darf aber nicht übersehen werden, daß die eigene Ambivalenz auch eine Projektion auf das Objekt erfährt, noch ehe es zu einer Zerlegung der ambivalenten Gefühlsregung kommt. Die zwiespältige Selbstwahrnehmung wird also von einer zwiespältigen Fremdwahrnehmung überlagert. In *Justine und Juliette* ist nicht nur eine Spaltung des Subjekts, sondern auch eine Spaltung des Objekts vollzogen. Von der Zerlegung in Gut und Böse sind außer den Romanfiguren noch ganze Erzähleinheiten betroffen. Der Antagonismus der Kleinutopien Butua und Tamoé ist gleichfalls eine Folge der Entmischung, binären Polarisierung und spaltenden Projektion moralischer Empfindungen, diesmal auf der Ebene der politischen Fiktion. In der reichhaltigen utopischen Literatur der französischen Aufklärung wird man Mühe haben, ähnlich symmetrische Konstruktionen zu finden. In der Regel haben die Reisenden, die fremde Planeten zu literarischen Zwecken erkunden, alle Hände voll damit zu tun, von den verwirrenden Aspekten *eines* imaginären Staates Rechenschaft abzulegen.

Man weiß, daß Freud bereits in *Jenseits des Lustprinzips* (1920), wo er den Todestrieb einführt, im Sadismus einen seiner Repräsentanten erkannt hat. Der Sadismus, der uns in den Schriften von Sade nur in seiner krankhaften Form entgegentritt, als ausschließliches Triebziel, das die normale Sexualität vollständig verdrängt hat, ist in einer gewissen Mischung immer mit den Lebenstrieben verbunden und für die Fortpflanzung überhaupt unverzichtbar: »Ja, man könnte sagen, der aus dem Ich herausgedrängte Sadismus habe den libidinösen Komponenten des Sexualtriebes den Weg gezeigt; späterhin drängen diese zum Objekt nach. Wo der ursprüngliche Sadismus keine Ermäßigung und Verschmelzung erfährt, ist die bekannte Liebe-Haß-Ambivalenz des Liebeslebens hergestellt.«[5]

Wenn man Freud trauen darf, besteht also eine prinzipielle Beziehung zwischen dem pathologischen Sadismus und der Ambivalenz. Sade selbst und die Struktur seiner Romane würden diese Hypothese bestätigen.

Die vermeintlichen zwei Seelen, die Sade sich aus der Brust reißt, um sie Justine und Juliette einzuhauchen, haben mit einer wie auch immer extremen menschlichen Psyche nichts mehr, mit abstrakten Prinzipien aber sehr viel

[5] Sigmund Freud, *Jenseits des Lustprinzips*, Studienausgabe Band III, a.a.O., S. 263.

gemein. Ihre »Trägerinnen« sind denn auch mehr allegorische denn romaneske Figuren. Nicht umsonst dient der Untertitel »Das Mißgeschick der Tugend« als Lemma eines Emblems, dessen kupfergestochene pictura – sie stellt die Tugend zwischen Laster und Irreligiosität dar – auf der Titelseite der Ausgabe von 1791 figuriert.[6] Der literarische Fluchtversuch, den Sade aus seinem psychischen Ambivalenzkonflikt unternimmt, also die *fabel*hafte Spaltung seiner Impulsionen und ihre narrative Projektion gemäß einer binären *moralischen* Logik, verurteilt ihn zu einem Konventionalismus in der Gestaltung, der die denkbar schlechtesten Dienste bei der Erkundung des menschlichen Herzens leistet, als dessen unerschrockener Explorateur sich der Autor ausgibt. Darüber hinaus gehorcht die fiktionale Antwort, die Sade auf sein Dilemma gibt, in ihrer polarisierten Personenstruktur den dualistischen Kategorien jener religiösen Moral, deren Fundamente Sade und seine Helden unermüdlich mißbilligen. Es genügt, einen Blick auf den Grundriß der *Infortunes de la vertu* (d. i. die erste Fassung des Justine-Stoffes; OC XVI, 308 ff.) zu werfen, um sich von der Gegenwart christlicher Tugendbegriffe zu überzeugen, auf die Pierre Klossowski zu Recht aufmerksam gemacht hat.[7] Gelegentliche Hinweise auf die Inkonsequenz und den Egoismus von Justine bringen die säuberliche Ordnung, die Sade im Reich der seelischen Strebungen imaginiert, nicht weiter durcheinander. Das bestätigt auch eine Beobachtung von Jacques Lacan:

»Für Sade steht man ein für allemal auf einer Seite, der guten oder der schlechten; daran vermag keine Schmach etwas zu ändern. Es ist also der Triumph der Tugend (...)« (aus Jacques Lacan, *Kant avec Sade*, OC III, 574)

In seinem starren Verhältnis zu Tugend und Laster fällt Sade hinter die Moralisten zurück, denen er gelegentlich zugerechnet wird. Das Interesse eines La Rochefoucauld, eines Chamfort ist auf die *Dialektik* des Guten und des Bösen gerichtet, auf die subtilen Differenzierungen menschlicher Schwächen und Vorzüge, auf die Motivationen des Individuums, die ihm selbst verborgen bleiben, lauter Dinge, die Sade völlig unbekannt sind. Fremder ist ihm nur mehr das Böse als unheimliche Macht des Unbewußten, das für die romantische Dichtung eine so zentrale Rolle spielt.

Sade hat möglicherweise, wenn auch bis zur Unkenntlichkeit travestiert, kaum je etwas anderes dargestellt, als sich selbst, seine Schwiegermutter und ihre Helfershelfer, so sehr dominiert in seinem Werk die Thematik des Opfers und seiner Henker. Es wäre aber verfehlt, ihn mit einer dieser Parteien identifizieren zu wollen. Die reale Opfer/Henkerbeziehung und ihre imaginäre Umkehrung im Tagtraum münden in eine ambivalente Besetzung der Fiktion: Sade steht sowohl auf Seiten der Opfer als auch auf Seiten der Henker. Seine

---

[6] Abb. in: J. J. Pauvert, *Der göttliche Marquis*, München, List, 1991, S. 911.
[7] Vgl. Pierre Klossowski, *Sade mon prochain*, Paris, Seuil, 1967, S. 98, 107, 114 und passim.

Romane sind Anklageschrift und Rachephantasie, Rechtfertigung und Selbst-bezichtigung in einem. Auf der Ebene der Diskurse und Ideologien ist Sades Ambivalenz manifest. Sein Werk ist zugleich Apologie der materialistischen Philosophie und ihre gewaltigste Infragestellung. Einer ihrer Schlüsselbegriffe, die Natur, auf die sich die libertinen Helden in einem fort berufen, hat zu viel von einer Mutter – immer wieder wird sie so genannt –, um nicht selbst jene Rancüne auf sich zu ziehen, die in den Sadeschen Werken das Los der Madame de Mirvel ist: »(...) und die Unmöglichkeit, der Natur zu schaden, ist nach meinem Dafürhalten die größte Strafe für den Menschen.« (OC VI, 339; *Justine und Juliette 2*, 107) erklärt der Mönch Jérôme. Am deutlichsten ist die Gleichzeitigkeit einander entgegengesetzter Strebungen im Verhältnis zu den Frauen. Die Bedeutung, die Frauenfiguren wie Juliette und Clairwil in Sades Werk zukommt, die emanzipatorischen Diskurse, die da und dort gehalten werden, haben manche Interpreten dazu verleitet, Sade zu einem »feministischen« Autor zu küren, was wahrscheinlich ebenso falsch ist, wie ihn auf Grund anderer Diskurse der Libertins über die biologische Inferiorität des Weibes auf die endlose, schwarze Liste der misogynen Schriftsteller zu setzen.

Offenkundiger als Sades Ambivalenz im Verhältnis zur Religion, die dank Pierre Klossowskis Studien erkennbar wurde, ist seine Ambivalenz im Ver-hältnis zu den politischen Systemen, die er erfahren hat. Über die Person sei-ner Schwiegermutter hinaus macht er das Ancien Régime als solches für seine lange Haft verantwortlich; zugleich ist der ci-devant marquis zu sehr Aristo-krat, um den Untergang der Monarchie begrüßen zu können. Der Brief an Gaufridy vom 5. Dezember 1791 zeigt, wie zwiespältig seine Einstellung zur Revolution ist:

»Nun fragen Sie mich, mein lieber Advokat, welches denn nun wirklich meine Denkungsart sei, um sie zu befolgen. In der Tat, nichts ist heikler als dieser Abschnitt Ihres Briefes, und gerade diese Frage werde ich Ihnen fürwahr nur mit großer Mühe beantworten können. Zunächst einmal sorgt der Zwang, bald für eine Partei, bald zugunsten der anderen zu arbeiten, dem ich hier in meiner Eigenschaft als *homme de lettres* täglich unterliege, für eine Beweglichkeit meiner Anschauungen, die sich in meiner inneren Denkweise niederschlägt. Will ich sie wirklich ergründen? Sie ist nicht einer einzigen Par-tei verschrieben, sondern setzt sich aus allen zusammen.« (OC XII, 505)

Die »Beweglichkeit« seiner Anschauungen beschränkt sich nicht auf die Ein-schätzung der revolutionären Ereignisse, auf deren Auswirkungen er seine ambivalente Haltung zurückführt. Vielmehr stellt die gleichzeitige Äußerung kontradiktorischer Meinungen und das Hineinschlüpfen in diskursive Rollen und Gattungskonventionen ein allgemeines Charakteristikum seines Schreibens dar. Sade brüstet sich mit diesem ideologischen Wechselbad, diesem Oszillieren zwischen entgegengesetzten, oft genug ins Extreme verzerrten Überzeugungen sowohl in der weiter oben erläuterten Anmerkung von *Aline et Valcour* als auch in der Vorrede des projektierten *Portefeuille d'un homme de lettres:*

»Große philosophische Arbeit steckt hinter jedem dieser verschiedenen Stücke, da aber die Philosophie oftmals ganz unterschiedlich ausfällt, glaubten etwelche Personen, diese Stücke stammten nicht von ein und derselben Hand. Sie irrten sich; der Autor sah sich gezwungen, über jedem Stück nicht etwa seine eigene, sondern die ebendiesem Stücke angemessene Philosophie auszubreiten. Jene Ansicht, die, wie ich annehmen will, der Abhandlung über Amerika zukam, wäre im Brief über die Erziehung fehl am Platze gewesen; aber, wird man vielleicht fragen, wann ist er denn er selbst? Etwa dann, wenn er sich gemäßigt gibt, oder dann, wenn er sämtliche Schleier zerreißt? Was ficht's den Leser an: entspricht es denn nicht dem Werk, wenn mit verschiedenen Ausrichtungen verschiedene Ansichten dargelegt worden sind? und kommen dank dieser *Manier*[8] nicht alle ein wenig auf ihre Kosten?« (OC XVII, 205)

Man kommt aus dem Staunen nicht heraus, wenn man im »Catalogue raisonné«, den der eingekerkerte Autor 1788 von seinen Schriften anfertigt, nachliest, was er alles in besagtem »Portefeuille« unterbringen wollte. Die Rahmenhandlung dieser kaum mehr »Briefroman« zu nennenden Sammlung von Korrespondenzen – zwei Schwestern ziehen sich aufs Land zurück und die kokettere von beiden verspricht einem Literaten ihre Gunst, vermag er sie brieflich zu amüsieren – sollte verschiedenste Abhandlungen über moralische und ästhetische Fragen, literaturkritische Stücke, zwölf historische Abrisse, sechzehn Kurzgeschichten, zwölf Gedichte, zwölf Novellen in Versform und zahlreiche Reisebeschreibungen zusammenhalten[9]. Solche Monsterprojekte, innerhalb deren die verschiedensten literarischen Formen koexistieren, stellen aber im Schaffen des Marquis de Sade durchaus keine Ausnahme dar. In den abschließenden Arbeitsnotizen zu den nicht erhaltenen *Journées de Florbelle* resümiert er, was dieses »grand ouvrage« alles enthalten sollte:

»(...), dergestalt, daß die Gesamtheit dieses Werkes aus acht Dialogen, aus dreizehn Tagen, aus einem Traktat über die Moral, einem über die Religion, einem über die Seele, einem über Gott, einem über die Kunst, Wollust zu empfinden, aus dem Plan für zweiunddreißig Pariser Bordelle für Männer und Frauen, aus einem Traktat über die Widernatürlichkeit und aus zwei Romanen, demjenigen von Modose und demjenigen von Amélie, also insgesamt aus

[8] Verf. unterstreicht.
[9] Vgl. »Catalogue raisonné des Œuvres de M. de S*** à l'époque du 1er octobre 1788« (OC II, 270 ff.)

zehn dicken Heften bestehen wird, die bei der Drucklegung wenigstens zwanzig Bände ergeben müssen.«(OC XV, 54)

Nicht zu Unrecht rühmt Sade im »Vorwort des Herausgebers«, das seinen »philosophischen Roman« eröffnet, die bunte Vielfalt der Gattungen, die sich in *Aline et Valcour* vereint finden. Ein Briefroman (die eigentliche Geschichte von Aline und Valcour) ist darin mit einem Reiseroman verschachtelt, in dessen Verlauf man wiederum zwei Kurzutopien begegnet, sowie einer Erzählung, in der keine einzige Figur des eigentlichen *roman philosophique* in Erscheinung tritt.

Daß es Sade bei der Vielfalt versammelter *genera dicendi* in seinem *roman philosophique* um mehr geht als um ein literarisches Pauschalangebot, wo für jeden Geschmack etwas zu haben ist, zeigt *La ruse d'amour ou les six spectacles,* sein wohl ehrgeizigstes Theaterstück. Durch den Kunstgriff des Theaters im Theater und eine gemeinsame Hintergrundintrige, der die einzelnen Episoden als Parabel dienen, sollte eine ganze Palette dramatisch-musikalischer Darbietungen miteinander verbunden werden. Aufgeführt sollte das Spektakel fünf Stunden dauern und aus folgenden Teilen bestehen: einer Tragödie in Alexandrinern, *Euphémie de Melun,* einer Charakterkomödie, *Le Suborneur,* einem Drama in Prosa, *La fille malheureuse,* einem Feenstück in freien Versen, *Azélis ou la coquète punie,* einer komischen Oper in Prosa und Versen, *La tour enchantée,* und einem Pantomimenballett.[10] Der spätere Titel *L'union des arts* bringt die Intention, eine Art Gesamtkunstwerk zu gestalten, programmatisch zum Ausdruck.[11]

All diese Beispiele verdeutlichen den Stellenwert, der in der Sadeschen Poetik der Vielfalt heterogener Formen, Diskurse und Diktionen innerhalb eines größeren Ganzen zukommt. Der changierende Autor hat in seiner literarischen Polymorphie ein durchaus sinnliches Verhältnis zu den literarischen Gattungen. Das Bekenntnis der Madame de Saint-Ange, gleich zu Beginn der *Philosophie dans le boudoir:* »Schließlich, mein Teurer, bin ich ein Zwittertier; ich liebe alles, ergötze mich an allem, ich will alle Gattungen vereinen; (...)« (OC III, 371) gilt auch für die literarische Praxis von Sade. Aber wie vielfältig die Gattungen und Stillagen auch sein mögen, die er in einem Werk vereint, nie kommt es zu ihrer Durchdringung, nie werden sie zu einer Einheit gebildet. Die Gegensätze zwischen den überlieferten Darstellungsweisen werden

---

[10] Vgl. »Catalogue raisonné« (OC II, 263).

[11] 1782, als Sade bereits seit fünf Jahren in Vincennes eingekerkert war, entwarf er ein Projekt für ein »Haus der Künste« am Rande des Schloßparks von Lacoste. Von einem kreisrunden Theatersaal von achtzig Metern Durchmesser sollten zwölf angelegte Alleen zu Pavillons führen, welche den Musen und den schönen Künsten gewidmet sein sollten. (Anm. d. Hrsg.)

nicht aufgehoben, sondern im zusammengeflickten Nebeneinander kontrastiv verschärft. *In der Unmöglichkeit einer Synthese der mannigfaltigen Gattungen und Subgattungen, die Sade zueinander in Beziehung setzt, kommt seine Unfähigkeit zur Synthese der eigenen Affekte zum Ausdruck.*

Während Sades Zeitgenosse Louis Sébastien Mercier 1773 die bereits romantisch anmutende Forderung erhebt: »Stürzt ein, stürzt ein, ihr Mauern, die ihr die Gattungen trennt!«[12], verwendet Sade also seine Energien darauf, nicht bloß oft schon verfallene Wälle zu restaurieren, sondern neue Mauern zu errichten, um die Physiognomie jeder einzelnen Subgattung schärfer zur Geltung zu bringen. Die Region der Novelle wird abermals in einzelne Landstriche untergliedert, wie man den Untertiteln der Erzählungen aus den *Crimes de l'Amour* entnehmen kann, die da lauten: »Nouvelle suédoise«, »Nouvelle historique«, »Nouvelle anglaise«, »Nouvelle tragique«, »Nouvelle italienne« und »conte allégorique«. Und wirklich unterscheidet sich jede einzelne Erzählung von der nächsten nicht nur in der geographischen Inspiration, sondern auch im Tonfall, im Rhythmus und in der sorgfältigen Auswahl von Gemeinplätzen. Sade ist nämlich ein Meister der Phraseologie und des Zitates. Er versteht es ebenso gut, den Troubadourstil zu imitieren wie die Sprache der Historiographie, die Wendungen des Moraltraktates wie die Rhetorik des philosophischen Dialogs. Er bemüht gleichermaßen dem Schauerroman entlehnte gotische Schlösser und böse Vorahnungen wie die grotesk-verspielten Alleen und prächtigen Feste aus dem heroisch-galanten Roman, Szenen des Schreckens im Sinn einer Ästhetik des Erhabenen und kanonische Qualitäten wie Regularität und Ebenmaß aus der Ästhetik des Schönen. In seiner Technik spielt der Einsatz präfabrizierter Modelle und möglichst abgegriffener Klischees aus den Second-hand-shops der Trivialliteratur eine zentrale Rolle: immer wieder aber machen die übernommenen loci eine Übertreibung (Reduktion, Dehnung, Überdeterminierung, Wiederholung) durch, die sie gekünstelt oder abstrakt erscheinen läßt, wie die libertinen Sequenzen, die sich in ihrer unplastisch-unrealistischen Darstellungsweise von aller herkömmlichen Pornographie unterscheiden. Der Zahlenfetischismus des immer auf Buchhaltung bedachten Autors tut ein übriges, um seine Maßlosigkeit im Umgang mit den bereits konstituierten Codes noch zu verschärfen.

Im Gegensatz zum Parodisten, der durch seine verzerrende Nachahmung ein Original verspottet oder zumindest in erheiternder Intention aufs Korn nimmt, geht die Anpassung des »Metamisten«, des Verwandlungskünstlers

---

[12] Zitiert nach Yvon Belaval, »Au siècle des Lumières«, in: *Histoire des Littératures III. Littératures françaises, connexes et marginales* (Encyclopédie de la Pléiade), Paris, Gallimard, 1978², S. 591.

Sade, weit über die bloß äußerliche Angleichung an ein angepeiltes Modell und seine ideologischen Konnotationen im System kultureller Praktiken hinaus. Für Sade gibt es keine Maske der Gattung, hinter der das »wahre« Antlitz des Autors voll erhalten bliebe, sondern nur ihre leibhaftige Mimesis, die literarische Grimasse. Sie schneiden und die Physiognomie eines *genus dicendi* annehmen heißt zugleich, sich weitestgehend die Anschauungen und Affekte zu eigen machen, die für gewöhnlich den Gesichtsausdruck einer solchen Sprache zur Folge haben. Bei aller Konstanz seiner Obsessionen und Leitmotive hat Sade etwas von einem Chamäleon, das mit der Farbe und der Beschaffenheit seiner Haut stets auch sein Naturell, seine innere Organisation veränderte.

Und daß Sade fähig war, als tollkühner Vorreiter der Aufklärung loszupreschen und zugleich hinter ihren eigenen Linien das Sperrfeuer auf sie zu eröffnen, ist keine Folge des Wahnsinns, sondern der Perversion. Die in der Perversion begründete, gleichzeitige Identifikation mit dem sadistischen Henker und dem masochistischen Opfer, die simultane Gegenwart im Selbst und im Anderen potenziert die Wirkung der konstitutiven Ambivalenz.[13]

Das »Mischwesen« Sade produziert eine Art »Mischwerk«, dessen Gestaltungsprinzipien Heterogenität, Erkenntnisrelativismus und literarische Verarbeitung einander widersprechender Ideologien sind. Das sentimentale Pathos des konventionellen Theaters koexistiert darin mit der monotonen Pornogeometrie der *Justine* und dem Apathiedogma der Lehrmeister(innen) von Juliette, die Verurteilung der öffentlichen Todesstrafe mit der Apologie des privaten Mordes, die Phantasie, Leser zu verderben, mit der Intention, moralisch-läuternd zu wirken. Im Nebeneinander von Atheismus als Religion der Libertins und Saint-Fonds konträrem, von aller Vernunft abweichendem Kult des »Être suprême en méchanceté«, von radikal misogynen und emanzipatorischen Diskursen, von aufklärerischen Glaubensbekenntnissen und antiaufklärerischen Erzählungen wird immer wieder der Zwang offenbar, zugleich eine Sache und ihr Gegenteil zu behaupten, einen Gegner zu attackieren und in seiner Haut zu stecken. Die Unzahl divergierender Interpretationen, zu denen Sade Anlaß gegeben hat, sind zumindest teilweise in den kontradiktorischen Strebungen begründet, die sich seiner bemächtigt haben, ohne je einer Synthese zugänglich zu sein: *die Ambivalenz erscheint bei ihm als Strukturprinzip der Schrift.*

[13] Die Ambivalenz ist es auch, die Sade am deutlichsten mit dem Manierismus verbindet: In Arnold Hausers Werk *Der Manierismus. Die Krise der Renaissance und der Ursprung der modernen Welt* (München, Beck, 1964) heißt es: »Der Widerstreit der Formen drückt hier die Polarität alles Seins und die Ambivalenz aller menschlichen Haltungen, das heißt jenes dialektische Prinzip aus, von dem das ganze manierierte Lebensgefühl bestimmt ist.« (S.13)

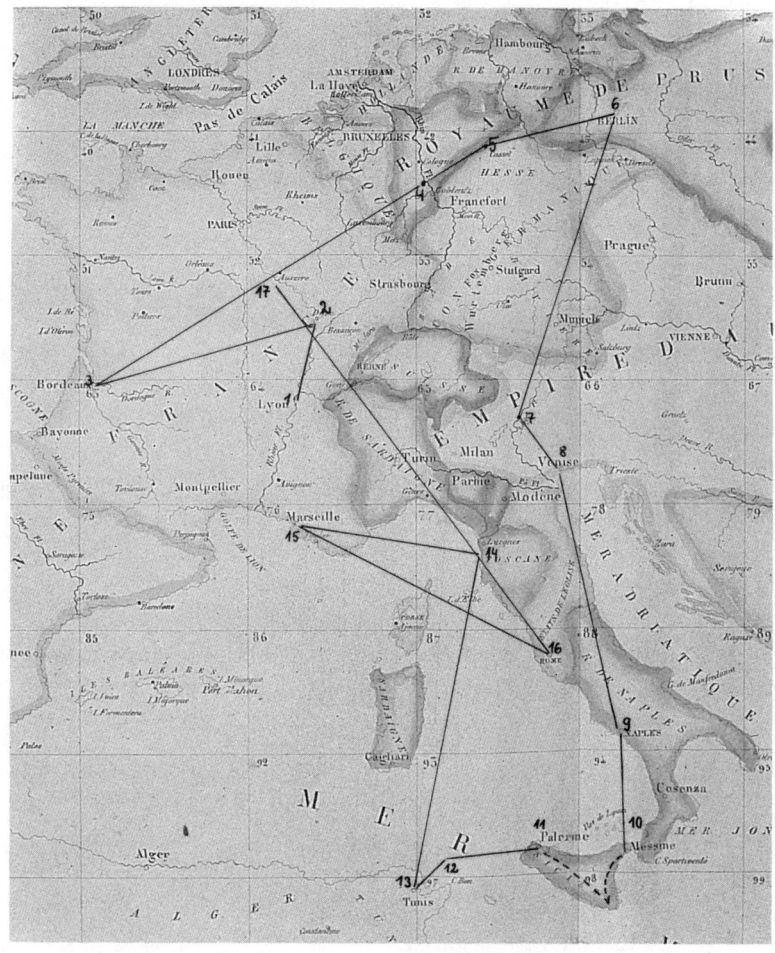

Die Stationen von Jérômes libertinen Lehr- und Wanderjahren (1–6 im letzten Kapitel von Band II, 7–17 im ersten Kapitel von Band III):
1 Lyon, 2 Dijon, 3 Bordeaux, 4 Zwischenhalt am Rhein, 5 Paderborn, 6 Berlin, 7 Trient, 8 Venedig, 9 Neapel, 10 Messina, 11 Palermo, 12 Felsen von
Quels, 13 Tunis, 14 Livorno, 15 Marseille, 16 Rom, 17 Sainte-Marie-des-
Bois.

Stationen in Sizilien:

1 Messina. 2 Jérômes Schloß und Landgut im Tal der Ruinen von Syrakus, in der Nähe des Golfes von Catania. 3 San Nicolo l'Arena (bei Sade Saint Nico-

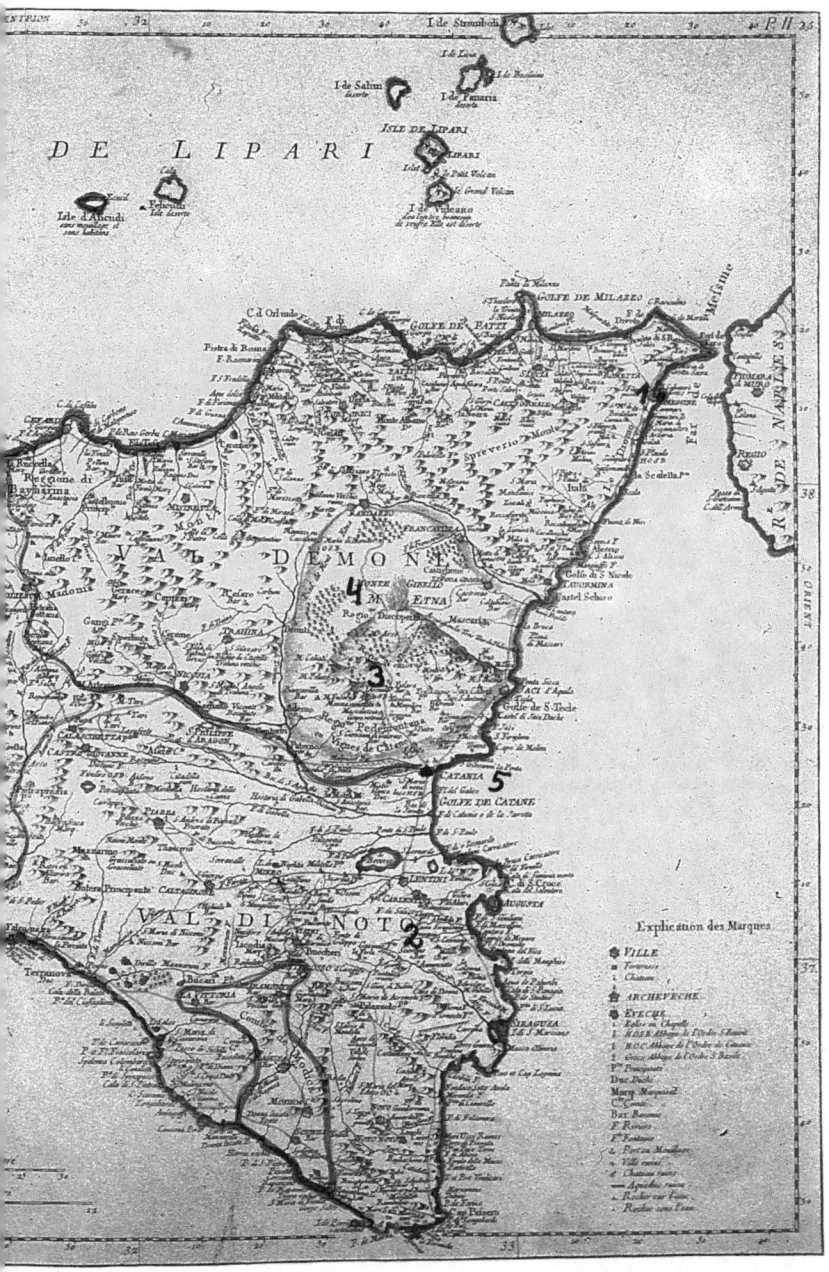

las-d'Assena), Nebenkloster der reichen Benediktiner von Catania. 4 Aetna.
Nach 5 Catania und 6 Palermo unternimmt Jérôme Ausflüge

DIE NEUE

JUSTINE

oder

VOM MISSGESCHICK DER TUGEND

gefolgt von

DER GESCHICHTE IHRER SCHWESTER

JULIETTE

oder

VOM SEGEN DES LASTERS

Es wär nicht Schimpf noch Schand, begehrte man zu zeigen,
wie Menschen aus Natur zu Lust und Laster neigen.

Kapitel XI

Verfolg von Jérômes Lebensbeschreibung.

Sieht man sich nach einer geraumen Zeit der Zweisamkeit zum ersten Mal wieder auf sich allein gestellt, so scheint in unserem Dasein ein Mangel aufzuklaffen. Flachköpfe halten dies für die Nachwehen der Liebe; sie irren. Der Schmerz, den man angesichts
5 dieser Leere empfindet, entspringt einzig und allein der Macht der Gewohnheit und verflüchtigt sich dank einer gegenläufigen Gewohnheit angelegentlicher, als man meinen möchte. Bereits am zweiten Reisetag war mir Joséphine aus dem Sinn, sobald ihr Bild aber dennoch vor meinem inneren Auge erstand, ging dies stets mit
10 den Vorboten gewisser grausamer Gelüste einher, welche weit aufreizender waren als die Freuden der Liebe oder der Zärtlichkeit. Sie ist gestorben, sagte ich mir, unter gräßlichen Qualen gestorben, und ich habe sie eigenhändig ans Messer geliefert. Diesem ergötzlichen Gedanken entsprangen jeweils derart geile Gefühle, daß ich nicht
15 umhin konnte, gelegentlich einen Halt zu befehlen, um meines Kutschers Arsch aufzuspießen.

Ich befand mich in der Umgegend von Trient, saß mutterseelenallein in meinem Wagen und lenkte die Fahrt gen Italien, da übermannte mich jählings eine dieser Gemütsaufwallungen...und
20 selbigen Augenblicks vernahm ich aus dem Walde, durch den wir fuhren, Wehklagen.

– Halt, bedeutete ich dem Kutscher, ich möchte herausfinden, woher dieses Geschrei stammt; entferne dich keinen Schritt von meiner Kutsche und bewache sie gut.
25 Die Pistole im Anschlag, pirsche ich mich an und entdecke schließlich mitten im Gesträuch ein Mädchen von fünfzehn oder sechzehn Jahren, das sich, wie mich dünkte, seltener Schönheit erfreute.

– Welch Mißgeschick bedrückt Sie, berückende Jungfer?
30 fragte ich sie, indem ich näher trat; gibt es irgend ein Mittel dagegen?

– Oh! nein, nein, werter Herr, lautete die Antwort, gegen die Schändung der Ehre ward noch keines gefunden; ich bin ein verlorenes Mädchen; ich harre nur mehr noch des Todes und bitte Sie, mir den Gnadenstoß zu geben.

– Aber, mein Fräulein, möchten Sie nicht geruhen, mir zu 5 erzählen, wie…

– Die Geschichte ist gleichermaßen schlicht wie schlimm, Monsieur. Ein Jüngling verliebt sich in mich; dieses Verhältnis ist meinem Bruder ein Dorn im Auge; der Unmensch mißbraucht die Machtstellung, die er seit dem Tod unserer Eltern innehat; er entführt 10 mich, und nachdem er mich auf gräßliche Weise gemißhandelt, setzt er mich mitten in diesem Walde aus und verbietet mir unter Androhung des Todes, mich jemals wieder zu Hause blicken zu lassen: dies Ungeheuer ist zu allem fähig; wollte ich zurückkehren, so würde er mich ermorden. Oh! werter Herr, ich weiß nicht, was aus 15 mir werden soll. Indes, Sie tragen mir Ihre Dienste an… nun denn, ich will es gutheißen: haben Sie die Güte, meinen Geliebten zu mir zu bringen; tun Sie dies, lieber Herr, ich flehe Sie an. Ich weiß nicht, ob Sie wohlgeboren und wohlbegütert sind; doch mein Geliebter ist reich, und wenn Sie etwas Geld benötigen, so wird er es Ihnen ganz 20 gewiß gewähren, wenn er mich nur wieder zurückerhält.

– Wo aber weilt dieser Liebhaber, liebes Fräulein? erkundigte ich mich voll Herzlichkeit.

– In Trient, und bis dorthin sind es keine zwei Meilen mehr.

– Weiß er um Ihr Abenteuer? 25

– Ich glaube nicht, daß er bereits Kunde davon hat.

Zwar war ich mir sehr wohl darüber im klaren, daß dieses wunderbare, zur Stunde vollkommen wehrlose Mädchen mein würde, wann immer ich dies nur begehrte; doch auf Geld nicht weniger versessen denn auf Weiber, überlegte ich blitzschnell, wie ich es 30 beginnen könnte, mir auf einen Streich das eine wie das andere zu verschaffen.

– Glauben Sie, erkundigte ich mich zunächst bei dieser Leidgeprüften, daß hier in diesem Waldabschnitt oder in der nächsten Umgebung irgendein Haus stehe? 35

– Nein, Monsieur, ich glaube nicht.

– Nun gut, verkriechen Sie sich noch tiefer ins Buschwerk, und warten Sie dort mucksmäuschenstill; übertragen Sie drei Zeilen, die ich Ihnen Wort für Wort vorsagen will, mit meiner Kreide auf dieses Schreibtäfelchen; und binnen weniger Stunden werde ich den Geliebten zu Ihnen geleiten.

Folgen die Worte, welche die schöne Abenteurerin unter meiner Federführung niederschrieb:

»Dank diesem wackeren Fremden werdet Ihr Euch einen Begriff von meinem Mißgeschick machen können; es ist haarsträubend: folgt ihm, er wird Euch zu der Stätte führen, an der ich Eurer harre; doch kommt alleine, ohne jedwede Begleitung; diese Bedingung ist von größter Wichtigkeit; den Grund hiefür werdet Ihr in Bälde erfahren. So Euch zweitausend Zechinen nicht eine allzu knausrige Belohnung für jenen Mann dünken, der uns wieder vereint, so nehmt sie mit Euch auf den Weg, um sie ihm in meinem Beisein auszuhändigen; erachtet Ihr diese Belohnung für allzu knapp bemessen, so mögt Ihr eine stattlichere Summe mit Euch nehmen.«

Das schöne Opfer, Héloïse mit Namen, zeichnete das Briefchen; ich aber kehre stehenden Fußes zu meinem Gefährt zurück, treibe den Wagenlenker zur Eile an und lasse ihn erst unmittelbar vor der Tür von Héloïsens Geliebten, dem jungen Alberoni, haltmachen. Diesem zeige ich das Briefchen.

– Zweitausend Zechinen! ruft er aus und fällt mir um den Hals, zweitausend Zechinen für eine Kunde vom Allerliebsten, was ich auf Erden besitze! oh! das kommt gar nicht in Frage, Monsieur! das ist viel zu wenig, hier das Doppelte. Brechen wir auf, ich beschwöre Sie. Vor wenigen Augenblicken erst habe ich von der Abreise meiner Geliebten sowie vom Zorn ihres Bruders erfahren und wußte nicht, wohin ich meine Schritte wenden sollte, um die beiden einzuholen; Sie weisen mir den Weg, ich stehe also tief in Ihrer Schuld. Brechen wir auf, verehrter Herr, brechen wir auf, und zwar ohne Begleitung, da sie es nun einmal so wünscht.

Hier dämpfte ich den Übereifer dieses Jünglings ein wenig und gab ihm zu bedenken, daß es, in Ansehung der Halsstarrigkeit von Héloïsens Bruder, untunlich wäre, dies teure Mädchen ausgerechnet nach Trient zurückzuführen.

– Nehmen Sie soviel Geld mit als wie nur irgend möglich, riet ich ihm; verlassen Sie das Gebiet dieser Stadt, bevor Sie mit Ihrer Geliebten den Bund für die Ewigkeit eingehen. Dies alles will wohldurchdacht sein, Monsieur; durch ein widerläufiges Vorgehen würden Sie sie nämlich für immer verlieren.

Alberoni, von der Richtigkeit meines Gedankenganges durchdrungen, spricht mir seinen Dank aus, derweil er stürmisch seinen Geheimschrank aufschließt und alles, was er an Gold und Geschmeide besitzt, zusammenrafft.

– Nun wollen wir aber endlich aufbrechen, spricht er zu mir; ich 5 habe genug, um sie in jeder beliebigen deutschen oder italienischen Stadt ein Jahr lang in Saus und Braus leben zu lassen; und im Verlaufe eines Jahres lassen sich allerlei Händel beilegen.

Über diesen weisen Entschluß entzückt, pflichte ich ihm bei; unerachtet Alberonis inständiger Bitte, meine Kutsche bei ihm 10 unterzustellen, lasse ich sie in die Herberge fahren. Wir eilen. Héloïse hatte sich nicht von der Stelle gerührt.

– Törichter Tropf, sprach ich zu Alberino und setzte ihm den Pistolenlauf an die Schläfe, ohne ihm Gelegenheit zu geben, auch nur ein einzig Wort einzuwenden; wie konntest du nur so dumm- 15 dreist sein, den Händen eines dir unbekannten Mannes imgleichen deine Geliebte wie dein Geld anzuvertrauen? Rücke auf der Stelle alles heraus, was du auf dir trägst, und fahre in ewiger Reue ob deinem Unbedacht zur Hölle.

Alberoni holt zu einem Schlag aus; ich strecke ihn zu meinen 20 Füßen nieder: Héloïse fällt in Ohnmacht.

– Oh! Fickrament, freue ich mich alsdann, schon bin ich, dem wonnevollsten Verbrechen sei Dank, Herr über ein betörendes Mädchen und teures Geld; nun wollen wir an unser Vergnügen denken. 25

Andere Leute hätten sich womöglich die Bewußtlosigkeit des Opfers zunutze gemacht, um seiner möglichst ungestört zu genießen. Mir schwebte etwas ganz anderes vor: ich wäre untröstlich gewesen, wenn dieses Unglückskind nicht im Vollbesitz seiner Kräfte gestanden hätte, um sein Mißgeschick auch wirklich in vollen 30 Zügen kosten zu können. Überdem hatte sich meine hinterschlächtige Vorstellungskraft allerlei schlüpfrige Spielchen einfallen lassen, und sie sollte den Kelch bis zur Neige trinken. Wenn man sich schon einmal die Mühe macht, Böses zu wirken, so muß dies mit aller Gründlichkeit...mit aller Kunstfertigkeit geschehen, die dabei in 35 Anschlag gebracht werden können.

Ich hielt meiner Héloïse Riechsalz unter die Nase; ich maulschellierte sie; ich zwickte sie. Da sie noch immer nicht erwachen wollte, schürzte ich sie auf, kitzelte ihre Klitoris, und diesem Lust-

gefühl hatte ich es zu verdanken, daß sie die Augen wieder auf-
schlug.

– Auf denn, holdes Kind, sprach ich alsdann zu ihr und drückte
einen feurigen Kuß auf ihren Mund, nur Mut; denn widrigenfalls
5 würden Sie das Ende Ihres Mißgeschicks verabsäumen; noch sind
Sie nämlich nicht am Ziel.

– Oh! Unhold, tränte mir dieses herzerweichende Mädchen zu,
was willst du denn noch? und welcherlei weitere Qualen harren
meiner? genügt es denn nicht, mein Vertrauen gemißbraucht und
10 mir mein Ein und Alles geraubt zu haben? ah! versetze mir gleich
jetzt den Todesstoß, falls es lediglich das ist, womit du mir drohst;
vereine mich stehenden Fußes mit dem Abgott meines Herzens: um
diesen Preis will ich dir deine Freveltat verzeihen.

– Deine Todessehnsucht, mein Engel, erwiderte ich und begann,
15 meine Schöne abzugreifen, soll auf keinen Fall enttäuscht werden;
doch ist es unabdingbar, daß deinem Tode etwelche Herabwürdi-
gungen, etwelche Grausamkeiten vorausgehen, ohne die es mir weit
weniger Wonne bereiten würde, ihn dir zu schenken.

Und da meine rastlos wühlenden Hände bei diesen Worten mei-
20 nen begehrlichen Blicken blendend blasse … schwungrunde Schenkel bloßlegten, machte ich den vielen Worten ein Ende, um mich
voll und ganz den Taten zu widmen. In Anbetracht der sicheren
Aussicht auf die Erstlinge eines derart prachtreichen Mädchens fiel
es mir bei, meinen Angriff auf einem Pfade zu reiten, den ich widri-
25 genfalls wohl außer acht gelassen hätte. Gott! auf welchen Engpaß,
auf welche Anfechtungen, auf welche Glut und welche Lust stieß
ich bei diesem Siegeszug! die näheren Umstände dieses Erfolges verliehen ihm noch mehr Würze. Ein alabüsterner Busen quillt mir
entgegen; und da ich aufgrund meiner gegenwärtigen Verfassung
30 eher zu Schmähungen denn zu Liebkosungen neige, beiße und
quetsche ich ihn, anstatt ihn zu küssen. O wunderwürdiges Wirken
der Natur! du gewährtest Héloïse die einzigartige Gunst, trotz all
ihrer Schmerzen den lustvollen Empfindungen zu erliegen, die ich
ihr aufzwinge; sie läßt Seim. Nie lodert in meiner Brust die Lust-
35 brunst heftiger auf als dann, wenn ich spüre, wie ein Weib meine
Wollust teilt.

– Schändliche Schlunze! schrie ich, deine Unverfrorenheit sollst
du büßen.

Und nachdem ich sie im Handumdrehen auf den Bauch gewälzt, bemächtige ich mich des anmutigsten Allerwertesten, dessen man ansichtig werden mochte. Die eine Hand hälftet die Hinterbacken, die andere lenkt meinen Schwengel, und im Augenblick sodomisiere ich sie. Götter! wieviel Lust schenkte sie mir! Ich tat ihr weh; 5 sie wollte schreien; ich band ihr ein Schnupftuch vor den Mund. Diese Vorsichtsmaßnahme vereitelte das Unterfangen, mein Glied glitschte heraus. Ich merkte, daß mein Opfer etwas höher hingelagert und besser abgestützt werden mußte: ich bette es auf den Leichnam des Liebhabers, und dank der Stellung, die ich die beiden ein- 10 nehmen lasse, liegen sie so traut aufeinander, daß ihre Münder gleichsam aufeinanderkleben. Man kann sich das Entsetzen, das Grauen, die Verzweiflung, in die ich mein Opfer durch dieses neuerliche Zwischenspiel stürze, kaum ausmalen. Die widerstreitenden Gefühle, die sie zerreißen, rühren mich herzlich wenig, ich drehe 15 aus meinen Kniebändern und meinem Schnupftuch einen Strick; in nämlicher Stellung feßle ich sie und mache mich wieder seelenruhig ans Werk. Götter! welch Popobacken! welch Prallheit! welch Blässe! tausend und abertausend Küsse heften sich darauf; es macht ganz den Anschein, als wollte ich diesen himmlischen Hintern ver- 20 schlingen, bevor ich ihn fickte. Nachdem ich nur spärliche Vorkehrungen getroffen, ramme ich ihn schließlich mit solcher Wucht, daß Blut über die Schenkel rinnt. Nichts hemmt mich; ich stoße auf Grund; ich wünschte, sie wäre noch enger, ich aber noch dickschwänziger, so daß ich sie noch schlimmer peinigen könnte. 25
– Und nun? derbe Dirne, keuche ich, indem ich sie aus voller Lendenkraft feile, wird dir diese zweite Verlustierung ebensoviel Seim entlocken wie die erste?
Sprach's und verabreichte ihr gewaltige Klitschen auf den Hintern; zerkratzte ihn; meine Hände wanderten wieder nach vorne 30 und zerpflückten unbarmherzig ihr flaumiges Vlies, diese Zierde der Natur. Nun wirbeln tausenderlei grausame Gedanken durch meinen Kopf. Zu guter Letzt fasse ich den Entschluß, meine Entladung hinauszuzögern, damit jene Glut, der solche Gedanken entspringen, nicht verglimme. Ich entsinne mich des scheußlichen, auf Madame 35 de Moldanes Leichnam gefaßten Vorsatzes… Ich rufe mir alle Berichte über die Sinnenlust mit einem frisch gemeuchelten Leichnam sowie die Untröstlichkeit darüber in Erinnerung, daß mir das Ungestüm meiner Begierden damals den Genuß dieser Freveltat

verwehrt hatte. Ich gleite aus dem Arsch, werfe bleckende Blicke auf Alberonis blutüberströmten Leib; ich lasse seine Beinkleider heruntergleiten, er war noch warm; ich gewahre hochwohlgeborene Hinterbacken, schmatze sie ab; mit meiner Zunge bahne ich mir einen 5 Weg; ich dringe ein, und dieser Ritt tut mir derart wohl und wunder, daß ich meine sprudelnden Samenfluten unter unsäglichen Lustkrämpfen in den Arsch des von mir ermordeten Liebhabers ausspritze, indes ich denjenigen seiner Buhle abküsse, die ich gleichfalls in Bälde ermorden will.

10 Héloïsens Reizungen, ihre Verzweiflung, ihr Geflenne sowie die Angst, die ich in ihrer Seele durch einen Schwall von Drohworten hervorrief, kurzum, das bunte Stelldichein von derart zahlreichen Sinneseindrücken schlug mein eisern Herz in seinen Bann und ließ mich bald von neuem steif werden; doch voll des Zorns und mit 15 dem Schaum jener Lustraserei vor dem Mund, die unsere Sinne in allerheftigsten Aufruhr versetzt, vermag ich mich nur mehr noch durch Verunglimpfungen zur Wollust aufzuschwingen. In dem uns umgebenden Gehölz breche ich eine Handvoll Zweige; fertige Fitzen daraus; entblättere diese junge Person von Kopf bis Fuß und 20 striegle sie, ohne dabei den Busen zu vernachlässigen, am ganzen Leib auf derart unbarmherzige Art und Weise, daß sich ihr Blut schon bald mit demjenigen vermengt, welches aus den Wunden ihres Liebhabers strömt. Dieser Unmenschlichkeit überdrüssig, hecke ich etwas Neues aus: ich zwinge sie, Alberonis Wunden 25 abzulecken. Da ich gewahre, daß sie meinem Befehl mit einem Anflug von Zärtlichkeit Folge leistet, breche ich einige Dornen und reibe damit ihre empfindlichsten Körperstellen ab; stopfe sie ihr in die Scheide, zerfleische ihr damit die Brüste. Schließlich öffne ich den Leichnam des Jünglings; reiße ihm das Herz heraus, um damit 30 das Antlitz meiner Blutzeugin einzuseifen; nötige letztere, etwelche Häppchen davon abzubeißen. Ich konnte mich nicht länger bemeistern; und der hochmütige Jérôme, der gerade zwei Geschöpfe seinem Willen unterworfen hat, beugte sich in diesem Augenblick demjenigen seines Schwanzes: nie noch spannte jemand mit größe- 35 rer Gewalt. Aufgrund des überwältigenden Dranges, meinen Ficksaft zu veräußern, nötige ich mein Opfer dazu, das Glied des Geliebten in den Mund zu nehmen, und bei diesem Stand der Dinge fahre ich ihr in den Arsch. In meiner Hand lag ein Dolch; der Tod sollte sie just im Augenblick meiner Entladung treffen ... sie naht: ich

schicke erste Stiche voraus; ich will ihr einen Tod auf Raten geben. Mittlerzeit obliege ich voll Wonne dem wollüstigen Gedanken, die göttlichen Ausbrüche meines Lustkrampfes auf die letzten Seufzer meiner Fickliese abzustimmen.

– Indes ich die süßesten Momente im Leben eines Menschen koste, so dachte ich und feilte sie mit kräftigen Lendenstößen, wird sie die allerschlimmsten erleben... erleiden.

Taumel erfaßt meine Sinne; ich packe sie mit der einen Hand bei den Haaren, mit der anderen treibe ich ihr den Dolch fünfzehnmal nacheinander in Busen, Unterleib und Herz. Sie haucht ihre Seele aus, und noch immer ist mein Ficksaft nicht verströmt. Alsdann, meine Freunde, spürte ich deutlich, wie wunderbar es doch ist, ein Geschöpf beim Ficken zu meucheln. Je heftiger die von mir ausgeteilten Dolchstiche ausfielen, desto stärker zog sich der zuckende Anus meiner Blutzeugin zusammen; und als ich das Herz durchbohrte, nahm der Druck derart zu, daß es meinen Schwanz zerfetzte. O du wonnevolle Lust! zum ersten Mal kostete ich dich auf diese Weise; und ich stehe tief in deiner Schuld, denn du hast mir eine Lektion erteilt, aus der ich seither weidlich Nutzen schlug! Derart heftigen Aufwallungen folgen einige Augenblicke der Ruhe; doch der Anblick einer Missetat konnte nicht umhin, in einer Sünderseele vom Schlage der meinigen binnen kurzem neue Begierden zu entfachen.

– Ich habe den Leichnam des Liebhabers gevögelt, sagte ich mir, weshalb also sollte ich nicht auch denjenigen der Buhle vögeln?

Héloïse war so schön als wie zuvor; ihre blasse Haut, die zerzauste Haarpracht, der machtvolle Reiz, der auf den verzerrten Zügen ihres zauberhaften Antlitzes lag, all dies läßt mich von neuem anschwellen; ich spieße den Arsch auf und spritze ein letztes Mal aus, indes ich ihr Fleisch verschlinge.

Sowie das Trugbild verflogen ist, raffe ich die Juwelen, das Geld zusammen und suche das Weite, ohne vor meiner Freveltat irgend Abscheu zu hegen: ah! hätte ich sie bereut, so hätte sie mir seither gewiß nicht derart oft zu einem Steifen verholfen!... Nein, ich verabscheute sie keineswegs, diese wonnereiche Freveltat; wohl aber bedauerte ich es sehr, ihr nicht noch viel gewaltigere Ausmaße verliehen zu haben.

Ich kehrte zu meinem Wagen zurück und setzte spornstreichs meine Fahrt gen Venedig fort. Da mir die Witterung des Landstriches von Trient sowie die Wesensart der Einwohner ganz und gar nicht gefallen wollten, entschied ich mich für Sizilien.

– Dort, so sagte ich mir, liegt die Wiege von Gewaltherrschaft und Grausamkeit: der Schriftsteller und Dichter Berichte über die
5 Roheit der Inselbewohner von eh und einst lassen mich hoffen, auch bei den Abkömmlingen der Lästrygonen, Zyklopen und Lotophagen noch auf etwelche Spuren von deren Lastern zu stoßen.[1] Ihr werdet sehen, ob ich mich getäuscht oder ob die Priester, die Adligen und die reichen Kaufleute dieser lustreichen Insel nicht alle
10 unabdingbaren Eigenschaften besitzen, um uns von der Entsittlichung und Wildheit ihrer Altvorderen eine getreue Vorstellung zu vermitteln. Von diesem Vorhaben beseelt, reiste ich durch ganz Italien; und unter Absehung etwelcher schlüpfriger Spielchen, etwelcher Verbrechen, die ich in aller Heimlichkeit beging, um nicht aus
15 der Übung zu kommen, widerfuhr mir nichts, was im Vergleich zu den noch ausstehenden Schilderungen, eure Aufmerksamkeit mit Fug in Anspruch nehmen dürfte.

Mitte September schiffte ich mich in Neapel auf einem artigen kleinen Kauffahrteischiff ein, das Kurs auf Messina nahm und an
20 dessen Bord mir der Zufall eine gute Gelegenheit zu einem Willkürverbrechen bot, welches ebenso ungesehen wie aufreizend war. Unter uns befand sich eine Händlerin aus Neapel; ihre Geschäfte führten sie nach Sizilien, und sie reiste in Begleitung zweier bezaubernder kleiner Mädchen: ihre Töchter, die von ihr höchstselbst
25 gestillt worden und ihr so sehr ans Herz gewachsen waren, daß sie sich keinen einzigen Augenblick von ihnen trennen wollte. Die Ältere mochte vierzehn Jahre zählen: ein verträumter Gesichtsausdruck, eine blonde Haarpracht und die liebreichste Wohlgestalt. Der Zauber ihrer anderthalb Jahre jüngeren Schwester lag in einem ganz
30 anderen Bereich; ihre Gesichtszüge waren aufreizender als diejenigen der Erstgeborenen und erregten, wenn man so will, weniger unsere Anteilnahme denn vielmehr unsere Liebesbrunst; kurz, ihr eignete alles, um die Männer zwar nicht auf so sanfte Weise anzuziehen wie ihre Schwester, dafür aber um selbst das in Liebesdingen
35 widerbockigste Herz im Sturmlauf zu erobern. Kaum hatte ich diese beiden Mädchen erblickt, stand es für mich bereits fest, daß ich sie

[1] Allüberall (so meint Bridoine in seiner fesselnden *Voyage de Sicile*), wo die Luft von flammenzüngelnden Dämpfen geschwängert ist, sind die Einwohner erzböse und kreuzverdorben.

hinopfern würde. Ihrer zu genießen, war ein schwierig Unterfangen: die Mutter hütete ihre Lieblinge wie ihren Augapfel, so daß es mich nicht einfach dünkte, einen günstigen Zeitpunkt zum Angriff zu finden. Blieb noch der Ausweg, sie schlicht und einfach hinzuschlachten; diesen beiden allerliebsten Geschöpfen den Lebensfaden 5 zu durchtrennen, schien mir mehr Vergnügen zu verheißen, als ihnen das Leben dadurch zu versüßen, daß ich sie mit den Annehmlichkeiten der Liebeslust bekannt machte. Meine Ficke, in der stets fünf oder sechs verschiedene Gifte griffbereit lagen, bot mir mancherlei Möglichkeit, ihnen das Lebenslicht auszublasen; doch schien 10 mir dies für eine Mutter, die ihre Töchter derart zärtlich verabgottete, kein hinlänglich empfindlicher Schlag zu sein: ich sann auf einen möglichst aufsehenerregenden Tod, der sie mit Pauken und Trompeten aus heiterem Himmel treffen sollte; es juckte mich namentlich, ihnen auf dem Grunde jener Wogen, über die wir dahinglitten, 15 ein Grab zu bereiten. Diese beiden jungen Geschöpfe besaßen die Leichtfertigkeit (wobei es mich höchlich verwunderte, daß sie niemand daran hinderte), sich jeweils auf die Reling des Oberdecks zu setzen, derweil die Mannschaft ihr Mittagsschläfchen abhielt. Am dritten Tag unserer Überfahrt nutze ich die Gunst des Augenblicks; 20 pirsche mich an sie heran; schlinge meine stählernen Arme um ihre Leiber, hebe sie alle beide empor, ohne ihnen die Möglichkeit zu lassen, sich mit ihren Händen an mir festzuklammern, und schleudere sie Hals über Kopf in das salzige Element, welches sie auf immerdar verschlingen sollte. Der Kitzel ward so heftig, daß ich in 25 meine Beinkleider spritzte. Durch das Gekreisch wurden alle geweckt; ich faßte mich so, als ob ich mir noch die Augen reiben und als erster gewahren würde, wem dieser Unfall zum Verhängnis geworden war; ich stürze auf die Mutter zu und eröffne ihr:

– Oh! Gnädigste, um Ihre Töchter ist es geschehen!   30
– Was sagen Sie da?
– Leichtsinn ... sie saßen auf dem Oberdeck ... ein Windstoß ... es ist um sie geschehen, Gnädigste! es ist um sie geschehen!

Man mag sich keine Vorstellung davon machen, wieviel Herzweh diese Heillose anwehte; nie noch, so denke ich, sprach die Natur 35 beredter und gefühlsseliger aus einem Menschen; und nie noch waren hinwiederum wollüstigere Empfindungen durch meine Sinne geströmt. Wieder zu sich gekommen, schenkte mir diese Frau volles Vertrauen. Als man sie an Land setzte, befand sie sich in einer

furchterregenden Verfassung. Ich bezog dieselbe Herberge wie sie. Als sie ihr Ende nahen spürte, überreichte sie mir ihre Brieftasche mit der Bitte, sie ihrer Familie zuzustellen; ich versprach ihr alles und hielt nichts. Die sechshunderttausend Francs, welche in dieser Brief-
5 tasche steckten, stellten eine allzu beträchtliche Summe dar, als daß sich ein Mann mit meinen Grundsätzen eine solche Gelegenheit hätte entgehen lassen; und die gramgeplagte Neapolitanerin verschied am zweiten Tag nach unserer Ankunft in Messina, so daß ich mich dieses Geldes schon bald unbehelligt erfreuen konnte. Etwas
10 aber nagt, wie ich gestehen muß, sehr wohl an meinem Gewissen: sie vor ihrem Ableben nicht gevögelt zu haben; da sie gut erhalten und zudem tiefunglücklich war, hatte sie in mir die heftigsten Begierden geweckt; doch befürchtete ich, ihr Vertrauen zu verspielen; und da es sich bei ihr lediglich um ein Weib handelte, siegte in
15 diesem Falle, wie ich gestehen muß, die Gewinnlust über den Lustgewinn.

Ich besaß in Messina keine ferneren Empfehlungen als die Wechselbriefe, mit denen ich mich zu Venedig versehen hatte, weil ich, in Ansehung des Währungsunterschiedes, mein ganzes Bargeld in wei-
20 ser Voraussicht gegen sizilianische Papiere hatte eintauschen wollen. Der Wechsler, dem ich sie vorlegte, begegnete mir viel höflicher als es etwa der Fall wäre, wenn ein Sizilianer in derselben Absicht bei einem Pariser Wechsler vorstellig würde; und überhaupt muß ich der mustergültigen Weltgewandtheit aller ausländischen Kaufleute,
25 mit denen ich Geschäfte tätigte, der Gerechtigkeit halber eines zugute halten: ein Wechselbrief gilt ihnen gleichsam als Empfehlungsschreiben; und die aufrichtigsten... mannigfaltigsten Anerbietungen ergänzen, in zwischenmenschlicher Hinsicht, jene Schuldbriefe, die ihre Handelspartner, in geschäftlicher Hinsicht, ausgestellt
30 haben.

Ich bezeugte meinem Wechsler den von mir gehegten Wunsch, mit den erklecklichen Geldsummen, in deren Besitz ich stand, ein herrschaftliches Landgut zu erwerben.

– Die Herrschaft des Feudalwesens ist hier noch ungebrochen,
35 sprach ich zu diesem rechtschaffenen Manne; Grund genug, mich hier niederzulassen: ich will imgleichen meine Männer befehligen und den Boden bebauen, über Land und Lehensleute gleichermaßen gebieten.

– In diesem Falle sind Sie in Sizilien am richtigen Ort, erwiderte mir mein Geschäftsfreund; dies ist ein Land, wo der Lehnsherr frei über Leib und Leben seiner Untertanen verfügt.

– Genau das suche ich, gab ich zur Antwort.

Um mich jedoch mit derlei Kleinigkeiten nicht länger aufzuhalten, sollt ihr, werte Freunde, lediglich zur Kenntnis nehmen, daß ich mich binnen eines Monats zum Herrn über zehn Pfarren und zum Besitzer des anmutigsten Landgutes sowie des allerschönsten Schlosses aufschwang, das, ganz in der Nähe des Golfes von Catania, im Tal der Ruinen von Syrakus lag, will sagen in der schönsten Gegend Siziliens.

Ich säumte nicht, mich mit einem stattlichen und in Anbetracht meiner Neigungen statthaften Hausstaat auszustatten. Als gesonderte Bedingung wurde im Pflichtenheft all meiner Kammerdiener und Zofen die anstandslose Befriedigung meiner Gelüste aufgeführt. Meine Hofmeisterin, Donna Clémentia mit Namen, war ein Weib von ungefähr sechsunddreißig Jahren und eines der prachtvollsten Geschöpfe auf dem ganzen Eiland; ihr oblagen schlüpfrige Handreichungen in meiner Gegenwart sowie das Aufspüren von Untertanen beiderlei Geschlechts für meine Zwecke; und ich kann euch dafür bürgen, daß es mir während der ganzen Zeitspanne, in der sie dies Amt an meiner Seite versah, an nichts gebrach. Bevor ich mich häuslich einrichtete, durchstreifte ich die berühmten Städte dieses liebreizenden Landstriches; und wie ihr euch denken mögt, gebührte Messina bei meinen Nachforschungen der Vorrang. Theokrits Schilderungen der sizilianischen Lustbarkeiten hatten nicht wenig dazu beigetragen, in mir den Wunsch zu wecken, in einem derart wunderbaren Land ansässig zu werden. Ich fand alles bestätigt, was er über die milde Witterung, über die Wohlgestalt der Einheimischen und insonderheit über deren Libertinage berichtet. Kein Zweifel, daß die wohltätige Natur den Menschen gerade unter einem derart erholsamen Himmelsstrich mit sämtlichen Neigungen, sämtlichen Leidenschaften segnet, die sein Dasein versüßen können; und allhier soll man ihnen denn auch frönen, wenn man erfahren will, welche Fülle von Glück diese zärtliche Mutter ihren Kindern gewährt. Nachdem ich Catania und Palermo gleichfalls besichtigt hatte, kehrte ich zurück, um mein Schloß in Besitz zu nehmen. Auf einer hohen Krete gelegen, ergötzte ich mich dortselbst imgleichen an der allerreinsten Luft und am zauberhaftesten Rundblick.

Überdem schmeichelte diese festungsartige Anlage der Hartherzigkeit meiner Neigungen im höchsten Maße. Die Geschöpfe, die ihnen zum Opfer fallen sollen, so sagte ich mir, werden hier als wie in einem Kerker schmachten: da ich ineins ihr Herr und Meister, ihr Richter und Henker bin, werden sie nirgendwo einen Fürsprecher finden! Oh! wie göttlich sind doch Verlustierungen, die durch Gewaltherrschaft und Unterdrückung auf die Spitze getrieben werden!

Clémentia hatte während meiner Abwesenheit dafür Sorge getragen, mein Serail zu bevölkern; und dank ihrer Mühewaltungen fand ich es bei meiner Rückkehr mit zwölf Jünglingen zwischen zehn und achtzehn Jahren, die sich der allerhübschesten Wohlgestalt erfreuten, sowie mit der nämlichen Anzahl Mädchen bestückt, die mehr oder minder im selben Alter standen: auf mein Geheiß wurden sie Monat für Monat ausgewechselt; und ihr könnt euch, meine Freunde, selber ausmalen, welch unzüchtigen Entartungen ich mich in die Arme warf. Unvorstellbar, welcherlei Kunstgriffe ich dabei in Anschlag brachte... mit welcherlei Wildmütigkeit ich sie würzte: seit meinem Techtelmechtel zu Trient war ich mit blutrünstigen Lustbarkeiten so innig vertraut, daß ich ihrer nicht mehr entbrechen mochte. Aus Neigung, Veranlagung, Bedürfnis grausam, konnte ich einer Sinnenlust nichts abgewinnen, wenn sie nicht das Siegel jener viehischen Leidenschaft trug, welche mich verzehrte. Zum Auftakt ließ ich meine Greueltaten nur auf Weiber niederprasseln; die Wehrlosigkeit dieses Geschlechts, seine Sanftmütigkeit, seine Anmut, sein Zartsinn schienen mir samt und sonders würdige Ziele meiner unmenschlichen Ausbrüche: bald schon sah ich meinen Irrtum ein; ich merkte, daß es ungleich wonnereicher ist, statt solch dünner Grashalme, die sich unter der Sense biegen, widerstandsfähigere Ähren zu ernten, und es war eher auf falsche Bescheidenheit denn auf Berechnung zurückzuführen, daß mir dieser Gedanke nicht schon früher beigefallen war. Ich wagte einen Versuch. Der erste von mir hingeschlachtete Lustbube, fünfzehnjährig und schön wie Amor, verschaffte mir einen derart heftigen Lustkitzel, daß meine Streiche fortan viel öfter diese Gruppe trafen als die andere. Augenscheinlich hegte ich vor den Weibern allzu große Abscheu, um sie auch nur zu meiner Beute zu machen, und da mir die Reizungen junger Knaben eindringlichere Wollust bereiteten, züchtigte ich sie gezwungenermaßen mit um so größerer Wonne. Aufgrund

dieser durch nackte Tatsachen erhärteten Annahme ließ ich keine
Woche verstreichen, in der ich nicht ihrer drei oder vier hinschlachtete, und zwar jedesmal vermittels neuer Folterungen: bisweilen
setzte ich ein Pärchen in einem weitläufigen, von schroffen Mauern
eingefriedeten Park aus, von wo sie unmöglich entkommen konn- 5
ten: dort hetzte ich sie wie Hasen; ich spürte sie auf, indem ich hoch
zu Roß durch meinen Park ritt; und sowie ich sie eingefangen hatte,
hängte ich sie vermittels eherner Halsketten an Bäumen auf; darunter wurde ein gewaltiges Feuer entfacht, das sie mit Haut und
Haaren verzehrte. Dann wiederum ließ ich sie vor meinem Pferd 10
einhertraben und trieb sie mit wuchtigen Peitschenhieben in ihre
Flanken an; sowie sie strauchelten, sprengte ich mit meinem
Schlachtroß über ihren Bauch hinweg oder jagte ihnen eine Pisto-
lenkugel durch den Kopf. Manches Mal verwandte ich weit ausge-
klügeltere Folterschliche, deren Ausführung nur im Schatten und in 15
der Stille eines Geheimgemaches ratsam war; die getreue Clémentia
aber war bei derlei lustvollen Entdeckungsfahrten stets zur Stelle, um
mich aufzureizen oder Schandspiele in Szene zu setzen, deren
Hauptrollen sie mit ihren hübschesten Mädchen besetzte. Glücklicherweise fand ich in dieser Clémentia all jene Eigenschaften ver- 20
sammelt, die für das von mir erwählte, wildmütige und rausch-
wütige Leben unentbehrlich waren. Die Schelmendirne war
abgrundböse, unkeusch, schwelgsüchtig, gottlos: kurz, sie besaß dieselben Laster wie ich und keine fernere Tugend als jene, mir zutiefst
zugetan und mit Leib und Seele untertan zu sein. Dank der Liebes- 25
mühen dieses zauberhaften Mädchens führte ich auf diesem Schlosse
also ein höchst wonnereiches und meinen Neigungen in jedweder
Hinsicht entsprechendes Leben, da lockte mich die Flatterhaftigkeit,
Todfeind, aber auch Herzstück aller Lustbarkeiten, aus meinem
friedvollen Wohnsitz, auf daß ich mich wieder auf die große Bühne 30
der weiten Welt mit all ihren Abenteuern wagte. ·

Sobald die Lustbarkeiten von keinerlei Hindernissen mehr
angefochten werden, stumpft man ab; man will sie mit Beschwerlichkeiten würzen; und in der Tat schwingt man sich nur dank ihnen
zur höchsten Lust auf. Ich ließ Clémentia auf meinem Schloß 35
zurück und richtete mich abermals in Messina ein. In Windeseile
verbreitete sich das Gerücht, daß ein reicher Junggeselle in diese
Hauptstadt gezogen sei, was mir die Pforten aller Paläste öffnete, in
denen heiratsfähige Töchter wohnten: ich durchschaute die Hinter-

gedanken auf Anhieb und beschloß, damit meinen Schabernack zu treiben.

Unter all jenen Häusern, in denen man mich mit augendienerischem Wohlwollen empfing, fiel meine besondere Aufmerksamkeit
5 auf dasjenige des Edelmannes Rocupero. Dieser betagte Adelsherr und seine Gemahlin mochten es zusammen auf etwa ein Jahrhundert bringen. Aufgrund der Bescheidenheit ihres Vermögens ernährten und erzogen sie die drei prächtigsten Mädchen, welche die Natur zeither geschaffen, mit allzu großer Sparsamkeit. Die Erst-
10 geborene hieß Camille; sie zählte zwanzig Jahre, war brünett, ihre Haut schimmerte blaß, sie besaß die ausdrucksvollsten Augen, den küßlichsten Mund und Hebes Hüftschwung. Die Zweitgeborene war, wiewohl weniger wohlgestalt, noch viel anziehender und zählte erst achtzehn Jahre; kastanienbraun war ihr Haar; ihre großen,
15 blauen, schmachtenden Augen strömten imgleichen Liebe und Lust aus; ihre ausladenden und wohlgewölbten Hüften verhießen Hochgenuß; man rief sie Véronique; und gewiß hätte ich sie nicht nur Camille, sondern der gesamten Welt vorgezogen, wären da nicht die himmlischen Verlockungen von Laurence gewesen, die, wennzwar
20 kaum fünfzehnjährig, ihre Schwestern sowohl als auch alle anderen holdseligen Geschöpfe von Sizilien an Schönheit übertraf.

Kaum war ich im Hause dieses wackeren Edelmannes eingeführt, da beschloß ich, es imgleichen mit Wirrsal und Trübsal, mit Unzucht, Schimpf und Schande sowie mit allen Geißeln des Ver-
25 brechens und der Verzweiflung heimzusuchen. Redlichkeit herrschte in diesem Hause; die Schönheit, die Tugend schienen hier ihr Heim errichtet zu haben; was bräucht' es mehr, um in mir den Wunsch aufkeimen zu lassen, es durch alle ersinnlichen Frevel zu beflecken! Den Anfang machte ich mit kostbaren Geschenken,
30 die man nur widerstrebend annahm; doch die von mir schon bald bekundeten Heiratsabsichten ließen keine abschlägige Antwort mehr zu. Man bat mich, meine Absichten genauer darzulegen.

– Wie sollte ich mich nach Ihrem Dafürhalten, erwiderte ich, zwischen diesen drei Grazien entscheiden können? räumen Sie mir
35 doch etwas Zeit ein, Ihre betörenden Töchter näher kennenzulernen, bis ich Ihnen eröffnen kann, welcher mein Herz gehören soll.

So weit, so gut; und wie ihr euch leichtlich denken könnt, nutzte ich den Aufschub, um alle drei zur Sünde zu verleiten. Da ich ihnen unverbrüchlichstes Stillschweigen anempfohlen hatte, hüteten sie sich, einander meine Lippenbekenntnisse auszutratschen, so daß keine von ihnen wußte, wie weit mein Vorhaben mit ihren Gefährtinnen bereits gediehen war. Nun aber ging ich wie folgt zu Werke.

Als erste verführte ich Camille; indem ich sie mit den verheißungsvollsten Eheversprechungen blendete, entlockte ich ihr binnen eines Monats alles, was ich begehrte. Wie schön sie war! in welche Verzückung ich in ihren Armen fiel! Kaum war sie auf jedwede Weise gevögelt, belagerte ich Véronique; ich weckte Camilles Eifersucht und hetzte sie so lange gegen ihre Schwester auf, bis sie fest dazu entschlossen war, sie zu erdolchen. Die Heißblütigkeit der Sizilianerinnen schreckt selbst vor blutrünstigsten Mitteln nicht zurück; dortzulande kennt man lediglich zweierlei Leidenschaften: Rache und Liebe. Sowie ich wähnte, mich auf Camilles verbrecherisches Trachten verlassen zu dürfen, warnte ich Véronique; es gelang mir, sie über alles aufzuklären, so daß sie nicht einmal mehr im Zweifel Trost suchen konnte. In ihrer Niedergeschlagenheit war diese schöne Tochter allerdings eher bänglich denn unternehmungslustig, und sie bekniet mich, sie, wofern ich sie liebe, zu entführen, um sie dieserweise vor dem entfesselten Zorn einer Schwester zu retten, die erfahrungsgemäß zu allem fähig sei.

– Mein Engel, wende ich nun ein, wäre es nicht klüger, das Übel an der Wurzel zu packen, die wahren Urheber auszumitteln und uns ohne Umschweife zu rächen?

– Es gibt keine fernere Ursache, erwiderte mir Véronique, als die unbändige Liebe, die Camille zu dir gefaßt; sie bemerkt, daß du mir den Vorzug gibst, und diesethalben trachtet mir diese Ausgeburt der Hölle nach dem Leben!

– Ich beurteile diese ganze Angelegenheit anders als Sie, gab ich zur Antwort: spiegeln Sie sich nichts vor, mein Seelenlieb, Ihre Eltern ziehen Ihnen Camille in allen Belangen vor. Wer weiß, ob mich dies Mädchen liebt; fest steht lediglich, daß ich ihr niemals irgend Hoffnungen gemacht. Doch haben sich Ihre Eltern in aller Freimütigkeit an mich gewandt; machen Sie sich nichts vor, ihre ganze Zuneigung gehört Camille: wollte ich meine Vorliebe für Sie bezeugen, so würde ich ungezweifelt abgewiesen. Sie nun raten mir zur Flucht; ein fährnisreicher Ausweg; dies wäre ein Vergehen gegenüber Ihren Eltern, das von ihnen selber oder vom Gericht zur Kenntnis genommen und dessen Ahndung schon bald unser Vermögen oder gar unser Leben zugrunde richten würde. Es gibt, wie mir scheint, eine einfachere und vielversprechendere Möglichkeit: rächen wir uns Schlag auf Schlag an Camille, die Ihnen nach dem Leben trachtet, sowie an Ihren Eltern, die sie hiezu ermuntern.

– Wie denn?

– Mit einem Mittel, das uns die Natur hier, in diesem gesegneten Land, auf Schritt und Tritt anbietet.

– Gift?

– Aber gewiß doch.

– Meinen Vater, meine Mutter und meine Schwester vergiften!

– Haben sich diese drei nicht gegen Sie verschworen?

– Dies ist nur ein Verdacht.

– Den Beweis wird Ihnen Ihr eigener Tod liefern.

Nachdem sie kurz nachgedacht hatte, fuhr Véronique fort:

– Mir ist bekannt, daß andere Frauen ein Gleiches getan haben: letzthin hat Donna Capraria ihren Gemahl vergiftet.

– Was hält Sie also noch zurück, meine Teure?

– Die Furcht, bei Ihnen in Ungnade zu fallen: nach vollbrachter Rache wird sich Ihr Gemüt abkühlen; Sie werden mich verachten.

– Keine Angst; ich werde in Ihnen alsdann vielmehr ein heißblütiges, beherztes, liebesmunteres, leidenschaftliches Mädchen sehen, kurzum, ein willensstarkes Mädchen, und allein schon diesetwegen werde ich Sie noch tausendmal glühender verehren. Zaudere nicht länger, Véronique, oder du verspielst mein Herz auf alle Zeiten.

– O mein Freund, und der Himmel?

– Eitle Befürchtungen; der Himmel hat sich noch nie in den Lauf der Welt eingemischt; nur in Menschenhand verkommt sein Richtspruch zur stumpfen Waffe von Aberglaube, Lug und Trug. Es gibt keinen Gott; und dies hassenswerte Schreckgespenst ist ebenso nichtswürdig wie die auf ihm gründenden Bestrafungen und Belohnungen. Ah! gäbe es einen Gott, den das Verbrechen verletzte, würde er dann dem Menschen noch und noch Mittel in die Hände spielen, es zu begehen? Was sage ich! würde das Verbrechen den vorgeblichen Schöpfer der Natur verunglimpfen, dann wäre dieses Verbrechen doch gewiß kein wesentlicher Bestandteil der Gesetze ebenjener Natur? Bedenke also, daß sich diese lasterhafte Natur nur an Verbrechen labt und nur dank ihnen lebt; und wofern sie der Verbrechen nicht entbrechen kann, vermögen diese weder der Natur noch jenem spintisierten Wesen, das du für deren Beweger hältst,

irgend Schaden zuzufügen. Was der Mensch in seiner Unverfrorenheit Verbrechen schimpft, fällt mit jenen Taten zusammen, die den
Satzungen der Gesellschaft darwiderlaufen; doch was schiert sich die
Natur um die Satzungen der Gesellschaft! schließlich beruhen letztere doch gar nicht auf ihren Einflüsterungen! und wandeln sich 5
diese Gesetze nicht von Landstrich zu Landstrich? Denn so entsetzlich Ihnen eine Tat auch vorkommen mag, der Frevel, mit dem sie
nach Ihrem Dafürhalten behaftet ist, besitzt lediglich in einem
beschränkten Gebiet Gültigkeit: infolgedessen kann ein solcher
Frevel nie und nimmer der Natur, deren Gesetze im ganzen Wel- 10
tengebäude obwalten, zum Schaden gereichen. Der in Europa für
eine Sünde erachtete Elternmord steht in verschiedenen Gegenden
Asiens in hohen Ehren: dies gilt auch für allen übrigen menschlichen
Handel und Wandel; ich fordere Sie also dazu auf, mir auch nur eine
einzige, weltweit für lasterhaft erachtete Tat anzuführen. Bedenken 15
Sie überdem, daß es sich im vorliegenden Falle lediglich um Not-
wehr handelt und daß demnach sämtliche zu diesem Behufe in
Anschlag gebrachte Mittel nicht nur weit davon abstehen, verbrecherisch zu sein, sondern vielmehr tugendhaft sind, denn das erste
und hehrste Gesetz, das uns die Natur einhaucht, ist die Selbsterhal- 20
tung, zu welchem Preise und auf wessen Kosten sie auch immer
gewährleistet sein mag: schreiten Sie zur Tat, Véronique, zur Tat,
oder Sie sind Ihres Orts dem Untergange geweiht.

Das Feuer, welches ich in den Augen dieses zauberhaften
Mädchens funkeln sah, verriet mir schon bald den Erfolg meiner 25
Reden.

– Wohlan! sprach sie nach einem minutenlangen, heftigen Hin
und Her, wohlan, Jérôme, ich werde tun, was du sagst. Ich kenne die
erforderlichen Arzneien; hierzulande sind einem all diese Pflanzen
wohlvertraut: ich gelobe dir, daß von jenen Geschöpfen, die an 30
unserem Untergange werkeln, binnen dreier Tage kein einziges
mehr am Leben sein wird: entferne dich für diese Zeitspanne; ich
will nicht, daß du in Verdacht gerätst.

Ich erklärte mich herzlich gerne damit einverstanden, da ich
diesen Aufschub benötigte, um die dritte Schwester zu umgarnen. 35
Dies Unterfangen war Clémentias Geschäft. Ich ließ sie nach
Messina kommen; machte sie mit Laurence bekannt; und schon am
nächstfolgenden Tag ward letztere auf mein Schloß geführt. Sie war
keine zwei Stunden fort, als die von Véronique geschmiedeten

Blitze einschlugen. Sie verwandte den Saft von Wolfswurz, einer besonders fährnisreichen Art des Eisenhutes, die im sizilianischen Gebirge in rauhen Mengen zu finden ist; und die drei Opfer verendeten unter entsetzlichen Krämpfen. Als der Anschlag vollbracht war, raffte sie so viel als irgend möglich zusammen: Juwelen, Brieftasche, Geldtruhe, alles wurde entwendet; und mit diesen dürftigen Reichtümern suchte sie mich in einem Landhaus nahe der Stadt auf, wo ich mit ihr ein Stelldichein vereinbart hatte: sie unterrichtete mich über das Verschwinden ihrer Schwester, ohne das Wie und Warum zu verstehen.

– Du wirst sie bald wiedersehen, sprach ich zu ihr; ich hielt es für angebracht, sie in Sicherheit zu bringen: laß uns aufbrechen, sie erwartet uns auf meinem Landgut.

Diese Vorkehrung schien Véronique anfänglich in Unruhe zu versetzen; ich beschwichtigte sie. Doch könnt ihr euch wohl denken, wie ihr zumute ward, als sie bei der Ankunft aus Laurence' eigenem Munde erfuhr, wie diese ihres Orts entführt worden war und welcherlei Reden Clémentia geschwungen hatte, seit sie auf meinem Schlosse weilte.

– O Schuft! du hast mich hintergangen, rückte sie mir vor.

– Nein, ganz und gar nicht, entgegnete ich ihr, ich habe dir niemals irgend Versprechungen gemacht. Deine Schwester hat in mir dieselbe Begierde geweckt wie du; und ich wollte euch, mein Engel, alle beide, ja mehr noch, alle drei ficken; denn es erübrigt sich, dir noch länger zu verhehlen, daß mir auch Camille erlag.

– Und du warst imstande, mir zu befehlen, ich solle sie hinopfern... o Ungeheuer!

Man weint, rauft sich die Haare; doch all diesen Tränen trotzend, sinne ich nur mehr noch auf meine Lust. Diese beiden märchenhaften Mädchen befriedigten ineins all meine Laster; selbander stillten sie meine Leidenschaften ohne jedweden Vorbehalt: Arsch, Votze, Mund, Brüste, Achselhöhlen, alles wurde befickt, alles wurde befühlt; und ich entdeckte bei diesen beiden nicht weniger Liebreize, als ich bei ihrer Schwester gefunden hatte; insonderheit waren es Véroniques Arschbacken, die alles übertrafen, was ich in diesem Bereich an Formvollendetstem je gesehen; nie noch erblickte man einen schöneren Hintern, nie noch einen schöneren Busen! Unseligerweise hielt mich all dies nur gerade drei Tage lang in Atem: kaum hatte ich mich an diesen beiden Prachtmädchen gütlich getan, sann ich nur mehr noch darauf, sie ins Verderben zu stürzen. Doch mußte dies auf grausame Weise geschehen: je mehr Lust sie mir verschafft hatten, um so inniger sehnte ich mich danach, auf ihren Leibern eine Unsumme körperlicher Schmerzen zu vereinen, und um so entschiedener begehrte ich, dies auf möglichst abscheuliche 5 Art zu tun. Was konnte ich noch austüfteln? Ich hatte bereits alles getan, alles ausgeführt und schickte mich an, die berüchtigsten Folterknechte der Welt dazu herauszufordern, mir eine Tortur zu nennen, die ich noch nicht in Anschlag gebracht. Nach langen Grübeleien kam meiner verbrecherischen Vorstellungskraft jedoch 10 folgender, nie dagewesener Einfall:

Ich verwandte jene fünfzigtausend Francs, die Véronique ihren unseligen Eltern entwendet hatte, um eine Maschine bauen zu lassen, die ich euch nun eingehend beschreiben will.

Fasernackt steckten die beiden Schwestern in einer Art mit Treib- 15 bolzen durchwirktem Panzerhemd, das eine jede von ihnen auf einem kleinen Holzhocker festzwang, der mit Nadeln versehen war, ähnlich wie jene, die wir weiter unten beschreiben wollen, welche unter bestimmten Umständen ausgelöst wurden. Sie saßen acht Fuß voneinander entfernt; zwischen ihnen prangte eine mit den üppig- 20 sten und erlesensten Speisen beladene Tafel: ansonsten wurde ihnen keinerlei Kost gereicht. Um aber etwas davon zu erhaschen, mußten sie den Arm ausstrecken: sowie sie ihn bewegten, litten sie zunächst unter der Drangsal, bei diesem Versuch gewärtigen zu müssen, daß die Speisen außerhalb ihrer Reichweite lagen. Eine noch viel 25 einschneidendere Qual ließ nicht lange auf sich warten: durch das Ausstrecken der Arme bewirkte die Betreffende, daß bei ihr wie auch bei ihrer Nachbarin mehr denn viertausend eherne Nadeln oder Stecheisen hervorschnellten und die beiden Opfer im Hand-umdrehen zerfetzten, zerstachen und in Blut tauchten. Und so 30 konnten diese Bejammernswerten den sie verzehrenden Hunger nur zu stillen versuchen, indem sie sich selbander umbrachten. Eine Woche lang schmachteten sie unter dieser abscheulichen Folter, wobei ich täglich acht Stunden damit zubrachte, sie zu besichtigen und, vor ihren Augen, die liebreizendsten Geschöpfe meines Serails 35 zu sodomisieren oder aber mich von diesen ficken zu lassen. Zeit meines Lebens habe ich keinen heftigeren Kitzel genossen: unmöglich, all die körperlichen Empfindungen wiederzugeben, die mir

dies Schauspiel bescherte; im Verlauf einer Sitzung verlustierte ich meinen Ficksaft jeweils vier- oder fünfmal.

– Alle Wetter! das will ich glauben, sprach Severino und unterbrach an dieser Stelle die Erzählung durch die Lustschreie einer Entladung, die er in den Hintern eines der anmutigsten Mädchen des ganzen Abendmahls feuerte; jawohl, Fick, das will ich glauben, denn dies war der ausführliche Bericht vom ungewöhnlichsten Lustspiel, das einem zu Ohren kommen mag; und die Wollust, die unser Mitbruder Jérôme dabei empfand, muß verteufelt heftig gewesen sein, wenn ich nach Maßgabe derjenigen urteilen darf, die ich verspüre, wenn ich seiner Erzählung nur schon lausche.

– Fürwahr, eine derartige Maschine fehlt uns noch, stellte Ambroise fest, der sich von Justine wichsen ließ; und diese Rotzbübin da werde ich unstreitig als erste hineinspannen, wenn wir jemals in den Besitz eines solchen Gerätes gelangen sollten, das kann ich euch versprechen.

– Weiter im Text, weiter im Text, Jérôme, bat Sylvestre und brachte seinen eisenhart spannenden Schwanz zum Vorschein; denn wenn du uns noch länger bei dieser berauschenden Vorstellung verweilen ließest, würdest du uns womöglich alle dazu treiben, uns gegenseitig vollzuspritzen.

– Bei meinen zahlreichen Ausflügen nach Messina, nahm Jérôme den Faden wieder auf, hatte ich Gelegenheit gefunden, mit unseren liebenswürdigen Mitbrüdern, den Benediktinern der vielgepriesenen Abtei von Saint-Nicolas-d'Assena, Bekanntschaft zu schließen; sie waren so freundlich, mich ihr Gotteshaus sowie ihren Garten besichtigen und mich an ihrer Tafel Platz nehmen zu lassen; in ihrem Kreise fiel mein besonderes Augenmerk auf Pater Bonifacio aus Bologna, einen der bezauberndsten Freigeister, denen ich zeit meines Lebens begegnet bin. Aufgrund der Übereinstimmung unserer Gemüter pflegte ich mit diesem Mönch ein recht inniges Verhältnis, so daß wir einander Millionen von Geheimnissen anvertrauten.

– Glauben Sie denn, Jérôme, fragte er mich eines Tages, daß wir hier all jenen Lüsten entsagen, an denen sich die Weltlinge befriedigen? oh! bester Freund, machen Sie sich keine falschen Vorstellungen; aber damit ich ein solches Geheimnis vor Ihren Augen lüften darf, müßen Sie unserem Orden angehören; und in Ansehung Ihres Vermögens stünde Ihrem Eintritt auch nichts im Wege.

– Wie aber, wollte ich wissen, steht es um den Rang eines Guts-
herrn, den ich erworben, indem ich auf Ihrer Insel Land erstand?...
– Dies wäre lediglich ein zusätzlicher Grund, Sie aufzunehmen,
meinte Bonifacio; Sie sollen im Besitze Ihrer Güter bleiben, von uns
mit offenen Armen empfangen und ungesäumt in sämtliche 5
Ordensmysterien eingeweiht werden.

Man mag sich kaum einen Begriff davon machen, wie sehr mich
diese Vorstellung in Wallung brachte. Die Gewißheit, meine Sünden hinter der ehrfurchtgebietenden Maske der Religion verbergen
und mehren zu können, die von Bonifacio ebenfalls in Aussicht 10
gestellte Möglichkeit, schon recht bald zum himmlischen Mittler
zwischen dem Menschen und seinem Gaukelgott erhoben zu werden, sowie meine noch viel süßere Absicht, dies schändliche Beicht-
amt zu mißbrauchen, um ungestraft und nach Lust und Laune den
alten Frauenzimmern ihr Geld, den jungen aber ihre Unschuld zu 15
rauben; all dies versetzte mich in unbeschreibliche Hochspannung;
schon eine Woche nach Bonifacios inständiger Einladung ward mir
die Ehre zuteil, in der Mönche Harnisch zu schlüpfen und stehenden Fußes in das ganze sündliche Treiben dieser Verbrecher mitein-
bezogen zu werden. Doch wer hätte das gedacht, meine Freunde? 20
zugegeben, des Volkes Ehrfurcht und Unterwürfigkeit gegenüber
dem Pfaffentum sind in jenem Lande viel ausgeprägter als in Frankreich; zugegeben, es gab in Messina auch nicht eine einzige Familie,
in deren Geheimnisse diese Schurken nicht eingeweiht waren und
deren Vertrauen sie nicht genossen; und wie ihr wohl ahnt, schlu- 25
gen sie aus dem einen wie aus dem anderen weidlich Nutzen. Die
von euch im Innern des Klosters getroffenen Vorsichtsmaßnahmen
sind gewiß mustergültig, doch steht es außer Frage, daß man von
denjenigen der Benediktiner von Saint-Nicolas-d'Assena mit guter
Ursache ein Gleiches behaupten darf. 30

In weitläufigen, unterirdischen Gewölben, die nur den hohen
Tieren des Ordens bekannt sind, lagert in rauhen Mengen die
wollüstigste Ware, welche Italien, Griechenland und Sizilien her-
vorbringen mögen, seien es Jünglinge, seien es Jungfrauen; dort steht
die Blutschande nicht minder in Blüte als hier, und ich sah Mönche, 35
die ihre Nachkommen im fünften Gliede fickten, nachdem sie
schon die ersten vier Generationen gefickt: der einzige Unterschied
zwischen jenen Ordensbrüdern und euch besteht darin, daß sie sich
gar nicht erst die Mühe machen, ihre Ausschweifungen in der

Düsternis jener gewaltigen Gruft zu verbergen: sie steigen gar nie dort hinunter. In einer Geheimkammer ihrer Gemächer hängen Miniaturbildnisse von allen Kostbarkeiten, die sie dank ihrer Reichtümer anhäufen können, ohne auf die hohen Unkosten
5 Rücksicht zu nehmen; und jedes von ihrem Schwanz begehrte Geschöpf lassen sie sich im Handumdrehen herbeibringen: so kommt es, daß man sie tagaus, tagein dabei antrifft, wie sie entweder ihrer erlesenen Tafel oder den gottgleichen Geschöpfen huldigen, von denen ihr Serail überquillt. Was ihre schlüpfrigen Mutwil-
10 ligkeiten anbelangt, so könnt ihr euch leichtlich vorstellen, daß diese nicht minder verdorben sind als die eurigen; und all die Personen, welche aus jenem Gotteshaus in das unsrige übergesiedelt sind, haben euch hinreichend aufgezeigt, daß die Religion allüberall, wo sie im Dienste der Freigeisterei steht, wüsteste Verirrungen stiftet.

15 Die außergewöhnlichste Leidenschaft, die ich im Kreise dieser liebenswerten Hagestolze beobachten durfte, war jene von Dom Chrysostomos, dem Oberer des Hauses. Er verging sich stets nur an vergifteten Mädchen: sobald sie sich vor Schmerzen wanden, fuhr er ihnen in den Arsch, indes ihn zwei Männer wechselweise arsch-
20 fickten und ausfitzten. Wofern das Mädchen während dieses Treibens die Seele noch nicht ausgehaucht hatte, erdolchte er es zum krönenden Abschluß. War sie dem Tode nahe, so wartete er den letzten Seufzer ab, um ihr den Arsch mit Ficksaft zu füllen.

In der Gesellschaft dieser wackeren Patres wurde ich zusehends
25 verderbter und abgestumpfter; schließlich und endlich verhalf mir nichts mehr auf der ganzen Welt zu einem steifen Schweif.

– Bester Freund, sprach ich eines Tages zu Bonifacio, nachdem ich diesem epikureischen Lebenswandel zwei Jahre lang gefrönt; gewiß ist alles, was wir hier treiben, wunderbar; doch unterwerfen
30 wir uns die Geschöpfe, an denen wir uns gütlich tun, durch Gewalt, was mich, wie ich gestehen muß, weniger erregt, als wenn sie meiner Lust durch List und Tücke preisgegeben würden. Da ich auf dein Anraten hin nun einmal in dieses Gewand geschlüpft bin, fehlt mir, zur Verwirklichung meiner Vorhaben, nur mehr noch der
35 hochheilige Beichtstuhl. Ich flehe dich an, laß mich, wie versprochen, baldmöglichst darin Einsitz nehmen. Es ist unerhört, wie sehr mich diese Aussicht in Wallung versetzt; unfaßlich, wie sehr es mich danach drängt, alle mir durch dieses neue Amt eröffneten Möglich-

keiten auszuschöpfen, um ineins meine Habsucht und meine Unzucht zu befriedigen.

– Nun denn! meinte Bonifacio, nichts leichter als das.

Und als er mir eine Woche später den Schlüssel zum Beichtstuhl in der Kapelle der Heiligen Jungfrau einhändigte, sprach er zu mir: 5
– Wohlan, Sie glücklicher Sterblicher, wohlan; hier, der wolllüstige Trotzwinkel, nach dem Sie sich gesehnt; machen Sie ruhig reichlich von ihm Gebrauch; wenn Sie in ihm ebenso viele holdselige Geschöpfe verzehren, wie ich allhier während acht Jahren verschlungen habe, so will ich es nicht bereuen, Ihnen zu diesem 10
Stuhl verholfen zu haben.

Diese jüngste Ehre versetzte mich in derartige Verzückung, daß ich die ganze Nacht über kein Auge schließen konnte. Des andern Morgens war ich mit dem ersten Sonnenstrahl auf meinem Posten; und da gerade die Osterwoche angebrochen war, ließ sich der Vor- 15
mittag recht gut an. Ich werde euch nicht mit dem ganzen Gewäsch langweilen, das ich gleich einer Sündflut über mich ergehen lassen mußte; ich werde eure Aufmerksamkeit lediglich auf ein vierzehn Jahre junges, adliges Mädchen namens Frosine lenken, das sich eines derart liebreizenden Antlitzes erfreute, daß es sich nur verschleiert 20
aus dem Hause wagen durfte, wofern es sich nicht von einer Menschenmenge bedrängt sehen wollte, wie dies jeweils dann geschah, wenn es sich unverschleiert blicken ließ. Frosine vertraute sich mir mit der ganzen Arglosigkeit und Holdseligkeit ihrer Jugend an: die Stimme ihres Herzens hatte noch nicht zu ihr gesprochen, obzwar 25
sich keine andere Jungfer zu Messina von einer solchen Verehrerschar umschwärmt sah; doch allmählich verschaffte sich ihr feuriges Gemüt Gehör: da sie noch blutjung und unbescholten war und ich meine Fragen überaus geschickt stellte, klärte ich sie über alles auf, was für sie noch im dunkeln lag. 30

– Sie leiden, mein schönes Kind, sprach ich salbungsvoll zu ihr, das sehe ich; doch liegt die Schuld bei Ihnen: die Schamzüchtigkeit stellt nicht die unverschämte Forderung, daß man ihretwegen die Natur verleugnen müsse; Ihre Eltern verhehlen Ihnen die richtige Handhabung dieser vorgeblich zuchtreichen Tugend. Das Bild, das 35
sie Ihnen von ihr entwerfen, ist gleichermaßen unbarmherzig wie ungerecht. Als Geschöpf der Natur empfangen Sie alle fleischlichen Regungen, die Sie verspüren, ausschließlich von ihr; wie könnten Sie sich also wider sie versündigen, indem Sie ihnen nachgeben?

Es ist nämlich alles nur eine Frage der Wahl: Sie müssen nur die richtige treffen, so werden Sie sie niemals zu bereuen haben. Ich biete Ihnen an, Ihnen mit Rat und Tat zur Seite zu stehen; Geheimhaltung tut jedoch not: diese Gunst gewähre ich nicht all meinen
5 Beichtkindern; und Ihre Bevorzugung würde die Eifersucht der anderen schüren, was Ihnen unweigerlich zum Verderben gereichen würde. Kommen Sie morgen mittag, Schlag zwölf, hierher, in diese Kapelle, und begehren Sie mich zu sprechen; ich werde Sie in meine Kammer schlüpfen lassen und Ihnen dafür geradestehen, daß meine
10 Handreichungen in Bälde Friede, Glück und Seelenruhe nach sich ziehen werden. Indes, entledigen Sie sich unbedingt jener lästigen Anstandsdame, die Ihnen auf Schritt und Tritt folgt; kommen Sie ganz allein; sagen Sie, daß ich Sie zwecks einer frommen Unterredung erwarte und daß man Sie erst um zwei Uhr wieder abholen
15 solle.
Frosine erklärte sich mit all meinen Vorschlägen einverstanden und gelobte mir, sie zu beherzigen. Sie hielt Wort; folgen nun die Schliche, welche ich, meines Orts, in die Wege geleitet hatte, um diese Jungfrau mit sicherer Hand zu erobern und es ihr zu verun-
20 möglichen, jemals wieder zu ihrer Familie zurückzukehren.
Unmittelbar nach dieser Unterredung entschwand ich aus Messina; ich kehrte auf mein Schloß zurück und ließ im Kloster verlautbaren, daß mich dringliche Geschäfte für einige Tage fernhalten würden. Clémentia sprang für mich ein: wenn mich Frosine
25 zu sprechen begehren würde, sollte sie an meiner Stelle antworten; sie sollte unser junges Unschuldslamm mit Beharrlichkeit verführen und es nach und nach dazu vermögen, mich auf meinem Landsitz aufzusuchen. Als es soweit war, verbreitete Bonifacio, schließlich stand ich ihm bei seinen eigenen Liebeshändeln gleichermaßen bei,
30 um mir im Gegenzug seine Handhabe bei den meinigen zu sichern, verbreitete dieser Freund, wie ich schon sagte, in der ganzen Stadt das Gerücht von Frosinens Entführung. Ein gefälschter, in der Handschrift dieses Mädchens abgefaßter Brief sollte deren Eltern überbracht werden: in diesem Schreiben tat sie ihnen kund, ein
35 hochadliger Florentiner, der schon vor langem ein Auge auf sie geworfen, habe sie gezwungen, an Bord einer genuesischen Felucke zu gehen, die in Windeseile davonsegle; die Vermählung mit diesem Adelsherrn gereiche ihrem Glück zur Krönung, und da dies Beginnen in keiner Weise an ihre Ehre rühre, habe sie darein eingewilligt

und bitte nun ihre Eltern, ihr keinerlei Steine in den Weg zu legen; des weiteren könnten sie vollkommen unbesorgt sein, denn sie wolle ihnen nach ihrer Ankunft unverzüglich schreiben.

Lüsterne Listen haben ihren eigenen Schutzgott; sie finden den Gefallen der Natur, von der sie beschirmt werden; man erlebt es 5 denn auch nur selten, daß sie mißlingen: doch von allen, die zeither ersonnen worden sind, ist wohl, wie ich zu sagen wage, noch keine trefflicher geglückt. Am Tage nach dem von mir anberaumten Stelldichein in besagter Kapelle traf Frosine auf meinem Landsitz ein, und noch selbigen Abends ward sie eine Beute meiner Libertinage. 10 Doch wie baß war ich erstaunt, als ich gewahrte, daß Frosine nebst dem anmutigsten Antlitz, das man erblicken mochte, mit den unscheinbarsten Reizungen bedacht war! Zeit meines Lebens sah ich keinen derart hageren Arsch, keine derart bräunliche Haut; nicht einmal der Ansatz zu einem Busen und die schlechtweg schleimig- 15 ste und schiefgewachsenste Scheide. Von bezaubernden Gesichtszügen verlockt, fickte ich sie zwar gleichwohl, jedoch nicht ohne sie dabei zu mißhandeln; schließlich läßt sich niemand gerne zum Narren halten. Frosine sah ihre Torheit ein und beweinte sie bitterlich; da mußte ich schon wieder zurückkreisen, um durch meine Anwe- 20 senheit jedweden Verdacht von mir abzulenken, und so ließ ich sie von Clémentia in ein finsteres Verlies werfen; dadurch wollte ich einerseits verhindern, daß sie bei allfälligen Hausdurchsuchungen entdeckt würde, und mir andererseits das Vergnügen verschaffen, sie, getreu meinen Gepflogenheiten, ein wenig leiden zu lassen, immer- 25 hin hatte ich ihrer ja bereits allzu ausgiebig genossen.

Ich traf Bonifacio, der über den Erfolg unserer Ränke hocherfreut war, jedoch höllisch darauf brannte, seines Orts am Segen dieses Bubenstücks teilzuhaben. Vergeblich betonte ich, daß das Mensch keineswegs der Mühe verlohne; denn von Frosinens 30 Abstammung und Antlitz verlockt, wollte er sich auf Biegen oder Brechen selber davon überzeugen; und wie ihr euch wohl denken könnt, hatte ich nicht das geringste dagegen einzuwenden.

– Dies wäre eine gute Gelegenheit, eröffnete mir Bonifacio, unserem Oberer Chrysostomos einen Liebesdienst zu erweisen: aus 35 Freundschaft und Vertrauen zu ihm habe ich ihm von deinem fetten Fang erzählt; ich bin sicher, daß er ihn von Herzen gerne mit uns teilen würde.

– Mit Vergnügen, entgegnete ich; Chrysostomos' Gesittung, Gesinnung, Geschmack und Gemüt gefallen mir gar wohl, und ich werde jede Gelegenheit, ihn näher kennenzulernen, beherzt beim Schopf packen.

Wir machten uns auf den Weg: mein nach wie vor instandgehaltenes Serail gewährte mir mehr als genug, um der geilen Gier meiner Gefährten ganz und gar Genüge zu tun; und wir vollbrachten Greueltat um Greueltat.

Ihr wißt um Chrysostomos' Vorliebe; diejenige von Bonifacio war nicht minder ausgefallen: er hatte eine Schwäche dafür, Zähne zu brechen; ab und an arschfickte er das Opfer, während wir die Behandlung vornahmen; dann wiederum brach Bonifacio die Zähne, derweil wir der Sodomie frönten. Die beiden stillten an Frosine all ihre Begierden; und als wir ihr die zweiunddreißig, von der Natur empfangenen, blendend weißen Zähne, allesamt herausgepflückt hatten, wollte der Oberer sie in seiner Manier hinschlachten; ihr entsinnt euch seiner Leidenschaft. Man ließ diese Jammerbare eine in Scheidewasser aufgelöste Viertelunze ätzendes Quecksilbersublimat trinken: doch fielen ihre Schmerzen, ihre Krämpfe derart heftig aus, daß man sie unmöglich festhalten konnte, um sich an ihr gütlich zu tun. Allein, Chrysostomos wollte dies gleichwohl gelingen; und seine Verzückungen trugen das Gepräge ungesehener Trunkenheit und unsäglichsten Taumels: wir wollten es ihm gleichtun und fühlten schon bald, daß es kein aufreizenderes Vergnügen gibt als ebenjene Spielart der Wollust, aus der Chrysostomos seine höchste Wonne schöpfte. Das ist zweifellos leicht zu verstehen: in solchen Augenblicken zieht sich in einer Frau alles zusammen; zudem sieht sich ihr Empfindungsvermögen derart heftigen Reizungen ausgesetzt, daß sich diese ihre Hochspannung unausweichlich auf uns überträgt.

– Hoho, Justine! unterbrach Clément nun seinen Mitbruder, wie Sie sehen, dachte Chrysostomos wie ich: »Man rührt, reizt seine eigenen Sinne niemals stärker als dadurch, daß man beim uns dienstbaren Geschöpf, mit welchen Schlichen auch immer, die allerheftigste Empfindung hervorruft.«[1]

– Wer wollte denn diese Wahrheit in Zweifel ziehen, meint Severino, aber lohnt es sich denn überhaupt, Jérôme zu unterbrechen, um uns dies in Erinnerung zu rufen?

[1] Schlagen Sie in Band II, S. 176 nach.

– Eines ist jedenfalls gewiß, fuhr der Erzähler fort, niemand auf Erden war von ihr so felsenfest überzeugt wie Chrysostomos, und niemand setzte sie so oft und mit so viel Wonne in die Tat um. Unter derlei Todesqualen verschied Frosine, derweil Bonifacio in ihrem Arsch, Chrysostomos in ihrer Votze und ich in einer ihrer Achsel- 5 höhlen steckte. Sie blieb nicht das einzige bei solchen Lustspielen dargebrachte Opfer. Nach und nach trieben wir es so weit, dieserweise sechs Stück auf einen Streich hinzuschlachten; drei wanden sich vor unseren Augen, indes wir je eine in Votze, Arsch und Mund fickten. Nach den Mädchen versuchten wir es mit Knaben; und 10 unsere Wollust verdoppelte sich.

Unsere Lustgelage waren von philosophischen Gesprächen durchwirkt: kaum hatten wir eine Greueltat begangen, so versuchten wir sie auch schon zu rechtfertigen; dies gelang niemandem überzeugender als Chrysostomos. 15

– Es ist ein recht erstaunlich Ding, sprach er eines Tages zu uns, daß die Menschen so kopfstößig sind, der Sittlichkeit irgend Wert beizumessen; wie ich gestehen muß, war mir nie faßlich, von welchem Nießbrauch sie ihnen sein mochte: die Sittenverderbnis ist nur deshalb fährnisreich, weil sie nicht allüberall im Schwange ist. Man 20 sieht einen von einem bösartigen Fieber befallenen Kranken nicht gerne in seiner Nähe, weil man befürchtet, angesteckt zu werden; doch wenn man selber bereits im Fieber liegt, verflüchtigt sich diese Angst. Zwischen den Mitgliedern einer durch und durch durchlasterten Gesellschaft könnte keinerlei Mißhelligkeit aufkommen: und 25 so wäre es am besten, wenn alle dieselbe Stufe der Verderbnis erreicht hätten, denn alsdann würden alle gefahrlos miteinander verkehren. Dann wäre nur mehr noch die Tugend fährnisreich; da sie nicht mehr der vorherrschenden Umgangsform zwischen den Menschen entspräche, würde sie ihren Anhängern zum Nachteil 30 gereichen. Lediglich der Übergang von einem Zustand in einen anderen mag Unannehmlichkeiten mit sich bringen: sobald sich aber alle gleich verhalten, sobald alle Menschen am selben Strick ziehen, ist jede Gefahr gebannt: es ist vollkommen einerlei, ob man gut oder böse sei, vorausgesetzt, daß sich die ganze Welt entweder 35 für das eine oder für das andere entscheidet: nur wenn die gesellschaftlichen Gepflogenheiten der Tugend entsprechen, birgt es Gefahren, böse zu sein; ein Gleiches gilt, wenn man selber gut, jedermänniglich jedoch entsittlicht ist. Wenn die Grundeinstellung an und für sich unwichtig und nichtig ist, weshalb sollte man vor der Wahl des einen mehr zurückschrecken als vor der Wahl des anderen? weshalb sollte man sich dann, wie ich einmal unterstellen will, darüber bestürzt und betrübt zeigen, daß sich jemand auf die Seite des Bösen schlägt, wo uns doch alles und jedes in dessen Arme treibt und dies erst noch vollkommen nebensächlich ist? Welcher Mensch vermöchte mir aufzuweisen, daß es besser sei, die anderen zu beglücken, als sie zu peinigen? Selbst wenn man die Lust, die ich dadurch empfinde, daß ich mich so oder anders verhalte, für einen Augenblick unberücksichtigt läßt, ändert dies doch nichts daran, daß es unwesentlich ist, ob die anderen glücklich sind oder nicht? und wenn es sich denn so verhält, weshalb sollte ich mir dann irgend Zwang antun, sobald ich sie mit Unglück zu überhäufen trachte? Ich habe den Eindruck, bei alledem drehe es sich einzig und allein um die Frage, was ich bei der einen oder anderen dieser Lebenseinstellungen empfinde; und da mir die Natur aufgetragen hat, mich in erster Linie um mein eigenes Wohl und keineswegs um dasjenige der anderen zu bekümmern, würde ich mich lediglich dann wider die Natur versündigen, wenn ich es verabsäumte, mich ihren Absichten und Entwürfen gemäß zu ergötzen. Ebenjenes Geschöpf, das ich allein deshalb, weil es von uns zweien das schwächere ist, zum unglücklichen Opfer meiner Neigungen oder meiner Gewalttätigkeit mache, wird seine Überlegenheit auf dem Rücken eines anderen Wesens austoben, und schon ist alles wieder im Lot. Die Katze vertilgt die Maus und wird ihrerseits von anderen Tieren gefressen. Die Natur hat uns ausschließlich zum Zwecke dieses allgemeinen Fressens und Gefressenwerdens geschaffen. Hüten wir uns also wohlweislich davor, uns gegen jene Entsittlichung…jene Sittenlosigkeit, zu der wir von unseren Neigungen getrieben werden, zu sträuben; sich ihnen hinzugeben, ist keineswegs verwerflich. So folgt aus den von mir aufgestellten Vordersätzen, daß der segensreichste Zustand stets dann gewährleistet ist, wenn die Sittenverderbnis am weitesten um sich gegriffen hat; denn da unser Heil augenscheinlich im Bösen liegt, wird derjenige, welcher ihm am innigsten frönt, unweigerlich zum glücklichsten Menschen. Man erlag einem schwerwiegenden Irrtum, als man behauptete, daß es eine Art natürlicher Gerechtigkeit gebe, die zeither in des Menschen Herz eingeritzt sei, und daß sich aus dieser Gesetzmäßigkeit die widersinnische Regel ableiten lasse: »Alles nun, was ihr wollt, daß euch die

Leute tun sollen, das tut ihr ihnen auch.« Dieses spottträchtige
Gebot, Frucht der Hinfälligkeit müßiger Menschen, entsproß gewiß
nicht dem Herzen eines mit Kraft und Saft begnadeten Geschöpfes;
wenn ich aber schon den einen oder anderen moralischen Lehrsatz
aufzustellen hätte, so würde ich dessen Grundregeln bestimmt nicht 5
in der Seele eines hinfälligen Wesens suchen. Denn wer wohl oder
übel befürchten muß, Böses zu erleiden, wird immer die Ansicht
vertreten, man müsse es unter allen Umständen vermeiden; wer
indessen der Götter, Menschen und Gesetze spottet, wird unermüdlich Böses stiften. Es tut also vielmehr not, in Erfahrung zu 10
bringen, wer das bessere Leben führt; nun, dies steht, wie mich
dünkt, außer Frage. Ich fordere einen tugendhaften Menschen auf,
mir auf Treu und Glauben zu beteuern, daß er einer guten Tat auch
nur das Viertel jener Lust abgewinne, die ein anderer bei einer Missetat genießt. Wie könnte ich, wenn ich frei wählen dürfte, ein 15
Leben, bei dem nichts in Wallung gerät, jenem vorziehen, dem auf
Schritt und Tritt die aufwühlendsten und angenehmsten Regungen
entspringen, die ein Mensch überhaupt empfinden kann? Denken
wir einmal in größeren Zusammenhängen; beurteilen wir die
Gesellschaft als Ganzes; und schon werden wir mit leichter Mühe 20
zur Überzeugung gelangen, daß diejenige Gesellschaft am glücklichsten ist, welche in jedweder Hinsicht und in jedwedem Bereich
am nachhaltigsten verdorben ist. Es sei mir fern, mich nur auf einige
vereinzelte Entartungen zu beschränken; ich möchte nicht, daß man
ein bloßer Lüstling oder Trunkenbold sei, ein schlichter Dieb oder 25
Ungläubiger etc.: ich fordere, daß man mit allem einen Versuch
wage, sich allem gleichzeitig öffne, und dies vorzugsweise im Dunstkreis der scheinbar ungeheuerlichsten Verirrungen, denn nur wer
den Wirkkreis seiner Ausschweifungen ausdehnt, erreicht schnellen
und sicheren Schrittes jenes Höchstmaß an Glückseligkeit, welches 30
ihm die Ausschweifung verheißt. Desgleichen sind die wirren
Ansichten, die wir von jenen Geschöpfen hegen, mit denen wir
zusammenleben, die Quelle einer Unzahl von irrigen Moralvorstel-
lungen: wir schmieden uns erdichtete Pflichten gegenüber diesen
Geschöpfen, weil sie sich uns gegenüber ja gleichermaßen ver- 35
pflichtet fühlen. Wir sollten vielmehr die Kraft aufbringen, auf alles,
was wir uns von den anderen erhoffen, zu verzichten, und so werden sich auch unsere Pflichten ihnen gegenüber auf einen Schlag
verflüchtigen. Was wiegen schon, so frage ich euch, sämtliche

Erdenwesen in Ansehung einer einzigen unserer Begierden? und weshalb sollte ich auch nur das flüchtigste Gelüst unterdrücken, um einem Geschöpf gefällig zu sein, das mir nichts bedeutet und in keiner Weise meine Anteilnahme erregt? Freilich muß ich es schonen,
5 sobald ich etwas von ihm zu befürchten habe, allerdings nicht seinetwegen, sondern meinetwegen, denn ich darf auf dieser Welt immer nur mein eigenes Wohl im Auge haben; wenn ich mich aber nicht vor ihm zu ängstigen habe, sollte ich ihm ganz gewiß möglichst viel entreißen, um meine Lüste zu versüßen, und ein solches
10 Wesen einzig und allein als meinen Liebediener betrachten.[1] Die Sittlichkeit, wiederhole ich, tut demnach unserem Wohlergehen keinen Eintrag; ja, ich behaupte sogar, sie tue ihm Abbruch; und sowohl die einzelnen Menschen wie auch die Gesellschaft als Ganzes werden das höchstmögliche Erdenglück stets nur im Schoße unge-
15 schmälertster und schrankenlosester Verderbtheit finden.«

Schon bald setzten wir, meine Freunde und ich, diese Lehren in die Tat um und frönten den denkbar aufreizendsten und ausgeklügeltsten Formen von Ausschweifung und Verderbnis, von Herrschsucht und Grausamkeit.
20 Dementsprechend war es um unsere Gemütsverfassung bestellt, als man einen sechzehn Jahre jungen, amorgleichen Jüngling vor meinen Richterstuhl führte, der des versuchten Giftmordes an seiner Mutter angeklagt war. Am Tatbestand selber gab es nichts zu rütteln; alle Beweise sprachen gegen ihn: sein Untergang war eigentlich
25 bereits besiegelt, da beratschlagte ich zusammen mit meinen Freunden über Mittel und Wege, seinen Kopf aus der Schlinge zu ziehen, denn alle drei brannten wir nur darauf, uns an diesem Jüngling zu vergreifen; und schon verfiel meine hinterschlächtige Vorstellungskraft auf einen Ausweg, um nicht allein den Schuldigen zu retten,
30 sondern darüber hinaus eine Unschuldige zugrunde zu richten.

– Wo befindet sich zur Stunde, so verhörte ich den Angeklagten, jenes Gift, dessen versuchter Anwendung du angeklagt bist?

– In den Händen meiner Mutter.

– Nun denn! so schwöre bei der letzten Einvernahme, der du
35 unterzogen wirst, es verhalte sich in Tat und Wahrheit so, daß sie es

---

[1] Damit seien lediglich die Grundpfeiler eines Lehrgebäudes angedeutet, welches im Verfolg dieses Werkes viel ausführlicher entwickelt werden soll.

auf dein Leben abgesehen habe: du wünschst ihren Tod? sie ist des Todes; zufrieden?

– Entzückt! Euer Gnaden, entzückt! ich verabscheue diese Frau, und wenn ich sie nicht zugrunde richten kann, so will ich lieber sterben.

– Zum Beweis sollst du jenes Gift anführen, das sich in ihrem Gewahrsam befindet.

– Jawohl; doch es ist ruchbar geworden, daß ich es mir beim hiesigen Apotheker beschafft habe; man weiß, daß er mir Schwierigkeiten machte und daß ich sie überwand, indem ich ihm erklärte, ich würde dies Gift lediglich auf Geheiß meiner Mutter kaufen, um in ihrem Hause die Ratten zu vertilgen.

– Ist das alles, was gegen dich spricht?

– Jawohl.

– Schön! so bürge ich dir imgleichen für dein Leben wie für deiner Mutter Tod.

Ich schicke nach dem Arzneihändler.

– Hüten Sie sich, sprach ich zu ihm, dieses Kind belasten zu wollen: als es nämlich letzthin jenes Arsen, um das es sich in diesem Verfahren dreht, bei Ihnen erstand, geschah dies in Wirklichkeit lediglich auf Geheiß der Mutter; schließlich befindet sich dies Gift ja auch heute noch in seiner Mutter Gewahrsam; sie wollte ihn umbringen, darauf können Sie Gift nehmen; eine gegenteilige Aussage würde Ihnen zum Verderben gereichen.

– Doch, fragte der Materialist, bin ich nicht in beiden Fällen eines Vergehens schuldig?

– Nein; es gibt nichts Alltäglicheres, als den Wünschen einer Familienmutter und Hausherrin zu entsprechen; Sie konnten nicht erraten, was sie im Schilde führte: hätten Sie jedoch lediglich den Wunsch des Kindes erfüllt, so wären Sie ein verlorener Mann.

Von diesen Gründen durchdrungen, machte der Pflanzenkundler seine Aussage, wie ich es ihm vorgeschrieben; der Jüngling brachte vor, was ich ihm eingeflüstert; seine unglückliche Mutter aber war angesichts dieser Verleumdungen wie vor den Kopf geschlagen, wußte nichts zu entgegnen und endete also auf dem Blutgerüst, indes ich zusammen mit meinen Freunden und ihrem Sohn beim Schauspiel ihrer Hinrichtung die allerwollüstigsten Erkundungsfahrten der Sodomie unternahm. Nie werde ich vergessen, wie ich, von Bonifacio aufgespießt, den Hintern des Jünglings just in jenem

Augenblick mit Ficksaft füllte, als dessen Mutter ihre Seele aushauchte. Die Hingabe, mit der dieser Prachtbursche unseren Gelüsten Liebkind war, die strahlende Freude auf seinem Gesicht, als
er gewahrte, wie sich die Schatten des Todes auf jene Frau senkten,
5 die ihm das Leben geschenkt, all dies ließ uns derart große Erwartungen in seine Veranlagungen setzen, daß wir allesamt unser
Scherflein beitrugen, um ihm einen Aufenthalt in Neapel zu
ermöglichen, wo er mit den Jahren heranreifen... seine Grundsätze
vervollkommnen und sich zu guter Letzt ungezweifelt zu einem der
10 tollkühnsten Schurken von ganz Europa entwickeln sollte.

– Welch Sünde! hätte uns an dieser Stelle die Dummheit ent-
gegengegeifert; ihr habt ein Ungeheuer wieder in die Gesellschaft
entlassen, dessen Freveltaten, sobald sie erst einmal auf die Spitze
getrieben werden, womöglich Tausende von Opfern fordern!

15 – Welch treffliche Tat! werden wir der in altväterischen Vorurteilen von Sitte und Tugend befangenen Schwachköpfigkeit erwidern;
wir haben der Natur gedient, indem wir einen ihrer Pfeile gespitzt
haben, mit denen sie jenes unabdingbare Böse wirkt, nach dem sie
unentwegt dürstet.

20 Wir brachten drei weitere Monate auf meinen Landsitz zu und
schwelgten in Unzucht und Ausschweifung, bis wir uns schließlich
aus Gründen der Vorsicht dazu durchrangen, wieder dem Ruf unserer Pflichten zu folgen. Das erste Techtelmechtel, zu dem mir mein
Amt als Beichtvater nach meiner Rückkehr verhalf, entspann sich
25 mit einer noch recht gut erhaltenen Frömmlerin von dreißig Jahren;
als sie nach mir schickte, lag sie auf dem Sterbebett.

– Ehrwürdiger Vater, sprach sie zu mir, es ist hohe Zeit, eine der
allerhassenswertesten Ungerechtigkeiten wiedergutzumachen. Werfen Sie einen Blick auf jene Million in Gold, welche dort auf dem
30 Tische liegt, und fassen Sie alsdann jenes Jüngferchen ins Auge, fuhr
sie fort, indem sie auf ein zwölfjähriges Kind mit einem recht anziehenden Antlitz deutete; nichts von alledem gehört mir, doch besaß
ich die Treulosigkeit, beides zu behalten... Herrje! wer weiß! ich
hätte es womöglich noch weiter getrieben. Vor nunmehr zwei Jah-
35 ren hat mir in Neapel eine Freundin, die im Sterben lag, dies
Mädchen sowohl als auch dies Geld anvertraut, wobei sie mir den
Schwur abnahm, beides dem Herzog von Spinosa in Mailand zu
übergeben. Vom Golde verlockt, habe ich alles behalten; doch nun,
da meine Stunde naht, zerreißt der Schleier, und der Schrei meines

Gewissens wühlt mich dermaßen auf, daß ich nicht umhin kann, Ihnen meine Sünden zu bekennen und von Ihnen unverzügliche Wiedergutmachung zu fordern. Doch so sehr ich Ihnen auch vertrauen mag, mein Pater, ich fühle mich dazu verpflichtet, meinen Erben ein Schriftstück zu hinterlassen, welches sie über diese Verfügung unterrichtet. 5

– Diese Maßnahme, fiel ich ihr alsogleich ins Wort, würde Ihre Verfehlungen unnötigerweise ruchbar werden lassen, Gnädigste, und mir imgleichen aufzeigen, daß Sie mir mißtrauen; unter diesen Umständen brauche ich mich mit dieser Angelegenheit nicht mehr 10 länger zu bemengen.

– Oh! Monsieur, Monsieur, wenn dies Schriftstück Ihren Unwillen erregt, wollen wir seiner nicht weiter erwähnen: Sie allein sollen, an meiner Statt, meine Schuldigkeit tun; Sie allein den Schrei meines Gewissens zum Verstummen bringen, ohne daß irgend 15 jemand davon erfährt.

– Was Sie getan, Madame, erwiderte ich alsdann etwas beschwichtigt, war ganz gewiß scheußlich; und so zweifle ich, ob die bloße Rückerstattung, die Sie vorschlagen, genügen wird, um den Himmel zu besänftigen. 20

Alsdann donnerte ich gestreng:

– Ohne jede Scham haben Sie sich dazu hinreißen lassen, ineins Freundschaft, Religion, Ehre und Natur zu verraten! oh! nein, Sie dürfen nicht hoffen, daß diese bloße Rückerstattung genügen wird. Sie sind reich, Madame; Sie wissen um die Bedürftigkeit der Armen; 25 und wenn Sie sich mit der himmlischen Gerechtigkeit aussöhnen wollen, ist es unumgänglich, daß Sie anbenebst des zurückerstatteten Betrages die Hälfte Ihres Vermögens spenden... Sie wissen, Madame, Ihre Sünden wiegen sehr schwer, und vor Gott sind gerade die Armen unsere besten Fürsprecher; feilschen Sie unter gar keinen 30 Umständen mit Ihrem Gewissen; erst einmal in den Klauen jener Dämonen, die bereits auf Sie lauern, können Sie das höchste Wesen nicht mehr um Gnade anflehen und infolgedessen für Ihre Sünden nicht mehr jene Vergebung erlangen, deren Sie so dringend bedürfen. 35

– Sie machen mich schaudern, mein Pater!

– Ich tue nur meine Pflicht, Madame; in meiner Eigenschaft als Mittler zwischen dem Himmel und Ihnen, muß ich Sie auf die über Ihrem Haupte dräuenden Gottesgeißeln hinweisen; und in welchem

Augenblick warne ich Sie denn? zu einem Zeitpunkt, wo Sie sie
noch von sich abwenden können: wenn Sie zögern, sind Sie verloren.

Über den Tonfall, in dem ich diese letzten Worte ausgesprochen,
5 zutiefst bestürzt, schickte meine Frömmlerin spornstreichs nach
einer Truhe, der sie Schätze in der Höhe von 800tausend Livres entnahm, einen Betrag, der die von mir geforderte Hälfte ihres Vermögens sogar noch überstieg.

– Da, seufzte sie und vergoß einen Schwall von Tränen; nehmen
10 Sie, ehrwürdiger Vater, hiemit ist meine Schuld beglichen: beten Sie
für meine arme Seele, und sprechen Sie mir Mut zu, ich flehe Sie
an.

– Das würde ich liebend gerne tun, Madame, gab ich zur Antwort und ließ das Geld wie auch das kleine Mädchen von der als
15 Hofmeisterin verkleideten und zuvor als meine Schwester vorge-
stellten Clémentia in Sicherheit bringen; jawohl, es wäre mein sehnlichster Wunsch, Ihre Befürchtungen samt und sonders zerstreuen
zu können; doch würde ich Sie dabei nicht unweigerlich hintergehen? Ich fühle, daß Sie nur mehr noch auf Gottes Barmherzigkeit
20 hoffen dürfen; doch kann Ihre Wiedergutmachung den Frevel überhaupt sühnen? wird diese Wiedergutmachung, die sich auf Ihre
Sünden wider die Menschen beschränkt, den Zorn Gottes besänftigen? Darf man, wenn man sich Größe und Allmacht dieses höchsten Wesens vor Augen führt, noch darauf rechnen, es wieder milde
25 zu stimmen, nachdem man es unseligerweise einmal gekränkt?
Schließen Sie an Hand der Geschichte seines Volkes auf das Gemüt
dieses grausamen Gottes; dann gewahren Sie, daß er bei jeder Gelegenheit mißgünstig, scheeläugig, unversöhnlich ist; und alles, was
bei einem Menschen als Laster gälte, wandelt sich bei ihm je und
30 immer zu einer Tugend. Und fürwahr, wie könnte er, von seinen
Geschöpfen unablässig geschmäht und vom Satan fortwährend
beneidet, seiner Macht anders Geltung verschaffen als durch diese
beängstigende Gestrenge? Unerbittlichkeit ist naturgemäß das
unmißverständliche Zeichen von Stärke; Duldsamkeit aber die
35 Tugend des Schwachen. Herrschsucht ist stets ein Hinweis auf
Macht: man mag mir noch so oft beteuern, Gott sei gut, ich für
meinen Teil behaupte lediglich, er sei gerecht; wahre Gerechtigkeit
aber schließt Güte aus, welche, im wahren Sinne ihrer Bedeutung
genommen, lediglich eine Folge von Ohnmacht und Einfalt

darstellt. Sie haben gegen Ihren Schöpfer aufs schändlichste gefrevelt, werte Frau; Ihre Sünden überwiegen die Wiedergutmachung; und ich darf Ihnen nicht verhehlen, daß es nicht in meiner Macht steht, Sie vor der gerechten, wohlverdienten Strafe zu bewahren; ich kann den Ewigen höchstens um Frieden für Ihre Seele anflehen. Dies werde ich gewiß tun; doch darf ich, ein ebenso schwaches und hinfälliges Geschöpf wie Sie, auf Erfolg hoffen? Die Pein, die Sie zu befürchten haben, ist entsetzlich: für alle Ewigkeit im Fegefeuer der Hölle zu schmoren, ist, wie ich wohl nachempfinden kann, eine Höllenpein, deren bloße Vorstellung den Geist in Angst und Schrecken versetzt; indes, dies ist nun einmal Ihr Los, und ich sehe keinen Weg, es Ihnen zu ersparen.

An dieser Stelle wuchs, wie ich gestehen muß, der Aufruhr meiner Sinne ins Unsägliche, entsprach er doch demjenigen, den ich bei meiner Andächtlerin hervorgerufen hatte: mein Schweif war so steif, daß er meine Beinkleider zu sprengen drohte; es kam der Moment, wo ich mich des Wichsens nicht mehr enthalten konnte.

– Oh! mein Pater, seufzte alsdann das gutgläubige Geschöpf, ohne auf mein Treiben zu achten, werden Sie mir wenigstens die Absolution erteilen?

– Gott behüte, entgegnete ich mit fester und gestrenger Stimme: die Mittlerrolle, welche mir der Himmel verleiht, will ich nicht auf so schändliche Weise mißbrauchen; ich darf doch den Schuldigen kraft dieser hochheiligen Segnung nicht mit dem Mann der Tugend auf ein und dieselbe Stufe stellen: daß Sie solches von mir verlangen ... solches von mir überhaupt zu erheischen wagen, kommt einer neuerlichen Sünde gleich, für die Sie der Himmel unweigerlich bestrafen wird. Gott befohlen, Madame; wie ich sehe, schwinden Ihre Kräfte; nehmen Sie alle, die Ihnen noch verbleiben, zusammen, um in jenem grausen Augenblick, wo Sie vor Gott stehen, nicht zusammenzubrechen; ohne Zweifel ein überaus greuelreicher Augenblick, da Sie nur vor ihn treten, um einen himmlischen Richterspruch zu vernehmen, der Sie gewißlich in die Hölle stürzen wird!

Nun fiel die Unglückselige in Ohnmacht; ich aber, trunken vor Lust, Sünde und Niederträchtigkeit, ich ließ meinen vor Wut geschwollenen Schwengel hervorschnellen und stieß ihn in den Hintern meines Gotteskindes, das lediglich an Ermattung von hinnen schied und daher noch genügend Liebreiz hatte bewahren

können, um Begierden zu erregen. Wie ich zugeben muß, hatte ich seit Urzeiten keine trefflichere Entladung mehr erlebt. Nach vollbrachter Tat entschwand ich und trug alles Geschmeide, das ich im Zimmer finden konnte, mit mir fort; und noch selbigen Abends erfuhr ich, daß meine bejammernswerte Büßerin ihre bängliche Seele ausgehaucht hatte, und zwar mitten durch die Ficksaftfluten hindurch, mit denen ich den Ausgang vollgekleistert. Das kleine Mädchen machte ich dem Kloster zum Geschenk und behielt lediglich die Reichtümer für mich, die ich je länger, je mehr allem anderen vorzog.

Indes, auf dem Gipfel von Glückseligkeit und Seelenfrieden, deren mich meine Philosophie genießen ließ, übermannte mich ein Anflug von Flatterhaftigkeit... diese Geißel der Seele und dieses höchst verhängnisvolle Erbe unserer heillosen Menschheit; keinerlei Lustbarkeit vermochte mich mehr aus meiner grenzenlosen Stumpfheit aufzurütteln. Ich ersann Schreckenstat um Schreckenstat und vollbrachte sie kalten Blutes; da ich mir nichts mehr versagen mußte, auch wenn meine wollüstigen Unterfangen noch so kostspielig sein mochten, setzte ich sie jeweils unverweilt in die Tat um. Ich ließ mir sogar von den ägäischen Inseln Unzuchtsopfer herbeibringen; und als meine Sendlinge eines Tages mit denjenigen des türkischen Großherrn im Wettstreit lagen, war mir der Ruhm und die Genugtuung beschieden, zu vernehmen, daß die Leute des Sultans das Nachsehen hatten.

Doch derlei Dinge trugen keine Früchte mehr; alltägliche Freuden erregten in mir nicht mehr die leiseste Empfindung; mich dürstete nach Verbrechen, und ich vermochte keines auszumitteln, das ungeheuerlich genug war.

Eines Tages, als ich den Ätna erkundete, aus dessen Rachen Flammen hervorzüngelten, sehnte ich mich danach, selber zu diesem ruhmreichen Vulkan zu werden.

– Höllenschlund, rief ich, als ich ihn besichtigte, o welch Tränenbäche würde ich verströmen lassen, wenn es mir vergönnt wäre, gleich dir alle umliegenden Städte in Schutt und Asche zu legen!

Kaum ist meine Anrufung verhallt, da vernehme ich neben mir ein Geräusch: ein Mann hatte mich belauscht.

– Sie haben just, sprach diese Person zu mir, ein wunderlich Begehr geäußert.

– In meiner Lage, erwiderte ich mürrisch, hegt man noch weit ungehörtere Begehren.

– Mag sein, antwortete mein Gegenüber; doch halten wir uns einmal an dasjenige, welches Sie soeben geäußert haben; so erfahren Sie denn aus meinem Munde, daß dessen Erfüllung durchaus im Bereich des Möglichen liegt. Ich bin Chemiker; ich habe mein Leben damit zugebracht, die Natur zu erforschen, ihr ihre Geheimnisse zu entlocken; und da mein Forschen durch Sittenlosigkeit genährt wird, habe ich meine Entdeckungen seit zwanzig Jahren ausschließlich dem Untergange der Menschheit geweiht. Sie sehen, wie freimütig ich zu Ihnen spreche: Ihr einzigartig Begehr gibt mir die Überzeugung, daß ich Ihnen mein Vertrauen schenken darf; so erfahren Sie denn, daß man die schauerlichen Ausbrüche dieses Berges nachahmen kann; so Sie es wünschen, mögen wir zusammen einen Versuch wagen.

– Werter Herr, sprach ich zu diesem Manne und lud ihn ein, sich mit mir unter einen Baum zu setzen, mit Verlaub, plaudern wir ein wenig. Ist dies wirklich wahr: Sie können einen Vulkan nachbilden?

– Nichts leichter als das.

– Und wir werden durch das Brodeln dieses künstlichen Vulkans die Wirkungen einer Erderschütterung erzielen?

– Ganz recht.

– Wir werden Städte zernichten?

– Wir werden sie untergehen lassen, dies ganze Eiland von unten nach oben kehren.

– An die Arbeit, Monsieur, an die Arbeit; wenn Ihnen dies gelingt, überhäufe ich Sie mit Gold.

– Ich verlange keinen Heller von Ihnen, erwiderte mein Gegenüber; das Böse ergötzt mich, und ich fröne ihm nie gegen ein Entgelt: ich verkaufe lediglich jene Formeln, die den Menschen nützlich sind; alle schädlichen verteile ich umsonst.

Ich wurde nicht müde, diese Person zu bewundern.

– Was für ein Segen, Monsieur, sprach ich beseelt zu ihm, wenn man gleichgesinnte Leute trifft! Doch sagen Sie mir, himmlischer Mann, was treibt Sie dazu, Böses zu wirken? und was empfinden Sie dabei?

»Hören Sie mir gut zu, hub Almani an, so der Name dieses Scheidekünstlers; ich will Ihnen beide Fragen beantworten. Der Beweggrund, mich dem Bösen zu verschreiben, liegt bei mir im

tiefschürfenden Studium der Natur. Je mehr ich danach trachtete, ihren Geheimnissen auf die Spur zu kommen, um so deutlicher gewahrte ich, daß sie einzig und allein darauf bedacht ist, den Menschen zu schaden. Verfolgen Sie all ihr Tun und Treiben; Sie werden
5 stets nur finden, daß sie gefräßig, zerstörerisch und bösartig ist, immerfort wechselmütig, mißfällig und verheerend. Werfen Sie einen kurzen Blick auf das grenzenlose Leid, mit dem uns ihre Höllenhand hienieden überhäuft. Was hatte es für einen Zweck, uns zu erschaffen, um uns dann jeweils doch nur ins Elend zu stürzen? wes-
10 halb entstieg das jammerbare Menschengeschlecht ihrem Schmelzofen, wie alle übrigen Geschöpfe, lediglich als Mängelwesen? man möchte meinen, sie habe kraft ihres todbringenden Handwerks nichts als Opfer formen wollen... das Böse sei ihr wahres Element und sie sei nur mit schöpferischer Kraft begnadet, um die Erde in
15 Blut, Tränen und Trauer zu tauchen... sie benutze ihre Macht ausschließlich dazu, ihre Plagen über die Welt zu jagen? Einer eurer modernen Philosophen bezeichnete sich als Liebhaber der Natur: ich aber, mein Freund, ich erkläre mich zu ihrem Schinder. Ergründet sie, beobachtet sie, diese abscheuliche Natur, und ihr werdet stets
20 feststellen, daß sie nur erzeugt, um zu zerstören, daß sie ihre Ziele nur dank Mordtaten erreicht und sich, gleich dem Minotaurus, nur am Unglück und Untergang der Menschen weidet. Wie könnt ihr eine derartige Macht achten, lieben, wo doch ihre Taten allenthalben gegen euch gerichtet sind? Seht ihr jemals, daß sie eine Gunst
25 gewährt, der nicht ein schlimmes Übel auf dem Fuße folgte? Wenn sie euch zwölf Stunden lang Licht spendet, so nur, um euch während zwölf weiterer Stunden in Düsternis zu stürzen; dürft ihr euch an linden Sommerlüften laben, so läßt sie dies nur geschehen, um danach entsetzliche Blitze niedergehen zu lassen; unmittelbar
30 neben dem wundertätigsten Heilkraut läßt ihre tückische Hand Giftpflanzen sprießen; das schönste Land der Welt übersät sie mit Vulkanen, die es in Schutt und Asche legen; zeigt sie sich euren Augen für kurze Zeit in schmucker Pracht, so nur, um sich während der anderen Jahreshälfte in Rauhreif zu hüllen; verleiht sie uns
35 während unserer ersten Lebensjahre Kraft und Saft, so nur, um uns im Alter mit Ach und Weh niederzudrücken; läßt sie euch für eine kleine Weile am wunderlichen Schauspiel dieser Welt Gefallen finden, so nur, um euch beim Durchmessen dieses leidvollen Lebenswegs, auf dem ihr einen flüchtigen Blick aufs Erdenrund werfen

dürft, auf Schritt und Tritt über all das entsetzliche Elend erschauern zu lassen, von dem es auf ihr nur so strotzt. Seht nur, mit welch boshaftem Geschick sie eure Tage mit wenig Freud nur, dafür mit viel Leid würzt; untersucht, so ihr dies vermögt, klaren Kopfes die Krankheiten, die sie über euch hereinbrechen läßt, die Zwietracht, die sie zwischen euch sät, die haarsträubenden Folgen, mit denen sie eure süßesten Wonnen zu tränken trachtet: Liebe wandelt sich in Haß; Mut in wilde Wut; wo Ehrgeiz ist, dräut Mord; der Empfindsamkeit entspringen Tränen; der Keuschheit alle Krankheiten der Enthaltsamkeit. Was für einer Ausweglosigkeit läßt sie euch anheimfallen, wenn in eurem Gemüt der Lebensekel, mit einem Wort, so sehr anschwillt, daß kein einziger Mensch sein Leben noch einmal von vorne beginnen wollte, wenn man ihm an seinem Todestage diese Möglichkeit einräumte? Jawohl, mein Freund, jawohl, mir graut vor der Natur; und gerade weil ich sie durch und durch kenne, hasse ich sie: im Wissen um ihre greulichen Geheimnisse ging ich in mich und spürte (Folgt nun meine Antwort auf Ihre zweite Frage.), fühlte eine unsägliche Lust, ihre rabenschwarzen Greuel nachzuahmen. Je nun, sprach ich alsdann zu mir selbst, gibt es ein verachtungswürdigeres, hassenswerteres Wesen als jenes, welches mich ins Leben gerufen hat, um mich nur dann Lust empfinden zu lassen, wenn ich meinesgleichen schade? Ei wie! (Damals zählte ich sechzehn Jahre.) kaum bin ich der Wiege dieses Ungeheuers entstiegen, treibt es mich zu ebenjenen Schreckenstaten, an denen es sich seines Orts ergötzt! Und diese Überlegung war nicht die Frucht verderblicher Einflüsse, denn ich war kaum geboren; sie entsprang vielmehr einem natürlichen Hang, einem Trieb. Ihre unmenschliche Hand kann also nur Böses wirken; folglich bereitet ihr das Böse Vergnügen; und eine solche Mutter sollte ich lieben! Nein; ich werde es ihr gleichtun und sie dabei zutiefst verachten; es ist ihr Wunsch, daß ich sie nachahme, doch will ich sie dabei verfluchen; und voll Zorn darüber, daß ihr meine Leidenschaften dienen, werde ich ihre Geheimnisse derart eingehend ergründen, daß ich, so mir dies möglich ist, noch bösartiger werde als sie, um sie von Jahr zu Jahr einschneidender zu verletzen. Sie hat ihre todbringenden Netze ausschließlich über unsere Köpfe gespannt; auf daß sie sich selber darein verstricke, will ich sie, so gut ich kann, masturbieren: ja, umgarnen wir sie mit ihren eigenen Werken, um sie so nachhaltig wie möglich mit Schimpf und Schande zu überhäufen; wir wollen sie in möglichst heillose Verwirrung stürzen, um sie möglichst gezielt zu verwunden. Doch die Metze hat Schabernack mit mir getrieben, denn ihre Mittel übersteigen die meinigen: es war ein allzu ungleicher Kampf. Sie enthüllte mir lediglich die Wirkungen, hielt jedoch alle Ursachen verborgen. So habe ich mich darauf beschränkt, erstere nachzuahmen: da es sich meiner Kenntnis entzog, auf welchem Wege der Dolch in ihre Hände gelangt war, konnte ich ihn ihr nur gerade entwenden, um mich seiner gleichfalls zu bedienen.«

– Oh! mein Lieber, schwärmte ich lauthals, nie noch begegnete mir eine hitzigere Vorstellungskraft denn die Ihrige... Welche Wucht!... welche Kraft! bei einem derart lebhaften Geist haben Sie hienieden gewiß schon allerhand Unheil gestiftet!

– Ich lebe ausschließlich durch das Böse und für das Böse, gab mir Almani zur Antwort; einzig das Böse hält mich in Schwung; nur wenn ich ihm fröne, atme ich frei; es allein erquickt meine Glieder.

– Almani, unterbrach ich hitzig, wenn Sie sich ihm hingeben, dann schwillt er Ihnen gewißlich an?

– Urteilen Sie selbst, sprach der Chemiker zu mir und schwang mir einen armdicken Schwengel in die Hand, dessen violett angeschwollene Adern unter dem Druck des in ihnen kreisenden Blutes zu bersten drohten.

– Und welcherlei Vorlieben, mein Teurer, hegen Sie?

– Ich liebe es, zu beobachten, wie ein Geschöpf bei einem meiner Experimente verendet; mittlerzeit ficke ich eine Ziege und spritze aus, sowie das Geschöpf die Seele aushaucht.

– Und Menschen vögeln Sie nie?

– Niemals; ich bin und bleibe Tierschänder und Menschenschinder.

Kaum hatte Almani mit seiner Antwort geendigt, da quoll zu unseren Füßen ein Lavastrom hervor: entsetzt springe ich auf; er aber rührt sich nicht von der Stelle, schüttelt und rüttelt noch immer fäustlings seinen Schwanz und erkundigt sich gelassen, wohin ich denn gehen wolle:

– Bleiben Sie doch hier, bedeutet er mir; Sie wollten meine Leidenschaften kennenlernen; nun, so treten Sie näher, um eine davon mitanzusehen; kommen Sie, fuhr er fort und wichste weiterhin, kommen Sie, um zu sehen, wie die Ströme meines Ficksaftes auf jene von Pech und Schwefel fließen, mit denen die liebenswürdige Natur allhier unsere Schritte säumt; mich deucht, ich schmore in der

Hölle, spritze ins Fegefeuer aus; diese Vorstellung entzückt mich; nur um sie zu befriedigen, kam ich überhaupt hierher.

Er flucht, lästert, wettert, und sein sprudelnder Same spritzt auf die Lava, sie zu löschen.

– Almani, folgen Sie mir, bat ich ihn; ich verspüre das unbändige Verlangen, Sie näher kennenzulernen; ich verfüge über Opfer, die ich Ihnen weihen will; außerdem möchte ich in Ihre Geheimnisse eingeweiht werden.

Wir kehrten in mein Haus zurück. Der Chemiker bewunderte meinen Wohnsitz, lobte meinen guten Geschmack, labte sich an meinem Hurenkreis: ich stellte ihm Ziegen zur Verfügung, schaute zu, wie er sie voll Wonne vögelte, derweil er vermittels eines Drahtes einen Blitzschlag auf das Haupt einer hübschen sechzehnjährigen Neapolitanerin lenkte ... sie ließ bei diesem Versuch das Leben; einer anderen versetzte er einen derart heftigen elektrischen Schlag, daß sie unter schauerlichen Schmerzen ihre Seele aushauchte; bei einer Dritten erhöhte er den Luftdruck in den Lungenflügeln dermaßen, daß sie binnen einer halben Sekunde erstickte: zum Auftakt nahm er die splitternackten Opfer seiner Versuche jeweils in Augenschein, knetete und küßte ausgiebig deren Popobacken, letzte das Arschloch ab und schöpfte, wie er sagte, allein schon aus dieser Lustbarkeit das notwendige Maß an Erregung, um das Geschöpf zum Tode zu verurteilen. Seine Experimente wurden auch mit jungen Knaben durchgeführt, die er nicht besser behandelte. Alsdann weihte er mich in mehrere seiner Geheimnisse ein, und wir nahmen jenes große Experiment in Angriff, welches Ziel und Zweck unserer Reise bildete. Das Verfahren war einfach: es handelte sich lediglich darum, aus Eisenspänen, Schwefel und Wasser zehn bis zwölf Pfund schwere Klumpen herzustellen; in einer Entfernung von mehreren Meilen vergrub man diese Klumpen drei oder vier Fuß tief im Boden, und zwar in Abständen von jeweils zwanzig Zoll; sowie diese Massen hinlänglich erhitzt waren, erfolgte der Ausbruch von selbst. Wir legten eine derartige Vielzahl von solchen Lagern an, daß die gesamte Insel unter dem wohl heftigsten Beben seit mehreren Jahrhunderten erzitterte; in Messina stürzten zehntausend Häuser ein, fünf öffentliche Gebäude wurden dem Erdboden gleichgemacht, und fünfundzwanzigtausend Seelen fielen unserer unsäglichen Boshaftigkeit zum Opfer.

– Mein Lieber, sprach ich nach vollbrachter Tat zum Schei-
dekünstler, wenn man zusammen derart viel Unheil angerichtet hat,
so ist man gut beraten, voneinander zu scheiden: nimm diese
50tausend Francs, dann aber wollen wir niemandem jemals etwas
5 voneinander erzählen…
– Mit der Geheimhaltung erkläre ich mich einverstanden, das
gelobe ich, antwortete Almani; das Geld aber lehne ich ab: Sie haben
doch nicht etwa vergessen, wie ich Ihnen verriet, daß ich niemals
gegen ein Entgelt Böses stifte? Hätte ich in Ihrem Hause eine gute
10 Tat vollbracht, so nähme ich eine Entschädigung an; doch wirkte ich
nur Böses…Böses, an dem ich meine Freude hatte; wir sind einander nichts schuldig. Gott befohlen.
Nachdem ich dies schreckliche Ereignis hervorgerufen hatte,
wuchs mein Überdruß an Sizilien; und da ich merkte, daß mich
15 fürderhin nichts und niemand mehr hier festhalten konnte, gab ich
meinen Besitz zum Verkaufe frei, nachdem ich alle Insaßen meines
Serails erdrosselt hatte, ohne Clémentia, all ihrer Anhänglichkeit
zum Trotz, zu verschonen. Von meiner Unmenschlichkeit und
Undankbarkeit wie vor den Kopf geschlagen, zeigte sie sich darüber
20 bestürzt, daß ich ihr geflissentlichst eine noch grausamere Todesfol-
ter zugedacht hatte als den übrigen, und machte sich anheischig,
allerlei Vorrückungen an mich zu richten.
– Aber, aber, Clémentia! sprach ich zu ihr, wie schlecht du doch
das Herz eines Libertins von meinem Schlage kennst, wenn du nicht
25 einmal geargwöhnt hast, welches Los ich dir bereiten würde! weißt
du denn nicht, daß jene Dankbarkeit, mit der du meine Seele zu
erfüllen wähntest, lediglich dazu diente, deren ausgeleierten Triebfedern frische Spannkraft für neue Verbrechen zu verleihen; und daß
ich nach deiner Hinopferung höchstens dann Anflüge von Reue
30 oder Schmerz verspüren würde, wenn es mir nicht gelingen sollte,
dich genügend zu quälen?
Sie starb vor meinen Augen, und ich spritzte höllisch aus.
Ich schiffte mich nach Afrika ein, dies mit dem Vorsatz, mich den
Barbaren jener greuelreichen Gegenden anzuschließen, um mich
35 nach Möglichkeit noch tausendmal wilder zu gebärden als sie.
Doch nun kam der Zeitpunkt, wo mich das wechselmütige
Schicksal seine Schattenseiten kennenlernen lassen wollte, um mich
zu lehren, daß seine Hand zwar zumehrst die Missetaten beschützt,
daß aber ein jeder Henker auch seines Orts zu einem Opfer werden

kann, sobald neue Schinder auf den Plan treten ... Eine Tatsache, die jedoch keineswegs für die Tugend spricht, welche sich in der euch vorgetragenen Erzählung beinahe allaugenblicklich gezüchtigt sieht, sondern uns lediglich vor Augen führen sollte, daß der Mensch in seiner Hinfälligkeit allen Mutwilligkeiten des Schicksals als Spielball 5 dient und dieses sein Los, wenn er nur einsichtig ist, mit Duldsamkeit und Tapferkeit zu tragen hat.

Ich war in Palermo an Bord eines kleinen, leichten Schiffes gegangen, das ich ganz für mich allein gemietet hatte. Kaum befanden wir uns auf der Höhe der Klippen von Quels, da sichteten wir 10 auch schon die Küste Afrikas. Als wir an ihnen vorbeisegeln, greift uns ein berberischer Korsar an und entert uns, ohne auf Gegenwehr zu stoßen. Auf einen Schlag, meine Freunde, sehe ich mich meines Vermögens und meiner Freiheit beraubt; in einer Minute verliere ich alles, was den Menschen lieb und teuer ist.   15

– Ach! seufzte ich innerlich, sowie ich in Ketten lag, wäre dies sündig erworbene Geld in unbescholtenere Hände gefallen, so vermöchte ich vielleicht an des Schicksals Recht und Billigkeit zu glauben; doch ist es im Geldsäckel dieser Halunken, die ja lediglich in diesen Gewässern kreuzen, um das Serail des Bei von Tunis zu 20 bevölkern, etwa besser aufgehoben? ist es bei ihnen etwa besser aufgehoben, frage ich, als bei mir, der ich gleichfalls Serails unterhielt? Worin besteht also jene erhabene Gerechtigkeit des Schicksals? Nur Geduld, das ist lediglich eine ihrer Launen; diese wirft mich heute zu Boden, eine andere wird mir morgen wieder auf die Füße 25 helfen.

Wenige Stunden später liefen wir in Tunis ein. Mein Herr machte mich dem Bei vorstellig, der seinem Bostangi Order gab, mir auf der Stelle eine Beschäftigung in den Gärten zuzuweisen; meine Habe aber wurde beschlagnahmt. Ich wollte etwelche Einwände vorbrin- 30 gen: man hielt mir entgegen, daß ich eine Religion predige, die Mohammed mißfalle, und man mir diese Güter allein schon deshalb nie wieder zurückerstatten werde. Nun hieß es schweigen und arbeiten. Ich zählte kaum zweiunddreißig Jahre, stand also immerhin noch in den besten Jahren, und wennzwar ich durch meine Aus- 35 schweifungen etwas ausgelaugt war, fühlte ich mich dennoch stark genug, mein Schicksal tapfer zu tragen. Hartes Brot, ein hartes Lager, harte Arbeit, dies beeinträchtigte zwar das Wohl meines Leibes, meine Seele jedoch, so wage ich zu behaupten, blieb standhaft,

und ich spürte, wie mein Geist noch immer vor Unzucht und Boshaftigkeit strotzte[1]; ab und an musterte ich die Serailsmauern, an
deren Fuß ich mich plagte und plackte und sprach bei mir:

– O Jérôme! auch du hast ein von wonnevollen Opfern be-
völkertes Serail besessen; nun aber stehst du da und mußt dich, aus
eigenem Verschulden, damit bescheiden, deinen vormaligen
Nebenbuhlern zu dienen.

Eines Abends hing ich derlei trübsinnigen Gedanken nach, da
sehe ich vor meinen Füßen ein Zettelchen zu Boden flattern; ich
erhasche es hastig: Gott! welch eine Überraschung, als ich die Handschrift und den Namenszug von Joséphine erkenne...jener
Unglückseligen, die ich in Berlin in der Überzeugung verschachert
hatte, daß man sie mir nur abkaufte, um sie zum Opfer eines Lust-
mordes zu machen!

»Es ist ein Labsal, Böses mit Gutem zu vergelten (so Joséphine
in diesem Briefchen). Ihr wähntet mich der Wildmütigkeit eines
Schurken zum Opfer gefallen; denn einzig zu diesem Ende habt Ihr
mich ausgeliefert: mein Schutzengel bewahrte mich vor dem entsetzlichen Schicksal, das Ihr mir zugedacht. Doch krönt er meine
Glückseligkeit, indem er mich nun in die Lage versetzt, Eure Ketten
zu sprengen. Morgen, zur selben Stunde, werdet Ihr als Pfand
meiner ewiglichen Zuneigung ein Geldsäckel mit dreihundert vene-
zianischen Zechinen sowie ein Bildnis Eurer verflossenen Geliebten
erhalten...ein beigeschlossener Brief wird Euch Anweisungen
geben, wie wir uns alle beide retten können. Gott sei mit Euch,
Ungeheuer...das ich, wider meinen Willen, nach wie vor liebe;
solltest Du meine Liebe nicht erwidern, so achte mich wenigstens
als jemanden...der sich nur durch Wohltaten an Dir rächt.«

JOSÉPHINE

Unergründliche Auswüchse des allerschändlichsten Gemütes!
meine erste Regung ging dahin, tief betrübt zur Kenntnis zu
nehmen, daß ein Opfer, das ich abgeurteilt, seiner Hinrichtung
entgangen war; meine zweite ging dahin, mir voller Unmut einge-

---

[1] Derlei Laster rosten nie, sondern werden von Jahr zu Jahr schlimmer und schlimmer. Zwar verfügt man über weniger Kraft und oft auch über weniger Möglichkeiten,
sie in die Tat umzusetzen; doch in ihrem unverwüstlichen Kern bleiben sie sich stets
gleich. Ja, anstatt weicher zu werden, wird er zusehends härter.

stehen zu müssen, daß ich ausgerechnet einer Frau zu Dank verpflichtet war ... die ich doch stets nur zu gängeln getrachtet.

– Sei's drum, sprach ich zu mir, willigen wir ein; Hauptsache, ich
entkomme von hier. Sowie ich mich ihrer bedient habe, soll sie erleben, welcherlei Früchte die Erkenntlichkeit in einem Herzen vom 5
Schlage des meinigen trägt.

Das zweite Briefchen, das Geld, das Bildnis, alles traf zur
angekündigten Stunde ein. Ich küßte das Geld, spuckte auf das Bildnis und las begierig das Briefchen. Darin wurde mir eröffnet, man
sei in den Besitz eines ansehnlichen Vermögens gelangt, das ich mit 10
ihr teilen dürfe, wofern ich dies nur wünschte und, nicht zuletzt,
auch verdiente; ich solle spornstreichs an einem mir bezeichneten
Ort einen Schiffskapitän sprechen, der mich erwarte und mit dem
ich vereinbaren solle, welchen Preis er für unsere Überfahrt nach
Marseille heische und welche Schritte in die Wege zu leiten seien, 15
damit wir uns alle beide davonstehlen könnten.

Ich fliege zu besagtem Manne, und alles verlief zu meiner vollsten
Zufriedenheit. Delmas war ein alter, reumütiger Renegat, der sich
danach sehnte, sein Vaterland wiederzusehen und den Türken möglichst viele Opfer zu entreißen. 20

– Hier, sprach er zu mir, nehmen Sie als erstes eine seidene Strick-
leiter, die Sie Ihrer Beschützerin zukommen lassen sollen; legen Sie
dies Wässerchen bei, mit dem sie ihre Fenstergitter nur schnell
bestreichen muß, um sie entzweibrechen zu können. Von den Gärten, in die sie sich, wie Sie sich wohl denken mögen, erst in der 25
Nacht begeben soll, wird sie sich auf ebenjenem Weg zu mir verfügen, auf dem Sie just hierhergekommen; ich werde sie im Bauche
meines Bootes verbergen, an dessen Bord auch Sie springen sollen,
sowie das Bagno seine Tore öffnet.

Hocherfreut über diese frohe Botschaft, kehre ich an den Fuß der 30
Serailsmauer zurück: ich gebe das vereinbarte Zeichen; man erwidert es. Ein Faden schwebt zu mir herunter; daran binde ich Strick-
leiter, Gebräu und Antwortschreiben fest, in welch letzterem ich mit
Gefühlen der Zärtlichkeit und Dankbarkeit glänze ... und zwar in
möglichst wohlgesetzten Worten. Die Fensterläden klappen wieder 35
zu: des anderen Morgens kündigt mir ein letztes Briefchen an, daß
das Vorhaben in der kommenden Nacht ausgeführt werden solle;
man ermahnt mich, an alles zu denken, wenn ich Joséphines Herz

und Schätze anderntags auch wirklich in aller Früh im Kielraum von Delmas' Schiff antreffen wolle.

Ich war pünktlich. Die Wiedersehensszene will ich euch ersparen; von Seiten Joséphines fiel sie zärtlich aus, ward sogar mit Tränen begossen; ich für meinen Teil blieb hartherzig, und nie schmolz jenes innere Gefühl der Boshaftigkeit von mir weg, kraft dessen jedes in meine Hände gefallene Geschöpf unweigerlich und unverweilt den brennendsten Wunsch in mir weckt, es unter mein Joch zu zwingen. Joséphine hatte mittlerzeit jenes Alter erreicht, wo die Zartheit ihrer reifer gewordenen Gesichtszüge wahrer Schönheit wich; in der Tat, eine höchst wunderbare Frau. Während wir darauf warteten, daß der Schiffsherr die Segel setzte, köpften wir eine Flasche Syrakuserwein; und das teure Mädchen erzählte mir von ihren Abenteuern.

Der Mann, der sie mir abgekauft, war Friedrich, König von Preußen, der sich aufgrund der Berichte seines Bruders danach verzehrte, dieses Geschöpf hinzuschlachten. Mit viel Glück und dank der Fürsprache jenes Kammerburschen, welcher sie geschwängert, entkam sie der ihr zugedachten Schreckensfolter, floh noch in nämlicher Nacht aus Berlin und begab sich, gleich mir, nach Venedig. In dieser Stadt hielt sie sich durch allerlei galante Liebeshändel über Wasser, bis sie von einem tunesischen Piraten gekapert und an den Bei verschachert wurde, zu dessen Herzliebchen sie aufstieg. Wiewohl sich der Schatz, den sie mitbrachte, durchaus sehen lassen konnte, stellte er höchstens ein Drittel jener Reichtümer dar, mit denen dieser Herrscher sie überhäuft hatte; mehr hatte sie jedoch nicht mit sich fortschleppen können: alles in allem kamen annähernd fünfhunderttausend Francs zusammen.

– Wohlan, meine Liebe, säuselte ich Joséphine ins Ohr, damit können wir uns in Marseille niederlassen; wir sind alle beide noch jung genug, um darauf hoffen zu dürfen, daß dieses Geld Früchte trägt und wir eines Tages wieder zu Reichtum gelangen. Gleich nach unserer Ankunft, zwiezüngelte ich, sollst du zum Lohn für deine Bemühungen meine Hand erhalten, so es denn wirklich wahr ist, daß du mir jene fürchterliche Freveltat vergeben kannst, mit der ich mich an dir versündigt.

Joséphines Antwort bestand in tausend zärtlichen Küssen. Wir waren vor aller Augen verborgen; noch herrschte Ruhe an Bord; die Wonnen der Freiheit sowie die Dünste des Bacchus erhitzten uns dermaßen, daß uns die Säcke, auf denen wir hockten, als Thron der Wollust dienten. Seit Urzeiten hatte ich nicht mehr ausgespritzt. Aufgrund dieses unverhofften Wiedersehens heckte meine hinterschlächtige Vorstellungskraft bereits wieder die schändlichsten Niederträchtigkeiten gegen diese Frau aus. Joséphines Röcke wurden ärschlings gehißt: die Erhabenheit ihrer Popobacken führte mich in Versuchung; sie hatten sich erstaunlich gut erhalten: ich spießte sie auf.

– Flöße mir neues Leben ein, bat ich sie, sowie ich geendigt; schildere meiner Lüsternheit in aller Ausführlichkeit das Gemälde von des Beis Lustbarkeiten. Wie springt er mit einem Weibe um?

– Seine Neigungen sind gar einzigartig, gab mir Joséphine zur Antwort; bevor er mit einer Frau handgemein wird, muß sie für gut drei Stunden in vollständiger Nacktheit bäuchlings vor ihm auf einem Teppich schmachten. Zwei Itschoglans[1] wichsen ihn mittlerzeit. Sowie ihr Gebieter anschwillt, heben sie die Frau empor und führen sie ihm vor. Sie verbeugt sich: alsdann fesseln ihr die Itschoglans Hände und Füße. Nun muß sie sich möglichst schnell im Kreise drehen, bis sie zu Boden taumelt. Sowie sie darniederliegt, wirft er sich auf sie und fährt ihr in den Hintern: dies ist die einzige Spielart, auf die er sich mit Weibern verlustiert; und seine Liebe zu ihnen bemißt sich nach der Schnelligkeit, mit der sie kreiseln. Einzig und allein meine diesbezügliche Begabung erregte sein Wohlgefallen; und zum Lohn erhielt ich allhauf Geschenke.

Von diesem Bericht erhitzt, sodomisierte ich Joséphine abermals und empfand, wie ich gestehen muß, durchaus Vergnügen daran, im selben Arsch zu stecken, der auch einen türkischen Herrscher zum Ausspritzen gebracht, da trat unvermittelt Delmas ein und hätte uns beinahe auf frischer Tat ertappt. Er kam, um uns mitzuteilen, daß man sich anschicke, die Segel zu setzen, daß wir uns in ein oder zwei Stunden in Freiheit befinden würden und ihn dann in der Kapitänskajüte aufsuchen dürften; dort saßen wir nun. Joséphine hatte dem Renegaten ihre Absicht anvertraut, mit mir zusammen in Marseille eine Handelsniederlassung zu eröffnen, und schon bald entnahm ich den Antworten des Schiffsherrn, daß er genügend Geld besaß, um sich uns, als Dritter im Bunde, beizugesellen. Und da stand es für mich bereits fest, daß ich meine beiden Wohltäter bestehlen, des

[1] Bezeichnung für die Ganymede in asiatischen Harems.

Lebens berauben, mich ihrer Schätze sowie ihres Schiffes bemächtigen und statt Marseille vielmehr Livorno ansteuern wollte, um mich gerichtlichen Verfolgungen zu entziehen. Mit diesen Plänen im Hinterkopf erwärmte ich Delmas' Herz für Joséphine und hielt letztere imgleichen dazu an, den Annäherungen des Renegaten nicht allzu ablehnend zu begegnen, um sich von ihm möglichst viele Auskünfte zu erschleichen, Auskünfte, die es mir erleichtern würden, ein Vorhaben zu verwirklichen, das ich, auf mich allein gestellt, kaum durchführen konnte, weil ich in diesen Dingen wenig bewandert war.

Diesen ersten Schritten war mehr Erfolg beschieden als erhofft; und schon in der zweiten Nacht teilte Delmas Joséphines Lager. Dies war alles, was ich begehrte. Kaum wähne ich sie beisammen im Bett, überwältige ich, den Dolch in der Faust, die Schildwache und schare so viele Besatzungsmitglieder um mich als wie nur irgend möglich:

– Freunde, spreche ich zu ihnen, seht nur, wie schändlich mich dieser Schurke hintergeht; ich vertraue ihm meine Frau an, und schon treibt er es mit ihr.

Über das allem Anschein nach eingeschlummerte Paar herfallend, schicke ich mich an, Delmas mit tausend Stichen zu durchbohren. Doch er lag wach und schien auf alles gefaßt zu sein; er schießt auf mich, verfehlt mich jedoch. Ich stürze mich auf ihn; steche auf ihn und seine bübische Bettgespielin ein, bis beide in ihrem Blute baden. Alsdann steige ich auf das Oberdeck, trommle die Mannschaft zusammen; halte eine Ansprache:

– Kameraden, hub ich an, einzig und allein jene Schandtat, welche die meisten von euch bezeugen können, hat mich zu diesem Schritt gedrängt. Ich habe einen Schuft bestraft, der die Sittenlosigkeit und Schamlosigkeit derart weit trieb, daß er es nicht länger verdient, euch zu befehligen. Delmas und ich teilten uns in die Kosten dieser Überfahrt; denn wiewohl ihr mich im Sklavengewande angetroffen habt, verfüge ich über ein Vermögen, das dem seinigen ebenbürtig ist: ich bin sein rechtmäßiger Nachfolger. Verlaßt euch auf meine Redlichkeit und mein Geschick; ich werde euch trefflicher lotsen als er. Die Reise soll nicht länger dauern; ich ändere lediglich den Bestimmungshafen. Steuermann, nimm Kurs auf Livorno: in Ansehung meiner Handelsbeziehungen gebe ich diesem Hafen vor Marseille den Vorzug; und was euch anbelangt, meine Freunde, von heute an verdopple ich eure Heuer.

Diese Rede bescherte mir einhelligen Beifall. Die Toten wurden ins Meer geworfen; ich raffte all ihr Hab und Gut zusammen; und der Wind blähte unsere Segel.

– O Schicksal! frohlockte ich, sowie ich mich wieder etwas gefaßt hatte, nun machst du dein Unrecht also wieder gut: dies war gewiß 5 deine letzte Breitseite, und so wirst du mich und all jene, die meine Geschichte hören werden, zu guter Letzt davon überzeugen, daß du uns nur deshalb ab und an von einem Wellental ins nächste schleuderst, damit wir all jene Wonnen, mit denen uns deine Hand im sicheren Hafen krönt, um so ausgiebiger genießen können. 10

Ohne das Schiff, welches ich bei der Ankunft in Livorno veräußern wollte, miteinzubeziehen, mochte sich mein Fang in eins gerechnet auf zwölfhunderttausend Livres belaufen; voll Wonne schwelgte ich in jenem Glücksgefühl, mit dem eine solch frohe Aussicht gemeinhin unseren Geist erfüllt, da meldete der Ausguck, ein 15 Korsar nehme Kurs auf uns. Im Wissen um meine Überlegenheit gebe ich Befehl zum Entern; ich schwinge mich auf die Brücke, meine Besatzung folgt mir. Unsere Säbel säen Tod und Verderben; bereits waten wir im Blut; die Waffe in der Hand, dringe ich in die Kapitänskajüte vor. Himmel! auf wen treffen meine Blicke!... 20 Barmherziger Himmel! welch eine Überraschung!...Es ist Joséphine...Joséphine, die ich unlängst auf Delmas' Schiff erdolcht zu haben wähnte. Mit einem fürchterlichen Streich fälle ich den Mann, der sie zu verteidigen sucht; alsdann wende ich mich an sie und wüte: 25

– Welchem vermaledeiten Verhängnis habe ich es zu verdanken, verachtungswürdiges Geschöpf, daß du dich ständig in mein Leben drängst?

– Reiß es in Stücke, dieses Geschöpf, das dir zur Last fällt, ruft Joséphine und entblößt ihre Brust; wohlan, schnell, vernichte es 30 endlich. Ich bekenne mich schuldig; ich verfolgte dich in der Absicht, dir das Leben zu rauben: du obsiegst, Treuloser, bemächtige dich also des meinigen; doch vernimm, so du dies wünschst, wie es kommt, daß du mich zu deinem Leidwesen wiedersiehst, wo du doch schon über meinen Tod frohlocktest. 35

Ich kenne dich, Jérôme: ich bin gegen deine Ränke gefeit; ich enthüllte Delmas alles im voraus. Da wir vermuteten, daß du dich bei den Matrosen eines festen Rückhaltes erfreuen würdest, zogen wir es vor, dich nicht zu überwältigen, sondern zu überlisten.

Einzig von zwei Ruderern begleitet, ließ mich der Renegat mit der
Schaluppe seines Schiffes in die Nacht entfliehen; und um dir ein für
allemal auf die Schliche zu kommen, verbrachte er die Nacht mit
einer Magd aus der Besatzung; da das Schiff zur Stunde unter
5 deinem Kommando steht, hast du sie allem Anschein nach mit mir
verwechselt und vermutlich mit ihm zusammen gemeuchelt. Wie
dem auch sei, ich sollte geschwind zu einem kleinen, in unserer
Nähe kreuzenden Boote fliehen, das demjenigen von Delmas
ähnelte und gleichfalls einen Renegaten zum Kapitän hatte... da
10 liegt er nun, du hast ihn just zu deinen Füßen niedergestreckt. Durch
den Brief, den ich bei mir trug, über alles unterrichtet, sollte dieser
Kapitän einen Scheinangriff gegen Delmas führen, ihn besiegen,
dich in Ketten legen. War es nicht an der Zeit, daß ich mich für
deine hinterschlächtigen Ränkespiele rächte? Du hast gewonnen,
15 Jérôme; da liegt der leblose Körper meines Beschützers: noch einmal, nimm mir das Leben, hier und jetzt. Hätte mir der Himmel
Oberwasser gegeben, so wärst du mir nicht entgangen, des kannst
du gewiß sein: seit jener Zeit, da du in deiner Brust die heilige
Stimme der Erkenntlichkeit zu ersticken vermochtest, bist du zu
20 einem undankbaren Kerl geworden; und ich will nicht länger die
Geliebte eines Ungeheuers sein.

Zu jenen Gefühlen von Abscheu und Zorn, aufgrund deren ich
dieses Höllenweib bereits einmal ans Messer geliefert hatte, gesellte
sich in meiner Seele diesmal noch eine rasende Wut hinzu, und ich
25 ließ sie alsogleich in Ketten legen und in den Kielraum meines
Bootes werfen. Das ihrige ins Schlepptau nehmend, segelten wir,
mit Kurs auf Livorno, weiter. Doch nachdem ich mich des Abends
durch den Genuß etwelcher Flaschen griechischen Weines von
meinem anstrengenden Tagwerk ein wenig erholt hatte, rief mir
30 mein Satansschwanz in Erinnerung, daß ich ihm ein vielverspre-
chendes Lustopfer anzubieten hatte. Mein Nachtmahl nahm ich im
Beisein eines kleinen Schiffsjungen ein, der mir ans Herz gewachsen
war und mir während meiner Träumereien den Schweif wetzte.
Und schon entzündet sich mein Kopf an einem höchst lustver-
35 heißenden Racheplan. Ich lasse das Opfer in meine Kajüte bringen;
ich gebe sie sämtlichen Matrosen meiner Besatzung ohne jedweden
Vorbehalt preis: ich wichste deren Gemächte und führte sie der
Reihe nach bald in die Votze, bald in den Arsch. Sowie jeweils einer
von ihnen geendigt hatte, hielt ich ihn dazu an, seiner Fickliese

Lenden und Hinterbacken hundert Hiebe mit dem Hanftau zu verabreichen und seinen Arsch an ihrem Antlitz abzureiben. Dieserweise stiegen vierundsechzig Männer über ihren Leib; demzufolge erhielt sie sechstausendvierhundert Peitschenschläge. Ich war der einzige, der noch nicht ausgespritzt hatte: ich legte Hand an mich, derweil ich Joséphine betrachtete, die besinnungslos mitten in meiner Kajüte darniederlag; ich weidete mich daran, dortselbst jemanden schmachten zu sehen, der vor noch nicht allzu langer Zeit alles für mich aufs Spiel gesetzt hatte und zugegebenermaßen allerhand gute Gründe namhaft machen konnte, sich zu guter Letzt doch noch an mir rächen zu wollen. Niemals hatte sich eine derartige Erregung meiner Sinne bemächtigt; wider meinen Willen verspritzte mein Ficksaft. Ich wünschte diesem Geschöpf einen greulichen Tod; zwanzigerlei Pläne schwebten mir vor, doch wurden sie von meinem Geist samt und sonders als allzu harmlos verworfen. Auf ihrem Leibe sollten sich alle Qualen der Menschheit ein Stelldichein geben, doch nichts schien mir, sowie ich es eingehend erwog, teuflisch genug.

– O Jérôme! schluchzte sie, als sie wieder zu sich kam und meine Gedanken erriet, noch könnte ich weiterleben, leben, um dich zu lieben; du weißt, was ich für dich getan; und wer von uns beiden hat denn als erster unrecht gehandelt?

Doch anstatt mich zu besänftigen, versetzte mich dieses Luder lediglich in noch größere Hochspannung. Ich trat sie mit Füßen, verprügelte ihren Schoß, zerbiß ihre Arschbacken; ich glich dem Tiger, der seine Beute endlich erjagt hat und nur deshalb sein Spiel mit ihr treibt, um seine Raserei auf die Spitze zu treiben. Kurz, ich war trunken vor Unzucht und Tobsucht, da kamen mir meine Leute melden, daß das in unserem Schlepptau befindliche Boot unsere Manövrierfähigkeit erheblich beeinträchtige. Alsdann verfiel ich auf jenes ungesehene Bubenstück, von dem ihr nun erfahren sollt.

Ich ließ Joséphine nackt an den Mast jenes Schiffes fesseln: ich belud es mit Schießpulver; ließ die Taue, die es mit dem meinigen verbanden, kappen; dann entzündete ich eine Lunte, welche die letzte Verbindung zwischen unseren Booten darstellte, sprengte das ihrige in die Luft und verschaffte mir so das wonnereiche Vergnügen, meinen kleinen Schiffsjungen zu ficken und dabei zuzuschauen, wie die zerfetzten Glieder einer Frau, welche mich einstmals innigst geliebt und mir vor noch nicht allzu langer Zeit

imgleichen zu Vermögen und zur Freiheit verholfen hatte, in den Fluten versanken... Oh! was für eine Entladung, meine Freunde! nie noch erlebte ich eine köstlichere.

Schließlich liefen wir in Livorno ein, wo es mir vergönnt war, in allerbester Verfassung an Land zu gehen. Ich entließ meine Leute; verkaufte mein Schiff; ungesäumt tauschte ich mein ganzes Vermögen in Wechsel ein, welche auf Marseille ausgestellt waren, und reiste, nach einer mehrtägigen Rast, auf dem Landweg in diese Stadt, weil ich mich nicht mehr länger den fährnisreichen Wechselfällen eines Elementes aussetzen wollte, dessen Flatterhaftigkeit ich nie vergessen werde.

Marseille ist eine Stadt der Lustbarkeiten, man findet in ihr alle Sorten von Männern und Frauen, die den Leidenschaften eines Libertins schmeicheln mögen. Vorzügliche Kost, himmlische Witterung, Unzuchtsopfer in Hülle und Fülle; was bräucht' es mehr, um einen Ausschweifling wie mich in den Bann zu schlagen! Ich hatte das Ordensgewand abgestreift; aufgrund der Gewißheit, jederzeit wieder in die damit verbundene Rechte treten zu können, kam es mir gelegen, für eine Weile die Freiheiten weltlicher Kleidung auszukosten. Ich mietete ein hübsches Haus am Hafen; nahm einen vorzüglichen Koch und zwei Kammerkätzchen in Dienst, sowie zwei vorzügliche Kuppler, wobei ich dem einen die Klasse der Lustknaben zuteilte, indes ich den anderen mit der Gruppe der Frauen betraute: alle beide leisteten mir derart treffliche Dienste, daß ich in meinem ersten Jahr bereits mehr denn tausend Knaben sowie gegen zwölfhundert Jungfern erkannt hatte. In Marseille gibt es eine unter dem Namen Chaffrecane bekannte Kaste von Geschöpfen: sie umfaßt ausnahmslos Kinder zwischen zwölf und fünfzehn Jahren, die in den Manufakturen oder Werkstätten arbeiten, und liefert den Lüstlingen dieser Stadt die bezauberndsten Opfer, die man finden mag. Ich hatte diese Klasse schon bald ausgeschöpft und wurde ihrer binnen kurzem genauso überdrüssig wie aller anderen: und keine Lustbarkeit, die nicht mit einem Verbrechen einherging, konnte mehr meinen Gefallen finden. In Ansehung dieser Grundsätze suchte ich bald nach Mitteln und Wegen, imgleichen meine segensreichen Veranlagungen wie meine Vorlieben ins Spiel zu bringen.

Mit solchen Absichten trug ich mich, als mir einer meiner Sendlinge eines Tages ein Mädchen zwischen achtzehn und zwanzig Jahren vorstellig machte, das sich des anmutigsten Antlitzes erfreute, dessen man ansichtig werden konnte; überdem war sie, wie man mir versicherte, so keusch als wie Minerva selbst. Allein ihr tiefes Elend bewegte sie zu diesem schlimmen Schritt; und so wurde ich gebeten, ihr nach Möglichkeit eine Anstellung zu geben, ohne ihre Notlage zu mißbrauchen. Aber gerade diese elende Lage, in der sie sich bei unserem ersten Stelldichein befand, hätte, auch wenn diese Jungfrau nicht so schön wie der Tag gewesen wäre, bereits genügt, um meinen Kopf in Wallung zu versetzen. Mich an ihr zu vergehen und sie zu hintergehen, dies war die erste schurkische Schnurre, die mir meine Vorstellungskraft eingab; und um dies gottgefällige Ansinnen in die Tat umzusetzen, schickte ich meinen Mann hinaus, nachdem ich seine Beute in mein Lustgemach hatte treten lassen. Aufgrund der Züge dieses Mädchens stutzig geworden, konnte ich unmöglich etwas unternehmen, ohne mich zuvor nach ihrer Abkunft zu erkundigen.

– O weh! werter Herr, gab sie zur Antwort; ich kam in Lyon zur Welt; meine Mutter hieß Henriette; mich nennt man Hélène. Meine unglückselige Mutter fiel der Schuftigkeit eines Bruders zum Opfer, der sie gemißhandelt hatte, und man munkelt, sie habe auf dem Schafott geendet. Ich aber bin die Frucht dieser abscheulichen Blutschande, und diese schrecklichen Nachtseiten meiner Abkunft haben mein ganzes Leben überschattet. Bis ins Alter von elf Jahren lebte ich nur von milden Gaben: alsdann nahm sich eine edle Dame meiner an, lehrte mich eine Arbeit; und ich befände mich nicht in der schauderhaften Lage, in der ich nun vor Ihnen stehe, wenn ich zu allem Unglück nicht auch sie noch verloren hätte. Seitdem fand ich keine Arbeit mehr, und ich habe mein Brot lieber erbettelt, als mich ins Lasterleben zu stürzen. Seien Sie großherzig, Monsieur; stehen Sie mir bei, ohne meine Lage auszunutzen, so mögen Sie von meinem und von des Himmels Segen beglückt werden.

Nach diesen Worten schlug Hélène die Augen nieder, ohne zu bemerken, in welch ungeheuren Aufruhr sie all meine Körperglieder soeben versetzt hatte. Ich konnte nicht umhin, in diesem zauberhaften Geschöpf jenes Kind wiederzuerkennen, das mir meine Base Henriette geschenkt hatte … jene Unselige, die der Niedertracht meines Vetters Alexandre sowie meiner eigenen fürchterlichen Boshaftigkeit zum Opfer gefallen war … Nie noch sah eine Tochter ihrer Mutter derart ähnlich: auch wenn Hélène kein Wort hätte verlauten lassen, wäre es für mich aufgrund des bloßen Augenscheins ein leichtes gewesen, ihre Abkunft zu erraten.

— Mein Kind, sprach ich, Ihre Geschichte ist herzergreifend; wer weiß, mich sollte sie wahrscheinlich sogar noch tiefer rühren als jeden anderen: trotzdem, eines steht fest, Sie werden von mir nichts erhalten, wenn Sie sich nicht in blinder Unterwerfung all meinen Befehlen fügen. Zum Auftakt sollen Sie sich nackend ausziehen.

— Oh! lieber Herr!

— Keinerlei Widerspenstigkeit, mein Herzchen, denn dies will mir nicht eben wohlgefallen; und Sie dürfen sich nichts von mir erhoffen, wenn Sie sich nicht all meinen Mutwilligkeiten mit tiefster Willfährigkeit und ohne jedweden Vorbehalt hingeben.

Tränen bildeten Hélènes Antwort; doch als sie aufgrund der Grobheit meines Vorgehens einsah, daß mir der Sinn herzlich wenig danach stand, ihrem Geflenne zu lauschen, gab sie nach und netzte meine Brust mit ihren Zähren. Hélène besaß allzu viele Reize und allzu wohlgegründete Ansprüche auf die Seele eines Freigeistes von meinem Schlage, als daß ich es auch nur hätte in Erwägung ziehen können, sie zu schonen. Nie noch besaß jemand eine blassere Haut, einen frischfleischigeren und wohlgewölbteren Hintern, nie noch ein unversehrteres Jungfernhäutchen. Mein wildmütiger Stößel riß es schon bald in Fetzen; ich stoße auf Grund, schleudere schäumendes Sperma in den Schlund; und meine bejammernswerte Tochter wird schon bald ihres Orts Mutter. Hier, meine Freunde, nahm die Geburt von Olympe ihren Ursprung, die ich in eurem Hurenkreise und vor euer aller Augen noch heute Tag für Tag ficke und die, wie ihr ersehen könnt, die dreifache Ehre auf sich vereint, ineins meine Tochter, meine Enkelin und meine Nichte zu sein.

Bald wechselte ich mit Hélène von der Blutschande zur Sodomie über. Ich fahre dieser köstlichen Frucht meiner Hoden in den Arsch. Vom Arsch flitze ich zum Mund: sie hätte mir noch tausendmal mehr Reize enthüllen mögen, meine stürmischen Begierden wären nach wie vor unbefriedigt geblieben. Des Fickens überdrüssig, fitzte ich sie, ohrfeigte sie, ließ sie scheißen. Während jener gut vier Stunden, die dieses erste Schäferstündchen in Anspruch nahm, ersparte ich ihr keine einzige Lustbarkeit. Von der Unzucht gesättigt, glaubte ich ihr endlich eröffnen zu müssen, mit wem sie es zu tun hatte.

— Hélène, sprach ich zu ihr, indes sie, weiterhin fasernackt, auf meinen Knien saß, würde es dir widerstreben, jenem blutschänderischen Vater zu begegnen, der deine Mutter an den Galgen brachte, nachdem er sie gevögelt?

– Es läuft mir kalt über den Rücken.

– Und wenn dieses Ungeheur noch am Leben wäre… dich umfangen hielte, Hélène… in deinem Arsch steckte?… 5
Und mit diesen Worten drang ich in letzteren ein. Hélène schwanden die Sinne. Meine heftigen Stöße in der Tiefe ihres Gesäßes riefen sie schon bald ins Leben zurück. Ich spritzte aus.

– Mein Kind, sprach ich, sobald ich geendigt,

Genug der Worte, um dich deines Irrtums zu entheben; 10
ob deines Vaters Frevelwut sollst du nun erbeben.

Jawohl, mir verdankst du dein Leben. Im Bunde mit dem Bruder deiner Mutter habe ich den Tod dieser unglückseligen Mutter herbeigeführt; doch mit dem Kinde, das ich dir zu zeugen just mich 15 mühte, sei alles wiedergutgemacht. Bleibe bei mir: ich benötige eine Frau, die meinen Lüsten Liebkind ist und sich um meine Bedürfnisse bekümmert; diese Frau sollst du sein; hege keine Bedenken. Vergiß nicht, daß man sich bei mir allem Erdenklichen hingeben muß: bald Opfer, bald Gebieterin, sollst du all meinen Gelüsten 20 Handhabe bieten; doch könnte ich es wohl nicht hindern, dich bei der leisesten Widersetzlichkeit wieder zurück in jenes schreckliche Elend zu stürzen, in dem du geschmachtet hast, als du mir unter die Augen getreten bist: der Meuchelmörder deiner Mutter könnte sehr wohl auch zu deinem eigenen Todesengel werden. 25

Hélène wirft sich mir zu Füßen; sie fleht mich an, nicht mehr an die Verfehlungen jener Frau zu denken, die sie zur Welt gebracht, und gelobt mir, mich durch ihre grenzenlose Allgenugsamkeit alles vergessen zu lassen. Daraufhin nahm ich sie, im Range einer Hofmeisterin, in meine Haushaltung auf; und so ersetzte ich meine 30 Clémentia von Messina durch die sanftmütige Hélène aus Marseille.

Einige Zeit nach diesem Stelldichein verliebte ich mich unsterblich in einen adonisgleichen Jüngling von sechzehn Jahren, der mir jedoch aufgrund seiner Liebe, die er zu einer Jungfer seines Alters gefaßt, die kalte Schulter zeigte, was mich tagtäglich von neuem zur 35 Verzweiflung trieb. Imbert, so der Name dieses jungen Mannes, hatte mir gleichwohl sein Vertrauen und bald auch seine Freundschaft geschenkt, da ich es ihm ermöglichte, seine Geliebte bei mir zu treffen. Euphémie war großgewachsen, zum Abkupfern wie geschaffen, ihre Leibesgestalt war gewiß wonnereich, und dennoch konnte sie mit weitaus weniger Reizungen aufwarten als jener holdselige Jüngling, der mir den Kopf verdrehte. Nachdem ich mich einzig und allein aufgrund meines Vorsatzes, Imbert zu helfen, mit Euphémies Vater und Mutter angefreundet hatte, verstrich kaum ein Tag, an dem wir uns nicht gegenseitig einen Besuch abgestattet hätten. In diesem trauten Rahmen ersann ich, um mich an Imbert zu vergehen, den teuflischsten Plan, der meinem Gehirn jemals entsprungen. Zuvörderst schwärzte ich den jungen Imbert in den Augen von Euphémies Eltern aufs ungeheuerlichste an; dann ließ ich den jungen Mann, vermöge meines Geschickes und meiner Heimtücke, in Fallen tappen, die so angelegt waren, daß ich ihn den Erzeugern seiner Geliebten schließlich vollends verächtlich machte. Bei diesem Stand der Dinge fiel es mir leicht, im Gegenzuge Imberts Haß gegen jene Leute zu schüren, von denen er sich zutiefst verkannt fühlte; und vom Haß zum Verbrechen ist es, zumal bei heißblütigen Gemütern, oft nur ein kleiner Schritt. Imbert sah ein, daß er auf sein Glück verzichten mußte, solange Euphémies Eltern noch auf Erden weilten. Diese indes waren noch jung, und Imbert hatte es eilig. Ich mache mir einen Anflug von Liebesbrunst zunutze. Vermittels einer doppelzüngigen Rede führe ich ihm imgleichen das Übel wie das Heilmittel vor Augen. Der geblendete Imbert schien nur noch über einen Punkt in Sorge:

– Wird Euphémie vom Mörder ihrer Eltern überhaupt noch etwas wissen wollen?

– Aber wer wird ihr diese Tat denn entdecken wollen?

– Sie wird es ahnen.

– Nie und nimmer. Allein schon deshalb nicht, weil ich das Ganze in die Hand nehmen werde; ich brauche lediglich noch Ihr Einverständnis.

– Oh! Himmel, wie können Sie nur daran zweifeln, daß ich es Ihnen gebe?

– Ich will es schwarz auf weiß.

– Einverstanden...

Folgt nun das Schriftstück, das mir Imbert aushändigte:

»Zermürbt von all den Nachstellungen, die ich über mich ergehen lassen muß, ersuche ich meinen Freund Jérôme darum, mir rotes Arsenik zu kaufen, um Euphémies Eltern, die sich darauf versteifen, mir die Hand ihrer Tochter zu verweigern, so bald als irgend möglich aus dem Weg zu schaffen.«

Einfalt und Vertrauensseligkeit lassen junge Leute, wie ersichtlich, in manch eine Falle tappen. So plump die meine auch gestellt sein mochte, der wackere Imbert ging mir ahnungslos ins Netz; und kaum hielt ich das Zettelchen in Händen, als ich die Widersacher meines Liebhabers bei einem Nachtmahl auch schon vergiftete. Euphémie schöpfte keinerlei Verdacht; dessen unerachtet verreiste sie für einige Wochen, um ihre tiefe Trauer und ihren Schmerz zu vergessen. Eine alte Tante nahm sie mit aufs Land.

– Imbert, sprach ich zum Jüngling, diese Entwicklung will mir ganz und gar nicht gefallen. Während ihrer Abwesenheit könnten die Gefühle Ihrer Geliebten erkalten; jemand könnte in ihrer Seele die Erinnerung an die vormaligen Einwände ihrer Eltern auffrischen: sie muß fort von dort; verleihen Sie mir neuerliche Vollmachten, und ich eile, sie zu entführen.

Imbert zeichnet abermals alles, was ich verlange. An der Spitze einer Räuberrotte, die ich mit klingender Münze gedungen habe, stürme ich das Landgut der Tante; ich erdolche sie eigenhändig: meinen Leuten lasse ich freie Hand, diesen prachtvollen Pachthof zu plündern, worauf sie sich in Windeseile alle Bediensteten vom Halse schaffen. Euphémie wird in ein abgeschiedenes Landhaus überführt, das ich eigens zu diesem Behufe in der Umgegend von Marseille gemietet habe: dorthin hole ich nun Imbert und Hélène. Und dortselbst knöpfe ich mir den jungen Mann vor:

– Mein Freund, Sie sehen, was ich alles für Sie getan; es ist hohe Zeit, daß Sie mir eine Entschädigung gewähren.

– Worum ersuchen Sie?

– Um Ihren Hintern.

– Um meinen Hintern!

– Sie sollen Euphémie nicht besitzen, solange Sie meinen Wunsch nicht erfüllt haben.

– Oh! Jérôme, Sie wissen doch, wie sehr mir vor diesem Frevel graut!

– Da, Imbert, Ihre Geliebte; hören Sie sie? fuhr ich fort und hielt ihn dazu an, auf ein Gespräch zu lauschen, das Hélène auf mein Geheiß mit Euphémie führte; wenn Sie sich nicht arschficken lassen, werden Sie sie nie bekommen.

– Nun gut, so befriedigen Sie sich, böswilliger Kerl; doch Euphémie soll nichts davon erfahren...sie würde mich verabscheuen...
– Oh! wo denken Sie hin...

Und bei diesen Worten drang mein wutschäumender Schwanz in
den himmlischsten Hintern, den ich seit Urzeiten gevögelt. Ich feile,
spalte diesen Prachtburschen und fülle seinen Arsch mit Ficksaft,
ohne daß sich der heftige Aufruhr, der mich umtreibt, diesethalben
gelegt hätte. Schreckenstaten habe ich ausgeheckt, und nach
Schreckenstaten schreit meine verrottete Seele.

– Einen Augenblick, spreche ich zum Jüngling und ziehe mich
aus seinem Allerwertesten zurück.

Und nachdem ich ihn in meiner Kammer eingesperrt habe, fliege
ich in jene, in der sich Euphémie aufhält.

– Halten Sie mir dies Töchterchen fest, befehle ich Hélène; es tut
not, daß ich sie vögle.

Schreie ertönen; unmenschliche Maßnahmen ersticken sie im
Handumdrehen; und schon stecke ich in der niedlichen, jungfräuli-
chen Fut der Geliebten, indes ich noch unter dem Eindruck jener
Wollust bebe, die mir just der Hintern ihres Liebhabers gespendet.

– Holen Sie mir den in jener angrenzenden Kammer eingesperr-
ten Jüngling herbei, gebiete ich Hélène, jemand von meinen
Leuten soll Ihnen zur Hand gehen, und haltet ihn sonderlich beim
Eintreten gut fest.

Imbert erscheint. Seine Verblüffung ist, wenn auch bestimmt in
völlig anderer Hinsicht, ebenso grenzenlos wie die Lust, welche
mich in ebenjenem Augenblick durchströmt, da er in der Tür steht.

– Schuft! schreit mir Imbert zu und will sich auf mich stürzen, o
du Ausgeburt der Hölle!

Doch man hält ihn gut fest.

– Teurer Freund, erwidere ich dem Jüngling, ohne über seine
Drohworte zu erschrecken, siehst du diesen Dolch? wenn du mich
deinen Arsch nicht abküssen läßt, derweil ich sie ficke, stoße ich ihn
dem Ziel all deiner Träume spornstreichs ins Herz.

Imbert erschauert: seine Freundin kann nicht sprechen, ermuntert ihn mit einem Wink; er steigt auf einen Sessel. Dies ist für mich
das Zeichen zu einem Ortswechsel: wohlgemut flitze ich von der
Votze zum Arsch, ohne während dieser Verlustierung meine Stellung zu ändern, und ich berausche mich an der himmlischen Lust,
die Popobacken des Buhlen zu küssen, derweil ich diejenigen seiner

Buhlin sodomisiere. Doch der beklagenswerte Imbert, der von Hélène meiner Raserei ausgeboten wird, ahnt nicht, wie weit ich meine Hinterschlächtigkeit im kostbaren Augenblick des Lust-krampfes... in jenem schreckensreichen Augenblick treibe, in dem sich jedweder zügellose Libertin, von unsäglicher Wonne erfüllt, zu 5 den letzten Auswüchsen der Niedertracht hinreißen läßt. Ich lasse ihn hinuntersteigen; zeige ihm seine Geliebte, die in ihrem Blute schwimmt, nachdem ich ihr sechzehn treulose Dolchstiche in Herz und Busen getrieben habe. Er sinkt in Ohnmacht. Hélène bringt ihn wieder zur Besinnung; doch kommt er lediglich wieder zu sich, um 10 mitansehen zu müssen, wie Euphémie endgültig ihre Seele aus-haucht, und um sich in einem Schwall von wüsten Beschimpfungen gegen mich zu ergehen.

– Loser Jüngling, verhöhne ich ihn, indes ich meine Missetat in vollen Zügen auskoste; wirf einen Blick auf deine Briefe, und 15 bedenke, daß du damit dein Leben in meine Hände gelegt hast... Wenn du auch nur ein Sterbenswörtchen verrätst, richte ich dich zugrunde; man wird auch diesen Mord hier als dein Werk betrach-ten; Hélène und ich werden deine Freveltaten bezeugen, du aber wirst auf dem Blutgerüst enden. Er steht mir nach wie vor; laß mich 20 deinen Hintern in Augenschein nehmen. Einst vögelte ich eine Geliebte auf dem Leichnam ihres Liebhabers; heute aber will ich den Liebhaber auf demjenigen seiner Geliebten vögeln, um beurteilen zu können, welche von diesen beiden Spielarten mehr Lust birgt.

Eine Ausschweifung, die ihresgleichen suchte. Bei alledem ließ 25 mich Hélène ihren herrlichen Hintern herzen; der Kammerbursche, der ihr zur Hand gegangen war, spießte mich auf; dann fickte ich auch noch Euphémies Leichnam; ließ ihn von ihrem Liebhaber ficken.

Von all diesen Greueltaten gesättigt, schickte ich nach dem 30 Gerichtsbüttel. Hélène und ich sagten gegen Imbert aus; den Schriftstücken wird Glauben geschenkt. Ich erkläre, wir seien gezwungen worden, seine Geliebte in dieses Haus zu führen, und hierauf habe ihn seine Eifersucht zum äußersten getrieben. Uner-achtet seines zarten Alters wird Imbert dieser schweren Verbrechen 35 überführt und hingerichtet. Ich aber atme noch! ich, der Voll-strecker, der Urheber all dieser Wirrnis, ich lebe in Frieden! Der Himmel hat es mir vergönnt, noch etwelche weitere Verbrechen zu begehen; ich ließ nicht viel Zeit verstreichen. Auf Hélène war kein

Verlaß; sie war eine Klatschbase. Ich folgte Machiavellis Leitsatz: »Man darf entweder keine Mitwisser haben«, sagt dieser berühmte Mann, »oder aber man muß sie beseitigen, sowie man sich ihrer bedient hat.« Hélène ward noch selbigen Monats, auf selbigem Landsitz, in selbiger Kammer von mir zur schmerzensreichsten Todesmarter verurteilt, die ich jemals ein Opfer hatte erleiden lassen. Danach kehrte ich in aller Seelenruhe nach Marseille zurück, um dort das Schicksal zu preisen, weil es ihm beliebt hatte, bislang noch all meinen Verbrechen zum Erfolg zu verhelfen.

Ich brachte noch etweiche Jahre in dieser Stadt zu, ohne daß mir etwas widerfahren wäre, was euch fesseln könnte: allerlei Libertinage, Gaunereien, verstohlene kleine Morde, jedoch nichts Aufsehenerregendes. Zu jener Zeit kamen mir Berichte über eure berüchtigte Abtei von Sainte-Marie-des-Bois zu Ohren. Die Sehnsucht, mich euch anzuschließen, weckte in mir den Wunsch, mich einer Scheinbekehrung zu unterziehen und hernach wieder ins Ordensgewand zu schlüpfen. Ich erfuhr, daß dies möglich ist, wenn man der Datarie zu Rom beträchtliche Schenkungen macht. Ich eilte in diese Hochburg des christlichen Aberglaubens; ich hielt dem heiligen Vater eine Art Generalbeichte; äußerte das Begehren, wieder in den Orden aufgenommen zu werden; schenkte die Hälfte meines Vermögens der Kirche; wurde aufgrund dieser großherzigen Überlassung wieder in all meine Rechte eingesetzt und erhielt Wohnrecht in Ste.-Marie. Dies war der Zeitpunkt, wo ich mich zu euch gesellte, meine lieben Mitbrüder; Gott möge mich noch lange hier leben lassen! Denn wenn das Verbrechen zwar auch anderswo seinen Reiz haben mag, so gilt dies hier um so füglicher, als es bei uns im Schatten der Verschwiegenheit begangen wird und aller Furcht und Fährnis ledig ist, die in der Welt nur allzu oft mit ihm einhergehen!

Kapitel XII

Ausklang der Klosterabenteuer. – Wie sich Justine davon-stiehlt. – Herberge, in der Reisende besser nicht rasten sollten.

ANSTATT die Wogen der Wollust zu glätten, wie Severino gehofft, hatten die gerade gehörten Geschichten die Gemüter dermaßen zum Glühen gebracht, daß man die Unzuchtsopfer ungesäumt auswechseln wollte.

5 — Laßt uns lediglich sechs Weiber behalten, meinte Ambroise, die übrigen aber durch Knaben ersetzen. Ich bin es leid, mich seit vier Stunden von lauter Mösen und Brüsten umzingelt zu sehen; und es will mir nicht in den Kopf, wie wir uns mit Votzen umringen können, wenn derart holdselige Ganymede in unseren Käfigen sitzen.

10 — Gut gebrüllt, schwärmte Severino, dessen wutschäumender Schwanz den Tisch um sechs Zoll überragte; man schaffe uns schleunigst acht Knaben herbei; und von den Mädchen sollen lediglich Justine, Octavie sowie jene vier Prachtgeschöpfe zwischen sechzehn und achtzehn Jahren hierbleiben, die Jérôme just um sich 15 geschart.

Szenenwechsel; Knaben treten auf; und schon arschficken unsere Mönche, lassen sich besteigen und benutzen die Jungfern nur mehr noch als Spielbälle ihrer grausamen Gelüste.

— Oh! Fickrament, meint Ambroise, indem er seinen rotgereizten 20 Schwanz aus dem Arsch eines zauberhaften Gitons von dreizehn Jahren zieht, wer weiß, was ich dank des ungeahnten Taumels, der mir zu Kopfe gestiegen, noch alles aushecken, ausführen werde. Wenn ich jenes kleine Mädchen anschaue, fährt er fort, indem er auf Octavie deutet, schüttelt es mich vor Wut... Sie wäre nicht die erste, 25 die wir gleich am Tage ihrer Ankunft zur Ausmusterung verurteilten... Es wimmelt im Kloster von frischen Frauen; allein in dieser Woche steht die Aufnahme von zwei oder drei Neulingen bevor, die alle Anwesenden bei weitem übertreffen: unter anderem wartet ein graziengleiches Geschöpf von siebzehn Jahren auf euch, und lang 30 ist's her, daß ein für mein Empfinden derart schönes Wesen hier eingetreten ist. Machen wir dieser kleinen Göre den Garaus: wir haben sie allesamt gevögelt; ein jeder von uns hat ihr seinen Schwanz in Votze, Hintern oder Mund gerammt; in Zukunft würde es immer wieder auf dasselbe hinauslaufen, und...

– Einspruch, entgegnet Jérôme; nicht jeder wird einer Sache so schnell überdrüssig wie Ambroise: mit diesem kleinen Mädchen 5 können wir noch tausenderlei weitere Lustbarkeiten kosten, eine aufreizender als die andere. Nichts ist statthafter, als sie zu peinigen, zu martern; morden aber wollen wir sie noch nicht.

– Nun gut! knirschte Ambroise, der über sie herfiel und sie zwischen seine Schenkel zwang, da mein Wunsch nicht erfüllt wird, 10 verurteile ich sie demnach zu folgendem: ich fordere, daß derjenige von uns, der keinen Drang zum Scheißen verspürt, einen Dolch an ihre Gurgel setze und unweigerlich, unausweichlich zusteche, wofern sie den Kot der fünf übrigen verschmäht...

– Köstlich... göttlich, frohlocken Sylvestre und Severino. 15

– Ich bin in Ambroisens Witz ganz vernarrt. Seit Unzeiten, meint Antonin, jawohl, bei meiner Mannesehre, seit Urzeiten bringen mich nur noch die Einfälle dieses Knabenschänders zum Ausspritzen. Doch womit sollen sich jene, die fertiggeschissen haben, die Zeit vertreiben? 20

– Justine, meint Ambroise, wird dazu verdammt, ihnen den Arsch mit ihrer Zunge auszuwischen; ein weiteres Weib soll den Schweif eines unserer Ficker ergreifen und ihn reihherum in unsere Hintern einführen, derweil wir uns von einem Giton lutschen und von einem anderen in den Mund furzen lassen. 25

– Und das soll schon alles gewesen sein? fragt Sylvestre; weiß Gott, wahrlich eine schöne Strafe, fünf Strunzen schlucken zu müssen; ich jedenfalls verspeise zum bloßen Vergnügen Tag für Tag ein ganzes Dutzend.

– Nicht doch, nicht doch, wehrt sich Severino, das soll keines- 30 wegs alles gewesen sein: sobald ein Mönch geschissen hat, wird er gefickt und erlangt dadurch das Recht, eine Blutstrafe über das Opfer zu verhängen.

– Meinetwegen, meint Ambroise, unter dieser Bedingung will ich in den Handel einwilligen; andernfalls würde ich ihn nicht bil- 35 ligen.

Die geplanten Schändlichkeiten huben an; wurden auf die Spitze getrieben. Das zarte Alter und die Schönheit dieses jungen Mädchens galten diesen Verbrechern höchstens noch als zusätzlicher

Anreiz; und zu guter Letzt schickten sie sie weniger aus Mitleid denn aus Überdruß auf ihre Kammer, was ihr wenigstens für ein paar Stunden jene Ruhe verschaffte, deren sie so dringend bedurfte.

Justine, die zu diesem niedlichen, kleinen Geschöpf eine tiefe Zuneigung gefaßt hatte, hegte den Wunsch, ihm jenen Platz in ihrem Herzen einzuräumen, den früher lange Omphale eingenommen, und unternahm alles Erdenkliche, um zu ihrer Unterweiserin ernannt zu werden; doch Severino bestand hartnäckig darauf, daß unsere Heldin in seiner Zelle nächtige. Wie schon erwähnt, erregte dieses märchenhafte Mädchen zu ihrem Leidwesen die schändlichen Begierden dieses Sodomiten heftiger als alle anderen: seit einem Monat wohnte sie ihm fast jede Nacht bei; wenig Weiber hatte er mit einer derartigen Standhaftigkeit gearschfickt; nach seinem Dafürhalten war der Schwung ihrer Arschbacken über jeden Vergleich erhaben und ihr Anus unbeschreiblich heiß und eng: was bräucht' es mehr, um die Gunst eines Arschanbeters zu gewinnen? In dieser Nacht aber war der Lustbold ausgelaugt und auf etwas nicht gerade Alltägliches angewiesen. In der offenkundigen Befürchtung, daß der ungeheuerliche Krummsäbel, mit dem er bestückt war, zu wenig Schmerzen hervorrufe, ließ er es sich diesmal beifallen, Justine mit einem Samthansen von zwölf Zoll Länge auf sieben Zoll Umfang zu arschficken. Das bejammernswerte Mädchen wollte, hell entsetzt, den einen oder anderen Einwand vorbringen; man gab ihr lediglich Drohworte und Schläge zur Antwort: so sah sie sich denn gezwungen, den Arsch auszuschwenken. Kraft einiger Stöße drang die Waffe tief hinein: Justine läßt schrille Schreie fahren; sehr zum Ergötzen des Mönches. Nach einigem Auf und Ab zieht er das Werkzeug unversehens heraus und taucht eigenschwänzig in das frisch ausgeweitete Loch. Welch Mutwilligkeit! Ist dies nicht das genaue Gegenteil dessen, was ein Mann vernünftigerweise begehren müßte?

Des Morgens fühlte er sich ein wenig gestärkt und wollte eine neue Marter erproben. Er zeigte Justine ein weit gewaltigeres Werkzeug als am Vorabend: dieses nun besaß einen Hohlraum und war mit einem Kolben versehen, der mit ungeheurer Wucht Wasser durch eine Öffnung spritzte, die einen Strahl von mehr denn zwei Zoll Umfang erzeugte. Dieses riesige Werkzeug maß neun Zoll im Umfang auf eine Länge von dreizehn Zoll. Severino füllt es mit siedend heißem Wasser und will es auf der Vorderseite hineintreiben.

Über ein solches Vorhaben hell entsetzt, fleht Justine fußfällig um Gnade; doch schwelgt der Mönch in einer jener tatendurstigen Stimmungen, in denen das Mitleid auf taube Ohren stößt und von viel beredteren Leidenschaften erstickt oder durch eine oftmals noch weit verhängnisvollere Grausamkeit ersetzt wird: für den Fall von 5 Ungehorsam droht ihr Severino mit seinem ungezügelten Zorn. Justine willfährt zitternd. Das hintervotzige Gemächsel dringt zu zwei Dritteln ein; und da es glühend heiß ist und alles zerfetzt, verliert sie beinahe die Herrschaft über ihre Sinne. Mittlerzeit schmäht der Oberer die von ihm gemarterten Körperteile mit einem nicht 10 enden wollenden Schwall von Flüchen und läßt sich vom einen seiner wachhabenden Mädchen über den Hinterbacken des anderen wichsen. Nach einer Viertelstunde bricht Justine unter diesen Stößen zusammen, die Klappe öffnet sich und läßt brodelnde Wassermassen in die tiefsten Tiefen des Muttermundes sprudeln. Justine 15 fällt in Ohnmacht und Severino in Verzückung; während sie bewußtlos darniederliegt, spießt er ihren Arsch auf; er zwickt ihren Busen, um sie ins Leben zurückzurufen: endlich schlägt sie ihre Augen wieder auf.

– Was hast du denn? spottet der Mönch: das war noch gar nichts; 20 hier bei uns werden diese Reizungen bisweilen noch viel unbarmherziger behandelt. Ein Stechpalmensalat, Potzschlitz! tüchtig gepfeffert, mit Essig getränkt und mit einer Messerspitze in die Votze gerammt; dies tut not, um diese Reize wieder etwas aufzuheitern: zu dieser Strafe will ich dich bei deinem nächsten Fehltritt verurtei- 25 len, schäumt der Schuft und spritzt bei dieser Vorstellung in den Wonnearsch seines Opfers aus... Jawohl, Schlitzbübin, ich werde dich womöglich nicht nur dazu, sondern noch zu weit Schlimmerem verurteilen, und zwar noch bevor zwei Monate um sind.

Endlich tagt es, und Justine wird entlassen. 30

Bei ihrer Rückkehr fand sie ihre neue Freundin in Tränen aufgelöst. Sie mühte sich auf jede erdenkliche Weise, sie zu beschwichtigen; doch fällt es keinem Menschen leicht, sich in einen derart schrecklichen Lebensumschwung zu schicken. Octavie verfügte über einen unerschöpflichen Schatz an Tugend, Empfindsamkeit 35 und Religion: um so greuelreicher mußte ihr ihre Lage erscheinen. Doch war sie froh, eine Seele zu finden, die auf die ihrige ansprach, und schon bald war sie unserer liebenswürdigen Waisen in innigster

Freundschaft zugetan; aus diesem Bündnis nun schöpften alle beide
frische Kräfte, um ihr gemeinsames Kreuz zu tragen.

Doch die tiefbetrübte Octavie genoß diesen Lichtblick nur für
kurze Zeit. Vollkommen zu Recht hatte man Justine mitgeteilt, daß
5 die Aufenthaltsdauer nicht den geringsten Einfluß auf den Zeitpunkt der Ausmusterung habe; daß es lediglich von den Launen der
Mönche oder von deren Furcht vor drohenden Nachforschungen
abhänge, ob man nach einer Woche oder nach zwanzig Jahren an
die Reihe komme. Zwei Monate erst weilte Octavie im Kloster, als
10 ihr Jérôme ihre Ausmusterung ankündigen kam, obzwar doch
gerade er es war, der ihr offenkundig am eifrigsten nachgestellt
hatte... und bei dem sie am häufigsten, ja sogar noch am Vorabend
dieses schrecklichen Schicksalsschlages genächtigt hatte. Sie war
nicht die einzige: selbigen Abends ward auch noch ein himmlisches
15 Geschöpf von dreiundzwanzig Jahren ausgemustert, das seit seiner
Geburt im Kloster lebte: fürwahr, ein über alle Lobeserhebungen
erhabenes Mädchen, dessen sanftes und gefühlsseliges Gemüt in
wunderbarem Einklang mit ihrem von Natur aus traumsüchtigen
Antlitz stand, kurzum ein Engel; und entgegen ihren Gepflogenhei-
20 ten beschlossen die Mönche, daß die beiden miteinander hingeopfert werden sollten. Dieses prachtreiche Geschöpf wurde Mariette
geheißen, Sylvestre, so munkelte man, war ihr Vater. Für dieses blutige Gepränge wurden die aufwendigsten Vorbereitungen getroffen;
und da unsere Heldin unseligerweise zum Kreise der Geladenen
25 zählte, welche an diesem Tage aufgrund der Erhabenheit ihrer Reizungen ausgewählt wurden, möge man uns verzeihen, wenn wir ein
letztes Mal mit Nachdruck auf die abscheulichen Entartungen dieser Unmenschen hinweisen.

Man wird sich gewiß mit leichter Mühe denken können, daß
30 Justine nur aufgrund einer höchst grausamen, gräßlichen Durchtrie-
benheit dazu auserkoren wurde, diesen Lustgelagen beizuwohnen:
man wußte um die außergewöhnlich tiefe Empfindsamkeit ihres
Gemüts; es war bekannt, daß sie Octavies Freundin war; was will
man mehr, um ihre Teilnahme an diesem Fest für wünschenswert zu
35 erachten? Gleicherweise war man im Falle der zauberhaften, zer-
brechlichen und Mariette in zärtlichster Zuneigung zugetanen,
zwanzigjährigen Fleur-d'Epine verfahren: auch sie mußte bei dieser
Totenfeier zugegen sein. Derlei Einzelheiten sollen lediglich dazu

dienen, diese Verbrecherherzen möglichst anschaulich abzukupfern; schließlich haben all diese Enthüllungen ihren Dreh und Sinn.

Zehn weitere Weiber, samt und sonders aus der Altersklasse zwischen fünfzehn und fünfundzwanzig stammend und von erlesenster Schönheit; sechs junge Unzuchtsknaben, gleichfalls aufgrund ihrer höchst anmutigen Züge ausgewählt und allesamt im Alter von dreizehn bis fünfzehn Jahren; sechs Ficker zwischen zwanzig und fünfundzwanzig Jahren, aufgrund der Dicke oder Länge ihres Gliedes beigezogen; schließlich drei Hofmeisterinnen zwischen fünfunddreißig und vierzig Jahren für Handlangerdienste: dies waren die Untertanen, welche zu jenem teuflischen Opferfeste zugelassen wurden, welches sich anbahnte.

Das Abendmahl wurde, wie bereits bekannt, in einem Kellergewölbe abgehalten, das ganz in der Nähe von jenen Gewölben lag, in denen bereits die Opfer schmachteten. Man versammelte sich bei Sonnenuntergang; doch war es bei solchen Anlässen Sitte, daß sich zu Beginn ein jeder Mönch zusammen mit zwei aus der Gruppe der Geladenen gewählten Mädchen oder Knaben zum Zwecke der Sammlung eine Stunde lang in seine Zelle zurückzog; und so wollte sich Sylvestre, der Vater des einen Opfers, zusammen mit Justine und einem weiteren Mädchen aus deren Klasse einschließen, welches fast so schön wie unsere Heldin war und Aurore hieß.

Wir werden nun jene feierlichen Abläufe, die bei einer derartigen vorgängigen Andacht peinlichst genau eingehalten wurden, in allen Einzelheiten schildern.

Mit aufgeknöpften Beinkleidern, ja sogar meistens unterhalb des Gürtels vollständig nackt, lauschte der in einem Sessel versunkene Mönch mit Wohlgefallen einem Mädchen, das sich ihm rutenschwingend nähern mußte, um ihm gegenüber etwa nachstehenden Ton anzuschlagen, den er ungefähr wie folgt zu erwidern pflegte.

– »Du scheinst also, Schuft, zur schlimmsten Sünde entschlossen und willst dich mit Mordtaten besudeln!

– Das will ich hoffen.

– Wie! Ungeheuer, so wird denn keinerlei Ratschluß, keinerlei Einwand, keinerlei Furcht vor dem Himmel oder den Menschen diese Schreckenstat hindern können!

– Keine göttliche noch menschliche Macht vermag mir Einhalt zu gebieten.

– Doch was ist mit Gott, der dich beobachtet?

– Ich spotte auf Gott.

– Und die Hölle, die dich erwartet?

– Ich trotze der Hölle.

– Die Menschen, die deine Schandtaten eines Tages womöglich
ans Licht bringen werden?

– Ich habe für die Menschen und ihre Meinungen nichts als
Hohn übrig; ich sinne nur auf Verbrechen, liebe nur das Verbrechen,
atme nur für das Verbrechen, und das Verbrechen allein soll alle
Augenblicke meines Lebens prägen.«

Alsdann galt es, auf Wesen und Gepräge des Frevels, auf dessen
Eigentümlichkeiten sowie auf alle näheren Umstände einzutreten;
im vorliegenden Fall bedeutete dies also, daß Justine die Aufgabe
anheimfiel, Sylvestre zu entgegnen:

– Wie! Elender, hast du etwa vergessen, daß es sich um deine
eigene Tochter handelt, daß du ausgerechnet sie, ein bezauberndes
Geschöpf, dein eigen Fleisch und Blut, hinschlachten wirst!

– Was fechten mich derlei Bande an; sie gereichen mir höchstens
zu einem weiteren Ansporn; ich wünschte, sie wäre noch enger mit
mir verwandt ... noch anziehender ... noch liebreizender, etc.

Alsdann packten die beiden Frauen den Wüstling; die eine legte
ihn übers Knie, die andere peitschte ihn aus Leibeskräften: sie wech-
selten einander ab; und ohne mit der Geißelung des armen Sünders
jemals auszusetzen, überhäuften sie ihn mit Vorwürfen und wüsten
Beschimpfungen, wobei sie ihren Text jeweils auf das Verbrechen
abstimmten, über das der Schuft meditierte. Sowie er im Blute
schwamm, sanken sie wechselweise vor seinem Schwanz ehrerbietig
auf die Knie und versuchten ihn durch Saugen zum Stehen zu bringen. Nun befahl ihnen der Mönch, ihrerseits aus den Kleidern zu
schlüpfen, während er selber jeder Schlüpfrigkeit frönen durfte, die
ihn gerade verlocken mochte, vorausgesetzt, daß sie auf dem Leib
des Mädchens keinerlei Spuren hinterließ, mußte es doch der Bruderschaft hernach wieder unversehrt vorgeführt werden.

Sylvestre führte all dies, wie wir berichtet, Punkt für Punkt aus;
und als diesem Vorgepränge Genüge getan war, legte er Aurore und
Justine aufeinander, verrenkte und verflocht ihre Glieder ineinander,
um sie dieserweise alle beide für eine kurze Weile zu votzficken. Er
versetzte ihnen Arschklitschen, Maulschellen, forderte sie auf,
seinen Hintern anzuhimmeln und denselben zum unmißverständlichen Beweise ihrer ehrfurchtsvollen Huldigung abzuschlecken;

und nachdem die ungeheure Lust, die er sich vom bevorstehenden Kindsmord versprach, seinen Kopf gründlich erhitzt hatte, stieg er ins Kellergewölbe hinunter, wobei er sich auf die beiden Mädchen stützte, welche an diesem Abend, wie es der Brauch wollte, an seiner Seite die Aufgaben der wachhabenden Mädchen wahrneh- 5 men mußten.

Es waren bereits alle versammelt; Sylvestre fand sich als letzter ein. Die beiden in einen schwarzen Trauerflor gehüllten, zypressenbekränzten Opfer wurden nebeneinander auf eine tischhohe Säulentrommel am einen Ende der Tafel gehievt. Octavie sah man von 10 vorne, Mariette von hinten; ihr an den entsprechenden Stellen hochgeraffter Trauerflor gab den Blick auf splitternackte Haut frei. Die Frauen waren in einem, die beiden Männergruppen in zwei weiteren Gliedern aufgereiht, die Mönche standen in der Mitte, und die drei Hofmeisterinnen umringten die Opfer. Der mit der Rede 15 betraute Sylvestre erklomm eine der Säulentrommel gegenüberliegende Kanzel und äußerte sich wie folgt:

– »Wenn es denn, meine Freunde, in der Natur etwas Geheiligtes gibt, so ist dies ungezweifelt das unantastbare, naturgegebene Recht des Menschen, über seinesgleichen frei zu verfügen: Mord ist 20 das oberste Gebot jener Natur, welche den Toren ein Geheimnis bleibt; Philosophen unseres Schlages verstehen sich darauf, dies trefflichst zu zergliedern; dank Mord erwirbt sie sich Tag für Tag jenes Vorrecht zurück, das ihr die Fortzeugung streitig macht; und ohne eigenmächtige oder staatliche Morde wäre die Welt derart überbe- 25 völkert, daß sie nicht mehr wohnlich wäre. Doch, kein Zweifel: wenn es Umstände gibt, unter denen der Mord zu einer Mordslust wird, so ganz gewiß in unserem Falle, werte Freunde. Denn gibt es etwas Wonnereicheres, als sich einer Frau zu entschlagen, an der man sich noch und noch gütlich getan hat! Welch himmlische 30 Weise, seinen Neigungen Genüge zu tun! welch Lobpreis auf die Übersättigung! Betrachtet diesen Arsch, fuhr der Redner (auf Mariette deutend) fort, diesen Arsch, der unseren Gelüsten seit eh und je gute Dienste leistete; schaut diese Scheide (auf Octavie deutend), die, wiewohl jüngeren Datums, all unsere Schwänze nicht 35 minder befriedigt hat! Ist es nicht hohe Zeit, daß derart abscheuliche Gegenstände heute endlich wieder in den Schoß des Nichts eingehen, dem sie lediglich zum Wohle unserer Wollust entsteigen durften? O liebe Freunde! welch Lustbarkeit! in wenigen Stunden wird die Erde dies widerwärtige Fleisch unter sich begraben; die beiden werden unsere schlüpfrigen Gelüste nicht länger mit Ekel erfüllen... unsere Augen nicht länger beleidigen... in wenigen Stunden werden diese Elenden gewesen sein; wir werden uns höchstens noch flüchtig an ihr Dasein erinnern; einzig und allein ihre Todesfoltern werden in unserem Gedächtnis haften bleiben. Die eine, Octavie, schön, sanft, scheu, keusch, brav und zart, war mit dem denkbar wunderbarsten Körper begnadet; doch war sie wenig fügsam: ihre angeborene Hoffart ist nie von ihr gewichen; und ihr werdet euch bestimmt noch entsinnen, wie ihr euch fast Tag für Tag dazu gezwungen saht, sie den mannigfaltigen Züchtigungen zu unterziehen, die euer Kodex für all die Vergehen vorsieht, die sie sich unablässig hat zuschulden kommen lassen. Nie vermochte sie ihre tiefe Abscheu vor euren Sitten, ihre Abneigung gegen eure frommen Bräuche, ihren Haß auf euch Ehrenmänner zu verbergen; und ihr habt oft mitangesehen, wie sie aus lauter Treue zu ihren schändlichen Glaubenssätzen selbst dann noch ihren Gott anrief, wenn sie gerade euren Gelüsten Liebkind war. Jérôme hatte eine Schwäche für sie; ich weiß. Jérôme liebte ihren Hintern, huldigte ihm fast täglich; und wiewohl sich Jérômes Schweif nicht mehr versteift, wiewohl der Mund mit Rücksicht auf seine Schlaffheit zu seinem letzten Schlupfloch geworden ist, hat Jérôme, wie ihr wißt, diese Jungfer, von der Hochwohlgeborenheit ihrer Arschbacken zutiefst erregt, mehr denn zwanzigmal sodomisiert. Auf Jérômes Ersuchen hin indessen ist das Todesurteil gefällt worden; und ich bin sicher, daß ihr erleben werdet, wie Jérôme, aufgrund seines Gerechtigkeitssinnes, zu Octavies erbittertsten Peinigern gehören wird. Schaut ihn euch an, meine Freunde, seht nur, mit welchen Blicken er sie mustert; erweckt er in euch nicht die Vorstellung eines Löwen, der nach dem Lamme giert, kurz bevor es ihm zur Beute fällt? O ihr seligen Folgen der Übersättigung! man möchte meinen, daß ihr sämtliche Treibdorne der Seele abstumpft, und dennoch entspringen gerade euch die süßesten Regungen der Lüsternheit.

An der Seite der schönen Octavie bietet sich euren Blicken Mariette dar: die Popobacken, die sie euch ausschwenkt, haben eure Begierden seit eh und je erregt; es gibt hienieden keine Lustbarkeit, der ihr sie nicht unterzogen hättet. Mariette war anmutig und sanftmütig. O Natur! laß mich an dieser Stelle etwelche Zähren vergießen (der Hurenbock heuchelt Tränen)... Ich fühle es, dein

Murren läßt sich nicht unterdrücken, man wird nicht ungestraft Vater. Doch müssen auf dieser Kanzel der Wahrheit alle Gefühle erstickt werden; und allein der Wahrheit darf der Redner fortan huldigen. Wie viele Laster trübten Mariettes Tugenden! Sie begegnete euren Sitten und Ansichten launisch, störrisch, widerspenstisch; 5 gesellte sich jeweils mit Vorliebe zu den Scheinheiligen des Serails; sie war bestrebt, eine Religion kennenzulernen, ja sogar zu befolgen, die wir ihr gegenüber nie auch nur mit einem Sterbenswörtchen erwähnten und von der sie lediglich aus Gesprächen mit jenen Betschwestern erfuhr, die sie geflissentlichst aufsuchte. Mariette 10 gebrach es an Fügsamkeit; sie mußte zur Erfüllung ihrer Pflichten genötigt werden; denn niemals kam sie einem Wunsch zuvor. Kaum ein Mädchen wurde häufiger gezüchtigt als Mariette; und obwohl man noch und noch feststellen konnte, daß ich sie bevorzugt behandelte, hat man doch immer wieder laut und deutlich vernehmen 15 können, wie ich sie, alles der Gerechtigkeit opfernd, vor dem Richterstuhl eurer Züchtigungen anklagte! Ich selbst ersuche euch heute um ihren Tod: auf meinen Antrag hin ist er beschlossen worden; und ich bin es, der euch darum bittet, ihn möglichst entsetzlich zu gestalten: befolgt diesbezüglich meine Vorschläge; dann dürfte kein Opfer 20 je grausamer zermartert worden sein.

Faßt euch ein Herz, meine Freunde, fuhr der Redner verzückt fort; da stehen wir nun dank der Unbeugsamkeit unseres Willens auf dem Gipfel durch und durch durchdachter Verderbtheit; fortan möge uns nichts mehr hemmen, und wir wollen uns stets vor Augen 25 halten, daß das Verbrechen nur jene ins Unglück stürzt, die auf halbem Wege stehen bleiben. Nur indem man sich in einer Fülle von Verbrechen suhlt, vermag man deren wahre Reize zu entdecken. Denn im Unterschied zu den Frauen, deren wir um so überdrüssiger werden, je öfter sie sich uns hingegeben haben, erregt uns das 30 Verbrechen gerade dann am hitzigsten, wenn wir uns an ihm überfressen; und der Grund hiefür liegt auf der Hand: erst wenn man mit ihm vertraut ist, entfaltet es seine ganze Zauberpracht. Erst wenn man sich ihm vorbehaltlos hingibt, kann man nicht mehr umhin, es zu verehren. Beim ersten Mal wandelt uns Ekel an: eine Folge man- 35 gelnder Gewohnheit; beim zweiten Mal bereitet es uns Vergnügen; beim dritten Mal geraten wir in einen Taumel; und würden die ungestümen Begierden des Menschen auf diesem segensreichen Lebensweg von keinen Hindernissen angefochten, so sähen sich schon bald alle Augenblicke seines Daseins von Missetaten geprägt. Wegdeuteln, daß das höchste Erdenglück, das dem Menschen beschieden sein mag, unstreitig im Verbrechen liege, hieße mithin wegdeuteln, daß das Tagesgestirn die stärkste treibende Kraft allen Wachstums sei. Jawohl, werte Freunde, gleich wie dieser erhabene Stern das Weltall ständig erneuert, bildet auch das Verbrechen den Herd aller Geistesblitze, die uns in Wallung versetzen: jenes Gestirn läßt die Früchte der Erde sprießen; das Verbrechen läßt im menschlichen Herzen sämtliche Leidenschaften aufkeimen; es allein entzündet sie und schürt deren Glut; es allein ist dem Menschen förderlich. Eh! was ficht es uns an, ob das Verbrechen unserem Nächsten zum Schaden gereicht, solange wir uns an ihm laben? Leben wir denn für unseren Nächsten oder für uns? Ist eine derartige Frage überhaupt ziemlich? Wenn nämlich der Eigennutz wirklich das oberste Gebot der Vernunft und der Natur darstellt; wenn es ein für allemal entschieden ist, daß wir nur im Hinblick auf unser eigenes Wohl leben und weben; dann darf uns folglich nur unser eigenes Vergnügen heilig sein. Alles, was davon abweicht, ist Lüge, Irrtum und einzig dazu angetan, unsere Verachtung zu ernten. Bisweilen kommt mir die Behauptung zu Ohren, das Verbrechen berge für den Menschen Gefahren: ich wünschte nichts sehnlicher, als das Wie und Warum zu erfahren. Wird man mir etwa vorhalten, daß es die Rechte anderer verletze? Doch solange den anderen das Recht auf Rache bleibt, scheint mir die Rechtsgleichheit gewährleistet zu sein: somit stellt das Verbrechen keine Rechtsverletzung mehr dar. Es ist unerhört, mit welchem Erfolg die unverwüstlichen Wortklopfereien der Dummheit das höchste sittliche Glück der Menschen mit Stumpf und Stiel ausrotten! Oh! wie viel glücklicher wäre doch ein jeder von uns, wenn wir uns allesamt in Eintracht vergnügen wollten! Doch die Tugend verbaut manchen diesen Weg; sie lassen sich von ihrem gleisnerischen Äußeren blenden; lassen sich von ihr irreleiten; und schon sehen sich sämtliche Grundfesten der Glückseligkeit zernichtet. Verbannen wir diese tückische Tugend also auf alle Ewigkeit aus unserer glücklichen Gemeinschaft; verachten wir sie, da sie im Grunde nichts Besseres verdient; wer ihre Gesetze befolgen will, soll von uns als gerechten Lohn stetsfort tiefste Verachtung und strengste Bestrafung empfangen. Ich jedenfalls erneuere meinen Schwur, sie zu fliehen … ihr zeit meines Lebens zu fluchen. O meine gesegneten Mitbrüder! mögen all eure Herzen in meinen Ruf einstimmen, und möge man in dieser Einfriedung nur mehr noch Henker und Opfer finden!«

Von Lobsprüchen überhäuft, stieg Sylvestre von der Kanzel, und die Schandspiele huben an. Man begibt sich in die Ecken des Saales, der mit seiner sechsseitigen Form einem jeden seinen eigenen Schlupfwinkel bot. Bündel von Kerzen erleuchteten die Winkel, in denen jeweils eine breite Ottomane sowie ein Tischchen standen, auf welch letzterem alles bereitlag, was diese Schurken für ihre grenzenlos liederlichen... gräßlichen Unzüchtigkeiten benötigten. Zwei Mädchen, ein Giton und ein Ficker begleiteten einen jeden Mönch in seine Nische. Die Hofmeisterinnen holten zuerst Octavie, dann Mariette herunter und führten sie, nackt und in Ketten, in die Schlupfwinkel sämtlicher Mönche.

Bei diesem ersten Rundgang sollte das Opfer eine Marter erleiden, von der sein ganzes weiteres Leben, wenn es ein solches gegeben hätte, gezeichnet gewesen wäre. Überdem mußte ein jeder Mönch jene Folterart, zu der er das Opfer verdammen wollte, auf dessen Schultern oder Arschbacken einritzen.

Severino, der gearschfickt wurde, dieweil er einen Lustknaben sodomisierte und zur Rechten und zur Linken Ärsche abschmatzte, entsann sich einer von Jérôme geschilderten Leidenschaft, und so brach er einen von Mariettes Zähnen, versengte Octavie die Brüste. Es entzieht sich unserer Kenntnis, welcherlei Richtspruch er über sie gefällt; auch diejenigen, welche die anderen über sie verhängten, sind uns mit keinem Worte überliefert.

Clément brach Octavie einen Finger und riß eine recht tiefe Wunde in Mariettes rechte Popobacke; man lutschte ihn, er wichste Schwänze.

Antonin rupfte die beiden Möschen mit dem unter dem Namen Rusma[1] bekannten, türkischen Enthaarungsmittel: er vögelte dasjenige von Justine und leckte jenes von Aurore, indes er selber sodomisiert wurde.

Ambroise wurde gearschfickt und zahlte es Fleur-d'Epine mit gleicher Münze heim, indes er eine Scheide schleckte, Mariettes

---

[1] Rusma, mineralisches Gestein, Tintenstein; man findet entsprechende Bergwerke in Galatien. Der Großherr schöpfte daraus Einnahmen von jährlich 30 tausend Dukaten. In Frankreich ist es äußerst selten und wird im Handel mit Gold aufgewogen. Wo Rusma zum Einsatz kommt, kommt kein Härchen ungeschoren davon.

schöne Augen mit einer goldenen Nadel zum Platzen brachte und von Octavies rechter Hand den kleinen Finger abschnitt. Sein Ficksaft floß, wofür er seinen Zorn an Fleur-d'Epine ausließ und ihr auf der Stelle dreihundert Peitschenhiebe verabreichte, obwohl er ihm bereits nicht mehr stand und er also aus reiner Rachsucht handelte.

Sylvestre zerstach seiner Tochter Popobacken und Brüste, Octavie aber pflückte er mit den Zähnen beide Brustbeerchen ab; mittlerzeit wurde er gestäupt, und sein Giton saugte an seinen Lippen, indes ein Mädchen an seinem Schwanze saugte.

Jérôme, der wechselweise von zwei knienden Mädchen bezüngelt und zudem aus Lendenkraft gearschfickt wurde, schnitt Mariette das rechte Ohr ab und riß, vermittels einer Beißzange, aus Octavies herrlichem Hintern einen fetten Fleischfetzen.

Nach Beendigung des Rundgangs pflegte man über folgende Fragen Rat:

Sollten die Opfer dieserweise Stück für Stück hingeschlachtet werden? sollte man sie allen sechs rasenden Mönchen zur gleichen Zeit ausliefern? oder sollte nur einer als Henker amten, dieweil die anderen zuschauten? Bevor man zu diesen Punkten Stellung nahm, wurden noch die sechs Foltervorschläge verlesen: da mehrere darauf hinausliefen, nur von einem einzelnen Mönch ausgeführt zu werden, beschloß man, weitere Rundgänge anzusetzen; Sylvestre aber brachte zwei weitere Anliegen vor, die ohne Gegenstimme genehmigt wurden: zuvörderst sollten die beiden Opfer, bevor man es noch bunter treiben wollte, eine Stunde lang sämtlichen Gelüsten der Mönche preisgegeben und die Marterungen erst danach in Angriff genommen werden; ferner sollte es ihm allein vorbehalten sein, seiner Tochter den Gnadenstoß zu geben. Als diese Beschlüsse gefaßt waren, rückte man eine Liegestatt in die Mitte der Gruft; die sechs Gitonen und die zwölf Mädchen umringten sie, wobei sie die aufreizendsten und wollüstigsten Gruppenbilder gestalteten. Bei all ihrem Tun und Treiben sollten die Mönche von den Fickern begleitet und beschält werden.

Severino vögelte die beiden Ärsche und hinterließ auf beiden die unmißverständlichen Spuren seiner Unmenschlichkeit.

Clément vögelte zwar nicht, dafür striegelte er die beiden Opfer unbarmherzig ab; als er von ihnen abließ, waren sie von seinen Hieben zerbleut.

Antonin vögelte die beiden Votzen; da er vorgeblich befürchtete, Leibesfrüchte gezeugt zu haben, stieß er lange Nadeln so fingerfertig…so tief in jede Vagina, daß sie unauffindbar darin verschwanden.

Ambroise arschfickte die beiden Opfer und würgte ihre Gurgeln 5 so gnadenlos, daß sie die Besinnung verloren.

Sylvestre vögelte die beiden Scheiden, indes er mit der Schneide eines Federmessers mehr denn zwanzig kreuzweis vorgenommene Einschnitte auf Bauch, Busen und Popobacken dieser Geschöpfe anbrachte. Der Hurenbock spritzte aus, als er in der rechten Wange 10 seiner Tochter eine drei Zoll lange Wunde hinterließ.

Jérôme geißelte sie mit einer eisenspitzenbespickten Klopfpeitsche, welchselbige die beiden in Blut tauchte und aus ihren Hintern ganze Fleischbrocken riß; alsdann mundfickte er die eine wie die andere. 15

Die Rundgänge heben von neuem an; abermals verschanzen sich alle Mönche in ihren Winkeln, sei es mit Mädchen, sei es mit Knaben, oder auch mit beiden Geschlechtern zusammen, je nachdem, wonach ihnen gerade der Sinn stand.

Justine weilte bei Ambroise. Wer hätte gedacht, daß dieser Schuft 20 die Unbarmherzigkeit besaß, von ihr zu erheischen, daß sie den Leib von Octavie, ihrer Busenfreundin!, vor seinen Augen foltere und daß er gegen Justine, nachdem sie sich in aller Entschiedenheit geweigert hatte, Anklage erhob; die Bruderschaft trat auf der Stelle zusammen, um das Strafmaß festzusetzen, welches einem derart 25 schwerwiegenden Verbrechen gebührte. Man schlug den Strafkodex auf: Justines Tat fiel unter den siebten Artikel. Doch da es sich lediglich um vierhundert Rutenschläge handelte, vertraten drei Brüder die Meinung, man solle sie der unter Artikel zwölf [1] aufgeführten Züchtigung unterziehen: die anderen drei waren gegenteiliger 30 Meinung, nicht etwa weil sie diese Strafe für allzu grausam erachtet hätten, sondern schlicht und einfach deshalb, weil deren Vollstreckung eine ungebührlich lange Unterbrechung der Sitzung bedingt hätte. Justine wurde schließlich lediglich dazu verurteilt, von der Hand eines jeden Mönches zweihundert Peitschenhiebe zu 35 empfangen, die ihr auch spornstreichs ausgeteilt wurden, und zwar mit jener unglaublichen Wucht, die sich stets dann entfaltet, wenn

[1] Schlagen Sie in Band II auf Seite 130 nach.

man einen Steifen sitzen hat, was bei diesen Herren durchaus der Fall war.

Fleur-d'Epine, die Sylvestre zu Diensten stand, beglückte die Gesellschaft bald schon mit dem gleichen Vergehen: Mariettes herz-
5 loser Vater wollte die Freundin seiner Tochter nämlich dazu zwin-
gen, dieser letzteren mit einem rotglühend Eisen die Brüste zu ver-
sengen. Fleur-d'Epine weigerte sich. Der wutentbrannte Syl-
vestre... der eselsschwänzige Sylvestre, dem der Ficksaft aus allen Poren dampfte, nahm sich eigenhändig der Züchtigung an; und sich
10 eines dicken Knüttels bedienend, verprügelte er diese Jammerbare derart mitleidlos, daß man sie halb entseelt hinaustragen mußte. Dies stellte einen Verstoß gegen die Regeln der Bruderschaft dar. Severino verlangte von Sylvestre, über sein Verhalten Rechenschaft abzulegen. Die Strafe sollte von der Vereinigung verhängt und
15 gemeinschaftlich vollstreckt werden. Wenn Sie jedoch den Nach-
weis erbringen konnten, daß Sie steifgeschwänzt und die Beleidi-
gung allzu unverschämt war, als daß Sie sie hätte dulden können, wurden Sie alsogleich freigesprochen. Wie sich leichtlich denken läßt, machte Sylvestre von diesem Rechtsmittel Gebrauch. Man ließ
20 eine frische Frau kommen und vergaß einen Zwischenfall, der jener Unglückseligen beinahe das Leben gekostet hätte. Indes, die Mißhandlungen nahmen ihren Lauf, wurden schlimmer und schlimmer, so daß die beiden Blutzeugen nie und nimmer im vorgeschriebenen Zustand zum Lustgelage hätten erscheinen können,
25 wenn man nicht unversehens innegehalten hätte, um sich zu Tische zu begeben. Nun also wurden sie den Hofmeisterinnen übergeben, von ihnen gewaschen, erfrischt, gepflegt und wieder auf den Sockel gehievt, wo sie während des ganzen Abendmahls nackt ausharren mußten und dabei sämtlichen Schmähungen preisgegeben waren,
30 mit denen die Mönche sie nach Lust und Laune überhäuften.

Wie sich unschwer vermuten läßt, wurden bei derlei Festen die Schmutzfinkereien, Schlüpfrigkeiten, Schreckenstaten allenthalben auf die Spitze getrieben. Diesmal wollten die Mönche unbedingt auf den Arschbacken der Mädchen schmausen; zu ihren Füßen bezün-
35 gelte jeweils ein weiteres Mädchen wechselweise Schwanz und Gehänge; und die Kerzen staken in den Hintern niedlicher Knaben; die Tellertücher hatten zwei Wochen lang zum Arschauswischen gedient, und vier gewaltige Näpfe mit Kot standen in den vier Tischecken. Fasernackt trugen die drei Hofmeisterinnen den

Mönchen auf und schenkten ihnen ausschließlich Weine ein, mit denen sie sich vorgängig Arschbacken, Votze, Achselhöhlen, Mund und Arschloch gewaschen hatten. Darüber hinaus lagen an der Seite sämtlicher Mönche kleine Bögen sowie mehrere Pfeile, die von Zeit zu Zeit aus reiner Freude auf die Leiber der Opfer abgefeuert 5 wurden; dies ließ jedesmal alsogleich einen kleinen Springbrunnen hervorsprudeln, dessen Blutfontäne über die Gedecke spritzte.

Speis und Trank waren köstlich. Verschwendung, Überfluß, Erlesenheit bestimmten das Bild; bis zu den Zwischengerichten wurden die seltensten Gewächse entkorkt: danach sah man nur 10 mehr noch hochgeistige Branntweine; und binnen kurzem waren die Köpfe benebelt.

– Mir ist nichts bekannt, sprach Ambroise lallend, was sich besser miteinander verquicken ließe denn die Freuden von Trunksucht, Naschsucht, Unzucht und Grausamkeit: es ist unerhört, was man 15 weinseligen Kopfes alles anstellt, ausheckt; denn Bacchus verleiht der Göttin der Wollust stets nur Kräfte, die deren Wohlbefinden steigern.

– Diese Wahrheit ist derart unanfechtbar, bekräftigte Antonin, daß ich nur mehr noch im Schoße scheußlichster Schwipse schlüpf- 20 rige Spielchen treiben möchte; nur dann fühle ich mich wirklich im Schuß.

– Unsere Schlitzbübinnen, folgerte Severino, dürften sich damit nur schwerlich abfinden; denn sowie unsere Köpfe durch Wein oder Schnaps in Hochspannung versetzt sind, werden sie gemißhandelt. 25

Im selben Moment vernahm man, wie zu Severinos Füßen ein schriller Schrei ertönte. Dies Ungeheuer hatte ohne jedweden Anlaß, ohne ferneren Zweck als den, Böses zu wirken, just sein Messer in die linke Brust eines achtzehnjährigen, venusgleichen Mädchens gerammt, welches ihn lutschte. Blutfluten strömten; die 30 Heillose fiel in Ohnmacht. Obgleich Oberer, wurde Severino über den Grund dieser Grausamkeit verhört.

– Sie hat mich beim Lutschen gebissen, jammerte er; ich handelte allein aus Rache.

– Oh! verfickt und zugenäht, meinte Clément, ein fürchterliches 35 Vergehen; ich beantrage, daß die Metze gemäß Artikel XV des Kodex bestraft werde, der da sagt, daß ein Mädchen für mangelnde Ehrfurcht gegenüber den Mönchen eine Stunde lang an den Füßen aufgehängt werde.

– Ganz recht, stimmte Jérôme zu; doch gilt dies lediglich bei
alltäglichen Verrichtungen; bei Liebesdiensten wird die Strafe
verschärft: es stehen zwei Monate Kerker an, bei Wasser und Brot,
sowie zweimal täglich die Peitsche; ich verlange, daß das Straf-
5 verzeichnis befolgt werde.
    – Mir jedenfalls, warf Sylvestre ein, scheint dieser Fall im Kodex
nicht eindeutig geregelt zu sein; und diesetwegen fordere ich eine
harte in dieser Form nicht vorgesehene Strafe. Ich wünsche, daß die
Missetäterin von uns allen eigenhändig gezüchtigt werde und zu
10 diesem Behufe mit jedem Bruder für eine Viertelstunde in eines der
finstersten Verliese dieser Gewölbe geschickt werde, wobei ein jeder
Weisung erhalte, sie so schlimm zu mißhandeln, daß sie ein ganzes
Jahr lang das Bett hüten muß: als letzter aber soll Severino an die
Reihe kommen.
15 Dieser Vorschlag setzt sich durch. Man hütet sich wohlweislich,
irgend Blut zu stillen, obwohl das Opfer mit Rücksicht auf seinen
Zustand bereits an seinen Bestimmungsort getragen werden muß.
Dorthin verfügt sich nun ein Verbrecher nach dem andern; und
nachdem es fraglos zu allerlei Greueltaten gekommen ist, wird es in
20 sein Bett zurückgebracht, wo es schon am folgenden Tag verendet.
    Kaum hatten sich unsere sechs Lustböcke, frisch von dieser
Höllenfahrt zurückgekehrt, wieder versammelt, ließen die Hofmeisterinnen verlauten, daß sie Stuhldrang verspürten:
    – In die Teller, in die Teller, rief Clément.
25 – In unsere Münder, meinte Sylvestre.
    Dieser letztere Vorschlag gewann die Oberhand; und schon
verschwand der Kopf eines jeden Mönches unter einer auf den Tisch
gestiegenen Alten, die sich auf das Gesicht des Hurenjägers hockt
und es schon bald mit lauten Fürzen, leisen Winden und Scheiße
30 überschwemmt.
    – Daß wir uns dieser greisen Hutzelhuren bedienen, sprach
Jérôme, wiewohl eine Fülle junger und hübscher Geschöpfe zu
unseren Diensten stehen, ist nach meinem Dafürhalten der schla-
gendste Beweis für unsere viehische Verdorbenheit, den wir über-
35 haupt erbringen können.
    – Eh! wer möchte denn daran herumdeuteln, führte Severino aus,
daß uns Greisentum, Ungepflegtheit, Häßlichkeit oftmals viel
größere Lust verschaffen als Frische und Schönheit? Die Ausdün-
stungen solcher Körper sind von weitaus aufreizenderer Schärfe.

Begegnet man nicht allenthalben Leuten, die frischem Fleisch ein Wild mit Stich vorziehen?

– Ich jedenfalls teile diese Meinung durchaus, sprach Sylvestre und feuerte einen Pfeil auf seine Tochter ab, der in ihre rechte Brust drang und alsogleich Blut hervorspritzen ließ; je garstiger, je greiser, je gräßlicher ein Geschöpf, desto härter mein Gemächt; und dies will ich euch beweisen, fuhr er fort, indem er den alten Jérôme packte und ihm seinen Schwanz in den Arsch schnellen ließ.

– Ich fühle mich durch diesen anschaulichen Beweis überaus geschmeichelt, seufzte Jérôme; fick mich, mein Freund, fick mich; selbst wenn ich die Lust, einen Schwanz im Hintern zu fühlen, durch noch größere Erniedrigung und Demütigung erkaufen müßte, schiene mir diese Lust nicht zu teuer.

Und indem der Schandbube zärtlich seinen Kopf wandte, um seinen geliebten Ficker zu bezüngeln, spie er ihm eine Salve Weines in die Nase, die durch den just auf seinen Magen ausgeübten Druck hervorgepreßt wurde... ein derart ekelerregender Auswurf, daß Sylvestre, von diesem Platzregen überwältigt, Cléments Gesicht mit demselben Schauer netzte; dieser Tischnachbar war jedoch entweder derart rettungslos im Sumpf des Lasters versunken oder aber derart unerschütterlich, daß er, obwohl der ganze Regenguß ausgerechnet über seinem Brei niedergegangen war, das Ganze unbeirrt auslöffelte.

– Seht nur, dieser Teufelskerl ist die Ruhe selbst, rief Ambroise, der ihm gegenübersaß; ich möchte wetten, daß er sich selbst dann nicht aus der Fassung bringen ließe, wenn ich ihm in den Mund schisse.

– Scheiß, trotzte Clément.

Ambroise schreitet zur Tat; Clément verschlingt alles, und zu guter Letzt wird die Tafel aufgehoben.

Der erste Vorschlag ging dahin, allen Buben den Popo und sämtlichen Mädchen die Brüste zu peitschen, wobei jeweils ein Bube neben ein Mädchen zu stehen kam. Die Bubenpeitscher blieben am Boden; die Busenbleuer kletterten auf Armstühle, denen die Mädchen den Rücken zuwandten.

– Prächtig! schwärmte Antonin; doch ist es unerläßlich, daß einerseits die Ganymede unter Androhung schlimmster Strafen dazu gezwungen werden, während der Geißelung einen Strunzen zu scheißen, und daß andererseits die Mädchen dazu gedrungen werden, während selbigen Treibens zu brunzen.

– Gut gebrüllt, krächzt Jérôme, der sich vor lauter Trunkenheit kaum mehr von der Tafel erheben konnte.

5 Alle Vorkehrungen werden getroffen. Man macht sich keinen Begriff von der Unmenschlichkeit, mit der diese Schurken sowohl die hübschesten Gesäße des ganzen Erdenrunds als auch jene rosigen und alabüsternen Brüste, die ihrer Roheit ausgeboten wurden, gnadenlos fitzten, zerfetzten. Da ward der steifgeschwänzte Severino 10 von einem zauberhaften, dreizehnjährigen Giton in Versuchung geführt, von dessen Arschbacken Blut tropfte. Er packt ihn, verschwindet mit ihm in einem Kämmerchen und bringt ihn nach Verlauf einer Viertelstunde in einem derartigen Zustand zurück, daß sich alle Mitglieder einig waren: der Oberer hatte, wie immer mit 15 Knaben, so auch mit diesem, derart grausame Lustspiele veranstaltet, daß der Jüngling womöglich nicht mehr genesen mochte. Nach dem Vorbild des Oberers hatte sich auch Jérôme für seine Lustbarkeiten abgesondert: er hatte Aurore sowie ein weiteres, äußerst anmutiges Mädchen von siebzehn Jahren mitgeschleppt und alle 20 beide derart entmutigenden Erniedrigungen, derart haarsträubenden und hartherzigen Handgreiflichkeiten ausgesetzt, daß auch sie auf ihre Kammern getragen werden mußten.

Alsdann richteten sich aller Augen auf die beiden Blutzeugen… Es sei uns verstattet, über jene Schauerlichkeiten, in die diese wider- 25 wärtigen Lustgelage ausarteten, einen Schleier zu breiten. Unsere Feder wäre von einer solchen Schilderung überfordert, und bei unseren Lesern bliebe aus lauter Mitleid kein Auge trocken. Sie mögen sich mit dem Hinweis bescheiden, daß die Hinrichtungen sechs Stunden dauerten und daß dabei jedwede Wildmütigkeit, die 30 der Grausamkeit entspringen mochte, in Anschlag gebracht und mit schlüpfrigen Lustspielchen vermischt wurde, die von einer derartigen Ungeheuerlichkeit waren, daß kein Nero und kein Tiberius je etwas Ebenbürtiges hätten aushecken können.

Sylvestre glänzte durch die unsägliche Beharrlichkeit, mit der er 35 seine Tochter kasteite… ein schönes, feinfühliges und berückendes Geschöpf, das der Unhold, wie ersehnt, unter seinen eigenen Schlägen verenden ließ, was ihm ein schändliches Vergnügen bereitete. Dies also ist der Mensch, wenn er von seinen Leidenschaften geritten wird! dies ist der Mensch, wenn ihn sein Vermögen, sein

Ansehen oder sein Rang über die Gesetze erheben! Die zerschabte Justine mußte glücklicherweise bei niemandem nächtigen. Sie zog sich in ihre Zelle zurück, vergoß bittere Tränen über das grauenvolle Los ihrer Busenfreundin und brütete fortan nur mehr noch über ihren Fluchtplan. Wildentschlossen, aus diesem schrecklichen Schlupfwinkel zu entkommen, schreckte sie vor nichts zurück, um zum Erfolg zu gelangen. Was hatte sie bei der Durchführung dieses Vorhabens schon zu befürchten? den Tod: was war ihr gewiß, wenn sie dortblieb? der Tod: sollte es ihr aber glücken, so war sie gerettet: weshalb also noch länger zögern? Noch bevor sie dieses Unterfangen in Angriff nahm, schien es unvermeidlich, daß sich ihren Augen ein weiteres betrübliches Beispiel dafür bot, wie das Laster belohnt wird. Im großen Buch des Schicksals stand geschrieben, in diesem dunklen Buch, in das niemand Einsicht hat, stand schwarz auf weiß geschrieben, daß all jene Leute, die sie gemartert, gedemütigt, in Ketten geschlagen hatten, jeweils noch in ihrem Beisein den Lohn für ihre Freveltaten empfangen sollten...als ob die Vorsehung danach getrachtet hätte, ihr die Gefahr beziehungsweise die Vergeblichkeit der Tugend aufzuweisen...Trauerreiche Belehrungen, die sie gleichwohl nicht im geringsten besserten und sie, wie sie betonte, selbst dann, wenn sie dem über ihrem Haupte dräuenden Schwert ein weiteres Mal entkommen sollte, nicht davon abhalten würden, dem Abgott ihres Herzens auch künftighin treue Sklavendienste zu leisten.

Unvermutet taucht eines Morgens Antonin im Serail auf und verkündet, daß Severino, als Anverwandter und Schützling des Papstes, von Seiner Heiligkeit unlängst zum Ordensgeneral der Benediktiner ernannt worden sei. In der Tat reiste dieser Geistliche schon am nächsten Morgen ab, ohne sich von irgend jemandem zu verabschieden. Es werde, so hieß es, ein Nachfolger erwartet, der noch viel wilder und ausschweifender sei. Ein zusätzlicher Ansporn für Justine, die Ausführung ihres Vorhabens voranzutreiben.

Am Tage nach Severinos Abreise hielten die Mönche abermals eine Ausmusterung ab. Diesen Augenblick nun wählte Justine, um ihren Plan auszuführen, weil ihr die anderweitig beschäftigten Mönche kaum Beachtung schenken würden.

Die Frühlingszeit brach an: die Nächte dünkten sie noch lang genug, um ihr Beginnen zu begünstigen; seit zwei Monaten hatte sie sich in größtmöglicher Heimlichkeit vorbereitet. Nach und nach

feilte sie das Fenstergitter ihrer Kammer mit einem stumpfen Schroteisen durch, das sie gefunden hatte; schon konnte sie ihren Kopf mühelos hindurchstrecken; und aus ihrem Linnenzeug hatte sie einen Strick geknüpft, der lang genug war, um die Höhe des
5 Gebäudes spielend zu bewältigen. Als man ihr ihr Hab und Gut genommen hatte, war sie, wie wir dargetan zu haben glauben, so umsichtig gewesen, ihr bescheidenes Vermögen in Sicherheit zu bringen; sie hatte es die ganze Zeit hindurch sorgsam versteckt gehalten: bevor sie aufbrach, steckte sie es wieder in ihr Haar; und
10 sowie sie ihre Leidensgenossinnen in den Betten wähnte, huschte sie in ihre Kammer. Dort öffnete sie den Durchschlupf, den sie tagsüber jeweils tunlichst getarnt hatte, knüpfte an einen der unversehrten Gitterstäbe den Strick, glitt an ihm hinunter und berührte dieserweise schon bald den Erdboden. Diesem ersten Abschnitt ihres Pla-
15 nes hatte auch keineswegs ihre größte Sorge gegolten; die sechs Einfriedungen aus immergrünen Hecken, von denen ihr Omphale berichtet hatte, bereiteten ihr weit mehr Kopfzerbrechen.

Unten angekommen, gewahrte sie, daß jeder Zwischenraum, will sagen jeder Rundweg zwischen den einzelnen Hecken, höch-
20 stens sechs Fuß breit war; und gerade aufgrund dieser dichten Abfolge glaubte man auf den ersten Blick, daß sich in dieser Gegend nichts weiter als ein bewaldeter Hügel befinde. Die Nacht war pechschwarz. Als sie den ersten Rundweg durchmaß, gelangte sie in die Nähe des Fensters jenes gewaltigen Kellergewölbes, in dem die
25 Totengelage abgehalten wurden. Da sie es hell erleuchtet fand, war sie so verwegen sich anzuschleichen; da hörte sie laut und deutlich, wie Jérôme der Versammlung vorschlug:

– Jawohl, meine Freunde, es sei noch einmal betont, daß als nächste Justine an die Reihe kommen muß; daran gibt es nichts zu
30 rütteln; ich hoffe, daß sich meinem Antrag niemand widersetzen wird.

– Ganz gewiß nicht, erwiderte Antonin: als Freund von Severino habe ich sie bislang beschirmt und beschützt, weil sie diesem ehrenwerten Gefährten unserer Ausschweifungen gefiel; da dieser mein
35 Beweggrund hinfällig geworden ist, werde ich euch als erster und mit allem Nachdruck dazu ermahnen, diesen Vorschlag ohne Widerrede gutzuheißen.

Er wurde einstimmig angenommen: einige vertraten sogar die Ansicht, man möge augenblicks nach ihr schicken; doch nach reiflicher Überlegung kam man zum Schluß, daß man zwei Wochen zuwarten müsse. O Justine! wie ward deine Seele erschüttert, als du dieserweise dein eigenes Todesurteil vernahmst! beklagenswertes Mädchen! wenig fehlte, und du hättest nicht einmal mehr die Kraft zu einem einzigen weiteren Schritt aufgebracht. Doch sie rafft sich 5 auf und hastet weiter im Kreise, bis sie das andere Ende der unterirdischen Gewölbe erreichte. Da sie auf keine Bresche gestoßen ist, entschließt sie sich, selber eine zu schlagen; noch immer trug sie oberwähntes Schroteisen bei sich; mit dieser Waffe gerüstet, macht sie sich an die Arbeit: ihre Hände werden zerstochen, doch nichts 10 hält sie zurück. Die Hecke war mehr denn zwei Fuß dick; sie schafft den Durchbruch: schon steht sie auf dem zweiten Rundweg. Zu ihrem großen Erstaunen fühlt sie unter ihren Sohlen weiches und lockeres Erdreich, in dem sie knöcheltief einsinkt! Mit jedem weiteren Schritt wird die Finsternis undurchdringlicher. Begierig, die 15 Ursache dieser Veränderung der Bodenbeschaffenheit in Erfahrung zu bringen, tastet sie ihn ab: barmherziger Himmel! in ihrer Hand hält sie den Schädel eines Leichnams!

– Allmächtiger! fährt sie entsetzt auf, hier liegt offenbar, wie man mir ganz richtig berichtet hat, der Schindanger, auf den diese Schin- 20 der ihre Opfer werfen; und sie machen sich nicht einmal die Mühe, sie mit Erde zuzudecken. Dies könnte gut und gerne der Schädel von meiner teuren Omphale sein, oder von jener unglückseligen Octavie, die so anmutig…sanftmütig…gutherzig war und die auf Erden aufblühte wie eine Rose, jenes Spiegelbild ihrer Reizungen. 25 Auch ich, ach! hätte in zwei Wochen hier geruht; kein Zweifel, ich habe es ja soeben selber vernommen… Was aber werde ich dadurch gewinnen, daß ich neuen Schicksalsschlägen entgegeneile? habe ich denn nicht schon genug Unheil angerichtet?… war ich nicht Anlaß zu einer recht stattlichen Zahl von Verbrechen? Ah! ich will mich in 30 mein Los schicken… Heimstätte meiner Freundinnen, öffne dich, um mich aufzunehmen! Warum sollte ausgerechnet ich, die ich so hilflos, so mittellos, so verwahrlost bin, derartige Beschwerlichkeiten auf mich nehmen, um lediglich weiterhin im Kreise solcher Ungeheuer dahinzusiechen! Doch nein, ich muß die in Ketten gelegte 35 Tugend rächen; dies erwartet sie von meiner Tapferkeit; Herz, verzage nicht, nur frisch voran. Das Weltall muß unbedingt von solch fährnisreichen Frevlern erlöst werden. Darf ich davor zurückschrecken, sechs Männer zugrunde zu richten, wenn ich dadurch

Tausende von Menschen davor bewahre, ihrer Wildmütigkeit zum Opfer zu fallen?

Sie überwindet die zweite Hecke; diese nun ist dicker als die erste: und nach jeder weiteren Hecke stößt sie auf noch engere Zwischenräume. Dennoch schlägt sie Bresche um Bresche; schließlich aber betritt sie festen Boden; und unsere Heldin erreicht den Rand des Grabens, ohne auf jene Mauer gestoßen zu sein, von der ihr Omphale gehandelt hatte und die es offenbar gar nicht gab; höchstwahrscheinlich hatten die Mönche dies lediglich zum Zwecke der besseren Abschreckung erfunden.

Jenseits dieser sechsfachen Umfriedung ist Justine nicht mehr allseitig von Hecken umragt, so daß sie nun mehr sehen kann. Ihr Blick fällt alsogleich auf die Kirche und den daran angebauten Wohntrakt: beide Gebäude wurden vom Graben gesäumt. Sie hütet sich wohlweislich vor dem Versuch, ihn an dieser Stelle zu überwinden; sie geht seinem Rand entlang; und als sie auf der anderen Seite einen Waldpfad erspäht, beschließt sie, ihn hier und jetzt zu durchschreiten und sich auf den erspähten Weg zu stürzen, sowie sie die gegenüberliegende, schroffe Böschung erklettert haben würde. Dieser Graben war sehr tief; dafür aber ausgetrocknet: da er mit Ziegelsteinen ausgekleidet war, schien es unmöglich, einfach hinunterzurutschen, und so wagt sie einen Sprung. Vom Aufprall leicht benommen, bleibt sie, bevor sie sich aufrappelt, einige Augenblicke liegen; schließlich richtet sie sich wieder auf, schreitet vorwärts und gelangt ungehindert zum gegenüberliegenden Grabenrand; doch wie sollte sie ihn erklimmen? Sie sucht eine geeignete Stelle, und schon entdeckt sie etwelche abgebröckelte Ziegelsteine, welche es ihr imgleichen ermöglichen, die unversehrten als Stufen zu benutzen und ihre Fußspitzen ins Erdreich zu stoßen, um sich Halt zu verschaffen. Sie hat die Mauerkrone schon fast erreicht, als unter ihren Füßen alles nachgibt, so daß sie wieder in den Graben hinunterfällt, wo sie von dem durch ihren Sturz mitgerissenen Schutt begraben wird; sie wähnt sich tot. Dieser unfreiwillige Fall war weniger glimpflich verlaufen als der erste; die herunterstürzenden Trümmer hatten ihren Körper sogar da und dort verwundet: sie sah sich buchstäblich gesteinigt.

– Oh Gott! verzweifelt sie, ich mag nicht mehr weitergehen, will hier liegenbleiben; dieser Zwischenfall ist ein Fingerzeig des Himmels... er will nicht, daß ich weiterkämpfe. Ich hege offenbar irrige

Vorstellungen: das Böse ist hienieden von Nutzen; und es ist gewiß eine Sünde, sich Gottes Willen zu widersetzen.

Doch kurz darauf entrüstet sich die keusche und tugendhafte Justine über dieses Lehrgebäude, das eine nur allzu unselige Frucht der sie umstarrenden Verderbnis darstellt, und befreit sich beherzt 5 vom Schutt, unter dem sie begraben liegt; und da es sie dank der neuentstandenen Scharten etwas leichter dünkt, in der von ihr gerissenen Bresche emporzuklettern, wagt sie einen neuen Anlauf und steht im Nu oben auf der Mauerkrone. Bei alledem hatte sie sich vom erspähten Weg entfernt; doch sowie sie ihn mit den Augen 10 wieder ausfindig gemacht hat, nimmt sie ihn unter die Füße und beginnt schnellen Schrittes zu fliehen. Noch bevor der Tag um ist, hat sie den Wald hinter sich gelassen und steht schon wenig später auf jener Anhöhe, wo sie einst jenes hassenswerte Gotteshaus erblickt hatte, aus dem sie nun frohen Herzens entronnen ist. Nun 15 macht sie, schweißnaß, Rast; ihre vordringlichste Sorge aber geht dahin, auf die Knie zu sinken, um Gott ihre Dankesgebete darzubringen und ihn abermals um Vergebung für die unfreiwillig begangenen Verfehlungen zu bitten, die sie sich in jenem schimpflichen Schlupfwinkel von Schurkerei und Schamlosigkeit hat zuschulden 20 kommen lassen. Bittere Tränen kullern alsogleich aus ihren hellen Augen.

– O weh! spricht sie bei sich, wie unschuldig war ich doch, als ich im verwichenen Jahr ebendieser Landstraße folgte und mich von einer frommen Eingebung leiten ließ, die sich auf so verhängnisvolle 25 Weise getäuscht sah. Oh Gott! wie soll ich jetzt noch in den Spiegel schauen!

Angesichts der Freude über die wiedergewonnene Freiheit legten sich nach und nach diese finsteren Gedanken wieder, und Justine setzte ihren Weg nach Dijon fort, dies im Glauben, es sei erst in die- 30 ser Stadt aussichtsreich, eine rechtskräftige Anklage zu erheben.

Es war ihr zweiter Reisetag; ihre Furcht vor Verfolgung hatte sich vollständig verflüchtigt, wiewohl ihr noch all jene Schreckensbilder durch den Kopf schwirrten, deren Augenzeugin und Blutzeugin sie imgleichen geworden. Hitze kam auf; und mit Rücksicht auf ihre 35 übliche Sparsamkeit hatte sie die Straße verlassen, um ein schattiges Plätzchen zu suchen, wo sie ein karges Mahl einnehmen wollte, um bis zum Abend durchhalten zu können. Rechter Hand lag ein Lustwäldchen, durch das sich ein klares Bächlein schlängelte, welches ihr

dazu angetan schien, sie zu erlaben. Nachdem sie ihren Durst an diesem frischen Wasser gelöscht und einen Kanten Brot verzehrt hatte, lehnte sie sich mit dem Rücken gegen einen Baum und ließ durch ihre Adern laue und linde Lüfte schwärmen, die sie erquickten…
5 ihre Sinne beruhigten. Als sie dortselbst darüber nachsann, wie sie von einer geradezu beispiellosen Schicksalhaftigkeit dazu getrieben wurde, unerachtet aller Dornenranken, die ihren Tugendpfad allseits säumten, und unerachtet allen weiteren Ungemachs, dieser Gottheit stets von neuem zu huldigen und gute Taten zu vollbringen, die der
10 ehrfürchtigen Liebe zum höchsten Wesen, dessen Ebenbild sie war, entsprangen, da bemächtigt sich ihrer Seele unvermittelt ein Anflug von Verzückung.

– Ach! sprach sie bei sich, so läßt er mich denn nicht im Stich, jener liebe Gott, den ich anhimmle, immerhin läßt er mich sogar
15 noch in einem solchen Augenblick frische Kräfte schöpfen! Wem sonst sollte ich diese Gnade verdanken? und gibt es hienieden nicht Geschöpfe, denen sie versagt bleibt? Ich bin also nicht die allerunglücklichste Seele, da es noch weit beklagenswertere gibt als mich…
Ah! bin ich denn nicht viel weniger zu bedauern als die Unseligen,
20 die ich in jenem Sündenpfuhl zurücklasse, aus dem ich, Gottes Güte sei Dank, wie durch ein Wunder errettet worden bin?…

Und von Dankbarkeit durchflutet, war sie auf die Knie gesunken, um dem höchsten Wesen ihre Schuldigkeit zu bekunden, da plötzlich bemerkte sie, daß sie mit ihrem Treiben die Blicke einer groß-
25 gewachsenen, liebreizenden Frau auf sich zog, die recht wohlgekleidet war und derselben Straße folgte wie sie.

– Mein Kind, richtete sich diese Frau wohlwollend an sie, Sie scheinen mir schwere Sorgen zu wälzen. Auf Ihren Gesichtszügen läßt sich unschwer lesen, daß Sie von beißendem Kummer verzehrt
30 werden… Auch ich, mein Schätzchen, bin unglücklich! geruhen Sie doch, mir Ihr Leid anzuvertrauen; ich werde Sie an dem meinigen teilhaben lassen: wir werden uns selbander Trost spenden, und wer weiß, vielleicht wird aus diesem wechselseitigen Vertrauen jenes zarte Gefühl der Freundschaft entspringen, durch das selbst den
35 allerelendiglichsten Geschöpfen ihre Bürde leichter wird, wenn sie sie mit Leidensgenossen teilen können. Sie sind jung und hübsch, mein teures Kind, Anlaß genug, um auf Ihrem Lebensweg noch und noch auf Dornen zu treten. Die Männer sind derart nieder-

trächtig, daß sie ihre ganze Heimtücke ausspielen, sobald man die Gabe besitzt, sie in den Bann zu schlagen.

Eine unglückliche Seele öffnet sich leichthin jeder Aussicht auf Trost. Justine mustert jene Frau, die sich an sie gewendet hat: für ihr Empfinden erfreut sich diese eines anmutigen Antlitzes, zählt höch- 5 stens sechsunddreißig Jahre, besitzt Geist und Witz sowie ein ehrenwertes Benehmen, und so ergreift sie deren Hand, vergießt Träne um Träne und spricht zu ihr:

– Oh! teure, edle Dame...

– Kommen Sie, mein Engel, antwortet ihr Madame d'Esterval 10 alsogleich voll Zuneigung; kehren wir in jenem Gasthof ein; ich kenne ihn, dort wird uns niemand stören: daselbst sollen Sie mir von Ihrem Mißgeschick handeln, daselbst will ich Sie über das meinige in Kenntnis setzen; und zu guter Letzt wird dies süße Vertrauen unser Leid womöglich lindern. 15

Justine läßt sich überreden. Man betritt die Herberge. Madame d'Esterval heißt sie als ihren Gast willkommen: alsogleich wird in einem abgesonderten Sälchen ein köstliches Mittagsmahl aufgetragen, und das Gespräch wird traulicher.

– Mein teures Kind, hebt unsere neue Abenteurerin an, nachdem 20 sie über das Mißgeschick ihrer Gefährtin etwelche geheuchelte Tränen vergossen, mich trafen womöglich nicht gar so viele Schicksalsschläge wie Sie; doch bei mir sind die Folgen zählebiger, und, so wage ich zu behaupten, bitterer. Schon als Kind einem Gemahle hingeopfert, der mir ein Greuel ist, muß ich seit zwanzig Jahren 25 jenen Mann in meiner Nähe ertragen, vor dem mir auf Erden am meisten graut; und seit jenem verhängnisvollen Zeitpunkt bin ich auf unbarmherzigste Weise des einzigen Wesens beraubt, das mich beglückt hätte. Entlang der Grenze zwischen Franche-Comté und Burgund erstreckt sich ein riesiger Forst, in dessen Herzen mein 30 Gatte eine Herberge betreibt, die all jenen, die diesem gottvergessenen Pfad folgen, äußerst gelegen kommt; doch, gerechter Himmel! soll ich es Ihnen verraten, meine Teure? dieser Elende mißbraucht die abgeschiedene Lage dieses düsteren Unterschlupfes und beraubt, plündert, meuchelt all jene, die bei ihm unseligerweise rasten. 35

– Sie machen mich schaudern, werte Frau; großer Gott! dieses Ungeheuer ist ein Mörder?

– Teures Töchterchen, erbarme dich meines schlimmen Schicksals, meiner Schmach und Schande; wollte ich sein Treiben enthüllen, so würde er auch mich bedenkenlos erdrosseln. Und dürfte ich überhaupt darauf sinnen, Anklage zu erheben?... indem ich meinen Gatten öffentlich anprangerte, würde ich meine eigene Ehre ebenfalls beflecken. Oh! Justine, ich bin der Frauen allerunglücklichste; in meiner traurigen Lage bleibt mir als letzter Trost, mich nach Möglichkeit mit einem ehrbaren Geschöpf wie dir zu verbünden, mit dessen Beistand es mir vielleicht sogar gelänge, die Mehrheit der Opfer vor dem Wüten dieses Ungeheuers zu erretten. Eine solche Frau hätte ich bitter nötig! angesichts der gräßlichen Drangsal, die mich quält, wäre sie das Labsal meiner Tage, der Schutzengel meines Gewissens, Quell und Stütze meines Lebens. Liebenswürdiges Kind, wenn ich doch nur genügend Mitleid in dir wecken... dir genügend Vertrauen einflößen könnte, um dich dazu zu vermögen, daß du mein Los mit mir teilst... ah! du gältest mir weit mehr als Freundin denn als Dienstmagd; und ich würde dir keinen Lohn bieten, nein, die Hälfte meiner Habe... Nun? Justine, bringst du den Mut auf, mein Angebot anzunehmen? wird die sichere Aussicht, derart gute Taten befördern zu können, deine edlen, tugendhaften Gefühle erwärmen? und darf ich mich endlich glücklich preisen, eine Freundin gefunden zu haben?

Beide leerten ein Glas Champagnerweines, ehe sich Justine äußerte; und dieser Zaubertrank, dessen unnachahmliche Eigenschaft darin besteht, imgleichen eines Menschen Laster und Tugenden zu wecken, flüsterte der keuschen Justine schon bald ein, sie dürfe eine derart einnehmende Frau, zu deren Bekanntschaft ihr das Schicksal verholfen, nicht ihrem Unglück überlassen.

– Jawohl, gnädige Frau, sprach sie zu ihrer neuen Freundin, jawohl, Sie können auf mich zählen, ich werde Ihnen auf Schritt und Tritt folgen: Sie eröffnen mir eine Gelegenheit, Tugend zu üben; wieviel Dank schulde ich doch dem Ewigen dafür, daß er mich in die Lage versetzt, an Ihrer Seite diese treibende Kraft meines Herzens zu entfalten! Wer weiß, ob es uns mit viel Geduld, mit weisem Rat und guter Tat nicht doch noch gelingen wird, Ihren Gatten zu bessern! Flammende Gebete werden wir an den Himmel richten!... Ah! wir wollen hoffen, daß uns eines Tages Erfolg beschieden sein möge!

...

Und Madame d'Esterval, die bei diesen Worten ein Kruzifix erblickte, wirft sich diesem Götzen voll Bußfertigkeit zu Füßen.

– »Gott der Christenheit! ruft sie unter Tränen, tausend Dank für diese Begegnung; bewahre mir diese Freundin möglichst lange, und belohne sie für ihren Eifer!«

Die Tafel wird aufgehoben; Madame d'Esterval begleicht großzügig die ganze Rechnung; und schon machen sich unsere beiden 5 Frauenzimmer auf den Weg.

Zwischen jenem Gasthof, den man nun verließ, und demjenigen von d'Esterval lagen rund fünfzehn Meilen, wobei deren sechs durch finstersten Forst führten. Es mochte nichts Friedvolleres geben als diese Wanderung; nichts Rührenderes, Zärtlicheres, Sittsameres als 10 das Zwiegespräch, welches sich unterwegs entspann; nichts Herzerwärmenderes als all die Vorsätze, die man bei dieser Gelegenheit faßte. Endlich trifft man ein.

Bei ihrer Schilderung der von d'Esterval betriebenen Herberge und deren Umgebung hatte dessen Gattin sogar noch untertrieben. 15 Unmöglich, sich einen verwilderteren Schlupfwinkel vorzustellen. In der tiefsten Mulde eines von Hochwald gesäumten Hohlweges lag dieses Haus derart gut verborgen, daß man es erst bemerkte, wenn man über seine Schwelle trat. Das Tor wurde von zwei ungeheuerlichen Doggen bewacht; und d'Esterval eilte, mit zwei drallen 20 Dienstmägden im Schlepptau, höchstpersönlich herbei, um seine Gemahlin und Justine willkommen zu heißen.

– Wer ist dies Mensch? erkundigte sich der grimme Gastwirt mit einem Blick auf die Begleiterin seiner Gattin.

– Genau das, was uns noch gefehlt hat, mein Sohn, entgegnete 25 die d'Esterval in einem Tonfall, der unserer unseligen Herumstreicherin langsam aber sicher die Augen öffnete und aufzeigte, daß zwischen ihr und ihrem Gatten ein heimliches Einverständnis herrschte, welches sie zunächst tunlichst zu vertuschen gesucht. Findest du etwa nicht, daß sie hübsch sei? 30

– Doch, Fickrament, das finde ich sehr wohl; aber ist sie auch vögelfrei?

– Steht dies nicht voll und ganz in deiner Macht, sowie sie über deine Schwelle getreten ist?

Und die schreckzitternde Justine wurde mit ihrer Weggefährtin 35 unten in den Empfangsraum geführt, wo der Hausherr, nachdem er kurz mit seiner Gemahlin getuschelt, ungefähr folgende Ansprache an unsere Heldin richtete:

– Unter allen Abenteuern, die Sie auf Ihrem Lebensweg bislang
bestanden haben mögen, mein teures Kind, sprach er zu ihr, wird
Ihnen dies hier ungezweifelt als das absonderlichste erscheinen.
Geblendet von Ihrer pinselhaften Schwärmerei für die Tugend, sind
5 Sie, wie mir mein Weib mitteilt, in allerlei Fallen getappt und alsdann mit Gewalt festgehalten worden; hier werden Sie lediglich die
Gefangene Ihrer eigenen Gesinnung sein. Dort fielen Sie unzähligen Freveltaten zum Opfer, ohne auch nur an einer einzigen beteiligt zu sein: hier werden Sie, ohne es hindern zu können, zur Hel-
10 fershelferin; Sie werden Ihren Beitrag aus freien Stücken leisten; Sie
werden sich gezwungen sehen, sich an allem zu beteiligen, obwohl
Sie ausschließlich durch geistige Ketten und durch Ihre eigenen
Tugenden dazu genötigt werden.
– Monsieur! Monsieur! rief die wackere Justine, oh! werter Herr!
15 so sind Sie denn ein Zauberer?
– Nein, fuhr d'Esterval fort, ich bin zwar einzig in meiner Art,
aber trotzdem ein ganz gewöhnlicher Verbrecher, dessen Neigungen
und Missetaten nicht ausgefallener sind als diejenigen von zahlreichen anderen Leuten, die gleich mir den Pfad des Lasters einge-
20 schlagen haben und im Grunde genommen dieselben Schliche
anwenden, auch wenn die meinigen geschickter verpackt sind. Ich
bin ein Lusttäter. Reich genug, um auf den von mir ausgeübten
Beruf verzichten zu können, fröne ich ihm lediglich zum Wohle
meiner Leidenschaften: er erregt sie dermaßen, daß mein Schwanz
25 einzig und allein bei Raub und Mord anschwillt; nur diesen beiden
Handlungen wohnt die Kraft inne, mich in Wallung zu versetzen.
Kein anderes Vorgepränge könnte mir zu jenem für jede Verlustierung unentbehrlichen Zustand verhelfen: kaum habe ich eines
dieser beiden Verbrechen verübt, schon kocht mein Blut, schon
30 versteift sich mein Schweif und schreit unerbittlich nach Frauen. Da
mir alsdann die meinige nicht genügt, ersetze ich sie durch etwelche
Mägde oder durch die hübschen jungen Geschöpfe, die uns der
Zufall in die Hände spielt. Wenn letztere ausbleiben, macht sich
Madame d'Esterval für mich auf die Suche… Dieses Weib, Justine,
35 ist ein höchst wertvoller Mensch; mit den gleichen Neigungen und
Grillen begabt wie ich, unterstützt sie mein Treiben, dessen Früchte
wir selbander ernten.

– Wie! sprach Justine mit einer Mischung aus Überraschung und Herzschmerz; wie! Madame d'Esterval hat mich hinters Licht geführt?

– Wofern sie wieder einmal die Tugendhafte gespielt hat, ganz bestimmt; denn in Tat und Wahrheit ist es schwierig, einem sitten- 5 loseren Weibsbild zu begegnen. Doch galt es, Sie um den Finger zu wickeln: Lug und Trug taten not. Sie werden also unter diesem Dache meinen sowie meiner Gemahlin Gelüsten Vorschub leisten, und... ah! nun, mein Engel, nun folgt etwas, was Sie erschauern lassen wird! Sie werden den Reisenden, die hier vorbeikommen, 10 eine Circe sein; Sie werden sie umschmeicheln, umgarnen, umsorgen, all ihre Leidenschaften schüren, damit sie von uns hernach mit um so größerer Gewißheit... und mit um so geringerer Mühe gemeuchelt werden können.

– Und Sie haben sich Hoffnungen gemacht, Monsieur, daß ich 15 wirklich in diesem Höllenhaus bleiben würde?

– Mehr noch, Justine: ich sagte Ihnen, daß Sie, erst einmal über alles unterrichtet, wohl kaum mehr an Flucht denken, sondern vielmehr aus freien Stücken hierbleiben dürften... ja es wird Ihnen unmöglich sein, nicht von sich aus hierbleiben zu wollen. 20

– Erklären Sie sich näher, Monsieur, ich flehe Sie an.

– Das will ich tun: hören Sie mir zu, und spitzen Sie, mit Verlaub, die Ohren...

Doch selbigen Augenblickes drangen vom Hofe laute Geräusche herein, und d'Esterval mußte seine Rede unterbrechen, um zwei 25 berittene Kaufleute zu begrüßen, die von zwei reich beladenen Maultieren gefolgt wurden, zur Messe von Dôle unterwegs waren und nun die Nacht in dieser Räuberhöhle verbringen wollten.

Nach einem untadeligen Empfang bewirtete man unsere Reisenden alsogleich, reichte ihnen eine Stärkung, zog ihnen die Stiefel 30 aus; und als sich d'Esterval vergewissert hatte, daß sie seelenruhig auf ihr Nachtmahl warteten, kehrte er zurück, um Justines Unterweisung abzurunden.

– Es erübrigt sich, mein liebes Kind, Sie eigens darauf hinzuweisen, fuhr diese bemerkenswerte Person fort, daß jemand mit den von 35 mir hiebevor eingestandenen Neigungen auch noch ganz andere Flausen im Kopf haben muß; folgen nun jene, die meine Leidenschaft in höchst erstaunlichem Maße versüßen: ich wünsche, daß die Reisenden, welche von meiner Hand sterben, im voraus über meine

Absichten unterrichtet werden; es ergötzt mich, zu wissen, daß sie sich bewußt sind, bei einem Schurken abgestiegen zu sein; ich wünsche, daß sie sich zur Gegenwehr wappnen; kurzum, ich trachte danach, sie durch Stärke zu bezwingen. Dieser Umstand erregt

5 mich; er läßt meine Sinne auflodern; kurzum, er allein verhilft mir nach vollbrachter Tat zu einem derart steifen Schweif, daß ich um alles in der Welt ein fickbares Geschöpf brauche, welchen Alters oder welchen Geschlechtes es auch immer sein mag. Ihnen, mein Engel, habe ich folgende Rolle zugedacht: Sie werden reinen Her-

10 zens alles Mögliche und Unmögliche versuchen, um den Opfern zur Flucht zu verhelfen oder sie zur Gegenwehr zu ermuntern. Und noch etwas: bei alledem steht auch Ihre eigene Freiheit auf dem Spiel. Denn selbst wenn Sie nur einem einzigen die Flucht ermöglichen, dürfen Sie sich mit ihm zusammen in Sicherheit bringen; ich

15 gelobe Ihnen, Sie nicht zu verfolgen: wofern er mir aber unterliegt, so werden auch Sie hierbleiben; denn da Sie tugendfest sind, habe ich Ihnen, und wie Sie gleich merken werden, durchaus mit gutem Grund, vorausgesagt, daß Sie von Herzen gern hierbleiben werden; die Hoffnung, einen dieser Unseligen vor meinem Zorn zu retten,

20 soll nämlich zu Ihrem eigenen, ewigen Gefängnis werden. Aufgrund der Gewißheit, daß ich mein Mordgeschäft auch künftighin verrichten würde, könnten Sie sich aus meinem Hause nicht fortstehlen, ohne von tödlichen Gewissensbissen heimgesucht zu werden, weil Sie den Versuch gescheut hätten, all jene, die nach Ihrer

25 Abreise hier ihr Leben lassen würden, zu retten; niemals könnten Sie es sich verzeihen, daß Sie die Gelegenheit zu einer derart guten Tat ungenutzt verstreichen ließen; und so wird Sie, wie bereits gesagt, die Hoffnung, daß Ihnen eines Tages Erfolg beschieden sein werde, unweigerlich Ihr ganzes Leben lang hier festhalten. Werden Sie mir

30 nun entgegnen, all dies sei eitler Wahn, da Sie sich, solange keine anderen Vorsichtsmaßnahmen getroffen würden, bereits in den ersten Tagen davonstehlen werden, um eine Klage vor Gericht zu tragen und mich anzuzeigen? Ich wäre ein rechter Stoffel, mein Schatz, wenn ich auf diesen Einwand keine Entgegnung wüßte...

35 wenn ich ihn nicht siegreich mit einem einzigen Worte zunichte machen könnte. Hören Sie mir nun gut zu, Justine: ich lasse keinen Tag ohne Mord verstreichen: Sie aber benötigen deren sechs, um zum nächstgelegenen Gerichtshof zu gelangen; und schon hätten wir sechs Opfer, die Sie in den Tod schicken, weil Sie mir das Hand-

werk legen wollen; dies hieße jedoch, falls es Ihnen entgegen jeder Wahrscheinlichkeit (denn sobald wir Sie hier missen, ergreife ich auf der Stelle die Flucht) gelingen sollte, dies hieße, betone ich, sechs Menschen zu opfern, um einer vollkommen lachhaften Hoffnung nachzujagen.

– Ich die Ursache ihres Untergangs?

– Jawohl; denn hätten Sie durch Ihre Warnung eines dieser Opfer retten können, so hätten Sie dadurch auch alle anderen gerettet. Na! Justine, behauptete ich nicht mit Fug, daß Sie die Gefangene Ihrer eigenen Gesinnung sein würden? Fliehen Sie, wenn Sie dies wagen, gleich jetzt... fliehen Sie, sage ich, da, alle Türen stehen Ihnen offen!

– Oh! werter Herr, meint Justine niedergeschlagen, Ihre Boshaftigkeit stürzt mich in eine schlimme Zwickmühle!

– Ich weiß, ich weiß, sie ist gar arg! doch gerade darin besteht einer der wirkungsvollsten Treibdorne meiner abscheulichen Leidenschaften. Es ergötzt mich, Sie am Bösen teilhaben zu lassen, ohne daß Sie es hindern können; ich liebe es, Sie vermittels der Tugend in den Schoß von Sünde und Schande zu bannen; und wenn ich Sie ficken werde, Justine, denn ich werde es, wie Sie sicher begreifen werden, durchaus so weit kommen lassen, so gehört dies zu jenen lustreichen Gedankenspielchen, die mich in höchster Wonne ausspritzen lassen.

– Wie, werter Herr, unterwürfig soll ich mich...?

– Oh ja! allem und jedem fügen, Justine, allem und jedem. Sollten Sie das Geschick besitzen, etwelchen Opfern zur Flucht zu verhelfen, so wäre das letzte Wort gesprochen, da Sie sich ja mit ihnen aus dem Staube machen würden: sollten diese aber unterliegen, so wird ihr Blut auch an Ihren Händen kleben; Sie werden sie mit mir zusammen ausrauben, meucheln und entkleiden; hernach werden Sie sich fasernackt auf deren blutüberströmten Leichnamen ausstrecken, und daselbst werde ich Sie vögeln. Ansporn genug, sie zu retten! Aufgrund Ihrer Tugend und zu Ihrem eigenen Wohle werden Sie also Ihre ganze Kunstfertigkeit, Ihre ganze Tüchtigkeit darein legen, sie meinen Dolchstichen zu entziehen! O Justine! niemals werden jene hehren Tugenden, zu denen Sie sich bekennen, in hellerem Glanze erstrahlen; niemals wird sich Ihnen eine bessere Gelegenheit bieten, sich der Wertschätzung und Bewunderung der ehrbaren Leute würdig zu erweisen.

Es ist denkbar schwierig, wiederzugeben, in welcher Lage sich unsere Heldin befand, nachdem d'Esterval sie, um seinen häuslichen Pflichten zu obliegen, verlassen und für einen Augenblick den pechschwarzen Abgründen ihrer Grübeleien überlassen hatte.

5 – Oh großer Gott! wehklagte sie, ich wiegte mich im Glauben, das Verbrechen habe mir gegenüber alle Register gezogen und das Schicksal könne mich nach allem, was es mich in dieser Hinsicht bereits hat erdulden lassen, mit keiner ungekannten Empfindung mehr überraschen... ich irrte... dies sind beispiellose Winkelzüge,
10 dies sind Schliche der Grausamkeit, die, so möchte ich wetten, wohl selbst im Schoße der Hölle ihresgleichen suchen. Dieser schändliche Kerl hat recht: wenn ich stehenden Fußes fliehe, so dürfte es mir gewiß nicht schon am ersten Tage gelingen, ihm das Handwerk zu legen; und andererseits könnte ich womöglich noch heute abend die
15 beiden just eingetroffenen Reisenden den Klauen des Todes entreißen. – Indes, sann sie weiter, wenn ich in ein oder zwei Jahren die Überzeugung gewänne, daß es mir wirklich unmöglich ist, jemals ein Opfer zu retten, dann werde ich diesen Sittenstrolch womöglich doch besser anzeigen... Ah! nie und nimmer; wie er selber betonte,
20 wird er sich aus dem Staube machen, sowie er mich in Freiheit weiß... wird vor seiner Flucht alle Fremden meucheln, die sich zu jenem Zeitpunkt bei ihm aufhalten mögen; und unter Umständen hätte ich gerade diesen das Leben retten können... Was für ein Ungeheuer... er behält recht, er macht mich zur Gefangenen
25 meiner eigenen Gesinnung. Wäre ich weniger gewissenhaft, so befände ich mich schon bald in weiter Ferne; doch kraft meiner Tugend werde ich zur Verbrecherin. Höchstes Wesen, wirst du es denn dulden, daß dem Guten soviel Böses entsprießt? entspricht es deinem Sinn für Gerechtigkeit, tatenlos zuzusehen, wie die Tugend
30 in den Abgrund führt? welche Entmutigung wird die Geschichte meines Lebens in allen Seelen auslösen, wenn sie jemals gedruckt werden sollte! O Ihr, die Ihr sie eines Tages vernehmen mögt, ich flehe Euch an, sie nicht unter die Leute zu bringen; Ihr würdet in den Herzen all jener, die von Liebe zum Guten beseelt sind, Ver-
35 zweiflung säen und sie unweigerlich zum Verbrechen einladen, indem Ihr dessen Siegeszug auf diesem Wege offenbaren würdet.

Justine weinte heiße Tränen, derweil sie derart schmerzlichen Gedanken oblag; da wurde sie unvermittelt von Madame d'Esterval aufgeschreckt.

– Oh! Madame, sprach sie zu ihr, sowie sie sie erblickte, wie schändlich haben Sie mich hinters Licht geführt!

– Süßer Engel, erwiderte ihr diese Megäre, indes sie sie zu liebkosen suchte, dies war unumgänglich, um deiner habhaft zu werden. Doch tröste dich, Justine, du wirst dich mit Leichtigkeit an alles ₅ gewöhnen; ich bin guter Dinge, daß dir der Sinn schon in wenigen Monaten nicht mehr danach stehen wird, uns zu verlassen... Gib mir einen Kuß, mein Liebchen; du bist rasend schön, und ich verspüre größte Lust, zu beobachten, wie du mit meinem Gatten herumtändelst. ₁₀

– Wie, was! Gnädigste, Sie billigen derlei Scheußlichkeiten?

– Es ist nicht Sünde, die Neigungen seines Ehemannes zu teilen. Überdem läßt er auch mich auf meine Kosten kommen: man kann sich schwerlich eine innigere Beziehung vorstellen; wir lesen uns wechselseitig jeden lüsternen Wunsch von den Lippen ab; und da ₁₅ wir dieselben Neigungen... dieselben Anlagen besitzen, befriedigen wir uns gegenseitig.

– Wie, Madame, Raub, Mord?...

– ...stellen meinen süßesten Zeitvertreib dar, mein Täubchen; nichts entzündet meine Leidenschaften mehr denn derlei Possen; ₂₀ und du wirst sehen, von welcher Gewalt unsere Verlustierungen beseelt sind, wenn wir uns im Blutrausche an ihnen weiden.

– Und jene Dienstmägde, die hier weilen, Madame, sind sie gleichfalls damit betraut, die Reisenden zu warnen?

– Diese ehrenvolle Aufgabe ist allein dir vorbehalten. In Kenntnis ₂₅ deiner vielversprechenden Grundsätze, wollten wir dieselben zur Geltung kommen lassen. Jene Mädchen, auf die du anspielst, sind unsere Spießgesellinnen: mit dem Verbrechen großgeworden, hängen die beiden fast genauso leidenschaftlich an ihm wie wir, und nichts liegt ihnen ferner, als die Opfer entwischen lassen zu wollen. ₃₀ Gelegentlich wirst du beobachten, wie sich mein Gatte ihrer bedient, doch entsteht daraus keinerlei Vertraulichkeit: du allein wirst unsere Vertraute bleiben; du allein wirst die Freundin des Hauses sein; diese Geschöpfe werden dir nicht minder zu Diensten stehen als uns; und stets wirst du an unserem und nicht an ihrem ₃₅ Tische speisen.

– Oh! Madame, wer hätte es für möglich gehalten, daß sich eine auf den ersten Blick derart ehrenwerte Person wie Sie solchen Scheußlichkeiten in die Arme zu werfen vermöchte?

– Vermeide doch derart hochgestochene Worte, sprach Madame d'Esterval mit einem mitleidigen Lächeln; was wir tun, ist vollkommen harmlos: nichts ist widernatürlich, wenn man seinen Trieben folgt; und ich gelobe dir, daß wir, mein Gatte und ich, all jene Triebe, denen wir frönen, allein von der Natur empfangen haben.

– Auf, Justine, ans Werk, spricht alsogleich der herbeieilende d'Esterval. Schon sitzen unsere Kaufleute beim Abendbrot; leiste ihnen Gesellschaft, plaudere mit ihnen, warne sie, suche sie zu retten, und achte vor allem darauf, dich ihnen hinzugeben, wenn es sie nach dir gelüstet; vergiß nicht, daß dies das beste Mittel ist, ihr Vertrauen zu gewinnen.

Dieweil Justine ihr Geschäft, wie wir alsogleich dartun werden, verrichtet, wollen wir unseren Lesern Aufschluß über die greuelreichen Gebräuche wie auch über die Geschöpfe geben, denen unsere Heldin in diesem Hause begegnet.

Kapitel XIII

Verfolg und Beschluß der Liebeshändel in der Herberge. –
Dankbarkeit. – Aufbruch.

MADAME d'Esterval, mit der wir gerechterweise den Anfang machen wollen, war, wie bereits dargetan, eine großgewachsene, wohlgestalte Frau von rund sechsunddreißig Jahren; ihre Haut war außergewöhnlich dunkel; in ihren Augen lag ein verblüffender
5 Glanz; eine bezaubernde und schlanke Hüfte; das Haar schimmerte im schönsten Schwarz; behaart wie ein Mann; nicht einmal der Ansatz zu einem Busen; ein kleiner, aber feingeschnittener Popo; die ausgedörrte Votze leuchtete purpurrot; die Klitoris maß drei Zoll und war dementsprechend dick; makellos geschwungene Beine; sie
10 sprühte vor Lebhaftigkeit und Einfällen; vielbegabt, wohlgebildet; bis ins Mark verbrecherisch und eine unverbesserliche Tribade. Als Tochter einer vornehmen Familie zu Paris geboren, hatte sie durch Zufall d'Esterval kennengelernt, der seines Orts schwerreich und von edler Abkunft war; nachdem er entdeckt hatte, daß er mit die-
15 sem Weibe ungemein viele Vorlieben und Triebe gemein hatte, wußte er nichts Dringlicheres zu tun, als sie zu seiner Frau zu machen. Nach der Eheschließung nisteten sie sich in diesem verwilderten Schlupfwinkel ein, wo ihnen immerwährende Straffreiheit für ihre Missetaten winkte.
20 D'Esterval war älter als seine Frau und ein wunderschöner Mann von fünfundvierzig Jahren, auffallend gut gebaut; mit fürchterlichen Leidenschaften begabt und mit einem stählernen Körper sowie mit einem erhabenen Glied ausgestattet, wartete er bei der Verlustierung mit allerlei Alfanzereien auf, von denen wir aber erst dann handeln
25 wollen, wenn er in unserem Beisein handgemein wird. Wohlhabend genug, um sich des Gastgewerbes überheben zu können, oblagen d'Esterval und seine heißblütige Gattin diesem Berufe lediglich, weil er ihre widerwärtigen Neigungen begünstigte: für den unseligen Fall, daß das Schicksal ihre Verirrungen nicht mehr länger bemän-
30 teln sollte, wartete im Poitou ein prachtreiches Haus inmitten eines herrlichen Landgutes auf sie.

Nebst den beiden von uns bereits erwähnten Mägden gab es in dieser Unterkunft keine weiteren Bediensteten: da jene seit ihrer Kindheit dort weilten, keine fernere Örtlichkeit kannten, niemals in den Ausgang gingen, im Überflusse schwelgten und sich der Gunst von Herr und Herrin erfreuten, stand es in keiner Weise zu befürch- 5 ten, daß sie auf Flucht sinnen würden. Das Anlegen der Vorräte oblag allein Madame d'Esterval; sie begab sich einmal wöchentlich in die Stadt, um all das einzukaufen, womit sie nicht von der eigenen Meierei versorgt wurden. Im übrigen herrschte in dieser Haushaltung, so verkommen sie auch sein mochte, ungetrübteste 10 Eintracht; womit sich jene Behauptung, daß nur tugendfeste Ver- einigungen bestehen können, als unzutreffend erweist. Gesellschaft- liche Bande lockern sich stets nur dann, wenn die Gesittung... die Gesinnungen auseinanderklaffen: doch sobald die beiden Bewohner eines Hauses ein Herz und eine Seele sind, sobald sie keinen wider- 15 läufigen Lebenswandel pflegen, steht es außer Zweifel, daß sie im Schoße des Lasters nicht minder glücklich werden als im Schoße der Tugend; denn die Wahl, die ein Mensch trifft, macht ihn nicht schon an und für sich beneidenswert oder bejammernswert; dies entspringt lediglich der Zwietracht, und diese schreckensreiche Gottheit 20 schwingt ihre Fackeln nur dort, wo die Neigungen oder Ansichten aufgrund ihrer Verschiedenheit nicht miteinander zu vereinbaren sind. Keinerlei Eifersüchteleien warfen ihren Schatten über diese liebreiche Haushaltung: die Vergnügungen ihres Gatten machten Dorothée[1] selig, und sie gab sich der Ausschweifung ausgerechnet 25 dann am lustvollsten hin, wenn er vor ihren Augen seinen Lieb- lingsfreuden frönte; d'Esterval hinwiederum riet seiner Frau, bei jeder Gelegenheit, die sich ihr biete, zu vögeln, und spritzte seines Orts jeweils dann am hitzigsten aus, wenn er sie in den Armen eines anderen sah. Wie könnte man sich bei dieser Denkungsart in die 30 Haare geraten? und wenn Hymen ein solches Meer von Rosen über jene Ketten streut, mit denen er zwei Eheleute aneinanderfesselt,

---

[1] Wie unsere Leser wohl bemerkt haben werden, streichen wir für gewöhnlich über- flüssige Wörter wie: DIES DER NAME VON; SO HIESS, etc., etc.. Sobald sie einem neuen Namen begegnen, können sie sich, ohne daß wir es ausdrücklich betonen, dar- auf verlassen, daß dieser Name ebenjene Person bezeichnet, von der gerade die Rede ist! Diese Streichung überflüssiger Wörter eignet unserer Schreibweise und mag zu jenen Merkmalen zählen, an denen unser Stil stets zu erkennen sein wird.

steht es dann zu vermuten, daß sie jemals danach trachten könnten, sie zu sprengen?

Wie dem auch sei, Justine warnte die beiden Kaufleute in der bewußten Kammer vermittels aller möglichen Andeutungen, traute sich jedoch nicht, das Kind beim Namen zu nennen. Ihre empfindsame und feinfühlige Seele mochte sich zwischen den beiden schauervollen Möglichkeiten, entweder ihren Herrn niedermetzeln oder diese Unschuldigen von ihm meucheln zu lassen, nicht entscheiden. Zu den Leidenschaften, mit denen wir d'Estervals Wesen geschildert, gesellte sich bei ihm noch diejenige, seine Gäste auf frischer Lusttat zu ertappen... sie aus den Armen der Venus in jene des Todes zu geleiten, und allein in dieser hinterhältigen Absicht schickte er ihnen jeweils ein Mädchen aufs Zimmer, und allein deshalb legte er sich selber dicht neben der Tür auf die Lauer; diesmal brannte er vor Verlangen, Justines Liebeshändel zu beobachten, und machte ihr innerlich bereits Vorrückungen, weil sie derart wenig Mittel in Anschlag brachte, um die beiden Reisenden in Wallung zu versetzen, da plötzlich packt einer von ihnen unsere Abenteurerin und fädelt blitzschlagartig bei ihr ein, ohne ihr Gelegenheit zur Gegenwehr zu geben.

– Oh! werter Herr, was tun Sie denn da? rief das keusche Kind: wie können Sie nur ausgerechnet diese Stätte für derlei Dinge wählen? Großer Gott! wissen Sie eigentlich, wo Sie sich aufhalten?

– Wie? was wollen Sie damit andeuten?

– Lassen Sie von mir ab, Monsieur, ich will Ihnen alles enthüllen... Ihr Leben schwebt in Gefahr: ich rate Ihnen, mir gut zuzuhören.

Und nachdem der etwas weniger heißblütige Gefährte seinen Freund zu einem kurzen Aufschub seines Vorhabens hat bewegen können, bitten die beiden Justine, ihnen jenes Geheimnis zu lüften, auf das sie offenbar anspielen wollte.

– Wie können Sie nur, meine Herren, in einer Räuberhöhle... mitten im Walde an derlei Dinge denken? Führen Sie wenigstens etwas mit sich, um sich zu verteidigen? besitzen Sie Waffen?

– Jawohl, hier, unsere Pistolen.

– Nun denn, meine Herren, legen Sie sie nicht aus der Hand... Sie täten besser daran, sich um Ihre Verteidigung denn um jene lauen Lüste zu kümmern, denen Sie sich allem Anschein nach in die Arme werfen wollten.

– Mein Täubchen, sprach der eine von ihnen, erklären Sie sich näher, wir flehen Sie an; soll uns denn irgendein Unheil ereilen?

– Ein gar gräßliches, Monsieur, ein greuliches: ums Himmels Willen, wappnen Sie sich zur Verteidigung; heute nacht noch will man Sie ermorden.

– Nun, mein Kind, sprach derjenige, dessen schäumender Schwanz just Justine ausgelotet, so schicken Sie nach Wein und Wachslichtern… und morgen werden wir Ihnen unsere Dankbarkeit bekunden.

Justine geht hinunter; doch beim Öffnen der Tür springen ihr als erstes d'Esterval und seine von ihm befingerte Frau ins Auge, die alle beide mit dem Auge am Bretterverschlag kleben und sich gar weidlich am unbarmherzigen Schauspiel laben, das ihnen jene Bühne bietet.

– Weshalb hast du dich nicht vögeln lassen? herrscht d'Esterval sie barsch an; habe ich dir nicht gesagt, daß mich nur dies allein wirklich ergötzt? doch dazu ist es jetzt zu spät; geh und melde ihnen, daß ihnen das Gewünschte gebracht werde, und bleib allein im Salon zurück.

Alles fügt sich; und wie sich unschwer denken läßt, rüsten sich unsere Kaufleute zum Kampf: herrje! vergebens… Ein fürchterliches Krachen ertönt.

– Sie sitzen in der Falle, in der Falle, jubelt d'Esterval; komm, liebes Weib; eile herbei, Justine; ich habe sie gefangen, diese alten Böcke; sie sitzen in der Falle.

D'Esterval schreitet vorneweg, ein Wachslicht in der Hand; alle drei, schließlich wurde Justine ja mitgeschleppt, alle drei hasten in ein Kellergewölbe hinunter; doch welche Bestürzung bemächtigt sich dort unserer unseligen Heldin, als sie sieht, wie die beiden Reisenden, von einem entsetzlichen Sturz betäubt, am Boden liegen… unbewaffnet!

Wie unsere Leser dank ihrer Kläräugigkeit wohl bereits mit leichter Mühe erraten haben, ohne daß wir es eigens betonen müßten, war all dies das Werk einer Falltür; die auf einem festgefügten Tische ruhenden Waffen aber hatten die beiden Pechvögel auf ihrem Fluge nicht begleitet.

– Genossen, sprach d'Esterval und setzte einem jeden dieser Männer eine Pistole an die Brust, man hat euch doch gewarnt; war es nicht etwas leichtsinnig, nicht auf der Hut zu sein? Aufgepaßt, ihr

Grünschnäbel; es gibt eine Möglichkeit, heil davonzukommen; nur nicht verzagen. Ihr seht diese beiden Frauen: hier steht die meinige; sie hat sich gut erhalten: und was jene anbelangt, so habt ihr ja bereits von ihr genascht; ein königlicher Leckerbissen. Nun denn, fickt sie

5 alle beide vor meinen Augen; und euer Leben ist gerettet: doch wenn ihr euch widersetzt... wenn ihr euch nicht spornstreichs an die Arbeit macht ist es um euch geschehen.

Und nun schiebt die d'Esterval, ohne irgendeine Antwort abzuwarten, nun schiebt die ruchlose d'Esterval, deren Begierden, wie

10 von uns bereits dargetan, durch derlei Greueltaten erregt werden, die Pistolen beiseite, knöpft Beinkleider auf und lutscht Schwänze.

Es ist kein Kinderspiel, Angst durch Lust zu ersetzen; doch welcher Kraftanstrengungen ist die Natur nicht fähig, wenn die Selbsterhaltung auf dem Spiel steht! Dorothée stellt es so geschickt an, ver-

15 steht es so trefflich, diese beiden Elenden imgleichen zu beruhigen und zu befingern, daß sie unterliegen... und schon ragen die beiden Schwänze gen Himmel. Dort, eine Liegestatt: einer der beiden Kaufleute wuchtet das Weib des Wirts darauf; sie wird gefickt. Justine macht etwas mehr Fisimatenten; und es steht ernsthaft zu

20 bezweifeln, ob der Spießgeselle von Dorothées Beschäler auch ohne d'Estervals Drohworte obsiegt hätte; doch durch Gewalt gezwungen, gilt es zu gehorchen. Die beiden Paare werden handgemein. Nun treten die fasernackten Mägde auf den Plan; sie sind mit Ruten bewehrt: indem sie die Beinkleider der beiden Ficker vollends her-

25 unterziehen, geben sie deren Arschbacken d'Estervals Blicken preis; sie peitschen diese vor Wollust zuckenden Backen: der Gutachter begrabbelt sie und durchwalkt auch diejenigen der Mägde, den Fickliesen aber versetzt er Arschklitschen: flatterhafter denn ein Schmetterling fliegt er wahllos zwischen sämtlichen seiner Ficklust

30 feilgebotenen Verlockungen hin und her; sein aufbegehrender Schwanz wird bei den männlichen Hintern vorstellig; der Lustbold fädelt ein; er durchpflügt sie; alsdann kehrt er zu denjenigen der Fickliesen zurück, die er schon bald zugunsten derjenigen der Mägde verläßt.

35 – Los, feuert er beim Sodomisieren von Justines Beschäler seine Gattin an, passe beim deinigen gut auf, ich jedenfalls werde mir den meinigen nicht entgehen lassen.

Mittlerzeit geißeln ihn die beiden Dienerinnen. Die beiden Schüsse gehen gleichzeitig los; die beiden Reisenden sind auf der

Stelle tot… Die Unseligen hauchen den Ficksaft mitsamt der Seele aus; just darauf hatten ihre Henker abgezweckt. Justines Antlitz und Busen werden vom Blut und vom Gehirn desjenigen bespritzt, der in ihren Armen entlud… indes er von d'Esterval gearschfickt wurde, welcher beim Sodomisieren seines Opfers gleichfalls ausgespritzt 5 hatte.

– Oh! gottverfickt, verflixter Hurengott, keucht der Unhold bei der Verlustierung seines Spermas: Unglück über das Haupt all jener, die jene Wollust nicht kennen, mit der ich mich just befleckt; es gibt auf Erden nichts Aufreizenderes und Wonnereicheres. 10

– O Unmensch! kreischt Justine und strampelt sich von der Last des Leichnams frei, ich wähnte, das Verbrechen habe all seine Möglichkeiten ausgeschöpft; doch dies hier hätte ich mir nie träumen lassen. Beglückwünsche dich, Schandkerl; und sei versichert, daß du alle Greuel, die ich bislang erlebt, in den Schatten stellst. 15

Der eingefleischte Menschenfresser aber lachte auf und fragte seine Frau:

– Was treibst denn du?

– Ich spritze in einem fort aus, stöhnt diese: wälze diesen Hurenreiter von meinem Leib; denn wiewohl er schon tot ist, hat der Lust- 20 bold noch immer einen Steifen, und würde er zehn Jahre auf mir liegen bleiben, so würde ich zehn Jahre Seim lassen.

– Oh! gnädiger Herr, entsetzte sich Justine, verlassen wir diese Schreckensstätte.

– Eh! nein, nein; hier vögle ich am liebsten. Diese blutüber- 25 strömten Opfer meiner Niedertracht stacheln meine Lüsternheit an; er steht mir niemals härter als bei ihrem Anblick… Ihr seid hier vier Weiber; legt euch zu zweit auf je einen der toten Leiber: dies sind die Ruhebetten, auf denen ich euch alle vier aufspießen will.

Der Spitzbube hält Wort; ob Votze, ob Arsch, alles wird von ihm 30 aufgespießt; er treibt Greuel und Scheußlichkeit so weit, sogar die Ärsche der Blutzeugen noch einmal auszuloten; es folgen drei oder vier Entladungen. Man begibt sich wieder nach oben.

Die Bestattung der Leichen war das Geschäft der Mägde. D'Esterval und sein Weib kümmern sich darum, die Reichtümer in Truhen 35 zu verschließen und die Reittiere in einen riesigen Aushub hinter dem Hause zu werfen, der dazu bestimmt ist, all jene aufzunehmen, welche von den Unseligen, die in dieser haarsträubenden Herberge das Leben ließen, jeweils mitgeführt wurden.

– Oh! Monsieur, sprach Justine, als wieder etwas Ruhe einge-
kehrt war, wenn es mir gelingen soll, Ihre Opfer zu retten, wenn Sie
wünschen, daß ich wenigstens einen ernsthaften Versuch unternehmen kann, so klären Sie mich über den Mechanismus Ihrer Fallen
auf; sonst ist doch jede Gegenwehr ein eitles Unterfangen?
  – Gerade das sollst du nie und nimmer erfahren, mein Kind, grinste d'Esterval. Geh und nimm die Kammer jener Fremden in
Augenschein; du wirst sehen, ob nicht wieder alles an seinem Platze
ist. Ich bin ein Zauberer, mein Töchterchen; nichts und niemand
kann meine Fallen durchschauen oder entschärfen: gib nicht auf; die
Tugend, der Glaube, die Ehre seien dir Befehl; doch befürchte ich
sehr, daß es dir niemals glücken werde.
  Man begab sich zu Bette. Gatte wie Gattin hatten unabhängig
voneinander den Wunsch bezeugt, den Rest der Nacht mit Justine
zu verbringen, und um niemanden zu enttäuschen, wurde der Entschluß gefaßt, sie bei diesem Paar im Ehebett des Hauses nächtigen
zu lassen. Da die willfährige Justine von allen beiden Liebkosungen
empfangen sollte, wurde sie dazu genötigt, imgleichen der gnädigen
Frau die Vorderseite und dem gnädigen Herrn die Hinterbacken
auszubieten. Bald gestipst, bald gefickt, bald gestreichelt oder
geschlagen, konnte die Leidgeprüfte nicht mehr länger daran zweifeln, daß all ihre Erlebnisse im Kloster von Sainte-Marie lediglich das
Vorgepränge jener Schandspiele darstellten, an denen sie bei diesen
neuen Inbildern der Unzucht und der Frevelei teilnehmen mußte.
Die grausame Dorothée mit ihren wildmütigen Neigungen wollte
Justine ausfitzen. Ihr Gatte bot sie ihr aus; und das jammerbare Kind
wurde gestäupt wie nie zuvor im Leben. Dies Verbrecherpaar fand
Gefallen daran, die Nackte vom einen Ende des Hauses zum anderen durch die Dunkelheit zu hetzen und sie dabei mit Spukbildern
zu erschrecken, indem sie ihr die Leichen derer vor Augen führten,
welche unlängst in ihrem Beisein verendet waren: um ihr noch mehr
Angst einzujagen, versteckten sich die beiden; und sobald sie an
einem der Winkel vorbeihuschte, in denen jene lauerten, wurde sie
mit wuchtigen Maulschellen oder fürchterlichen Arschtritten
begrüßt. Schließlich schleuderte sie der Gemahl in die Mitte des
Gemachs und fuhr ihr auf dem nackten Boden in den Hintern,
derweil sich die Gemahlin beim Geräusch dieses nächtlichen
Stelldicheins wichste. Dann wiederum legten sie sie zwischen sich;
der eine bezüngelte ihren Mund, die andere ihre Fut, und so wurde

sie während zweier Stunden ausgelaugt. Als Justine anderntags aufsteht, ist sie vollkommen zerschabt, zerrüttet, zernichtet: doch von
einem köstlichen Frühstück gestärkt... durch mehr oder minder
untadelige Behandlung beschwichtigt, sobald es sich nicht um
Libertinage drehte... durch die Gewißheit, wider ihren Willen in all 5
diese Greueltaten verwickelt worden zu sein, sowie durch die Hoffnung beruhigt, sie mit etwas Glück eines Tages allesamt vereiteln zu
können, fand das arme Ding seinen Seelenfrieden wieder und fügte
sich in den Gang des häuslichen Lebens.

Es verstrichen zwei Tage, ohne daß irgendein Reisender aufge- 10
taucht wäre. Mittlerzeit ließ Justine nichts unversucht, um den
unfaßlichen Kunstgriff auszumitteln, mit dem d'Esterval jene
Unglücksraben von der Kammer in den Keller hinunterbefördert
hatte. Schon bald trat der Gedanke an eine Falltür vor ihr inneres
Auge; doch sie mochte alles noch so scharfsichtig untersuchen, 15
nichts vermochte sie in ihrem Verdacht zu bestärken. Gesetzt aber,
daß es sich wirklich um eine Falltür handelte, wie sollte es ihr da
jemals gelingen, derlei Anschläge zu durchkreuzen? Indem sie den
Reisenden dazu riet, diese oder jene Stelle zu meiden? Doch
mochte es nicht mehrere Falltüren geben? Es war sogar sehr wohl 20
möglich, daß der ganze Boden des Gemaches eine einzige Falltür
bildete; man wies indes den bedauernswerten, todgeweihten Opfern
niemals eine andere Kammer zu. Angesichts dieser grausen Ratlo-
sigkeit, schien es ihr im Grunde schon fast sinnlos, die Leute überhaupt noch zu warnen. Diese Überlegung teilte sie Madame 25
d'Esterval mit, die sie versicherte, daß dies ein Irrtum sei und daß sie
selber, falls sie ihres Orts mit einer derartigen Aufgabe betraut
würde, sicherlich den Schlüssel zum Erfolg zu finden vermöchte.

– Oh! Madame, eröffnen Sie mir doch, wie Sie vorgehen
würden! 30

– Dies hieße, meine Verlustierungen zu beschneiden... dies
hieße, meiner größten Wonne verlustig zu gehen.

– Ergötzen Sie sich denn an derlei Greueltaten?

– Es ist herrlich, einen Mann zu hintergehen... ihn in den eigenen Armen sterben zu sehen... es ist himmlisch, ihm just dann den 35
Todesstoß zu versetzen, wenn er sich auf dem Gipfel der Wollust
befindet: erstaunlich, wie sehr dieser Widerstreit zwischen Venus
und den Parzen das Gemüt erhitzt; und ich versichere dich, du wür-

dest dich schon bald daran gewöhnen, wenn du nur den ersten Schritt wagen wolltest.

– Oh! Madame, welch Verderbtheit!

– Aber die Verderbtheit ist ja gerade die Würze der Wollust; ohne sie bleibt letztere schal. Was wäre die Wollust ohne Überschreitung?

– Ah! wie kann man es nur so weit treiben?

– Beklage mich… beklage mich vielmehr, meine Gute, weil ich es nicht noch viel bunter treiben kann. Wenn du wüßtest, wozu sich meine Vorstellungskraft versteigt, wenn ich in Wollust schwelge! was sie ersinnt, ausheckt! Alles, was ich in deinem Beisein tun werde, ist nur ein Schatten meiner wahren Wünsche, Justine, des kannst du gewiß sein. Weshalb nur müssen sich meine Gelüste auf diesen Wald beschränken? warum nur bin ich nicht die Königin der ganzen Welt! weshalb nur kann ich diese meine ungestümen Begierden nicht im ganzen Reich der Natur entfalten!… jede Stunde meines Lebens wäre durch eine Freveltat… jeder meiner Schritte durch eine Mordtat geprägt. Wenn ich mich jemals nach Allmacht gesehnt haben sollte, so lediglich, um mich an Missetaten zu weiden. Ich hätte durch meine Greueltaten alle grausamen Frauen der Antike überflügeln wollen; es wäre mein Wunsch gewesen, daß mein Name sowohl als auch meine Untaten alle Männer, vom einen Ende des Weltalls bis zum anderen, in Angst und Schrecken versetzt hätten. Schließlich schwingt in jeder Wesensbestimmung des Verbrechens dessen Lobgesang mit! Denn was ist ein Verbrechen? Jene Handlung, die uns die anderen Menschen untertan macht und uns somit unweigerlich über sie erhebt; jene Handlung, dank der wir über Leben und Schicksal der anderen gebieten und dank der die von uns genossene Glückseligkeit noch durch diejenige des hingeopferten Geschöpfs gesteigert wird. Wird man mir entgegnen, daß dieses unrechtmäßig angeeignete Glück getrübt sein müsse, nur weil es auf Kosten anderer genossen wird? Flachköpfe!… gerade dank seiner Unrechtmäßigkeit ist es ungetrübt; als Geschenk wäre es weniger reizvoll: es muß geraubt, entrissen werden; es muß die Geprellten Tränen kosten, denn aus der Gewißheit, anderen Leid zuzufügen, entsprießen die süßesten Freuden.

– Aber, Gnädigste, darin liegt viel Niedertracht.

– Ganz und gar nicht; dem liegt lediglich das vollkommen natürliche und alltägliche Verlangen zugrunde, das denkbar größte Maß an Glück zu erhaschen.

– Einverstanden, solange dies nicht auf Kosten anderer geschieht.

– Doch es würde meine Lust schmälern, wenn ich die anderen für ebenso glücklich hielte wie mich; zur Krönung meiner Seligkeit ist es unabdingbar, daß ich mich für das einzige glückliche Wesen auf Erden halten kann... glücklich, indes alle Welt leidet: jedes wollüstig 5 veranlagte Wesen spürt, wie angenehm es ist, eine bevorzugte Stellung einzunehmen. Sobald ich lediglich einen Bruchteil der gesamten Glückseligkeit besitze, bin ich ein Jedermann; vermag ich hingegen sämtliche Anteile in meiner Hand zu vereinen, so bin ich unstreitig glücklicher als alle anderen. Einmal angenommen, es sind 10 in einer zehnköpfigen Gruppe zehn Teile Glückes vorhanden, so sind all ihre Mitglieder gleich, und es kann sich folglich niemand damit brüsten, vom Glück stärker begünstigt zu sein als die anderen: sollte es jedoch einem einzelnen aus dieser Gruppe glücken, die neun anderen ihrer Glücksanteile zu berauben, um sie in seiner 15 Hand zu vereinen, so genösse er ungezweifelt wahres Glück; denn nun kann er Vergleiche anstellen, die er vorher unmöglich ins Auge fassen konnte. Das Glück wohnt nämlich nicht diesem oder jenem Seelenzustand inne; es besteht einzig und allein im Vergleichen des eigenen Zustandes mit demjenigen der anderen: und was für Ver- 20 gleiche können noch angestellt werden, wenn wir alle gleich sind? Besäße alle Welt ein gleich hohes Vermögen, dürfte dann auch nur ein einziger von sich zu sagen wagen, er sei reich?

– Oh! Madame, es wird mir stetsfort unbegreiflich bleiben, wie man auf diese Weise glücklich sein kann; mich dünkt, ich für mei- 25 nen Teil könnte dies nur dann sein, wenn ich wüßte, daß es auch alle anderen sind.

– Weil du hinfällig gebaut bist; weil du nur mickrige Gelüste... schwachbrüstige Leidenschaften... winzige Wollüste besitzt. Doch derlei kleingeistige Ansichten ziemen sich für ein Wesen meines 30 Zuschnittes nicht; und wenn mein Glück lediglich auf dem Unglück der anderen fußt, so deshalb, weil mir deren Unglück als das einzige Reizmittel gilt, das meine Nerven nachhaltig aufrüttelt und, je nach Maßgabe der Wucht solcher Erschütterungen, die in ihren Bahnen kreisenden Atomströme rascher oder weniger rasch in 35 Wollust wandelt[1]. Grundsätzlich entspringen in diesem Zusammenhang alle Irrmeinungen der Menschen einem falsch verstandenen Glücksbegriff. Damit sollte man nämlich keineswegs einen Zustand bezeichnen, der bei allen Menschen auf die gleiche Weise zustande-

kommt; die näheren Umstände seines Zustandekommens wechseln von Mensch zu Mensch, was wiederum vom jeweiligen Körperbau abhängt. Wie grundlegend diese Wahrheit ist, zeigt sich etwa darin, daß gewisse Seelen für die Verlockungen von Reichtum und Wol-
5 lust unempfänglich sind, obwohl diese für gewöhnlich unsere Glückseligkeit auszumachen scheinen; und daß Drangsal, Seelenwundheit, Trübsal, Bekümmernis, die aller Welt zu mißfallen scheinen, gleichwohl ihre Liebhaber finden. Geben wir dieser Annahme einmal statt, so verfügt derjenige, der die Einzigartigkeit der Nei-
10 gungen in Frage stellen will, über keinerlei Waffe mehr; und das Schweigen sei sein Los, wofern er wirklich einsichtig ist. Louis XI freute sich über die Tränen, die er die Franzosen vergießen ließ, nicht weniger als Titus über die Wohltaten, mit denen er die Römer überschwemmte. Mit welchem Recht möchten Sie mich nun also
15 dazu zwingen, den einen dem anderen vorzuziehen? hatten nicht alle beide recht? handelten nicht alle beide gerecht?

– Gerecht gewiß nicht; gerecht handelt nur, wer Gutes tut.

[1] Dies Lehrgebäude soll in Bälde weiterentwickelt werden: mittlerzeit wollen wir die Erörterung der Nerven vorlegen. Der Nerv ist derjenige Bestandteil des menschlichen Körpers, der einem weißen, bisweilen dicklichen, bisweilen platten Strang ähnelt. Für gewöhnlich nimmt er seinen Ursprung im Gehirn; er verläßt es in Form paarweise angeordneter, gleichlaufender Bündel: kein Teil des menschlichen Körpers ist interessanter als der Nerv. Gerade weil er nicht imstande zu sein scheint, selbsttätig zu handeln, stellt er, so sagt La Martinière, ein um so bewunderungswürdigeres Phänomen dar. Von den Nerven hängen das Leben und die reibungslosen Abläufe in der Körpermaschine ab; ihnen entspringen die Sinne und Begierden, das Wissen und die Vorstellungen; in ihnen liegt, mit einem Wort, der Hauptsitz des gesamten Körperbaus; in ihnen liegt auch der Sitz der Seele, will sagen jenes Lebensprinzips, das jeweils beim Tod der Tiere erlöscht, mit ihnen aufgebaut und abgebaut wird, mithin also durch und durch Körper ist. Man hält die Nerven gleichsam für Röhren, die die Lebensgeister in jene Organe leiten, auf die sie sich dann verteilen und dem Gehirn jene Eindrücke übermitteln sollen, welche die Gegenstände der äußeren Anschauung in diesen Organen hinterlassen. Großflächige Entzündungen rütteln die durch diese Nervenbahnen fließenden Lebensgeister nachhaltig auf und führen immer dann, wenn diese Entzündungen an den Geschlechtsteilen oder in deren Umfeld hervorgerufen werden, zur Wollust: dies erklärt jene bei Schlägen, Stichen, Kniffen oder Peitschenhieben empfundenen Lustgefühle. Andererseits versetzt der Geist, aufgrund seines gewichtigen Einflußes auf den Körper, diese Lebensgeister in schmerzhafte oder wohltuende Schwingungen, je nachdem, welcherlei Empfindungen im Geiste geweckt wurden; hieraus folgt, daß man als ein von festen Grundsätzen geleiteter Philosoph, der alle Vorurteile mit Stumpf und Stiel ausgerottet hat, den Wirkkreis der Empfindungen, wie wir bereits an anderer Stelle betont haben, unglaublich stark erweitern kann. (Anmerkung des Verfassers.)

– Was aber nennst du gut? mit Verlaub: beweise mir, daß es besser sei, einem Menschen hundert Louis zu schenken, als sie ihm zu entwenden? mit welchem Recht will man mich dazu zwingen, die anderen zu beglücken? und wie willst du mich (ohne Rückgriff auf Vorurteile) davon überzeugen, daß ich mich untadeliger verhalte, 5 wenn ich so und nicht anders handle? Jegliche Grundlegung zur allgemeinverbindlichen Sittenlehre ist ein eigentliches Hirngespinst; alle Moral ist relativ, dies stellt die einzig gültige Moral dar; sie gilt jeweils nur für einen einzelnen Menschen. Mich ergötzen Verbrechen, ich führe sie aus; ich verabscheue die Tugend, ich fliehe sie; 10 würde sie mir irgend Lust bereiten, so liebte ich sie womöglich. Oh! Justine, entsittliche dich nach meinem Vorbild: Undank ist der Lohn jener Göttin, der du dienst; sie wird dich für die von ihr geforderten Opfer nie entschädigen, und du wirst ihr ein Leben lang unablässig dienen, ohne je eine Belohnung oder ein Entgelt zu erhalten. 15

– Doch würde Ihr Tun und Treiben, Madame, von den Menschen geahndet, wenn es gut wäre?

– Die Menschen ahnden, was ihnen zum Schaden gereicht; sie zertreten die Schlange, von der sie gebissen werden, ohne daß man daraus das flüchtigste Argument gegen die Daseinsberechtigung 20 dieses Reptils ableiten könnte. Wir müssen ebenso eigensüchtig vorgehen wie die Gesetze, die im Dienste der Gesellschaft stehen; doch das Wohl der Gesellschaft ist nicht das unsrige; und wenn wir unsere Leidenschaften befriedigen, so tun wir lediglich im Kleinen, was sie im Großen tun; allein die Folgen fallen unterschiedlich aus. 25

Ab und an mischte sich d'Esterval in diese Gespräche ein: alsdann nahmen sie ein noch ehrfurchtgebietenderes Gepräge an. Sittenlos aus Überzeugung und Veranlagung, gottlos aus Liebe zur Weisheit und aus Neigung, befehdete d'Esterval sämtliche Vorurteile und ließ der bedauernswerten Justine keinerlei Mittel zur Verteidigung. Als 30 es ihr widerfuhr, ihm seine täglichen Mordtaten vorzurücken, entgegnete er ihr:

– Mein Kind, der Wesensgrund der Welt ist Bewegung; indes kann es in ihr ohne Zerstörung keine Bewegung geben: somit ist die Zerstörung ein notwendiges Naturgesetz; und wer am meisten zer- 35 stört, zwingt der Materie am meisten Bewegung auf, womit er den Naturgesetzen die trefflichsten Dienste leistet. Diese Mutter aller Menschen hat ihnen in jeglichen Bereichen gleiche Rechte verliehen. Die Ordnung der Natur verstattet es jedermann, mit jeder-

männiglich ganz nach Belieben umzuspringen; und ein jeder darf wahllos alles, was ihm wohlgefällt, besitzen, benutzen und sich daran ergötzen. Nützlichkeit ist des Rechtes oberste Richtschnur. Es genügt, daß ein Mensch eine Sache begehrt, und schon ist es erwie-
5 sen, daß sie für ihn von Nutzen ist; und sowie ihm jene Sache nützlich oder auch nur angenehm ist, ist sie eine gerechte Sache. Die einzige Bestrafung, die uns für die Vollstreckung einer Tat ereilen darf, sollte darin bestehen, daß jeder andere die Erlaubnis erhält, diese Tat auch an uns zu verüben. »Die Rechtmäßigkeit oder Unrechtmäßig-
10 keit einer Handlung«, meint Hobbes, »hängt lediglich davon ab, wie sie vom Täter beurteilt wird; dies genügt, um ihn jeglichen Tadels zu entheben und sein Verhalten zu rechtfertigen.« Die Ursache all unserer Irrmeinungen wurzelt einzig darin, daß wir die Auswüchse von Sitte und Vorurteilen in unserer Kulturgesellschaft allenthalben
15 mit Naturgesetzen verwechseln. Nichts auf der ganzen Welt vermag die Natur zu verletzen: die überempfindliche Kulturgesellschaft jedoch fühlt sich fast allaugenblicklich angegriffen; doch was scheren uns die von ihr erlittenen Wunden! menschliche Satzungen verletzen heißt Gaukelwesen verunglimpfen. Haben diejenigen, die
20 unsere Kulturgesellschaft aufgebaut haben, etwa mit meinem Einverständnis gehandelt? und darf ich Satzungen stattgeben, die meinem Wissen und Gewissen wider den Strich gehen?

Alsdann rühmte Justine vor d'Esterval die Trefflichkeit unserer Verstandesbegriffe; und auf diese wacklige Grundlage gestützt,
25 wollte sie mit unlauteren Mitteln die Statthaftigkeit des religiösen Lehrgebäudes herleiten.

– Ich gehe mit dir darin einig, erwiderte d'Esterval, daß unsere Verstandesbegriffe, unsere Organe feiner gestaltet sind als diejenigen der Tiere und uns dazu verleitet haben, an die Existenz Gottes und
30 an die Unsterblichkeit der Seele zu glauben; so kommt es, daß wir gleich Ihnen lauthals schwärmen…: Gibt es einen schlagenderen Beweis für diese Annahmen als den Umstand, daß wir nicht umhin können, sie zu treffen! doch gerade da liegt ja der Hund begraben. Es ist nicht von der Hand zu weisen, daß wir durch unsere naturge-
35 gebenen Bauweise dazu getrieben werden, Hirngespinste zu gebären und uns mit ihnen nicht selten auch zu trösten; die Notwendigkeit eines religiösen Gottesdienstes ist damit jedoch noch lange nicht bewiesen. Der Mensch wäre das glücklichste aller Geschöpfe, wenn aufgrund des bloßen Bedürfnisses nach einer

Sache diese ergaukelte Sache zur Tatsache würde. Noch einmal, ob eine Sache zur Tatsache wird, hängt nicht von unserem Wollen ab; und selbst wenn der Umgang mit einem, wie es die Mär seiner Anhänglinge will, uns derart wohlgewogenen Wesen für uns auch noch so viele Vorteile mit sich brächte, so wäre die Existenz dieses 5 Wesens noch lange nicht aufgewiesen. Und es ist für den Menschen tausendmal angenehmer, von einer blinden Natur statt von einem Wesen abhängig zu sein, dessen Gutmütigkeit von den Theologen zwar gepredigt, von den nackten Tatsachen aber allaugenblicklich widerlegt wird. Die Natur liefert uns, wenn wir sie genau erfor- 10 schen, alles, um das unserem Dasein gebührende Maß Glück zu erlangen. In ihr finden wir alles, um unsere leiblichen Bedürfnisse zu befriedigen; sie allein birgt den Schlüssel zu Glückseligkeit und Selbsterhaltung: alles, was über sie hinausgeht, ist nichts weiter denn ein Hirngespinst, das wir zeit unseres Lebens ohne Unterlaß ächten 15 und verachten sollten.

Um solcherlei philosophischen Höhenflügen etwas entgegenzuhalten, ermangelte es Justine zwar an jener Geistesschärfe, die zu den hervorstechenden Merkmalen ihrer Gastgeber gehörte, dafür schöpfte sie aus ihrem Herzen bisweilen Ansichten, deren Widerle- 20 gung sogar diese letzteren in Verlegenheit brachte. So geschehen eines Tages, als d'Esterval gegen ihren tiefempfundenen Hang zur Wohltätigkeit ankämpfte und ihr vor Augen führte, daß diese vorgebliche Tugend höchst trügerisch sei.

– Eh! ja, ja, werter Herr, ich weiß, sprach sie mit jener rührseli- 25 gen Beredtheit der Seele, die oft mehr fruchtet als jene des Geistes; aber ja, ich weiß sehr wohl, daß man nur Undank erntet, wenn man sich der Wohltätigkeit verschreibt; doch will ich lieber unter der Ungerechtigkeit der Menschen als unter den Vorrückungen meines Herzens leiden[1]. 30

Derlei Gespräche pflegte man in dieser Runde, deren Sittenverderbnis jedoch die trefflichen, aus der Kindheit stammenden Vorsätze unserer Heldin, wie ersichtlich, noch nicht hatte zerschlagen können, da treffen Fremde in der Herberge ein.

[1] Dem armen Mädchen entging, daß uns allein die Ungerechtigkeit der Menschen knechtet und man sein Herz nach Belieben beeinflussen kann.

– Oh! meint d'Esterval, die werden uns zwar nicht das große
Geld...dafür aber ein gerüttelt Maß Wollust verschaffen; dies verrät
mir mein prickelnd Herz.

– Was sind es denn für Leute? erkundigt sich Dorothée.

5 – Ein jammerbares Häufchen, das sich aus Vater, Mutter und
Tochter zusammensetzt. Ersterer steht noch voll im Saft und wird
dir, so hoffe ich, gute Dienste leisten können...die Mama...nun...
wirf selber durch dieses Fenster einen Blick auf sie; höchstens
dreißigjährig, blendend weiß...wohlgewachsen: und was die Toch-
10 ter anbelangt...eine wahre Schönheit...dreizehnjährig...schau
nur, schau ihre betörende Gestalt... O Dorothée! was für eine Entladung!

– Werter Herr, richtet der Vater seine Worte ehrerbietig an den
Wirt, bevor wir hier eintreten, fühle ich mich verpflichtet, Sie über
15 unser Unglück aufzuklären; es wiegt derart schwer, daß wir unsere
Zeche, so bescheiden sie auch ausfallen möge, auf gar keinen Fall
werden begleichen können. Zwar waren wir nicht für ein Leben im
Elend geboren: mein Weib erhielt eine ansehnliche Mitgift; auch ich
brachte nicht wenig in die Ehe ein. Doch schreckliche Widerfahr-
20 nisse haben uns an den Bettelstab gezwungen; nun schleppen wir
uns im Vertrauen auf die Barmherzigkeit der Gastwirte zu einem
Anverwandten im Elsaß, der uns seinen Beistand versprochen hat.

– Mißgeschick...d'Esterval, flüstert Justine dem Wirt ins Ohr...
oh! d'Esterval, Sie werden darauf Rücksicht nehmen, des bin ich
25 gewiß!

– Justine, entgegnet der wildmütige Herbergsvater, führen Sie
diese Leute auf das übliche Zimmer; ich werde mich um ihr Abendmahl kümmern.

Und Justine, das Herz von Seufzern schwer, Justine, die an Hand
30 des ihr erteilten Befehls mit leichter Mühe folgern kann, daß diesen
Leuten dasselbe Schicksal blüht wie allen anderen, führt diese
bedauernswerte Familie tiefbetrübt in die ihr zugedachte, verhängnisvolle Unterkunft.

– Unglückliche, sprach sie zu ihnen, sowie sie sah, daß sie sich
35 eingerichtet hatten, nichts vermag euch vor der Ruchlosigkeit jener
Leute zu beschirmen, unter deren Dach ihr weilt: jeder Versuch, das
Haus auf dem Weg, den ihr hereingekommen seid, unbehelligt wieder zu verlassen, erübrigt sich, dafür ist es bereits zu spät. Doch legt
euch nicht zu Bette; durchbrecht, zersägt nach Möglichkeit das Git-

ter vor eurem Fenster, laßt euch in den Hof hinuntergleiten, und entflieht in Blitzeseile.

– Wie?...was sagen Sie da?...oh! Himmel!...und das mit elenden Leuten wie uns!...was besitzen wir denn, herrje! was den Zorn oder die Raffgier jener Leute heraufbeschwören könnte, von denen 5 Sie uns handeln?...oh! ist es denn die Möglichkeit!

– Es ist Gewißheit; schnell; in einer Viertelstunde wird es zu spät sein.

– Auch wenn ich es versuchen wollte, spricht der Vater, ans Fenster tretend, auch wenn ich Ihren Ratschlag beherzigen wollte... 10 dieser Hof, in den wir geraten würden... Sie sehen es selbst, er ist von einer Mauer eingefriedet; wir säßen nach wie vor in der Falle... Je nun! Fräulein, da Sie schon einmal die Güte besitzen, uns zu warnen... da unser unglücklich Los Ihr Herz rührt, könnten Sie doch versuchen, uns Waffen zu verschaffen; dieses Mittel ist ehrenvoller 15 und verläßlicher, es wird mir genügen, davon bin ich überzeugt...

– Waffen... darauf sollten Sie nicht rechnen, entgegnete Justine; ich vermag hier keine aufzutreiben. Wagen Sie die Flucht, das ist alles, wozu ich Ihnen raten kann: wenn sie Ihnen mißlingt, dann sollten Sie sich auf Ihr Bett setzen, ohne einzunicken: so entgehen 20 Sie möglicherweise einer Falltür, durch die Sie hinabstürzen sollen... Gott sei mit euch, mehr dürft ihr nicht von mir erwarten.

Unmöglich, das Wehsal dieses beklagenswerten Vaters zu schildern. Sowie Justine fort ist, wirft er sich seiner Frau in die Arme:

– Oh! meine teure Freundin, jammert er, wie hartnäckig verfolgt 25 uns doch das Unglück!... Aber dem Himmel sei Dank; dies ist der letzte Streich...das wird unserem Leid ein Ende machen.

Und bittere Tränen näßten sie alle drei. D'Esterval hingegen heftete sein Auge seelenruhig auf das Spähloch in der Scheidewand, beobachtete alles mit der Kaltblütigkeit eines Erzverbrechers und 30 wichste sich bei diesem haarsträubenden Anblick voll Wonne...

– Ausgezeichnet, lobte er Justine, indem er ihren Schritt hemmte, sowie er sie herauskommen sah, diesmal hast du deine Sache gut gemacht; komm, reize mich auf, mein Engel, komm, drücke deinen prächtigen Popo gegen meine Hände, und rücke ihn neben meinen 35 Schwanz...nie noch sah ich ein solches Schauspiel.

Als auf die Schmerzausbrüche ein Augenblick der Stille folgte, kehrte d'Esterval auf seinen Beobachterposten zurück, weil er befürchtete, daß ein Entschluß in der Luft lag...

– Ziehen wir uns zurück, sprach er zu Justine, es ist Zeit, etwas zu unternehmen.

– Oh! Monsieur, sie haben doch noch gar nicht genachtmahlt.

– Sie würden es mir auch nicht bezahlen, dieses Nachtmahl; und davon abgesehen, weshalb sollten sie sich denn für die geruhsame und kurze Reise, die ihnen bevorsteht, überhaupt stärken!

– Wie! Monsieur, Sie wollen derart bedauernswerte Leute nicht begnadigen?...

– Sie begnadigen! wer?...ich?...wo doch genau dies die Lieblingsopfer eines Lüstlings sind; es würde mich sehr betrüben, wenn sie mir entwischen sollten.

Man steigt treppab. Justine und d'Esterval stoßen wieder zu Dorothée, die sich bei dem wonnereichen Gedanken an das bevorstehende Verbrechen stipste. Aber da man vermeiden wollte, daß unsere Heldin beobachten konnte, wie die Falle spielte, sperrte man sie in ein Kämmerchen; und eine der Mägde kam sie holen, als der gesamte Fußboden der verhängnisvollen Kammer im Keller lag.

– Wie du siehst, Justine, sprach d'Esterval, hat es nichts gefruchtet, daß du ihnen anrätig warst, sich auf das Bett zurückzuziehen, um der Falltür zu entgehen: zwar saßen sie dort; doch nun liegen Bett und Zimmer hier.

Indes beschworen die drei wehrlosen Opfer d'Esterval mit ihrem Geflenne und Geflehe. Das junge, tränenüberströmte Mädchen ward vor den beiden wildmütigen Eheleuten fußfällig...nichts erweichte deren Seelen: diese Unglückselige wird zu d'Estervals erster Beute; erbarmungslos entjungfert er sie; er lustwandelt wahllos auf dem einen wie auf dem anderen Pfade der Wonne. Der Mutter ergeht es nicht besser; dem Vater aber wird seine Begnadigung in Aussicht gestellt, wenn er sich dazu versteht, Dorothée zu vögeln. Justine wird genötigt, die Leidenschaften dieses Leidgeplagten zu erregen. Ihre Kunstfertigkeit macht's möglich. Zu Recht geht die Redensart, man fände in den Beinkleidern eines Bauernlümmels prächtigere Schätze als in denjenigen eines mächtigen Pächters. Ein Ungetüm von Schwanz richtet sich alsogleich empor: Dorothée verschlingt ihn feurig. D'Esterval hievt das Kind auf die Lenden des Beschälers seiner Frau und ergötzt sich daran, die Tochter auf des Vaters Rücken zu arschficken. Justine erhält Weisung, die Mutter zu wichsen. Diesmal sollte d'Esterval höchsteigenhändig und auf einen einzigen Streich sowohl des Vaters als auch der Tochter Leben rauben: hiefür wählt er den Augenblick seiner Entladung; und dieweil des Schuftes rechte Hand diesen zwiefachen Mord durch Messerstiche verübt, jagt die mit einer Pistole bewaffnete Linke der von Justine weiterfort gewichsten Mutter eine Kugel durch den Kopf. Diesem Gemengelage von Greueltaten hält unsere Heldin 5 nicht stand, sie verliert die Besinnung: genau in diesem grausen Augenblick wird sie vom aufbrausenden d'Esterval gepackt; er dringt ihr in den Arsch. Er wird von seiner Frau unter Leichen begraben; und der Schmutzfink spritzt aus, indes er sein Opfer martert, um es, wie er vorgibt, wieder ins Leben zu rufen. 10

– Eine Mühe bleibt uns erspart, meinte d'Esterval beim Verlassen des Verlieses.

– Welche wäre das? fragte Dorothée.

– Sie zu plündern.

– Man weiß nie, argwöhnte eine der Mägde; solche Bettelsäcke 15 spielen oft die Habenichtse, um nichts berappen zu müssen…

Aber, ach! diese Leute hatten nur allzu wahr gesprochen; auch das ausführlichste Durchwühlen förderte lediglich einen einzigen Ecu zutage.

– Schändliche Tat! meinte Justine; geben Sie zu, sprach sie zu 20 ihren Gebietern, daß man ebendies ein Willkürverbrechen schimpft!

– Gerade das sind die schönsten, antwortete d'Esterval; wenn man das Verbrechen allein um des Verbrechens willen liebt, erübrigt sich jegliche weitere Triebfeder.

Die folgende Woche war ertragreicher. Fast jeden Tag trafen 25 Fremde ein: doch unerachtet der Warnungen, die Justine ihnen geben mochte, gelang es keinem einzigen zu entkommen; alle dienten imgleichen der Gewinnlust wie dem Lustgewinn dieses Höllenpaares, da tauchte im Gasthof eine Person auf, die hinlänglich bemerkenswert ist, um die Aufmerksamkeit unserer geneigten Leser 30 kurz in Anspruch nehmen zu dürfen.

Es ging gegen sieben Uhr; die ganze Schar erlabte sich auf einer Bank neben der Tür an jenen lauen und linden Lüften schöner, wonnesamer Herbstabende, als ein Reitersmann im Galopp angesprengt kommt und sich voller Unruhe erkundigt, ob er in diesem 35 Hause Zuflucht finden könne.

– Eine Meile von hier entfernt wurde ich überfallen, spricht er mit einem Anflug von Entsetzen; mein Kammerbursche wurde ermordet, sein Pferd entwendet: glücklicherweise gelang es mir, denjenigen, der das Zaumzeug des meinigen packte, zu Boden zu werfen, ohne indes meinen Bediensteten rächen zu können; sein Mörder entschwand; ich ergriff die Flucht.

– Was für eine Saumseligkeit! meinte d'Esterval, mit einem derart kleinen Gefolge durch einen derart fährnisreichen Forst zu reiten.

– Mich trifft um so größere Schuld, sprach der Reitersmann, als mir ungezweifelt genug Leute zu Diensten stehen, um eine bessere Eskorte zusammenzustellen; doch gehe ich einen Onkel besuchen, den ich sehr liebe und der mich schon seit Jahrhunderten einlädt, mit ihm jene Lustbarkeiten zu teilen, die er auf einem recht hübschen Landgut genießt, das er in der Franche-Comté bewohnt; und da ich weiß, wie sehr er die Einsamkeit liebt, führte ich nur wenig Gesinde mit mir. Genug der Worte, werter Herr, können Sie mich beherbergen?

– Freilich, edler Herr, erwiderte d'Esterval; treten Sie nur ein, mein Weib und ich werden uns bemühen, Ihnen einen möglichst untadeligen Empfang zu bereiten.

Der Reitersmann steigt vom Pferde, begibt sich in den Salon; und nun, da Justine ihn näher betrachten kann, stößt sie, kaum hat sie diese Person wiedererkannt, einen Schrei der Verwunderung aus.

– O Bressac! ruft sie hell auf, Sie hier! ich bin ein verlorenes Mädchen...

– Bressac! wiederholt d'Esterval... wie! werter Herr, Sie sind der Marquis de Bressac... der Besitzer eines äußerst prächtigen Landgutes in der Umgegend des Waldes zu Bondi?

– Ebender.

– In meine Arme, Monsieur; ich habe die Ehre, recht nahe mit Ihnen verwandt zu sein; erkennen Sie in mir Sombreville, den Geschwistersohn Ihrer Mutter.

– Oh! Verehrtester, jener Unglücksfall... Herrje! Sie wissen, durch welch Verhängnis ich diese sanfte Mutter verloren habe; was Sie aber zweifellos nicht wissen und bestimmt mit der gerechten Strafe ahnden werden, fuhr Bressac mit einem Fingerzeig auf Justine fort: dies ist die Mörderin jener ehrenwerter Mutter. Wie kommt es, daß Sie ein derartiges Ungeheuer bei sich dulden?

– Oh! werter Herr, glauben Sie ihm kein Wort, klagt Justine unter Tränen, einer solchen Greueltat bin ich gewiß nicht fähig; man möge mir doch bitte gestatten, alles zu erzählen...

– Schweigen Sie, schweigen Sie, Justine; ich will mich von Monsieur unterrichten lassen und mein weiteres Verhalten Ihnen gegenüber auf den Eindruck abstimmen, den ich aus seinem Bericht gewinne. Hinaus.

Die völlig aufgewühlte Justine mußte sich zurückziehen; und wie man sich denken mag, fuhr Monsieur de Bressac damit fort, sie in den Augen seines Anverwandten anzuschwärzen. Nach Verlauf einer Stunde ruft man Justine herein; und wie gewöhnlich wird ihr der Befehl erteilt, den Gast in das verhängnisvolle Zimmer zu geleiten. Sie gehorcht; doch jede weitere Erklärung meidend, hastet sie alsogleich hinunter zum Hausherrn.

– Monsieur, spricht sie dienstbeflissen, wie soll ich mich Monsieur de Bressac gegenüber aufführen?... da er ja Ihr Anverwandter ist, werden Sie gewißlich...

– Justine, donnerte Sombreville, den wir weiterhin d'Esterval nennen wollen, es ist unerhört, daß Sie uns nach all der Güte... Ehrerbietung, die wir, meine Frau und ich, Ihnen stetsfort erwiesen haben, ein Begebnis aus Ihrem Leben verhehlen konnten, das Sie in den Augen gemeiner Menschen schuldig stempelt. Im Wissen um unsere philosophische Einstellung gegenüber derlei Possen, hätten Sie, wie mich dünkt, ruhig ein wenig offenherziger sein dürfen!

– Oh! Monsieur, ich schwöre Ihnen, erwiderte Justine mit jener edlen Redlichkeit, die eine Gabe der Tugend ist, jawohl, ich gelobe Ihnen, daß ich der Freveltat, deren mich Monsieur de Bressac bezichtigt, nie und nimmer schuldig bin. Ah! er möge nicht allzu sehr in die Ferne schweifen, um den Mörder seiner Mutter zu suchen; er weiß nur allzu genau, wo dieser steckt.

– Wie? erklären Sie sich näher, Justine, sagte Madame d'Esterval.

– Eigenhändig, Madame, eigenhändig hat er diese Greueltat begangen; und nun schiebt sie der Schuft mir in die Schuhe.

– Sind Sie sich bei dem, was Sie da sagen, ganz sicher?

– Zweifel sind mir nicht verstattet; ich werde Ihnen, wann immer Sie es wünschen, den genauen Hergang dieser Schandtat schildern.

– Im Augenblick habe ich keine Zeit, mir all das anzuhören, winkte d'Esterval ab und wandte sich alsdann an seine Frau: was meinst du, Dorothée?

– Nur schweren Herzens, erwiderte dies Ungeheuer, verurteile ich ein Geschöpf zum Tode, das ebenso verbrecherisch ist wie wir;

aber dieser wohlgestalte Mann erregt meine Wollust ungemein, und er muß, er muß ihr zur Beute fallen.

– Einverstanden, sprach d'Esterval. Justine, einem solchen Manne sollten Sie besser keine näheren Auskünfte erteilen; ansonsten aber mögen Sie Ihren üblichen Auftrag eilfertig ausführen. Im übrigen haben Sie nichts zu befürchten; selbst wenn Sie das Verbrechen, dessen er Sie bezichtigt, begangen hätten, würden wir Sie deswegen nicht geringer schätzen; gegenteils, dies wäre in unseren Augen sogar ein Verdienst; schämen Sie sich also nicht, alles zuzugeben.

– Glauben Sie mir, durch eine derartige Rede ermutigt, würde ich alles gestehen, wofern ich meine Hände nicht in Unschuld wüsche; doch ich bin, wie ich Ihnen abermals beteuern will, für diesen Frevel nicht verantwortlich.

– Nun gut, gehen Sie hinauf, mein Kind, und verhalten Sie sich wie gewöhnlich; denken Sie daran, daß ich Ihnen auf dem Fuße folgen werde.

Was tun? diese Frage stürzte unsere Heldin nun in allergrößte Verlegenheit: welch tiefe Genugtuung hätte ihr die angekündigte Rache verschaffen können, wenn sie nur nach ihrem Geschmacke gewesen wäre! Wie wir wissen, war der Tod ihres Verleumders im Grunde ohnehin unausweichlich, ob sie ihn nun warnte oder nicht: doch wer hätte dies gedacht! gerade diese Gewißheit verlieh Justine ungeahnte Kräfte, die sie, wie man gleich erleben wird, dazu verwandte, das Leben jenes Mannes zu retten, der sich so unbarmherzig gegen das ihrige verschworen hatte. Sie beeilt sich; sie weiß, daß ihr gerade noch Zeit bleibt, ein paar Worte mit dem Marquis zu tauschen, bevor d'Esterval naht, um sie zu belauschen.

– Monsieur, tränt sie ihm zu, unerachtet all dessen, was Sie mir angetan, komme ich, um Sie nach Möglichkeit zu retten: wiewohl dieser Unmensch, bei dem Sie weilen, Ihr Anverwandter ist, trachtet er Ihnen nach dem Leben, Sie müssen unverzüglich zu ihm hinunter; verweilen Sie keine Minute länger in dieser Kammer, in der Sie allseits von Fallen umstellt sind; folgen Sie mir, und versuchen Sie seine Raserei zu dämpfen; doch besänftigen Sie in erster Linie seinen Hausdrachen; noch blutrünstiger als ihr Gatte, hat sie den Ausschlag gegeben, als Ihr Todesurteil gefällt wurde: hinab, Monsieur, hinab; und nehmen Sie Ihre Pistolen mit sich; in zwei Sekunden wird es zu spät sein.

Bressac konnte nicht umhin, im Grunde seines Herzens eine hinlänglich hohe Meinung von seinem Gegenüber zu hegen, um diesen Worten volles Vertrauen zu schenken; und so springt er auf und prallt auf der Treppe mit d'Esterval zusammen:

– Gehen wir hinunter, Monsieur, spricht er mit Nachdruck zu ihm, ich muß Sie sprechen.

– Aber, Verehrtester…

– Hinunter, sage ich.

Und mit diesen Worten stößt er ihn in den Salon, verriegelt die Tür hinter sich, um Justine, die ihm folgt, fernzuhalten. Nun wogte ein wohl recht heftiger Wortwechsel hin und her: über die Einzelheiten hat man uns im dunkeln gelassen; das Ergebnis bestand jedenfalls darin, daß Bressac, indem er allem Vermuten nach seine Maske lüftete, seinen Vetter mit leichter Mühe davon überzeugen konnte, daß Verbrecher einander verschonen sollten; daß Dorothée durch die Schmeicheleien und Verführungskünste des Marquis besänftigt wurde; und daß man den Entschluß faßte, sich selbdritt zu Bressacs Onkel zu begeben.

– Dieser Onkel ist ein Berufslibertin, erklärte Bressac; da wir Vettern sind, ist er auch euer Anverwandter: statten wir ihm einen Besuch ab, ich verheiße euch die göttlichsten Lustbarkeiten.

Nachdem diese Übereinkunft getroffen worden, nahm man gemeinsam das Nachtessen ein. Auch Justine durfte teilnehmen.

– In meine Arme, spricht Bressac zu ihr, nu, nu, ich will dir vor meinem Anverwandten Gerechtigkeit widerfahren lassen… Mein Freund, da du nicht minder ruchlos bist als ich, schrecke ich nicht davor zurück, dir zu bekennen: ich allein bin der Urheber jenes Verbrechens, dessen ich dieses Mädchen just bezichtigt; das Unglückskind wäre einer solchen Tat nicht fähig. Sie soll mit uns reisen: mein Onkel hat mich damit beauftragt, ihm eine Kammerzofe zu suchen; er will seiner Gattin ein verläßliches Mädchen zur Seite stellen. In Kenntnis aller näheren Umstände vermute ich, daß ihm niemand gelegener kommen könnte als Justine. Ich biete ihr eine untadelige Anstellung an: so sie das Vertrauen meines Onkels gewinnt, mag sie endlich jenes trügerische Glück verwirklichen, dem sie schon seit Urzeiten hinterherläuft… Oh! Justine, nimm dieses Pfand meiner Erkenntlichkeit an, und zwischen uns möge wieder Eintracht, Friede und Ruhe einkehren. Stimmen Sie dieser Vereinbarung zu, Vetter? und treten Sie mir Justine ab?

– Oh! von Herzen gern, erwidert d'Esterval: ich wurde ihrer ohnehin allmählich überdrüssig; und mein Überdruß hätte für sie schlimme Folgen zeitigen können.

– Das will ich glauben, meint Bressac; ich bin dein Ebenbild, mein Teurer: hat ein Geschöpf meine Leidenschaft gestillt, so möchte ich es zum Teufel jagen.

– Dann haben Sie sich an Justine also gar nicht vergangen? folgert Dorothée.

– Nein, Gnädigste, abgesehen von Ihnen, kenne ich auf der ganzen Welt niemanden, der mich meiner Neigungen entschlagen ließe; ich liebe ausschließlich Männer.

– Mein Freund, spricht d'Esterval hastig, meine Frau wird dir zu Diensten sein, wann immer du es wünschst; sie besitzt den prallsten Popo und die unübertrefflich starke Neigung, Schwänze in ihm zu beherbergen... des weiteren einen mehr denn fingerdicken Kitzler, mit dessen Hilfe sie dir jede Gunstbezeigung zurückerstatten wird.

– Oh! Donnerwetter, dann wollen wir keine Zeit verlieren, frohlockt Bressac; nie noch verstand ich mich darauf, ein lustreiches Vorhaben aufzuschieben.

Und er wollte sich gerade an der taumelnden Dorothée zu schaffen machen, die ihm, bereits trunken von Wein und Wollust, bereitwilligst entgegenkam, als man die Hunde anschlagen hörte; man war also darauf gefaßt, daß jeden Augenblick jemand die Glocke ziehen würde. Und so geschah es denn auch: obwohl es schon Mitternacht war, verlangten einige Fremde Einlaß. Es waren dies berittene Landjäger, die von dem an der Person Bressacs verübten Überfall sowie von der Ermordung seines Bediensteten erfahren hatten und sich nun, nachdem sie den Spuren soweit als möglich gefolgt waren, erkundigen wollten, ob sich in dieser Herberge jemand aufhalte, der zur Aufklärung beitragen könne. Bressac trat höchstselbst vor, berichtete den Tathergang und erklärte, daß er nicht wisse, welchen Fluchtweg die Räuber eingeschlagen hätten. Man brachte diesen Herren Getränke; bot ihnen Betten an, was sie jedoch ausschlugen; sie brachen auf. Sowie sie fort waren, kehrte von neuem Freude ein; und für den Rest der Nacht feierte man die anstößigsten Lustgelage.

Da das Geschlechtergemengelage nicht recht gelingen wollte und Bressac lediglich die Kraft aufbrachte, Dorothée zweimal zu sodomisieren, mußten sich die Männer untereinander vergnügen und die Frauen ein Gleiches tun. Dorothée, vom Feuer verzehrt, laugte

Justine aus; d'Esterval ritt Bressac bis zur Erschöpfung; und mit der Morgenröte legte man sich zu Bette, dies in der Absicht, gleich nach dem Frühstück selbviert aufzubrechen.

– Der Mann, zu dem ich euch führe, erklärte Bressac beim Einnehmen dieser Mahlzeit, nennt sich Comte de Gernande.   5

– Gernande! richtig, ich bin mit ihm verwandt, rief d'Esterval; als Bruder Ihrer Mutter ist er nämlich mein leiblicher Vetter.

– Und kennen Sie ihn?

– Ich habe ihn zeit meines Lebens noch nie getroffen; ich weiß lediglich, daß er ein bemerkenswerter Mann ist... ein Mann, dessen 10 Neigungen...

– Gemach, gemach, meinte Bressac; da ihr ihn nicht kennt, will ich ihn euch nun abkupfern.

Der Comte de Gernande ist ein Mann von fünfzig Jahren; fett und feist. Es gibt nichts Furchteinflößenderes als sein Antlitz: über- 15 lang die Nase, schwarz und buschig die Brauen, finster und verschlagen die Augen, sein Riesenmund stummelbestückt, seine umwölkte Stirn kahl, der Klang seiner Stimme kehlig und unheilschwanger, überlange Arme und ungeheure Hände, all dies trägt dazu bei, daß er ein wahres Ungetüm ist, dessen Nahen Schreck und 20 Schauer verbreitet. Ihr werdet bald erfahren, ob die Gesinnung dieses Satyrs, ob sein Handel und Wandel diesem fürchterlichen Fratzenbild entsprechen oder nicht. Ansonsten Witz, Bildung; jedoch keinerlei Gesittung, keinerlei Glaube; einer der schlimmsten Schurken, die zeither gelebt, und der meistgerühmte Vielfrass, von 25 dem ihr jemals gehört. Es gibt nichts Aufsehenerregenderes als das Gepräge seiner Ausschweifungen. Das bevorzugte Opfer seiner Wildmütigkeit ist sein Weib; doch all dies reichert er mit höchst lustvollen sodomitischen Spielchen an, und so bin ich guter Dinge, daß ihr mir noch vor Ablauf einer Woche alle beide dafür danken wer- 30 det, euch zu dieser Bekanntschaft verholfen zu haben.

– Und mich haben Sie jener Frau, jenem beklagenswerten Opfer dieses rasenden Gemahls zugedacht, Monsieur? erkundigte sich Justine.

– Ganz recht; es heißt, sie sei eine überaus zartbesaitete Frau... 35 Ich kenne sie nicht persönlich... doch man versichert, daß es sich um eine feinfühlige und ehrenwerte Frau handle, die ein Geschöpf an ihrer Seite benötige, das ihr ähnlich ist... ein sanft Wesen, welches ihr Trost spendet. Mich dünkt, Justine, dies lasse sich wunderbar mit Ihren Vorsätzen in Einklang bringen.

– Mag sein; doch werde ich nicht dem Ehemann mißfallen, wenn ich der Gattin Trost spende? Werde ich alsdann nicht den unge-
5 schlachten Leidenschaften dieses von Ihnen just geschilderten Unholdes zur Beute fallen?

– Und wenn dem so wäre? höhnte Bressac, halb so schlimm! waren Sie in diesem Hause nicht denselben Gefahren ausgesetzt?

– Wider meinen Willen.
10 – Nun denn! bei meinem Onkel soll dies aus freien Stücken geschehen; dies wird der einzige Unterschied sein.

– Oh! Monsieur, ich merke wohl: Ihr Geist ist so tückisch als wie zuvor, und Sie haben nichts von Ihrer Scharfzüngigkeit eingebüßt; doch da Sie meine Wesensart kennen, werden Sie wohl verstehen,
15 Monsieur, daß ich mich mit all diesen Vorschlägen nicht einverstanden erklären kann. Da d'Esterval sein Haus verläßt und meiner Dienste nicht länger bedarf, wäre ich Ihnen allen beiden zu großem Dank verpflichtet, meine Herren, wenn Sie mich wieder in Freiheit setzen wollten ... denn im Grunde haben Sie wohl kaum das Recht,
20 sie mir zu rauben!

– Oh! unser Recht ist unanfechtbar, meinte d'Esterval: sind wir nicht die Stärkeren? und ist dir, Justine, ein unantastbareres Recht bekannt als das Recht des Stärkeren?

– Ich widersetze mich dieser Freilassung in aller Form, sagte Bres-
25 sac. Da ich von meinem Onkel eigens damit beauftragt bin, ihm für seine Frau ein anmutiges und sanftmütiges Mädchen mitzubringen, und da ich keines gefunden habe, das Justine das Wasser reichen könnte, wird sie sich, wie ich hoffe, geschmeichelt fühlen, daß ich sie auf immerdar mit Madame de Gernandes Schicksal verbinde; sie
30 ist genau die Richtige für sie: und sollte sie sich aufgrund dieser engen Bande bisweilen auch den ungeschlachten Leidenschaften des Gatten ausgeliefert sehen, so ersuche ich sie doch dennoch, meinen unwiderruflichen Entschluß zu billigen, sie der Gattin zuzudenken.

Justines Widerworte wären müßig gewesen, es galt zu gehorchen.
35 Man brach auf. Bis in die Mitte des Waldes ritt man; in der ersten Stadt wurde eine Kutsche mit vier Plätzen bestiegen, und man erreichte Monsieur de Gernandes prachtreiches Schloß ohne jeden Zwischenfall: weltabgeschieden lag es inmitten eines großflächigen, von hohen Mauern eingefaßten Parkes, genau an der Grenze

zwischen dem Lyonnais und der Franche-Comté. Doch lebten in diesem weitläufigen Gebäude weniger Leute, als es seiner ursprünglichen Bestimmung entsprechen mochte: erst in der Nähe der Küchen, welche unten in den Kellergewölben, also genau im Herzen des Hauptgebäudes, untergebracht waren, stieß man auf etwelches Gesinde; alle übrigen Räumlichkeiten waren ebenso gottverlassen wie die ganze Umgebung des Schlosses.

Als dies Häufchen eintrat, weilte Monsieur de Gernande zuhinterst in einem geräumigen, prunkvollen Gemach und war in einen Schlafrock aus indischem Atlas gehüllt, der nachlässig ausgebreitet über die Ottomane floß, auf der er ruhte. An seiner Seite erblickte man zwei Knäbchen, deren Kleidung derart lächerbar und deren Haar derart zierlich und kunstsinnig gerichtet war, daß man sie für Mädchen hätte halten mögen; alle beide waren von zauberhaftem Wuchs, allerhöchstens fünfzehn oder sechzehn Jahr jung, befanden sich jedoch in einem derart schlaffen und niedergeschlagenen Zustand, daß man denken mochte, sie seien krank[1].

– Mein teurer Oheim, sprach der Marquis de Bressac noch unter der Tür, hier, zwei meiner Freunde, die Ihnen vorzustellen ich die Ehre habe, und zwar mit um so größerer Zuversicht, als sich alle beide dadurch auszeichnen, Ihrer Sippschaft anzugehören. Sie mögen in ihnen Monsieur und Madame de Sombreville erkennen.

– Aha! meine Geschwisterkinder, sprach Gernande: bislang bin ich ihnen noch nie begegnet; doch wenn du sie hierherbringst, sind sie unser gewiß würdig; und daher ist es mir eine Freude, ihre Bekanntschaft zu machen: und jene Jungfer, wer ist sie?

– Eine verläßliche Frau, mein Oheim, die ich, Ihrer Order gemäß, zu Handen von Madame de Gernande mitbringe und die, nach meinem Dafürhalten, sämtliche notwendigen Eigenschaften für die ihr zugedachte Tätigkeit besitzt.

Der Comte ließ Justine näher treten; und ohne die Gesellschaft irgend um Erlaubnis zu bitten, schlägt er ihre Röcke bis über die Hüften hoch und mustert sie vom Scheitel bis zur Sohle gleichermaßen schroff wie freimütig.

– Wie alt sind Sie? fragte er sie.

– Zwanzig, werter Herr.

---

[1] Die Ursache dieser Mattigkeit wird bald enthüllt werden.

Und an diese erste Frage knüpfte er eine Reihe weiterer Erkundigungen über ihre Person. Mit knappen Worten erzählte Justine die rührendsten Einschnitte in ihrem Leben, wobei sie nicht einmal die Brandmarkung durch Rodin überging; dafür verheimlichte sie

5 angelegentlichst die Greuel, zu denen sie jener Anverwandte genötigt, den man Gernande gerade vorstellig gemacht: alsdann schilderte sie ihr Elend.

– Es geht Ihnen schlecht, unterbrach sie der Kentaur, um so besser… um so besser, dann werden Sie nur um so gefügiger sein…

10 Nicht wahr, meine Herren, es ist alles andere denn mißlich, daß das Unheil jenen nichtswürdigen Volksschlag heimsucht, der von der Natur dazu verdammt ist, vor unseren Füßen auf dem Boden herumzukriechen? dadurch wird er nur um so rühriger und genügsamer; kommt seinen Pflichten uns gegenüber nur um so beflissener

15 nach.

– Aber, werter Herr, sagte Justine, ich habe Sie doch auf meine Abkunft hingewiesen; sie ist alles andere denn nichtswürdig.

– Papperlapapp, es ist immer dasselbe Lied; wer im Unglück schmachtet, gibt sich für weiß Gott was aus; denn durch solche Blü-

20 tenträume des Eigenstolzes versucht man die vom Schicksal geschlagenen Scharten auszuwetzen. Man darf sich also über solche durch vorgebliche Widerfahrnisse heruntergekommene Geschlechter durchaus seinen Teil denken. Mir soll es im übrigen einerlei sein; ich treffe Sie in den Flicken einer Dienstmagd an und werde Sie auch

25 wie eine solche behandeln, wenn Sie nichts dagegen haben: indes liegt Ihr Glück ganz in Ihrer Hand; etwas Langmut, etwas Verschwiegenheit, und wenn ich Sie in ein paar Jahren aus meinen Diensten entlasse, werden Sie nie mehr wieder darauf angewiesen sein, um Lohn zu gehen. Bester Freund, richtete er sich hierauf an

30 Bressac, erzähle mir nun etwas über die beiden liebenswerten Anverwandten, die du hierhergeführt hast; mit dieser Dreigroschendirne haben wir uns nun lange genug abgegeben.

– Monsieur und Madame de Sombreville, besser bekannt unter dem Namen d'Esterval, erfreuen sich, mein teurer Oheim, sämtli-

35 cher Eigenschaften, die Ihnen die Bekanntschaft mit ihnen versüßen mögen; ich bin guter Dinge, daß Sie sie aufgrund ihrer abgrundtiefen Sittenlosigkeit ins Herz schließen werden; und wenn Sie erst einmal vernommen haben, daß sie unerachtet ihres Namens und ihrer Reichtümer auf alles verzichteten, was ihnen ein Erdenleben

voller Annehmlichkeiten ermöglicht hätte, um sich statt dessen im tiefsten Innern eines Waldes einzugraben, allwo sie sich einzig und allein am Ausplündern und Meucheln all jener Reisenden erlaben, die in der Herberge, welche sie im Herzen dieses düsteren Schlupfwinkels betreiben, um Gastfreundschaft ersuchen; wenn Sie all dies 5 zur Kenntnis nehmen, wiederhole ich, dann werden Sie mir, wie ich hoffe, Dank dafür wissen, daß ich derart unschätzbare Freunde zu Ihnen mitgenommen habe.

– Sie meucheln Reisende, platzte Gernande vor Lachen, ah! das ist ja köstlich! mir jedenfalls sind solche Dinge geläufig; ich begreife 10 sie sehr wohl... Es ist unerhört, was man mit einer blühenden Vorstellungskraft alles anstellt!... Man tötet, man raubt, man plündert, man vergiftet, man brandschatzt; und dies aus einem einfachen Grund; der Schweif wird steif, und erst dann wandelt sich alles zu einem wahren Götterspaß. Ehedem ergötzte ich mich gleichfalls an 15 derlei Narrenpossen; und noch heute versetzen sie meinen Kopf in Wallung: doch mit zunehmendem Alter gebe ich geruhsameren und häuslicheren Freuden den Vorzug. Ich treibe es womöglich ebenso bunt; doch geschieht dies in meinen eigenen vier Wänden, und das ist mir lieber so... Schau, schau, und die Frau dieses reizenden 20 Anverwandten ist also...

– ...gleichermaßen verlastert wie er selber, mein teurer Oheim; ich hoffe, ihr Kynismus und ihre Libertinage werden Sie entzücken. Ah! glauben Sie mir, unser Anverwandter war nicht so pinselhaft, sich an eine Frau zu binden, die nicht dieselben Laster besitzt wie er. 25

– Daran hat er nur gut getan, meinte Gernande; ich gestehe, daß ich es ihm widrigenfalls nicht verziehen hätte, mich zusammen mit seinem Ehegespons aufzusuchen. Weibsbilder, mein lieber Neffe, müssen die Mängel ihres Geschlechts unbedingt wettmachen. Um Verzeihung, Gnädigste, fuhr er an Dorothée gewandt fort; aber ich 30 halte von Frauen ebensowenig wie mein Neffe; und wenn ich mir trotzdem ein Weib halte, so wird mich die Art und Weise, wie ich sie zum Opfer meiner Mutwilligkeiten mache, in den Augen Gleichgesinnter von jeglicher Schuld freisprechen...

Dann ließ er Dorothée näher treten: 35
– Immerhin, schön ist sie ja, Ihre Frau... außerordentlich schön sogar, mein Vetter... Sie gestatten?

Und indem der Schmutzfink Dorothée von hinten aufschürzt, begutachtet er kurz ihre Arschbacken:

– Da hätten wir, bei meiner Ehre, einen bemerkenswert prachtvollen Popo, fuhr er fort; etwas männlich vielleicht; aber das ist mir
ja auch lieber so. Sie haben doch hoffentlich niemals Kinder gehabt?

– Nein, Monsieur, fürwahr, derlei Torheiten gehe ich aus dem
Weg; doch sollte mir saumseligerweise ein derartiges Unglück dro-
hen, so würde ich mir durch zwei oder drei Gläser Saft vom Sade-
baum¹ Erleichterung verschaffen.

– Ah! prächtig, prächtig, ich sehe, daß sie umwerfend liebenswert
ist, Ihre Frau; sie bildet einen herrlichen Gegensatz zu der meinigen;
es drängt mich, die beiden zusammenzubringen.

– Wünschen Sie, Monsieur, fragte d'Esterval, daß ich Sie mit ihr
allein lasse?

– Aber nicht doch, entgegnete der Comte, wir müssen uns doch
nicht voreinander schämen, sondern werden hinfort, so hoffe ich,
unsere Gelüste gleichermaßen teilen wie unsere Gedanken.

– Freizügigkeit, ergänzte Bressac; darin liegt der wahre Zauber
geselligen Beisammenseins.

– Und Sie, mein Vetter, nahm Gernande, an d'Esterval gewandt,
den Faden wieder auf, Sie müssen den Schwanz…?

– … eines Maultiers haben, meinte Bressac. So sehr ich es auch
gewöhnt bin, mir Riesenschwengel in den Hintern zu schieben,
versichere ich Sie, daß mir der seinige bislang gleichwohl bei jedem
Versuch Schmerzen bereitet hat.

Und auf Bressacs Wink trat Justine zu d'Esterval, knöpfte dessen
Beinkleider auf und zog vor Gernandes Augen einen der schönsten
und schauerlichsten Schwengel hervor, den dieser zeit seines Lebens
geschaut.

– Ah! was für eine Pracht, meinte Gernande und versuchte ihn
zu lutschen, doch vermochte er ihn gar nicht erst in seinen Mund

¹ Der Sadebaum ist anerkanntermaßen eines der wirksamsten, menstruationstreiben-
den Mittel, die es gibt; er bewirkt das Austreten von Foetus und Nachgeburt: eine mehr-
tägige Anwendung genügt, damit es unfehlbar zur Fehlgeburt kommt. Es handelt sich
dabei um einen kleinen, immergrünen Strauch, der männliche und weibliche Blüten an
verschiedenen Stöcken trägt. Er ist in allen Landstrichen heimisch. Oft pflanzt man ihn
in Lustwäldchen an; doch strömt er einen unangenehmen Duft aus. Man verwendet
seine Blätter als Absud oder als zerstoßenes Pulver. Beide Anwendungsarten führen zu
Fehlgeburten. In *Juliette* wird davon noch die Rede sein: dort werden wir verraten, mit
welcherlei anderen Pflanzenarten man ihn vermengt, um eine noch raschere und ver-
läßlichere Wirkung zu erzielen.

zu stecken; göttlich! Oh! mein Liebster, wie sehr es mich doch juckt, Sie dabei zu beobachten, wie Sie bei meiner Frau einfädeln! Dreh mir die Hinterbacken zu, Bressac, auf daß ich ihn für einen Augenblick in deinen Arsch tauche... Potzschlitz, es geht... Oh! was für ein Arschloch, mein Neffe! was für ein Arschloch! nie noch habe ich 5 ein größeres gesehen. Meine Freunde, sprach er zu seinen beiden Lustknaben, einer von euch soll Bressacs Hoden begrabbeln und der andere seinen Allerwertesten vor ihm ausschwenken: kurz und gut, kümmert euch um alle Handreichungen, die einem gevögelten Manne gegenüber unerläßlich sind; bei solchen Gelegenheiten darf 10 man mit Gefälligkeiten nicht geizen... Ein gearschfickter Mann ist ein Geschöpf von erstrangiger Bedeutung: man schuldet ihm jede erdenkliche Aufmerksamkeit...

Und schon bald fügten sich die Dinge dergestalt, daß Bressac, fickend und gefickt, den Höhepunkt nahen fühlte...   15

– Halt ein, halt ein, rief ihm sein Onkel zu, dem dies nicht entging; schone dich, mein Freund; ich wollte lediglich einen kurzen Proberitt mitverfolgen. Ich höre, daß man zum Mittagessen läutet; begeben wir uns zu Tische; während des Essens bin ich unabkömmlich: beim Nachtisch werde ich euch wieder voll und ganz zur 20 Verfügung stehen; dann schlägt meine Sternstunde; alsdann werden wir etwelche Szenen aufführen, die uns alle vier ein wenig ergötzen mögen.

Man begab sich zu Tische.

– Um Verzeihung, hebt der Comte an; ich habe nicht mit euch 25 gerechnet; mein Neffe hatte mir keinen Brief geschrieben; ich lasse euch mein alltägliches Mittagessen auftragen; ihr mögt dessen Kargheit gütigst entschuldigen.

Es wurden zwei Suppen aufgetragen; die eine bestand aus italienischen Teigwaren und Safran; die andere war eine Kraftbrühe aus 30 Schinkencoulis; in der Mitte thronte eine Rindsrippe nach englischer Art; zwölf kalte Vorspeisen, davon sechs gekochte und sechs rohe; zwölf warme Vorspeisen, vier mit Fleisch, vier mit Geflügel und vier mit Backwerk; ein von zwölf Bratenplatten umringter Wildschweinkopf, als Zugabe zwei Gänge mit Zwischengerichten, 35 von denen hinwiederum zwölf aus Gemüse, sechs aus allerlei Schaumwerk und sechs aus Backwerk bestanden; zwanzig Platten mit frischen oder eingemachten Früchten; sechs Eissorten; acht verschiedene Weine; sechs unterschiedliche Branntweine, Rum,

Punsch, Zimmetgeist, Schokolade und Kaffee. Gernande kostete von allen Gerichten; manch eine Platte leerte er ganz alleine; er trank zwölf Flaschen Wein; als Auftakt vier Volnay; zum Braten vier Aï; mit dem Obst wurden Tokaier, Paphos, Madeira und Falerner[1]
gebechert: den Schlußpunkt setzte er mit zwei Flaschen karibischen Branntweines, einem Maß Rum, zwei Schalen Punsch und zehn Tassen Kaffee. Die d'Estervals und der Marquis de Bressac, nicht minder gewaltige Schleckmäuler, hatten ihm die Stirn geboten; doch hatten sich ihre Wangen gerötet: Gernande hingegen schien ebenso munter, als wäre er frisch aus den Federn gestiegen. Justine, der man großzügigerweise gestattet hatte, sich ans Ende der Tafel zu setzen, übte Zurückhaltung, Allgenugsamkeit, tiefe Bescheidenheit, mithin also die altbekannten Tugenden, mit denen sie seit eh und je der prahlerischen Prasserei sämtlicher Schurken entgegenwirkte, unter die sie von ihrem Unstern geworfen wurde.

— Nun denn, meinte Gernande, als er die Tafel aufhob, fühlt ihr euch imstande, etwelche schlüpfrige Spielchen zu treiben? ich jedenfalls muß offen gestehen, daß nun meine Sternstunde schlägt.

— Jawohl, bei Gott, unternehmen wir etwas, meinte Bressac; die Blütenlese aus dem Knabenserail, welche ich hiebevor an Ihrer Seite erblickt, mein teurer Oheim, weckt in mir die unbändige Lust, auch den Rest kennenzulernen.

— Zu deinen Diensten, mein Freund, gab der Comte zur Antwort; es wird dir wohl auch nicht mißfallen, zu beobachten, welche Anstalten ich beim Lustakt treffe; ich werde es dir mit Justine vorführen.

— Und Ihre Gattin, Monsieur? erkundigte sich Dorothée.

— Ach! ihr werdet sie erst in zwei oder drei Tagen zu Gesicht bekommen; wie immer ruht sie sich nach unserem letzten Schäferstündchen aus; sie benötigt eine ausgiebige Ruhepause; sobald ihr mehr gesehen habt, werdet ihr begreifen, warum. Gnädigste, wandte sich Gernande erneut an Dorothée, Sie werden über die Vielfalt meiner Unflätereien überrascht sein: doch man beteuert mir, Sie seien weise und wollüstig; bei solchen Vorzügen sollte einen nichts mehr in Bestürzung versetzen; wer seine eigenen Steckenpferde hat, hält diejenigen der anderen nämlich für harmlos.

[1] Dies ist jener berühmte Wein, von dem Horaz handelt und der in der Umgegend von Neapel gewonnen wird.

– Liebenswürdiger Vetter, sprach Dorothée, ich erachte die freimütige und ungezwungene Art und Weise Ihrer Bekenntnisse für ein Zeichen der Hochachtung. Außerdem sollten Sie keinen Augenblick daran zweifeln, daß mich keinerlei Ausschweifung mehr zu bestürzen vermag; denn jemand mit meinen Vorlieben und Mut- willigkeiten könnte sich höchstens darüber beklagen, wie armselig diejenigen der anderen sind. Ich bitte Sie, mir eine Rolle zuzuteilen; ich werde jene, die Sie mir zudenken, spielen, ob Sie mich nun als Opfer oder als Opferpriesterin einsetzen.

– Opfer? niemals, sprach Gernande, denn dann würde ich Ihnen Schmerzen zufügen; zahlreich werden jene sein, die ich diesem Mädchen bereiten will. Ich lasse zur Ader, fuhr er fort und begann sein Spielzeug zu rütteln und zu schütteln, das in Ansehung seiner gewaltigen Fettleibigkeit höchst erbärmlich... erstaunlich winzig war... jawohl, ich lasse zur Ader, dies ist mein Steckenpferd; dem verleihe ich eine zusätzliche, noch unbarmherzigere Note, indem ich diesen Eingriff nur dann vorzunehmen beliebe, wenn sich das mir dienstbare Geschöpf den Bauch vollgeschlagen hat: dieser Anordnung entspringt naturnotwendigerweise eine nachhaltigere Erschütterung des Körpergefüges; und daß ich eine Erektion erlange, habe ich dieser Zerrüttung womöglich nicht minder zu ver- danken als dem Blute, das ich verströmen lasse.

– Er ist hinreißend, schäkerte Bressac, indem er neben seinen Onkel trat und ihm den Schweif strich; er hat allerlei wonnereiche Winkelzüge und Spielereien in der Hinterhand.

Gernande aber streifte die Beinkleider des Marquis herunter, wichste ihn mit der einen und tätschelte seine Arschbacken mit der anderen Hand.

– Was Sie anbelangt, mein teurer Vetter, fuhr er an d'Esterval gewandt fort, so werde ich nie und nimmer satt, Ihr Prachtgemächt zu betasten; Sie werden meine Frau vögeln, nicht wahr, werter Freund?

– Ganz recht, meinte d'Esterval, ich werde mit ihr alles treiben, was Ihnen belieben mag.

– Sogar Schmerzhaftes?

– Oh! Greuliches... Widerwärtiges...

Und mittlerzeit spendelten sich, auf Gernandes Geheiß, die bei- den Frauen los...

– Oh! gottverflucht, verbergt die Votzen, meine Damen, rügte er Dorothée und Justine, die sich, wie er sofort gewahrte, dazu anschickten, ihm Altäre vorzuführen, die seiner Anbetung durch und durch unwürdig waren; verhüllt dies, ich flehe euch an, widri-
5 genfalls ihr erleben werdet, wie ich zu einem Nichts schrumpfe und mich während sechs Wochen davon erholen muß.

Bressac spannt Dreieckstücher um deren Hüften und zurrt sie fest; nun treten die beiden Frauen vor. Nachdem er flüchtig die Ärsche geküßt, nachdem er sie durchwalkt, zerbleut hat, ergreift er
10 Justines einen Arm, mustert ihn; packt den anderen, beäugt ihn gleichfalls und fragt sie, wie oft sie bereits zur Ader gelassen worden sei.

– Zweimal, werter Herr, gibt Justine zur Antwort.

Während dieses Zwiegesprächs und dessen Nachspiel kniete
15 Dorothée zwischen den Schenkeln des Lustbocks und lutschte sei-
nen Schwengel; indes ergötzten sich Bressac und d'Esterval in einer anderen Ecke des Gemaches auf vielfältige Weise an jenen beiden Lustknaben, die wir geschildert haben, als wir unsere Leser in dieses Haus treten ließen. Gernande, mit seinem Augenschein fortfahrend,
20 preßte seine Finger auf Justines Venen, geradeso als ob er sie anschwellen lassen wollte, um zum Aderlaß zu schreiten; und als er sah, daß sie den gewünschten Zustand erreicht hatten, klebte er seinen saugenden Mund darauf.

– Los, Metze, herrschte er unsere beklagenswerte Justine barsch
25 an, mache dich bereit, ich werde dein Blut zum Fließen bringen.

– Oh! verehrter Herr...

– Glaube mir, fährt Gernande fort, dem das Ganze zu Kopfe steigt; glaube mir, Lumpendirne, du solltest hier besser nicht die Spröde spielen. Jeder Widerstand wäre zwecklos; ich kenne Mittel
30 und Wege, um Frauenzimmer, die sich meinen Gelüsten verweigern wollen, zur Vernunft zu bringen.

Alsdann glitten seine Hände zu Justines Arschbacken; er knetete sie grob; seine langen und gierkralligen Fingernägel zerkratzten das Fleisch und hinterließen blutige Wunden, an denen sich seine Lip-
35 pen alsogleich festsaugten. Ab und an kniff er in ebendiese Stellen und zermürbte das Fleisch, bis es blau und braun war; im nächsten Augenblick tat er ein Gleiches auf dem Busen... quetschte die Zit-
zenspitzen mit einer derartigen Gewalt, daß Justine schrille Schreie ausstieß...

– Bravo, lieber Onkel, sprach Bressac alsogleich; wagen wir doch einen unverhohlenen Aufstand gegen die Brüste, ich flehe Sie an; gerade diesem Teil des weiblichen Körpers sollten Arschficker unseres Schlages die tiefste Verachtung entgegenbringen; der Busen ist jedem Arschanbeter ein Greuel. 5

– Oh! ich hasse ihn stärker, als es sich in Worte fassen ließe, setzte Gernande hinzu und biß in denjenigen Justines.

Hierauf ließ er sie einige Schritte vorwärts gehen und dann ärschlings wieder näher kommen, um dieserweise den Anblick des hochherrlichen Hinterns unserer Heldin keinen Augenblick aus den 10 Augen zu verlieren. Sowie sie vor ihm stand, befahl er ihr, sich zu bücken, sich wieder aufzurichten, die Backen zusammenzupressen, auseinanderzuspreiten; alsdann verneigte er sich vor dem Gegenstand seiner Verehrung, biß in mehrere Stellen, ja sogar in die Öffnung: und aufgrund einer ungesehenen Mutwilligkeit hinterließen 15 all diese Küsse Saugmal um Saugmal; kein einziger, der ein ander Ziel verfolgt hätte; man wäre versucht gewesen, zu sagen, er sauge jede Stelle aus, an die er seine Lippen legte. Just während dieser vorgängigen Untersuchungen fragte man sie über allerlei Einzelheiten ihrer Klosterabenteuer in Sainte-Marie aus; und ohne in Rechnung 20 zu stellen, daß solche Berichte ihre Peiniger lediglich aufstacheln würden, verfuhr die arme Justine bei ihrer Schilderung ebenso wahrheitsgetreu wie trauselig. Nun gierte Gernande nach Knaben; da er jedoch gewahrte, daß die beiden anwesenden von Bressac und d'Esterval bereits über Gebühr in Anspruch genommen wurden, 25 zog er eine Glocke: zwei weitere traten auf den Plan; sie zählten kaum sechzehn Jahre und erfreuten sich der liebreizendsten Gesichtszüge; sie näherten sich ihm, derweil er von Dorothée nach wie vor gelutscht wurde. Sowie sie der Hurenbock in Griffweite sah, lockerte er vermittels einer Schlaufe ihre dichtgeflochtenen Hosen- 30 bünde aus rosafarbenen Bändern, mit denen die weißem Schleierhosen festgezurrt waren, und legte dieserweise die beiden prächtigsten Popos der Welt bloß: nachdem er sie wie üblich einen Augenblick lang abgeschmatzt hat, saugt er an den Schwänzen, indes er weiterhin Justines Arschbacken und Brüste piekst. Sei es, weil die 35 jungen Leute so sehr daran gewöhnt waren, sei es, weil der Satyr so zungenfertig war: nach kürzester Zeit streckte die Natur die Waffen und ließ vom Mund des einen tropfen, was sie aus den Gliedern der beiden anderen hatte hervorquellen lassen; und der Schmutzfink

schluckte das Sperma. Solcherart also laugte dieser Lüstling jene
Kinder aus, die er sich hielt; und hier lag die Ursache jener Kraftlo-
sigkeit, in der wir sie abgeschildert. Die Huldigung, die der Comte
Justines Reizen darbrachte, wollte und wollte kein Ende nehmen: er
5 ließ sich jedoch nicht die flüchtigste Untreue gegenüber dem Tempel zuschulden kommen, auf dem er seinen Weihrauch abbrannte;
weder seine Schmatzer noch seine Gelüste schweiften auch nur für
eine einzige Minute von ihm ab. Er ließ die d'Esterval wieder auf-
stehen; einer der Lustknaben löst sie ab und lutscht an seinem
10 Schwanz. Sich der Hinterbacken derjenigen bemächtigend, welche
gerade ihren Standort gewechselt, mißhandelt er sie auf ähnliche
Weise wie hiebevor Justine; doch da er sie nicht zur Ader lassen will,
richtet er sein Augenmerk mehr auf ihren Arsch denn auf ihre
Arme. Diesen Arsch nun lobt er in den höchsten Tönen; und an den
15 Gemahl gewandt, spricht er:
– Verehrtester, sollten Sie jenen Knaben, den Sie mir zu liebkosen scheinen, zur Zeit gerade nicht vögeln, so geruhen Sie doch
bitte, mir den Gefallen zu erweisen, Ihre Gemahlin sodomisieren zu
kommen; ich werde meinen Neffen darum ersuchen, Sie aufzu-
20 spießen; zwei Ganymede sollen euch küssen, indes ich mit Hilfe der
beiden anderen meinen wundärztlichen Eingriff an der schönen
Justine vornehmen werde.
D'Esterval, der besagtes Bürschchen bloß begrabbelte und bezüngelte, trat vor, die Pike in der Hand; Dorothée aber machte ihm
25 schöne Hinterbacken und ward spornstreichs aufgespießt. Als lei-
denschaftlicher Anhänger von d'Estervals Hintern, läßt auch Bressac
den von ihm befingerten Lustknaben im Stiche, um seinen Vetter
sodomisieren zu kommen. Die Ganymede umschwärmen sie und
lassen sie bald ihren Arsch, bald ihren Schwanz berühren, alldieweil
30 Gernande entzückt beobachtet, wie dies Gruppenbild unter seinen
lüsternen Blicken allmählich Gestalt annimmt, und damit beginnt,
sein eigenes zu entwerfen.
– Narcisse, spricht er zu einem jener Burschen, die nicht von seiner Seite weichen dürfen, dies ist die neue Kammerjungfer, welche
35 ich für die Comtesse auserkoren; ich muß sie auf die Probe stellen:
reichen Sie mir meine Schröpfeisen.
Und schon werden sie von Narcisse dem Gebieter dargeboten.
Justine wird unruhig; sie schreckzittert; alle Welt lacht über ihre Verlegenheit.

– Bring sie in Stellung, Zéphyre, fährt Gernande, an seinen anderen Giton gewandt, fort.

Und indem sich dies schöne Kind Justine nähert, spricht es mit einem Lächeln auf den Lippen zu ihr:

– Haben Sie keine Angst, mein Fräulein; dieser Eingriff wird Ihnen gewiß nur guttun; stellen Sie sich wie folgt hin.

Es galt, sich auf dem Rande eines in die Zimmermitte gerückten Schemels mit den Knien ein wenig abzustützen, indes die Arme von zwei an der Decke befestigten, schwarzen Bändern in die Höhe gezogen wurden.

Kaum hat sie diese Stellung eingenommen, pirscht sich der Comte an sie heran, das Schröpfeisen in der Hand. Kaum atmete er noch; seine Augen funkelten; seine Fratze war furchteinflößend. Er bindet die beiden Arme ab, und binnen weniger als einem Augennicken hat er sie alle beide angestochen. Seiner brünstigen Brust entringt sich ein Schrei, dem zwei oder drei Gotteslästerlichkeiten folgen; und kaum sieht er Blut, läßt er sich dicht neben Dorothées Gruppe nieder. Narcisse, zwischen seinen Schenkeln kniend, lutscht ihn; und Zéphyre, mit den Füßen auf den Lehnen des Armsessels stehend, bietet dem saugendem Mund seines Gebieters ebenjenen Gegenstand dar, den dieser seines Orts durch den anderen Knaben auspumpen läßt. Gernande umklammert Zéphyres Lenden; er schmiegt ihn enger an sich und läßt nur dann und wann von ihm ab, um seine lüsternen Blicke bald über das phlebotomisierte Unglückskind, bald über die stoßkräftige Gruppe schweifen zu lassen, die von Justines Blut bespritzt wird. Letztere fühlt, wie sie schwach und schwächer wird, und seufzt:

– Monsieur, Monsieur, erbarmen Sie sich meiner, ich falle in Ohnmacht.

In der Tat, sie schwankt; gäben ihr nicht die Bänder Halt, sie würde hinfallen; ihre Arme zucken; ihr Kopf sinkt auf ihre Schultern; die durch ihr Taumeln hierhin und dorthin gelenkten Blutschwälle überfluten bereits ihr eigenes Antlitz. Wie berauscht erhebt sich der Comte, behändigt sich des von Justines Blut triefenden Arsches seines Neffen, spießt ihn auf und spritzt in ihm aus, indes die Blutzeugin zu schlechter Letzt das Bewußtsein verliert. D'Esterval, entzückt über dieses Schauspiel, überschwemmt nun gleicherweise den Hintern seiner Frau, welche wiederum die Votze gegen die Hinterbacken eines Lustbuben preßt, ihn mit ihrem Kitzler arschfickt, seine Arschbacken mit Seim einseift und seinen Schweif abgreift. Schließlich werden Justines Arme verbunden; man trägt sie hinaus: und unsere ausgelaugten Lüstlinge begeben sich zur Erholung in die Gärten.

5 Da man die Lustkrämpfe der übrigen auf diesem Schlosse weilenden Personen kennt, werden wir sie unseren Lesern gewiß nicht ein zweites Mal vor Augen führen: doch sei es uns verstattet, ihre Aufmerksamkeit für ein paar Minuten auf diejenigen von Gernande zu lenken. Beinahe eine volle Viertelstunde lang schwelgte der Lust-
10 bock in Verzückung... und in was für einer Verzückung! großer Gott! es schüttelte ihn dabei wie einen fallsüchtigen Menschen; seine markerschütternden Schreie, seine fürchterlichen Lästerungen hätte man noch in einer Entfernung von einer Meile hören können; er drosch auf seine ganze Umgebung ein; seine Anfälle waren haar-
15 sträubend.

Verlassen wir diese muntere Schar für zwei Tage: wir wollen uns nun ausschließlich damit befassen, wie Justine ihre Stelle an der Seite ihrer Herrin antrat.

Nach Ablauf dieser Zeitspanne ließ ihr Gernande mitteilen, sie
20 solle ihn in ebenjenem Salon sprechen, in dem er sie bei ihrer Ankunft empfangen hatte; sie war wohlauf, wenn auch noch recht geschwächt.

– Mein Kind, sprach er zu ihr, nachdem er ihr gestattet hatte, sich zu setzen; ich werde die Szene von vorgestern nicht oft mit Ihnen
25 wiederholen; dies würde Sie entkräften, und ich brauche Sie anderweitig; doch war es unerläßlich, Sie mit meinen Vorlieben sowie mit der Todesart bekannt zu machen, die Sie in diesem Hause erleiden werden, falls Sie mich verraten... oder sich auch nur von jener Frau, der ich Sie zur Seite stellen werde, um den Finger wickeln lassen
30 sollten. Jene Frau ist, wie man Ihnen mitgeteilt, die meinige, Justine; zweifelsohne die verhängnisvollste Auszeichnung, die sie erwerben mochte, denn dies verpflichtet sie, sich Tag für Tag jener absonderlichen Leidenschaft zur Verfügung zu stellen, der ich Sie unlängst unterzogen. Sie sollten im übrigen nicht denken, daß ich sie auf-
35 grund von Rachsucht... Verachtung... Haßgefühlen dieserweise behandelte; dies ist einzig und allein eine Angelegenheit der Leidenschaften. Nichts kommt dem Kitzel gleich, den ich empfinde, wenn ich das Blut dieses Geschöpfes verströmen lasse; hierin liegt meine allerwonnesamste Herzenslust; niemals habe ich mich mit ihr

auf andere Weise verlustiert; seit nunmehr drei Jahren ist sie an mich gefesselt und läßt den von Ihnen erlittenen Eingriff regelmäßig, jeden vierten Tag, über sich ergehen. Weil sie blutjung ist (sie zählt kaum zwanzig Jahre), weil man sie hegt und pflegt, weil sie reichhaltigste Kost zu sich nimmt, hält sie alledem stand: doch wie Sie 5 wohl begreifen werden, darf ich sie bei solcher Knechtung nicht aus dem Hause lassen; und sie darf sich nur vor Leuten blicken lassen, die mehr oder minder dieselben Neigungen hegen wie ich selbst und die die meinigen daher entschuldigen müssen. Also gebe ich sie für verrückt aus; ihre Mutter aber, der einzige Mensch, der ihr hie- 10 nieden noch bleibt, weilt sechs Meilen von hier auf ihrem Schlosse und ist von dieser Mär derart besessen, daß sie es nicht einmal mehr wagt, ihr einen Besuch abzustatten. Die Gräfin fleht allenthalben um Gnade; sie läßt nichts unversucht, mich zu erweichen; doch wird ihr dies nie und nimmer gelingen. Meine Geilheit hat ihr Urteil gefällt, 15 es ist unwiderruflich. Und solange sie standhält, wird alles seinen gewohnten Lauf nehmen; ihrer Lebtage soll es ihr an nichts gebrechen; denn da ich es liebe, sie bis zur Erschöpfung zu schröpfen, werde ich sie möglichst lange am Leben erhalten … wenn sie zusammenbricht … um so besser … Sie ist bereits meine vierte; schon bald 20 werde ich mir eine fünfte, eine sechste nehmen … eine zwanzigste; nichts dauert mich weniger als das Schicksal einer Frau: es gibt auf Erden Weiber in Hülle und Fülle! und Abwechslung ist so süß! Wie dem auch sei, Justine, Ihre Aufgabe besteht darin, sie zu pflegen. Sie verliert regelmäßig, jeden vierten Tag, zwei Näpfe Blutes: doch die 25 Gewohnheit verleiht ihr Kraft; heute fällt sie nicht einmal mehr in Ohnmacht; ihr Erschöpfungszustand währt vierundzwanzig Stunden; die drei übrigen Tage befindet sie sich jeweils recht wohl. Nichtsdestoweniger werden Sie verstehen, daß ihr dies Leben im höchsten Maße mißfällt. Sie unternimmt alles Erdenkliche, um ihre 30 Mutter über ihren tatsächlichen Zustand aufzuklären; sie hat bereits zwei ihrer Zofen um den Finger gewickelt, deren Ränke jedoch glücklicherweise so früh entdeckt wurden, daß ich sie mit Erfolg vereiteln konnte: sie hat den Tod dieser beiden Beklagenswerten verschuldet; ich ließ sie vor ihren Augen sterben. 35

– Sie haben diese beiden Zofen umgebracht, Monsieur?

– Freilich; in einem solchen Falle zapfe ich ihnen an allen vier Gliedern Blut ab und lasse sie auf diese Weise verenden.

– Oh Gott!

– Sie ahnen wohl, Justine, daß es meine Frau heute bereut, diese
beiden Frauen ins Verderben gestürzt zu haben...sie macht sich
deren Tod zum Vorwurf; und aufgrund der Einsicht in die Unabän-
derlichkeit ihres Schicksals, findet sie sich nach und nach damit ab
5 und gelobt, jene Personen, die ich ihr zur Seite stelle, nicht mehr für
ihre Zwecke einzuspannen: sollte dies gleichwohl geschehen, so
muß ich Sie im voraus darüber in Kenntnis setzen, daß es Ihnen
nicht besser ergehen wird als den anderen. Betrachten Sie sich
demnach, als wären Sie von diesem Augenblick an nicht mehr von
10 dieser Welt, denn schon aufgrund der flüchtigsten Laune meiner
Willkür könnten Sie von der Erdoberfläche verschwinden: dies ist
Ihr Los, Justine; ein glückliches, wofern Sie sich gut betragen, widrigenfalls ein tödliches... Sie haben mich verstanden: verfügen wir
uns nun zu meiner Frau.
15 Da sie auf eine derart unmißverständliche Rede nichts zu entgegnen hatte, folgte Justine ihrem Herrn und Meister. Nachdem sie
eine lange Zimmerflucht durchschritten hat, die ebenso finster und
gottverlassen war wie der Rest des Schlosses, tritt sie in ein Vorzimmer, in dem sich zwei Vetteln aufhalten, die ihr, wie man ihr eröff-
20 net, bei allem, was die Aufwartung der Gräfin anbelange, behilflich
sein würden. Sie öffnen eine weitere Tür: Gernande und Justine
stehen nun in jenem Gemach, allwo die junge und todunglückliche
Gattin dieses Ungeheuers auf einem Ruhebett lag; sie war, wie sich
unschwer ahnen läßt, leichenbleich und abgezehrt. Sie erhob sich,
25 sowie sie ihren Gatten erblickte, und kam ehrerbietig herbei, um
seine Befehle entgegenzunehmen.
– Hören Sie, richtete sich Gernande an sie, ohne ihr zu gestatten,
sich wieder zu setzen, wiewohl sie sich allem Anschein nach kaum
noch auf den Beinen zu halten vermochte: dies ist eine Frau, die mir
30 mein Neffe Bressac mitgebracht hat, um sie Ihnen zur Seite zu
stellen; ich kann Sie Ihnen nur empfehlen: sollten Sie jemals danach
trachten, sie um den Finger zu wickeln, so sollten Sie dies nicht versuchen, ohne sich zuvor wenigstens das Schicksal ihrer Vorgänge-
rinnen vor Augen geführt zu haben.
35 – Alle Versuche würden fehlschlagen, werter Herr, sprach Justine,
vom brennenden Verlangen erfüllt, ihrer Herrin beizustehen und
diese ihre wahre Absicht zu verheimlichen; jawohl, Gnädigste, in
Ihrer Gegenwart will ich ihm hoch und heilig versichern, daß nichts
etwas fruchten würde; Sie werden kein Wort verlauten lassen...sich

nicht von der Stelle rühren, ohne daß ich Ihren Gemahl spornstreichs darüber unterrichtete; und ich werde mein Leben auf keinen Fall aufs Spiel setzen, um Ihnen beizustehen.

– Ich werde gewiß nichts unternehmen, was Sie zu diesem Schritt
veranlassen könnte, wertes Fräulein, hauchte diese bejammerns- 5
werte Frau, ohne die wahre Ursache von Justines erkünstelter
Hartherzigkeit zu erraten; ich ersuche Sie lediglich darum, mich zu
pflegen.

– Insoweit stehe ich voll und ganz zu Ihrer Verfügung, Madame,
fuhr die neue Kammerzofe fort; doch damit soll es sein Bewenden 10
haben.

Und hocherfreut schüttelte der Graf Justine die Hand und flüsterte ihr zu:

– Prächtig! mein Kind; halte Wort, und dein Glück ist gemacht.

Hierauf ließ er sie jene Kammer besichtigen, die sie bewohnen 15
sollte und die an diejenige von Madame angrenzte; hernach wies er
sie darauf hin, daß diese Räumlichkeiten von wohlgefügten Türen
verriegelt und die Fenster allesamt zwiefach vergittert waren, womit
sich jeder Gedanke an Flucht erübrigte.

– Zwar erstreckt sich hier eine Terrasse, fuhr Gernande fort und 20
führte Justine in einen kleinen Blumengarten, der wasserpaß zu diesen Gemächern angelegt war; doch liegt sie dermaßen hoch, daß
Ihnen, wie ich vermute, der Sinn wohl kaum danach steht, die
Höhe der Mauern selber zu erkunden. Die Comtesse darf hier, so
oft es ihr beliebt, frische Luft schnappen; dies ist die einzige Zer- 25
streuung, die ihr meine Unerbittlichkeit gewährt. Solange sie sich
hier aufhält, dürfen Sie sie nicht aus den Augen lassen; Sie sollen hier
all ihre Bewegungen beobachten und mir getreulich Bericht darüber
erstatten. Gott befohlen.

Justine kehrte an die Seite ihrer Gebieterin zurück; und ebendie- 30
sen Augenblick, in dem sich die beiden betrachten und beobachten,
wollen wir wählen, um unseren Lesern einen Eindruck von dieser
bestrickenden Frau zu vermitteln.

Kapitel XIV

Was auf dem Schlosse vor sich geht. – Abhandlung über die Frauen.

MADAME de Gernande, neunzehneinhalb Jahre alt, erfreute sich des wohlgeschwungensten, edelsten, schönsten Wuchses, dessen man ansichtig werden mochte; eine jede ihrer Gebärden, eine jede ihrer Bewegungen war voll Anmut, aus einem jeden ihrer Blicke
5 sprachen tiefe Gefühle. Wiewohl sie blond war, funkelten ihre unvergleichlich ausdrucksvollen Augen pechschwarz; infolge ihres Mißgeschicks lag in ihnen ein Anflug von Mattigkeit, wodurch sie lediglich noch tausendmal verlockender wirkten. Sie besaß äußerst helle Haut und herrlichstes Haar, recht klein der Mund, frisch die
10 Zähne... hochrosenrot die Lippen... man wäre versucht gewesen zu sagen, die Liebesgöttin habe ihre Gesichtsfarbe derjenigen der Blumengöttin nachempfunden. Ihre schmale, sich nach oben verjüngende Adlernase wurde von zwei ebenholzbraunen Brauen gekrönt; das Kinn von makellosem Liebreiz; kurzum, ein Gesichtsoval von
15 höchster Vollendung, über dem ein Hauch von Lieblichkeit, Treuherzigkeit, Herzenseinfalt lag, so daß man dieses zauberhafte Antlitz viel eher für das Angesicht eines Engels denn für dasjenige einer Sterblichen gehalten hätte. Ihre Arme, ihr Busen, ihre Arschbacken waren von einer solchen Blässe... von einem solchen Schwung...
20 kurz und gut, sie waren wie geschaffen, um den Künstlern als Vorlage zu dienen. Schwarzer, flockiger Flaum beschattete die niedlichste Fut der Welt, welche auf zwei wohlgegossenen Schenkeln ruhte; das Verblüffendste aber war, daß die Gräfin trotz aller Schicksalsschläge nichts von ihrer Leibesfülle eingebüßt hatte. Ihr Arsch war
25 derart schwungrund, derart festfleischig, derart prall, derart mollig, wie es nur bei einer Frau mit einem breiteren Becken zu erwarten gewesen wäre, die zeither nur im Schoße des Glückes gelebt hätte. Indes zogen sich über den ganzen Leib die gräßlichen Striemen von ihres Gatten Grausamkeit; doch nichts war welk, nichts entstellt; das
30 Abbild einer hellen Lilie, auf der eine unreine Hornwispe ihre Spuren hinterlassen hat. Zu dieser Fülle von Gottesgaben gesellte

Madame de Gernande eine sanftmütige Wesensart, einen schwär-
merischen Geist, ein zartfühlend Herz... sie war gebildet, vielbegabt; angeborene Verführungskünste, denen einzig und allein ihr
schändlicher Gatte zu widerstehen vermochte; eine schmeichelwei-
che Stimme und tiefe Gottesfürchtigkeit. Dies war Gernandes Gat- 5
tin, dies war das engelsgleiche Geschöpf, dem er nach dem Leben
trachtete. Es machte ganz den Anschein, als würde sie seine Wildmütigkeit nur um so heftiger erregen, je mehr sie ihn betörte; und
als ob dieser Überfluß an naturgegebenen Gaben der Ruchlosigkeit
dieses Ungeheuers lediglich zum Treibdorn gereichte. 10
    – Wann sind Sie zur Ader gelassen worden, Gnädigste? erkun-
digte sich Justine bei der Gräfin, sowie sie alleine waren.
    – Vor drei Tagen, antwortete jene... und morgen schon... wird
man aus dieser Greueltat gewißlich ein reizendes Schauspiel für
Monsieur de Gernandes Freunde gestalten. 15
    – Widerfährt es ihm denn, Madame, daß er sich auch vor Zeu-
gen nicht mehr zügeln kann?
    – Vor Gleichgesinnten schon... Oh! Sie werden all dies mit-
erleben... Sie werden all dies miterleben, mein Fräulein.
    – Und Madame fühlen sich aufgrund dieser unzähligen Schröp- 20
fungen nicht erschöpft?
    – Gerechter Himmel! ich zähle noch keine zwanzig Jahre, und
trotzdem bin ich der Überzeugung, daß man mit siebzig nicht
geschwächter ist: doch hoffe ich, daß all dies bald ein Ende nimmt;
es ist schlechterdings unmöglich, daß ich noch lange ein solches 25
Leben fristen kann. Ich werde zu meinem Vater eingehen; werde in
den Armen des höchsten Wesens jene Seelenruhe finden, die mir die
Menschen hienieden derart unbarmherzig verwehrt haben. Ah! was
habe ich denn getan, großer Gott! daß ich mich dieser Ruhe nicht
erfreuen darf? Ich habe niemals irgend jemandem irgend etwas Böses 30
gewünscht; ich liebe meinen Nächsten; ich achte meinen Glauben;
ich schwärme für die Tugend; sogar in meiner gegenwärtigen, grau-
envollen Lage stellt das Unvermögen, mich anderen Leuten nützlich
zu erweisen, eine meiner schlimmsten Seelenqualen dar...
    Tränen untermalten diese Rede. Unsere Leser können sich an 35
dieser Stelle unschwer ausmalen, daß sich diejenigen Justines schon
bald dazugesellt hätten, wenn letztere nicht fest darauf bedacht
gewesen wäre, ihre Bestürzung zu verheimlichen: doch leistete sie
im stillen den unverbrüchlichen Schwur, künftighin lieber tausend

Leben aufs Spiel zu setzen, als auch nur das geringste zu unterlassen, um einer Frau zu helfen, deren Empfinden und Mißgeschick dem ihrigen so sehr verwandt schien.

Nun kam die Zeit für das Mittagessen der Gräfin. Die beiden
5 Alten kamen, um Justine mitzuteilen, sie solle Madame de Gernande kurz in ihr Kabinett hinübergeleiten, da sogar diesen Vetteln jeglicher Verkehr mit ihr untersagt war. Mit derlei Vorkehrungen wohlvertraut, fügte sich letztere anstandslos; und die Mittagstafel wurde gerichtet. Wenig später trat die Gräfin wieder ein, setzte sich
10 zu Tische und ermunterte Justine, ihr ein wenig Gesellschaft zu leisten; mit ihrer freundschaftlichen Leutseligkeit wußte sie das Herz der ihr zugedachten Bewacherin vollends für sich einzunehmen. Auf dem Tische prangten mindestens zwanzig Gerichte.

– In dieser Hinsicht, trägt man, wie Sie sehen, Mademoiselle,
15 Sorge um mich, bemerkte Madame de Gernande.

– Mir fiel auf, Madame, daß der Wille des Herrn Grafen dahin geht, es Ihnen an nichts ermangeln zu lassen.

– Oh! ja; doch da diese Aufmerksamkeit lediglich auf seiner Blutrünstigkeit beruht, rührt sie mich herzlich wenig.

20 Madame de Gernande, völlig entkräftet und von der Natur mit Nachdruck dazu angehalten, sich allenthalben zu stärken, aß und aß: auf ihren Wunsch wurden ihr zusätzlich umgehendst rote Rebhühner sowie eine junge Ente aus Rouen gebracht. Nach dem Mahl ging sie auf der Terrasse frische Luft schnappen, wobei sie sich
25 jedoch auf Justine stützen mußte; undenkbar, ohne diese Vorkehrung auch nur einen einzigen Schritt zu wagen. Alsdann war es so weit, daß sie diese neue Gefährtin ihren ganzen Körper betrachten ließ. Letztere schien entsetzt über die unabsehliche Vielzahl von Narben, von denen diese jammerbare Frau übersät war.

30 – Wie Sie sehen, begnügt er sich nicht mit den Armen, sprach Madame de Gernande, es gibt an meiner elenden Person keine einzige Stelle, aus der er nicht voll Wonne Blut herausströmen sähe.

Zum Beweis zeigte sie ihr ihre Füße, ihren Bauch, ihre Brüste, ihre Popobacken, ja sogar ihre Schamlippen.

35 – Darüber hinaus, sprach diese herzergreifende Frau, hätte ich womöglich weit weniger darunter zu leiden, wenn er nicht die abgefeimte Grausamkeit besäße, den Zeitpunkt für seine Eingriffe jeweils stets unmittelbar nach dem Essen anzusetzen! diese

zusätzliche Wildmütigkeit verdirbt meinen Magen, er verdaut nicht mehr recht.

– Wie denn! gnädige Frau, könnten Sie an dem fraglichen Tag nicht einfach auf das Essen verzichten?

– Ich werde nie im voraus gewarnt, er überrumpelt mich: zwar 5 weiß ich wohl, daß er jeweils drei oder vier Tage zuwartet, doch den genauen Augenblick kann ich nie erraten; und wenn er weiß, daß ich darauf gefaßt bin, sucht er mich ganz gewiß nicht heim.

Gernandes Freunde indes ließen ihre Zeit nicht ungenutzt verstreichen. Die zwölf Ganymede, die gerade auf dem Schlosse im 10 Dienst standen (in dieser Anzahl wurden sie stets alle drei Monate herbeigebracht); diese zwölf Gitonen waren bereits derart oft gefickt worden, daß man ihrer allmählich überdrüssig wurde. Dorothée hatte sich von allen Kammerburschen, allen Gärtnern des Hauses besteigen lassen, und zu guter Letzt fleht die ganze Gesellschaft 15 Gernande an, die Marterung der Gräfin umgehendst in Angriff zu nehmen, da bereits jeder darauf brenne, dies Schauspiel in allen Einzelheiten zu bewundern.

– Heute nach dem Mittagessen wird es soweit sein, sprach Gernande; rüsten wir uns für dieses große Werk vermittels einer mög- 20 lichst schlüpfrigen Schlemmerei. Justine und Dorothée sollen nackt tafeln; sechs meiner kleinen Liebesengelchen werden sich im nämlichen Zustand unter sie mischen; die sechs übrigen sollen uns als Dianapriesterinnen verkleidet aufwarten; und überdem darf ich euch das vorzüglichste Mittagsmahl versprechen, das ihr je bei mir 25 eingenommen habt.

Man hätte in der Tat schwerlich üppigere und erlesenere, seltenere und köstlichere Speisen versammelt sehen können als jene, die bei diesem Schmause aufgetragen wurden. Allem Anschein nach hatten sich alle vier Erdteile gegenseitig dabei zu übertreffen gesucht, 30 die Tafel dieser Lüstlinge mit allen erdenklichen Schätzen zu decken; und nebst Weinen aus aller Herren Länder sah man Speisen aus jeder Jahreszeit: dieses eine Mahl überstieg zweifellos die Kosten für die Verköstigung von zehn oder zwölf mausarmen Familien während eines ganzen Monats. 35

– Nebst den Bettgelüsten, meinte Gernande, gibt es nichts Himmlischeres als die Tafelgelüste.

– Sie beflügeln sich gegenseitig, setzte Bressac hinzu, so daß es den Anhängern der ersteren unmöglich ist, nicht auch die letzteren anzubeten.

– Und dies, weil es nichts Wonnevolleres gibt, als sich mit den üppigsten Leckerbissen vollzustopfen, erklärte Gernande: mir ist nichts bekannt, was meinen Magen und meinen Kopf mit einem wollüstigeren Prickeln erfüllte; und die Düfte, welche von diesen schmackhaften Gerichten aufsteigen, umschmeicheln das Gehirn und stimmen es auf wunderwürdige Weise derart trefflich auf unzüchtige Schwelgereien ein, daß es, wie mein Neffe mit Fug bemerkt, einem echten Lustbock schwerfallen dürfte, ein Kostverächter zu sein. Oft schon habe ich mich, dies sei zugegeben, danach gesehnt, die Ausschweifungen des Apicius nachzuahmen, jenes hochberühmten, römischen Feinschmeckers, der seine Sklaven lebendigen Leibes in seine Fischteiche werfen ließ, damit das Fleisch seiner Fische schmackhafter werde. Bei Gaumengelagen würde ich mich gewiß nicht minder grausam verhalten als bei meinen üblichen Schlüpfrigkeiten; und ich opferte tausend Menschenleben, wenn ich dadurch ein noch verlockenderes oder ausgefalleneres Gericht verspeisen könnte. Es verwundert mich keineswegs, daß die Römer die Völlerei zu einer Gottheit erhoben haben. Hoch sollen jene Völker leben, die ihre Leidenschaften dieserweise verabgotten! Welche Kluft zwischen den albernen Abhänglingen Jesu und Jupiters! erstere treiben den Aberwitz so weit, eine von letzteren in Ehren gehaltene Handlung zur Sünde zu stempeln.

– Es heißt, ergänzte d'Esterval, daß Kleopatra, eine der naschwütigsten Frauen des Altertums, sich jeweils erst nach mehreren Einläufen an die Tafel zu setzen pflegte.

– Nero ahmte diesen Brauch nach, fuhr Gernande fort; diesem Beispiel zu folgen, tut mir zuweilen wohl und wunder.

– Ich ersetze das Klistier durch Schwänze, sprach Bressac; die körperliche Wirkung fällt ungefähr gleich, die geistige Erregung jedoch weit wonnereicher aus: ich speise nie, ohne mich zuvor ein dutzendmal vögeln zu lassen.

– Was mich angeht, meinte Gernande, so vertraue ich gewissen Gewürzen, unter denen der Estragon heraussticht; hieraus braut man mir einen Trunk, der die Eßlust befördert, so daß ich schon nach wenigen Schlücken zu schlemmen beginne: es ist ein Kinderspiel, Fleischeslust zu erregen, weshalb sollte es da nicht auch möglich sein, Freßlust zu erzeugen! Oh! ich gestehe, fuhr dieser Oger fort und schlug sich mit den schmackhaftesten Speisen den Wanst voll, die Verschwendung ist mein Abgott; in meinem Tempel will ich ihr Götzenbild unmittelbar neben demjenigen der Venus errichten; denn erst in ihrer beider Arme ist mir Glückseligkeit 5 beschieden.

– Diesbezüglich habe ich mir schon oft etwas ausgemalt, was euch abgrundschlecht vorkommen wird, sprach Dorothée; doch sei es verstattet, alles zu sagen. Wenn ich mir dieserweise den Bauch mit Speis und Trank vollschlage, gäbe es für mich zugegebenermaßen 10 kaum eine aufreizendere Wollust als den Anblick abgezehrter, hungerleidender Jammergestalten.

– Dies begreife ich wohl, sagte Bressac: doch müßte jener Mensch, der die von Ihnen angesprochene Leidenschaft in die Tat umsetzte, hinreichend mächtig und hochwohlgeboren sein, daß er 15 vermöge seiner eigenen Schlemmereien der ganzen Umgebung alles wegfressen könnte, so daß seine Untertanen einzig und allein aufgrund seines eigenen zügellosen Verzehrs den Hungertod erlitten.

– Jawohl, jawohl! erwiderte die d'Esterval, Sie haben genau erfaßt, worauf ich hinaus will; unvorstellbar, was ich bei einem sol- 20 chen Mahle alles hinunterschlänge!

– Prächtig; ein Mahl aus Menschenblut, sprach Gernande: ich glaube, Tiberius hatte etwas Ähnliches vorgeschwebt.

– Ich für meinen Teil, meinte d'Esterval, liebe Nero mehr als alle anderen: beim Aufheben der Tafel stellte er die Frage »Armut, was 25 ist das?[1].«

– Fürwahr, sprach Bressac, wenn es denn zutrifft, und daran sollten wir nicht herumdeuteln, daß die Verschwendung die Mutter aller Laster ist und daß für die Menschen das Paradies auf Erden im Sumpfe des Lasters liegt, so dürfen wir nichts unversucht lassen, um 30 in uns all jene Gefühle wachzurufen, die uns auf dem schnellsten Weg zur Verschwendung treiben mögen. Und ist es nicht so, daß wir nach einem Freßgelage über allerlei frische Kräfte für lüsterne Spielchen verfügen! wie übermütig gebärden sich doch alsdann unsere Lebensgeister! Es ist, als schwärmte eine ungekannte Glut durch 35 unsere Adern; die Gegenstände der Wollust hinterlassen einen nachhaltigeren Eindruck als gewöhnlich; die Begierde nach ihnen

---

[1] Schlagen Sie bei Petron, im berühmten Gastmahl des Trimalchio, nach.

schwillt dermaßen an, daß man ihr nicht lange widerstehen kann. Und wenn ihr unterliegt, so werdet ihr die Verluste kaum bemerken: ihr habt einen derart großen Vorrat angelegt, daß er euch ohne weiteres Ritte sonder Zahl ermöglicht, die ihr widrigenfalls nicht in Angriff zu nehmen wagtet; alles wirkt verschönert, verziert; das Trugbild wirft über alles seinen goldenen Schleier, und ihr werdet alsdann Dinge treiben, vor denen ihr bei klarem Kopfe zurückschrecktet. O du wollüstige Verschwendung! ich betrachte dich als Jungbrunnen der Begierden; nur an deinem Busen genießt man letztere in vollen Zügen; du allein befreist sie von allen Dornen; du allein ebnest ihnen den Weg; du allein verscheuchst die törichten Gewissensbisse; du allein verstehst es, auf wollüstige Weise jene frostige und eintönige Vernunft zu trüben, die ohne deine Schützenhilfe all unsere Leidenschaften vergiftete.

– Mein Neffe, warf Gernande ein, wenn du nicht viel reicher wärst als ich, so schenkte ich dir zweitausend Louis für den Lobgesang, den du soeben auf eine jener Leidenschaften angestimmt hast, die meinem Herzen derart lieb und teuer sind.

– Reicher als Sie, mein Oheim?

– Oh! ja; du verfügst über mehr denn zwölfhunderttausend Livres Jahrgeld; ich aber nage mit meinen knapp achthunderttausend am Hungertuch. Ich gestehe ... daß es mir selber nicht recht faßlich ist, wie jemand mit weniger denn einer Million im Jahr überhaupt sein Dasein fristen kann.

– Monsieur, sprach d'Esterval, ich verfüge über keine Million; und dennoch lebe ich.

– Mag sein; doch Sie pflegen einen Lebenswandel, der keine hohen Ansprüche stellt; und das von Ihnen betriebene Geschäft wird Ihren Besitz gewiß tagtäglich mehren. Mir ist nichts Lustreicheres bekannt als der von Ihnen eingeschlagene Lebensweg; wäre ich jünger, so würde ich bestimmt keinem anderen folgen. Nun denn, ich möchte wetten, daß Sie, Ihre Erbschaft miteinberechnet, alles in allem auf ein Jahrgeld von wenigstens fünf- oder sechshunderttausend Livres kommen.

– Mehr oder weniger.

– Wie Sie sehen, sind wir also alle vielvermögend, und zudem stimmen unsere Denkungsarten, unsere Neigungen, unsere Ziele voll und ganz überein.

– Ah! fuhr d'Esterval fort; unseligerweise bin ich jedoch unersätt-
lich; und Sie sehen mich weit mehr um der Gewinnlust denn um
des Lustgewinns willen dem von mir ergriffenen Beruf die Treue
halten.

– Gewiß könnten Sie seiner entbrechen.

– Diese wonnevolle Gewohnheit möchte ich in meinem Leben
nicht missen. Ich liebe es, meinen Besitz Tag für Tag anwachsen zu
sehen; und ich hänge an der Vorstellung, ihn auf Kosten anderer zu
vergrößern. Die Grundsätze der Ausschweifung... die Wildmütigkeit meiner Libertinage machen mich zum Meuchelmörder; doch
zum Beutelschneider werde ich einzig und allein aus Habgier; und
selbst wenn ich über Einkünfte in Millionenhöhe verfügte, würde
ich vermutlich weiterhin rauben.

– Das will ich gerne glauben, meinte Gernande; niemand frönt
dem Hang zu stehlen und zu hamstern so sehr wie ich. Und selbst
wenn ich in Gold schwömme, spendete ich keinen Heller Almosen
und würde mir, von meinen Verlustierungen abgesehen, nicht die
bescheidenste Ausgabe erlauben. Sie kennen mein Besitztum, Sie
wissen um meine Aufwendungen... schön und gut, aber betrachten
Sie meinen Rock, ich trage ihn schon seit zwanzig Jahren... und
besitze noch einen zweiten, den ich, wie ich hoffe, mit ins Grab
nehmen werde.

– So trachten Sie also danach, mein teurer Oheim, hänselte ihn
Bressac, als gerechten Lohn den Ruhmestitel eines Geizkragens zu
erwerben.

– Aber, entgegnete Gernande, wenn deine Mutter, wiewohl aus
anderen Gründen, nicht ebenso geizig gewesen wäre wie ich, würdest du dann heute überhaupt ein solches Vermögen besitzen?

– Spielen Sie lieber nicht auf jenen gewissen Zwischenfall an,
meinte d'Esterval, Sie würden ihm dadurch die Schamröte ins
Gesicht treiben.

– Bei Gott, erwiderte Gernande, dies wäre nicht recht von ihm;
sein Muttermord ist die harmloseste Angelegenheit der Welt. Es
drängt uns zum Genuß, nichts ist natürlicher: überdem war sie ein
zänkisches, frömmlerisches, herrschsüchtiges Weib; er verabscheute
sie, nichts ist verständlicher. Bedenkt nur, eines Tages wird er auch
mich beerben; trotzdem möchte ich wetten, daß er meinen Tod
nicht voller Ungeduld herbeisehnt: denn ich besitze dieselben Neigungen, dieselbe Denkungsart wie er; und er weiß genau, daß er in

mir einen Freund findet. Derlei Erwägungen wirken zwischen uns Menschen als dermaßen starke Bande, daß man sie nie und nimmer zerreißen möchte.

– Sie haben recht, lieber Onkel, wir werden zusammen womög5 lich noch unzählige Verbrechen verüben; niemals jedoch wird einer von uns etwas unternehmen, was dem anderen zum Schaden gereichte. Indes mußte ich erleben, wie unser Vetter diesem Grundsatz wenig Rechnung trug: er hatte mich dem Tod geweiht.

– Ja, gestand d'Esterval, als Anverwandten, niemals jedoch als 10 Spießgesellen bei Ausschweifungen; sowie ich von Ihrer Heldentat erfuhr, haben wir uns nur mehr noch darum bemüht, uns in Liebe zu vereinen.

– Zugegeben; doch Sie werden nicht abstreiten, daß es Madame d'Esterval sehr schwerfiel, mich zu begnadigen.

15 – Daraus sollten Sie mir keinen Strick drehen, erwiderte Dorothée; in Ihrem Todesurteil schwang mein Lobgesang auf Sie mit. Meine schreckliche Angewohnheit, Männer, die mir gefallen, hinzuschlachten, schrieb Ihren Urteilsspruch auf die Rückseite meiner Liebeserklärung; weniger hübsch, wären Sie mir eher entgangen.

20 – Kein Zweifel, beste Base, grinste Gernande, wie mir scheint, haben Sie es nicht gerade darauf angelegt, daß unsereins große Lust verspüre, Ihnen zu gefallen.

– Meine Herren, ich bin ebenso eigensüchtig wie ihr; und gesetzt, daß jemand meinen Leidenschaften dient, können mir Liebe 25 und Eitelkeit gestohlen bleiben.

– Recht hat sie, pflichtete ihr Gernande bei; so sollten alle Frauen denken; würden sie samt und sonders meiner Base ähneln, so könnte ich mich mit diesem Geschlechte allem Vermuten nach wieder versöhnen.

30 – So handelt es sich denn um einen tief verwurzelten Haß? fragte d'Esterval.

– Oh! ich verabscheue sie; ich würde ihre ganze Sippschaft ausrotten, wenn mir der Himmel für einen Augenblick seinen Blitzkeil in die Hände spielen würde.

35 – Es ist mir unbegreiflich, schnalzte Bressac seine Zunge in Justines Mund, wie man derart ergötzliche! ... derart betörende Geschöpfchen verschmähen kann!

– Ich verstehe dies sehr wohl, rülpste d'Esterval einem Lustbuben in den Mund; ich verstehe voll und ganz, daß man diese hübsche Klasse jener anderen vorzieht.

– Oh! Fick, er steht Ihnen, mein Gatte, stellte Dorothée fest; dafür habe ich einen sechsten Sinn: hopp, schämen Sie sich nicht, beschälen Sie diesen reizenden Knaben: unter der Bedingung, daß er mich zum Dank arschfickt, soll mir dies einerlei sein, fuhr sie fort und streckte ihrem Nachbarn die Arschbacken entgegen.

– Gottverflucht, meinte Gernande, ihr habt ja bereits nach sieben oder acht Flaschen Weines pro Nase einen Schwips!

– Oh! angeheitert, lallte Bressac, indem er Justine in die Brüste kniff, bis sie aufschrie, bin ich wohl ohne Zweifel… Fürwahr, bester Oheim, es ist unerhört, wie sehr ich mich danach sehne, zu sehen, wie Sie Ihre Frau zur Ader lassen… Gestatten Sie, daß ich Sie dabei arschficke?… Schau, schau, ist das nicht Dorothée, die da gerade kotzt!

– Ich für meinen Teil bin sturzhagelvoll.

– Na, dann laß dich vögeln, Metze, sprach ihr Gatte und ließ einen lauten Furz fahren; das entnüchtert.

– Aber nein auch, mein Onkel, meinte Bressac, wir nehmen uns in Ihrem Haus etwas gar viele Freiheiten heraus.

– Nur keine falsche Scham, meine Freunde; all dies ist mir ein Vergnügen; man soll furzen, scheißen, kotzen, wenn man betrunken ist; man soll ausspritzen; das erleichtert. Bressac, halte Dorothée doch ein wenig fest; siehst du denn nicht, daß sie unter den Schwanzstößen dieses brünstigen Bürschchens, das sie gerade bürstet, hinzufallen droht?

– Wo zum Teufel soll ich denn zupacken? fluchte Bressac; auf der einen Seite ist die Hure von ihrem Erbrochenen besudelt, auf der anderen schwimmt sie in just hervorgequollener Scheiße.

– Nun gut, meinte Gernande, ein Lustknabe soll all dies reinigen; gehen Sie ihm zur Hand, Justine. D'Esterval, fragen Sie Ihre Frau, ob sie sich vielleicht schlafen legen möchte.

– Mich schlafen legen!… verfickt und zugenäht! entgegnet Dorothée; ah! nie und nimmer! ich will vielmehr beschlafen werden; nun ist es überstanden, mein Magen ist leer; und schon bin ich bereit, von vorne anzufangen.

– Verfügen wir uns zu Ihrer Frau, mein Oheim, ich beknie Sie, sprach Bressac; Zerstreuung tut not: Justine soll es ihr melden.

So geschieht es, und unsere Schmutzfinken, die sich kaum noch auf den Beinen halten können, bieten all ihre Kräfte auf, um weiteren Schändlichkeiten entgegenzufliegen.

Es erübrigt sich, zu schildern, mit welcher Bestürzung unsere Gemahlin vernahm, daß sich ihr Peiniger in der Gefolgschaft von Leuten, die ebenso sturzbetrunken, ebenso wildmütig waren wie er, dazu anschickte, sich an jenen entsetzlichen Heimsuchungen, an deren Erduldung sie sich gewöhnt hatte, zu weiden und sie auf die Spitze zu treiben: sie hatte just getafelt.

– Meine teure Jungfer, erkundigte sie sich bei Justine, sie sind wohl recht sehr betrunken... recht sehr erhitzt... recht sehr zum Fürchten?

– Oh! ja, Gnädigste, sie haben den letzten Funken Verstand verloren.

– Großer Gott! ich werde Greuel um Greuel erleiden... Sie werden mich während dieses grausen Stelldicheins doch nicht im Stich lassen, Sie werden mir beistehen, nicht wahr, mein Fräulein?

– Gewiß, so es mir verstattet wird.

– Oh! ja, bitte... Aber was sind es denn für Leute? Einer von ihnen sei, so sagen Sie, der Neffe von Monsieur de Gernande, der Marquis de Bressac?... Oh! er ist ein Ungeheuer, sein Ruf ist mir zu Ohren gekommen; er habe, so munkelt man, seine eigene Mutter vergiftet... Und Monsieur de Gernande ist so frei, in seinem Hause den Mörder seiner eigenen Schwester zu empfangen!... was für eine Sünde, großer Gott! Der andere sei, so sagen Sie, Mörder von Beruf?

– Ganz recht, Madame, ein Vetter von Monsieur de Gernande, der aus reiner Libertinage eine Herberge betreibt, um all jene, die in ihr nächtigen, auszurauben und zu meucheln.

– Oh! was für Leute!... was für Leute! Derlei Verbrechern wird mich mein Gatte also ausliefern! Und wer ist die Frau in ihrem Kreise?

– Die Gemahlin des Gastwirts, sie ist ebenso verbrecherisch... ebenso verlastert wie die anderen.

– Oh! Fräulein, so ist es denn möglich, daß die Sanftmut und die Anmut unseres Geschlechts mit der Entsittlichung der Männer Hand in Hand gehen!

– Sie wußten also nicht, gnädige Frau, erwiderte Justine, daß eine Frau, die der Schamhaftigkeit... dem Zartgefühl, das dieses Geschlecht doch auszeichnen sollte, erst einmal abgeschworen hat, dem Lebensweg des Lasters und der Ausschweifung noch entschlossener und blindwütiger folgt als die Männer?

– Und Sie glauben, Mademoiselle, daß es Monsieur de Gernande zulassen wird, daß ich den ungeheuerlichen Neigungen dieser gräßlichen Geschöpfe gleichfalls zum Spielball dienen soll? 5

– Ah! dies steht wohl außer Zweifel, Madame.

Und unmittelbar nach Justines Antwort vernahm man bereits, wie die Schar nahte. Ausgelassenes Gelächter, anstößige Reden... ein Schwall von Schmähworten sorgte dafür, daß sich Madame de Gernande, wiewohl etwelche Tränen ihre Wimpern netzten, darein 10 schickte, sich zu unterwerfen.

Der Ehrenzug bestand aus dem Gatten, Monsieur und Madame d'Esterval, Bressac, sechs überaus hübschen Lustknaben, sowie zwei Vetteln für allerlei Handreichungen und unserer unglückseligen Justine... die, in heftiger Aufwühlung angesichts der sich anbahnen- 15 den Schandtaten... in der Befürchtung, ihres Orts gemißhandelt zu werden... in der Gewißheit, ihrer Gebieterin von keinerlei Nutzen sein zu können, tiefinnerlich keinen sehnlicheren Wunsch hegte, als hundert Meilen von dieser Stätte entfernt zu sein.

Jene Alfanzereien, welche wir nun ausführlich abkupfern wollen, 20 konnte man grundsätzlich auch bei den üblichen Besuchen dieses grausamen Gatten beobachten; je nach Anzahl der von Gernande zu diesen Lustgelagen beigezogenen Leute wurde mitunter die eine oder andere Kleinigkeit geändert.

Die Comtesse, in ein schlichtes, griechisches Schleierkleid 25 gehüllt, fiel beim Eintreten des Grafen alsogleich auf die Knie; und in ebendieser Demutshaltung ward sie von unseren Verbrechern in Augenschein genommen.

– Fürwahr, mein Oheim, sprach der schwankende Bressac, Sie haben hier ein bezauberndes Geschöpf zur Frau...; dann lallte er: 30 dürfte ich Sie, meine teure Tante, gütigst begrüßen?... Es rührt mich wirklich zutiefst, Sie in einem derart bejammernswerten Zustand anzutreffen: es muß schwerwiegende Gründe geben, die meinen teuren Oheim dazu zwingen, Sie solcherart zu mißhandeln; denn eigentlich ist er ein rechtschaffener Mann, mein teurer Oheim. 35

– Kein Zweifel, sprach die von heftigem Schluckauf umgetriebene Madame d'Esterval, die Frau Gräfin muß ihrem Gatten schändliches Unrecht angetan haben; widrigenfalls wäre es undenkbar, daß ein derart menschenfreundlicher, wohlgefälliger... sanftmütiger Mann einer Dame, über die er sich nicht zu beklagen hat, derlei Bürden auferlegte.

– Nicht doch, ich weiß, was es zu bedeuten hat, meinte d'Esterval: es handelt sich um einen Akt der Bewunderung von seiten der gnädigen Frau; um eine Huldigung an ihren Gatten.

– Werte Freunde, sprach Gernande, ihr mögt gutheißen, daß sie eine solche Ehrerbietung euren Hintern erweise; und ich bitte euch alle drei, ihr ebendiesen Götzen hinzustrecken, auf daß er alsogleich beweihräuchert werde.

– Ah! potzdonnerwetter, mein Onkel hat recht, sprach Bressac, indem er im Handumdrehen seine Hosen herunterließ und jenen Körperteil ans Tageslicht beförderte, den er stets bei der erstbesten Gelegenheit freudig enthüllte…ja, ja, ich sehe wohl, daß meine teure Tante meinen Hintern anhimmeln will, und es ist mir ein Vergnügen, ihr denselben auszuschwenken.

– Hopp, hopp, alle Ärsche an die frische Luft, gebot Gernande.

Und augenblicks bedrängen diejenigen der beiden anderen Gesellschaftsmitglieder sowie diejenigen Justines, der Lustknaben und der Greisinnen die arme Gernande dermaßen, daß sie sich von dieser Fülle von Ärschen nahezu umzingelt, erdrückt sieht; sie werden ihr gleichsam unter die Nase gerieben.

– Ein wenig Zucht und Ordnung, werter Oheim, meinte Bressac; ansonsten werden wir Madame noch ersticken: ein jeder möge ihr, schön der Reihe nach, den bewußten Körperteil zum Kusse entbieten, da er ihre Begierden allem Anschein nach so sehr erregt; ich will mit einem guten Beispiel vorangehen.

Ein wenig Kot untermalt sein Tun; und augenscheinlich stößt sein Treiben auf so viel Anklang, daß ihn, unter Absehung von Justine, alle spornstreichs nachahmen.

– Nun, Madame, sprach Gernande schließlich, sind Sie bereit?

– Zu allem, Monsieur, gab die Gräfin untertänigst zur Antwort: Sie wissen genau, daß ich Ihr Opfer bin.

Alsdann befiehlt Gernande Justine, ihre Gebieterin loszuspendeln; und sie mag noch soviel Widerwillen empfinden, es bleibt ihr keine andere Wahl, als zu gehorchen: die ach so Beklagenswerte! fügte sich stets erst dann, wenn ihr kein anderer Ausweg mehr blieb; aus freien Stücken jedoch…nie und nimmer: sie entledigt ihre Gebieterin also des Schlepprockes und bietet sie, vollkommen bar, den Blicken der schamlosen Schar dar.

– Bei meiner Ehre, das nennt man ein Prachtweib, sagt d'Esterval, von diesem Anblick zutiefst erregt.

– Wohlan, meint Gernande, fick sie, mein Freund, wenn sie dir gefällt; ich gebe sie dir preis: um Vergebung, mein Neffe, wenn ich nicht dir den Vorrang einräume; doch in Kenntnis deiner Neigun- 5
gen... habe ich für dich den Arsch vorgemerkt; und sollte er dich reizen, so könntet ihr sie, wie mich dünkt, in eure Mitte nehmen.

– Die Blutsverwandtschaft wird bei mir Wunder wirken; und wiewohl mich das Hinterteil eines Weibes nicht stärker in Versuchung führt als die Vorderseite, werde ich, während d'Esterval sei- 10
nem Pfade folgt, gleicherzeit den gegenüberliegenden einschlagen, falls ihm dies recht ist: geruhen Sie, uns zu lenken, mein Oheim.

– Gerne, sprach Gernande, nichts ergötzt mich mehr, als meine Entehrung eigenhändig zu befördern.

Bei diesen Worten ergreift er d'Estervals Schweif, nistet ihn in der 15
Votze seiner Frau ein, die er alsdann auf ihren Ficker rollt: dank dieser Stellung geraten die zwei schönsten Hinterbacken der Welt in Bressacs Gewalt, der, gleichfalls von Gernande gelenkt, bald schon sämtliche Hindernisse überwunden hat. Der alte Lustbock aber läßt sich in der Nähe dieses Schauspiels auf einem Armsessel nieder; die 20
sechs Gitonen umschwärmen ihn; mit jeder Hand wichst er einen von ihnen; zwei weitere stehen dicht vor seinem Gesicht, so daß er sie wechselweise lutschen kann; die zwei übrigen aber lösen einander dabei ab, seinem kümmerlichen Werkzeug zurückzuerstatten, was er jenen beiden erweist, die vor seinem Munde aufragen. 25

– Sokratisiert meinen Neffen, weist er die Greisinnen an; Knabenschänder lieben es, wenn ihr Hintern beim Vögeln geherzt wird.

– Ja, ja, bekräftigt Bressac, der sich fest an seine Tante klammert, die er bis zu den Schamhaaren aufgespießt hat; dies Lustspielchen ist unerläßlich, da hat mein Onkel ganz recht, und ich möchte, daß 30
auch Justine in diesen Genuß komme.

– Nichts leichter als das, meint Gernande... sie soll sich auf der Stelle losspendeln...

Es gilt zu gehorchen; und schon sieht sich unsere Heldin gezwungen, ihre Arschbacken Bressacs schlüpfrigen Fingern darzureichen, 35
der mit allen fünfen einen hinreichend dicken Rammbock bildet, um den Hintern dieses Unglücksmädchens unbarmherzig beuteln zu können. Allein Dorothée blieb ohne Beschäftigung: die Bübin stipste sich, während sie die Lustbarkeiten der anderen mitverfolgte.

– Madame, sprach Gernande zu ihr, lassen Sie sich unter meine Frau gleiten, sie wird Sie wichsen: und während meine Frau Ihre Schamzunge reizt, werde ich Ihnen einen Giton abtreten, der Ihre Scheide schleckt, indes Ihr Arschloch von Justine eindringlich durchgeschüttelt wird. Auf die Plätze, meine Freunde! wie mich dünkt, ist uns da ein schönes Gruppenbild gelungen; laßt uns nun einmütig zu Werke gehen. So verlieren Sie doch wenigstens ein paar Worte über mein Weib, meine Herren: wenn Sie mir Ihre Ansicht vorenthalten, zahlt es sich ja gar nicht aus, daß ich sie Ihnen preisgebe.

– Aufgepaßt, mein Freund, sprach d'Esterval und spritzte in ihre Votze aus, dies ist der schönste Lobgesang, den ich anstimmen kann; um dieserweise und ohne jedwedes grausame Zwischenspiel meinen Ficksaft zu erhalten, muß mich ein Frauenzimmer recht sehr erregen... Ah! Fickrament, welche Lust sie mir doch verschafft! Bressacs Schwanz, der in ihrem Hintern wühlte, verengte ihre Scheide dermaßen... oh! welch wonnereiche Lustbarkeit!

– Beim Arsch Gottes, auch ich entlade... ich kann nicht mehr, seufzt Dorothée... Doch sagten Sie nicht, daß Madame zur Ader gelassen würde? Wenn ich ihr Blut hätte strömen sehen, wäre mein Seim viel ausgiebiger geflossen.

– Meiner Seel, sprach Bressac und glitschte aus dem Hintern, ich will mein Sperma bis zum Aderlaß aufsparen: da ich etwas wählerischer bin als Sie, erfüllte der Anus meiner Tante nicht all meine Hoffnungen; bei Anverwandten sind die Erwartungen schließlich auch etwas höhergeschraubt. Nimm nun endlich diesen süßen Eingriff vor, Gernande, ich flehe dich an; allein diese Aussicht hat meinen Kopf in Wallung versetzt; allein dies will ich sehen.

Und an dieser Stelle konnte Bressac nicht länger verhehlen, wieviel Ekel just in ihm hochgestiegen war, als er einem Akt gefrönt hatte, der sich so schlecht mit jenen Grundsätzen vereinbaren ließ, an denen er beinahe ebenso sehr hing wie an seinem eigenen Leben. Voller Geringschätzung starrte er auf jenen Arsch, den er eben erst gevögelt hatte; und indem er sich, gleichsam zur Läuterung, wieder einem Lustbuben zuwandte, sprach er:

– Und nun! mein Onkel, nun! gottverflucht, wollen wir nicht endlich zur Ader lassen?

Äußerst erregt, schleuderte Gernande immer heißhungrigere Blicke auf seine Gattin.

– Jawohl, ganz recht, wir wollen sie schröpfen, das Lumpenweib; nur keine Angst, ich werde sie gewiß nicht schonen: vorwärts, Madame, fuhr er zu seinem Opfer gewandt fort, tun Sie Ihre Pflicht.

Mit dem ganzen Ritual wohlvertraut, steigt Madame de Gernande mit Justines Handhabe auf den Armsessel des Grafen und entbietet ihm ihre Arschbacken zum Kusse.

– Aufgespreitet, Schandschlunze, sprach Gernande schroff.

Und er genießt den herbeigesehnten Anblick in vollen Zügen, indem er sie allerlei Stellungen einnehmen läßt: er hälftet ihn... preßt ihn wieder zusammen, kitzelt mündlings jene Mündung, aus der Bressacs Glied geglitscht. Von der Unbändigkeit seiner Leidenschaften mitgerissen, nimmt er schon bald einen Fleischwulst zwischen die Finger, drückt zu, zerfetzt ihn; und sowie die Wunde gerissen ist, saugt der Dreckskerl Blut. Während dieses Vorgepränges läßt sich Bressac, stetsfort ein aufmerksamer Zuschauer, von einem Giton wichsen; d'Esterval befingert sein Weib; die fünf übrigen Lustbuben umschwärmen den Grafen, wobei sie ihn lutschen oder sich von ihm lutschen lassen.

Hierauf streckt er sich auf einem Liegebett aus, wünscht, daß seine Frau ihren Allerwertesten abermals auf sein Antlitz drücke, indem sie sich rittlings über ihn hocke und ihm mit ihrem lutschenden Mund dieselben Dienste erweise, die zuvor jene Ganymede empfangen hatten, welche er nun zur Rechten und zur Linken unablässig wichste: Justines Hände bearbeiteten mittlerzeit seinen Hintern; und sie reizten ihn nach Kräften auf.

Diese Stellung zeitigte auch nach fast einer Viertelstunde noch keinerlei Erfolg; sie mußte verändert werden. Die Greisinnen lagerten die Gräfin mit möglichst weit auseinanderklaffenden Schenkeln rücklings auf einen Liegestuhl. Der Anblick dieser Votze versetzte Gernande geradezu in Raserei; er mustert sie schaudernd, seine Augen speien Flammengarben, er lästert, behändigt sich der Schröpfeisen, wirft sich wie ein Tobsüchtiger auf sein Opfer, sticht es an sieben oder acht verschiedenen Stellen in Bauch und Möschen, indes ihn ein Giton unausgesetzt schwanzlutscht. An dieser Stelle spießten Bressac und d'Esterval je einen Knaben auf, denn sie waren dank dieser auf die Spitze getriebenen Unzucht ganz Feuer und Flamme. Indes fielen die von Gernande geschlagenen Wunden noch ganz harmlos aus: er lädt Dorothée dazu ein, die gähnende Votze seiner Frau zu letzen: sie führt dies aus; dann legt sich Gernande den herrlichen Hintern der d'Esterval handgerecht, um ihn mit derselben Hartherzigkeit zu behandeln, die er hiebevor bei seiner Frau in Anschlag gebracht.

– Tun Sie sich keinen Zwang an, spricht d'Esterval, da er seine Zurückhaltung bemerkt, stechen Sie zu, stechen Sie zu: es kann nie schaden, Ärsche von Frauen zur Ader zu lassen: sie führen sich danach nur um so besser auf.

Nun legt Gernande Hand an Justine, und nachdem er sie auf Dorothées Lenden gehievt, behandelt er die Arschbacken unserer Heldin nicht besser als kurz zuvor diejenigen von d'Estervals Gemahlin. Er wird nach wie vor geleckt; dessen unerachtet gibt er den Gitonen immer wieder Order, sich gegenseitig zu lutschen, und ordnet sie dergestaltig an, daß er beim Lutschen des einen alsogleich von einem anderen entschädigt wird und daß der von ihm Gelutschte seinen Mund jeweils nur verläßt, um Gernandes Schwanzlutscher denselben Dienst zu erweisen. Der Graf heimste allerlei ein, machte seines Orts jedoch keinerlei Geschenke: seine Übersättigung oder seine Schweifesschwäche waren bereits so weit gediehen, daß nicht einmal die hartnäckigsten Anstrengungen sein Glied aus dem Schlafe zu erwecken vermochten; er schien einen äußerst heftigen Kitzel zu verspüren, doch trug dies keine greifbaren Früchte. Ab und an befahl er Justine, die Gitonen eigenmündig zu lecken und den von ihr gesammelten Weihrauch alsogleich in seinen Mund fließen zu lassen.

Zu guter Letzt werden alle Stellungen aufgelöst; nur die Gräfin bleibt auf ihrem Ruhebette liegen. Alsdann geschieht es, daß Gernande alle Schaulustigen bittet, ihm bei seinem Plan behilflich zu sein.

– Worum handelt es sich? erkundigt sich Bressac.

– Da, diese Frau will ich euch preisgeben, liebe Freunde, eröffnet ihnen Gernande; ich beschwöre euch, sie in jedweder Hinsicht und auf jedwede erdenkliche Weise zu beschimpfen, zu plagen, zu peinigen; je schandmäuliger ihr sie mit Schmähungen überhäuft, um so nachhaltiger reizt ihr meine Leidenschaften auf.

Die Inbrunst, mit der der Vorschlag begrüßt wird, spiegelt sich im Ungestüm, mit dem er in die Tat umgesetzt wird: die Vetteln, die Gitonen, Dorothée, d'Esterval und allen voran Bressac schmähen die Gräfin derart hochmütig, springen mit ihr derart mitleidlos um, rücken ihr derart wildmütig zu Leibe, daß sie Bäche von Tränen vergießt. Einer spuckt ihr ins Gesicht, ein anderer ohrfeigt sie, der erstere wiederum nasfitzt sie, derweil ihr ein dritter in den Mund furzt und ihr ein vierter Arschtritte versetzt. Kurzum, man kann sich keine Vorstellung von all den Mutwilligkeiten, von all den Mißhandlungen machen, denen diese Elende während mehr denn 5 zwei Stunden unterzogen wird, bis die d'Esterval jählings von der Lust gepackt wird, sie zu arschficken. Man legt sie in Stellung; sie wird dazu gedrungen, ihren Gatten zu lecken; mittlerzeit fährt ihr Dorothée von unten in den Arsch; Bressac aber spießt seinen Onkel auf, indes er Justines Hinterbacken abschmatzt. Die Ganymede 10 umschwärmen die ganze Schar, indem sie den einen ihre Schwänze, den anderen ihre verlockenden Hinterteile zum Kusse entbieten. Der von seiner Gattin gelutschte Gernande vergnügte sich damit, sie zu maulschellieren: da sie den Grausamkeiten dieses schreckensreichen Mannes ständig als Zielscheibe diente, drängte sich der 15 Verdacht auf, daß die Ehre, ihm anzugehören, lediglich mit dem Vorrecht verbunden sei, zu seinem Lieblingsopfer zu werden; des Schurken Grausamkeit flammte jeweils nur dann auf, wenn solch zarte Bande die Verunglimpfungen beflügelten. Abermals wird die Stellung gebrochen: Gernande stellt alle zur Rechten oder Linken 20 seiner Frau auf, wobei er sie so durchmischt, daß ihm hier ein Männerarsch, dort ein Weiberarsch winkt. Aus einer gewissen Entfernung vertiefte er sich angelegentlichst in diese Arschsicht; im nächsten Augenblick aber pirscht er sich an, befingert, vergleicht, streichelt. Er tat niemandem weh; doch sowie er zu seiner Gemahlin 25 gelangte, hagelte es nur mehr Schläge, Kniffe und Bisse; schon beim bloßen Anblick dieses armen Arsches konnte es einem kalt über den Rücken laufen. Schließlich äußert er den Wunsch, daß jedermänniglich die Gräfin sodomisiere; er behändigt sich reihherum der Schwänze, führt sie vor die Mündung des ehelichen Anus und 30 taucht sie hinein, indes Justine an seinem Schwengel saugt. Ein jeder erhält von ihm die Genehmigung, für eine Weile den Arsch seiner Frau zu feilen; doch die eigentlichen Opferungen müssen in seinem Munde vollzogen werden: während der eine von ihnen auf und ab stößt, läßt er sich von einem anderen lecken und pfeilt seine Zunge 35 in das vom Beschäler ausgebotene Arschloch: dieser Akt währt und währt; die Erregung des Grafen wächst und wächst; er erhebt sich wieder und verlangt, daß Justine seine Frau ablöse. Kniefällig bittet unser keusches Mädchen Gernande, keinen derartigen Greuel von

ihr zu verlangen; doch die Gelüste eines solchen Mannes kommen göttlichen Geboten gleich! Er legt die Gräfin also rücklings auf ein Ruhebett, schmiegt Justine solcherweise auf sie, daß ihm ihre hochgereckten Hüften entgegenquellen; ein weiteres Mal behändigt er
5 sich sämtlicher Schwänze, schiebt sie wechselweise in den Arsch der armen Justine, die gezwungen wird, mittlerzeit die Gräfin zu stipsen und zu lippkosen: er nimmt die altbekannten Opfergaben in Empfang; ein jeder, der zu Werke geht, läßt ihn unwillkürlich seinen Arsch sehen, so daß er all jene, die ihm dargeboten werden, voller
10 Inbrunst abschmatzt und von Justines Fickern hartnäckig verlangt, was er zuvor schon von denjenigen seiner Frau erheischt hat. Der Schandskerl will sämtliche aus unserer Heldin Arsch geglitschten Gemächte unverweilt abschlecken. Als ein jeder an der Reihe gewesen ist, rüstet sich der Lüstling seines Orts zum Gefecht.
15   – Nichtige Bemühungen! zetert er, ich brauche etwas ganz anderes: zur Sache… zur Sache… Los, Schätzchen, Ihre Arme…
   An dieser Stelle zieht sich ein jeder zurück, ein jeder harrt in ehrfürchtiger Stille des Ausgangs dieser Schlacht. Bressac und d'Esterval, von den Lustbuben gewichst, richten ihre lüsternen Blicke
20 unverwandt auf den Helden. Der fuchsteufelswilde Gernande packt seine Frau; er läßt sie auf einen Schemel knien, die Arme werden an breiten, schwarzen Bändern in die Höhe gezogen; Justine wird damit betraut, die Druckbinden anzubringen: er mustert die Abbindungen; da sie nach seinem Dafürhalten nicht hinreichend festge-
25 zurrt sind, zieht er sie mit aller Kraft zusammen, damit das Blut, wie er unterstreicht, möglichst heftig hervorspritze. Er küßt die solchermaßen abgeschnürten Arme; er saugt an den beiden Venen und sticht sie nahezu im selben Augenblick an. Sofort schießt das Blut heraus: Gernande fällt in Verzückung. Er tritt einen Schritt zurück
30 und bleibt vor ihr stehen, während die beiden Springbrunnen sprudeln: Justine lutscht ihn; diesen Liebesdienst erstattet er beifolgend vier ihn umringenden Gitonen zurück, ohne dabei je die Blutschwälle aus den Augen zu verlieren, welche ihn offenkundig in Wallung versetzen und den Urquell seiner Lieblingsfreuden bilden.
35 Von einem unbezwinglichen Gefühl der Barmherzigkeit getrieben, beginnt nun Justine, aus lauter Mitleid, vermittels aller Kniffe, die sie für aufreizend erachtet, den gliederlösenden Lusttaumel ihres Meisters und somit, wie sie glaubt, auch das Ende der Qualen ihrer Gebieterin möglichst schnell herbeizuführen; und so wird sie aus

Wohltätigkeit zur Hure und aus Tugend zur Libertine. Endlich naht dieser süße Taumel, jedoch dank d'Estervals Bemühungen. Dieser diensteifrige Anverwandte spürt, daß Gernande gefickt werden muß; er hebt ihn hoch, wuchtet ihm seinen ungeheuerlichen Schwengel in den Arsch, indes der von diesem Schandspiel ent- 5 flammte Bressac seinen Kopf unter des Opfers Blutströme hält, um sein Gesicht von ihnen überfluten zu lassen; er sodomisierte einen Giton und spritzte dabei aus. Alsdann geschieht es, daß Gernande alle Register seiner Grausamkeit zieht: er nähert sich seiner Frau, überhäuft sie mit Schimpf und Schande, klebt seine Lippen wech- 10 selweise auf die beiden Wunden, schlürft und schluckt mehrere Schwälle Blutes. Dieser Saft krönt seinen Rausch; er gerät außer sich; sein Brüllen gleicht dem eines Stieres: er würde seine Frau er- drosseln, wenn ihn die Alten und Justine nicht zurückhielten; denn statt ihn zu besänftigen, stacheln ihn seine hinterschlächtigen Genos- 15 sen nur noch stärker an.

– Laßt ihn gewähren, kreischte der nichtswürdige Bressac, wie- wohl er seines Orts bereits ausgespritzt hatte.

– Untersteht euch, seine Leidenschaft zu hemmen, sprach Doro- thée. 20

– Eh, Fickrament, schrie d'Esterval, es ist doch einerlei, ob er sie tötet oder nicht; ein Weib weniger, nichts weiter.

Doch schmälerte dies die Anstrengungen der anderen, ihn im Zaume zu halten, nicht im geringsten. Justine, durch die Wucht seines Aufbäumens vorübergehend abgeschüttelt, kniet sich wieder 25 hin... ergreift ihn von neuem. Dorothée begrabbelt, entblößten Arsches, die Schwanzwurzel und beutelt die Hoden. Endlich wird er von diesem liebesbrünstigen Fluidum befreit, dessen Hitze, des- sen Dickflüssigkeit und, nicht zuletzt, dessen Überfülle ihn in einen derart hirnwütigen Zustand versetzen, daß man geglaubt hätte, er 30 stehe kurz davor, die Seele auszuhauchen. Sieben oder acht Löffel hätten die herausgeschleuderte Masse kaum fassen können, und auch der dickflüssigste Brei hätte von deren Beschaffenheit nur einen groben Eindruck vermittelt: und all dies bei einer kaum merklichen Versteifung; ja bei scheinbarer Ausgelaugtheit. Derlei Widersprüche 35 zu erläutern, ist Aufgabe der Gelehrten. Der Graf aß ausgiebig und verausgabte herzlich wenig. Lag hier die Ursache dieses Phänomens?

Justine will zu ihrer Gebieterin huschen; es drängt sie, deren Blut zu stillen.

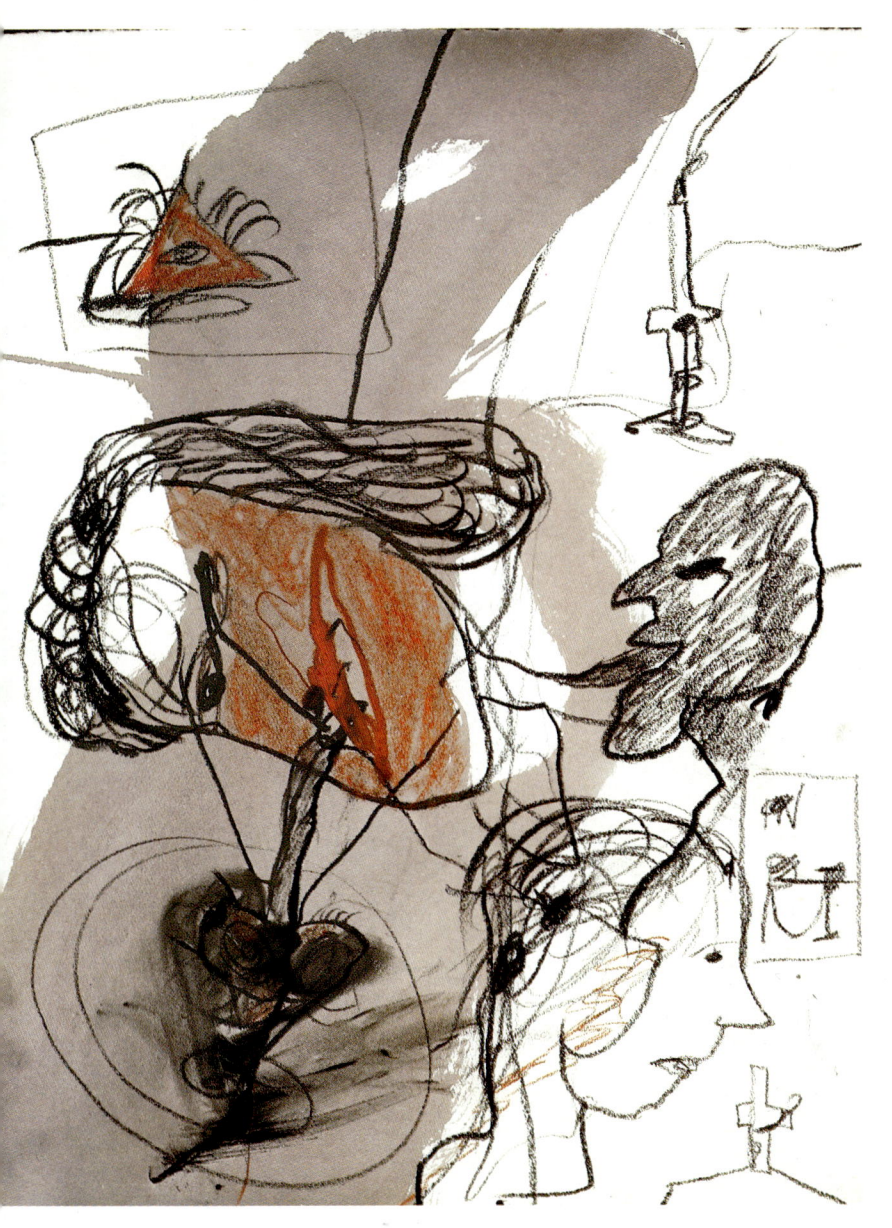

– Nicht so schnell, gottverfickt, flucht d'Esterval und zieht einen vor Schwelgsucht schäumenden Schwengel aus Gernandes Arsch, in dem er sich lediglich aufgewärmt hat... nicht so schnell, gottverhenkert; wollt ihr mir etwa das Recht vorenthalten, meinen Samen 5 ebenfalls zu verlustieren?

Sein Blick schweift über alle Anwesenden, ohne bei jemandem zu verweilen. In böser Begierde nach der bejammernswerten, blutüberströmten Gräfin schmiegt er sich schließlich an sie und sodomisiert diese Halbentseelte.

10 – Nun! spricht er, als er nach kurzem Ritt seinen Schwanz herauszieht und bis auf den letzten Tropfen auspreßt, jetzt könnt ihr die Hure nach Herzenslust hegen und pflegen, doch war es unerläßlich, daß ich ausspritzte.

Endlich verbindet man des Opfers Wunden, löst dessen Fesseln, 15 lagert es völlig ermattet auf ein Ruhebett; unsere Libertins aber, allen voran Gernande, scheren sich keinen Deut um ihr Befinden, ja sie geruhen nicht einmal, diese bedauernswerte Blutzeugin ihrer Liebesbrunst auch nur eines einzigen barmherzigen Blickes zu würdigen, sondern verlassen zusammen mit ihren Lustbuben unvermit-20 telt den Raum und stellen es den Alten und Justine anheim, nach eigenem Gutdünken alles wieder ins reine zu bringen.

Unter derlei Umständen kann man die Menschen am trefflichsten beurteilen. Handelt es sich um einen vom Feuer seiner Leidenschaften mitgerissenen Grünling: auf seinem Gesichte werden sich, 25 sobald er die verheerenden Folgen seiner Raserei in aller Ruhe betrachtet, Gewissensbisse abzeichnen. Handelt es sich um einen mit allen Wassern lästerlicher Sittenverderbnis gewaschenen Libertin: ihn versetzen derlei Folgen nicht in Entsetzen; er mustert sie ohne Schmerz noch Reue... womöglich sogar mit dem einen oder ande-30 ren schändlichen Gefühl der Wollust, das seiner sündlichen Trunkenheit entsprungen ist[1].

Unsere Libertins sind also eher erregt denn abgespannt und erlangen bei weitschweifigen Plaudereien über die just genossenen Lustbarkeiten jene unveräußerliche Kraft wieder, um nach Neuem 35 zu lechzen. Von den Lustknaben begleitet, hatte man sich in ein

---

[1] Wenn aber, woran man nicht herumdeuteln darf, der größte Sünder zum glückseligsten aller Menschen wird, da seine Lustbarkeiten nicht von Gewissensbissen getrübt werden, so hieße dies, daß das Verbrechen der Glückseligkeit förderlicher sei als die Tugend. Welch betrübliche Schlußfolgerung für all unsere Sittenprediger!

geräumiges Boudoir zurückgezogen; während sie diese dortselbst küßten und kosten, suchten sie allesamt durch zaubervolle Gespräche abermals einige jener Wollustfunken zu schlagen, die sie hiebevor in Glut versetzt.

– Wußten Sie, lieber Onkel, sprach Bressac, daß Sie einer köst- 5 lichen Leidenschaft frönen?

– Ich kenne nichts Aufreizenderes, setzte d'Esterval hinzu, als diese Koppelung unzüchtiger und grausamer Einfälle; nichts auf Erden erregt mich nachhaltiger; und ich wüßte nicht, wie man diese Einfälle überhaupt besser miteinander verflechten könnte als durch 10 Monsieur de Gernandes Verfahren.

– Jawohl, bekräftigte Bressac; ich fürchte jedoch, daß ich mich nicht mit den Armen bescheiden könnte, sondern alle Körperteile ein wenig zur Ader lassen würde.

– Dies tue ich durchaus, erwiderte Gernande; und die Narben, 15 von denen meine teure Gattin übersät ist, waren ja wohl ein anschaulicher Beweis dafür, daß kaum eine Stelle dieses schönen Leibes meiner Unmenschlichkeit entgangen ist.

– Doch ist es wahr, erkundigte sich d'Esterval, daß einzig und allein Ihre Frau Gemahlin das Geschick besitzt, Sie bei der Aus- 20 übung dieser Leidenschaft derart heftig zu erhitzen?

– Auch eine andere Frau könnte mich erregen, entgegnete Gernande; wiewohl es außer Zweifel steht, daß mich die meinige in weit größere Hochspannung versetzt als jede andere.

– Dies, meinte Dorothée, hängt wohl zutiefst mit den Ansichten 25 zusammen, die Monsieur von unserem Geschlechte hegen.

– Oh! ich bin davon überzeugt, daß sie alles andere denn schmeichelhaft sind, sagte Bressac: wenn mein Oheim belieben wollte, sie uns darzulegen, so würde ihm die ganze Gesellschaft bestimmt mit Vergnügen lauschen. 30

Gernande willigte ein; und da Justine just in diesem Augenblick zurückkehrte, um ihrem Herrn und Meister über das Befinden der ihrer Pflege anvertrauten Frau Meldung zu erstatten, wurde es ihr verstattet, jener Abhandlung beizuwohnen, die Gernande mit folgenden Worten begann: 35

– »In Ansehung meiner Leidenschaften, werte Freunde, hegt ihr, wie ihr selber sagt, eine ziemlich schlechte Meinung von meiner Denkungsart bezüglich der Frauen, und ihr geht gewiß nicht fehl, wenn ihr davon durchdrungen seid, daß ich sie gleichermaßen verachte wie hasse; zudem mutmaßt ihr, daß sich mein Aberwille sowie meine Abscheu unwillkürlich verdoppeln, sobald eine Frau durch eheliche Bande an mich gefesselt ist. Bevor ich zur Erörterung dieser meiner Einstellung übergehe, ist es wohl angebracht, daß ich euch zum Auftakt die Frage stelle, ob ihr mit Recht geltend macht, daß ein Gatte verpflichtet sei, das Wohlergehen seines Weibes zu befördern, und ob dieses Weib an ihren Gatten mit Fug solch hohe Ansprüche stellen dürfe. Wie ihr einräumen werdet, kann die Pflicht, sich wechselseitig glücklich zu machen, nur für zwei Wesen verbindlich sein, die gleichermaßen mit dem Vermögen ausgestattet sind, dem anderen Schaden zuzufügen, mithin also für zwei ebenbürtige Wesen. Eine solche Verbindung dürfte erst dann ins Leben gerufen werden, wenn die beiden betreffenden Geschöpfe zuvor vertraglich vereinbart hätten, ihre Stärke niemals zum Nachteil des anderen einzusetzen; freilich wäre eine solche Übereinkunft lachhaft, sobald sie zwischen einem starken und einem schwachen Geschöpf getroffen würde. Denn mit welchem Recht wollte letzteres von ersterem Schonung heischen? und aufgrund welcher Pinselhaftigkeit würde ersteres eine derartige Verpflichtung eingehen? Wenn ich jemandes Stärke ernstlich fürchten muß, mag ich darein einwilligen, die meinige aus dem Spiel zu lassen: weshalb aber sollte ich auf deren Vorteile verzichten, wenn mir ein Wesen von Natur aus unterlegen ist? Werdet ihr mir entgegnen: Aus Barmherzigkeit? Dieses Gefühl ist nur dann statthaft, wenn mir jemand ebenbürtig ist; und da es ein eigensüchtiges Gefühl ist, wird es nur unter der stillschweigenden Voraussetzung zum Tragen kommen, daß jenes Geschöpf, das mein Mitleid erregt, auch mir gegenüber Mitleid übt. Doch wenn ich dank meiner Überlegenheit ständig obsiege, kann ich mit dessen Mitleid nichts anfangen und darf es also auf keinen Fall durch den geringsten Verzicht erkaufen. Wäre ich nicht ein Dummbart, wenn ich mich eines Wesens erbarmen wollte, auf dessen Erbarmen ich selber nie und nimmer angewiesen sein werde? sollte ich den Tod eines für mein Mittagsmahl gerupften Küchleins beweinen? Da ich mit einem Menschen, der mir himmelweit unterlegen ist, nichts gemein habe, kann er in meinem Herzen auch keinerlei Mitgefühl wecken. Nun, die Beziehung zwischen Gattin und Gemahl zeitigt für mich keine anderen Folgen als diejenige zwischen mir und dem Küchlein. Alle beide gehören zu den Haustieren, deren man sich, so die Absicht der Natur, bedienen soll, ohne auch nur den geringsten Unterschied zwischen ihnen zu machen. Denn, ich frage euch, meine Damen: wenn die Absicht der Natur dahin gegangen wäre, euer Geschlecht zum Wohle des unsrigen zu erschaffen und VICE VERSA, hätte dann ebendiese blinde Natur die Bauweise der beiden Geschlechter derart schlecht aufeinander 5 abgestimmt? hätte sie die beiden Geschlechter mit Mängeln ausgestattet, die derart schwerwiegend sind, daß es unweigerlich zu Aberwillen und wechselseitiger Abscheu kommen mußte? Um ein naheliegendes Beispiel aufzugreifen: mit Verlaub, meine Freunde, nennt mir die Frau, die ich mit meiner Gliedgröße, welche euch mittler- 10 weile ja bekannt sein dürfte, glücklich machen könnte? und wie wollte andererseits ein Mann den gewöhnlichen Beischlaf mit einer Frau als Wonne empfinden, wenn er nicht mit einem jener ungeheuerlichen Gemächte bestückt ist, ohne die man eine Frau gar nicht befriedigen kann? Könnten uns nach eurem Dafürhalten etwa 15 die geistigen Vorzüge einer Vertreterin dieses Geschlechtes für körperliche Mängel entschädigen? Eh! welches vernünftige Wesen, das die Frauen von Grund auf kennt, würde nicht in den Ruf des Euripides einstimmen: »Jener Gott, der die Frau in die Welt gesetzt, darf sich rühmen, ein vollkommen mißlungenes Geschöpf geschaf- 20 fen zu haben, das dem Manne nur Verdruß bereitet.« Sobald also der Beweis erbracht ist, daß die beiden Geschlechter in keiner Hinsicht aufeinander abgestimmt sind und daß jede auch noch so wohlbegründete Klage des einen Geschlechts vom anderen erwidert werden könnte, entpuppt sich die Behauptung, die Natur habe sie 25 zu ihrem wechselseitigen Wohle geschaffen, auf einen Schlag als Irrmeinung; sie mag ihnen zwar den Wunsch eingehaucht haben, einander näher zu kommen, um dem Zwecke der Fortpflanzung zu obliegen, jedoch auf keinen Fall denjenigen, eine enge Verbindung einzugehen, um die wechselseitige Glückseligkeit zu befördern. Da 30 der Schwächere den Stärkern also nie durch den Hinweis auf ein gemeinsames Glück zügeln kann und darf, bleibt ihm nichts anderes übrig, als sich zu unterwerfen. Und da die Geschöpfe beiderlei Geschlechts, unerachtet aller Schwierigkeiten, dies wechselseitige Glück wirklich zu finden, stets nur danach trachten, es doch noch 35 irgendwie zu erhaschen, darf der Schwächere jenen Bruchteil des Glücks, den er noch zu pflücken vermag, einzig und allein in der Unterwerfung suchen; um sein Glück zu erhöhen, darf der Stärkere jeden beliebigen Weg einschlagen, denn des Starken höchstes Glück liegt erwiesenermaßen im Ausspielen aller Trümpfe, die er seiner Stärke verdankt, will sagen in einer möglichst rücksichtslosen Unterjochung des Schwachen. Dieserweise finden die beiden Geschlechter doch noch jenes Glück, das ihnen die traute Zweisamkeit versagt: der eine in blinder Unterwerfung, der andere in der ungezügelten Entfaltung seiner Macht. Eh! wenn die Natur nicht darauf abgezweckt hätte, daß das eine Geschlecht das andere beherrsche... knechte..., dann hätte sie sie doch mit ebenbürtigen Kräften ausgestattet? Indem sie das eine dem anderen in jeder Hinsicht unterlegen schuf, hat sie ihren Wunsch, daß der Stärkere alle ihm verliehenen Vorrechte ausschlachte, sattsam bekundet. Je weiter er seine Herrschaft ausdehnt, je tiefer er die an sein Schicksal gekettete Frau ins Unglück stürzt, desto untadeliger erfüllt er die Absichten der Natur. Man darf eine Handlung nicht an Hand der Klagen des schwächeren Geschöpfs bewerten; jedes auf diese Weise gefällte Urteil verkommt unweigerlich zum Fehlurteil, da ihr bei eurer Urteilsbildung lediglich die Ansichten des Schwachen in Erwägung zieht: eine Tat muß vielmehr mit Blick auf die Macht des Starken und auf den Wirkkreis beurteilt werden, den er seiner Macht zu verleihen weiß; wenn nun aber eine Frau unter den Auswirkungen dieser Stärke zu leiden hat, so muß man erörtern, was eine Frau ist, was dieses verachtungswürdige Geschlecht im Altertum galt und was es noch heutigentags bei drei Vierteln der Erdbevölkerung gilt.

Nun, was entdecke ich, wenn ich diesen Augenschein kühlen Kopfes vornehme? ein armseliges, dem Manne allenthalben unterlegenes Geschöpf, weit weniger kunstsinnig, weniger weise als er, überdem abstoßend gebaut, das genaue Gegenteil dessen, was seinem Herrn und Meister gefallen mag... was ihn ergötzen könnte; ein während drei Vierteln seiner Lebenszeit kränkelndes Wesen, das immer dann außerstande ist, seinen Gatten zu befriedigen, wenn es von der Natur zum Gebären gedrängt wird; von spitzem, zänkischem und hoffärtigem Gemüt; herrschsüchtig, wenn man ihm irgend Rechte einräumt; demütig und kriecherisch, sobald man es bezwungen hat: stetsfort aber zwiezüngig, immerzu bösartig, allaugenblicklich gefährlich; alles in allem ein derart entartetes Geschöpf, daß beim Konzil zu Mâcon während mehrerer Sitzungen allen Ernstes darüber disputiert wurde, ob dieses Wundertier, das sich vom Manne ebensosehr unterscheidet wie der Urwaldaffe, auf die Bezeichnung Menschenwesen Anspruch erheben und man sie ihm vernünftigerweise auch wirklich zugestehen dürfe. Doch sollte es sich dabei lediglich um eine Irrmeinung jenes Jahrhunderts handeln? und wurde die Frau in früheren Zeiten wohlwollender eingeschätzt? Die Perser, die Meder, die Babylonier, die Griechen, die Römer, hielten sie dieses hassenswerte Geschlecht, das wir heutigentags dreisterweise zu unserem Götzen erheben, etwa in Ehren? Herrje! ich sehe es allenthalben geknechtet, allenthalben ohne Wenn und Aber von sämtlichen Geschäften ferngehalten, allenthalben erniedrigt und eingesperrt; kurz und gut, die Frauen werden gemeinhin wie Vieh behandelt, dessen man sich bei Bedarf bedient und das man nach Gebrauch ohne viel Federlesens wieder in den Stall treibt. Um einen Augenblick bei den Römern zu verweilen: ich höre, wie mir der weise Cato aus dem Herzen der vormaligen Hauptstadt der Welt entgegenruft: »Würden die Männer ohne Frauen leben, so stünden sie noch immer im Zwiegespräch mit den Göttern.« Ich höre, wie ein römischer Zensor seine Ansprache mit folgenden Worten beginnt:»Erst wenn wir ohne Frauen zu leben vermöchten, würden wir die wahre Seligkeit kennenlernen.« Ich höre, wie die Dichter in den Theatern Griechenlands singen: »O Jupiter! was mag dich dazu getrieben haben, die Frauen zu schaffen? konntest du den Menschen nicht auf besseren und schicklicheren Wegen zum Dasein verhelfen, mit einem Wort, Vorkehrungen treffen, die uns diese Plage erspart hätten?« Ich sehe, wie ebenjenes Volk, die Griechen, dieses Geschlecht mit solcher Verachtung straft, daß es der Gesetze bedarf, um einen Spartaner zur Fortzeugung zu zwingen, und daß eine der Strafen in diesen weisen Republiken darin besteht, einen Missetäter zu nötigen, sich wie eine Frau zu kleiden, will sagen wie das niedrigste und verachtungswürdigste Geschöpf, das ihnen bekannt ist.

Doch um die Beispiele nicht in derart weit zurückliegenden Jahrhunderten zu suchen: wie begegnet man auf unserem Erdenrund denn heutigentags diesem unseligen Geschlecht? wie wird es behandelt? Ich sehe die Frauen in ganz Asien hinter Gittern schmachten und den unmenschlichen Mutwilligkeiten eines Gewaltherrschers als Sklavinnen dienen, der sie mißhandelt, quält und ihnen zu seinem bloßen Vergnügen Schmerzen zufügt. In Amerika sehe ich, wie bei einem von Natur aus menschenfreundlich gesinnten Volk (den Eskimos) die Männer untereinander alle möglichen Wohltaten austauschen, die Frauen jedoch mit aller erdenklichen Härte behandeln. Ich sehe, wie sie in einem Teil der Welt gedemütigt und den Fremden gemeingemacht werden und wie sie in einem anderen als Zahlungsmittel dienen. In Afrika, wo sie zweifellos noch viel rücksichtsloser herabgewürdigt werden, sehe ich, wie sie das Geschäft von Lasttieren verrichten, wie sie die Äcker pflügen, die Saat ausstreuen und ihre Ehemänner stets nur auf Knien bedienen. Soll ich Kapitän Cook auf seine jüngsten Entdeckungsfahrten begleiten? Werde ich auf der zauberhaften Insel Othaïti, wo die Schwangerschaft einem Verbrechen gleichkommt, das nicht selten der Mutter, fast immer jedoch der Leibesfrucht das Leben kostet, auf glücklichere Frauen treffen? Auf anderen, von ebendiesem Seefahrer entdeckten Eilanden sehe ich, wie sie von ihren eigenen Kindern geschlagen und gequält werden und wie sich der Ehemann nur zu dem einen Zweck, sie möglichst unbarmherzig zu peinigen, im Kreise seiner Familie aufhält. Je weniger sich ein Volk von der Natur entfernt hat, um so gewissenhafter befolgt es deren Gesetze. Die Frau darf zu ihrem Gemahl keine fernere Beziehung pflegen als ein Sklave zu seinem Herrn; sie hat entschiedenermaßen kein Recht, nach höheren Ehren zu streben.

Wie dem auch sei, meine Freunde, fest steht jedenfalls, daß sämtliche Völker der Erde vollkommen unumschränkte Verfügungsgewalt über ihre Frauen genießen: es gab sogar manch eines, bei dem sie schon am Tage ihrer Geburt dem Tode geweiht wurden und man lediglich eine kleine, zur Fortzeugung der Gattung notwendige Zahl behielt. Die unter dem Namen Korrih bekannten Araber verscharrten ihre Töchter im zarten Alter von sieben Jahren auf einem Berg in der Nähe von Mekka, da es, wie sie sagten, auf der Hand liege, daß ein derart nichtswürdiges Geschlecht des Lebens nicht würdig sei. Im Harem des Königs von Atjeh werden die Frauen beim leisesten Verdacht auf Untreue, beim flüchtigsten Ungehorsam im Dienste von des Herrschers Wollust oder beim ersten Anflug von Überdruß zu den haarsträubendsten Todesmartern verurteilt; als Henker waltet der König höchstselbst. An den Gestaden des Ganges werden sie genötigt, sich auf der Asche ihrer Gatten hinzuopfern, da sie für die Welt von keinerlei Nutz und Frommen mehr sind, sobald sich ihre Gebieter nicht mehr an ihnen gütlich tun können. Andernorts jagt man sie wie wilde Tiere; je mehr man von ihnen erlegt, desto größer die Ehre. In Ägypten werden sie den Göttern geopfert. Auf Formosa tritt man sie mit Füßen, sobald sie schwanger sind.

Die Buße, zu der die germanischen Gesetze jemanden verurteilten, der eine fremde Frau umgebracht hat, betrug lediglich zehn Taler; keinen Heller, wenn es sich um seine eigene oder um eine Buhle handelte.

Kurz und gut, allerorten, wiederhole ich, allerorten sehe ich, wie die Frauen gedemütigt und gemißhandelt, dem priesterlichen Aberglauben, der Unbarmherzigkeit der Gatten oder den Mutwilligkeiten der Libertins zum Opfer gebracht werden; und zu ihrem Leidwesen erhärtet sich, je länger man sie erforscht und durchleuchtet, die Überzeugung, daß sie dieses Los auch durchaus verdienen. Ist es denn die Möglichkeit, ereifern sich ihre einfältigen Anhänglinge, daß die Feinde dieses Geschlechtes die Augen vor all den Vorzügen verschließen, von denen es nur so strotzt? Schaut, schwärmen sie, wie rührend sie sich unserer Jugend annehmen, wie willig sie uns dienen, sowie wir in ein reiferes Alter getreten sind, wieviel Hilfe wir von ihnen empfangen, wenn wir alt und schwach geworden sind; wie sie uns auf dem Krankenbette pflegen, bei Trauer trösten; wieviel Zartgefühl sie darein legen, unsere Leiden zu lindern; mit wieviel Geschick sie den Kummer, der uns bedrückt, wenn immer möglich, von uns abwenden; mit wieviel Eifer sie unsere Tränen trocknen… Und ihr liebt, vergöttert derart makellose Wesen nicht?…derart zarte Freundinnen, die uns die Natur schenkt? Nein, ich liebe sie nicht, noch vergöttere ich sie; ich bleibe selbst dann noch standhaft, wenn man mich mit allerlei Blütenträumen einlullen will, denn meine Besonnenheit vermag ihnen samt und sonders zu trotzen. Aus allem, was ihr preist, spricht lediglich Schwäche, Furcht und Eigensucht: wenn die Frau, gleich der Wölfin oder Hündin, ihre Leibesfrucht säugt, so nur, weil es für ihr Wohlbefinden unerläßlich ist, jene naturgegebene Flüssigkeit abzusondern; wenn sie uns bei dem mannigfaltigen, just geschilderten Ungemach beisteht, so vielmehr aus Veranlagung denn aus Tugend, vielmehr aus Eigenstolz oder Eigenliebe. Wir sollten uns über ihre wahren Beweggründe nicht wundern: die Hinfälligkeit ihrer Organe macht sie für das kleinmütige Gefühl der Barmherzigkeit empfänglicher als unsereinen und treibt sie unwillkürlich dazu, die Leiden, die sie erblickt, zu beklagen und zu lindern, ohne daß man ihr dies als Verdienst anrechnen könnte; nur ihre angeborene Feigheit hält sie dazu an, dem Stärkeren Fürsorge angedeihen zu lassen, weil sie selber, wie sie wohl spürt, früher oder später auch der seinigen bedarf. Doch alledem liegt nicht Tugend noch Uneigennützigkeit zugrunde, sondern nur Eigennutz und Triebhaftigkeit. Welch empörender Aberwitz, ihre Bedürfnisse zu Tugenden adeln zu wollen und die wahren Gründe für diese guten Taten, durch die wir uns in unserer Verblendung umgarnen lassen, nicht ausschließlich in ihrer Hinfälligkeit, in ihren Ängsten zu suchen; und nur weil ich unseligerweise bei einem Volk lebe, das noch allzu grobschlächtig ist, um sich von diesen hehren Grundsätzen zu nähren... und um es zu wagen, das allerlächerlicherste Vorurteil abzulegen, soll ich mich aller Vorrechte entschlagen, die mir die Natur gegenüber diesem Geschlecht gewährt! soll sämtlichen Lüsten entsagen, die diesen Vorrechten entspringen! Nein, nein, meine Freunde, das wäre ungerecht: wenn es denn sein muß, werde ich mein Treiben bemänteln; doch will ich mich in aller Heimlichkeit für die widersinnischen Einschränkungen entschädigen, die mir die Gesetzgebung auferlegt; und so werde ich mit meiner Frau umspringen, wie es mir zupaß kommt...ein Recht, das ich in sämtlichen Gesetzbüchern der Welt, in meinem eigenen Herzen und in der Natur fest verankert finde.

– Meiner Treu, mein teurer Oheim, sprach Bressac, der während der ganzen Rede unablässig im Arsch eines hübschen Bübchens stak und diesem hiemit den handgreiflichen Beweis lieferte, daß er jene Ansichten über das Weibervolk, die Gernande just zum besten gegeben, voll und ganz guthieß; oh! meiner Treu, nun bin ich endgültig von der Unmöglichkeit Ihrer Bekehrung überzeugt.

– Dies zu versuchen, will ich auch niemandem geraten haben, erwiderte der Graf; der Baum ist schon zu alt, um noch verpflanzt zu werden: in meinem Alter kann man zwar durchaus noch einige Schritte auf dem Lebenspfad des Bösen vorankommen...nicht aber auf demjenigen des Guten. Meine Grundsätze und meine Neigungen machen übrigens meine ganze Glückseligkeit aus; seit meiner Kindheit bilden sie die einzige Grundlage meines Tuns und Treibens: vielleicht werde ich noch den einen oder anderen Fortschritt machen, denn ich fühle, daß dies im Bereich des Möglichen liegt; eine Umkehr aber ist ausgeschlossen. Zu groß ist meine Abscheu vor den Vorurteilen der Menschen; allzu aufrichtig mein Haß auf ihre Kulturgesellschaft, ihre Tugenden und ihre Götter, um jemals meinen Neigungen abzuschwören.

– Meine Herren, sprach hier die hitzige d'Esterval, Sie haben mein Geschlecht verunglimpft; doch die von mir zeither bezeugte

Gesinnung erhebt mich allzu weit über dessen Schwäche, als daß ich die zweifelhafte Ehre beanspruchen wollte, es in Schutz zu nehmen. Ich bin überdem ein Zwitterwesen, das, wie ihr selber festgestellt habt, mit eurem Geschlecht weit mehr gemeinhat als mit dem weiblichen; und um eure letzten Zweifel auszuräumen, will ich lediglich auf die Tatkraft verweisen, von der ich beim Quälen von Madame de Gernande beseelt war. So beteuere ich euch denn, daß ich es immer dann, wenn es gilt, mir männliche Neigungen anzueignen und männlichen Leidenschaften zu frönen, zutiefst bedaure, kein echter Mann zu sein.

– Ich aber, sprach die keusche Justine, werde sie als wie wilde Tiere fliehen, sowie ich gewahre, daß sich ihr Verhalten nach derart grausamen Grundsätzen richtet.

Wie bereits erwähnt: die Gemüter hatten sich durch die Schandspiele bei Madame de Gernande keineswegs beruhigt und gerieten nun im Verlauf dieses Gesprächs erneut in Glut.

– Weshalb, wandte sich d'Esterval an Gernande, möchten Sie Ihren Mutwillen eigentlich nicht an jenen hübschen Bübchen üben, von denen Sie umgeben sind?

– Mir stand auch schon der Sinn danach, entgegnete der Graf; doch da ich diese jungen Leute ebenso inbrünstig liebe wie ich die Frauen hasse, sollte ich, wie mich dünkt, im Grunde genommen nur gegenüber letzteren meine Wildmütigkeit in Anschlag bringen; wenn es euch aber Vergnügen bereiten sollte, meine Freunde ... nur immer frisch gewagt.

– Dies würde mich teuflisch anschwellen lassen, meinte Bressac; seit einer Stunde lustwandelt mein Schwengel im Arsche eines Ihrer Schandknaben, und es ist, wie ich gestehen muß, mein sehnlichster Wunsch, ihm jedwedes ersinnliche Leid zuzufügen.

Und da Bressac bei diesen Worten das Gehänge des Ganymed überaus unbarmherzig zusammenquetschte, ließ das kaum vierzehnjährige Kind schrille Schreie fahren und vergoß Tränen.

– Treten Sie uns diesen Giton ab, sprach d'Esterval, der neben Bressac getreten war und Anstalten machte, dessen Beispiel zu folgen; Sie halten hier eine derartige Fülle von ihnen, daß es auf einen mehr oder weniger auch nicht ankommt.

– Und was soll aus ihm werden? wollte Gernande wissen.

– Ein Opfer natürlich, sagte Bressac.

– Und zwar im Rahmen eines äußerst grausamen Schauspiels, wenn Ihnen dies genehm ist, fügte d'Esterval hinzu.

– Prächtig, meinte Dorothée; doch es ist unerläßlich, daß Justine und Madame de Gernande als Opferpriesterinnen auftreten.

– Das ist Musik in meinen Ohren, sprach Monsieur de Gernande: denn wenn mein teures Weib an all diesen Folterungen nicht teilnehmen dürfte, so weiß ich nicht, ob ich eurem Ansinnen weiterhin derart wohlgewogen wäre... Auf denn, es gilt nun nur mehr noch, sie aufzusuchen.

– Oh! Monsieur, sprach die zartbesaitete Justine, sind Sie sich des Zustandes von Madame bewußt?

– Ich bin mir lediglich bewußt, versetzte Gernande Justine zusammen mit einer schallenden Ohrfeige, daß es dir nicht besser ergehen wird als ihr, wenn du dich auf Geistreicheleien verlegen solltest. Merke dir, Jungfer Naseweis, fuhr dieser Stier fort, daß es dir verstattet ist, meine Hirnbrünstigkeit zu schüren, wenn dir deine Einbildungskraft zu einem guten Einfall verhilft; doch untersage ich dir bei Todesstrafe, dich jemals zu erdreisten, sie abkühlen zu wollen.

– Eilen wir zu Ihrer Frau, mein Oheim, sprach Bressac; schaut nur, ich werde das Opfer auf der Spitze meines Schwanzes dorthinbringen.

Und in der Tat hielt der Libertin sein Schandpferdchen ohne Unterlaß aufgespießt und trug es, ohne auch nur eine Minute zu erschlaffen, in die Gemächer seiner Tante, die nicht im Traume mit weiterer Unbill gerechnet hatte und sich bei der Ankunft dieser Strolche gerade den süßen Strudeln eines sanften Schlummers hingab.

Wir wollen dies neuerliche Lustgelage vor den züchtigen Augen unserer Leser verhüllen[1]; es gibt noch Abscheulichkeiten sonder Zahl, deren Schleier wir ihnen zuliebe lüften müssen: sie mögen lediglich erfahren, daß diese Szene zu den allerblutigsten gehörte; daß Madame de Gernande und Justine dazu gezwungen wurden, als Lustgefäße zu dienen, und daß der niedliche, hübsche Ganymed vier

---

[1] Es ist ungezweifelt ein höchst geschickter Kunstgriff, gewisse Szenen dieserweise im dunkeln zu lassen; doch wie viele unersättliche und gieräugige Leser wünschten nicht, daß man ihnen alles sagte! Eh, lieber Gott! wenn man ihnen Genüge täte, bliebe doch für ihre eigene Vorstellungskraft gar kein Spielraum mehr?

Stunden später die Seele aushauchte, nachdem er all sein Blut verloren.

– Wo bin ich nur, fragte sich Justine nach ein paar Wochen schließlich, und was für einen Dienst will mir Bressac erwiesen haben, indem er mich in dieses Haus geleitete! Das Untier! er wußte 5 nur allzu genau, daß damit mein Unglück besiegelt sein würde: hätte er sich andernfalls überhaupt um mich bekümmert?

Dieserweise sah sich das arme Ding unablässig zwischen den Gewissensbissen, im Schoße des Verbrechens leben zu müssen, und der Verzweiflung, ihre Gebieterin nicht erretten zu können, hin- 10 und hergerissen, und wiewohl sie sich den Kopf zermarterte, wollte und wollte es ihr nicht gelingen, einen Ausweg auszumitteln, der sie selbander von so viel Leid und Elend hätte erlösen können.

– O Justine! bald wirst du miterleben, wie weitere Personen in diesem Schlosse eintreffen, sprach Madame de Gernande eines schö- 15 nen Tages zu ihr, da sie sehr wohl spürte, daß dies arme Mädchen ihres Vertrauens im Grunde genommen würdig war.

– Wer denn, Madame?

– Monsieur de Verneuil, ein weiterer Onkel deines Peinigers Bressac; dieser Bruder meines Gatten kommt regelmäßig, zweimal 20 im Jahr, mit seiner Frau, seinem Sohn und seiner Tochter hierher.

– Ah! wie schön, Madame, erwiderte Justine, dann werden Sie wenigstens während dieser Zeitspanne Ihren Frieden haben.

– Frieden, meine Teure; ah! sag vielmehr, daß ich dann noch tau- sendmal schlimmere Martern zu erdulden habe: diese beiden Ver- 25 gnügungsreisen leiten für mich jeweils eine qualvolle Leidenszeit ein; alsdann verdoppelt sich all mein Unglück; bei dieser Gelegen- heit erdulde ich sogar grausamere Pein als jemand, der unseliger- weise aufs Rad geflochten wird. Hör mir zu, Justine, denn ich will deinen Augen sündliche Geheimnisse enthüllen, die dich er- 30 schauern lassen werden.

– Monsieur de Verneuil, mein teures Töchterchen, ist noch viel lüsterner als sein Bruder, viel liederlicher, viel verbrecherischer, viel wildmütiger; ein tollwütiges Tier, das um seiner Leidenschaften willen sämtliche Zügel mißachtet und, so vermute ich, sogar das 35 gesamte Weltall aufopfern würde, wenn dies seine schändlichen Lustbarkeiten befördern würde. Verneuil ist fünfundvierzig Jahre alt und somit, wie du siehst, jünger als sein Bruder; er ist weniger fett, dafür aber sehniger und viel kräftiger, seine Fratze ist noch tausendmal furchterregender...ein wahrer Satyr...oh! ja, Justine, ein Satyr, in jedweder Hinsicht... Das..., du weißt schon, was ich meine, meine Teure, ist bei ihm gigantisch: es scheint, als habe ihn die Natur für alles entschädigen wollen, was sie seinem Bruder vorenthielt; zudem ist er unermüdlich: dieser Schurke könnte mühelos zehn Frauen zuschanden reiten. Seine Gattin, zweiunddreißig Jahre alt, ist eines der schönsten Geschöpfe, denen man auf Erden begegnen kann; ihr Haar ist kastanienbraun; ihre Hüfte, schlank und rank, gleicht derjenigen von Venus; ihre unvergleichlich ausdrucksvollen Augen sind ein Spiegel ihrer Seele und ihrer Feinfühligkeit; ihr Mund ist von makelloser Schönheit; ihr Fleisch fest, prall und von bewundernswerter Blässe; kurzum, sie ist von Kopf bis Fuß das Inbild von Anmut und Zartgefühl: überdem muß sie über ein recht widerstandsfähiges Gemüt verfügen, hält sie doch den absonderlichen und enthemmten Mutwilligkeiten, denen sie ihr abscheulicher Gatte Tag für Tag unterzieht, schon seit achtzehn Jahren stand.

– Oh! Madame, kann es auf Erden denn überhaupt ein entmenschteres Wesen geben als Monsieur de Gernande?

– Urteile selbst, wenn es soweit ist, Justine; ich will dich nicht um den ganzen Schrecken der Überraschung bringen. Laß mich meine Schilderung der erwarteten Gäste abrunden. Victor, Monsieur de Verneuils Sohn, ist sechzehn Jahre jung; er ist das Ebenbild seiner Mutter; undenkbar, noch hübscher, unverbrauchter, verlockender, liebreizender zu sein; was die Schönheit anbelangt, so kenne ich nur jemanden, der ihm den Rang streitig macht...seine Schwester Cécile, die ungefähr vierzehn Jahre zählt und von der man sagen möchte, daß die Götter sie einzig schufen, um den Menschen auf möglichst eindrucksvolle Weise ihre Allmacht vor Augen zu führen: nie noch erblickte man eine schmiegsamere Hüfte, sanftmütigere und imgleichen lebhaftere Gesichtszüge...herrlicheres Haar... weißere Zähne; und ohne ihre Mutter gälte Cécile, um es auf den Punkt zu bringen, fraglos als das schönste Wesen, welches auf Erden weilen mag. Herrje, Justine, sowohl diese Frau als auch ihre beiden prächtigen Kinder, die sie von ihrem Gatten empfangen hat, fallen der Wildheit dieses Ungeheuers tagtäglich zum Opfer... Victor womöglich etwas weniger oft, denn das schlechte Vorbild seines Vaters sowie allerlei Verführungskünste waren Gift für sein Herz, das mittlerzeit nur allzu verdorben ist.

– Oh Himmel! Sie lassen mich erschauern... ein Vater, der seine Kinder verdirbt!... O weh! doch darf ich mich über derlei Greuel überhaupt noch wundern, fuhr Justine fort, ich, die ich deren allerschlimmste Auswüchse schon seit Jahr und Tag mitansehen muß?

– Ah! dies nun wird, versprach Madame de Gernande, ganz 5 gewiß alles übertreffen, was du je miterlebt hast. Dieser Unhold läßt es nicht bei der schlichten Blutschande bewenden, mit der er den Schoß seiner Familie befleckt; viel schlimmere Greuel...

– Was treibt er denn?

– Die himmlischsten Geschöpfe beiderlei Geschlechts, welche er 10 voll Umsicht aus reichstbegüterten und hochwohlgeborenen Ständen auswählt, dies sind die Opfer, welche er seiner Geilheit weiht, und zwar unter größtem Aufwand von Geschick und Geld: in betreff des Alters ist dieser Libertin derart heikel, daß er jedes ihm vorgeführte Geschöpf auf der Stelle ablehnt, sowie es das von ihm 15 gewünschte Alter, sieben Jahre, auch nur um einen Monat überschritten hat: und du ahnst, Justine, welch zerreißende Schmerzen diese Kinder bei einem solchen seelischen und körperlichen Ungeheuer, wie ich es dir just abgekupfert, erleiden müssen. Mehr als die Hälfte läßt dabei das Leben: das gräßliche Wissen um diese betrüb- 20 liche Folgen gilt der ruchlosen Geilheit dieses heimtückischen Kerls als eine der süßesten Speisen; und ich habe ihn schon hundertmal sagen hören, daß er nur dank der Aussicht, die von seiner Wildmütigkeit aufgebrochene Rose mit seinen gigantischen Maßen rettungslos zu zerpflücken, bis an die Grenzen seiner Wollust vor- 25 stoße. Aufgrund einer äußerst vorteilhaften, auf den Antillen geschlossenen Heirat sowie aufgrund mannigfaltiger, höchst einträglicher Geschäfte, schwimmt er nun im Golde, ja ist sogar dreimal so reich wie sein Bruder und kann demnach unvorstellbare Summen für seine schändlichen Gelüste aufwenden. Seine Opfer werden in 30 allen Provinzen angeworben; unter gewaltigen Unkosten werden sie auf Schloß Verneuil geführt, das zehn Meilen von hier entfernt liegt und in dem er sich schon vor Jahren fest eingerichtet hat. Seiner Gepflogenheit gemäß, wird ihn bestimmt eine Blütenlese dieser Untertanen begleiten; und du wirst sehen, Justine, ob auf Erden 35 jemals ein schrecklicherer Mensch gelebt hat als er.

Über das just Gehörte hell entsetzt, gab sich unsere herzergreifende Waise einmal mehr voll und ganz der unaussprechlichen Güte ihres Wesens hin und suchte schon am nächstfolgenden Morgen den Marquis de Bressac auf.

– Werter Herr, sprach sie bestürzt zu ihm, man droht uns mit weiteren Gästen, was für meine arme Herrin höchst verhängnisvoll
5 wäre; wissen Sie Genaueres, und können Sie es hindern?

– Ich bin im Bilde, erwiderte Bressac; ein weiterer Onkel von mir, der wie Gernande ein Bruder meiner Mutter ist und den ich zeit meines Lebens noch nie getroffen; er soll, wie man mir sagte, äußerst liebenswürdig und geistreich sein.

10 – Oh! Monsieur, gerade solche geistreichen Leute sind viel gefährlicher als alle anderen... denn je schlüssiger sie über ihre Ausschweifungen vernünfteln, um so gewissenloser frönen sie ihnen... solchen Leuten sind wir auf Gedeih und Verderb ausgeliefert. Auf diesem Schlosse werden vier erstrangige Verbrecher versammelt
15 sein... Schreckenstat wird auf Schreckenstat folgen.

– Das will ich hoffen, sagte Bressac; es gibt nichts Schöneres, als wenn dieserweise mehrere Freunde von gleicher Veranlagung und gleicher Gesinnung zusammenfinden: man teilt den anderen seine Gedanken, seine Gelüste mit; die Begierden der einen entzünden
20 sich an den Abartigkeiten der anderen; man überbietet, übertrifft einander, stachelt sich gegenseitig an, und dies trägt himmlische Früchte.

– Meiner jammerbaren Herrin werden sie bitter schmecken.

– O Justine! weshalb nur nimmst du am Schicksal dieses Geschöp-
25 fes solchen Anteil? wann wirst du es endlich leid sein, dich von deinem Herzen noch und noch zum Narren halten zu lassen? Sollte es zufälligerweise dazu kommen, daß man hier etwas gegen meine Tante ausheckt, wirst du dann abermals, wie schon weiland bei meiner Mutter, dein Leben aufs Spiel setzen, um sie zu verteidigen? Eh!
30 schwöre doch, mein Töchterchen, ein für allemal dieser grundgütigen oder vielmehr abgrundblöden Einstellung ab, die dir bislang so wenig Glück gebracht; sei eigensüchtiger, mithin weiser, und kümmere dich nur mehr noch um dein eigenes Wohl; hör auf, dir bis in alle Ewigkeit nichts als Unannehmlichkeiten zu bereiten, indem du
35 dich immerfort mit den Sorgen der anderen bemengst. Was schiert es dich, ob diese Frau, an deren Seite man dich gestellt, lebt oder stirbt? Habt ihr auch nur das geringste gemeinsam? Und wie kannst du bloß so pinselhaft sein, dir irgendwelche erdichteten Bande vorzuspiegeln, obwohl dir dies stets nur Unglück gebracht hat? Ersticke

deine Seele, Justine, du siehst doch, wie wir die unsrigen abhärten; nur Mut, verwandle deine Herzensbeklemmungen in Lustbarkeiten: wenn du nach unserem Vorbilde erst einmal einen makellosen Stoizismus erworben hast, dann wirst du spüren, wie aus dieser Fühllosigkeit eine Fülle neuer Freuden aufkeimt, die viel köstlicher 5 sind als jene, deren Quell du in deiner verhängnisvollen Empfindsamkeit zu finden wähnst. Glaubst du denn, ich hätte als Kind nicht ein Herz gleich dem deinigen gehabt? doch habe ich dessen Stimme unterdrückt; und in dieser wollüstigen Verhärtung habe ich die Wiege einer Vielzahl von Verirrungen und Wonnen entdeckt, die 10 weit mehr fruchten als meine frühere Verweichlichung.

– Oh! Monsieur, wenn man dieserweise den Ruf des Herzens erstickt hat, schreckt man vor nichts mehr zurück.

– Genau dies aber ist unser Ziel; erst wenn man es bis zu diesem Punkt gebracht hat, erlebt man wahren Hochgenuß: ich jedenfalls, 15 meine Liebe, ich bin erst vollends glücklich, seit ich mich allen Verbrechen kalten Blutes hingebe. Als meine Seele noch in Kindesschuhen steckte und nur mählich zu jenem männlichen Tonfall fand, den ich sie heute annehmen lasse, litt ich immer dann, wenn ich ihr wieder etwas Spielraum ließ; törichte Gewissensbisse plagten sie: ich 20 focht dagegen an; ich adelte meine Verirrungen zu Grundsätzen; und erst seit diesem Zeitpunkt schwelge ich in Glückseligkeit. Man kann mit seiner Seele machen, was man will: dank der Triebfedern der Philosophie bringt man sie in jede gewünschte Stimmlage; und was uns in unserer Kindheit erzittern ließ, wird in reiferen Jahren 25 zum Gegenstand unserer größten Lust.

– Wie! werter Herr, möchten Sie mir etwa weismachen, daß Sie jenen entsetzlichen Muttermord, zu dem Sie sich vor meinen Augen verstiegen haben, nicht bereuen?

– Hätte ich zehn Mütter gehabt, ich hätte sie allesamt gleicher- 30 weise hingeopfert, eine nach der anderen: oh! Justine, dieses Verbrechen war noch kein ernstzunehmender Prüfstein für meine Seelenstärke; um mich aus der Ruhe zu bringen, wären ganz andersgeartete Verbrechen erforderlich. Wie schlimm deine Befürchtungen auch immer sein mögen, unterstehe dich, sie Gernande mitzuteilen; 35 sein steinern Herz hat für Anflüge von Empfindsamkeit kaum Verständnis, und du könntest von ihnen schlimm genasführt werden. Wenn Verneuil kommt, solltest du artig zu ihm sein; sei sanft, zuvorkommend, gewitzt; verbirg sorgsam die törichten Regungen deines

Herzens: ich jedenfalls werde ihm nur Gutes von dir erzählen; und wer weiß, vielleicht wird dir diese Bekanntschaft zum Vorteil gereichen.

In diesem Augenblick traten vier Gitonen bei Bressac ein und zogen den Schlußstrich unter ein Gespräch, dem Justine nicht gerade nachtrauerte, war es doch herzlich wenig nach ihrem Geschmacke verlaufen.

– Bleib, wenn du möchtest, lud Bressac sie ein, während er seine Lustknaben küßte und deren Beinkleider aufknöpfte; wiewohl du ein Weib bist, werde ich dich bei meinen wollüstigen Spielchen niemals für überflüssig erachten; du könntest mir dabei sogar zur Hand gehen ...

Doch die schamzüchtige Justine, welche an derlei Greueln nur teilnahm, wenn sie dazu gezwungen wurde, zog sich seufzend zurück und sprach zu sich selber:

– »O mein Gott! dies also ist der Mensch, sobald er von seinen Leidenschaften unterjocht wird; bergen Nubiens Urwälder Tiere, die wilder sind als er?«

Niedergeschlagen kehrte sie zu ihrer Herrin zurück, um ihr zu berichten, daß jene Unterredung, die sie für derart dringlich erachtet hatte, keinerlei Früchte getragen hätte, da trat unvermittelt eine der Alten ein, um ihr kundzutun, sie solle sich zu Monsieur de Gernande verfügen, der ihr offenbar etwas mitzuteilen habe.

– Justine, sprach der blutgierige Schloßherr, weshalb verschweigst du mir, was für Ränke hier geschmiedet werden?

– Ich weiß von nichts, Herr.

– Dann werde ich es dir verraten, sprach Gernande, ohne seinen unmenschlichen Gesichtsausdruck zu mildern. Vernimm denn, daß Dorothée ganz wild auf meine Frau ist und mich just um die Erlaubnis gebeten hat, heute morgen ein paar Stunden mit ihr verländeln zu dürfen: ich habe eingewilligt; doch will ich diese Lustbarkeiten heimlich beobachten. Du mußt mich in einem Geheimkämmerchen verstecken, das hinter ihrer Ottomane liegt und durch dessen Butzenfensterchen ich beobachten kann, was diese außergewöhnliche Tribade mit dem Leibe meiner züchtigen Gemahlin alles anstellen wird.

– Doch haben Sie, Monsieur, schon einmal erprobt, was man in diesem Geheimkämmerchen alles hören und was man durch dessen Fensterchen alles sehen kann?

– Aber ja! gewiß, daselbst verberge ich mich Tag für Tag, um ihre Klagen über mich zu erlauschen und mich an ihnen zu erlaben.

Unsere Heldin, die an dieser Stelle billigerweise nichts anderes als Willfährigkeit an den Tag legen durfte, betrat mit Gernande unverzüglich das fragliche Kämmerchen; die nichtsahnende Dorothée aber verfügte sich zu Madame de Gernande, welche über diesen Besuch höchlich erstaunt war.

Die herrschsüchtige und hochnäsige d'Esterval, die ebenso verwildert war wie ihr Gatte und der man freie Hand ließ, wollte, wie man gerne glauben wird, alles andere denn die zartbesaitete Liebhaberin spielen; eine der Vetteln begleitete sie mit dem Befehl, die bejammernswerte Gattin dazu zu zwingen, sich allen Wünschen dieser zu ihr gesandten Messalina hinzugeben. Es galt zu gehorchen: das entblößte Opfer bot den Blicken bald nur mehr Zähren und Zauber. Man kann sich Madame d'Estervals Überwut kaum ausmalen; derlei Anfälle lassen sich unmöglich abkupfern: völlig vergessend, welchem Geschlecht sie angehörte, frönte die stolze Tribade ohne jedwede Scham allen Verirrungen ... allen Rasereien der Männer: es bot sich weniger das Bild von Sappho in den Armen der Damophyle als vielmehr dasjenige von Nero bei Tigellinus. Jedwede männliche Unzüchtigkeit und Leidenschaft, jedwede Zügellosigkeit allergrausamster Männerlibertinage wurde von diesem Ausbund an Schwelgsucht und Abartigkeit ins Werk gesetzt; sie ließ nichts unversucht, heckte alles Erdenkliche aus, um ihrer schamlosen Geilheit Genüge zu tun; und Justines jammerbare Herrin ward durch dies Schandspiel noch stärker erschöpft als durch jene, denen sie ihr Gatte unterzog.

– Oh! Fick, sprach Gernande, indes er sich von Justine lutschen ließ, das nenn ich wahre Wollust: nie noch hat irgendein Augenschmaus meinen Kopf dermaßen in Wallung versetzt. Ich liebe diese Dorothée bis zur Raserei; hätte ich eine solche Gemahlin, ich hätte sie nie und nimmer zu meinem Opfer gemacht ... Ah! lecke, Justine ... lecke! ... trachte danach, daß mein Ficksaft im selben Augenblick verströmt wie derjenige dieser Schlitzbübin.

Gernandes Gelüsten, in Glut gebracht, aber nicht in Brand gesteckt, blieb indes der ersehnte Höhepunkt versagt; und die d'Esterval ermüdete, bevor der heimliche Beobachter ihrer Lust mit der seinigen zu einem Ende gekommen war. Ihrer Bettgespielin überdrüssig, warf sie ihr verächtliche Blicke zu; sie schmähte sie,

schärfte ihr wiederholt ein, daß ihr Gatte allzu gütig sei, sie überhaupt noch länger am Leben zu lassen; sie verunglimpfte jene Liebreize, an denen sie sich hiebevor berauscht, sie entweihte und peinigte sie und trollte sich mit den Worten, daß sie dem Gatten
5 anrätig sein werde, mit einer derart nichtswürdigen Gattin nicht mehr viel Federlesens zu machen.

Unmittelbar nach Dorothées Abgang betrat der Hausherr zusammen mit Justine Madame de Gernandes Gemach; und indem er den soeben belauschten Besuch zum Vorwand nahm, überhäufte er seine
10 unselige Frau mit allen erdenklichen Schmähreden... Drohworten. Sie verteidigte sich, so gut sie konnte.

– Man hat meine Tür aufgeschlossen, Monsieur, schluchzte sie unter Tränen: eine der Alten, denen ich anvertraut bin, hat diese Frau auf Ihr Geheiß zu mir geführt; es war mir unmöglich, mich
15 ihrer Anfechtungen zu erwehren... ich hätte sie mir vom Leibe gehalten, wenn ich die Kraft dazu besessen hätte.

Gernande aber, der es lediglich auf eine günstige Gelegenheit für eine Szene abgesehen hatte und sich nun dieselbe auf eine Art und Weise verschaffte, die seine durch und durch verschlagene Seele
20 höchst lustvoll dünkte, verurteilte seine Frau ohne Umschweife zum Aderlaß; und im Handumdrehen stach das vom Vorgepränge äußerst erhitzte Ungeheuer in beide Arme sowie in die Scheide. Für einmal verzichtete er auf Männer; er beschied sich mit Justine; das Unglückskind war vom Saugen schon bald ausgelaugt: das grausame
25 Tier, Herr über seinen Samen, besaß das Geschick, dessen Fluten erst hervorschießen zu lassen, als es gewahrte, daß seine Frau die Besinnung verloren hatte; dies Stelldichein aber endete mit einem der unmenschlichsten Anfälle, von denen er in Justines Beisein je übermannt worden war.

30 Kaum war dieser Lüstling in sein Gemach zurückgekehrt, hörte man vom Hofe her Wagengeräusche: Monsieur de Verneuil und seine Familie. Monsieur de Gernande ließ diese Neuigkeit alsogleich seiner Frau überbringen. Doch in welchem Zustand, gerechter Himmel!, erfuhr sie von dieser fürchterlichen Schicksalswendung!
35 Zur selben Zeit wurde Justine angewiesen, diese neuen Gäste zu bewillkommnen.

Kapitel xv

Bildnisse dieser Personen. – Ungesehene Lustgelage.

DER VORDERE WAGEN war eine sechsspännige, deutsche Berline, in der sich Monsieur und Madame de Verneuil sowie ihre Kinder Cécile und Victor befanden; dahinter folgte eine große Kalesche, in der eine wunderschöne Frau von vierzig Jahren, deren Tochter, welche ein prächtiges Geschöpf von zweiundzwanzig Jahren war, sowie zwei Kinder dieser jüngeren Dame saßen, die sechs und sieben Jahre zählten und alle beide von Verneuil gezeugt worden waren. Der kleine Knabe hieß Lili; das junge Mädchen Rose: unmöglich, etwas Bestrickenderes zu erblicken als dieses Pärchen. Zwei große, herkulisch gebaute und amorschöne Jünglinge zwischen zwanzig und zweiundzwanzig Jahren nahmen, in der Eigenschaft von Monsieur de Verneuils Kammerburschen, die beiden verbleibenden Plätze ein.

Die gnädigen Damen und die Kinder zogen sich ungesäumt in die ihnen zugewiesenen Gemächer zurück; Verneuil aber wurde von Gernande zu d'Esterval geleitet, wo sich zur Bewillkommnung dieses Besuches auch Bressac eingefunden hatte.

– Hier, ein bezaubernder Neffe, den du noch nicht kennst, sprach Gernande zu seinem Bruder; umhalst euch, meine Freunde: wenn man aus derart ähnlichem Holze geschnitzt ist, darf man sich die üblichen Förmlichkeiten ersparen. Jene liebenswerte Person, die Sie dort erblicken, fuhr Gernande mit einem Fingerzeig auf d'Esterval fort, ist ein Freund meines Neffen, der ihn hierhergebracht hat… Ein Mann, in dessen Hause zu nächtigen ich dir nicht geraten haben will; denn er meuchelt seine Gäste samt und sonders… Na! bist du mit der Gesellschaft, die ich dir verschaffe, zufrieden?

– Mehr als zufrieden, sprach Verneuil und schließt d'Esterval in die Arme, der ihn alsogleich seiner Frau vorstellig macht und ihn versichert, daß jene, die die Ehre habe, ihn zu begrüßen, wiewohl ein Weib, dennoch unter die größten Verbrecher der Menschheit gereiht werden dürfe.

– Das trifft sich ja ganz ausgezeichnet, meine Freunde, meinte Verneuil; im Kreise einer derart bezaubernden Gesellschaft werden wir hier vermutlich ein paar angenehme Tage verleben.

Flugs traten vier Gitonen ein, um sich zu erkundigen, ob Monsieur de Verneuil ihre Handreichungen in Anspruch nehmen wolle.

– Ah! mit Vergnügen, sprach Verneuil; das Kutschenfahren hat mich aufgerüttelt; seit zwei Stunden steht er mir als wie einem Teufel: schaut selbst, setzte er hinzu und klatschte ein Gemächt von furchterregender Dicke und Länge auf den Tisch... Auf geht's, meine Kinderchen, ich folge euch. Diese Herrschaften werden es billigen, daß ich ein wenig Ficksaft verlustiere, bevor ich mit ihnen näher Bekanntschaft schließe.

– Gestatten Sie meiner Frau, daß sie Ihnen zur Hand gehe, Monsieur, bat d'Esterval; niemand ist geschickter und gewitzter... Ihr Einfallsreichtum wird Sie entzücken.

– Mit Vergnügen, erwiderte Verneuil; es würde mir auch keineswegs mißfallen, jene Jungfer beizugesellen, die uns bewillkommnet hat... wer ist sie?

– Das war Justine, lieber Oheim, sprach Bressac; eine Tugendheldin, ein durch und durch gefühlsseliges Geschöpf, dessen Gesittung und Mißgeschick in einem höchst bemerkenswerten Gegensatz zu unseren Grundsätzen stehen. Gernande hat sie zur Gesellschafterin seiner Frau ernannt; sie weinen, beten, trösten einander, wir aber quälen alle beide.

– Ah! köstlich!... köstlich! Potzschlitz, Bruderherz, rufe mir dieses Mädchen herauf, ich will mich seiner bedienen.

– Aber, mein Oheim, wandte Bressac ein, am trefflichsten schiene mir, wenn Sie sich zu Madame de Gernande verfügen wollten; somit fänden sich alle Geschöpfe versammelt, die Ihr Wohlgefallen erregen mögen, und so würde Ihre Entladung noch untadeliger ausfallen.

– Mein Neffe hat recht, meinte Verneuil; doch ahnt er nicht, daß es mich in erster Linie dazu drängt, mir das Vergnügen seiner Bekanntschaft zu verschaffen.

Und nachdem er ihn in ein Kämmerchen gezogen hat, küßt er ihn, streift ihm die Beinkleider herunter, liebkost ihn, tätschelt seinen Hintern, streicht seinen Schweif, sodomisiert ihn, läßt sich von ihm ficken; und all dies, ohne auch nur einen einzigen Samentropfen einzubüßen. Als er hernach wieder zur Gesellschaft stößt, hält er hochtrabende Lobreden auf seinen Neffen.

– Schaut nur, in welchen Zustand er mich versetzt hat, schwärmt er und bedroht den Himmel mit einem Riesenschwengel, den er
5 rüttelt und schüttelt, alldieweil er immer mehr ins Reden kommt: jetzt würde ich selbst Gottvater ficken, wenn er sich mir offenbarte. Auf denn, Bruderherz, verfügen wir uns zu deiner Frau: ich werde Madame mitnehmen, sprach er und meinte Dorothée, sodann jene Jungfer, die ihr Justine heißt, und zwei Schandknaben; dies soll mir
10 genügen. Wie ihr seht, ist mein Ficksaft bereit, fuhr er fort und deutete mit dem Finger auf einen von der Eichel ausgedünsteten Tropfen; es bedarf nur mehr noch eines klitzekleinen Kitzels, um ihn zehn Fuß weit verspritzen zu lassen: um ein Haar hätte ich ihn im Arsche meines Neffen abgeschlagen; doch diese Metze ist derart
15 ausgeweitet...

– Willst du zuvor noch frühstücken? erkundigte sich Gernande.

– Nein, just vor unserer Abfahrt haben wir getafelt; mein Gemüt mit Schmutzfinkereien zu besudeln, ist viel dringlicher, als zu essen; danach will ich meine Verluste wieder wettmachen.

20 Die von ihrem Gebieter zu Madame de Gernande gesandte Justine eilte herbei, um Monsieur de Verneuil mitzuteilen, daß sich ihre Herrin dem Willen ihres Gatten unterwerfen und die ihr gemeldete Gesellschaft empfangen wolle, obgleich sie vor weniger denn einer Stunde sechs Näpfe Blutes verloren hatte und daher zur
25 Zeit noch immer völlig erschöpft war.

– Aha, du hast sie gerade zur Ader gelassen! stellte Verneuil fest: um so besser; ich liebe nichts so sehr, wie wenn ich sie in diesem Zustande antreffe. Treten Sie näher, Jüngferchen, fuhr er fort und schlug Justines Röcke hoch, um ihre Arschbacken zu packen: kom-
30 men Sie; auch Ihren Arsch werde ich mit Freuden in Augenschein nehmen; ich könnte mir vorstellen, daß er ganz allerliebst ist. Meine Herren, fuhr er an Gernande, Bressac und d'Esterval gewandt fort, ich lade euch dazu ein, euch mittlerzeit zu meiner Frau zu begeben: verzeiht, daß ich euch einander nicht vorstellig mache; doch dürft
35 ihr euch auf ihre Unterwürfigkeit verlassen; ich möchte euch denn auch ermuntern, euch bei mir ebenso zu Hause zu fühlen, wie ich es bei euch tue.

– Aber, aber! sprach Verneuil, als er, von seinen Lustbuben gestützt und mit einer Vettel im Schlepptau, im denkbar unzüchtigsten Aufzug bei Madame de Gernande eintrat: Sie bereiten meinem Bruder also nach wie vor Verdruß? Unausgesetzt wendet er sich mit seinen Klagen an mich, und ich muß immerzu hierhereilen, um ihm dabei behilflich zu sein, Sie zur Vernunft zu bringen. Hier ist eine Dame, fuhr er mit einem Fingerzeig auf Dorothée fort, die mir Ihr 5 schlechtes Betragen bezeugte und Dinge bestätigte, welche die allergräßlichsten Züchtigungen nach sich ziehen müßten, wenn mein Bruder weniger seiner Gutmütigkeit frönen und mehr auf seinen Gerechtigkeitssinn hören würde; vorwärts, entkleiden Sie sich.

Schon führt Justine den Befehl aus und bietet ihre schamzüchtige 10 Herrin in Sekundenschnelle den dreisten Blicken dieses Halunken dar.

– Versetzt euch alle beide in denselben Zustand, richtete sich Verneuil an Justine und Dorothée, und hütet euch tunlichst davor, die Votzen zu entbergen. Ihr aber, meine schönen Kinder, fuhr er 15 fort, womit er die Lustknaben meinte, sollt lediglich aus euren Kniehosen schlüpfen; da euch die übrigen Kleider zur Zierde gereichen und eurer Schönheit keinerlei Abbruch tun, dürft ihr sie weiterhin tragen; ich habe eine Schwäche für alles, was mich an ein Geschlecht erinnert, das ich verabgotte: stäken die Frauen in Männerkleidern, 20 so müßten sie diese meinetwegen gar nicht unbedingt abstreifen.

Alle Welt gehorchte; einzig Justine zeigte sich ein wenig widerbockig: doch der schrecklichste und feindseligste Mann, der ihr je begegnet ist, stimmte sie mit einem einzigen furchterregenden Blick alsogleich um. Verneuil bringt Justine und Madame de Gernande in 25 Stellung, so zwar, daß ihm alle beide, auf dem Rande des Ruhebettes kniend, die Arschbacken entgegenrecken; dort läßt er sie kurz warten, um mittlerzeit Dorothées Arsch in Augenschein zu nehmen.

– Verfickt! Gnädigste, sprach er zu ihr, Sie sind zum Abkupfern 30 wie geschaffen... er hat den Schwung eines schönen Männerarsches; ich liebe nichts so sehr wie diese Haare, die ihn beschatten, ich lippkose sie voller Wonne... ich himmle das Braun Ihrer Arschesmündung an... es zeugt von häufigem Gebrauch... aufgespreitet, auf daß ich meine Zunge hineinschnellen kann; oh! wie 35 ausgeweitet Sie sind... diesen handgreiflichen Beweis Ihrer Sittenverderbnis schätze ich über alles... Sie mögen es also, wenn man Sie arschfickt? Sie schwärmen für Schwänze im Arsch... gibt es etwas Schöneres, Madame... etwas Besseres? hier, ich biete Ihnen meinen

Arsch an, er ist dem Ihrigen verwandt... unermeßlich ausgeweitet...

Dorothée aber, Verneuils Arsch inbrünstig küssend, entschädigte
ihn für jene Zungenstreiche, welche sie von ihm empfangen, nicht
5 zu knapp.

– Sie gefallen mir über alle Maßen, Madame, fuhr Verneuil fort;
um mir den Kopf vollends zu verdrehen, müßten Sie nur mehr noch
jenen Vorschlag annehmen, den ich Ihnen nun unterbreiten will;
denn wenn Sie nicht darein einwilligen, so würde es Ihnen womög-
10 lich trotz Ihrer ganzen Kunstfertigkeit nicht gelingen, meinen
Samen zum Sprudeln zu bringen. Es heißt, Sie seien reichbegütert,
Madame; nun gut, in diesem Falle muß ich Sie bezahlen: wären Sie
arm, so würde ich Sie bestehlen. In Anbetracht dieser Tatsachen
dürfen Sie sich mir sogar nur gegen einen äußerst hohen Betrag
15 gemeinmachen; diesen Umstand müssen Sie vor Ihrem Gatten verheimlichen und mir versprechen, daß Sie den Betrag, welchen ich
Ihnen aushändigen will, ausschließlich zur Deckung libertiner
Unkosten verwenden werden; vor allem anderen aber müssen Sie
mich hoch und teuer versichern, daß kein einziger Heller guten
20 Taten zufließen wird... kurz und gut, daß Sie damit nur Verbrechen
bezahlen. Was halten Sie von diesem meinem Steckenpferd?

– Es ist ohnegleichen, Monsieur; doch glauben Sie mir, ich verfüge über einen hinreichenden Schatz an Weisheit, um mich durch
nichts mehr verblüffen zu lassen: ich heiße Ihre Anträge gut; dieser-
25 weise werde nämlich auch ich mich tausendmal wonnevoller mit
Ihnen verlustieren, und so will ich Ihnen also den unverbrüchlichen
Eid leisten, Ihr Geld nur für Ausschweifungen aufzuwenden.

– Für Schandbarkeiten, Gnädigste, für Schandbarkeiten.

– Für die gräßlichsten Greueltaten, das gelobe ich Ihnen.

30 – So weit, so gut! Madame, hier, fünfhundert Louis; ist Ihnen dies
recht so?

– Nein, werter Herr, das ist ja ein Hungerlohn.

– Ah! köstlich! göttlich! entzückend! schwärmte Verneuil; hier
noch tausend dazu, Sie sind das liebenswürdigste Frauenzimmer, das
35 ich meiner Lebtage getroffen!... Ah! Metze, ich habe dich bezwungen, nun bist du mein... Lustknaben, wichst meinen Schweif,
während ich den Arsch dieses Luders befingere... ihr, liebe Opfer,
bleibt in meinem Blickfeld... Eieiei! Madame, was lugt denn da
unter diesem Schnupftuch hervor? ich wähnte eine Votze zu

bedecken, und was entdecke ich: einen Schwanz. Fick! was für eine Klitoris!... Hinfort, hinfort mit diesem Tuch; da Sie mehr Mann denn Weib sind, darf ich mir getrost etwas vorgaukeln: Sie haben nichts zu verbergen.

Und der Lustbock wetzte, letzte diesen Auswuchs, der so maje- stätisch aufragte, daß er es seiner Besitzerin ermöglichte, der Rolle eines Mannes bis ins letzte gerecht zu werden.

– Sie sind bestimmt eine Vollblutlibertine, Madame, fuhr Verneuil fort; Sie besitzen gewiß dieselben Neigungen wie wir Männer.

Und bei diesen Worten rammte er ihr drei Finger in den Arsch, so daß ihre Klitoris vor lauter Hochspannung immer stärker anschwoll, bis Dorothée einen Giton ficken wollte. Verneuil unterstützt dies Unterfangen und versetzt der Messalina während ihres Treibens derbe Arschklitschen.

– Eine Quälerei gefällig? erkundigt er sich bei ihr: gewöhnliche Opfer frage ich gar nicht erst... bei Ihnen freilich...

– Treiben Sie mit meinem Arsch, was Ihnen beliebt, stöhnt Dorothée; er reckt und streckt sich Ihnen entgegen, um alles Erdenkliche zu erdulden.

Alsdann zwackt Verneuil ihre Popobacken mit derart grausamer Gewalt, daß die Metze augenblicks ausspritzt.

– Na also! folgert er, als er gewahrt, wie ihr die Sinne vergehen; Sie müssen zugeben, daß man die Ejakulation nur durch Martern beschleunigen kann: ob Opferpriester oder Opferlamm, ich kenne keinen schnelleren Weg, um zum Ziel zu gelangen.

– Und jene Ärsche, fragt Dorothée; jene Ärsche, die Sie dort aufgereiht haben, wollen Sie sich mit ihnen denn gar nicht befassen?

– Der Zustand, in den ich sie versetzen werde, wird Sie bald eines besseren belehren, erwidert Verneuil und nähert sich ihnen mit den Worten:

– Wollen sehen, welche von diesen beiden Frauen tapferer ist.

Im selben Augenblick kneift er auf unbarmherzige Weise in Madame de Gernandes rechte Brust und in Justines linke Arschbacke. Wiewohl sich seine Fingernägel in das Fleisch dieser letzteren eingegraben hatten, hielt sie stand. Anders Madame de Gernande: weil sie zum einen noch äußerst geschwächt war und der Verräter überdem ihre Brustwarze wund gerissen hatte, taumelte sie halb entseelt zu Boden.

– Oh! welch ein Götterspaß! wandte er sich an Dorothée, indes er stetsfort entweder ihren Kitzler oder ihren Mund bezüngelte und nach wie vor ihr Arschloch durchfingerte; köstlich! derlei Bocks-sprünge machen mich rasen vor Lust… Und Sie, Gnädigste, erregt es Sie, wenn Sie sehen, wie jemand leidet?

– Wie Sie sehen, werter Herr, antwortete die Tribade und streckte ihm die von ihrem Votzenseim triefenden Finger hin; wie Sie sehen, richten wir uns, so dünkt mich, mehr oder weniger nach den nämlichen Grundsätzen.

– Ich wiederhole mich, Madame: einzig und allein der Schmerz befördert die Entladung.

Und zwischen den Lustbuben und Dorothée stehend, geriet der Hurenbock zusehends in Erregung und wurde, gleich dem Stier angesichts seiner Färse, ganz Feuer und Flamme.

– Einfältiges Geschöpf! wütete er, packte mit der einen Hand seine Schwägerin und behändigte sich mit der anderen einer Geißel aus überaus hartgeknüpften Darmsaiten, welche stetsfort in seiner Ficke steckte; kleinmütiges Weibsbild, du hältst also keine Qualen aus? nun gut! so sollst du für deine Schwäche büßen.

Und indem er seinen wutschäumenden Schwanz in Justines Hände wuchtet, befiehlt er ihr, ihn zu wichsen, derweil die mit einer zweiten Geißel gewappnete Dorothée seinem Hintern alles heim-zahlen soll, was er auf demjenigen seiner Schwägerin alsogleich anrichten wird, indes die Ganymede seinen Blicken ihre Popo-backen darbieten. Das Treiben nimmt seinen Lauf. Das Austeilen und Empfangen der Peitsche gehörte zu Verneuils Lieblingsleiden-schaften: volle dreiundzwanzig Minuten tobt sich sein sehniger Arm auf dem prächtigen Po der Gernande aus; von der Mitte der Lenden bis hinab zu den Fersen wird sie zerfetzt; man vergilt es ihm reich-lich; allüberall quillt Blut hervor: ein wahrhaft ungehörtes Gemen-gelage von Schmähworten auf der einen und Klagegekreisch auf der anderen Seite. Viel zu sehr von ihrer Aufgabe in Anspruch genom-men, als daß sie auf die Stimme ihres Herzens hätte hören mögen, durchwalkte die unselige Justine das ihrer Fürsorge anvertraute Rie-sengemächt nach Kräften, ohne sich zu erdreisten, Gnade für ihre Herrin zu erflehen: freilich hätte sie die schrecklichen Schläge von ihr abgewendet, wenn sie dies für möglich erachtet hätte; doch die Unbeugsamkeit einer Verbrecherseele war ihr mittlerzeit nur allzu gut bekannt, als daß sie den Versuch gewagt hätte, diese hier zu erweichen. Nichtsdestoweniger gewahrt Verneuil, wie linkisch seine Wichsliese zu Werke geht:

– Was ist denn mit diesem lausigen Luder los? spricht er und ergreift sie: ah! Schlitzbübin, ich werde dich lehren, wie man einen Schwanz vom Schlage des meinigen wichst!

Er übergibt ihn Dorothées Händen und stellt es ihr voll und ganz anheim, seinen Lustkitzel nach Gebühr zu mehren oder zu mindern, indes der Schurke die sanften und zarten Popobacken unserer anziehenden Justine vermittels kräftiger Klopfpeitschenhiebe gnadenlos zermartert.

Von all den Geräten, mit denen sie während ihrer libertinen Lehrjahre bislang gezüchtigt worden, hatte sie keines dermaßen zerschründet wie dieses; jeder Fitz drang mindestens eine Linie tief ins Fleisch ein und hinterließ, nebst entsetzlichen Schmerzen, nicht minder blutige Spuren, als wenn ein Messer in Anschlag gebracht worden wäre. Im Handumdrehen ist sie vollkommen rot und blau geschlagen: alsdann bindet Verneuil seine beiden Blutzeuginnen bäuchlings aneinander; und abermals läßt er einen Peitschenhagel auf sie niederprasseln, indem er, von Dorothée unentwegt gewichst, mit voller Kraft bald auf die eine, bald auf die andere eindrischt. Schon beginnt die von ihren drei morgendlichen Aderlässen geschwächte Gernande zu schwanken, verliert das Bewußtsein und reißt Justine mit sich nieder; und so liegen die beiden am Boden und sehen sich von den Blutbächen umflutet, die ihr Peiniger just hat hervorquellen lassen. Spornstreichs schneidet Verneuil die Stricke entzwei, stürzt sich auf seine Schwägerin und bringt sie mit viel Geschick und mit Hilfe einer weiteren Marter wieder zur Besinnung: ein Beischlaf, der, wiewohl auf natürlichen Pfaden vollzogen, die bejammernswerte Frau nichtsdestoweniger zerfetzt, da zwischen ihr und ihrem Widersacher ein äußerst haarsträubender Größenunterschied besteht:

– Geißeln Sie mich! geißeln Sie mich, Madame! kreischt Verneuil Dorothée zu; wuchten Sie Justine auf mein Kreuz, und zerschlenzen Sie uns alle beide.

Von Dorothée oder womöglich vielmehr von der Ungeheuerlichkeit seines Vorhabens in höchste Erregung versetzt, tritt dem wüsten Faun Schaum vor den Mund ... er lästert und spritzt unter spitzen Schreien aus ... wobei er allen Anwesenden schlüssig beweist, daß ihn die Natur nicht nur eindrücklicher bestückt hat als seinen

Bruder, sondern ihm auch eine größere Menge Sperma und weitaus schlimmere Lustkrämpfe gönnt.

– Nun! Madame, fragte er Dorothée, wie finden Sie mich als Libertin?

– Vortrefflich, Monsieur, erwiderte diese; doch hätte ich nicht erwartet, daß Sie Votzen vögeln.

– Ich vögle alles, mein Engel, alles und jedes; denn sobald mein ungeheuerlicher Schwanz etwas verletzt oder zerfetzt, schiert es mich einen Deut, welches Loch er durchbohrt.

– Aber Sie geben gleichwohl dem Arsch den Vorzug?

– Wollen Sie mir die Schmach antun, dies überhaupt in Frage zu stellen? Soll ich, um Ihre Zweifel auszuräumen, einen Lustbuben aufspießen?

– Nein, erwidert Dorothée, mein eigener Arsch will gefickt werden, so Sie mich überzeugen möchten: hier ist er, Monsieur, ficken Sie ihn.

Und der Hurenreiter, nach wie vor steifgeschwänzt, steckt schon bald tief im Anus.

– Quälen Sie doch diese beiden Frauenzimmer, während ich Sie sodomisiere, Madame, ich flehe Sie an, bittet Verneuil.

Dies läßt sich die Metze nicht zweimal sagen: derweil sie gearschfickt wird, schlägt sie ihre gierkralligen Finger in Gernandes und Justines Fleisch; alle beide spritzen aus, indes die Opfer Tränen vergießen; und um sich aufzustacheln, haben die beiden bei der Verlustierung ihres Ficksaftes die Zungen der von ihnen just lippkosten Gitonen blutig gebissen.

– Lassen wir es gut sein, Madame, sprach Verneuil zu Dorothée; Sie sind ein bezauberndes Geschöpf; ich hoffe, dies sei nicht unsere letzte Lustbarkeit gewesen.

– Ich werde Sie alle erdenklichen kosten lassen, Monsieur, entgegnete Dorothée; je näher wir einander kennenlernen, um so besser werden wir uns aufeinander einspielen; so mutmaße ich jedenfalls.

Alle beide kehrten wieder in den Kreis der Gesellschaft zurück. Nur Justine blieb bei ihrer Herrin.

Die übrigen Darsteller waren während des soeben über die Bühne gegangenen Schauspiels keineswegs untätig geblieben; doch da sie weniger flink waren als Gernandes Bruder und es nicht gar so eilig hatten, sich zu verausgaben, standen sie erst beim Vorgepränge, als Verneuil und Dorothée zu ihnen stießen. D'Esterval, Bressac und Gernande befanden sich schon ein Weilchen bei Madame de Verneuil: die drei Halunken hatten dieser beklagenswerten Frau befohlen, sich zu entkleiden, ohne ihr Zeit einzuräumen, sich von der Reise zu erholen. Statt dessen machte der wildmütige Gernande seiner Schwägerin weis, daß sie zur Erquickung dringend einen Aderlaß benötige. Man schickte sich gerade an, ihn vorzunehmen, als die Darsteller der hiebevor abgekupferten Liebeleien bei Madame de Verneuil eintraten. Dies Prachtweib, bereits nackend, überzeugte jene Männer, die sie zum ersten Mal sahen, davon, daß es auf Erden in der Tat kein hochwohlgeboreneres Geschöpf gab: makelloses Ebenmaß; und die unverbrauchte Frische, die ganze Anmut der Schönheitsgöttin: derlei Eigenschaften, gemeinhin Anlaß zu allseitiger Gelindmütigkeit und Bewunderung, trugen Gernandes Schwägerin bei diesen Lüstlingen und insonderheit bei Gernandes Bruder höchstens noch schlimmere Beschimpfungen und Verunglimpfungen ein. Nach der peinlichsten Besichtigung aller Reizungen dieser wunderbaren Frau hub man zu Schmähreden und Mißhandlungen an: Bressac und d'Esterval schonten sie ebensowenig wie Gernande, und so wurde das jammerbare Opfer bald gezwickt, bald gebissen, bald geohrfeigt; auf dem prallen Fleisch ihrer Brüste und Popobacken prangten mehr denn zwanzig blaue Flecken: sie ward genötigt, reihherum Mund, Votze, Arsch auszubieten: Gernande nimmt sich ihres Mundes an; Bressac fädelt in ihrem Arsch und d'Esterval in ihrer Votze ein; Verneuil spießt Dorothée abermals von hinten auf und spritzt zum dritten Mal aus, während er die Arschbacken seines Neffen durchwalkt, die er ohne Unterlaß in den höchsten Tönen lobt und preist.

– Nun laß uns tafeln, bester Freund, sprach Verneuil zu seinem Bruder; es ist an der Zeit, frische Kräfte zu schöpfen. Trunkenbolde begrüßen sich, so geht die Redensart, indem sie mit ihren Gläsern anstoßen; Lustbolde aber sollten sich ihre Schwänze in den Arsch stoßen: diese unsere Pflicht haben wir erfüllt, wir wollen uns nicht beklagen.

Nach einem überaus vorzüglichen und schwelgerischen Mahl teilte sich die Gesellschaft auf, um ein wenig zu lustwandeln; Monsieur de Gernande aber befahl Justine, ihm Gesellschaft zu leisten, und führte mit ihr in einer Gartenlaube ein Gespräch, über das wir nun Rechenschaft ablegen wollen:

Zum Auftakt bat er sie um eine unverblümte Schilderung all dessen, was sein Bruder mit seiner Frau getrieben: weil sich Justine jedoch auf Andeutungen beschränkte, gebot er ihr, ihm alles mit gewissenhaftester Genauigkeit auseinanderzusetzen. Also trat Justine
5 auf jede Einzelheit ein. Sie beschwerte sich darüber, ebenso grob wie Madame de Gernande behandelt worden zu sein.

– Zeig her, sprach ihr Herr zu ihr... und der Lustbock ergötzte sich weidlich an diesem sündhaften und rücksichtslosen Augenschein: meine Gattin, sprach der Bösewicht, ist doch hoffentlich
10 genauso schlimm gemißhandelt worden?

– Genauso schlimm, werter Herr.

– Ah! prächtig, es hätte mich nämlich gar sehr ergrimmt, wenn mein Bruder diese Metze geschont hätte.

– Sie verachten sie demnach recht sehr, Monsieur?

15 – Unsäglich, Justine. Ich werde sie nicht mehr lange hier behalten; zeit meines Lebens ist mir keine Frau begegnet, die mir mehr Ekel eingeflößt hätte: doch wußtest du überhaupt, mein Töchterchen, daß Verneuil noch viel lasterhafter ist als ich?

– Ist das die Möglichkeit, Monsieur?

20 – Jawohl: die göttlichen Freuden der Blutschande, angereichert mit allen erdenklichen Grausamkeiten, gelten seiner verdorbenen Seele als der höchste Genuß. Ahnst du nun, Justine, welches seine Lieblingswollust ist.

– Kinder, Peitschen... Greueltaten.

25 – All dies ist lediglich Beiwerk; laß dir gesagt sein, meine Tochter, daß meines Bruders süßestes Gelüst die Blutschande ist. Morgen wirst du Augenzeugin von fünf oder sechs Kunstgriffen sein, dank deren er sich auf ganz unterschiedliche Weise in dieser Sünde suhlt. Jenes liebreizende Geschöpf von annähernd vierzig Jahren, das du
30 für Madame de Verneuils Kammerzofe hältst... eh nun! Justine, dies ist eine unserer Schwestern, eine von Bressacs Tanten, mithin die Schwester seiner Mutter, deren Tod, von Sohneshand empfangen, du lange Zeit beweint hast. Wir sind die Familie des Ödipus, meine teure Justine; es gibt keine Spielart des Verbrechens, für die man in
35 unserem Kreise nicht ein Beispiel fände. Blutjung haben wir unsere Eltern verloren; böse Zungen haben gar behauptet, wir hätten ein wenig nachgeholfen: weshalb auch nicht; möglicherweise war dies einer jener unzähligen Kinderstreiche, die wir uns erlaubten... Wir besaßen drei Schwestern: die eine, die von Bressac aus dem Leben

gerissen wurde, trat noch vor dem Ableben unserer Erzeuger in den Stand der Ehe; die zweite fiel einer gemeinsam verübten Freveltat zum Opfer; der dritten begegnest du nun hier; ihre Abkunft haben wir ihr verheimlicht: als wie eine künftige Dienstmagd aufgezogen, wurde sie von meinem frisch verheirateten Bruder seiner Gattin zur 5 Seite gestellt; man nennt sie Marceline. Jene junge Person, die du gleichfalls für eine Zofe von Madame de Verneuil hältst, ist die Tochter von Marceline und meinem Bruder, mithin also seine Nichte und Tochter in einer Person. Sie selber ist hinwiederum die Mutter der beiden von dir bewunderten Kinderchen, welche ihr 10 Leben gleichfalls meinem Bruder verdanken. Wie du ahnst, sind alle beide noch im Besitze ihrer Jungfernschaft; Verneuil wünscht, daß sie sie nun in unserem Kreise verlieren; so zwar, daß er, wenn er sich am kleinen Mädchen vergeht, imgleichen eine Tochter, eine Enkelin und eine Nichte in ihr fände. Nichts ergötzt ihn mehr als das 15 Zerreißen, Zerschneiden all dieser eitlen Bande; in dieser Überschreitung liegt für ihn die höchste Lust; da er sich nicht damit begnügt, diese Bande nur bei diesen seinen unehelichen Sprößlingen zu mißachten, zerreißt er sie auch bei seinen rechtmäßigen Kindern.

– Dies war mir bekannt, Monsieur. 20

– Doch muß man mit eigenen Augen gesehen haben, Justine, wie er seinen Sohn schult, wie er ihn dazu erzieht, nach seinem Vorbilde all unserer gesellschaftlichen Errungenschaften zu spotten... Du wirst erleben, wie schändlich dies Kind mit seiner eigenen Mutter umspringt, wie es bereits sämtliche religiösen und moralischen Vor- 25 urteile mit Füßen tritt: ein köstliches Geschöpf, ich bete es an; eigentlich wollte ich heute nacht mit ihm schlafen, doch sein Vater wünscht, daß es sich für morgen ausruhe.

– Für morgen, Monsieur?

– Jawohl, morgen werden wir ein großes Fest feiern: den 30 Geburtstag meiner Frau; vielleicht wird es unser Wunsch sein, daß die Parzen gerade bei dieser Gelegenheit den Faden am Ende der Spindel durchtrennen... Wer weiß? selbst Gott, jener Gott, an dessen sagenumwobenes Vorhandensein du glaubst, kann nicht voraussehen... nicht voraussagen, von welcherlei Grillen Schurken unseres 35 Schlages zuweilen gepackt werden.

– Ach! wäre mir doch, Monsieur, sprach Justine voll Sorge, das Glück beschieden, daß Sie bei den ins Auge gefaßten Lustgelagen meiner entbehren könnten! Stehen Ihnen denn nicht genügend andere Leute zur Verfügung, und bin ich für Sie denn nicht vollkommen überflüssig?

– Nein, nein, deine lammfromme Tugend ist für uns unbezahlbar; gerade indem wir diese liebreizende Eigenschaft mit jenen Lastern paaren, die wir ihr entgegenzusetzen haben, werden wir unsere wonnevollste Sinnenlust heraufbeschwören; überdem wird deine zarte und zauberhafte Herrin deines Beistandes bedürfen... Du mußt zugegen sein, Justine... Unbedingt.

– Oh! was für eine Fron, Monsieur... an derlei Greueln teilnehmen zu müssen!... Sind Sie sich denn nicht bewußt, daß es keine sündlicheren gibt als jene, welchen Monsieur de Verneuil frönt?... seine eigene Familie so schimpflich zu schänden!

– Familie... dürfte ich dich fragen, Justine, was dies heißen soll; was man unter diesen hochheiligen Verbindungen versteht, welche die Einfaltspinsel Blutbande nennen?

– Bedarf eine derartige Frage überhaupt noch einer Antwort, werter Herr? und mag es auf Erden auch nur einen einzigen Menschen geben, der diese Bande nicht kennen und achten würde?

– Diesen Menschen gibt es, mein Kind, er steht vor dir. Ich beschwöre dich, schreib dir ein für allemal hinter die Ohren, daß es nichts Widersinnischeres gibt als diese vorgeblichen Bande; wir schulden jenen, die uns das Leben geschenkt, genauso wenig, wie sie uns schulden, des sollst du gewiß sein.

– Monsieur, antwortete Justine lebhaft, ersparen Sie mir all die leeren Worte, die Sie über diesen Gegenstand verlieren mögen; mit diesen Wortklaubereien ist es immer dieselbe Leier, und nicht eine von ihnen vermochte mich je zu überzeugen. Wenn die Blutschande, also einer der fürchterlichsten Frevel, mit denen sich der Mensch besudeln kann, den Angelpunkt von Ihres Bruders Gelüsten bildet, dann ist und bleibt er in meinen Augen allein schon deshalb der schlimmste Sünder, und zwar bis in alle Ewigkeit.

– Die Blutschande, ein Frevel! Ha! mit Verlaub, mein Kind, verrate mir doch, weshalb eine Handlung, die auf der einen Hälfte unseres Erdenrunds zum Gebot geadelt wurde, auf der anderen als ruchlos gelten soll? In fast ganz Asien, in den weitesten Teilen Afrikas und Amerikas ehelicht man in aller Öffentlichkeit seinen Vater, seinen Sohn, seine Schwester, seine Mutter, etc.; und gibt es einen süßeren Bund als diesen, Justine? gibt es einen Bund, der die Bande der Liebe und der Natur inniger miteinander verknüpfte? Weil befürchtet wurde, daß einzelne Familien durch derlei Bündnisse übermächtig werden könnten, haben unsere französischen Gesetze die Blutschande zu einem Verbrechen gestempelt; doch hüten wir uns tunlichst vor Fehlschlüssen, und verwechseln wir die Früchte berechnender Politik niemals mit den Naturgesetzen. Selbst wenn 5 ich mir deine Ansichten über die Gesellschaft für eine Minute zu eigen mache, so frage ich dich, Justine, ob es nicht nach wie vor undenkbar bleibt, daß sich die Natur derlei Vereinigungen widersetzt? Knüpft sie dadurch jene frühesten Bande, mit welchen sie uns, deinen eigenen Worten zufolge, aneinanderschmiedet, nicht noch 10 enger? Kann es in ihren Augen etwas Heiligeres geben als die Vermischung gleichen Blutes? Ah! nehmen wir uns in acht, Justine; in dieser Frage überhören wir die wahren Eingebungen der Natur; und sobald sich diese liebevollen Gefühle zu Geschwistern oder zu Kindern zwischen den beiden Geschlechtern entfalten, so entpuppen 15 sie sich stets als Fleischeslust: möge ein Vater, der seine Tochter, ein Bruder, der seine Schwester anbetet, auf den Grund seiner Seele hinabsteigen und sich auf Ehre und Gewissen über seine wahren Gefühle befragen; er wird finden, daß dieser gottgefälligen Zuneigung nichts anderes zugrunde liegt als die Begierde zu ficken; möge 20 er ihr also ohne jeden Vorbehalt nachgeben, dann wird er schon bald erleben, mit welchen Wonnen ihn die Wollust krönt. Nun, wessen Hände, so frage ich, wessen Hände verhelfen ihm zu diesem Überschwang an Wollust? doch gewiß jene der Natur. Und so es die ihrigen sind, darf man dann noch mit einigem Anschein von Ver- 25 nünftigkeit behaupten, daß derlei Treiben ihren Zorn zu erregen vermöchte? Strengen wir uns also an, diese Blutschändereien bedenkenlos zu verdoppeln, ja zu verdreifachen; und je näher das Objekt unserer Begierde mit uns verwandt ist, um so zauberhafter wird unser Vergnügen ausfallen. 30

– Dieserweise redet ihr euch aus allem heraus, ihr Leute von Geist, antwortete Justine; doch wenn euer elender Witz eure Leidenschaften hienieden auch rechtfertigen mag, so wird sich für letztere an jenem schreckensreichen Tag, an dem ihr vor den Allherrn des Weltalls treten müßt, kein derart mildmütiger Fürsprecher 35 mehr finden lassen!

– Du predigst in den Wind, Justine, erwiderte Gernande, und hältst unwiderlegbaren Wahrheiten nichts als Gemeinplätze entgegen: geh und schau, ob meine Gitonen bereit sind; führe sie in mein

Gemach; ich will mich bald zurückziehen; geh und bereite dein kleinmütiges Gewissen und deine großsprecherischen Grundsätze darauf vor, morgen mitansehen zu müssen, wie unglaubliche Schlüpfrigkeiten ins Werk gesetzt werden.

Voller Unruhe erwartete die erschöpfte Madame de Gernande Justine, um sich bei ihr eingehendst zu erkundigen, was denn für den nächsten Tag vorgesehen sei. Unsere Heldin meinte ihr nichts verheimlichen zu dürfen.

– Ah! seufzte diese bejammernswerte Gattin und vergoß einen Schwall von Tränen, so schlägt denn morgen womöglich mein letztes Stündchen; jedenfalls muß ich auf alles gefaßt sein, wenn sich solche Unmenschen zusammenrotten. O Justine, Justine! zu welch fährnisreichen Wesen wandeln sich doch hienieden Menschen ohne Halt noch Gesittung oder Feingefühl!

Indes, ein jeder rüstet sich für die Nacht und glaubt, im Schoße unsäglichster Ausschweifung jene Kräfte sammeln zu können, welche unveräußerlich sein würden, um des andern Tags noch viel schauerlichere Taten zu begehen. Verneuil schlief mit Dorothée, Gernande zwischen zwei Lustbengelchen, d'Esterval mit Madame de Verneuil und Bressac mit einem Kammerburschen seines Oheims.

Schon frühmorgens hatten die Alten den prächtigsten Saal des Schlosses hergerichtet; über den eingelegten Holzboden hatte man eine großflächige, gesteppte Matte von sechs Zoll Dicke gebreitet, die einen Teppich bildete, auf dem zwei oder drei Dutzend Kissen verstreut wurden. Eine breite Ottomane wurde im hinteren Teil des Raumes aufgestellt, darum herum prangte eine derartige Fülle von Spiegeln, daß sich die an dieser prächtigen Stätte aufgeführten Schandspiele unweigerlich tausend- und abertausendmal vervielfältigen würden. Auf Rolltischchen aus Ebenholz und Porphyr, die man hierhin und dorthin verteilt hatte, gewahrte man alle für die Libertinage und Grausamkeit unverzichtbaren Gerätschaften: Ruten, Klopfpeitschen, Ochsenziemer, Spicknadeln, aus Stricken oder Ketten gebildete Fesseln, Samthansen, Kondome, Spritzen, Nadeln, Salben, Öle, Zangen, Zwicken, Klatschen, Scheren, Dolche, Pistolen, Giftkelche, allerlei Reizmittel sowie allhauf weitere Werkzeuge für Marter und Mord lagen im Überfluß vor aller Augen bereit. Am jenseitigen Ende des Saales, und zwar genau gegenüber dieser Ottomane, lockte auf einem riesigen Kredenztisch eine Fülle von üppigen, symmetrisch angeordneten Leckerbissen; die meisten konnten warm gehalten werden, ohne daß man sich dessen versehen hätte: zwischen japanischem und Meißner Porzellan, auf dem diese Speisen prangten, standen Karaffen aus Bergkristall, welche ungeheure Mengen erlesenster Gewächse…seltenster 5 Branntweine bargen. Ein Meer von Rosen, Nelken, Flieder, Jasmin, Maiglöckchen und anderen, noch viel kostbareren Blumen schmückten und durchdufteten diesen Lusttempel, in dem für den ganzen Tag alles vorbereitet war, um imgleichen der Lasterlust und der Sinnenfreude Genüge zu tun, ohne daß man ihn hätte verlassen 10 müssen. Zuhinterst im Saal erblickte man das Bildnis einer greisen, kunstsinnig auf eine Wolke gebetteten Gestalt: der vorgebliche Weltengott. Unter diesem Gewölk thronte eine zweite Ottomane; auf ihr nun gewahrte man das mannigfaltige Beiwerk aller Weltreligionen: Bibeln, Alkorane, Kruzifixe, geweihte Hostien, Reliquien und 15 allerlei weitere Kindereien dieser Art. Sechs Trotzwinkel säumten den Saal und dienten all jenen, die sie in Beschlag nehmen wollten, als geheime Schlupfwinkel für gewisse Schlüpfrigkeiten; liebreizende Kleiderkammern, mit Waschbecken und Nachtstühlen ausgestattet, grenzten unmittelbar daran an. Eine wunderbare, von 20 einem Zeltdach beschattete und von Sommerläden umgebene Pomeranzenterrasse bot dank ihrer Verbindung zum Saal Gelegenheit, frische Luft zu schnappen; sie war von einem breiten Erdaushub umgeben, der tief genug war, um jene Materiehaufen, welche diese ruchlosen Ungeheuer während dieser entsetzlichen Gelage 25 aller Voraussicht nach zerstückeln würden, auf immerdar verschwinden zu lassen… eine Vorkehrung, die an den Tag legt, daß diese Freigeister samt und sonders für das Verbrechen schwärmten und stillschweigend dahingehend übereingekommen waren, ihm kalten Blutes zu huldigen.   30

Am Morgen verfügte sich die Schar Schlag zehn in den hergerichteten Raum, und wenn wir die Darsteller nun einzeln aufführen, wollen wir die Gelegenheit nutzen, um die unterschiedlichen Trachten, in die sie gekleidet waren, kurz zu umreißen.

Madame de Verneuil trat als wie eine Haremsdame aus Konstan- 35 tinopel gekleidet auf. Gewiß hätte keine andere Zierde ihre Schönheit besser zur Geltung gebracht.

Cécile, ihre liebreizende Tochter, erschien ganz in Braun, und zwar in der detailgetreuen Tracht der Mägde aus dem Tal von

Barcelonnette. Man macht sich keinen Begriff, wie viele Begierden sie in diesem Kleid entfachte.

Amors Attribute zierten den jungen Victor.

Marceline trat als Wilde auf.

5 Ihre junge Tochter Laurette erblickte man in einem einfachen Schlepprock aus einem Gewirk von roher Seide, das nur gerade auf Hüfthöhe und an der linken Brust vermittels breiter, fliederfarbener Bänder lieblich befestigt war; so lugten eine ihrer Brüste und eine ihrer Arschbacken hervor: an den Händen führte sie ihre beiden 10 hübschen, nahezu nackenden Kinder und glich somit der Göttin der Jugend, eingerahmt von den Göttern des Spiels und des Lachens.

Madame de Gernande trat in dem verführerischen Gewand jener Opfer auf, die man weiland im Tempel der Diana dargebracht; man hätte sie für Iphigenie halten können.

15 Justine erschien als Kammerzofe, ihre Arme waren entblößt; auf anmutige Weise mit Rosen bekränzt; einladend ausladende Hüften.

Dorothée gewahrte man in dem Gewand, mit dem die Maler Proserpina kennzeichnen. Entsprechend ihrer Wesensart bestand dieses Kleid aus feuerrotem Satin.

20 Die sechs zauberhaftesten Gitonen Gernandes wurden im Ganymedskostüm hereingeführt.

Als Herkules und Mars traten John und Constant, die beiden Kammerburschen von Verneuil, auf den Plan.

Dieser letztere, d'Esterval, Bressac und Gernande zeigten sich mit 25 hautengen, roten Seidenanzügen bekleidet, die sie vom Nacken bis zu den Füßen nahtlos einhüllten. Vorne und hinten hatte man kunstsinnig je eine runde Öffnung angebracht, so daß ihre Arschbacken und ihre Schwänze entblößt blieben. Sie trugen dick aufgelegte, rote Schminke und auf dem Kopf einen leichten, grellroten 30 Turban. Sie glichen Furien.

Vier Vetteln, sechzigjährig, wurden mit der gewohnten Tracht spanischer Matronen versehen und zu Handlangerdiensten beigezogen: und die Sitzung wurde eröffnet.

In einem Halbkreis stand alles stramm, als die Gebieter den Saal 35 betraten. Sowie man sie erblickt, sinkt man vor ihnen auf die Knie. Dorothée tritt auf sie zu und hebt an:

»Erlauchte und hochedle Herren, all diese Untertanen haben sich hier, vor euren Augen, zu dem einzigen Behufe versammelt, euren Befehlen Folge zu leisten: untertänigste Ergebenheit, vorbehaltloseste Unterwürfigkeit, untadeligste Zuvorkommenheit; diese Vorzüge werdet ihr bei keinem missen. So befehligt eure Sklaven, ihr erhabenen Herrscher dieser Stätte; gebietet ihnen, und ihr werdet alsogleich sehen, wie sie vor euch im Staube kriechen, um dieserweise eure Wünsche zu erwarten, oder wie sie herumschwärmen, um 5 ihnen zuvorzukommen. Mehrt eure Vorlieben, steigert eure Neigungen, enthemmt eure Leidenschaften: unsere Fähigkeiten, unser Atem, unsere Begabungen, unser Leben, all dies ist euer Eigentum; ihr dürft über alles frei verfügen. Genießt in vollen Zügen die Aussicht auf Ruhe und Frieden, deren ihr euch hier erfreuen werdet: es 10 gibt auf der ganzen Welt keinen Sterblichen, der sich erdreisten würde, eure Lustbarkeiten zu behelligen, und eure ganze Umgebung wird ausschließlich dafür Sorge tragen, sie möglichst aufregend zu gestalten. Durchbrecht also sämtliche Dämme; achtet keinerlei Zügel mehr: derart machtvolle Geschöpfe wie ihr können und dür- 15 fen sich von den armseligen Vorurteilen des Pöbels nicht bezähmen lassen; das Weltall wird einzig und allein von euren Gesetzen durchwaltet; ihr seid die einzigen Götter, die man anbeten darf. Mit einem einzigen Wort könnt ihr uns zugrunde richten; mit einem einzigen Wink in nichts auflösen; und selbst wenn ihr es so weit kommen 20 lassen solltet, so würden wir euch noch mit unserem letzten Seufzer lobpreisen, verehren und verherrlichen.«

Bei diesen Worten vollführt Dorothée einen Bückling, lutscht die vier Schwänze und bittet um Genehmigung, auch die vier Ärsche lecken zu dürfen; hierauf zieht sie sich wortlos zurück, um der 25 Befehle zu harren, die ihr erteilt werden mochten.

– Bester Freund, spricht Gernande zu seinem Bruder, dies Fest wird zu deinen Ehren veranstaltet, und so obliegt es dir, hier das Szepter zu schwingen: mein Neffe wird damit zweifellos einverstanden sein; und unser Freund d'Esterval, dem wir die Regierungsge- 30 walt ein andermal anvertrauen wollen, wird sie heute gewiß gerne dir überlassen.

Einhelliger Beifall; und als Inhaber der obersten Gewalt besteigt Verneuil eine Art Thron, den man auf einer Estrade errichtet hat, welche mit einem dunkelroten, goldfransengesäumten Sammettep- 35 pich überzogen ist. Sowie er dortselbst Platz genommen hat, nähern sich die Frauen, Mädchen, Kinder, Knaben und Alten ehrfürchtig, um ihm nach drei einleitenden Kniefällen ihre Arschbacken zum Kusse zu entbieten. Kaum war man aus Verneuils Händen wieder entlassen, wanderte man reihherum durch diejenigen der drei anderen Freunde, welche sich neben dem Thron auf drei Sesseln niedergelassen hatten; und ebendort stellte ein jeder mit dem vor ihn getretenen Geschöpf mehr oder weniger das an, was ihm gerade belieben mochte.

– Solltet ihr bei diesem ersten Durchgang, sprach Verneuil, von der Grille gepackt werden, das eine oder andere Geschöpf, welches sich euch feilbietet, gröberen Behandlungen zu unterziehen, so mögt ihr, um die Ordnung nicht zu stören, spornstreichs abtreten und euch in einem Trotzwinkel einschließen; sobald eure Leidenschaft aber gestillt ist, mögt ihr das Geschöpf in unseren Kreis zurückführen.

Bressac nimmt sich diesen Rat als erster zu Herzen; er vermag die bestrickenden Hinterbacken von Victor, seinem Großenkel, nicht in ihrer unverhüllten Nacktheit zu betrachten, ohne den Wunsch zu fassen, weiter zu gehen; er schleppt ihn in eine der besagten Lustkammern, indes sich d'Esterval von Cécile begeistern läßt und mit ihr abgeht, um sie gleichfalls dem ersten Auflodern seiner Leidenschaft auszusetzen. Gernande tut ein Gleiches mit Laurette: Verneuil verschwindet mit Marceline, welche von ihren beiden Enkelkindern begleitet wird; Dorothée aber, der man alle Vorrechte der Männer eingeräumt hat, schließt sich mit Constant ein.

– Werte Freunde, sprach Verneuil, als er wieder Platz nimmt, da das öffentliche Geständnis der Lustbarkeiten, denen wir just gefrönt, den allgemeinen Brand der Begierden unweigerlich befördern wird, fordere ich, daß ein jeder über alle Lästerlichkeiten, in denen er sich gesuhlt, möglichst gewissenhaft Rechenschaft ablege, und zwar laut und deutlich. Gernande, ergreifen Sie als erster das Wort; Ihre Freunde werden Ihrem Beispiel folgen: achtet insonderheit darauf, sämtliche Schleier zu lüften, nur nackte Tatsachen zu berichten und ausschließlich Kunstworte zu verwenden. Die Tugend mag meinetwegen unerwähnt bleiben; das Verbrechen indes soll stetsfort ungeschminkt auftreten.

Gernande erhebt sich.

– Ich habe mich, so beginnt er, mit Laurette eingeschlossen; ich habe ihren Mund und ihr Arschloch bezüngelt; ich habe sie an meinem Schwanz nuckeln lassen und mittlerzeit ihre Achselhöhlen ausgeschleckt; ich habe an den Wundmalen auf ihren Armen gesaugt; habe ihr sechs Bauchklitschen versetzt, deren Spuren vermutlich noch zu sehen sind; sie hat meine Arschbacken abgeküßt, und ich zwang sie, mein Gesäß zu letzen.

– Waren Sie steifgeschwänzt?

– Nein.

– War der Lustkitzel heftig? 5

– Eher flau.

– Hat sich Ihre Einbildungskraft an schärferen Sachen aufgegeilt?

– Oh! ich sehnte mich nach weit gräßlicheren.

– Weshalb haben Sie ihnen nicht gefrönt?

– Es hätte die Gesellschaft diese eine Untertanin gekostet; und ich 10 wollte euch nicht um euer Vergnügen bringen.

– Werfen Sie sich Gernande zu Füßen, Laurette, und danken Sie ihm für seine Güte...

Laurette willfährt; und nun ist es an Bressac, Red und Antwort zu stehen. 15

– Ich habe mich mit Victor eingeschlossen, beginnt er; ich habe ihn in den Mund gevögelt; kaum war mein Schwengel von seinen Lippen geglitten, saugte ich an seiner Zunge; ich habe seinen Arsch geleckt und ihn sodomisiert.

– Haben Sie ihm ins Gewissen geredet? 20

– Unermüdlich; keine Tugend, die ich nicht zerschlagen, kein Laster, das ich ihm nicht wärmstens empfohlen hätte.

– Wieviel Wollust haben Sie genossen?

– Ein gerüttelt Maß.

– Haben Sie Sperma verlustiert? 25

– Nein.

– Haben Sie sich nach Schlimmerem gesehnt?

– Freilich.

– Haben Sie bei diesem Treiben viel gelästert?

– Sehr viel. 30

– Glitt ihr Glied reinlich oder besudelt aus dem Anus des Jünglings?

– Es glitt kotbeschmiert heraus.

– Weshalb haben Sie es nicht von ihm ablecken lassen?

– Das habe ich sehr wohl. 35

– Haben Sie danach seinen Mund durchzüngelt?

– Jawohl.

– In welchem Zustand befindet sich Ihr Schwanz?

– Wie Sie sehen, ist er stocksteif.

– Ein Giton soll dafür sorgen, daß er weiterhin stramm stehe...
Nun zu Ihnen, d'Esterval.

– Ich letzte Céciles Votze, tauchte meinen Schwengel hinein und
schlürfte danach abermals ihren Seim, der nun aufgrund meines
Rittes gar reichlich strömte; ich lippkoste sie; ich schmatzte ihre
Arschbacken ab, auf denen ihr die Spuren von sechs wuchtig verab-
reichten Klitschen entdecken werdet.

– Haben Sie gearschfickt?

– Nein, ich schonte sie.

– Hat Sie der Arsch in Versuchung geführt?

– Jawohl.

– Floß Ihr Ficksaft?

– Nein.

– Hat diese Jungfer Ihren Kopf in Wallung versetzt?

– Ungeheuerlich.

– Hat sie Ihren Arsch geküßt?

– Sie hat ihre Zunge hineingeschnellt.

– Haben Sie ihr den Schwanz in den Mund gesteckt?

– Zu wiederholten Malen.

– In welchem Zustand befindet sich Ihr Schwanz?

– Halb steif, halb schlaff.

– Wählen Sie jemanden aus, damit er den Kopf nicht vollends
hängen läßt...
Nun kommen Sie an die Reihe, Dorothée.

– Ich ließ mich von Constant vögeln.

– Hat er ihn in Ihren Arsch gerammt?

– Jawohl.

– War er hart?

– Steinhart.

– Hat er ausgespritzt?

– Nein.

– Wo aber hat er seinen Ficksaft gelassen?

– Ich habe ihn geschluckt.

– Haben Sie seinen Arsch geküßt?

– Jawohl.

– Hat er an Ihrem Kitzler gesaugt?

– Ich habe ihn in sein Gesäß gestoßen.

– Haben Sie sich nach Schlimmerem gesehnt?

– Oh! nach hundertmal Schlimmerem.

– Nun bin ich am Zuge, meine Freunde, sprach Verneuil, indem er sich erhob. Ihr habt gesehen, wie ich mit meiner Schwester Marceline verschwand, die von ihren beiden Enkelkindern begleitet wurde, welche die Früchte meiner Blutschande mit dem Kinde ebendieser meiner Schwester sind: denkt nur! Marceline hat mich gegeißelt, und ich habe den Arsch meiner Enkelkinder abgeschmatzt, meinen Schweif zwischen ihre Schenkel gesteckt und meine Schwester sodomisiert.

– Haben Sie ausgespritzt? erkundigte sich Gernande.

– Nein.

– Haben Sie sich den Arsch küssen lassen?

– Jawohl.

– Hat man an Ihrem Gemächt gelutscht?

– Jawohl.

– Ist ihr Sperma verströmt?

– Nein.

– Woran entzündete sich Ihr Geist?

– An Greueltaten.

– Geloben Sie uns, sie in die Tat umzusetzen?

– Aber gewiß doch.

– Auf denn, sprach Verneuil, wenden wir uns ernsthafteren Dingen zu. Ein jeder von uns… (Sie, Dorothée, verdienen es, daß man Sie durchweg zu den Männern schlägt); ein jeder von uns, betone ich, soll sein Verlangen nach einer bestimmten Lustbarkeit an diesem Tischchen niederschreiben und mit seiner Unterschrift zeichnen. Diese fünf Zettelchen werden in einem Kelch, den uns eine der Vetteln darreicht, durcheinandergeschüttelt. Zehn von mir bestimmte Personen sollen jeweils zu zweit ein Zettelchen ziehen. Jedes Paar fällt dem Unterzeichner des von ebendiesem Paar gezogenen Zettelchens zu und soll der auf diesem Zettelchen verzeichneten Leidenschaft Genüge tun. Einzig und allein der Zufall wird entscheiden, welche Behandlung dieses Paar zu erdulden hat; fest steht nur, daß sie hinlänglich gewalttätig ausfallen muß, um dem duldenden Geschöpf Schreie zu entlocken.

Madame de Gernande und ihre getreue Justine sollen das erste Zettelchen ziehen.

Madame de Verneuil und Laurette das zweite.

Marceline und Lili das dritte.

Cécile und Rose das vierte.

Eine der Alten und der schönste Giton sollen das fünfte ziehen. Sie haben bemerkt, daß ich Victor davon ausnehme; seine Veranlagung, die euch auf Schritt und Tritt auffallen wird, verschafft ihm die Ehre, statt zur Gruppe der Dulder vielmehr zum Kreise der Täter
5 zu gehören.

Die fünf Zettelchen werden bekritzelt; eine Vettel schüttelt sie in einem Kelch durcheinander, und nachdem sie sich unter dem Sinnbild des höchsten Wesens auf die Ottomane gesetzt, schreitet ein jedes Pärchen zur Ziehung, wobei es verpflichtet ist, das ihm zuge-
10 fallene Los mit fester Stimme zu verlesen.

D'Esterval hat den Wunsch geäußert, Hinterbacken kräftig zu zwacken, Arschlöcher und Kitzler aber zu zerbeißen. Ihm fallen Madame de Verneuil und Laurette zu.

Bressac erklärt, daß er arschficken... Brüste piesacken und schal-
15 lende Maulschellen austeilen wolle. Alsogleich werden ihm Madame de Gernande und Justine preisgegeben.

Dorothée wird die empfindlichsten Körperstellen mit einer Nadel pieksen und auf die beiden Antlitze scheißen. Ihr werden die Alte und der Giton zuerkannt.

20 Gernande erklärt, daß er mit seinen Schröpfeisen an beiden Geschöpfen sechs leichte Einschnitte vornehmen und sich lutschen lassen werde. Cécile und Rose bilden sein Los.

Verneuil kündigt an, Blut hervorzupeitschen. Ihm gehören Marceline und Lili.

25 Das Geschick wurde am Fuße jenes Sofas befragt, welches sich unter dem Gottesemblem befand; und auf ebendiesem Sofa soll sich das jeweilige Los erfüllen. Das Schicksal nimmt seinen Lauf; Bressac indes ist der einzige, der es nicht erfüllen kann, ohne seinen Ficksaft zu verlieren; er haucht ihn auf Justines Arschesgrund, dieweil er die
30 arme Madame de Gernande derart verbissen ohrfeigt, daß aus ihren Augen Tränen perlen.

Wie man kaum bezweifeln wird, hatten diese mannigfaltigen Schandspiele bereits sämtliche Kleidungsstücke zum Verschwinden gebracht, und man erblickte nur mehr noch nacktes Fleisch.

35 – Nun soll meine Frau, kreischte Monsieur de Verneuil; jawohl, meine Freunde, sie soll nun das Ziel unserer Quälereien sein. John und Sie, Constant, lagert diese Unglückselige auf jene Kissenstöße am Boden, und alsdann möge ein jeder ganz nach dem Wunsche seiner hinterschlächtigen Einbildungskraft eine Folter über sie ver-

hängen. Sie, Cécile, sollen, als unser beider Tochter, auf der heiligen Ottomane in Stellung gehen (dieserweise wurde jene bezeichnet, welche man zu Füßen der Abbildung des lieben Gottes erblickte); der Genuß Ihrer Reizungen soll den Schindern Ihrer Mutter als Entschädigung dienen. Ich will Preise aussetzen und sie nach Maß- 5 gabe der Tatkraft verteilen, mit der man meine Gattin mißhandelt. Victor, begeben Sie sich neben Cécile, um den Liebhabern Ihres Geschlechtes noch köstlichere Wonnen feilzubieten.

Alsdann deutete er zuerst auf seine Frau, sonach auf seine beiden Kinder und rief: 10

– Frisch gewagt, meine Freunde; dort wartet das Opfer, hier die Belohnung.

Marceline steht neben ihm und wichst ihn; zwei Gitonen schwenken vor ihm ihre Arschbacken aus. Es geht los.

Gernande legt als erster Hand an; und sein tückisches Schröpf- 15 eisen ritzt, wenn auch nur schwach, die vollen Rundungen des seiner Raserei preisgegebenen Unglücksvogels an fünfzehn Stellen; er stürzt sich auf Victor und läßt sich von ihm lutschen.

Dorothée kommt an die Reihe und kneift Madame de Verneuil derart unsanft in den Busen, daß letztere darob in gräßliche Krämpfe 20 verfällt; sie macht sich über Cécile her, und die Tribade näßt ihr die Nase mit Seim.

D'Esterval folgt auf seine Frau; er enthaart Madame de Verneuil und sticht ihr die Schamlefzen blutig: er sucht in Victors Arschloch Trost; dortselbst vollbringt er seine Entladung. 25

Bressac liebkost das Gesicht seiner Tante mit derben Schlägen; sie blutet aus der Nase: er sodomisiert sie ... zieht ihr die Ohren lang, bis die Haut platzt, dann wendet er sich von ihr ab, um es d'Esterval gleichzutun und den bestrickenden Victor aufzuspießen.

Verneuil pirscht sich an. Man wird uns ohne weiteres glauben, 30 daß er seine Gattin nicht schont: er schlägt, zwickt, zermartert sie; seine Glut aber löscht er alsbald in Céciles Prachtpopo.

– Nun zu dir, Victor, spricht er zu seinem Sohn; wir sind gespannt, wie du mit deiner Mutter umspringen wirst: nimm dir ein Beispiel an jenem Anverwandten, der hier vor dir steht und bei der 35 seinigen nicht so lange fickfackte: o Bressac! ermuntern Sie Ihren Neffen, eines Tages in Ihre Fußstapfen zu treten!

Der junge Victor tritt vor: seiner eigenen Mutter Schmach antun, so lautete der Befehl seines wildmütigen und grobschlächtigen

Vaters; und als Belohnung winkt ihm seine Schwester. Herrje! das zarte Kind widmet sich den Schändlichkeiten, die man von ihm kühn und dreist verlangt, nur allzu bereitwillig; es erübrigt sich, ihm irgend Vorschriften zu machen.

5 – Schöne Frau Mama, spricht unser kleiner Lustmolch, ich weiß genau, womit man Sie zur Verzweiflung treiben kann; haben Sie doch die Güte, mich einen Versuch wagen zu lassen: wenden Sie mir diesen prächtigen Hintern zu, damit ich mich auf die allerpeinvollste Weise an ihm vergehe.

10 Jede Gegenwehr war zwecklos: die Vetteln umzingelten das Opfer und hätten es sofort festgehalten, wenn es Anstalten gemacht hätte, auch nur den leisesten Widerstand entgegenzusetzen. Victor, mit einer Handvoll Ruten gewappnet, erkühnt sich, an jene Frau, der er sein Leben verdankt, muttermörderisch Hand anzulegen. Von 15 Gernande, Bressac, d'Esterval und sogar von Dorothée angefeuert, fitzt das Ungeheuer, nach Bressacs Vorbild, seine Mutter aus Leibeskräften. Wer hätte das gedacht? Dieweil Verneuil seine Gattin festhält, wichst ebendieser Verneuil von hinten seines Sohnes Schweif, um ihn noch stärker zu erregen. Der Lustbengel, ganz Feuer und 20 Flamme, ist und bleibt trotz seiner nichtswürdigen Frevelei schöner als der Liebesgott höchstselbst und kreischt...

– Mein Vater! ah! jaja, halte sie mir fest; halte sie mir gut fest, derweil ich ihr den Arsch ausfege.

Und indem der hilfsbereite Verneuil die Hüften seiner Gemahlin 25 eisern umklammert, schmiegt er seines Sohnes Schwanz umsichtig an den Arsch seiner besseren Hälfte. Schon stößt Victor auf Grund: die Blutschande ist vollzogen, und der sündige Vater befeuert und befördert die unkeuschen Freuden dieses ruchlosen Sohnes eigenhändig auf tausenderlei wollüstige Weise.

30 – Wie aber willst du nun den in Aussicht gestellten Preis ernten? erkundigte sich Verneuil bei Victor: wird dir dies deine Schlaffheit überhaupt ermöglichen?...

– Schlaff?... ich? meint der Schmutzfink und zeigt, daß der just gerittene Angriff seine Waffe höchstens noch geschärft hat; schaut 35 nur, Fickrament, was für ein Schwanz; schaut nur, ob er nicht stramm genug ist, meiner Schwester anzutun, was er soeben gegen meine Mutter unternommen: ich werde den aus Mamas Arsch gefischten Kot in den Arsch ihrer Tochter überführen; es gibt auf der ganzen Welt nichts Köstlicheres!

Und indem er sich auf Cécile stürzt, zwingt er sie in ebenjene Stellung, in die er hiebevor seine Mutter gebracht. Der Lustbold schickt sich an, mit ihr ein Gleiches zu treiben, da gebietet Verneuil dem Wüten seines Sohnes Einhalt und bittet ihn, seinen Sturmlauf kurz zu unterbrechen, um etwas mehr Zucht und Ordnung in seine 5 Lustbarkeiten zu bringen. Die auf dem heiligen Sofa kniende Cécile läßt den Zwillingspfad der Liebe einladend aufklaffen: Verneuil ebnet die Wege; er geleitet seinen Sohn auf denjenigen Sodoms. Auf Céciles Rücken thront rittlings Laurette, welche nicht ohne Hinter- gedanken in diese Stellung gebracht worden ist, und entbietet den 10 Küssen des Jünglings den taufrischesten und niedlichsten Tempel, der Amor hienieden je geweiht worden, und zwar gerade vor seiner Nase. Zur Rechten und Linken recken und strecken die Damen de Gernande und de Verneuil ihre Gesäßbacken den Fingern entgegen. Verneuil spießt seinen Sohn auf; John zahlt es ihm mit gleicher 15 Münze heim. Bressac, d'Esterval, Gernande und Dorothée umschwärmen dies Schauspiel sinnentrunken…der erste sodomi- siert einen Giton, der zweite wird von Marceline, deren Arsch- backen er zwickt, aufgegeilt, der dritte von Lili gelutscht und die vierte von Constant gevotzfickt. Nach einem kurzen Ritt treffen alle 20 im Ziel ein: allerwärts ergießen sich Ströme unkeuschen, sodomiti- schen, blutschänderischen Samens, und dies alles im Angesicht des Ewigen, welcher nur an die Wand genagelt worden ist, um verun- glimpft zu werden; solches Treiben laugt die Verlustierenden aus und macht etwelche Erfrischungen unentbehrlich. 25

Man tritt an den Kredenztisch: die Pasteten, Schinken, das Geflü- gel, die Rebhühner werden angeschnitten und zerlegt, Korken knal- len, alles wird verschlungen; doch nur wenige Augenblicke später ruft die anspruchsvolle Göttin Kytheras all diese Gefolgsleute des Comus wieder an ihre verwaisten Altäre zurück. 30

– Werte Freunde, hebt Verneuil an, als er seinen Platz wieder ein- nimmt, unlängst haben wir das Schicksal über unsere Lustbarkeiten befragt; nun hege ich die Absicht, niemand geringeren als das ewige Wesen in ebenderselben Angelegenheit um Rat anzugehen. Da hängt er, vor euren Augen, dieser hehre Gott, der die Zukunft 35 kennt; ich befehle also einem jeden, vor ihm strammzustehen und ihn, den Schwanz in der Hand, um seinen Ratschluß zu ersuchen; folgt hiebei dem Wortlaut eines Spruches, den ihr zu Füßen seines Thrones finden werdet. Das hochhehre Wesen, als dessen Verkün-

der ich hienieden weile und von dem ich heute morgen meine Wei-
sungen empfangen habe, wird euch vermittels eines Zettelchens
antworten; dessen Inhalt sollt ihr ins Werk setzen: haltet euch dabei
vor Augen, daß göttliche Dekrete stets in einem etwas undurchsich-
5 tigen Stil abgefaßt sind; ihr dürft nicht am Buchstaben haften; ihr
sollt die Absicht herauslesen und sodann zur Ausführung schreiten.
Dank Ihrer jüngsten Tat, Victor, haben Sie sich endgültig Ihren Platz
unter uns gesichert; Sie werden uns demnach nur noch dann als
Opfer zur Verfügung stehen, wenn Sie selber an solchen Spielchen
10 Gefallen finden. Machen Sie den Anfang, Gernande; gehen Sie, und
fragen Sie Gott um seinen Ratschluß.

Gernande verliest in der vorgeschriebenen Haltung und mit fester
Stimme den vorgefundenen Spruch, den wir Wort für Wort wie-
dergeben wollen.

15 »Nichtswürdiges Inbild des allerlächerlichsten Hirngespinstes, du,
dessen wahrer Platz in einem Hurenhause ist, der du nur dazu taugst,
Arschesfreuden zu regeln, was soll ich tun, um wieder einen steifen
Schweif zu erlangen? laß es mich wissen: ich werde ausführen, was
du mir vorschreibst; doch gelobe ich dir, daß ich dir nur dies eine
20 Mal gehorchen will; meine Verachtung und mein Haß sind allzu
ausgeprägt, allzu eingefleischt, als daß ich mich deinem Willen
jemals in einer anderen Angelegenheit beugen werde.«

Kaum hat Gernande geendigt, als ein weißes Satinröllchen aus
dem Munde des Ewigen gespuckt wird und ihm vor die Füße fällt;
25 er entrollt es; entziffert folgende Worte: »Nimm deine Schwägerin
und deine Schwester Marceline; verfüge dich mit ihnen in einen
Trotzwinkel; dort sollst du Blut vermengen, sollst Ficksaft trinken.«

Gernande schließt sich sofort ein. Freilich werden wir nicht
jedesmal eigens wiederholen, daß alle anderen, sowie sie ihr Dekret
30 entgegengenommen hatten, ebenfalls abtraten.

Bressac ist der nächste: er liest dieselbe Litanei herunter; das Röllchen fällt heraus; darauf heißt es: »Nimm zwei Gitonen und brand-
marke sie.«

Dorothée folgt; das Röllchen besagt: »Die Gernande und Con-
35 stant mögen dich begleiten; sei imgleichen der einen Schinder und
des anderen Hure.«

D'Esterval tritt auf: »Nimm Cécile und Lili«, gebietet ihm die
Rolle; »und schone letzteren nur, um erstere zu treffen.«

Verneuil eilt herbei: »Justine und John sollen dein sein«, äußert das Röllchen; »weihe erstere in dein Geheimnis ein, letzterer aber möge dich sühnen, falls sie nicht darauf eingeht.«

Victor macht den Schluß: »Nimm zwei Gitonen, spricht das Orakel, und erweise deinem Vater Ehre.«

Da wir der Aufgabe, nun jedem Darsteller in seinen Schlupfwinkel zu folgen, unmöglich entsprechen können, wollen wir uns diesetwegen, mit der Genehmhaltung unserer Leser, nur mit jener Person befassen, an deren Seite unsere Heldin ihren Auftritt hatte.

– Justine, sprach Verneuil, sowie er sich mit ihr eingeschlossen, laß uns diesen Burschen vorderhand in die Kleiderkammer schicken, und höre mir aufmerksam zu. Die Stimme des Weltengottes hat mich just wissen lassen, daß ich dich in mein Geheimnis einweihen darf; ich will es tun; nutze dies nicht aus, und hüte dich tunlichst davor, mir irgend Anlaß zu geben, meine Trauseligkeit zu bereuen.

Ich kann dir unmöglich verhehlen, meine Teure, daß mir irgend etwas an dir ungeheuer gut gefällt. Mein Bruder hält dich für gewitzt, aber für allzu schamzüchtig: vertreibe diese Wolke, welche deine Reize verdunkelt; entsage den hirnrissigen Pflichten deiner Religion... deiner Tugend, und lustwandle mit mir über den dornenreichsten Pfad des Verbrechens: verstehe dich dazu, mir auf mein Anwesen zu folgen, und dein Glück ist gemacht; doch falls du darein einwilligst, so tut grenzenloser Mut not... Hingabe... vollkommene Willfährigkeit.

– Oh! werter Herr, worum handelt es sich?

– Um etwas Grauenvolles. Doch merke dir zunächst, mein Kind, daß auf Erden kein Sterblicher weilt, der ruchloser wäre als ich; keiner, der seinem Hang zum Verbrechen und zur Grausamkeit vorbehaltloser nachgäbe: um meinen abartigen Neigungen Genüge zu tun, ohne dabei wie ein Allerweltsverbrecher mannigfaltigste Gefahren einzugehen, und um die Zahl meiner Opfer vermittels einer unsäglichen Heimtücke, welche all meine Sinne in Glut, in unbeschreiblichen Brand versetzt, zu erhöhen, bediene ich mich eines Pulvers, welches einem jeden, der es einatmet oder einnimmt, alsogleich den Tod ins Herzen trägt. Dies Pulver wird aus der Addadwurzel gewonnen, welche in Afrika [1] gedeiht, doch ist es den Pflanzenkundigen gelungen, sie auch hier zu ziehen: das Gift, welches man daraus gewinnt, hat eine derart starke Wirkung, daß bereits die

[1] In Numidien.

kleinste Menge genügt, um peinvollsten und jähsten Tod zu säen. Es übersteigt deine Vorstellungskraft, mein teures Töchterchen, welche Menschenmassen dieserweise meinen heimtückischen Anschlägen zum Opfer fielen: doch wer sich dem Verbrechen weiht, verzehrt sich stets danach, seine früheren Taten immer wieder zu überbieten, und da ich mit der Anzahl der in meinem Umfeld gefallenen Geschöpfe noch herzlich wenig zufrieden bin, sinne ich nach Mittel und Wegen, den Wirkkreis dieser Missetaten auszudehnen. Zum Erfolg fehlt mir lediglich ein Helfershelfer... und da fiel mein Auge auf dich: gerüstet mit meinem Höllenpulver, so der Name, auf den ich es getauft, würdest du durch die Städte streifen, dies Gift verteilen; da deine Verbrechen die Frucht meiner Bemühungen wären und ich sie mir somit selbst anrechnen dürfte, genösse ich das namenlose Glück, hiedurch die meinigen zu mehren.

– Wie! Monsieur, derlei Greueltaten...?

– Gönnen mir die höchste Lust, welche ich hienieden kosten kann: fröne ich diesem Treiben, so geraten zuvörderst meine Lebensgeister in eine ungeheuerliche Erregung; und sobald ich höre oder sehe, daß ihnen Erfolg beschieden war, schießt mein Samen ohne jedwede fernere Behelfsmittel alsogleich los.

– Oh! Monsieur, wie tief muß ich all jene beklagen, die in Ihrer Nähe leben!

– Nicht doch; mein Weib, meine Kinder, meine Bediensteten schweben keineswegs in Gefahr; sie verschaffen mir anderweitige Freuden, auf die ich widrigenfalls verzichten müßte; ansonsten jedoch, Justine, oh! ansonsten erhitzt... erregt mich jeder Mord... erhebt mich in den siebten Himmel. Ehrgeiziger als Alexander der Große, wünschte ich, die ganze Erde zu verwüsten, sie von den Leichen meiner Opfer übersät zu sehen.

– Sie sind ein Ungeheuer; wenn Sie ihre Abartigkeit weiter wuchern lassen, wird sie schon bald derart schlimm werden, daß Sie schließlich auch jene geheiligten Wesen, die Sie heute noch zu schonen belieben, hinopfern werden.

– Meinst du, Justine? sprach Verneuil, befingerte die Hinterbacken dieses Mädchens, das er in Versuchung zu führen trachtete, und ließ sie seinen ob dieser Pläne rotgereizten Schweif umfausten.

– Des bin ich gewiß.

– Und wenn es denn so weit käme, mein Engel, würde ich dann eine große Sünde begehen?

– Eine gräßliche, Monsieur, eine verabscheuungswürdige... Und würde nicht auch ich zu einem Ihrer Opfer werden?

– Nie und nimmer, dafür wärst du allzu kostbar... allzu unersetzlich.

– Ah! falls ich unseligerweise auf Ihr Angebot eingänge, würde ich also lediglich mit um so größerer Sicherheit hingeschlachtet werden. Denn ein Verbrecher kann nichts Klügeres tun, als seine Spießgesellen zu beseitigen; und von allen Schreckenstaten, denen er sich hingibt, kann man diese zweifellos am leichtesten nachvollziehen.

– Ich habe auf deinen Einwand ein einzig Wort zu erwidern, Justine; du dürftest frei über dieses Pulver verfügen und hättest demnach mein Leben ebenso in der Hand wie ich das deinige.

– Oh! Verneuil, nur in den Händen des Verbrechens sind Waffen wirklich fährnisreich; geraten sie für einen Augenblick in jene der Tugend, so behält sie sie lediglich, um sie all jenen vorzuenthalten, die mit ihnen Mißbrauch treiben könnten.

– So glaubst du denn, mein Töchterchen, daß es eine große Sünde sei, sich dieserweise gütlich zu tun?

– Es ist dies die hassenswerteste aller Greueltaten, weil es keinen heimtückischeren und fährnisreicheren Mordanschlag gibt... weil man ihm vollkommen wehrlos ausgeliefert ist.

– Da du von meinem Bruder bereits unterwiesen worden bist, erwiderte Verneuil, werde ich dir all die Reden ersparen, mit denen er oder jene anderen Philosophen, an deren Seite du dein Leben zugebracht, die Nichtigkeit jenes vorgeblichen, Mord geheißenen Verbrechens aufweisen mochten, und werde mich also lediglich darum bemühen, dir einsichtig zu machen, daß von allen Mordtaten zweifellos jene die harmloseste ist, bei der es zu keinerlei Blutvergießen kommt; und in der Tat wirst du mir beipflichten, Justine, daß bei der Auslöschung unserer Mitmenschen höchstens die Gewalt, die wir an ihnen verüben, sowie das Blut, das wir aus ihren Adern spritzen lassen, unseren Ekel erregen mögen; kurzum, der Anblick all ihrer Quetschungen und Wunden; bei Gift aber: nichts von alledem, keinerlei Spuren von Gewaltanwendung; der Tod ereilt die verurteilte Person auf leisen Sohlen und ohne Aufsehen zu erregen; wiewohl es vor Ihren Augen geschieht, werden Sie kaum etwas bemerken. O Justine, Justine! was für ein Wundermittelchen das Gift doch ist! wie viele Liebesdienste hat es mir bereits erwiesen!... wie

vielen Leuten zu Reichtum verholfen!... von wie vielen über-
flüssigen Wesen hat es die Erde befreit!... von wie vielen
Gewaltherrschern hat es die Welt erlöst!... Handelt es sich beispiel-
weise darum, die Ketten der Tyrannei und der Herrschsucht eines
5 Vaters, eines Gatten... eines ungerechten Herrn zu sprengen, gibt es
dann etwas Besseres und Unfehlbareres als Gift? Ah! hätte uns die
Natur diesen unschätzbaren Saft überhaupt zum Geschenk gemacht,
wenn er den Menschen nicht eine große Hilfe wäre? Sprießt auf
Erden eine einzige Pflanze, die für uns nicht von Nutz und From-
10 men wäre, eine einzige, die wir nicht nach Belieben und im Ein-
vernehmen mit der Natur einsetzen dürften? So wollen wir sie denn
ohne Ausnahme und ohne Unterschied zur Befriedigung jener
Bedürfnisse verwenden, welche uns ebendiese Natur einhaucht;
mögen die einen unsere Kräfte ersetzen und erneuern; mögen uns
15 die anderen von Körpersäften befreien, deren Überfluß unsere
Gesundheit beeinträchtigen würde; mögen uns wiederum andere
sämtliche Wesen vom Halse schaffen, die uns Schaden zufügen oder
zur Last fallen; all dies hat seinen Dreh und Sinn, ist zugleich Gebot
und Angebot der Natur; nur weil die Einfaltspinsel auf keinen Fall
20 auf ihre Stimme hören wollen, mißdeuten sie ihren Ruf oder schlagen ihren Rat in den Wind.

– Aber, Monsieur, sprach Justine, Ihr Bruder hat mir niemals von
dergleichen Greueltaten gehandelt.

– Er hat eben ein anderes Steckenpferd, erklärte Verneuil: er übt
25 auf andere Weise Böses, Punkt. Jeder verletzt die Gesetze, die
Religion und die gesellschaftlichen Gepflogenheiten nach seinem
Gutdünken, denn über Geschmack läßt sich nicht streiten.

– Nun gut! Monsieur, dann will ich Sie aufgrund des Ihrigen
beklagen und Ihnen hier und jetzt beteuern, daß ich ihm niemals zu
30 Diensten sein werde.

Unseliges Mädchen, du ahntest nicht, in welche Wallung deine
Weigerung diesen Erzlibertin versetzte! Verneuils schlüpfrige Vorschläge weichen jählings Wutanfällen:

– Los, spricht er, da meine Verführungskünste bei dir nicht ver-
35 fangen, will ich mir wenigstens mit Gewalt Genugtuung verschaffen; wende mir diesen Arsch zu, der mich in Glut versetzt.

Der Schmutzfink schlägt, küßt, beißt ihn und befiehlt Justine zu
scheißen... Das schreckzitternde Opfer willfährt; da sie mit derlei
Schlüpfrigkeiten vertraut ist, wähnt sie ihren Peiniger besänftigen zu

können, indem sie sein Bedürfnis stillt. Verneuil analysiert den Strunzen, atmet seinen Duft ein und verschlingt ihn…

– Zauberhaftes Mädchen, meint er, als er sich wieder erhebt, Sie haben mich just eine meiner allerliebsten Freuden kosten lassen; es gibt wenig, was mir noch besser gefiele. Um die Wahrheit zu sagen, ₅ ich liebe Scheiße bis zur Raserei: doch ich glaube, ich würde Ihnen etwas schuldig bleiben, wenn ich diese Gabe ohne Entschädigung annähme; hätten Sie also bitte die Güte, meine Stelle einzunehmen; ich aber werde mich an jenen Platz begeben, den Sie soeben verlassen haben; was Sie mir geschenkt, Justine, sollen Sie nun von mir ₁₀ zurückerhalten; Sie werden meinen Kot kosten, wie ich den Ihrigen gekostet.

– Großer Gott! es dreht mir den Magen um.

– Oh! Fick, das schiert mich einen Dreck; füge dich unverzüglich, Metze, oder ich werde dich von jenem Manne festhalten las- ₁₅ sen, der nebenan auf meine Befehle wartet; und solltest du mich zu diesem Schritt zwingen, Hure, so darfst du dich auf unerbittlichste Unbarmherzigkeit gefaßt machen.

– Tun Sie, was Sie nicht lassen können, Monsieur; denn es ist mir unmöglich, mich freiwillig auf eine derartige Schändlichkeit einzu- ₂₀ lassen.

Schon tritt John auf den Plan; er war mit zwei Pistolen bewaffnet; eine davon händigt er Verneuil aus; und die beiden setzen die Mündungen der in ihren Händen liegenden Waffen an Justines Schläfen. Die Bejammernswerte geht hell entsetzt in Stellung. ₂₅

– Halte sie genau so fest, befiehlt Verneuil dem Kammerburschen, indem er sich rittlings auf unserer Heldin Busen schwingt, und zwinge mit deinem Pistolenlauf ihren Mund auf, wenn sie ihn nicht aus freien Stücken öffnet: mit widerspenstigen Mädchen darf man kein Mitleid haben. ₃₀

Ach! alles fügt sich nur allzu sehr den Wünschen dieses Schandkerls. Ärschlings ertastet er, ob er lotrecht über Justines Antlitz sitzt; sowie er sich versieht, daß er über seinem Ziel schwebt, feuert er seine Salve ab und füllt den Mund dieses jammerbaren Mädchens mit dem fauligsten und widerwärtigsten Stuhlgang. ₃₅

– Es kommt noch besser, meint er, als er aufsteht, um sein hassenswertes Werk zu begutachten, sie muß alles schlucken.

Justine wird erneut bedroht. Was Furcht nicht alles vermag! Die Unselige willfährt: doch da sich ihr alsogleich der Magen umdreht,

ist vorauszusehen, daß sie alles, was man ihr aufgezwungen, mit Zins und Zinseszinsen zurückerstatten wird. Wer hätte das geahnt? kann man sich überhaupt eine hinlänglich genaue Vorstellung von der ungezähmten Leidenschaft dieses Schamlosen machen, um zu
5 begreifen, welchen Schmutzfinkereien er sich nun hingibt? Verneuil, der sich während dieser letzten Verrichtung stetsfort von John hatte aufgeilen lassen und ihn seines Orts aufgeilte, der nichtswürdige Verneuil also klebt seinen Mund auf denjenigen Justines, wartet just jenen Augenblick ab, in dem sie sich übergibt, und empfängt
10 so in seinen Eingeweiden den ekelreichen Auswurf, der aus denjenigen seines Lustopfers stammt.

– Dies tat not, um endlich zur Sache zu kommen, meint er zu John. Los, Hürin, deinen Allerwertesten: du weißt, daß ich diesen Prachtarsch noch nicht ausgelotet habe; ich will ihn ficken.
15 Dank Johns Handhabe und Justines gegenwärtigem Unwohlsein gelingt das Unterfangen mit leichter Mühe. So strotzend Verneuils Schwanz auch sein mag, dank der Wucht, mit der er zu Werke geht, und dank Justines Unvermögen, sich zur Wehr zu setzen, ist das Gemächt schon bald verschwunden.
20 – Schön! sie ist mein, spricht er; komm, schiebe ihn jetzt in meinen Arsch hinein, mein lieber John; komm, zahle mir heim, was ich dieser Schlitzbübin antue.

Die beiden Lustbarkeiten verzahnen sich ineinander, vermählen sich; doch unsere verzweifelte Abenteurerin hat nicht die leiseste
25 Ahnung, welchen Paukenschlag die Wildmütigkeit dieses Ungeheuers für den Schluß vorgesehen hat. Einzig vom Ruhebett getragen, auf dem sie sich aufstützt, ruht das gesamte Gewicht ihres Leibes auf ihm: Verneuil löst eine Sprungfeder, die in seinen Händen liegt; das Ruhebett versinkt im Boden; Justine aber, von ihm mitge-
30 rissen, läßt den Pfosten, an dem sie sich festgehalten hat, fahren und stürzt, mehr denn zwanzig Fuß weiter unten, mitten in ein riesiges Becken voll Eiswasser, welches eigens zu ihrem Empfang vorbereitet worden. Nun schlägt der Augenblick von Verneuils Ejakulation; seine Hand führt das Werk zu einem guten Ende.
35 – Oh! verfickter Arsch Gottes, kreischt er, sie ist mir entwischt: Und das Sperma, mit welchem er sonst den Hintern des Opfers besprengt hätte, klatscht in schweren Tropfen auf die Fluten, während sich diese Leidgeprüfte strampelnd über Wasser hält. Gib Weisung, sie herauszufischen, meinte Verneuil gelangweilt zu John,

der soeben in seinem Arsch ausgespritzt hatte; nun geh schon, denn die Lumpenhure könnte gut und gerne ertrinken, und wir brauchen sie noch ein Weilchen; widrigenfalls ich sie, meiner Treu, ihrem Schicksal überließe.

Nach dieser Heldentat kehrt unser Mann in den Saal zurück. Fast im selben Augenblick betraten ihn auch Gernande, Bressac, d'Esterval, Victor und Dorothée. Ein jeder legte begeistert Rechenschaft über die einsamen Freuden ab, die er soeben genossen. Keine Kammer, in der nicht allerlei ähnliche Possen getrieben worden wären; und da auch in allen anderen Falltüren eingebaut und die Verbrecher darüber in Kenntnis gesetzt worden waren, hatten sie sich ihrer ausnahmslos bedient. Doch hatten sie die Fallen unterschiedlich ausgestattet; ein von Bressac aufgespießtes Lustbübchen war in eine Jauchegrube gestürzt, und man rätselte, wie man es wohl am besten wieder herausholen konnte: Dorothée hatte die Gernande in Dornenranken fliegen lassen: die schöne Cécile, aufgrund ihrer Jugend sanfter behandelt, war von d'Esterval auf Matratzen geschleudert worden, so daß sie noch einmal mit dem bloßen Schrecken davonkam: Victor hatte einen der ihm anvertrauten Gitonen in Weingeistflammen stürzen lassen, so daß dieser unglückselige Jüngling zunächst befürchtete, selber in Flammen aufzugehen: Gernande schließlich hatte die gearschfickte Verneuil auf dreißig brennende Kerzen sausen lassen, die sie mit ihrem Leib auslöschte. Frischgebadet und erquickt, kehrten die Opfer wieder zurück; und nun entwarf man einen gemeinsamen Schlachtplan.

– Ich fühle mich besser in Schwung als je zuvor, meinte Verneuil; je weiter ich auf der Bahn der Unzucht vorstoße, desto steifer schwillt er mir an: gewöhnliche Männer fühlen sich nach dem Samenverlust schlaff… ausgelaugt; mich aber reizt dies auf, mir dient dies als Auftakt zu neuerlichen Lusttaten; je öfter ich ausspritze, um so spitzer werde ich. Reiht euch alle entlang dieses breiten Ruhebettes auf, kniet auf dessen Rand; bietet mir alle eure Arschbacken aus… und zwar ohne jeden Unterschied: Mädchen, Knaben, Weiber, Vetteln, es tut, gottverflucht noch einmal, not, daß jeder einmal an die Reihe kommt, mit Ausnahme dieser beiden jungen Kinder, setzte er hinzu, indem er auf Rose und Lili deutete; ich spare sie mir für eine spätere Gelegenheit auf.

Man geht in Stellung, wobei man sorgsam darauf bedacht ist, die Geschlechter gut zu durchmischen. Als erster zeigt Bressac seinem

Onkel die Arschbacken: alsdann kam Marceline; kaum hat sie seine Huldigung empfangen, behändigt sie sich eines Rutenbündels und folgt ihrem Bruder fitzenschwingend. Der teuflische Verneuil kennt kein Erbarmen: er sodomisiert die Männer und die Vetteln mit der-

5 selben Inbrunst wie die Mädchen und die Knäbchen. Schließlich gelangt er zu Gernande, ohne daß sein Lusttaumel bislang gekrönt worden wäre; er spießt seinen Bruder auf.

– Alter Arschficker, spricht er zu ihm, wenn schon, dann würde ich ganz gewiß in deinem lüsternen Hintern entladen; denn seit

10 Urzeiten verhilft er mir immer wieder zu einem Steifen: doch neue Vergnügungen rufen mich, und ich will sparsam bleiben.

Die Reihe löst sich auf.

– Nun zu dir, mein Sohn, wendet sich Verneuil an Victor; da, schau nur, deine Mutter und deine Schwestern; willst du sie nicht

15 ein bißchen quälen? Behandle sie nach meinem Vorbild, sodomi- siere sie alle drei.

Von seinem Vater gelenkt, arschfickt das sittenlose Kind diese drei auserkorenen Geschöpfe, indes es von Verneuil eigenschwänzig gefickt wird. Dieser Lustbock, abermals außer Rand und Band

20 geraten, läßt sich Ruten reichen; er fällt über die drei Dirnen seines Sohnes her und taucht sie alle drei in Blut; er überreicht die Waffe seinem Zögling und ermahnt ihn:

– Geißle deine Mutter, gerbe deine Schwestern ab; schone sie nicht, und fürchte auf keinen Fall, dadurch der Natur zuwiderzu-

25 handeln: diese Arschfickerin schenkt uns seit eh und je erst dann wahre Wollust, wenn wir den Rahmen des Alltäglichen sprengen; man erntet sie erst, wenn man jene Grenzen überschreitet, die sie uns, wie die Einfaltspinsel meinen, vorgeblich gesetzt haben soll. Ohne Verbrechen keine Lust. Ah! wenn diese törichten Gesetzgeber

30 doch nur wüßten, wie beflissen sie unsere Gelüste befördern, indem sie sich das Recht anmaßen, dem Menschen Satzungen aufzuer- legen: sich keinen Deut um Gesetze zu scheren, sie samt und son- ders zu brechen, mein Freund, dies ist die wahre Kunst, Wollust zu empfinden. Erlerne diese Kunst und zerreiße alle Zügel.

35 – Papa, spricht der kleine Schelm, indem er seine Mutter aus Lei- beskräften stäupt, du weißt, daß ich dich schon seit langem um die Erlaubnis bitte, Mamas Zitzen fitzen zu dürfen; gönne mir doch diese Freude, und du wirst sehen, wie mein Schwanz zu schäumen beginnt.

Diese Verwegenheit versetzt alle Welt in Hochspannung: Bressac küßt jenes Kind, das aus dem gleichen Holze geschnitzt ist wie er, noch tausendmal; Gernande wünscht, daß seine Gattin Madame de Verneuil Gesellschaft leiste:

– In ihrer Eigenschaft als Tante, meinte dieser Freidenker, hat sie, wie mir scheinen will, ein Anrecht darauf, die Überwut dieses teuren Neffen kennenzulernen.

Die beiden Opfer werden auf die Knie gezwungen und mit dem Rücken gegen das heilige Sofa gelehnt; und das unmenschliche, von allen mit Wohlgefallen beobachtete Kind peitscht mit seinen Ruten blindlings die prächtigen, seiner Blutrünstigkeit preisgegebenen Brüste, ohne die betrüblichen Folgen einer derart fährnisreichen Mutwilligkeit zu bedenken. Dies Schauspiel erhitzt die ganze Schar: Bressac spießt d'Esterval auf, der, seines Schweifs, einen Giton sodomisiert; Gernande lutscht die Schwänze von John und Constant, indes er von Marceline kastriegelt wird; Dorothée aber schnappt sich Justine und treibt ihr ihren Kitzler in den Hintern. Madame de Verneuil indes, an der dieser kleinen Gauner seine Wut allem Anschein nach mit der allergrößten Lust ausläßt, fällt unter den auf sie niederprasselnden Hieben in Ohnmacht; das Ungeheuer aber, das hehrste Naturgesetz mißachtend und entheiligend, erkühnt sich, den blutbesudelten Schoß, der ihm das Leben geschenkt, mit Ficksaft zu besprengen.

Der Tag neigte sich, und die Kräfte begannen zu schwinden, so daß man nun daran dachte, zur Stärkung noch etwelche Pasteten anzuschneiden, etwelche Flaschen Champagnerweines zu köpfen und hernach das Gottesbild zu befragen; denn man wollte erfahren, zu welcherlei Kunstgriffen man Zuflucht nehmen sollte, um jene Tatkraft zurückzuerlangen, welche für einen krönenden Abschluß unveräußerlich war.

Die Bäuche waren satt, abermals glühten die Köpfe, da entbietet Verneuil dem Ewigen seinen Arsch dreimal zum Kusse und erkundigt sich, durch welcherlei Vorgehen man seiner Meinung nach wieder ein wenig Standvermögen zurückgewinnen könne.

– Durch einzeln vollstreckte Folterungen, verkündet das Gottesbild, ein jeder möge sich noch einmal in sein Kämmerchen verfügen und sich der dort befindlichen Geräte bedienen. Sie, Gernande, mögen sich Madame de Verneuils annehmen; Sie, Verneuil, mögen Ihre Tochter Cécile mitnehmen; d'Esterval soll Madame de Gernande nehmen; Dorothée wird mit Laurette und Marceline gehen; Victor und Constant, sein Helfershelfer, werden sich mit Justine einschließen.

Da wir an dieser Stelle lediglich verpflichtet waren, unserer Heldin zu folgen, entzieht es sich unserer Kenntnis, zu welcherlei Folterungen die anderen verdammt wurden. Wir können also nur berichten, wie unsere glücklose Abenteurerin in dem ihr zugedachten Kabinett ein Foltergerät vorfand, das sich bei den italienischen Folterknechten großer Beliebtheit erfreut. Indem ihre Glieder in die Höhe gezogen wurden, ward ihr Steiß auf die Spitze dieser Höllenmaschine gehievt, so daß ihr gesamtes Körpergewicht auf diesem empfindlichen und gebrechlichen Körperteil lastete, der auf diesem verhängnisvollen Gerät ruhte; dieser Druck bereitete ihr derart stechende Schmerzen, daß sie in sardonisches Gelächter ausbrach... ein höchst wunderlicher Anblick. Man kann sich nicht ausmalen, mit welcher Freude Victor die gramverzehrte und unglückliche Justine von seinem Helfershelfer auf diese Maschine spannen ließ. Der kleine Halunke ließ sie fast eine halbe Stunde lang dort schmachten, indes er sich von Constant wichsen ließ; alsdann suchte er eilends seinen Vater auf:

– Oh! mein Freund, sprach er zu ihm, ich weiß zwar nicht, zu welcher Folter du deine Tochter Cécile verdammt hast; doch schwöre ich dir, daß es keine wonnereichere geben kann als jene, die ich just Justine auferlegt; komm und spanne meine Schwester auf mein Gerät, ich bitte dich inständig.

Verneuil, der nie zufrieden war und sich an den entsetzlichen Schmerzausbrüchen, welche seine schreckensreiche Folterbank der auf ihr schmachtenden Cécile abrang, noch nicht hinreichend ergötzt hat, kettet sie los und führt sie zum italienischen Folterpfahl.

– Hernach müssen sie gefickt werden, meint Verneuil zu seinem Sohn.

Gemeinsam vollziehen sie diese abschließende Missetat, nisten sich zur gleichen Zeit in der Tochter Votze sowohl als auch in Justines Arsch ein und spritzen miteinander aus, indes sie die Reizungen der beiden Opfer mißhandeln... welche doch schon infolge der von den Schurken hiebevor durchgeführten Folterbefragung gebrochen waren.

Nun naht die Stunde der Entscheidungsschlacht. Bislang waren die beiden Kinder, welche Verneuil zusammen mit seiner Tochter

Laurette gezeugt, so gut wie aus dem Spiel geblieben. Doch gerade die Schändung der Erstlinge dieser zwei schönen Kinder war als Höhepunkt dieses Festtages eingeplant. Was Verneuil an dieser wonnevollen Opferung so ungeheuerlich entzückte, war nicht zuletzt das ganze Drum und Dran: wie all seine Lieblingsopfer standen diese 5 Geschöpfe im zartesten Alter; überdem waren sie imgleichen seine Kinder und seine Enkel. Welch unübertreffliche Lustbarkeit für einen Mann, dessen Leidenschaften sämtlich auf der Blutschande beruhten! Man bietet sie also alle beide seinen unkeuschen Anfechtungen aus: die Brandopfer mußten von ihrer leiblichen Mutter, 10 Laurette, sowie von Madame de Verneuil festgehalten werden; Victor war damit betraut worden, die Wege anzufeuchten und den Schwengel seines Vaters auf die wollüstigen Pfade zu führen, welche sein Bruder und seine Schwester feilbieten würden. Während er wartet, bis alles soweit ist, labt sich Verneuil, um ein wenig in 15 Schwung zu kommen, voll Wonne an den Freuden Sodoms: John und Constant spießen ihn wechselweise auf; gemäß seinem Wunsch kost Justine mittlerzeit seine Lippen und streicht seinen Schwanz. Binnen weniger Minuten hatte unsere gefällige Heldin diese lendenlahme Jammergestalt aus Kythera zu neuem Leben erweckt; und 20 die beiden prächtigsten Maulschellen, die sie ihrer Lebtage je empfangen, waren der Dankbarkeit gerechter Lohn. Mit einem Satz wirft sich dieser trefflichst erregte Hitzkopf auf das kleine, siebenjährige Mädchen: die Erstlingsfrüchte des Popos werden ihm als Vorspeise gereicht. Mit unfaßlichem Geschick lotst Victor das 25 schreckliche Glied seines Vaters zu dem niedlichen Loch, das man ihm zeigt; doch unerachtet der Fingerfertigkeit des einen und der Lendenkraft des anderen schien die Eroberung ein Ding der Unmöglichkeit. Allein, das mustergültig festgehaltene Opfer kann keinerlei Widerstand leisten, so daß seine Niederlage unvermeidlich 30 wird; und in der Tat: mit Hilfe etwelcher Salben und dreier Lendenstöße dringt der Unmensch in die enge Lustgrotte Gomorrhas. Alsogleich übernimmt Marceline von Laurette die Aufgabe, das Opfer festzuzwingen. Um ihren Vater während der Freuden, welche er bei der Schändung seiner Tochter genießt, noch heftiger zu 35 erregen, entbietet sie ihm die hochwohlgeborenen Hinterbacken eines Kindes zum Kusse, das noch um eine Stufe näher mit ihm verwandt war als das von ihm sodomisierte. Der überflüssig gewordene Victor schickt sich an, seinen Vater aufzuschwänzen, so daß sich

Verneuil zwischen den beiden Früchtchen seiner eigenen Hoden eingeklemmt sieht. Doch in seiner Raserei verlangt dieser Blutschänder, der es keine Minute ohne frischen Zunder aushält, daß Gernande vor seinen Augen Marceline fitze, will sagen die Groß-
5 mutter jenes Mädchens, dessen Anus er bearbeitet; Gernande aber, dessen Blutdurst mittlerzeit bekannt sein dürfte, will auf dem fetten Arsch dieser Frau unbedingt eine eisenspitzenbespickte Klopfpeitsche in Anschlag bringen, um möglichst rasch Blut hervorsprudeln zu lassen.

10 – Ich wünschte innig, keucht der stetsfort fickende Verneuil, daß sich d'Esterval, um meine Erregung zu krönen, den Arsch meiner Gattin in ihrer jetzigen Stellung vorknöpfte und ihn äußerst derb abgerbte.

– Dürfte ich vielleicht, erkundigt sich Bressac, Laurette denselben
15 Liebesdienst erweisen? da sie eine ähnliche Stellung einnimmt, könnte ich sie mir gleichfalls vorknöpfen.

– Freilich, erwidert Verneuil; doch würde dies bedingen, daß Dorothée mit ihrem köstlichen Kitzler Victor vögelte.

– Prächtig, meint John; und ich werde Dorothée aufspießen.
20 – Vor euren Augen, sagt Constant, werde ich, wenn es genehm ist, Justine sodomisieren.

– Nur unter der Bedingung, spricht Verneuil, daß du Lustknaben um dich scharst, die sich dergestalt aufstellen sollen, daß sie mir ihre Arschbacken zum Abschmatzen ausbieten.

25 – Nichts leichter als das, meint eine der Vetteln und leitet alles in die Wege; wir aber, setzt sie hinzu und wendet sich an ihre drei Gefährtinnen, wir wollen, die Fitzen in Händen, zwischen den Reihen auf und ab gehen, um euch noch nachhaltiger aufzureizen.

– Nichts da, widersprach Verneuil; ihr sollt lieber über meinem
30 Antlitz die Röcke lüften; ich möchte, daß eure runzligen Greisenärsche zu der ganzen, vor mir ausgebreiteten Augenweide ebenjenen Gegensatz bilden, welcher wahrer Wollust als höchste Wohltat gilt. Ihr sollt scheißen, Lumpenweiber, habt ihr verstanden; ihr sollt leise Winde und laute Fürze fahren lassen, derweil mein Fick-
35 saft verströmt.

Und sowie alles bereit ist, will der himmelhart spannende Hurenreiter gleichsam auf einen Streich die einen wie die anderen Blumen pflücken. Das grausame Ansinnen dieses Bären sieht sich schon bald verwirklicht; und die arme, kleine Rose wird in einem einzigen kurzen Augenblick beidseitig geschändet und schmiegt sich voll Schmach und unter Schluchzern in den Schoß ihrer Mutter.

Lili löst sie ab. Alle Stellungen werden geändert; doch sind sie von derselben Lüsternheit geprägt, mit derselben Schändlichkeit gewürzt. Zu guter Letzt naht der Höhepunkt; ungehörte Gottes- 5 lästerungen leiten ihn ein: Verneuil spritzt aus als wie ein Stier und wünscht, daß Justines Mund sein kotbesudeltes, aus dem Arsche seines Enkelkindes geglittenes Glied blank schlecke.

– Tritt mein Erbe an, bedeutet er Victor: lieber Sohn, fick meine beiden Kinder; ich spüre noch genügend Kraft und Saft in mir, um 10 dich mittlerzeit zu arschficken, vorausgesetzt, daß mein Weib mein Arschloch ausschlecke und ich dasjenige meiner Schwester ablecke.

Neu gebildete Gruppen umringen diese abschließenden Ver- irrungen der Unzucht; und nach etwelchen Augenblicken der Ruhe und der Erquickung schreitet man zum letzten Akt dieser 15 wonnevollen Lustgelage.

Oh! gerechter Himmel! mit was für Greueltaten werden sie aus- klingen!

Ein stattlicher Sessel mit fünf Plätzen wird in die Saalmitte gewuchtet; er ist so beschaffen, daß diejenigen, die sich auf ihm nie- 20 derlassen, einander den Rücken zukehren. In diesen Sessel hocken sich Bressac, Gernande, Verneuil, d'Esterval und Dorothée. All diese Herrschaften ziehen je einen Giton zwischen ihre Schenkel; John, Constant und Victor flattern um sie herum. Ein Kreis umgibt die- sen mächtigen Sessel, und zwar in einem Abstand von lediglich 25 einem Fuß. Es bilden diesen Kreis: die Damen de Verneuil und de Gernande, Justine, Laurette, Marceline, Cécile, Lili, Rose und die vier Vetteln, die man nackend ausgezogen hat; all diese bejam- mernswerten Geschöpfe halten sich bei den Händen. Dies hat sich Gernande gewünscht, damit er das ganze Dutzend gleichzeitig an 30 jeweils beiden Armen zur Ader lassen kann, was vierundzwanzig sprudelnde Quellen ergeben soll, welche die im Sessel thronenden Verbrecher bespritzen werden. Die beiden hell verzweifelten Gat- tinnen wollen gegen die Grausamkeit dieser Ausschweifung Ein- spruch erheben; man verlacht ihre Vorrückungen; nichtsdestoweni- 35 ger hebt das Schauspiel an. Verneuil bringt sogar ein noch ausgeklü- gelteres Anliegen vor:

– Ich möchte, verkündet er, daß mein Sohn Victor eigenhändig seine Mutter und seine Schwestern schröpfe.

– Er hat doch zeit seines Lebens noch nie ein Schröpfeisen in der Hand gehabt, entsetzt sich Madame de Verneuil.

– Um so besser, erwidert Gernande hämisch; genau dies tut not. Der junge Victor, den es dazu drängt, auch etwas zu dieser Missetat beizutragen, prahlt, er werde sich gewiß nicht schlechter schlagen als sein Onkel. Der Eingriff wird in die Wege geleitet; Monsieur de Gernande erhebt sich und erteilt Anweisungen. Victor gibt unter den Augen des Lehrmeisters sein Stelldichein; dieweil er zu Werke geht, streicht ihm letzterer jedoch aus reiner Bosheit den Schweif, damit die Geilheit auf seine Nerven immer stärker einwirke, bis er zu zittern beginne und schwere Verletzungen verursache. Gernande hat Erfolg; Schlag auf Schlag quillt Strom um Strom aus allen Armen. Der Venenschlitzer kehrt wieder an seinen Platz zurück; und so weiden sich unsere fünf blutbesudelten Wüstlinge an diesem Schauspiel, indes sie sich von ihren Gitonen lutschen lassen und Victor, die Ruten in der Hand, der Außenseite des Kreises entlangeilt, um durch seine Hiebe zu verhindern, daß die Opfer die Besinnung verlieren. Nichts kommt der Verwegenheit gleich, mit welcher dieser Besessene blindlings alle Ärsche bleut; Bruder, Mutter, Schwester, nichts und niemand ist vor seinem kraftvollen Arm sicher. Indes schwimmen im Inneren des Kreises sowohl die Libertins wie auch die lustspendenden Gitonen von Kopf bis Fuß im Blut; selbst John und Constant, deren Schwänze von ihnen gewichst werden, werden über und über besudelt; nie noch sah man Blut in solchen Mengen fließen. Da, Cécile beginnt zu wanken und stürzt zu Boden, wiewohl sich jene, die neben ihr stehen, bemühen, sie zu stützen.

– Ah! sprach Verneuil, dessen Schwanz bei diesem Anblick steil aufragte, ah! gottverfickt, ich wette, daß es um meine Tochter geschehen ist; dieser kleine Lausebengel hat ihr Leben auf dem Gewissen: schon bei seinem ersten Versuch ist er also zu einem Schwestermörder geworden.

– Dies steht außer Zweifel, bestätigte Gernande.

– Ah! zwiefach verfickter Gott, stöhnte der Jüngling und besudelte das Antlitz seiner sterbenden Schwester mit Ficksaft, verfluchter Arschficker von einem Gott, um den ich mich einen Fick schere, nie noch genoß ich solche Lust.

Nun wurden alle Arme hastig verbunden. Schmerzergriffen liegt Madame de Verneuil auf dem Leib ihrer Tochter und bedeckt ihn mit Zähren und Küssen: man versucht es mit etwelchen Arzneien; da sie jedoch keinerlei Wirkung zeitigen, setzt man sie alsogleich wieder ab. Verneuil, über diesen Verlust zutiefst befriedigt, da niemand so wenig an einem Menschen hing wie er... insonderheit dann, wenn er sich an ihm gütlich getan, Verneuil also fragt seinen 5 Sohn, ob er es mit Absicht getan habe.

– Nein, wirklich nicht, meint dieser unsägliche Schuft; ich flehe Sie an, teurer Vater, Sie dürfen keine Sekunde daran zweifeln: wenn ich mir ein Opfer hätte aussuchen können, wäre meine Wahl auf Ihre werte Frau Gemahlin gefallen... 10

Alle Welt birst vor Lachen... Dieserweise also erzog man diesen jungen Unhold; dieserweise gewöhnte man ihn nach und nach an die gräßlichsten Freveltaten.

– Gottverflucht, spricht d'Esterval, ich bin untröstlich, daß dieses hübsche Mädchen schon so früh das Zeitliche segnet: ich trug mich 15 mit der Absicht, es zu arschficken.

– Wer sagt denn, daß es dafür zu spät ist? meint Bressac.

– Bei Gott, du hast recht, staunt der Gastwirt; man möge sie mir festhalten, dann will ich sie mir vorknöpfen.

– Ich, mein Freund, sprach Verneuil, ich will Ihnen diesen 20 Liebesdienst eigenhändig erweisen, als Dank für all das, was mir Ihre liebenswürdige Frau zuliebe getan hat.

Und indem er seine in den letzten Zügen liegende Tochter packt, bietet er sie d'Esterval aus, der sie im Handumdrehen sodomisiert. Jeder einzelne dieser Frevler erlaubt sich, entsprechend seinen Vor- 25 lieben und seinen Neigungen, ähnliche Greueltaten; man kann sich keine Vorstellung davon machen, welchen Schmutzfinkereien diese Untiere frönten... bis zum letzten Atemzug dieses jammerbaren, kleinen Mädchens. Auch die grausamsten Völkerschaften, auch die wildesten Menschenfresser haben niemals den Gipfel solcher Greuel 30 und Grausamkeit erreicht. Zu schlechter Letzt haucht es seine Seele aus; und die von uns eingangs erwähnten Erdaushübe rund um die Terrasse begraben dies haarsträubende Verbrechen, welches just mit ebensoviel Unverfrorenheit wie Raserei vollbracht worden ist, auf alle Ewigkeit unter sich. 35

Oh! was ist doch die Unzucht für eine Leidenschaft! So sie die köstlichste all jener ist, welche uns die Natur einhaucht, so darf man mit Bestimmtheit behaupten, daß sie darüber hinaus auch die unbändigste und fährnisreichste ist.

Von den Anstrengungen ausgelaugt, legt man sich endlich zu
Bette. Verneuil aber, dem, wie schon erwähnt, jeder neue wollüstige
Einfall frische Kräfte verlieh, wollte die Nacht unbedingt mit seiner
Tochter Laurette zubringen, welche die Kunst, ihn in Hoch-
5 spannung zu versetzen, von allen Anwesenden am trefflichsten
beherrschte. Ein jeder trifft ähnliche Anstalten; und Justine fällt die
Ehre zu, das Lager mit Dorothée zu teilen, welche ihrer nicht satt
werden mag.

ENDE DES DRITTEN BANDES.

Michael Pfister, Stefan Zweifel

2000 Jahre Sade

Eine parasitäre Kurzbiographie

Dank dem Erscheinen von Jean-Jacques Pauverts Sade-Biographie *Der göttliche Marquis* – von Hans-Ulrich Seifert, Michael Farin und Melanie Walz vorzüglich durchgesehen, mit Anmerkungen ergänzt und auf 1362 (!) Seiten gekürzt – im Dezember 1991 sind nun auch dem deutschsprachigen Leser ungezählte Neufunde der Sade-Forschung erschlossen, aufgrund deren etwa Walter Lennigs vor einem Vierteljahrhundert entstandene, für damalige Verhältnisse durchaus verdienstvolle rororo-Monographie endgültig als überholt gelten muß.

Leider wies auch Pauverts Biographie aufgrund der Schwemme neuer Literatur über Sades Leben bereits bei ihrem Erscheinen zahlreiche Lücken auf: Obwohl die Nationalsozialisten bei einer Razzia in einem Familienschloß von Sades Nachfahren zahllose Papiere mutwillig zerstört haben und Gilbert Lely die Familienarchive bereits vor Jahrzehnten ein erstes Mal durchkämmt hat, konnten Xavier und Thibault de Sade dem CNRS-Historiker Maurice Lever und seinem Team unlängst noch immer eine Fülle unveröffentlichter Materialien zur Verfügung stellen, deren Auswertung Lever in seiner im September 1991 erschienenen Biographie *Donatien, Alphonse, François, marquis de Sade* präsentiert und die er mit einer Blütenlese von Zitaten veranschaulicht. Freilich bleibt vieles erst angedeutet bzw. für eine spätere separate Publikation angekündigt: so etwa eine mehrbändige kritische Briefausgabe sowie Sades *Italienreise* in einer reich illustrierten Version, die fünfmal länger sein wird als die bisher bekannte (vgl. dazu auch Thibault de Sades Vorwort zum vorliegenden Band) und in deren Licht die *Juliette* neu gelesen werden muß.

Da noch nicht klar ist, ob und wann Levers Biographie ins Deutsche übersetzt wird, ist die hier vorliegende Kurzbiographie als Versuch anzusehen, anhand der Leverschen Forschung und der angekündigten Publikationen »unveröffentlichter Werke« die wichtigsten Ergänzungen zu bisherigen Biographien zu liefern, bei altbekannten Fakten aber möglichst knapp zu bleiben und den Leser auf Jean-Jacques Pauverts Biographie zu verweisen; wir werden jedoch nicht jedesmal betonen, wenn es sich um unveröffentlichte bzw. hierzulande noch unbekannte Textstellen handelt.

Doch nicht nur Levers Werk, sondern auch anderen Neuerscheinungen zu Sade gilt unser Augenmerk: So etwa den vor zwei Jahren von Jean-Louis Debauve herausgegebenen 250 *Lettres inédites* sowie den ersten Bänden einer weiteren »kritischen« Briefausgabe, deren Herausgeberin Alice M. Laborde angeblich insgesamt 30 Bände vorschweben; doch bereits bei den ersten Bänden hat sie in offenbar unerlaubter Weise von Levers Arbeit gezehrt; jedenfalls wurden einige Bände kurz nach ihrem Erscheinen beschlagnahmt. Laborde hat auch ein unbekanntes (nicht beschlagnahmtes) Inventar von Sades Bibliothek in Lacoste sowie erste Bände ihrer Sade-Biographie veröffentlicht, in der sie Sade als gottesfürchtigen Familienvater (!) zeichnet, der als Opfer einer medizinischen Opium-Behandlung seine »Blumen des Bösen« nur in künstlichen Paradiesen gepflückt habe! (Bibliographische Angaben zu den verwendeten biographischen Darstellungen und anderen Texten werden im Anschluß an den letzten Teil dieser Kurzbiographie geliefert werden.)

Folgt also ein erster Teil unserer Kurzbiographie, den wir – was in der Nachbemerkung begründet wird – im Jahre 1774 enden lassen, in den nächsten Bänden jedoch weiterführen und möglicherweise mit einem summarischen Gang durch die wichtigsten Rezensionsetappen bis in die Gegenwart ergänzen werden, deren Interesse an Sades Vita sich etwa in Romanen wie Michael Winters *Claire oder die achte Reise Sindbads* (1990) oder Christoph Geisers *Das Gefängnis der Wünsche* spiegelt (zu letzterem vgl. Neue Zürcher Zeitung, 20./21.6.1992, Vorabdruck aus der ersten Fassung des ersten Kapitels mit Sade und Goethe als Hauptfiguren und Gegenspielern). Da diese Arbeit also wohl erst in zwei bis drei Jahren abgeschlossen sein wird und da der Stern von Bethlehem ein paar Jahre vor dem Beginn der christlichen Zeitrechnung erschienen ist, dürfen wir die vorliegende Kurzbiographie mit Fug wie folgt nennen:

>*Man muß lediglich [Sades] Biographie lesen, nachdem man
sein Werk gelesen hat, um zur Überzeugung zu gelangen, daß
er ein wenig von seinem Werk in sein Leben übertragen hat –
und nicht umgekehrt, wie uns die sogenannte Literaturwissen-
schaft weismachen wollte. [...] Die realen Szenen lassen sich
nicht direkt von den phantasierten Szenen herleiten; sie alle sind
lediglich parallel angelegte, mehr oder minder intensive (im Werk
intensiver als im Leben) Duplikate einer abwesenden, nicht-
figurierten, aber nicht ungegliederten Szene, deren Ort der
Nicht-Figuration und Gliederung nur das Schreiben sein
kann: Sades Leben und Werk durchqueren gleichermaßen diese
Region des Schreibens.*«

(Roland Barthes in *Sade, Fourier, Loyola*)

0

Drei Könige folgen einem Kometen gen Bethlehem; unter ihnen Balthasar.
Auf letzteren führt Nostradamus in seiner *Histoire de Provence* den Ursprung der
Herren von Baux zurück; deren Familienwappen (ein Stern mit sechzehn
Strahlen) soll in der Folge aufgeteilt worden sein, womit die Herkunft des
achtstrahligen Sterns im Sadeschen Familienwappen erklärt wäre. Zwar stand
dieses Werk des Nostradamus laut einem von Alice M. Laborde jüngst publi-
zierten Inventar in der Bibliothek des Marquis de Sade auf dessen Schloß
La Coste, doch wird der Kastellan selber von dieser ganzen Legende wohl
ebensowenig gehalten haben wie von der Geschichte der drei Weisen aus dem
Morgenland insgesamt:

>»Und glauben Sie nicht auch, daß sich die Sternkundigen über mich
lustig machen werden, wenn ich ihnen einen Stern beschreibe, der drei
Könige in einen Stall führt?« (*Justine und Juliette*, Band 1, S.168 =
J/J 1, 168)

Eine weitere, ebenfalls von Lever angeführte Legende rankt sich um ein Kind, das von Gottes Stimme zum Bau einer Brücke über die Rhone aufgefordert wurde; dahinter verbirgt sich als historische Gestalt der erste uns bekannte Vertreter der Familie Sade: Louis de Sade, der in ebendiesem Jahr Landvogt von Avignon war und den vielbesungenen Pont d'Avignon errichten ließ.

Der Name der Familie selbst stammt von dem bei Avignon gelegenen Marktflecken Saze. Saze, Sauze, Sadone, Sado... Das Spiel mit den akustischen Implikationen dieses im Laufe der Zeit verwandelten Namens und eine Kurzphänomenologie des Gebrauchswertes der Ausdrücke »Sade«, »Sadismus« in heutiger Zeit stellen wohl den originellsten Beitrag von Raymond Jeans Biographie *Ein Porträt von Sade* (1990) dar. Das Adjektiv »sade« bedeutete noch zu Sades Zeit – als Gegensatz von »maussade« – soviel wie »wohlschmeckend«, »angenehm«.

1309

Clemens V. verlegt den Sitz des Papstes nach Avignon. Die Familie Sade war in Avignon im Bereich des Salzhandels und des Textilgeschäfts (Hanf) tätig. So ließe sich, mit Alice M. Laborde, bemerken, daß die katholische Kirche dem Marquis zu seinem Vermögen verholfen hat, da gerade die Herstellung der Klerikerkleidung äußerst einträglich war.

1327

»Laura, berühmt dank ihrer Tugend und in meinen Sonetten ausgiebig besungen, erschien meinen Augen zum ersten Mal in der Zeit der Blüte meiner Jugend, im Jahre des Herrn 1327, am 6. April, in der Kirche Sainte-Claire, in der Frühe des Morgens...«

Sollte Petrarca, dieser »liebenswerte Sänger des Vaucluse« (Sade) als Inbild keuscher Liebe ausgerechnet die Ahnherrin jenes »Evangelisten des Bösen« (Jean Paulhan) gerühmt haben, der die Liebe dereinst in Dantes Inferno stoßen wird?

Jedenfalls wogt zwischen den Sadologen (pro) und den Petrarkisten (contra) ein heftiger Streit hin und her, ob sich hinter Petrarcas Laura wirklich jene

Laure de Sade verberge, die ihrem Gatten Hugues de Sade (Keuschheit hin oder her) 11 Kinder schenkte.

Nach verschiedenen Skandalen in die Kerkereinsamkeit verbannt, wird Sade am 17. Febr. 1779, nach einer erneuten Lektüre der Petrarca-Biographie seines Onkels (vgl. in der vorliegenden Kurzbiographie das Jahr 1744), an seine Frau schreiben:

»Mein ganzer Trost ist hier Petrarca [...] ich halte es wie Madame de Sévigné mit den Briefen ihrer Tochter: *ich lese ihn ganz behutsam, aus Furcht, ihn beendet zu haben.* [...] Laura verdreht mir den Kopf; ich werde gleichsam zum Kind; den ganzen Tag lese und in der Nacht träume ich von ihr. Höre nur, was mir gestern von ihr träumte, während sich die ganze Welt gerade vergnügte.«

Es geschah ungefähr um Mitternacht. Seine Aufzeichnungen [das Petrarca-Buch des Onkels] in Händen, war ich just eingeschlummert. Da erschien sie mir jählings... Ich sah sie! Das Grauen der Grabesgruft hatte ihren Reizungen keinerlei Abbruch getan, und es loderte noch dasselbe Feuer in ihren Augen wie damals, als sie von Petrarca gerühmt wurden. Ein schwarzer Flor umhüllte sie um und um [...] »Was seufzest Du auf Erden?« fragte sie mich. »Komm, geselle dich zu mir. In jenem unermeßlichen Raum, den ich bewohne, gibt es weder Kummer noch Sorgen, noch Wirrsal. Fasse den Mut, mir zu folgen.« Bei diesen Worten warf ich mich ihr zu Füßen und sprach zu ihr: »O meine Mutter!...« Und Schluchzer erstickten meine Stimme. Sie reichte mir ihre Hand, die ich mit meinen Tränen bedeckte; auch sie weinte [...] Alsdann, von Verzweiflung und Zärtlichkeit verzehrt, schlang ich meine Arme um sie, weil ich sie zurückhalten oder begleiten und mit meinen Tränen netzen wollte, doch das Trugbild war entschwunden. Zurück blieb nur mein Schmerz.

O voi che travagliate, ecco il cammino
Venite a me se'l passo altri non serra.

Pétr., Son. LIX.

[...] Den 17. Februar, nach zwei Jahren in schrecklichen Ketten.«

Ein Sohn der reinen Laura soll der Legende zufolge bereits ein Sadist avant la lettre gewesen sein: Von Fabrice de Sade heißt es, er habe im Rahmen seiner feudalen Rechte vom »ius primae noctis«, dessen Existenz freilich von modernen Historikern in Abrede gestellt wird, lebhaften Gebrauch gemacht und namentlich seine Ländereien auf der Suche nach hübschen Vasallinnen durchstreift haben, die er dann vor aller Augen vergewaltigte. Mord, Unzucht und Unglaube seien seine Leidenschaften gewesen. Und es heißt weiter, dieser unzimperliche Ahnherr sei von einem als Mönch verkleideten Liebhaber seiner Frau ermordet worden. Freilich figuriert im Stammbaum der Sades unter den Söhnen von Hugues und Laura kein Fabrice.

um 1470

Der »gute König René«, der für die Provençalen den Inbegriff des Goldenen Zeitalters darstellt, verleiht allen wichtigen Familien, von denen er sich beraten läßt, ein Epitheton und weist prophetisch in die Zukunft: »Der Starrsinn der Sades.«

1577

15.Mai: Brântome berichtet in seinen von Sade verständlicherweise hochgeschätzten *Lebensläufen galanter Damen* von der Tochter einer gewissen Gabrielle de Sade, die als Herzdame von Katharina von Medici zusammen mit einer Frau de Retz nackt das Essen aufträgt; und Katharina liebte es, derlei nackte Hinterbacken unter Fitzenhieben »lustig zucken« zu sehen, wobei sie sich anschließend ins Nebengemach verfügte, um ihr Feuer, ganz Delmonse (J/J 1, 70ff.), mit einem »starken und kräftig gebauten Liebhaber« zu löschen.

1702

12. März: Seit Maurice Levers Biographie sollte eine seriöse Kurzbiographie mit diesem Datum ihren Anfang nehmen. Denn mit Sades Vater Jean-Baptiste Joseph François wird gleichsam ein »divin marquis en miniature« geboren: Die Betten adliger Damen, die Spieltische, die Literaturzirkel und der Schwulenpark im damaligen Paris gaben seine bevorzugten Tätigkeitsfelder ab. Trotz gelegentlicher Differenzen verehrte Sade seinen in Schriftstellerei dilettierenden Vater, der sich erst im Alter wieder als reuiger Sünder Gott und der Moral zuwandte, indes Mutter Sade bereits seit Jahrzehnten in einem Pariser Karmeliterkloster an der Rue de l'Enfer dahinvegetierte.

Angesichts der häufigen Attacken gegen Mütter – insbesondere gegen die »Allmutter« Natur – in Sades Werk haben viele psychologische Interpreten einen Mutterhaß des Marquis diagnostiziert (der, wenn man schon biographisch argumentieren will, eher ein Schwiegermutterhaß wäre, doch dazu später). Lever spricht sogar von einem »negativen Ödipuskomplex« bei Sade, wobei er sich etwa auf ein Zitat aus der *Philosophie im Boudoir* (1795) berufen kann, in der Eugénies Mutter zum Schluß die Scheide zugenäht wird (vgl. auch J/J 4, Kap. xx):

> »Über den Tod meines Vaters bin ich noch immer untröstlich, als ich aber meine Mutter verlor, veranstaltete ich ein Freudenfeuer [...] ich haßte sie von ganzem Herzen.«

Kein Wunder, daß Sade bis zur letzten, hier vorliegenden Justine-Fassung von 1797 die Homunculi-Theorie (vgl. Anmerkung in J/J 4 zu J/J 1, 193) vertreten wird:

> »Einzig vom Blut unserer Väter gebildet, schulden wir unseren Müttern nicht das geringste.«

1724

Aus einem Polizeirapport über Vater Sade, der in den Tuilerien einem Lockvogel der (Sitten-)Polizei auf den Leim geht:

> »Etwa um halb neun Uhr abends setzte sich besagter Herr de Sade, nachdem er bei einem Gebüsch mehrere Runden gedreht hatte, auf eine nahe gelegene Bank und sprach einen vorübergehenden jungen Mann an [...] Er hat ihm mehrere schlüpfrige Anträge gemacht und unter anderem gesagt, obzwar ihm bereits ein Mann den Schw[anz] gestrichen habe, würde er es ihm besorgen, wenn er wolle, [...] er würde ihn zum Essen und Schlafen zu sich nehmen. Und schon wollte er ihn ohne Umschweife hinter ein Gebüsch ziehen; dies lehnte der besagte junge Mann jedoch ab, indem er ihm erwiderte, daß sie besser in sein nahe gelegenes Zimmer gehen würden [...] womit besagter Herr de Sade einverstanden war [...] Der junge Mann erklärte, dies sei bereits das zweite Mal gewesen, daß er von besagtem Herrn de Sade bedrängt worden sei«.

Im Gegensatz zu seinem Sohn, der am 2.Sept. 1772 wegen Sodomie (d.i. Analverkehr) zum Tode verurteilt werden sollte, wird Vater Sade nicht einmal vor Gericht gestellt; schließlich ist er nicht umsonst der Günstling des Bourbonenprinzen Louis-Henri Duc de Condé (1692-1740; Urenkel des Großen Condé; während der Minderjährigkeit von Louis XV von 1723 bis 1726 Premierminister) und konnte darüber hinaus auf eine ganz besondere Art von Fürsprecherinnen zählen – unter seinen zahllosen, im Laufe der Jahre eroberten Mätressen stechen heraus: die schönste Bourbonenprinzessin, Louise-Anne de Bourbon (berüchtigt als Mademoiselle de Charolais), die auch die Mätresse des Königs war und vom Erzlibertin und Paradehöfling Duc de Richelieu (1696-1788) umschwänzelt wurde, der daneben gleichzeitig angeblich noch sechs weitere Liebschaften pflegte, sodann die Duchesse de Clermont sowie die spätere Hauptmätresse von Louis XV, Madame de Pompadour, deren fiktive Memoiren zum Bestandteil jeder freidenkerischen Bibliothek gehörten und sowohl in den Bücherschränken von Sades Onkel, dem Abbé Paul Aldonse de Sade, wie auch in denjenigen von Sade selbst zu finden waren.

1726

Ein Gedicht über berüchtigte Sodomiten (=Homosexuelle) macht die Runde: Neben den Jesuiten werden darin verschiedene Adlige verhohnepiepelt, darunter namentlich auch unser Comte de Sade:

> »Hoch den Arsch
> Ich habe eine Flöte, etc. (Refrain)
> Ihr dünkt mich schrecklich fade
> mit Eurem adligen Gehabe
> Nun beweis ich, Comte de Sade,
> Euch meine steife Gabe
> Ich habe eine Flöte, etc.«

1728

Die verwitwete Madame de Maillé, Sades Grossmutter mütterlicherseits, wird zur »Gesellschaftsdame« der Prinzessin Caroline-Charlotte de Hesse-Rheinfeld, der frischvermählten zweiten Gemahlin des Duc de Condé, ernannt.

1730

12. Mai: Als Spion im Dienste Seiner Majestät Louis XV schleust sich Vater Sade in London in die Freimaurerloge »The Horn« ein; am selben Abend findet ein anderer Novize Aufnahme: Montesquieu. Lever weist jedoch alle Vermutungen, der Marquis de Sade sei selber Mitglied oder Anhänger irgendwelcher Freimaurerlogen gewesen, kategorisch zurück.

1733

13. Nov.: Hochzeit von Vater Sade und Marie-Eléonore de Maillé de Carman, welche am 6.Oktober von ihrer Mutter die Funktion einer Gesellschaftsdame bei Prinzessin Caroline-Charlotte geerbt hat.

Der Bräutigam beantwortet einen Geburtstagsgruß Voltaires mit einem seiner kläglichen Gelegenheitsgedichte; zeitlebens sollte er – wie viele andere Adlige – als Hobby-Schriftsteller dilettieren, und so finden sich im Familienschatz der heutigen Stammhalter rund zwanzig unveröffentlichte Werke.

Zwar heißt es im »Mercure de France« über das Haus Maillé, es sei »allzu bekannt, als daß man hier eigens darauf eingehen müßte«; zwar mag man auch denken, daß eine mit den Bourbonen verwandte Nichte des Kardinals Richelieu für den Comte de Sade allianzstrategisch gewiß keine üble Wahl darstellte. Doch die wahren Gründe dafür, daß das Auge des Comte de Sade gerade auf diese in finanziellen und anderen Belangen (vgl. ihr Bildnis) doch eher unattraktive Dame fiel, enthüllt ein autobiographischer Text aus obgenanntem Familienschatz, in dem sich der Comte um den Stil galanter Memoirenliteratur bemüht:

> »Der Duc [de Condé] war seit mehreren Jahren verwitwet […] Sein Blick fiel auf die Prinzessin de Hesse-Rheinfeld […] Der Prinz hatte sich nur in der Hoffnung auf Nachkommenschaft verheiratet und kam selten nach Paris […] Der Prinzessin wurden Gewährsleute zur Seite gestellt, die über jeden Schritt und Tritt, über jedes Wort und jeden Blick von ihr Rechenschaft ablegen mußten […] Doch die Duchesse [d.i. die Prinzessin Caroline-Charlotte de Hesse-Rheinfeld] war lebhaft, und ihr Herz verlangte nach Liebe. Der Comte de Clermont, ihr Schwager, war der einzige Mann, den sie unbewacht sehen durfte […] Die Lust, seinem Bruder etwas zuleide zu tun, galt diesem lediglich als zusätzlicher Anreiz […] Der gewarnte Duc ließ seine Besuche untersagen […] Ich verkehrte seit drei oder vier Jahren in Chantilly, und der Duc schien mir wohlgewogen

zu sein [...] Meine Mätressen waren kein Grund, die Duchesse nicht bezaubernd zu finden und danach zu streben, ihr zu gefallen [...] Ich schloß aus verschiedenen Reden, die man an mich richtete, daß es mir lediglich an der guten Gelegenheit fehle, um in den Besitz der zauberhaftesten Person der Welt zu gelangen.

Mlle de Carman war zu heiraten und so dachte ich mir [...], erst einmal in ihrem [d.i.Caroline-Charlottes] Haus eingerichtet, würde es mir ein leichtes sein, mich in ihr Herz zu schleichen. So anerbot ich ihr, Mlle de Carman zu heiraten [...] Endlich war es soweit. Monsieur le Duc kehrte von Chantilly zurück, um die im Hôtel de Condé abgehaltene Hochzeit zu begehen. Als ich bereits im Bett lag, hielt Mme de Sade noch immer Händchen mit Mme la Duchesse und bat sie, sie nicht zu verlassen. Wiewohl meine Frau von liebenswertem Äußeren war, wurde meine Erregung, meine Lebhaftigkeit und Eile durch die Gegenwart dieser Prinzessin noch zusätzlich gesteigert [...].

Ich ließ die Prinzessin spüren, wie aufopfernd es von mir war, eine mittellose Frau einzig deshalb geehelicht zu haben, um in ihrer Nähe zu sein [...] Meine Heirat verhalf mir zu einem vertraulicheren Umgang mit ihr. [...] Das Herz dieser Prinzessin war wehrlos, gewiß hätte sie Männer gefunden, die ihr besser gefallen hätten als ich, aber ihr fehlte die Freiheit, jemanden zu besuchen. [...] Viele meinten sogar, meine Person sei ihr unangenehm, denn jedesmal, wenn ich bei ihr eintrat, zog sie sich zurück, ohne überhaupt das Wort an mich zu richten. Ich blieb und plauderte eine Viertelstunde mit ihren Gesellschafterinnen; danach ging ich. Doch statt zu mir, ging ich in jene Umkleidekammer, wo mich die Prinzessin erwartete, und wir gaben uns den süßesten Freuden hin [...].

Eines Tages, als ich sie befriedigt wähnte – und welche Frau wäre es nicht gewesen! – , begann sie zu weinen [...]: »Madame de S[ade] hat mir über Ihre erste Hochzeitsnacht gewisse Dinge anvertraut, die mich befürchten lassen, daß Sie sie stärker lieben als mich.« – »Madame de Sade war ein derartiger Grünschnabel«, erwiderte ich, »daß es für mich ein leichtes war, sie zu täuschen.« – »Aber Sie schlafen noch immer mit ihr«, sprach sie, »und wenn Sie mich liebten, nähmen Sie es damit weniger genau.« [...] sie nahm mir das Versprechen ab, daß ich von nun an in einem getrennten Bett schlafen würde, und ich hielt Wort. [...] Aber eine eifersüchtige Gattin entdeckt alles...«

Die Porträts der Protagonisten dieser mit Pomp begangenen Hochzeit finden sich übrigens im Bildteil von Maurice Levers Biographie: der Comte de Sade, seine Braut, der Duc de Condé sowie dessen Schwester Louise-Anne und dessen Gattin Caroline-Charlotte. Auch sonst sei für Bilder auf die Biographien von Lever, Pauvert und Lely sowie – für die Provence – auf Henri Fauvilles Lacoste-Buch und Labordes Band *Généalogie et Patrimoine* verwiesen. (Vgl. zu all diesen Quellen die abschließende Auswahlbibliographie.)

1734

März: Der Comte de Sade nimmt – bereits zum dritten Mal – an einem Krieg teil: dem Polnischen Thronfolgekrieg, nach dessen Beendigung er 1738 seinen Hauptmannsrang verkaufen wird. A.M. Laborde publizierte Teile seines Briefwechsels mit namhaften Korrespondenten (*Lettres des princes reçues par mon père*), der von Hofklatsch, Fachsimpeleien über die Jagd und Jammereien über Geldsorgen nur so strotzt und aus dem die meisten der folgenden Zitate stammen, wiewohl der Band in Frankreich beschlagnahmt worden ist.

In dieser Zeit vermutet Laborde eine erste Fehlgeburt von Madame de Sade.

1737

Marie-Eléonore schenkt einer Tochter das Leben, deren Patin sich pikanterweise im ersten und deren zum Familienfetisch gewordene Urahnin sich im zweiten Teil des Vornamens ausmachen lassen: Caroline-Laure. Sie stirbt bereits 1739. Das einzige Zeugnis über sie stammt von einem gewissen Marschall Balincourt, der dem glücklichen Vater schreibt:

>»Ich habe gehört […], Ihr Fräulein Töchterchen sei äußerst liebenswert, obwohl etwas kokett.«

1739

Der Comte de Sade erwirbt das Amt eines General-Statthalters über die Provinzen von Bugey, Bresse, Valromey und Gex für die Summe von 135.000 Livres. Mit diesem Amt sind nur wenige Verpflichtungen, dafür aber ein jährliches Einkommen von 10.200 Livres (auf Lebenszeit) verbunden.

In den Spätsommer fällt die Zeugung Sades; die Dinge nehmen ihren materialistisch determinierten Lauf:

>»Jene Organe, die uns für diese oder jene Mutwilligkeit empfänglich machen, werden im Schoße der Mutter geschmiedet; die ersten Gegen-

stände, die man uns zeigt, die ersten Reden, denen wir lauschen, prägen bereits unsere Triebe: die Neigungen bilden sich heraus, die Gewohnheiten nehmen Gestalt an, und schon können sie durch keine Macht der Welt mehr rückgängig gemacht werden. Die Erziehung kann tun und lassen, was sie will; sie wird nichts mehr ändern: und wer zum Verbrecher geboren ist, wird seine Bestimmung, auch bei der untadeligsten Erziehung, ebenso unausweichlich erfüllen, wie sich derjenige, dessen Organe für das Gute geschaffen sind, unaufhaltsam zur Tugend aufschwingen wird, auch wenn sein Unterweiser alles falsch gemacht hat: alle beide handeln, wie es ihrer körperlichen Veranlagung und ihren naturgegebenen Prägungen entspricht, und der eine verdient Bestrafung nicht eher als der andere Belohnung.« (J/J 2, 170)

1740

2. Juni: Die Comtesse de Sade kommt im »Hôtel de Condé« mit ihrem zweiten Kind nieder. In Abwesenheit seiner Eltern wird der frischgeborene Sohn auf den Namen DONATIEN ALPHONSE FRANCOIS getauft. Die Eltern haben eigentlich den Namen Donatien Aldonse Louis vorgesehen, doch die Vergeßlichkeit der Bediensteten stiftet eine Namensverwirrung, unter deren Folgen Sade noch in der Zeit der französischen Revolution schwer zu leiden haben und die bis zur Konfiskation seines Vermögens führen wird.

Er wird zusammen mit dem vier Jahre älteren Prinzen von Condé, Louis Joseph de Bourbon, erzogen, der später nicht wie Sade (als citoyen actif in der Section des Piques) an der Revolution teilnehmen, sondern dieselbe als Oberhaupt der Emigrantenarmee bekämpfen wird.

Als Erzieher fungiert der Onkel des Prinzen, der Comte de Charolais (1700-1760), dessen Schwester, wie erwähnt, eine von Vater Sades Lieblingsmätressen war. Halb so wild, daß Charolais seine Mätressen öffentlich verprügelte, eines seiner Kinder auf dem Gewissen hatte und angeblich eine Geliebte in einem Feuersbrunst umkommen ließ sowie einen Bediensteten umbrachte. Schlimmer schon sein Hobby, die Jagd auf ganz besonderes Freiwild: Er schoß, zum Amüsement und um in Form zu bleiben, Dachdecker von den Häusern.

Louis XV soll zu Charolais, dessen Adel ihn vor jedem gerichtlichen Tadel schützte, nach einer Mordtat einmal gesagt haben: »Ich erweise Ihnen Gnade, gewähre sie aber auch im voraus jedem, der Sie töten wird.« Als eingefleischter Gegner der Todesstrafe kommentiert Sade diesen »erhabenen Ausspruch« in der *Philosophie im Boudoir:*

»Muß der Mord mit Mord unterdrückt werden? Gewiß nicht. Wir sollten dem Mörder niemals eine andere Strafe auferlegen als diejenige, welche ihn in Form der Rache durch die Freunde oder Familie des Getöteten ereilen kann.«

Der Comte de Charolais figuriert auch unter den »dramatis personae« des rund sechstausendseitigen »opus magnum« Sades, *Les journées de Florbelle* (1807), das nach dem Tod des Marquis von dessen Sohn verbrannt wurde und von dem nur Skizzen erhalten sind, wobei verschiedene Sadologen – wie zuletzt Maurice Lever – in einem veritablen Nervenkrieg verlauten ließen, dem verschollenen Manuskript auf der Spur zu sein.

Die folgende Zeit resümiert Sade in einer gemeinhin als autobiographisch erachteten Stelle aus *Aline und Valcour:*

»Sobald ich denken konnte, wähnte ich, die Natur und das Schicksal wollten mich mit vereinten Kräften mit ihren Wohltaten überschütten; ich glaubte dies, weil man es mir törichterweise einredete, und dieses lächerliche Vorurteil machte mich hochnäsig, herrschsüchtig und jähzornig; mich dünkte, alles müsse sich meinen Wünschen fügen, das gesamte Weltall müsse meine Mutwilligkeiten umschmeicheln [...].

Geboren und erzogen im Palast des erlauchten Prinzen, dessen Familie anzugehören meine Mutter die Ehre hatte und der ungefähr in meinem Alter stand, befleißigte man sich, mich mit ihm zusammenzubringen, auf daß ich, seit Kindesbeinen mit ihm befreundet, zu jeder Zeit meines Lebens auf seine Unterstützung zählen könne; doch meine sprunghafte Eitelkeit [...] fühlte sich eines Tages bei unseren Kinderspielen verletzt, weil er mir etwas streitig machen wollte und vor allem weil er sich angesichts seiner überaus hohen Adelstitel allein schon aufgrund seines Ranges im Recht glaubte, so daß ich mich für seine Halsstarrigkeit mit äußerst zahlreichen Schlägen rächte, ohne daß mich irgendeine Überlegung hätte bändigen können...«

Dieser unnachgiebige Charakterzug wird ihn zeitlebens nicht mehr verlassen; so schreibt sein Vater noch fünf Tage vor Sades Hochzeit über den dreiundzwanzigjährigen Sohn: »...sowohl was die kleinste als auch was die größte Sache angeht, ist es unmöglich, ihn zu ändern.«

Und noch mit 43 Jahren wird Kerkerinsaße Sade starrsinnig schreiben:

»Herrschsüchtig, jähzornig, aufbrausend, in jeder Hinsicht maßlos, von einer seit Menschengedenken nie dagewesenen Entfesselung bezüglich meiner Ansichten über die Sitten, Atheist bis zum Fanatismus, kurz und gut, so bin ich, und noch einmal, tötet mich, oder nehmt mich, wie ich bin, denn ich werde mich nie und nimmer ändern.«

Wie sagte doch der »gute König« René ...?

9. Nov.: Nicht ahnend, daß sein Sprößling dereinst auch den Papst in den Schmutz ziehen wird (*Juliette*), huldigt der Comte de Sade, als Herr über Ländereien im päpstlichen »Comtat Venaissin« bei Avignon, dem Stellvertreter Gottes nicht zuletzt auch im Namen seines neugeborenen Sohnes.

1741

Januar: Nachdem der Comte de Sade seine militärische Karriere abgebrochen hat, weil er nicht unter dem Marquis d'Argens dienen will, der über ein halbes Jahrhundert später von Sohn Sade als Autor der berühmten pornographischen Schrift *Thérèse philosophe* (deutsch bei Schneekluth 1990) enttarnt werden wird, will er sich auf die diplomatische Karriere konzentrieren. Er wird zum bevollmächtigten Minister beim Kurfürsten von Köln, Erzbischof Clemens-August, ernannt. Die Nummer 2 des Außenministeriums, der Marquis d'Argenson (1694-1757) betrachtet diese Berufung mißgünstigen Auges: »Sade wurde zu unserem Vertreter in Köln ernannt ... nicht geistlos, dafür recht unzuverläßig.«

Vater Sade soll Erzbischof Clemens-August im Rahmen der nach dem Tod des deutschen Kaisers Karls VI. hängigen Erbfolgefrage im Heiligen Römischen Reich auf die Seite der Franzosen ziehen, die den Bruder des Kölner Kurfürsten, Karl Albrecht von Bayern, als Karl VII. zum Kaiser machen wollten, da sie ihn der bereits allzu mächtigen österreichischen Herrscherin Maria-Theresia vorzogen. Frankreich trachtete danach, zwischen die deutschen Fürsten und das Haus Habsburg einen Keil zu treiben. Und in der Tat wurde Karl VII. der einzige nichthabsburgische Kaiser der frühen Neuzeit.

Vater Sade liebäugelt zwar mit einem Botschafterposten in Venedig, doch nimmt er das Amt in Köln gezwungenermaßen an, auch wenn es in seinen Augen relativ schlecht honoriert wird.

4. März: Erste Audienz bei Clemens-August. Während sich der frischgebackene Gesandte in Köln einlebt, beklagt er sich vor allem über »die vielen englischen Spione« sowie über »allerlei Intrigen, Kabalen und das Parteiengerangel« an diesem Hof.

22. April: »Er [der Kurfürst] hat sich mir an den Hals geworfen, und wir hatten beide Tränen in den Augen, er sagte mir, daß ich ihn aus einem großen Labyrinth herausführte, in dem er sich ohne mich verirrt hätte.«

18. Mai: Unter Botschafter Sades Federführung unterzeichnet Frankreich zusammen mit Spanien, Bayern, Preußen, Polen und Sardinien den Vertrag von Nymphenburg, der einen Erfolg im diplomatischen Kampf gegen Maria-Theresia und deren Bestrebungen, die Einheit der österreichischen Länder durchzusetzen, darstellt. Der Comte de Sade hat sich zudem, wie gesehen, schon recht bald die Gunst des Kurfürsten gesichert. Eine gute Gelegenheit, um seinen Vorgesetzten in Paris zu signalisieren, daß er in argen Geldnöten stecke, da er sich diese Gunst in erster Linie dank eines aufwendigen Balls habe erschleichen können. Im gleichen Atemzug bittet er darum, daß man seinen Bruder, den Abbé de Sade, mit einem einträglichen geistlichen Amt abspeise, damit dieser ihm nicht mehr länger – gemäß der testamentarischen Verfügung des Vaters – auf den Taschen liege.

»Dies ist eine große Belastung für mich, namentlich da ich an einem Ort weile, an dem man zu derartigen Ausgaben gezwungen ist. Denn ich bezweifle, daß irgendein königlicher Botschafter mehr ausgibt als ich.«

Oktober: Als seine Frau – nach dem Tod der heimlichen Ehestifterin Caroline-Charlotte (am 14. Juni 1741) – den kleinen Donatien bei einer Amme zurückläßt und nach Köln kommt, jammert der Comte de Sade in derselben Manier weiter: »Jetzt habe ich auch noch meine Frau auf dem Buckel.«

Da der Comte nach dem Ableben von Caroline-Charlotte keinen Grund mehr hat, gute Miene zum bösen Spiel zu machen, leben sich die beiden Eheleute immer mehr auseinander und werden bald nur noch brieflich miteinander verkehren.

1742

31.Dez.: Botschafter Sade fühlt sich schlecht behandelt und jammert an Silvester in einem Brief an Außenminister Amelot:

»Ich war zwanzig Jahre lang Hauptmann der Kavallerie; man verweigerte mir das Saint-Louis-Kreuz! [...] ohne Zukunftsaussichten am Hof, heiratete ich! Die Mitgift meiner Frau bestand lediglich im Versprechen auf das Regiment der Condé-Dragoner: alle Welt weiß, wie es mir in dieser Angelegenheit ergangen ist [...] Ich war enttäuscht, nicht auf Anhieb

Botschafter zu werden, da mir jene, die derlei Stellungen erhielten, [...] nicht hochwohlgeborener, gebildeter, talentierter schienen als ich [...] Der Kurfürst wollte beim Kaiser für mich um dessen Orden bitten [...] Der König erlaubte nicht, daß ich ihn annahm. Die Botschaft in Venedig ist frei, ich ersuche inständigst um sie. Man verweigert sie mir. Mein Unglück verfolgt mich auf Schritt und Tritt [...] ich trachte nur noch danach, mich zur Ruhe zu setzen.«

Im Juli 1743 tritt ein gewisser Jean-Jacques Rousseau seine Stelle als Sekretär des französischen Botschafters in Venedig an und hat dieses Amt inne, bis er sich im Herbst 1744 mit dem Botschafter zerstreitet. Ob sich der damals zweiunddreißigjährige Jean-Jacques mit Vater Sade als Vorgesetztem besser vertragen hätte? Zweifel sind erlaubt: Immerhin notierte der Comte de Sade in seinen unveröffentlichten *Pensées diverses*: »Rousseau ist ein Schöngeist und ein schlechter Philosoph.«

Philippe Roger interpretiert dies als direkte Vorwegnahme von Sades eigener Haltung zu Rousseau, der in Sades Werk zwar nur ein halbes Dutzendmal genannt wird, obwohl »das Wesentliche bei Donatien stets gegen Jean-Jacques geschrieben wird.« In der Tat besitzt der oft als »schwarzer Rousseau« betitelte Sade in seinen verschiedenen Bibliotheken allerlei Werke Rousseaus; während er die »brennenden Seiten von Julie« schätzt (und in *Justine und Juliette, 3* (S. 47) mit dem Namen einer Heldin der *Nouvelle Héloïse*, diesem »erhabenen Buch«, die Huldigung erweist), schmäht er den deistischen Moralisten aufs schärfste. Jedenfalls antwortet der lesehungrige Gefangene Sade 1783 auf die Verweigerung der *Confessions* bissig:

»Mir Jean-Jacques' *Confessions* zu verweigern, ist ein Geniestreich, namentlich nachdem man mir Lukrez und die Dialoge Voltaires zugeschickt hat; das zeugt von der großen Sachkenntnis und dem tiefgründigen Urteilsvermögen eurer Gefängnisdirektoren. Ach, sie tun mir eine große Ehre an, wenn sie glauben, daß ein deistischer Autor für mich noch ein schlechtes Buch sein könne; wie sehr wünschte ich, daß es noch so wäre!«

1743

1. Juli: Als in Köln nach einer in unmittelbarer Nähe erfolgten Niederlage der französischen Armee ein rauschendes Fest veranstaltet wird, an dem der Kurfürst teilnimmt, zeigt sich, daß Botschafter Sade ausgespielt hat.

31. Dez.: In der Tat erhält er – sei es infolge von Intrigen, sei es aufgrund seiner nicht eben diplomatischen Angewohnheit, den Kurfürsten im Spiel nicht gewinnen zu lassen – sein Abschiedsgeschenk, womit seine Mission beendet und auch kläglich gescheitert ist.

1744

2. Feb.: Botschafter Sade reist nach Paris, ohne jemandem etwas davon zu sagen, daß ihn der Kurfürst verabschiedet hat, so daß er noch über ein Jahr lang sein Amt behält und den damit verbundenen Lohn bezieht.

16. Aug.: Der junge Marquis wird als zukünftiger Herr von Saumane zusammen mit seinem Vater in Avignon empfangen. Der Marquis de Sade blickt zurück:

> »Mein Vater wurde zu diplomatischen Verhandlungen abgesandt; meine Mutter folgte ihm nach [...] Ich wurde zu einer Grossmutter im Languedoc geschickt, deren allzu blinde Zärtlichkeit in mir alle Laster nährte, die ich oben eingestanden habe.« (*Aline und Valcour*)

Alsdann wird der »blonde Bambino« (Maurice Heine) auf Schloß Saumane, zu seinem Onkel, dem Abbé de Sade (1705-1777), geschickt und von einem persönlichen Erzieher, dem Abbé Amblet, unter die Fittiche genommen. Des weiteren wird Donatien in Saumane von einer Gouvernante, Madame de Saint-Germain, betreut, die er auch noch als Mittvierziger aus dem Gefängnis für ihre hohe Bildung und außergewöhnliche Belesenheit rühmen und sie um bibliographische Auskünfte bitten wird.

Schloß Saumane liegt hoch über den Lavendelfeldern des Vaucluse auf einem riesigen Felsen; dem Ankommenden starrt die gedrungene, massige Burgfassade des im 12. Jahrhundert als Festungsbau begonnenen Schlosses abweisend entgegen; dieser Anblick wird durch eine Vielzahl architektonischer Stilelemente aus verschiedenen Epochen aufgelockert, deren Uneinheitlichkeit an Sades parodistische Verwendung widersprüchlichster Schreibstile gemahnt. Über einen Wassergraben gelangt man auf die hintere Seite des Schlosses, wo einen ein ganz anderes Bild erwartet: eine harmlose, beinahe liebliche Renaissance-Fassade blickt auf einen wind-, d.h. mistralgeschützten Schloßgarten. Die Zimmer sind mit bukolischen Wandmalereien im italienischen Stil ausgestattet, die barbusige Frauen und Amorgestalten darstellen, so auch im Kinderzimmer des kleinen Donatien.

Bis auf die schönen Gartenanlagen und die Geheimgänge, die sich durch das dicke Schloßgemäuer ziehen und vom Keller aus durch den Felsen, auf dem das Schloß thront, in die benachbarten Wälder führen, ist das ganze Gebäude 1990 sorgfältig renoviert worden und dient heute als Forschungs- und Ausbildungszentrum für mediterrane Sprachen. Leider sieht es so aus, als ob die seit langem geplante, internationale Sade-Stiftung, welche die weltweit verstreuten Manuskripte sammeln, Kolloquien veranstalten und Jahrbücher herausgeben soll, nicht in Saumane eingerichtet werden kann.

Innenarchitektur und Raumaufteilung von Sades Romanschlössern Silling (*Die 120 Tage von Sodom*) und Gange (*Die Marquise de Gange*) lehnen sich eindeutig an Sades unweit von Saumane gelegenes Lieblingsschloß Lacoste an (vgl. 1765), doch die Janusgesichtigkeit der beiden Fassaden von Saumane spiegelt in allgemeinerer Weise eine Grundstruktur von Sades Leben und Werk: Logik und Triebe, Liebe und Hiebe, Sadismus und Masochismus, aktive und passive Auspeitschung, geistige Zucht und körperliche Unzucht, Intellektualisierung der Erotik und Erotisierung des Intellekts. Auch die äußere Erscheinung von Sades literarischen Schlössern sowie ihre Geheimgänge und riesigen unterirdischen Gewölbe erinnern an Schloß Saumane, dessen im Felsen verborgener Unterbau sich über eine viermal größere Fläche erstreckt als der sichtbare Teil des Gebäudes und stellenweise mehrere Stockwerke tief ist. Maurice Heine, der erste große Sadologe, fragt denn auch mit Blick auf den vierten Band von *Justine und Juliette*: »Ist es nicht bereits das Schloß des Falschmünzers Roland?«

Heine wies auch darauf hin, daß die Abtei Ebreuil, der der Abbé vorstand, zu jener Zeit nur gerade von vier alten Benediktinermönchen bewohnt wurde, von denen einer wegen »Ausschweifung« bestraft worden war – die Parallele zu den vier (bzw. sechs) Benediktinermönchen in den ersten Fassungen des Justine-Stoffes (bzw. in J/J 2 und 3) springt in der Tat ins Auge.

Der Abbé – dieser »epikuräische Freund Voltaires« (Hubert Fichte) – war trotz seiner Priesterkutte ein eingefleischter Schürzenjäger: Nachdem er ein Verhältnis mit der Voltaire-Mätresse Madame du Châtelet gehabt hatte, tröstete er 1748 die vom Paradelibertin Duc de Richelieu verlassene Madame de la Popelinière. Sein Briefpartner Voltaire verewigte ihn, den Vater des Marquis und einen weiteren Bruder als »Herren der Dreifaltigkeit« in einem Couplet, mit den vielsagenden Zeilen:

> »Ihr, die ihr besser f[ickt] als Petrarca
> und nicht minder flüssige Reime schmiedet als er«.

Am 25. Mai 1762 wird der frivole Kleriker in flagranti ertappt und von der Polizei vorübergehend in Haft gesetzt, wie aus einem Protokoll hervorgeht:

»Nachdem ich heute um halb acht Uhr abends erfahren hatte, daß sich bei der sogenannten Piron, einer Frau der Ausschweifung [...], ein Geistlicher aufhalte, habe ich mich mit M. de Sartines Erlaubnis dorthin verfügt [...] und in der Tat Herrn Paul-Aldonce de Sade angetroffen, fünfzigjährig, aus Avignon gebürtig, Priester der Diözese besagter Stadt [...] Er hat mir das Geständnis gemacht, daß er diese Frau aus eigenem Antrieb aufgesucht und sich mit einer Prostituierten [...] fleischlich vergnügt habe, und zwar bis zur vollständigen Kopulation.«

Da der Abbé zusammen mit seinen Haushälterinnen in freizügiger Weise auf Schloß Saumane haust, wird der Marquis 1765 wettern:

»So sehr er auch Priester sein mag, er hält sich immer ein paar Lumpendirnen. Ist sein Schloß ein Serail? Nein, schlimmer noch, ein B[ordell]«.

Andererseits ist der Abbé de Sade eine Art Privatgelehrter und in erster Linie der Verfasser einer vielbeachteten Petrarca-Biographie, welche zwischen 1764 und 1767 erscheint; er untermauert darin vor allem die Laura-de-Sade-These (vgl. 1327). Der Marquis de Sade wird das Buch wieder und wieder verschlingen; nicht nur das, er überarbeitet ein Exemplar stellenweise und legt nicht zuletzt an die Petrarca-Übersetzungen seines Onkels Hand an. Leider waren bislang (in einer großen Pariser Sade-Ausstellung 1989, sowie im Petrarca-Museum von Fontaine-de-Vaucluse) nur ein paar Seiten dieses Exemplars einzusehen, das zur Zeit von Maurice Lever ausgewertet wird.

Der nachhaltige intellektuelle Einfluß des Abbé auf seinen Neffen spiegelt sich auch in einem Vergleich von dessen Bibliothek (deren vollständiges Inventar bald publiziert werden soll) mit derjenigen, die Sade in La Coste anlegte. Wohl nicht zufällig besaßen sie exakt dieselben Werke von Locke, Bayle, Montesquieu, Racine, Molière, Cervantes, Rousseau, Diderot, Voltaire...; und auch im Bereich theologischer, geographischer und pornographischer Bücher springt ihre intellektuelle Seelenverwandtschaft ins Auge.

Nach dem Tod des Abbé versucht der Marquis 1778, den Verkauf der Bibliothek zu verhindern. Mit Erfolg, denn 1780 kann Madame de Sade auf einen Bücherwunsch des Gefängnisinsaßen antworten: »Du hast es in der Bibliothek von Saumane.«

Schon als Kind macht Sade also Bekanntschaft mit jenem Phänomen, das er in der schriftstellernden Juliette (»Schreiben ist das größte Verbrechen!«) kulminieren läßt, jedoch schon im zweiten Band der *Justine* auf den Punkt bringt:

»Er hält es diesbezüglich mit jenen entarteten Schriftstellern, deren Verderbtheit so tief wurzelt, so ränkereich ist, daß sie mit der Drucklegung ihrer scheußlichen Lehrgebäude einzig und allein darauf abzwecken, die Summe ihrer Verbrechen über ihren Tod hinaus anwachsen zu lassen: sie können zwar selber keine mehr begehen, doch verleiten ihre verfluchten Schriften dazu; und dieses süße Vorstellung, mit der sie ins Grab sinken, tröstet sie darüber hinweg, daß der Tod sie zwingt, dem Bösen zu entsagen.« (J/J 2, 181)

6. Dez.: Vater Sade erhält von d'Argenson, seit dem 18.Nov. die Nummer 1 im Außenministerium, den Auftrag zu einer zweiten Mission nach Köln und verschweigt seinen Vorgesetzten das vom Kurfürsten erhaltene Abschiedsgeschenk nach wie vor; nicht einmal seine Frau weiß davon. Lever kritisiert etwas salopp den Mangel an realpolitischem Sinn seitens der Auftraggeber am französischen Hof, die Sade raten, er solle »an das gute Herz […] des Kurfürsten appellieren.«

1745

20. Jan.: Kaiser Karl VII. stirbt. Wiederum eine Chance für Maria-Theresia, ihren Gatten Franz Stefan von Lothringen, Großherzog der Toscana, zum Nachfolger zu machen, wogegen sich Frankreich nach Kräften wehrt, jedoch vergeblich.

2. Feb.: Der Comte de Sade bricht nach Köln auf. Als er bereits unterwegs ist, gibt der Kurfürst seinem Wunsch Ausdruck, ihm möge »aufgrund schwerwiegender Vorbehalte gegen die Person Monsieur de Sades« ein anderer Botschafter geschickt werden. Nicht nötig: Vater Sade wird von habsburgtreuen, eigens auf ihn angesetzten Truppen gestellt und in die Zitadelle von Antwerpen geworfen.

Im Lichte der eben angeführten Äußerung mutet es merkwürdig an, daß der Kurfürst bereits am 7.Mai 1746 wieder äußerst wohlwollend über den Comte de Sade urteilt: »Man könnte mit seinen Diensten gar nicht zufriedener sein, als ich es bin«. Der Kurfürst ist luscheren Gestalten grundsätzlich ja nicht abgeneigt, wie sich in Casanovas Memoiren, Band 6 (2. Kap.), nachlesen läßt.

Jedenfalls fliegt in Paris erst jetzt auf, daß Vater Sade bereits vor über einem Jahr sein Abschiedsgeschenk erhalten hat. Sein in Köln gebliebener Sekretär versucht dies zuerst zu verheimlichen, indem er seinen Herrn als Opfer obskurer Hofintrigen darstellt und meint, gewisse Leute befürchteten eben, daß der Kurfürst wieder wie früher Sades Vertrauter würde. Später versucht der Sekretär – moralisch gewiß weniger integer als Rousseau in Venedig – zu retten, was noch zu retten ist, und stellt sich selber als Opfer des Comte de Sade dar, wird aber schließlich wegen Betrügerei in der Bastille landen.

D'Argenson leitet in zwei, drei Angelegenheiten eine Untersuchung über Sades Botschaftertätigkeit ein, wobei allerlei Veruntreuungen des Comte zutage gefördert werden, und kommt zum Schluß, »alle Beziehungen des Monsieur de Sade« seien »wirr und dunkel«, seine Briefe stellten »ein sinnloses Durcheinander« dar, zudem habe der Comte de Sade mehrere »unwürdige Angelegenheiten in eigener Sache« betrieben und sein Sekretär sei »die schändlichste Kreatur, die jemals in Frankreichs Diensten stand.«

24. Sept.: Freilassung, nachdem man sich in Paris sogar von höchster Stelle aus für Vater Sade eingesetzt hat und ihn mitnichten, wie es Lever darstellt, »hängen läßt«. Damit wäre der Schlußpunkt unter diese diplomatische Karriere gesetzt, wobei man sich des Eindruckes nicht erwehren kann, daß die von Vater Sade geschmiedeten Ränke ähnlich platt sind wie jene zahlreicher Helden in Sades Romanen. Jérôme bekennt in *Justine und Juliette 3* sogar:

> »Einfalt und Vertrauensseligkeit lassen junge Leute, wie ersichtlich, in manch eine Falle tappen. So plump die meine auch gestellt sein mochte, der wackere Imbert ging mir ahnungslos ins Netz.« (J/J 3, 102)

Der Comte de Sade wird sich um weitere Missionen bemühen, jedoch nicht zuletzt deshalb immer wieder übergangen werden, weil Außenminister d'Argenson als Gegner des Clans um Sades Gönner, den Duc de Condé, in der Person Sades wenigstens ein »Geschöpf der Condés« treffen kann.

Nachdem Vater Sade bereits im vergangenen Jahr durch Ausfälle gegen die damalige (und mittlerweile verstorbene) Mätresse des Königs bei letzterem in Ungnade gefallen war, gerät er nun zusehends in eine Isolation, die seiner späteren, reumütigen Bekehrung zu Gott und Tugend vorausgeht, welche in einem Werk mit dem Titel *Mein Denken. Meine Moral* ihren Niederschlag findet. Sades handschriftliche Ergänzungen zu diesem Werk gelten Maurice Lever als eines von vielen Indizien für die von ihm konstatierte literarische Zusammenarbeit zwischen Vater und Sohn. Auf das vom Sohn überarbeitete Alterswerk des Comte de Sade darf man vor allem deshalb gespannt sein, weil es laut Lever die Quelle zahlreicher Jeremiaden Justines darstellt!

An dieser Stelle muß Vater Sade wenigstens für uns ein wenig in den Hintergrund treten, da nun die neuen und deshalb von uns so ausführlich behandelten Fakten zu seiner Person mehr oder minder erschöpft sind. Er wird uns jedoch als übler Intrigant erhalten bleiben und seine schwarze Galle weiterhin verspritzen – vor allem zum Leidwesen seines Sohnes Donatien.

1746

Geburt einer weiteren Tochter des Ehepaars Sade, die jedoch nach einigen Tagen stirbt.

1750

»Ich kehrte nach Paris zurück, um unter der Führung eines gestrengen und hochgebildeten Mannes meine Studien fortzusetzen, der ungezweifelt voll und ganz dazu geeignet war, meine Jugend zu formen, den ich jedoch unseligerweise nicht lange genug behalten sollte. Der Krieg wurde erklärt…« (*Aline und Valcour*)

Trotzdem wird ihm der Abbé Amblet als Beschützer bei künftigen Skandalen, als scharfer Kritiker seiner zugegebenermaßen größtenteils mißglückten Theaterstücken, als Lieferant von Hintergrundinformationen für *Aline und Valcour* etc. erhalten bleiben, möglicherweise auch als Ausschweifungskumpan. Doch dazu später. Ob Sades Schwank *Der philosophische Unterweiser* eine heimliche Huldigung an seinen eigenen Unterweiser darstellt, bleibe der Beurteilung des Lesers überlassen:

»Der junge, rund fünfzehnjährige Comte de Nerceuil« muß dem Abbé, der ihn unterweist, gestehen, daß die Konsubstantialität von Gottvater und Gottsohn »schwieriger zu verstehen ist als die Algebra. […] Der ehrbare Abbé, auf den Erfolg seiner Erziehung bedacht«, führt dem jungen Comte ein »kleines, dreizehn- bis vierzehnjähriges Mädchen« zu, und schon bald räumt der Zögling ein: »Es überrascht mich nicht mehr, daß dieses Mysterium die höchste Freude der himmlischen Wesen ausmacht, denn es ist recht angenehm, zu zweit eins zu werden.« Gelegentlich eines zweiten Versuchs, bei dem dieses Mysterium noch tiefer ergründet werden soll, »war der Abbé vom verlockenden Anblick, den ihm der hübsche, kleine Nerceuil bot, indes er mit seiner Gespielin konsubstantiell wurde, auf einzigartige Weise angetan und konnte es sich nicht verkneifen, als Dritter bei der Erklärung der evangelischen Parabel mitzumischen […] Er erstattet seinem Schüler zurück, was dieser dem jungen Mädchen erweist […] Eh! Potzdonnerwetter! stotterte der Abbé vor Wollust […] Die Dreieinigkeit, die Dreieinigkeit, mein Kind, das ist es, was ich Dich heute lehre. Noch fünf oder sechs derartige Lektionen, und Du bist ein Doktor der Sorbonne.«

Im Herbst tritt Donatien als externer Zögling (er wohnt wechselweise beim Abbé Amblet und im Condé-Palast bei seiner Mutter) in das Jesuitenkolleg Louis-le-Grand ein, wo früher Molière und Voltaire, später Baudelaire und Hugo die Schulbank drückten und das noch heute als *die* Pariser Eliteschule gilt.

Bei den Jesuiten, die ihren Zöglingen einen anspruchsvollen Stundenplan von sechs Uhr in der Frühe bis neun Uhr abends zumuteten, macht er mit drei konstanten Leidenschaften seines Lebens erste Bekanntschaft: mit dem (Laien-)Theater, der Flagellation und der (passiven) Sodomie:

> «…und der gewandte Jesuit arschfickt sie [Justine]mit all der Sorgsicht und Behutsamkeit, die man von einem Kind des Ignatius stets erwarten darf.« (J/J 4)

Über die Flagellation im fraglichen Jesuitenkolleg berichtet Paul Lacroix 1875 in einem Buch über die Institutionen des 18.Jahrhunderts:

> »Die Züchtigung hinter verschlossenen Türen oder vor Zeugen […] war mehr als einmal Anlaß zu schweren Ausschreitungen, regelrechten Aufständen und sogar blutigen Auseinandersetzungen.«

Der Text, in dem das *Parlement* von Paris die Jesuiten verurteilte, erinnert Jean-Jacques Pauvert zu Recht an spätere Verdammungstiraden gegen die Werke des Marquis de Sade:

> »Diese Doktrinen, die in letzter Konsequenz das Naturrecht, diese von Gott selbst dem Herzen der Menschen eingeprägte Sittenregel zerstören und dadurch alle Bande der bürgerlichen Gesellschaft zerreißen, zielen, indem sie durch die Lehre der versteckten Kompensation, der Zweideutigkeiten, der stillen Vorbehalte, des Probabilismus und der philosophischen Sünde den Diebstahl, die Lüge, den Meineid, die verwerflichste Unkeuschheit und überhaupt alle Leidenschaften und alle Verbrechen autorisieren, darauf ab, alle humanitären Empfindungen zwischen den Menschen zu zerstören, indem sie den Mord und den Vatermord begünstigen; und die königliche Autorität zu untergraben…«

Zudem färbt der jesuitisch-spitzfindige Argumentationsstil auf Sades Abhandlungen, insbesondere auf seine Religionskritik ab. Als profunder Kenner der heiligen Texte und der Kirchengeschichte läßt er sich auf Dispute der Scholastik ein und versucht deren Thesen in seinen Refutationen mit noch sophistischeren Argumentationsweisen zu widerlegen. Seine besondere und besonders ironische Verehrung gilt dem Jesuiten Sanchez und dessen Werk *De matrimonio*. So baut er in eine »récriture« der Voltaireschen *Questions de Zapata* (J/J 1, 168; vgl. auch die Anmerkungen dazu in J/J 4) folgende Stelle ein:

> »Werden Sie die Meinung des heiligen Ambrosius teilen, der behauptet, der Engel habe Maria durch ihr Ohr ein Kind gezeugt (Maria per aurem impraegnata est)? oder diejenige des Jesuiten Sanchez, der darauf beharrt, daß sie ausspritzte, alldieweil der Engel sie fickte?«

Der ironische und pervers-travestierende Rekurs auf kirchliche Topoi wie Messe, Hochzeit, Begräbnis, Taufe, Ordensregeln, Katechismus etc. ordnet über weite Strecken Sades Textgefüge. Der hohe Stellenwert des Beichtens bei den Jesuiten, wie er etwas von Jean-Jacques Pauvert betont wird, spiegelt sich besonders augenfällig in den parallel angeordneten Beichtszenen von *Justine* bzw. *Juliette*, die gar nicht gegensätzlicher enden könnten: Justine fällt in J/J 2 den Mönchen zum Opfer, Juliette entmannt in J/J 7 zusammen mit Clairwil den Karmeliter Claude. Als Fortführung der Beichtvaterpastoral des 17. Jahrhunderts versteht Michel Foucault Sades philosophisch-psychologisch-ästhetisches Programm des »Alles-Sagens« – ihm zufolge spricht Sade eine »Sprache, die unmittelbar Traktaten der Seelenführung entnommen zu sein scheint.«

1751

Pauvert lokalisiert Sades wilde Blattern, von der er Zeit seines Lebens gezeichnet bleiben sollte, zwischen seinem zehnten und vierzehnten Lebensjahr. Sade an seine Frau im Dezember 1780:

> »Als ich meine wilden Blattern hatte, war ich einiges häßlicher als er [d.i. Sades ältester Sohn]: Frag Amblet, ich hätte selbst dem Teufel einen Schrecken eingejagt; und dennoch glaube ich ohne Prahlerei sagen zu können, daß ich heute ein verdammt hübscher Kerl bin.«

1752

Vater Sade jammert, er sei entschlossen, »meine Ausgaben zu beschränken und alles für die Erziehung meines Sohnes zu opfern«, und quengelt: »Trotzdem, man muß sich gut kleiden, spielen ...«

1753

8. Sept.: Nicht zum ersten Mal verbringt Sade seine Sommerferien auf Schloß Longeville in der Champagne, dessen Vorsteherin, Mme de Raimond, eine frühere Geliebte von Vater Sade ist und sich aufs mütterlichste um den holden Blondschopf kümmert. Zu den zahlreichen Besuchern auf Schloß Longeville zählen: der Galanterie-Autor Crébillon fils (*Le sopha*), ebenfalls ein alter Freund von Sades Vater, der das damalige Lebensgefühl der gehobenen Gesellschaft folgendermaßen auf den Punkt brachte: »Gefällt man sich, so nimmt man sich. Langweilt man sich? So verläßt man sich wieder.«; Madame de Vernouillet, die nicht nur dem Comte de Sade, sondern auch schon dem Duc de Richelieu den Kopf verdreht hat. Und nun verfällt der dreizehnjährige Donatien ihrem Zauber:

> »Er ist tatsächlich verliebt. Bisweilen lachte ich Tränen über ihn. Es gibt nichts Spaßigeres, als zu beobachten, wie er seiner Zärtlichkeit Ausdruck verlieh, und man mochte meinen, daß er *Sachen spürte, die er nicht benennen konnte, die ihn in Erstaunen versetzten und ihn aus der Fassung brachten.* Seine Verwirrung war entzückend; er wurde närrisch, saß stocksteif da, dann folgten Anfälle von Eifersucht, von heftigster und zärtlichster Liebe. Und wirklich, seine »Mätresse« war gerührt und tiefbewegt. Sie meint:»Ein recht einzigartiges Kind«.«

Dies schreibt Mme de Raimond an Vater Sade ihm Rahmen eines regen, unveröffentlichten Briefwechsels, in dem sie sich als hochkultivierte Beobachterin des kulturellen Lebens erweist.

Auch diese Zeiten werden ihren literarischen Niederschlag finden: in der etwas einfältig-konventionellen Novelle *Die Schloßherrin von Longeville oder die gerächte Frau.* In dieser Boccaccio nachempfundenen, galanten Geschichte, die allerdings »in jener ruhmreichen Zeit« spielt, »da Frankreich in seinen Grenzen noch viele souveräne Herrscher zählte, anstatt dreißigtausend Sklaven, die vor einem einzigen im Staub kriechen«, ist die Schloßherrin eine »kleine, dunkelhaarige Frau, mutwillig, überaus lebhaft, nicht gerade hübsch, dafür lebenslustig und von einem leidenschaftlichen Hang zur Wollust beseelt.« Während es der Schloßherr mit einer »achtzehnjährigen, recht verlockenden und unverbrauchten Bäuerin« treibt, hält sich seine Frau mit »einem Müller aus der Gegend« schadlos, »einem jungen Kerl zwischen achtzehn und zwanzig Jahren, weiß wie sein Mehl, muskulös wie sein Maultier und hübsch wie die Rose, die in seinem kleinen Garten sproß.« Anders als Sade, der in all diesen ränkereichen Schwänken für die Gleichberechtigung der Frauen in Sachen Fremdgehen plädiert, trachtet der verständnislose Schloßherr dem Rivalen nach dem Leben und lauert ihm auf: »Er wird vom Garten herkommen, zu ebener Erde in die unteren Gemächer gelangen und sich im Kabinett neben der Kapelle verstecken.« Sade unterstreicht mit einer knappen Anmerkung, daß er gut recherchiert hat: »Die Lage der Örtlichkeiten ist in Schloß Longeville noch heute dieselbe.« Uns sei die Schilderung der weiteren Verwicklungen, die ähnlich durchsichtig konstruiert sind wie die meisten dieser heiteren Schwänke, erspart, und so wollen wir uns mit dem Hinweis begnügen, daß zu schlechter Letzt statt des Müllers die junge Bäuerin im Schloßgraben ertränkt wird – der Plan des Schloßherrn fällt buchstäblich ins Wasser.

Schon in diesem Jahr sinnt Vater Sade auf eine vorteilhafte Heirat für seinen Sprößling, denn er hat das Kunststück fertiggebracht, das über Jahrhunderte angehäufte Familienvermögen dank seines eigenen libertinen Lebenswandels in einer Generation durchzubringen; die Prassereien seines Sohnes werden das ruinöse Werk seines Vaters lediglich vollenden. Immerhin verfügt der dreizehnjährige Donatien laut Maurice Lever bereits über eine eigene Absteige für allfällige Liebeshändel; es gehörte, seit diese Mode vom Duc de Richelieu eingeführt worden war, für jeden noch so kleinen »petit-maître« zum guten Ton, über eine »petite maison« zu verfügen.

Andere »petit-maîtres«, die damals schon etwas älter waren, trieben es galanten Chroniken zufolge schon ziemlich bunt:

> »Der Duc de Fronsac hat am 22. dieses Monats in seiner *petite maison* am Pont-au-Choux mehrere seiner Freunde zum Souper bewirtet. Angeblich sollen auch der Fürst Potocki und der Fürst Xavier zugegen gewesen sein. Das Fräulein Théophile, das bei der Varenne arbeitet, hat mitgefeiert. Sie haben scheußliche Dinge getrieben, und das Souper ging erst um vier Uhr morgens zu Ende.«

1754

> »Der Krieg wurde erklärt, und im Bemühen, mich Dienst leisten zu lassen, verabsäumte man es, meine Erziehung zu vollenden.« (*Aline und Valcour*)

Der romantische Schriftsteller und Kritiker Jules Janin in seiner blutrünstig-moralinsauren Sade-Biographie:

> »Er verließ das Collegium in demselben Augenblick, wo Robespierre es betrat [...] Ha! ein würdiges Paar, der Marquis de Sade und Robespierre! Ha!«

Donatien wird also schon zwei Jahre vor Ausbruch des Siebenjährigen Kriegs in einem der vornehmsten und gefragtesten Regimenter untergebracht: er tritt in die Kavallerieschule der königlichen Garde in Versailles ein, wozu ein vom königlichen Genealogen erstelltes Zertifikat erforderlich ist, in welchem die hochadlige Abkunft des Bewerbers bescheinigt wird.

1755

4. Dez.: Nach einer Probezeit von 20 Monaten wird Sade zum Unterleutnant ohne Besoldung im Infanterieregiment des Königs ernannt.

1756

1. Mai: Nicht zuletzt auf Drängen der königlichen Mätresse Madame de Pompadour hin verbündet sich Louis XV mit Maria-Theresia gegen Friedrich den Großen. Der Siebenjährige Krieg entbrennt, eingeleitet und begleitet von einem Kolonialkrieg zwischen Frankreich und England.

»Die Feldzüge wurden eröffnet und ich darf wohl zu sagen wagen, daß ich mich trefflich schlug. Das natürliche Ungestüm meines Charakters, diese feurige Seele, welche ich von der Natur empfangen habe, verliehen jener wilden Tugend, die man Tapferkeit nennt, nur noch größere Wucht und Tatkraft...« (*Aline und Valcour*)

In seiner Kampfbegeisterung ist Sade jedenfalls noch weit von jener Einstellung entfernt, die aus folgendem Wortwechsel zwischen der Räuberin Dubois und Justine spricht:

»Ah! herrlich, jubelt die Dubois, munter geworden und in Kauerstellung angestrengt lauschend, herrlich, da, die Schreie, der Überfall ist gelungen: nichts entzückt mich so sehr wie diese sicheren Zeichen des Sieges; sie verheißen mir, daß unsere Leute es vollbracht haben, und vertreiben meine Sorgen. – Aber liebe Frau, staunt unsere schöne Abenteurerin, und die Opfer? – Wen kümmert's? Davon muß es auf dieser Welt auch welche geben: was ist denn mit jenen, die in den Armeen zugrunde gehen?... – Ach, das geschieht aus anderen Gründen... – Welche weitaus weniger gewichtig sind als die unsrigen. Nicht zur Selbsterhaltung geben die Tyrannen ihren Generälen den Befehl, ganze Völker auszulöschen:

sondern aus Selbstsucht. Von unseren Bedürfnissen getrieben, überfallen wir Reisende nur, um nicht zu verhungern.« (J/J 1, 117)

Und Sades unanfechtbares Argument für die Militärdienstverweigerung? »Nichts hatte den jungen Bressac dazu bewegen können, Dienst zu leisten; alles, was ihn von seiner Libertinage abhielt, war in seinen Augen derart unerträglich, daß er ein solches Joch nicht auf sich laden konnte.« (J/J 1, 152)

1757

14. Jan.: Donatien wird Fähnrich bei den Karabinern, einem der prestigeträchtigsten Regimenter der ganzen Armee. Sein Vater scheint sich seiner eigenen Jugendsünden nicht mehr zu erinnern und begleitet Donatien gluckenhaft von Garnison zu Garnison, um ihn vor schlechtem Umgang zu schützen. Madame Raimond auf Schloß Longeville berichtet er, wie er an die Offiziere appellierte:»Eh, meine Herren! führt dieses Kind nicht in Versuchung. Was nutzt es euch, wenn ihr es zu einem Libertin macht? Seid ihr nicht schon genug? Nehmt auf seine Arglosigkeit Rücksicht«, und fügt resigniert hinzu:»Ich merke wohl, daß all dies nichts fruchten wird.«

28. März: Der Duc de Richelieu, stets auf die höfische Etikette bedacht, deren glänzendste Personifikation er selber war, hatte den fliehenden Königsattentäter Damiens nach seinem gescheiterten Anschlag nur deshalb in der wuselnden Menge von Höflingen entdeckt, weil dieser als einziger einen Hut trug. Das Verfahren zog sich hin und endete, wie nicht anders zu erwarten, mit einem Todesurteil.

»Damiens wurde am Morgen des 28.März 1757 gefoltert, wobei ihm mit glühenden Zangen Brüste, Arme, Schenkel und Waden aufgerissen und in die Wunden geschmolzenes Blei, siedendes Öl, brennendes Pech, mit Wachs und Schwefel vermischt, gegossen wurden. Gegen drei Uhr nachmittags wurde der Unglückliche […] zum Grève-Platze geführt […] Man sah […], während die Hand verbrannt wurde, die Haare des Unglücklichen sich auf dem Kopfe steil emporrichten! Darauf zwickte man wieder den Körper mit glühenden Zangen und riß ihm Fleischstücke aus der Brust und an anderen Stellen aus, goß dann flüssiges Blei und kochendes Öl in die frischen Wunden, was, wie es in den *Memoiren* von Richelieu heißt, die Luft auf dem ganzen Grève-Platze durch den entsetzlichen Gestank verpestete. Nunmehr befestigte man um Oberarme und Oberschenkel, um Hand- und Fußgelenke große Taue, die mit dem Geschirr von vier Pferden verbunden wurden [...] Dann trieb man diese Pferde an [...] Mehr als eine Stunde hieb man auf sie ein, ohne daß es ihnen gelang, eine der Extremitäten abzureißen [...] Man spannte sechs Pferde vor [...] Wieder blieb der Erfolg aus. Endlich bekamen die Henker von den Richtern die Erlaubnis, das grauenvolle Werk durch Einschneiden der Gelenke zu erleichtern. Zuerst durchtrennte man die Hüftgelenke. Der Unglückliche »hob noch den Kopf, um zu sehen, was man mit ihm machte«, schrie aber nicht, sondern drehte oft den Kopf nach dem ihm entgegengehaltenen Kruzifix, das er küßte, während zwei Beichtväter auf ihn einsprachen. Endlich, nach $1^1/_2$ Stunden dieser »Leiden ohne Beispiel« wurde der linke Schenkel zuerst abgerissen, das Volk klatschte in die Hände! [...] Der Delinquent hatte sich bis jetzt nur »neugierig und gleichgültig« gezeigt. Als aber der andere Schenkel weggerissen wurde, fing er wieder an zu schreien. Nachdem man die Schultergelenke durchgehauen hatte, wurde zuerst der rechte Arm abgetrennt. Das Geschrei des Unseligen wurde schwächer, und der Kopf begann zu wackeln. Erst beim Abreißen des linken Armes fiel derselbe hintenüber. So war nur der zuckende Rumpf übrig, der noch lebte und ein Kopf, dessen Haare plötzlich weiß geworden waren. Er lebte noch! Während man die Haare abschnitt und die vier Gliedmaßen sammelte, stürzten die Beichtväter zu ihm.«

Diese Schilderung der Hinrichtung stammt vom ersten halbwegs seriösen deutschen Sade-Biographen Iwan Bloch alias Eugen Dühren, der zwar mit Recht auf das dem modernen Menschen völlig fremde Verhältnis des 18. Jahrhunderts zu Körperstrafen hinweist, vielleicht aber etwas voreilig folgert, »dieser Blick in die Grausamkeit der französischen Volksseele« mache »mit einem Schlage die Werke eines Marquis de Sade begreiflich«.

Casanova berichtet von der sexuellen Stimulation, welche seine adligen Begleiterinnen beim Schauspiel von Damiens' Todesqualen erfaßte; in Sadescher Manier verzahnten sich Todesagonie und Lustkrämpfe ineinander. (Parallele Hinrichtungsszenen: J/J 2, 220; J/J 3, 76)

1758

In seinen *Jugendwerken* beschreibt Sade auf ätzend langweilige Weise seinen Feldzug von 1758, der ihn durch die Gegend von Kassel, Köln, Gladbach führt.

23. Juni: Sade nimmt an der von den Truppen des wenig begabten und ängstlich auf Rückzug bedachten Generals Comte de Clermont verlorenen Schlacht von Krefeld teil: eine empfindliche Niederlage, die das französische Heer nicht nur weit zurückwirft, sondern erstmals auch ursprünglich französische Provinzen in Gefahr bringt: so die Analyse des Kardinals von Bernis, dem wir in Italien unter angenehmeren Umständen wieder begegnen werden. Möglicherweise gehört Sade zu jenen 25 Karabinern, die unter der Führung eines gewissen de Bullioud einen kleinen Husarenstreich hinter die feindlichen Linien reiten und einen Obersten gefangennehmen – Bernis zufolge freilich eine Aktion »ohne Vernunft und ohne Erfolg.«

Oktober: Donatien wird Hauptmann und könnte somit eine eigene Kompanie befehligen.

31. Dez.: Als unverbesserlicher Silvestermelancholiker greift der Comte de Sade in der Provence, wohin er sich auf der Flucht vor dem Pariser Gesellschaftsleben und den Hofintrigen zurückgezogen hat, einmal mehr zur Feder und äußert in einem Brief an Madame Raimond einen Wunsch, der nur allzu sehr in Erfüllung gehen wird:

»Nur Dummköpfe sind treu […] Hätte M. de Richelieu nur eine einzige Frau gehabt, […] dieser verschrunzelte Apfel […] wäre ein Niemand geblieben. […] Wenn mein Sohn treu sein sollte, wäre ich außer mir […].«

1759

21. April: Erst jetzt wird eine Kompanie (im Regiment der burgundischen Kavallerie) frei; Vater Sade ersteht sie für seinen Sohn zum stolzen Preis von 13.000 Livres. Am nächsten Tag veranstaltet der frischgebackene Rittmeister zur Feier ein Feuerwerk, wobei ein Haus in Kleve getroffen wird. Seinen offiziellen Entschuldigungsbrief fügt er zu seinen *Jugendwerken,* die insgesamt ein etwas merkwürdiges Sammelsurium von Gelegenheitstextchen darstellen.

Freilich hatte Sade auch andere gute Gründe zum Feiern, wie ein weiterer Blick in seine *Jugendwerke* zeigt:

»In Deutschland, wo ich, noch ledig, an sechs Feldzügen teilnahm, hat man mir versichert, daß man es sich , um eine Sprache gut zu lernen, zur regelmäßigen Gewohnheit machen muß, mit einer Frau des Landes zu schlafen. Von diesem Leitspruch überzeugt, habe ich mich während eines meiner Winterquartiere in der Nähe von Kleve mit einer netten, fetten Baronin geschmückt, die drei- oder viermal mein Alter hatte und mich auf gefällige Weise unterrichtete. Binnen sechs Monaten sprach ich deutsch wie Cicero.«

Diese Methode wird er, wie man sehen wird (2.Teil dieser »parasitären Kurzbiographie«) auch in Italien fruchtbar einsetzen.

Offenbar war die Prophezeiung eines Dienstkameraden und Spions in Vater Sades Gnaden nicht aus der Luft gegriffen:

»Sein junges Herz oder vielmehr sein Körper ist furchtbar leicht entflammbar; deutsche Frauen, nehmt euch in Acht! ich werde mein möglichstes tun, um ihn daran zu hindern, Dummheiten zu begehen. Und er gab mir sein Wort, in der Armee täglich keinesfalls mehr als einen Louis zu verspielen.«

Sade pendelt wie Valcour zwischen den Garnisonen und Paris hin und her, was er in *Aline und Valcour* rückblickend wie folgt beurteilt:

»Dieserweise zerronnen mir zwei Jahre in den Händen des Vergnügens.« Und an anderer Stelle: »Es gibt entschiedenermaßen kaum eine schlechtere Schule als die Garnisonen, es gibt kaum ein Umfeld, wo Auftreten und Sitten eines jungen Mannes schneller verderben.«

1760-1762

In dieser Zeit entsteht während eines Ferienaufenthaltes in Frankreich das (vielübermalte) Jugendporträt des Marquis de Sade von Charles-Amédée-Philippe van Loo. Nachdem ein Miniaturbildnis aus dem Familienschatz den Nazis und zwei Porträts des Ehepaares Sade aus Schloß Lacoste, die von einer provenzalischen Familie aufbewahrt wurden, 1975 einer Feuersbrunst zum Opfer gefallen sind, ist es das einzige erhaltene Bildnis des Marquis. Von van Loo hat offenbar auch ein Ölbild Sades existiert, das von Sade nicht gerade als Gipfel der Kunst betrachtet wurde; er vergleicht es in einem Brief an seine Frau vom 22.März 1779 mit einem Bild, das seine Kusine und Haushälterin Milli Rousset verfertigt hatte, mit der ihn eine platonische Liebe verband, die, wie die doppeldeutigen Anspielungen zeigen, stets auf der Kippe war, etwas »epikureischer« zu werden:

»Dieses Porträt, das die Heilige [d.i. Rousset] angefertigt hat, ist etwas Einzigartiges [...] sie stellt mit ihren fünf Fingern an, was sie nur will. Es gibt lediglich etwas, was sie in Lacoste auf meinen Wunsch mit ihnen hätte tun sollen, aber nicht tun wollte [...] Ich werde dieses Porträt zeit meines Lebens behalten, sage ihr noch, daß es mir noch stärker geähnelt hätte, wenn sie es nicht dem Gemälde nachempfunden hätte, schließlich bin ich davon überzeugt, daß es in ihr einen kleinen Ort gibt, wo die Ähnlichkeit noch viel frappanter ist als auf van Loos Ölbild.«

1760

4. März: Der Comte de Sade überträgt die Statthalterschaft der Provinzen Bresse, Bugey, Valromey und Gex auf seinen Sohn, streicht die damit verbundenen jährlichen Einkommen jedoch vorläufig weiterhin selber ein.

12. Aug.: Donatien erwägt eine Reise nach Lacoste und beichtet seinem Vater:

>»Ich gehe früh zu Bett und stehe sehr spät auf [...] ich mache nur wenig Anstandsbesuche [...] Zwar weiß ich sehr wohl, daß man den Hof machen muß, um erfolgreich zu sein; doch das liegt mir nicht. Ich leide, wenn jemand einem anderen Honig um den Bart streicht und insgeheim etwas anderes denkt. Den Idioten zu spielen, geht über meine Kräfte [...] [Ich habe] nur wenig Freunde, vielleicht gar keinen, denn niemand ist wirklich aufrichtig, und jeder würde einen für den geringsten eigenen Vorteil noch zwanzigtausendmal aufopfern [...] Mit den Freunden ist es dasselbe wie mit den Frauen: bei näherer Prüfung stellt sich die Ware als trügerisch heraus [...] Meine Stimme ist wieder etwas zurückgekommen; ab und an singe ich noch; doch sie ist nicht mehr dieselbe wie früher [...]«.

In diese Zeit fällt auch eine autobiographische Stelle aus der Lebensgeschichte Jéromes, der in Paderborn und in Berlin zusammen mit Joséphine sein Unwesen treibt (J/J 2, 248ff.), welche er an den Prinzen Heinrich verkuppelt und der Mordlust Friedrichs des Großen ausliefert (vgl. J/J 3, 91). Unter anderem gibt Sade seine Eindrücke von den feindlichen Soldaten wieder:

>»Der Prinz von Preußen war mit mir mehr als zufrieden [...] Ich half meiner Schwester, Männer für ihn aufzutreiben; und da ich nicht ganz so heikel war wie er, ließ ich es mir mit dem, was er verschmähte, wohl und wunder sein: so kann ich füglich beteuern, daß mir während der zwei Jahre unseres Aufenthaltes in dieser Stadt wenigstens zehntausend Schwänze in den Hintern fuhren. Es gibt auf Erden kein ander Land, wo die Soldaten derart wohlgestalt und wohlgefällig sind ...« (J/J 2, 256)

In seinem »Großen Brief« wird sich Sade 1781 an eine große Heldentat erinnern:

> »Ich bin ein Wüstling, doch habe ich einen Deserteur, der von seinem ganzen Regiment und seinem Obersten bereits aufgegeben war, vor dem Tod gerettet.«

1761

April: Der Comte de Sade bearbeitet pausenlos den Staatssekretär Duc de Choiseul (1719-1785), von dem es später heißen wird, er habe für Sades Figur des libertinen Ministers Saint-Fond (in J/J 6) Modell gestanden, der einen bösen Gott verehrt, um Donatiens Beförderung zum »Colonel« oder »Mestre de Camp« durchzusetzen. Statt dessen wird ihm der – durchaus sehr begehrte – Rang eines Standartenjunkers an der Spitze einer Gendarme-Kompanie angeboten; wenn man bedenkt, daß Vater Sade während des polnischen Erbfolgekriegs – in weit höherem Alter – ebendiesen Rang erfolglos beantragt hatte, ist es nicht verwunderlich, daß der eifersüchtige Alte nun plötzlich kein Geld mehr hat, ihn für seinen Sohn zu erwerben.

Sades künftige Schwiegermutter wird fünf Jahre später, mit ihren Nerven am Ende, diesen »schweren Fehler« beseufzen, weil sie sich denkt, daß ihr unverbesserlicher Schwiegersohn im Militär besser aufgehoben gewesen wäre als in den offenen Armen der Pariser Mätressen-Gesellschaft.

1762

Sommer: In Hesdin, einem kleinen Ort in der Normandie, wo sinnigerweise 1697 der Abbé Prévost, ein Meister des empfindsamen Romans und Autor der von Sade als Gipfel französischer Romankunst gerühmten tragischen Geschichte der *Manon Lescaut*, geboren wurde, beginnt der junge Marquis mit einer zehn Jahre älteren Frau eine Liebschaft und beweist, auf Wunsch ihrer Eltern, durch ein Verlöbnis, daß er sogar bereit ist, bis vor den Traualtar zu gehen; gegenüber seinem Vater pocht er auf das Recht auf eine Liebesheirat:

> »Ich bin fest entschlossen, niemals einem anderen Rat als demjenigen meines Herzens zu folgen.«

Vater Sade in einem unveröffentlichten Brief:

»Hier ist eine Verwandte von Mme de la Serre, welche in der Nähe von Hesdin weilt, eingetroffen. Sie erzählte mir, daß man dort viel über die Liebeleien meines Sohnes spricht, daß sie aber glaube, der Vater habe aufgrund der Befürchtung, daß das Ganze zu weit gehen könnte, und weil er meinen Sohn nicht zur Ehe ermutigen wolle, Hesdin zusammen mit seiner Tochter verlassen; daß dies Mädchen alles andere als hübsch, aber liebenswert sei, daß es rund dreißig Jahre zähle und nach dem Tode von Vater und Mutter 7000 Livres Rente erbe.«

Doch die Liebe ist schnell verraucht, wie Sades Vorgesetzter, der Duc de Cossé, dem aufatmenden Vater berichtet, der von den Provinzfrauen ohnehin nicht viel hält:

»In der Provinz kann man gar nicht zu einem Libertin werden. Die Mädchen sind hübsch, aber derart linkisch, daß man sich zuerst immer mit ihnen herumlangweilen muß.«

Diese Episode hat Sade in *Aline und Valcour* relativ ausführlich literarisch verarbeitet:

»Im vorletzten Feldzug dieses Krieges aufgerieben, wurde unser Regiment in eine Garnison in der Normandie geschickt; dort beginnt der erste Teil meiner Mißgeschicke.

Ich hatte eben mein zweiundzwanzigstes Lebensjahr vollendet; da ich bislang unablässig von den Mühen des Mars in Anspruch genommen worden war, hatte ich weder mein Herz kennengelernt noch geahnt, daß es für Gefühle empfänglich sein könnte; Adélaïde de Sainval, Tochter eines alten Offiziers, der sich in der Stadt, in der wir weilten, zur Ruhe gesetzt hatte, verstand es schon bald, mich davon zu überzeugen, daß sich eine Seele vom Schlage der meinigen ohne weiteres von sämtlichen Feuern der Liebe entzünden ließ [...]

In den Garnisonen herrscht oft der Brauch, daß sich ein jeder eine Mätresse wählt, wobei er sie unseligerweise bloß als eine Art Gottheit betrachtet [...] die man verläßt, sobald die Fahnen eingerollt werden. Ich glaubte zunächst aufrichtig, ich könnte Adélaïde niemals auf diese Weise lieben; und dies versicherte ich ihr auf überzeugende Art und Weise; sie forderte Schwüre, ich leistete sie [...] Adélaïde gab nach, und ich erdreistete mich, sie zur Sünderin zu machen, indes ich es lediglich darauf anlegte, daß sie meine Gefühle erwiderte [...] Ich brachte Adélaïde soweit, und von diesem verhängnisvollen Augenblick an war es klar, daß ich sie nicht mehr so stark liebte. [...] Das Regiment brach auf, wir sagten uns Ade, Ströme von Tränen flossen; Adélaïde erinnerte mich an meine Schwüre, ich erneuerte sie in ihren Armen [...] Mein Vater rief mich selbigen Winters nach Paris, ich eilte hin: es ging um eine Heirat [...] dieses Vorhaben, die Lustbarkeiten [...] all dies ließ Adélaïdes Bild in meinem Herzen langsam verblassen. Dennoch handelte ich meiner Familie von unserer Vereinbarung; die Ehre verpflichtete mich dazu, also tat ich es, doch die Weigerung meines Vaters rechtfertigten schon bald meine Flatterhaftigkeit; mein Herz brachte keinen Einwand vor; so gab ich kampflos nach und erstickte meine Gewissensbisse samt und sonders. Es dauerte nicht lange, bis Adélaïde davon erfuhr...«

In der Folge entfernt sich Valcours Schilderung zugunsten der Dramatik zusehends von Sades Erlebnissen: Jahre später, nach dem Tod seines Vaters, trifft Valcour den Bruder von Adélaïde, der ihm mitteilt, daß sich die enttäuschte Geliebte erdolcht habe und er ihn seither suche. Es kommt zum Duell, das Valcour, als der weitaus überlegene Fechter, gewinnt. Er wird in der bei Lyon gelegenen Festung Pierre-en-Cise eingesperrt (vgl. 1768).

1763

Januar: Ein Freund des Comte de Sade schreibt an dessen Bruder:

»Monsieur le Marquis verringert seinen [des Vaters] Kummer nicht im geringsten. Der Haß wird lediglich noch größer. Monsieur le Comte hat ihm Hausverbot gegeben.«

2. Feb.: Vater Sade fühlt sich in seiner Rolle als reuiger Sünder und Moralist immer wohler:

»Mein Sohn verpaßt keinen Ball und keine Theateraufführung. Man ist über ihn indigniert [...] Der Major seines Regiments [...] erzählt lauter Greuel über ihn [...] Er ist ein Spieler, Verschwender und Lüstling. Er geht bei den Bühneneingängen und Freudenhäusern ein und aus.«

16.März: Nach der Unterzeichnung des Friedens zu Paris (10.Feb.) wird Sade aus der Armee entlassen und fühlt sich, wie unzählige seiner Altersgenossen, etwas überflüssig; ein Gefühl, das er im Taumel der galanten Gesellschaft zu vergessen sucht.
Der offizielle Befund des Militärs lautet zweischneidig: »Überaus kopflos, aber überaus tapfer«.
Während der Revolutionszeit wird der ex-adlige Marquis sans-culotte

diesen nicht gerade rühmlichen Abgang als freien Entscheid beschönigen:

>Ich habe im Hannoveranischen Krieg in der Kavallerie gedient, quit-
tierte den Dienst jedoch schon in jungen Jahren zugunsten des Studier-
zimmers, da ich mich zur Literatur berufen fühlte.«

Mit Literatur meint Sade wohl vor allem seine schließlich rund 400 Seiten
umfassenden *Jugendwerke*, die er in den folgenden Jahren bei jeder Gelegenheit
(d.i. v.a. bei jeder Liebschaft) erweitern wird. Die allfällige Existenz eines pornographischen Frühwerks wird anläßlich der Affäre Testard 1763 und seiner
Hollandreise 1769 noch zur Sprache kommen.

Donatien de Sade stürzt sich also erneut ins Pariser Lasterleben, obwohl er
schon vier Jahre zuvor dem Abbé Amblet gestanden hat:

>Ich erhob mich jeden Morgen, um Vergnügungen nachzujagen [...]
aber dieses vermeintliche Glück verflüchtigte sich mit meiner Begierde
[...] Am Abend war ich niedergeschlagen [...] Doch am nächsten Morgen erwachten meine Begierden zu neuem Leben und ich flog neuen
Verlustierungen entgegen [...] Man schlug mir eine Lustpartie vor. Ich
sagte zu und wähnte mich vergnügt zu haben, bis ich gewahrte, daß ich
nur wieder eine Dummheit gemacht und mich gar nicht unterhalten
hatte, außer mit mir selbst [...] Ich merkte, daß mein Vater mir mit Recht
sagte, ich täte drei Viertel aller Dinge nur, um aufzuschneiden [...] Wie
konnte ich mir nur einbilden, die Mädchen könnten mir echtes Vergnügen bereiten? Ach! wie sollte man sich jemals an einem gekauften Glück
erfreuen, und kann Liebe ohne Feingefühle überhaupt je zärtlich sein?
Heute leidet mein Eigenstolz unter der Vorstellung, daß ich womöglich
nur geliebt wurde, weil ich etwas mehr zahlte als ein anderer.«

Doch der Vater ist gewappnet. Sein Ziel ist es, die finanzielle Belastung
durch diesen liebes- und lebenslustigen Liederjan auf eine Familie abzuschie-
ben, die sich eine solche Hypothek leisten kann und will. Er hat längst eine
Liste mit diversen Heiratsanwärterinnen aufgestellt, deren Alter zwischen 15
und 45 (!) Jahren variiert. Entweder verpatzt er das Ganze jeweils durch seine
überrissenen Geldforderungen, oder die Verhandlungen scheitern am üblen
Leumund des Sohnes:

>Alle anderen haben aufgrund seines schlechten Rufes abgesagt.«

17.März: Vater Sade eröffnet seinem Bruder, dem Abbé de Sade, daß er »gar
nichts besseres hätte finden können« als Renée-Pélagie de Montreuil, die aus

reichem und am Hofe über äußerst einflußreiche Freunde verfügendem Robenadel stammt. Ihr Vater, Claude-René Cordier de Montreuil ist Präsident der »Cour des Aides«, also ein hoher Richter; im Haushalt der Montreuils ist es allerdings die Präsidentin, Marie-Madeleine Masson de Montreuil, die die Hosen anhat. In seiner Geldbesessenheit schreckt der Comte de Sade vor nichts zurück, um »diesen Hurenbock« zu verheiraten, macht sich aber insgeheim ein Gewissen daraus, daß er die Montreuils »über den Charakter des Zukünftigen getäuscht« habe:

> »Sie [die Montreuils] sind sehr zu bedauern, da sie einen derart schlechten Erwerb tätigen, der zu allen erdenklichen Torheiten imstande ist.«

Zum einen stellt er fest: »Seine Frau wird sehr unglücklich werden«, andererseits konstatiert er nüchtern:»Ich finde die Kleine nicht häßlich [...] sie sieht nicht schockierend aus.«

Dieser nicht gerade ermunternde Befund trifft sich mit dem Urteil einer Nichte Richelieus, die an den Abbé de Sade schreibt:

> »Der einzige, der [über diese Heirat] nicht entzückt ist, ist unser Neffe. Wie sollte er! die Jungfer ist nicht gerade hübsch.«

Selbst ihre eigene Mutter wird dem Abbé vor dessen erster Begegnung mit Renée-Pélagie schreiben, er werde sie schätzen, »zumindest aufgrund ihres Verstandes und ihres Feingefühls, denn das Aussehen und die Anmut sind Geschenke der Natur, die man nicht herbeizwingen kann.«

16. April: Kein Wunder, daß Sade, als er in Lacoste als zukünftiger Schloßherr nach alter Sitte mit einem »Lamm-Maskottchen« empfangen wird, andere Pläne schmiedet. Obwohl er bereits mit einer gewissen Mademoiselle de Cambis verlobt ist, führt die in Paris erlebte Liebschaft mit einer gewissen Laure de Lauris aus der Gegend von Avignon ebenfalls zu einem Verlöbnis. Wie sollte er auch einer Dame mit einem für Sadesche Ohren derart magischen Namen widerstehen können...

Laut Lennig war dies eine von Sades »vier unsadistischen Liebschaften«; wie man sehen wird, sollten es aufgrund des heutigen Forschungsstandes noch ein paar mehr werden. Ansonsten die übliche Geschichte: In einem jüngst veröffentlichten Brief zeigt sich, daß nach mehreren Besuchen (drei in einer Woche) Laures Vater Donatien »eines schönen Morgens in ihrem Zimmer ertappt hat« und den beiden nur gerade einen Tag Zeit gibt, sich zu verheiraten, was Sade für »viel kompromittierender« hält als seinen angeblich unschuldigen Zimmerbesuch.

Eigentlich hatten Vater und Mutter Sades bereits ihre Einwilligung zu dieser Heirat gegeben, doch das größte Hindernis erwächst plötzlich aus einem Rivalen. Sade läßt sich zu einer Art literarisch-sublimierenden Stilübung hinreißen, die auch prompt Eingang in seine *Jugendwerke* findet:

»Meineidige! Undankbare! Was wurde aus jenen Schwüren lebenslanger Liebe? Wer zwingt Dich zur Flatterhaftigkeit? Wer zwingt Dich dazu, von Dir aus jene Bande zu lösen, die uns für immer vereinen sollten? [...] Diese Fesseln einer ewigen Kette fielen Dir zur Last, und Dein Herz, das sich lediglich durch Flatterhaftigkeit und Leichtsinn verführen läßt, war nicht feinfühlig genug, um ihren ganzen Zauber zu spüren [...] Monster, zum Unglück meines Lebens Geborene! Möge die Treulosigkeit jenes Verräters, der nun meinen Platz in Deinem Herzen einnimmt, Dir die Liebe dereinst ebenso verhaßt machen, wie sie es durch Deine Treulosigkeit in meinen Augen wurde. [...] Aber was sage ich da? Ah, meine teure Freundin! Ah, meine göttliche Freundin! Du einzige Stütze meines Herzens, Du einzige Wonne meines Lebens, mein teurer Schatz, wozu nur treibt mich meine Verzweiflung? Vergib den Worten eines Unglücklichen, der sich selber nicht mehr kennt, dessen letzte Zuflucht, nach dem Verlust seines Ein und Alles, der Tod bleibt. Ach! Er naht, dieser Augenblick, der mich von meinem verabscheuten Dasein erlösen wird; [...] denn was sollte mich noch an das Leben binden, dessen ganze Wonne Du warst? Ich verliere Dich; ich verliere meine Existenz, mein Leben, ich sterbe, und zwar den allergrausamsten Tod... Ich gerate außer mich, meine teure Freundin, ich habe mich nicht mehr in der Hand; laß jene Tränen strömen, die meinen Blick verschleiern... Ich kann meine Schmerzen nicht ertragen. – Was machst Du?... Was wird aus Dir?...Was verkörpere ich in deinen Augen? Abscheu? Liebe?... Sag! Was siehst Du in mir? Wie wirst Du Dein Verhalten rechtfertigen? [...] Ah, wenn Du mich noch liebtest, so liebtest, wie Du mich immer geliebt hast, wie ich Dich liebe, wie ich Dich anbete, wie ich Dich zeit meines Lebens anbeten werde, beklage mein Unglück, beklage die niederschmetternden Schicksalsschläge, schreib mir, versuche dich zu rechtfertigen... Ach! Das wird Dir nicht schwerfallen [...] Gib auf Deine Gesundheit acht, während ich darum bemüht bin, die meinige wiederherzustellen [...] Ich glaube, daß Du in diesem ganzen Abenteuer bislang und auch weiterhin mit meiner Diskretion zufrieden sein darfst [...] Hüte Dich vor der Flatterhaftigkeit; das habe ich nicht verdient. Ich gestehe Dir, daß ich in Zorn geriete und daß ich mich jeder erdenklichen Scheußlichkeit hingeben würde. Die Geschichte um die c... [chaude-pisse = Gonorrhöe?]

sollte dich dazu bewegen, mich ein wenig zu schonen. Ich gestehe Dir, daß ich sie meinem Rivalen nicht verschweigen werde, und das wird nicht die letzte vertrauliche Mitteilung bleiben. Ich schwöre Dir, es wird keine Scheußlichkeit geben, zu der ich mich nicht hinreißen ließe... Doch ich erröte, weil ich derlei Mittel in Erwägung ziehe, um Dich zurückzuhalten. Ich will und darf Dir einzig und allein von meiner Liebe handeln.« Etc., usw., usf.

Wahrscheinlich stand Donatien selbst am Ursprung dieser nicht ganz geklärten Geschlechtskrankheit mit dem Anfangsbuchstaben »c«, jedenfalls schreibt er seinem Vater, »daß ihn keineswegs Mlle de Lauris angesteckt habe«. Der Vater aber bemerkt scharfsinnig: »Er vergißt, daß er mir weismachte, er hätte außer ihr keine andere gehabt«, und schließt zufrieden: »Glücklicherweise will sie nichts mehr von ihm wissen.« In der Tat schmachtet Sade im Krankenbett in Avignon, derweil sich die Treulose in Pariser Betten vergnügt.

Der Vater berichtet dem Abbé:

> »Es hat mich nicht überrascht, daß die Reise sein Leiden verschlimmerte; er fürchtet Tag und Nacht, von den L[auris], die er auf seinen Fersen wähnt, verfolgt zu werden.«

Diesen Brief diktiert der Comte einem mysteriösen Unbekannten, der nun selber die Stimme erhebt und gegenüber dem Abbé auf eine dunkle Affäre (möglicherweise oberwähnter Bruch durch Laure) anspielt:

> »Voilà, ein einzigartiger Theatercoup [...] ich weiß gar nicht, wo Ihr Neffe mit seinen Gedanken weilte, denn ich hatte ihm dieses Ereignis bereits vor über einem Monat vorhergesagt und ihm eingeschärft, er solle die Fallen meiden, die man ihm stellen würde; ich war über diese Ränke informiert. Voilà, das wird ihm eine gute Lehre sein.«

Donatiens künftige Schwiegermutter, Madame de Montreuil, erfährt erst kurz vor der Eheschließung von dieser Affäre und der damit verbundenen Krankheit, »was sie gegenüber meinem Sohn ungeheuer abkühlte«; andererseits bettelt der Comte Geld zusammen, um wenigstens am Hochzeitstag den Schein wahren und seinen Sohn in einer Karrosse vorfahren lassen zu können.

Verständlich, daß er sich über seine Frau ärgert, welche an ihrem Jawort für die Verbindung mit Laure de Lauris festhält und ihre Diamanten nicht herausrücken will:

> »Sie macht Tag für Tag neue Schwierigkeiten. Eine grauenhafte Frau. Der Sohn wird es von ihr geerbt haben.«

1. Mai: Der Ehevertrag ist aufgesetzt. In der Tat stellt er, wie Alice M. Laborde konstatiert, »einen monumentalen Schurkenstreich« dar, mit dem der Comte sämtliche Beteiligten nach Strich und Faden übers Ohr haut und seinem Sohn – ohne Wissen der Familie Montreuil – nicht nur die erklecklichen Erträge der Statthalterschaft aus den Jahren 1760-63 vorenthält, sondern ihm darüber hinaus auch noch eigene Schulden aufhalst. Von Seiten der Montreuils erhält das Paar fünf Jahre Kost und Logis im Montreuil-Domizil, den einmaligen Betrag von 10.000 Livres, eine jährliche Rente von 7.500 Livres und – im Falle des Ablebens des Ehepaars Montreuil – ein Jahrgeld von 25.000 Livres.

Nun begeben sich beide Familien nach Versailles, um den Ehevertrag durch die Unterschrift von Louis XV sowie von verschiedenen hohen Hofleuten veredeln zu lassen. Als einziger fehlt... der Bräutigam, der liebeskrank und geschlechtskrank in Avignon verharrt.

17. Mai: Vater Sade fürchtet schon, die Verwandten der Braut würden mit ihren teuren Geschenken wieder abreisen, da taucht in letzter Minute per Eilkutsche Donatien mit dem vom Vater empfohlenen Hochzeitsgeschenk auf:

> »Er soll zwei oder drei Dutzend Artischocken mitbringen; hierzulande gibt es keine, weil alle der Kälte zum Opfer gefallen sind, und das ist ein feines Hochzeitsgeschenk.«

Der Bund der Ehe wird in der Kirche Saint-Roch geschlossen (Bild in Pauvert, S.104). Vater Sade ist froh »von diesem kleinen Jungen befreit zu sein, der keine einzige gute, dafür alle schlechten Eigenschaften besitzt«. Vom alteingesessenen Adel geblendet, drückt Madame de Montreuil angesichts von Donatiens Vergnügungshunger beide Augen zu: »Jedes Alter hat sein Steckenpferd«.

Die frühesten Sadebiographen, alle mit einem unverwüstlichen Hang zur Romantik ausgestattet, schwelgten in Phantasien, die sich um jene jüngere Schwester von Renée-Pélagie drehten, welche noch eine große Rolle in Sades Leben spielen wird (vgl.1771/72). Sie berichten, daß sich Sade auf den ersten Blick in diese jüngere Schwester und ihr anmutiges »Harfenspiel« verliebt habe. Nur weil die beiden Familien hart geblieben und seine Liebesgefühle enttäuscht worden seien, so unterstreichen diese Biographen mit Nachdruck, sei aus Sade jenes »sexuelle Monstrum« geworden, für dessen Taten sie sich bei ihren Lesern alle paar Seiten entschuldigen, um sie schlimmer zu schildern, als sie in Wirklichkeit waren, und so ihren eigenen blutig-lüsternen Phantasien mit moralisch weißer Weste rückhaltlos frönen zu können.

Möglicherweise lustwandelt Sade bereits in der Hochzeitsnacht auf den Spuren seines Vaters. Lever vermutet bei beiden eine Vorliebe für Analverkehr – auch mit Frauen – und betrachtet auch diese zweite Jungfernschaft Renées als bereits in der Hochzeitsnacht gefallen. Die Werkzitate, die diese Vorliebe unterstreichen, sind Legion, und zudem kann sich Lever auf eine hintersinnige Passage aus einem Brief Sades an seine Frau vom Juni 1783 berufen:

>>Ich küsse Ihre Hinterbacken und werde, sonst soll mich der Teufel holen, zu Ihren Ehren Hand an mich legen [d.i. masturbieren]. Mindestens der Präsidentin [d.i. Madame de Montreuil] sollten Sie es nicht verraten, denn sie ist eine aufrechte Jansenistin, die es nicht gerne sieht, daß man eine Frau *molinisiert* [d.i. Analverkehr]. Sie gibt vor, *Monsieur Cordier* [d.i. ihr Mann] habe sie nur im *Gefäß der Fortpflanzung gestoßen*, und ein jeder, der sich von dem *Gefäß* entferne, müsse in der Hölle schmoren. Ich aber, der ich bei den Jesuiten erzogen worden bin, ich, der ich von Pater Sanchez gelernt habe, daß man möglichst selten *im Leeren schwimmen* solle, weil *die Natur* Descartes zufolge *die Leere verabscheue*, ich kann mit *Mama Cordier* nicht einig gehen. Aber Sie sind Philosophin; Sie haben einen überaus prächtigen *Hintersinn* , einen brauchbaren, engen *Hintersinn* und ein hitziges *Rectum*, was dazu führt, daß ich mich mit Ihnen *ver*teuflet gut *einigen* kann.<<

Es wäre an dieser Stelle verfrüht und würde zu weit führen, den komplizierten Wegen nachzuspüren, auf denen sich diese Zwangsehe zu einer für damalige Zeiten erstaunlich aufgeklärten Beziehung entwickelte, die für Hubert Fichte sogar >>die rührendste, zarteste, kühnste Liebesgeschichte der Weltliteratur<< darstellt; neben dem Zwangscharakter dieser Ehe sollte man auch nie vergessen, daß es zum guten Ton gehörte, die eigene Gattin zu verschmähen. Richelieu verweigerte seiner ersten Frau zeitlebens die gemeinsamen Freuden; er blieb selbst dann standhaft, als er, aufgrund seiner Eskapaden in der Bastille eingekerkert, merkte, daß er bei ihrem Besuch in der Zelle durch einen ehelichen Beischlaf seinen guten Willen hätte beweisen und sich dadurch aus dem Gefängnis hätte >>freikaufen<< können. Und in seiner Nachfolge, so meint ein gewisser Duc de Luynes, >>hält die glänzende Jugend es für lächerlich, die eigene Gattin zu lieben.<<

In ihrem rund 400 Seiten starken Einleitungsband zur neuen Sade-Gesamtausgabe bei Pauvert wünscht Annie Le Brun all ihren Leserinnen, daß sie einmal im Leben einen derart schönen Liebesbrief erhalten wie Madame de Sade im November 1783, in dem sie unter anderem mit folgenden Kosenamen überschüttet wird:

»Bezauberndes Wesen – mein Engel – mein Kohlköpfchen – mein Lolottchen – mein Wauwau – du Wonne Mohammeds – geliebtes Turteltäubchen – himmlisches Kätzchen – Frischling meiner Gedanken – süßes Weiß meiner Augen – Blutgefäß meines Herzens – Venusstern – Seele meiner Seele – Spiegel der Schönheit – mein Nervenkitzel – Veilchen aus dem Garten Eden – siebzehnter Planet des Universums – Quintessenz der Jungfräulichkeit – Emanation engelshafter Geister – Symbol der Schamhaftigkeit – Wunder der Natur – Taube der Venus – Dem Schoße der Grazien entsprossene Rose – mein Miezmatz – Liebling der Minerva – Olympische Ambrosia – Zauber meiner Augen – Flamme meines Lebens…«

Doch bis dahin ist es noch ein weiter Weg. Zunächst findet Sade seine Frau schlicht zu »kalt und zu devot« und in einem von Jean-Louis Debauve neuentdeckten Brief heißt es gar noch zwei Jahre später:

»Gewiß, ich wäre viel glücklicher, wenn ich meine Frau lieben würde, doch bin ich über dieses Gefühl nicht Herr, ich versuchte ja alles Mögliche, mein teurer Onkel, um die Abscheu zu überwinden, die sie vom ersten Augenblick an in mir geweckt hat, doch dies lag nicht in meiner Macht, und wer wüßte besser als Sie, unter welchen Umständen ich verheiratet wurde […] mein Mund hat etwas versprochen, was mein Herz nicht zu halten vermochte […] ich wähnte, meine Aufgabe bestünde darin, meine echten Gefühle zu verheimlichen […] ich war es leid […] seit zwei Jahren *ich liebe dich* zu sagen ohne es zu denken […] Dann sah ich etwas klarer, und indes ich mir vorrückte, sie zu hintergehen, plante ich, sie noch angelegentlicher zu hintergehen […] und ich empfand nicht einmal mehr dieselben Gewissensbisse wie zuvor.«

Simone de Beauvoir sieht in dem Umstand, daß es Sade gelingt , die personifizierte Tugend (Renée-Pélagie) vor den Karren des Lasters zu spannen (vgl. etwa die »Affäre der kleinen Mädchen« im Jahr 1774/75, also im 2. Teil dieser Kurzbiographie) seinen »triumphalsten Erfolg«, indes für sie die Schwiegermutter »den Inbegriff seines Scheiterns« verkörpert. Und in der Tat nimmt die die Beziehung Donatiens zu seiner Schwiegermutter eine umgekehrte Richtung: In der ersten Zeit geht die junggebliebene Schwiegermutter mit dem frischverheirateten Pärchen an Feste und Bälle, ja Vater Sade schreibt sogar:

»Madame de Montreuil gibt sich allen Mutwilligkeiten meines Sohnes hin; sie ist verrückt nach ihm. Ihre eigene Familie erkennt sie nicht wieder.«

Ob sie tatsächlich, wie auch schon vermutet wurde, eine Affäre mit Sade hatte, bleibe dahingestellt, jedenfalls wird sie schon bald nichts anderes mehr im Sinn haben, als ihren Schwiegersohn hinter Schloß und Riegel zu setzen, um die Reinheit des Familiennamens zu wahren.

Diese Intrigantin ersten Ranges war der Prügelknabe aller Sade-Biographen, nur gerade Jean-Jacques Pauvert gibt sich alle erdenkliche Mühe, sie zur positivsten Figur in Sades Dunstkreis emporzustilisieren; dies ist höchstens insofern verständlich, als er aus marktstrategischen Gründen mit zwei, drei forcierten Thesen aufwarten mußte (vgl. auch seine Ansicht zu Sades Italienreise mit seiner Schwägerin, 1772).

Wie wie wir in den Gefängnisjahren noch sehen werden, hat wohl niemand Sade zu derart herrlichen Schimpftiraden inspiriert wie diese »Harpyie«, »Furie«, »Hyäne«; einmal hegt er folgende Rachephantasie:

> »O höllische Mächte! erfüllt mir Neros Wunsch, daß alle Frauen nur einen Kopf besäßen, dieser Kopf aber soll derjenige dieser tyrannischen Megäre sein, und verschafft mir den Genuß, ihn abzuschneiden.«

Jedenfalls nährt sich, wie schon gesagt, der Mutterhaß vieler Helden Sades gewiß aus diesem Schwiegermutterhaß. Der Ausdruck »Familie« ist wohl auch noch auf die Präsidentin gemünzt, wenn Sade vierzig Jahre später in sein Irrenhaus-Tagebuch kritzelt:

> »Oh! wie Sophokles doch recht hatte, als er erklärte: ›Meistens gereicht einem Gatten jene Frau, die er sich genommen, oder jene Familie, mit der er sich verbunden, zum Verderben.‹«

Vorläufig aber hat die Schwiegermutter nicht einmal etwas dagegen einzuwenden, daß »das drollige Kind« in Arcueil ein Lusthäuschen mietet. Zudem verfügt er aber über zwei Absteigen in Versailles und an der Rue Mouffetard. Und dies alles, obwohl er offiziell seine Flitterwochen mit der Gemahlin im Hause seiner Schwiegereltern verbringt, wo das Paar – wie im Heiratsvertrag festgelegt – für fünf Jahre Wohnrecht hat.

Juni: Das Ehepaar Sade besucht fast täglich gesellschaftliche Anlässe. Die Marquise wird bei Hofe vorgestellt, eine dem Hochadel vorbehaltene Ehre. In manchen Nächten verlustiert sich Sade wohl in seinem Lusthäuschen in Arcueil, worüber er möglicherweise auch Tagebuch führte, wie die Affäre Testard bald schon zeigen wird.

Sade bittet seinen Vater um eine von dessen »Komödien, um sie aufzuführen.« Der Star der Theaterabende auf dem Montreuil-Schloß Echauffour in der Normandie ist neben Sade selbst – Madame de Montreuil, welche über diese Zeit Sades Onkel berichtet:

>Die Ruhe auf dem Lande tut seiner Gesundheit gut [...] Ich weiß nicht, ob sie [Renée-Pélagie] seinem Geist und seinen Neigungen genügt, die sehr lebhaft sind und viel Nahrung brauchen. Zum Glück gibt es stets zwei sichere Behelfsmittel: die Lektüre und den Schlaf. Sie wissen sicher, daß er einen Hang zu beidem hat.<

8.Okt.: Sade ist vor drei Tagen, >am Samstag abgereist [...], um Monsieur de Choiseul um eine Stellung zu ersuchen.< (Mme de Montreuil) Was ihn jedoch wirklich nach Paris getrieben hat und was er dort treibt, wußte man lange nur andeutungsweise aus einem Brief des Comte:

>Petite-maison gemietet, Möbel auf Kredit gekauft, unmäßige Ausschweifung, kaltblütig und ganz allein ebendort begangen, entsetzliche Gottlosigkeit, die die [sic!] Mädchen zu Protokoll geben zu müssen glaubten [...] Donnerstag und Freitag habe ich mit Fieber das Bett gehütet. Ach, warum werde ich von meiner Krankheit verfolgt. Mein Mißgeschick ist die Strafe für meine Verbrechen [!] [...] Diese Geschichte liegt jetzt vierzehn Tage zurück [...] Sollte etwas durchsickern, so muß man es abstreiten; noch ist nichts ruchbar geworden [...] Ich bin tiefunglücklich.<

Erst 1965 veröffentlichte Gilbert Lely, Verfasser der Standard-Biographie zu Sade, ein Dokument (ein faksimilierter Ausschnitt davon – wie auch von vielen Briefen – findet sich in Sades *Œuvres complètes*, Paris 1962-65, Bd. XVI), das eine erste Haft Sades wegen >Ausschweifung< erklärt. Aufgrund seiner Nähe zu zahlreichen typisch Sadeschen Themenkomplexen (Sodomie, Blasphemie, bigotte Unschuldslämmer, brachiale und v.a. verbale Gewalt), welche sich im Werk wiederfinden, sei dieses Protokoll mit der Aussage der dreiundzwanzigjährigen Arbeiterin Jeanne Testard hier ausführlicher zitiert:

>... er habe sie gefragt, ob sie religiös sei und an Gott, Jesus Christus und die Jungfrau glaube; worauf sie erwiderte, daß sie daran glaube [...] Worauf der Privatmann mit Flüchen und gräßlichen Lästerungen geantwortet und erklärt habe, daß es keinen Gott gäbe, und daß er, um dies zu beweisen, einmal Hand an sich gelegt und sich in einen Abendmahlskelch ergossen habe, der ihm während zweier Stunden in einer Kapelle zur Verfügung gestanden habe, daß J.C. ein Sch[eiß]k[erl] und die Jungfrau eine H[ure] sei. Er setzte hinzu, daß er mit einem Mädchen Verkehr hatte, mit dem er zuvor zum Abendmahl gegangen sei, daß er die beiden Hostien genommen und diesem Mädchen in die Öffnung geschoben und sie

fleischlich erkannt habe, wobei er sprach: WENN DU GOTT BIST,
DANN RÄCHE DICH; [...] sie habe ihm gesagt, sie sei schwanger und
fürchte, Gegenstände zu erblicken, die ihr einen Schrecken einjagen
könnten [...] er führte sie in ein Nebenzimmer [...] sie sei beim Eintreten bestürzt gewesen, als sie vier Rutenbündel und fünf verschiedene
Klopfpeitschen erblickt habe, darunter drei aus Stricken, eine aus Mes-
singdraht und eine aus Eisendraht, die an der Wand hingen, sowie drei
elfenbeinerne Christusfiguren an ihren Kreuzen, zwei weitere Christusfiguren auf Stichen, ein Kalvarienberg und eine Jungfrau, gleichfalls auf
Stichen, [...] sowie eine Fülle von Zeichnungen und Stichen von Nacke-
deien und äußerst unkeuschen Gestalten; [...] daß er ihr gesagt habe, daß
sie ihn mit einer im Feuer erhitzten eisernen Klopfpeitsche auspeitschen
müsse und daß er sie hernach mit einer der anderen Klopfpeitschen, die
sie selber wählen könne, auspeitschen würde; daß sie diese Vorschläge
nicht gebilligt habe [...], daß er zwei der elfenbeinernen Christusfiguren
von der Wand genommen und einen davon mit Füßen getreten, über der
anderen aber Hand an sich gelegt habe; [...] daß er ihr befohlen habe, ein
Kruzifix mit Füßen zu treten, wobei er ihr zwei auf einem Tisch bereit-
liegende Pistolen zeigte und seine Hand an den Degen führte [...] daß sie
aus Todesfurcht unseligerweise ein Kruzifix mit Füßen getreten habe,
wobei er sie zur gleichen Zeit dazu gezwungen habe, die folgenden gott-
losen Worte auszusprechen A[rsch]F[icker], ICH SCHERE MICH
EINEN F[ick] UM DICH; daß er von der Vorgeladenen habe verlangen
wollen, einen Einlauf vorzunehmen und dann über den Christus fließen
zu lassen, wozu es aufgrund ihrer Weigerung nicht gekommen sei [...],
daß er ihr mehrere gottlose Versstücke vorgelesen habe, die in allen Punkten der Religion zuwiderliefen und von denen er sagte, er hätte sie von
einem Freund erhalten, der ebenso libertin sei wie er [...], daß der Pri-
vatm. der Vorgeladenen vorgeschlagen habe, auf widernatürliche Art mit
ihr zu verkehren [...] und ihr das Versprechen abgenommen habe, ihn am
folgenden Sonntag um sieben in der Früh in besagtem Haus aufzusuchen,
um sich gemeinsam zur Pfarrei von St. Médard zu begeben und dort am
Abendmahl teilzunehmen und alsdann die beiden Hostien mitzunehmen,
um die eine zu verbrennen und sich der anderen für dieselben Gottlosigkeiten und Entweihungen zu bedienen, die er mit dem oberwähnten
Mädchen unternommen habe [...]«

Das Imaginäre (Blasphemie, eine Erzählung, das Versprechen auf eine
erneute Umsetzung des Erzählten, das Rezitieren von Versen, lediglich ange-
drohte Gewalt, Isolation in einem Häuschen, Sodomie als Transgression der

herrschenden (kirchlichen) Moral, seelischer Druck gegenüber einer (angeblich Schwangeren) bildet hier das eigentliche erotische Feld.

Gerade in bezug auf die Funktion der Blasphemie scheiden sich die Geister der Sade-Interpreten. Während die Surrealisten und heute etwa Annie Le Brun den reinen Atheismus im Zentrum des Sadeschen Schreibens sehen, hat Georges Bataille die Gotteslästerungen der Sadeschen Libertins als illusionsloseste Form des Segens begriffen, und Pierre Klosssowski rückte den Satanismus eines Saint-Fond (J/J 6) in die Nähe der Gnosis und verstand ihn als Resultat eines enttäuschten Glaubens. Sades paradoxe, blasphemische Ereiferungen sind Klossowski zufolge ein »unter der Maske des Atheismus« vorgetragenes Gebet (vgl. zur Funktion der Blasphemie auch das Nachwort von László F.Földényi in J/J 1).

Doch auch wenn eine gewisse Paradoxie (theoretische Leugnung eines übersinnlichen Wesens, reale Entweihung und verbale Verunglimpfung seiner Repräsentanten) nicht von der Hand zu weisen ist und sich deren Allgegenwart auch in Sades Werk nur schwer erklären läßt, erlangt jener verleugnete Gott doch zumindest als soziales Phänomen durchaus Realität; eine Realität, die es in den anderen Menschen (in der fraglichen Affäre eben Testard, im Werk die justinesken Opfer) zu bekämpfen gilt.

Überdies ist sich Sade dieser Problematik sehr wohl bewußt, erwidert sie aber mit einem etwas ausweichenden Argument:

> »Reliquien, Heiligenbilder, die Hostie, das Kruzifix zu entweihen, sollte einem Philosophen nicht mehr bedeuten denn die Verunglimpfung einer heidnischen Statue. [...] Von alledem hält man mit Vorteil lediglich an der Gotteslästerung fest, nicht weil sie mehr Realität besäße, denn sobald Gott tot ist, was fruchtet es dann noch, seinen Namen zu verunglimpfen? Sondern weil es unabdingbar ist, im Sinnentaumel schmutzige Kraftworte zu äußern, und weil die Einbildungskraft gar trefflich die Lästerworte bedienen. Es darf dabei nichts ausgespart werden; man muß diese Reden möglichst verschwenderisch mit Worten spicken.« (*Philosophie im Boudoir*)

Als skandalös wurde denn auch nicht die Lustpartie als solche, sondern die blasphemisch durchtränkte Atmosphäre empfunden; Louis XV war als ein König bekannt, der zum Schutze des Glaubens mehr unternahm als zur Rettung der Staatsfinanzen. Noch 1766 wurde der von Sade als Märtyrer des Atheismus verehrte Chevalier de la Barre hingerichtet, weil er während einer religiösen Prozession den Hut nicht zog; die Sodomie, auf die damals die Todesstrafe stand, welche aber, wie Lever zeigt, im ganzen 18. Jahrhundert nur gerade siebenmal vollstreckt wurde, hat das ihrige dazu beigetragen, die ganze

Szene zu einer wahrhaft sadeschen Szene zu verwandeln, wie sie Gilbert Lely etwa in den *120 Tagen von Sodom* wiederentdeckt zu haben glaubt, wobei man den Konnex Leben-Werk in diesem Fall wirklich nicht allzu eng sehen sollte:

»61. Er läßt ein nacktes Mädchen rittlings über einem großen Kruzifix in Stellung bringen; er votzfickt sie nach Art der Hunde in ebendieser Stellung, so zwar, daß der Kopf Christi die Klitoris der Hure wichst [...] 62. Er furzt und läßt in den Kelch furzen; er pißt hinein und läßt hineinpissen; er scheißt hinein und läßt hineinscheißen, und zum Schluß spritzt er in ihn aus.«

Sade wird später den Schlüssel dieses Skandals in einem »unseligen Buch« sehen. Bis heute scheiden sich die Geister über das Wesen dieses Buches; handelt es sich um erste porno-philosophische Fingerübungen oder um Aufzeichnungen der im Lusthäuschen erlebten Orgien? Ein ähnliches Problem werden später jene »kleinen Zettelchen« aufwerfen, die von Sades Schwiegermutter als derart explosiv betrachtet werden, daß sie alles Mögliche und Unmögliche versuchen wird, ihrer habhaft zu werden. Beides bleibt auch nach der Öffnung des Familienschatzes im dunkeln.

27./28.Okt.: Aufgrund von Jeanne Testards Aussage wird Sade von Inspektor Marais, der in Zukunft kaum mehr von seiner Seite weichen wird, verhaftet und nach Fontainebleau geführt. Mme de Montreuil an ihren Vertrauten, den Abbé: »Sie können sich ausmalen, wie tief der Schmerz meiner Tochter war.«

29.Okt.: Sade schließt zum ersten Mal mit Vincennes Bekanntschaft, jenem Kerker, den er später mit einem jahrelangen Besuch beehren wird.

2.Nov.: Sade zerfließt in Reue und verlangt in einem Schreiben an den Polizeichef Sartine nach einem Geistlichen.

Seit 1759 ist der aus Barcelona stammende Antoine de Sartine (1729-1801) Generalleutnant der Pariser Polizei; seine Methoden und seine Neuorganisation der Polizei sind derart effizient, daß Katharina die Große und Maria-Theresia um Kopien der von ihm erstellten Reglemente bitten.

Während Sartine von Restif de la Bretonne für »bestechlich«, von Casanova für »anständig« gehalten wird, wettert Sade in der Erzählung *Die Prüde oder ein unvorhergesehenes Zusammentreffen* über »diesen spanischen Halunken«, der mit den »Listen der Kupplerinnen, den Rapporten der Kommissare, den Aussagen der Schergen« die Verhältnisse der »Inquisition« eingeführt habe; er habe »diesen Kreaturen befohlen, genau darüber Bericht zu erstatten, welcher Körperteil von der sie umwerbenden Person am inbrünstigsten gefeiert werde, weil beispielsweise zwischen einem Mann, der einen Busen beäugt, und einem, der den Schwung der Hüften betrachtet, unstreitig derselbe Unterschied bestehe wie zwischen einem Ehrenmann und einem Hurenbock. [...] Diese widersinnischen Schändlichkeiten lassen die Freuden der Bürger einfrieren«, so daß sie es sich – wie in der fraglichen Geschichte – mindestens zweimal überlegen, ob sie Dirnen aufsuchen wollen oder nicht.

Ein Sittenwächter wie Sartine entlockt dem Marquis auch in dessen Briefen sarkastische Ausbrüche; zur Veranschaulichung sei ein von Sade aller Zensur zum Trotz im Kerker von Vincennes verfaßter Brief aus dem Jahre 1781 zitiert:

»Dom S[arti]nos, der eines schönen Morgens in Paris gefunden wurde, ohne daß man wußte, woher er stammte, noch woher er kam, etwa so wie jene giftigen Pilze, welche man in einem Winkel des Waldes findet, nachdem sie auf einen Schlag aus dem Boden geschossen sind [...] Dom S....nos, der in Frankreich ein Vermögen angehäuft hat, indem er wie die Kannibalen Menschen hinschlachtete, [...] Dom S....nos, der die Freuden des Volkes zu hassenswerten Quälereien und Tyranneien emporfabulierte, um schlüpfrige Verzeichnisse weiterzuleiten, die die kleinen Nachtessen im Hirschpark [Lustpark des Königs in Versailles] anheizen mochten, der, um einer jeden herrschenden Partei zu schmeicheln, mehr denn zweihundert unschuldige Personen unter Foltern oder in Gefängnissen verenden ließ [...] Dom S....nos, alles in allem der gewiefteste Betrüger und unsäglichste Hurenbock, der jemals am Himmel aufging [...] Nein, einem derart haarsträubenden Inbild des Verbrechens steht es nicht zu, jene Verirrungen, welche seine eigenen höchsten Wonnen ausmachten, zu verdammen, zu bekritteln, zu durchkreuzen [...] Diesem Abschaum des personifizierten Lasters, diesem Fettwanst in Hosen und Wams, der einerseits seine Frau prostituiert, um Gefangene zu überführen, und diese andererseits vor Hunger sterben läßt, um so noch ein paar Ecus und Geldmittel mehr zu scheffeln, mit denen er seine schändlichen Spießgesellen auszahlt [...] einem Lumpenkerl von diesem Schlage steht es nicht zu, sich zum Zensor von Lastern zu erheben, und zwar von Lastern, von denen er selber in einem noch hassenswerteren Maße strotzt [...] Es steht den Krummbeinigen nicht zu, sich über die Hinkenden lustig zu machen, noch den Blinden, die Einäugigen zu führen.«

Roland Barthes:

»... der Polizeileutnant Sartine [...] war ein Perückenfetischist [...] die Verhörperücke, eine Art Haarschmuck in Schlangenform, nannte man die

Unerbittliche. Wenn man den phallischen Wert des Zopfes kennt, kann man sich vorstellen, wie groß Sades Lust gewesen sein muß, den falschen Zopf dieses verabscheuten Bullen abzuschneiden.«

13. Nov.: Auf Betreiben seines Vaters wird der Marquis auf freien Fuß gesetzt und von Marais in sein Exil, Schloß Echauffour, Landsitz der Montreuils, geleitet, wo er in »strikter Einehe« (Lennig) überwintert…

1764

Der Abbé de Sade publiziert die beiden ersten Bände seiner vielbeachteten Petrarca-Biographie.

21. Jan.: Madame de Montreuil vermerkt in einem Brief, ihre Tochter sei im dritten Monat schwanger (»Sie sind ja beide nicht von der unfruchtbaren Sorte.«); entweder endete die Schwangerschaft mit einer Fehlgeburt oder mit dem Tod des Kindes nach wenigen Stunden – wie Lever meint –, worauf eine Bemerkung Sades zu beziehen wäre: »Der Himmel wollte mich mein Vaterglück nicht lange genießen lassen.«

3. April: Die Verbannung wird gelockert. Sade frönt seiner Theaterleidenschaft in Anwesenheit der ganzen Familie seiner Frau auf Schloß d'Evry, das einem Onkel der Marquise gehört. Im von ihm selber so benannten »Großen Brief« von 1781 schreibt Sade, um seine untadelige Wesensart zu belegen:

> »Ich bin ein Libertin, aber in Evry habe ich vor den Augen Ihrer ganzen Familie, unter Lebensgefahr, ein Kind gerettet, das von den Rädern einer Kutsche, deren Pferde durchgingen, zermalmt zu werden drohte, und dies, indem ich mich selber dazwischenwarf.«

26. Juni: Der König gibt nur sehr ungern eine Sondererlaubnis, damit Sade in Dijon, wo er die Statthalterschaft über die Provinzen Bresse, Bugey, Valromey und Gex, die ihm seit 1760 gehört, deren pekuniärer Segen aber weiterhin vom Vater geerntet worden ist, offiziell antritt und vor dem Parlament eine scheinheilige Ansprache hält: »Mich Ihrer würdig zu erweisen, das ist mein ganzer Ehrgeiz.«

15. Juli: Beginn der ersten Schauspielerinnenaffäre, von der uns Näheres bekannt ist (vgl. 2. Feb. 1763); damals pflegten Schauspielerinnen und Tänzerinnen von der Oper ihr Gehalt dadurch aufzubessern, daß sie sich von einem oder mehreren Liebhabern mit Geschenken verwöhnen ließen und diesen ihre Gunst gegen monatliche Unterhaltssummen verkauften. Während Sade das Theater tatsächlich um des Theaters willen liebte, erfolgten seine Opernbesuche aus anderen Beweggründen, wie er 1780 in einem Brief bekennt:

> »Zeit meines Lebens habe ich keine Opern gelesen, ja ich liebte an der Oper nur die Ausstattung und die Mädchen. Mit dem Alter erlischt erstere Freude, und letztere ist schon lange erloschen.«

Die fragliche Affäre Sades ist in den Augen der Schwiegermutter eine »wahre Frenesie«, und in der Tat scheint Sade rettungslos verliebt, zumindest spielt er seine Rolle im theatralen Umfeld ausgezeichnet:

> »Es ist schwierig, Sie zu sehen, ohne Sie zu lieben, und noch schwieriger, Sie zu lieben, ohne es Ihnen zu sagen.«

Sades Angebetete, Mademoiselle Colet, die 1766 im zarten Alter von $23^1/_2$ Jahren sterben sollte, wird u.a. vom liebesdurstigen Duc de Fronsac (dem Sohn des nicht weniger liebesdurstigen Richelieu, vgl. 1753) umworben, der wiederum in erster Linie für die Erfindung eines Vergewaltigungsstuhls berüchtigt war (vgl. Michel Delons Vorwort in J/J 2, 26f.). Der Brief an die Colet wurde – wie schon der Brief an Laure de Lauris und andere – von Sade selbst unter seine *Jugendwerke* gereiht, und Pauvert zufolge »dürfte kaum eine Schauspielerin aus dem Jahrhundert von Louis XV vergleichbare Briefe erhalten haben«; Liebesbriefe, die einen ähnlich überschwenglich-leidenschaftlichen Ton anschlagen, richtete er in dieser Zeit an eine Madame de ★★★: »Grausame! […] Ah! Kusine, Kusine! […] hat man, wenn man liebt, etwas anderes im Sinn, als sich dem Überschwang seiner Zärtlichkeit […] hinzugeben? […] So lieben wir uns denn nicht mehr?« An eine Vicomtesse de D★★★: »Ach, kann man lieben, ohne es mit Verzückung zu sagen?« Und an eine Duchesse de ★★★: »Verbrennen Sie mich, reißen Sie mich in Stücke.«

Die schnellebigen Liebschaften mit Kurtisanen aus der Theater- und Ballettwelt waren ein beliebter, wenn auch etwas kostspieliger Sport junger Adliger. Oft teilten sich mehrere Verehrer in den Unterhalt ihrer Angebeteten.

Die Colet ist Sade 25 Louis im Monat wert; er richtet weitere Briefe an sie, die stilistisch an die vielen anderen anschließen und die üblichen Ingredienzen solcher Liebschaften versammeln: sadomasochistisches Wechselbad der Gefühle, ewige Treueversprechen, Drohworte und Liebesschwüre, Eifersucht auf andere Rivalen, Demutshaltung (»Lassen Sie mich zu Ihren Füßen sterben…«).

September: Der König hebt das Verbot, Echauffour zu verlassen, auf.

7. Dez.: Marais berichtet, Sade merke allmählich, daß ihn die Colet zum Narren halte und habe diese Woche bei der stadtbekannten Kupplerin Brissault »sein Temperament ausgelebt«. Marais rät der Brissault, dem Marquis de Sade besser »keine Mädchen mehr zu verschaffen, die ihn in Lusthäuschen begleiten.«

28. Dez.: Marais notiert geflissentlich: »M. de Sade hat wieder dreimal mit ihr [der Colet] geschlafen«. Dennoch geht mit diesem Jahr auch diese Beziehung zu Ende; Mme de Montreuil wird sich in Briefen rühmen, die beiden unzimperlich auseinandergebracht zu haben: sie zerrte Sade kurzerhand aus der Wohnung der Colet.

1765

8. Feb.: Freund Marais berichtet, daß ein gewisser Marquis de Saint-Sulpice der Schauspielerin Beaupré 20 Louis pro Monat für eine Liaison geboten habe, »doch sie hat ihn abgewiesen und lieber die 6 Louis des Comte de Sade entgegengenommen, mit dem sie zweimal geschlafen hat.«

20. Feb.: Sade schreibt einer Dame von Stand, einer gewissen Mlle C***, die er auf einem Ball kennengelernt hat, über seine »zärtliche Liebe« und bedauert sozusagen präventiv sein unglückliches (Liebes-)Schicksal: »Grausame Götter! Weshalb habt Ihr mir überhaupt das Leben geschenkt.«

26.April: Erste Nachricht über ein Verhältnis des Marquis zur schwangeren Tänzerin Beauvoisin, die hält, was ihr Name verspricht: »Eine unserer schönsten Frauen«, vermerkt der unermüdliche Marais. »In höchst galanten Nachthemden«, weiß sie besonders zu gefallen, und »keine versteht es besser, ihre Figur zur Geltung zu bringen [...] sie gilt sogar als recht treu...«.
Diese Treue wird soweit gehen, daß sie sich nicht wie andere von Sade einfach aushalten läßt, sondern für ihren schuldengeplagten Donatien am 21. August sogar eigenen Schmuck im Wert von 10.000 Livres versetzt; als Gegenleistung verspricht er ihr zwar ein Jahrgeld, doch wird wohl beiden klar gewesen sein, daß er es nie auszahlen würde. Alles in allem ein wahrer »amour fou«, der Sade noch viel Ärger bescheren wird.

20. Mai: Mme de Montreuil rät dem Abbé, der als Geistlicher und Privatgelehrter für sie zu einem Art Familiengewissen der Sades avanciert ist: »Dieser sein Kopf muß geschont werden, da seine ersten Regungen immer sehr heftig ausfallen und deshalb zu befürchten sind.«

Der Abbé antwortet geheimniskrämerisch:

»Nur Sie und ich haben einen gewissen Einfluß auf ihn. Aber was können wir schon tun? Im Augenblick wenig, er muß sich die Hörner abstoßen. Er steht zur Zeit im Feuer der Leidenschaften [...] Was für ein Teufel [...] Es wäre gefährlich, ihn, wie es sein Vater getan hat, wider den Strich zu bürsten, er wäre imstande, sich den allergrößten Verirrungen hinzugeben [...] Gebe Gott, daß er uns nicht großen Kummer bereitet.«

Die drei nächsten Monate weilt Sade auf Lacoste, das »ihm den Kopf verdreht hat«, wie der Abbé einfühlend bemerkt, bevor er an einer anderen Stelle vermerkt: »Mit dem Geschöpf, das ihm zur Zeit den Kopf verdreht, hat er vier Tage in Melun verbracht.« Dieses Geschöpf ist nicht, wie Sade der ganzen Provence weismachen will, sein Gattin, die Marquise de Sade, sondern die Schauspielerin Beauvoisin. Dies, wie so vieles andere, wird ihm der Provinzadel nie verzeihen.

Die nichtsahnenden Costains empfangen »Moussou lou marquis« und dessen »Frau« mit einem Begrüßungslied:

o la nouvelo huroso	o welch frohe Botschaft.
que venoun d'anounssa	die man soeben verkündet,
derida	derida
nouoste marquis espouso	unser Marquis ehelicht
uno jouino Beouta	eine junge Schönheit
couci couça	couci couça
veleissa! (bis)	da kommt sie! (bis)
anen lou felicita	wünschen wir ihm Glück.

Rauschende Feste, Bälle und Theateraufführungen jagen einander. Gilbert Lely läßt sich zu folgender Schilderung hinreißen:

»Stellen wir uns nur vor, in welchem Überfluß die Altäre von Comus und Momus, von Thalia und Terpsichore sowie derjenige der Venus Kallipyga, Sades Lieblingsgöttin, wohl den tausendfältigen Weihrauch von deren Anbetern in die Luft aufsteigen ließen, welche in der Hitze des göttlichen Sommers 1765 über dem feudalen Plateau von Lacoste flimmerte.«

Jedenfalls kann es die ahnungslose Provinz kaum fassen, wie begabt »Frau Sade« tanzt, singt und ihre Rollen mimt, während der alte Lüstling von Abbé bei Wein, Weib und Gesang seine Aufgabe als Spitzel, wie die Montreuil rügt, etwas allzu leichtsinnig vergißt. Überhaupt ärgert er sich bei allem verschwö-rerischen Einverständnis mit Madame de Montreuil ab und an über die Kon-trollsucht der Drahtzieherin in Paris, so etwa 1775 an Sades damaligen Ver-walter Gaufridy:

> »Nein, Monsieur, ich werde nicht nach Aix gehen, um dem Herrn Generalstaatsanwalt eine derart aberwitzige Bitte zu unterbreiten [...] es verdrießt mich sehr, daß dies nicht mit den Vorstellungen dieser Dame zu vereinbaren ist, die uns als Automaten ansieht, welche dazu gebaut wurden, sich ihren Wünschen gemäß zu drehen, und die unaufhörlich gegen mich wettert ...«

Zu wettern hat Madame de Montreuil in der Tat immer wieder. Zunächst ist sie der Ansicht, ihr Rabenschwiegersohn hätte wenigstens eine verheiratete Provençalin verführen können, die im eigenen Interesse verschwiegen wäre, aber nein, statt dessen muß es eine geschwätzige Pariser Schauspielerin sein ... Sie geht in ihrem Zorn so weit, zu erwägen, eine »lettre de cachet« (d.i. ein königlicher Haftbefehl) zu erwirken, um ihn vorsorglich und ohne Gerichts-verfahren hinter Schloß und Riegel bringen zu können, da es ihr einfach nicht gelingen will, dem Marquis die Beauvoisin (wie einst die Colet) aus dem Kopf zu schlagen.

Zum ersten Mal figuriert Sades Lieblingsschloß auch als Lustschloß. Bei ins-gesamt rund einem Dutzend Besuchen bis 1778 wird es dem Marquis de Sade als Adlerhorst dienen, von dem aus er seine sexuellen Raubflüge unternehmen wird.

In der Abendsonne wirft das Schloß seinen Schatten über das 493-Seelen-Dörfchen (Stand 1765), das sich bescheiden an den jäh abfallenden Hang schmiegt und nicht nur besonders viele Analphabeten (bei einem landesweiten Schnitt von immerhin 37% waren in Lacoste nur 23% in der Lage, ihre Hei-ratsurkunden zu unterzeichnen), sondern auch eine Mehrheit von Protestan-ten beherbergt, was Lacoste, an der Grenze zur päpstlichen Grafschaft von Avignon, einen Ausnahmestatus verleiht, den es bis heute nicht verloren hat.

Das Schloß, dessen unterirdische Gewölbe noch von einem römischen »castrum« stamen und dessen überirdischer Teil ein Konglomerat verschiede-ner Epochen darstellt – seit seiner ersten Erwähnung 1038 bis zu Sades Zeit werden fünf verschiedene Bauetappen unterschieden – , wurde 1792 im Zuge der französischen Revolution geschleift; die Ruine wurde in unserem Jahr-hundert von den Surrealisten in Bild und Wort zum eigentlichen »lieu sadique«

emporstilisiert und entwickelte sich zu einer Art Wallfahrtsort für Sadologen und wohl auch Sadisten; heute »renovieren« der aktuelle Schloßbesitzer André Bouër, dessen Vorfahre Thomas Paulet ein Freund Sades war und mit ihm Gothon (vgl. 7.Sept. 1772) als Geliebte teilte, und der unermüdliche Schloßwächter Gilles die poetische, bizarre Ruine, die wie ein hohler Zahn drei Stockwerke hoch in den vom Mistral blaugefegten Himmel ragt; vor wenigen Jahren konnte der Besucher die metaphysische Stimmung, welche Gilbert Lely in seinen Gedichten über Lacoste besang, durchaus noch spüren, heute stolpert er über Sandsäcke und Bauutensilien. Im Südflügel führte jahrzehntelang ein Türrahmen und ein dahinterliegender Treppenabsatz ins Nichts, doch bei unserem letzten Besuch im Frühjahr 1992 war dieses Bilderrätsel bereits dem Fundament zur Rekonstruktion dieses Schloßtraktes gewichen, den Bouër als »Laboratorium des Sadismus« bezeichnet hat, weil Sade in diesen sonnengewärmten Gemächern nicht nur der Erkundung körperlicher Eigenheiten seiner Bediensteten beiderlei Geschlechts, sondern auch seinen geistigen Ausflügen in die Welt der Literatur und der Wissenschaft frönte, wie es das von A.M.Laborde 1991 publizierte Inventar seiner Bibliothek von neuem auf eindrucksvolle Weise bezeugt.

Roland Barthes:

»Lacoste war für Sade ein vielfältiger Ort, ein totaler Ort; zunächst einmal ein provenzalischer Ort, Ort der Herkunft, Ort der Rückkehr [...] ein autarker Raum, eine in sich geschlossene Miniaturgesellschaft, deren Herr er war, einzige Quelle seiner Einkünfte, Ort der Studien (dort stand seine Bibliothek), Ort des Theaters (dort wurden Komödien gegeben) und Ort der Ausschweifung.«

Dieser Ort spiegelt sich in zahlreichen Brechungen in verschiedenen Werken Sades. Das wilde Äußere, von dem man nach einem steilen Aufstieg über einen gewundenen Weg überrascht wird, werden wir in *Justine und Juliette, 4* wiederfinden:

»Hier wurde der Weg nahezu ungangbar, Roland schärfte dem Maultiertreiber ein, nicht von Justines Seite zu weichen, [...] die vom Weg keine Spur mehr ausmachen und eine gewisse Unruhe nicht verbergen konnte. Roland [...] sagte kein Wort: dieses Schweigen steigerte die Befürchtungen dieses unglückseligen Mädchens noch, als sie jählings ein Schloß gewahrte, das sich auf einer Bergkrete aufbäumte und jeden Augenblick in den gähnenden Abgrund hinabzustürzen drohte [...] Roland öffnet [die Pforte] [...] es handelte sich um einen schmalen, in den

Fels gehauenen, vielgewundenen und äußerst steil abfallenden Gang. Roland nahm kein Wort auf die Lippen. Diese schreckenerregende Stille verdoppelte Justines Entsetzen noch, die, aufgrund ihrer vollständigen Nacktheit der grausen Feuchtigkeit dieser unterirdischen Anlage noch viel ungeschützter ausgesetzt war. [...] Sie lagen mehr denn achthundert Fuß tief in den Eingeweiden der Erde.«

Noch heute steigt man durch einen in den Fels gehauenen Gang – nur gerade die achthundert Fuß sind erfunden – nach oben und gelangt, wie es in den *120 Tagen von Sodom* beschrieben ist, »durch eine niedrige Pforte [...] endlich in einen großen Innenhof, um den herum alle Wohnräume angelegt sind. Sie waren sehr geräumig und alle möbliert«, ja »das Appartement der Marquise war«, so heißt es im zweitrangigen Alterswerk *Die Marquise de Gange*, »das reichste des Hauses. Es war vollständig mit grüner und vergoldeter Seide ausgeschlagen, welche die vor acht Jahrhunderten errichteten, steinalten Mauern verhüllte.«

»Die Räumlichkeiten bestehen im ersten Stock zunächst aus einer sehr großen Galerie. [...] Von dieser Galerie aus gelangt man in einen äußerst bezaubernden Speisesalon, der mit turmartigen, mit der Küche in Verbindung stehenden Schränken versehen war, so daß alles mit leichter Mühe warm aufgetragen werden konnte. [...] Von diesem Speisesaal [...] wechselte man in einen [...] äußerst warm gehaltenen Gesellschaftssalon [...]. Dieser Salon grenzte an einen Versammlungsraum [...], der gleichsam das Schlachtfeld der geplanten Liebeshändel sowie der Hauptschauplatz der wollüstigen Zusammenkünfte war [...]. Er war halbkreisförmig. Im runden Teil waren vier sehr geräumige, verspiegelte Nischen angelegt, die jeweils mit einer prächtigen Ottomane ausgestattet waren; [...] Der Salon hing mit einem Kabinett zusammen [...] einer Art Boudoir; es lag still und verborgen, war äußerst warm, auch tagsüber stockfinster und Liebeshändeln zu zweit oder gewissen geheimen Gelüsten zugedacht [...]. Um in den anderen Flügel zu gelangen, mußte man kehrtmachen, und sowie man in der erwähnten Galerie stand, erblickte man an deren Ende eine prachtreiche Kapelle und gelangte wieder in den Parallelflügel, womit der Rundgang um den Innenhof abgeschlossen war. Hier nun befand sich ein berückendes Vorzimmer, an das vier sehr schöne Gemächer mit Boudoir und Garderobe angrenzten [...]. Der zweite Stock wartete mit der nämlichen Anzahl von Gemächern auf, die jedoch anders angeordnet waren. Hier fand man zunächst auf der einen Seite ein geräumiges Gemach mit acht Nischen [...] der Schlafraum der jungen Mädchen; daneben befanden sich zwei kleine Zimmer für zwei der Vetteln, in deren Obhut sie gegeben waren; dahinter lagen zwei weitere, gleichartige Zimmer, die für zwei der Erzählerinnen bestimmt waren. Auf dem Rückweg fand man ein gleichartiges Gemach mit acht alkovenähnlichen Nischen für die acht jungen Knaben, und auch hier gab es daneben zwei Zimmer für die beiden Hofmeisterinnen, die mit deren Bewachung betraut waren, und dahinter schließlich zwei weitere Zimmer für die beiden anderen Erzählerinnen. Oberhalb der just besichtigten Räume bildeten acht hübsche Verschläge die Wohnung der acht Ficker, wiewohl diese dazu bestimmt waren, recht wenig in ihren Betten zu schlafen. Im Erdgeschoß lagen die Küchen ...«

Wenn man nicht vor Ort ist und keine Pläne zur Hand hat, mag einem diese penible Beschreibung von Schloß Silling aus den *120 Tagen von Sodom*, das mit seiner Raumaufteilung Lacoste verblüffend ähnlich ist, freilich wenig sagen. Für André Bouër aber stellt sie den Schlüssel zu seinen Rekonstruktionsarbeiten dar: »Die Bibel hilft den Israelis bei ihren Ausgrabungen; meine Bibel sind die *120 Tage von Sodom*.« Bei seinen Renovationsarbeiten orientiert sich Bouër jedoch am mittelalterlichen Zustand des Schlosses, in dem es Sade von seinem Vater erbte, und übergeht demnach die zahlreichen, aufwendigen Renovationen von Schloß und Park, welche Sade 1765 in Angriff nahm und erst vier Jahre später abschließen konnten. Die beiden Herzstücke von Sades Renovation sind einerseits der Park mit seinem Labyrinth, das demjenigen von Chartres nachempfunden ist, andererseits ein Theatersaal im ersten Stock, wo einst 130 Leute Platz fanden und heute die Überreste einer Tür den Blick auf die Ebene der Provence freigeben; hinter dieser irreal anmutenden Tür liegt eine Terrasse, von der kletterfreudige Touristen bis zum Mont Ventoux blicken können, dessen Erstbesteigung Petrarca gelang – eine Sublimation, die Sade bei aller Bewunderung für ihn nie nachahmen wird.

8. Aug.: Ein Satz der über die »Schamlosigkeit« des Paars Sade-Beauvoisin erbosten Madame de Montreuil verrät, daß sie und ihr Schwiegersohn in allen Belangen Antipoden sind: »Die Philosophie führt [...] immer zum Guten«.

26. Aug.: Sade weilt seit kurzem wieder in Paris, während die Montreuil in der Normandie weiterwettert: »Wenn ich in Paris wäre, würde ich ihn eigenhändig von der Schwelle dieses Mädchens zerren, wie ich es vor einem Jahr bei einer anderen getan habe.«

15. Sept.: Am Abend trifft Sade wieder in Echauffour bei den Montreuils ein, indes Madame de Sade, die noch immer ihrem toten Kind nachtrauert, nichts von den liebestollen Eskapaden ihres Gatten weiß.

Anfang November: Sade eilt überstürzt nach Paris, als er erfährt, daß die Beauvoisin in Paris eine Fehlgeburt erlitten hat. Zwar vermutet Madame de Montreuil hämisch, die Beauvoisin werde ihn diesmal wohl nicht lange fesseln, da sie »zur Zeit gewiß nicht gerade der Quell vieler Lüste ist«. Sade aber pflegt seine Mätresse aufopferungsvoll – und allem Anschein nach mit Erfolg. »Ihre Niederkunft hat sie noch schöner gemacht«, bemerkt Marais über die glanzvolle Rückkehr der Beauvoisin in die Pariser Theaterwelt.

27. Dez.: Sade wird bei der Beauvoisin von einem Rivalen ausgestochen. Da sich mit dem Jahresende, das den Sades einfach nie Glück bringen will, wieder einmal eine Liebesbeziehung dem Ende zuneigt, bietet sich Sade eine weitere Gelegenheit, seine Feder zugunsten seiner *Jugendwerke* zu wetzen:

»Du bist demaskiert, Monster! [...] Geh nur, mit Deiner neuen Eroberung [...] Ich gehe fort und lasse Dich sehr rasch hinter mir, noch rascher aber wird sich Dein nichtswürdiges Bild aus meinem Herzen verflüchtigen.«

1766

Jan.: Donatien tröstet sich in den Armen einer gewissen Dorville, einem »drallen, verlockenden Mädchen«.

18. Jan: Um Sades Laune steht es allen Lustbarkeiten zum Trotz offenbar nicht besonders gut: Auf der Place des Victoires verletzt er mit seinem Degen das Pferd eines Fiakers, der ihm den Weg versperrt, wofür er ein stattliches Schmerzensgeld berappen muß.

Ende April: Um den Fortgang der Bauarbeiten auf Schloß Lacoste zu inspizieren, reist Sade nach Lacoste und vergnügt sich unterwegs in Melun vier Tage mit einer Unbekannten.

September: Eine weitere Affäre mit einer gewissen Tänzerin Le Roy in Paris.

4. Nov.: Laut Paul Bourdin, dem die gesamte Sadezunft zürnt, weil er in den zwanziger Jahren einen ganzen Stoß mit Briefen von Sade für eine Publikation zur Verfügung gestellt bekam, jedoch oft nur kurze, wenn auch durchaus zentrale und repräsentative, Ausschnitte veröffentlichte, während die Briefe danach in allen vier Windrichtungen über die Erde flatterten und nur vereinzelt wieder aufgetrieben werden konnten (vgl. v.a. Jean-Louis Debauve), bezahlt Sade wieder einmal die Miete für sein Lusthäuschen in Arcueil.

November: Er verrät einem gewissen Fräulein D***: »Ich werde Ihr Sklave sein ...« und hetzt weiter durch den Dschungel der Leidenschaften ...

In dieser Zeit liebäugelt er mit einer weiteren unbekannten Schauspielerin, Mlle M***, der er einen weiteren seiner Laure-de-Lauris-Briefe schreibt: »Ich werde Ihnen bis ins Grab folgen« ...

1767

23. Jan.: Es entgeht Marais nicht, daß die Beauvoisin ihren aktuellen Liebhaber betrügt, unter anderem mit dem Marquis de Sade, der ihr in aller Öffentlichkeit die Hand gibt ...

30. Jan.: Tod des Comte de Sade; Monsieur de Montreuil berichtet in einem bislang unveröffentlichten Tagebuch, aus dem Lever zitiert:

> »Mein Schwiegersohn und ich haben seinen Leib während zweimal 24 Stunden bewachen lassen [...] Wir haben bei ihm zu Hause 24 oder 25 Manuskripte von seiner Hand gefunden, die angefüllt waren mit Anekdoten über den Hof, moralischen Reflexionen [übrigens fast alle seinem Sohn gewidmet], und die es verdienen würden, gedruckt zu werden.«

Madame de Montreuil ist ganz gerührt über die Trauer, die Sade trägt.

23. Feb.: Laurence Sterne an seine Tochter Lydia:

> »Nun, meine Lydia! kehren Deine Mutter und Du selbst wieder von Marseille an die Gestade der Sorgue zurück – dort werdet Ihr sitzen und Forellen angeln – Ich beneide Euch um diese köstliche Lage. – Gerne würde ich dem Grab Petrarcas einen empfindsamen Besuch abstatten – die Quelle von Vaucluse muß nach Deiner Beschreibung ganz entzückend sein – Ich habe mich auch sehr über den Bericht gefreut, den Du mir vom Abbé de Sade gegeben hast – es wird für Dich eine große Erleichterung sein, einen solchen Nachbarn zu haben – Ich bin froh, daß er so freundlich ist, Deine Übersetzung meiner Predigten zu korrigieren [...] Ich verzehre mich danach, das Leben des Petrarca und seiner Laura, aus der Feder Deines Abbé, zu erhalten, aber die Antwort, die der Marquis dem Abbé gab, bringt mich aus der Fassung – sie war wirklich ungehobelt, und es erstaunt mich, daß letzterer sie mit christlicher Langmut hinnahm ...«

Da Lydias Briefe nicht erhalten sind, bleibt die rüde Antwort des Marquis für uns im dunkeln. Fest steht, daß die Gattin und die damals zwanzigjährige Tochter des englischen Romanciers und Pfarrers seit 1762 in Frankreich weilen, wo Sterne sie 1764 zurückgelassen hat, um selber noch Italien zu bereisen und anschließend seine *Empfindsame Reise durch Frankreich und Italien* zu schreiben. Wir lassen die beiden vorderhand in der Gesellschaft des liebesmunteren Abbé zurück, um sie bald auf dem Schloß des nicht weniger liebesmunteren Neffen wiederzutreffen.

16. April: Ernennung Sades zum Bataillonskommandanten. Ohne darauf Rücksicht zu nehmen, bricht er am 20. April auf, um in Lyon seiner neu aufgeflackerten Liebe zur Beauvoisin zu huldigen, bevor er nach Lacoste weiterreist, wo er die Renovationen überwacht.

9. Aug.: Er tritt offiziell die Nachfolge seines Vaters als Schloßherr an und verrät seinen Geschmack für feudales Gepränge dadurch, daß er ein urtümliches, zu seiner Zeit bereits nicht mehr allzu gebräuchliches Zeremoniell veranstaltet, bei dem die Vasallen dem Adelsherrn auf Knien ihre Huldigung erweisen.

19.Aug.: Madame de Montreuil über ihre Tochter, in einem Brief an den Abbé:

»Die Schwangerschaft schreitet voran. Sie dauert nun schon fünf Monate und zwei Wochen. Ich bezweifle, ob die Geburt dieses Kindes die gebührende Freude entfacht [...] Der Vater scheint nicht mehr besonders ungeduldig zu sein. Er ist mit Dingen beschäftigt, die seiner Anschauung nach weit wichtiger sind, ich aber befürchte, daß der Kummer der Mutter um so größer sein wird, als sie noch nicht alles hinter sich hat, was man [=Donatien] ihr zufügen wird [...] Die B[eauvoisin] hat ihren ganzen Einfluß über ihn wiedergewonnen und nützt dies seit dem Tode seines Vaters aus. Er ist völlig verblendet.«

24. Aug.: Obwohl sich Sade über die Hitze beklagt, feiert er die fast schon zur Tradition gewordenen Sommerfeste auf Lacoste, bei denen es äußerst katholisch zu und her geht. Laurence Sterne an seine Tochter:

»Es tut mir leid, daß Du nicht bei den hiesigen Rennen dabeisein kannst, doch dafür haben Dich *les fêtes champêtres* [im Orig. frz.= die ländlichen Feste] des Marquis de Sade entschädigt [...] Welche Narrheit, bis nach zwölf zum Abendessen zu bleiben – damit ihr beiden exkommunizierten Geschöpfe Fleisch essen könnt! – »sein Gewissen erlaubte es ihm nicht, es vorher aufzutragen.« – Sicher dachte der Marquis, als Engländerinnen wärt ihr beide ohne Fleisch nicht zufrieden. – Ich hätte zwar nicht meinen Talar und meinen Meßrock (ich habe nämlich nur einen einzigen), wohl aber meinen Topasring darum gegeben, zu sehen, wie die *petits maîtres et maîtresses* zur Messe gingen, nachdem sie die ganze Nacht durchgetanzt hatten. – Was meine Freuden angeht, so sind sie sehr bescheiden. – Meine arme Katze sitzt schnurrend neben mir [...] Noch um eines muß ich Dich bitten – doch reg Dich nicht auf – und zwar darum, daß Du alle Deine Schminktöpfe in die Sorgue wirfst, bevor Du abreist – ich dulde keine Schminke in England ...«

27. *Aug.:* Renée-Pélagie kommt in Paris mit Louis-Marie nieder, bei dessen Taufe am 24.Januar des folgenden Jahres der Prinz de Condé und die Prinzessin de Conti als Paten amten.
Sade trifft wenige Tage später wieder in Paris ein (was sich so wunderbar in A.M. Labordes Bild von Sade als aufopferndem Familienvater fügt ...).

16. *Okt.:* Marais notiert, daß die Schauspielerin Rivière, die trotz ihrer stadtbekannten Lüsternheit (noch) nicht mit Sade herumtändeln, sprich nach Arcueil fahren will, und so wendet sich Sade, laut Marais, an andere:

> »[...] diese Woche hat er die Brissault nach Kräften darum gebeten, ihm Mädchen zu verschaffen, die mit ihm in seinem Lusthäuschen soupieren kommen. Diese Frau hat dies hartnäckig verweigert, da sie eine Ahnung davon hat, wozu er fähig ist, doch wird er sich an andere wenden, die weniger gewissenhaft sind oder ihn nicht kennen, jedenfalls wird man gewiß schon binnen kurzem etwas von ihm hören.«

Das »etwas« meint, wie Marais einleitend festhält, »die Greueltaten des M. Comte de Sade«.

1768

Januar/Februar: Zum Monatswechsel soll Sade »vier Mädchen oder Frauen« zu Peitschenspielen nach Arcueil geführt haben. (Von Sades Häuschen in diesem Pariser Vorort hat Maurice Lever in seiner Biographie eine Abbildung publiziert; auch in Pauvert, S. 193) Überhaupt verursacht er, wie ein weiterer Zeuge berichtet, ein Skandälchen nach dem anderen:

»[...] er schleppt Tag und Nacht Personen beiderlei Geschlechts hierher, mit denen er sich Ausschweifungen hingibt [...] Er ist als ein sehr gewalttätiger Mann bekannt, der verschiedene Personen beleidigt und geschlagen hat.«

18. März: Sade wird zum letzten Mal in Marais' galanten Berichten erwähnt: »Es ist schon einige Zeit verstrichen, seit der Herr Comte de Sade Fräulein Rivière verlassen hat.«

3. April: Diesmal spießt Sade auf der Place des Victoires nicht ein Pferd, sondern gabelt die 36jährige, aus Straßburg gebürtige Bettlerin Rose Keller auf. Es ist Ostersonntag, und dieser blasphemische Umstand sollte die öffentliche Empörung noch stärker schüren. In *Juliette* findet sich eine analoge Stelle:

»[...] diese Lustpartie wurde auf den Ostersonntag verschoben. – Diese Wahl könnte sich mit unseren kleinen Gottlosigkeiten nicht besser treffen, meint Clairwil; ich werde, allen Einwänden zum Trotz, eine aufrichtige Freude dabei empfinden, das heiligste Mysterium der christlichen Religion just an jenem Tag im Jahr zu entweihen, der ihr als einer ihrer größten Feiertage gilt.« (J/J 7)

Über das folgende existieren von seiten Sades und Kellers äußerst widersprüchliche Aussagen, die sich dann im Skandal, der durch den Zeitungsblätterwald von halb Europa rauscht, vielfach brechen, bis Sade zuletzt als Fratzenbild des skrupellosen Adligen, der reihenweise Leute massakriert und lebendigen Leibes seziert, um- und in Romane (etwa eines Restif de la Bretonne) eingeht. Vergleiche werden gezogen: er sei sogar noch schlimmer als der Duc de Fronsac, ja eigentlich nur mit Gilles de Rais vergleichbar. Oder wie Sades ehemalige Gouvernante Madame de Saint-Germain, die »mein Kind« wildentschlossen in Schutz nimmt, an den Abbé de Sade schreibt:

»Der gegen ihn gerichtete Haß der Öffentlichkeit läßt sich nicht in Worte fassen [...] seit zwei Wochen spricht man nur noch von dieser lächerlichen Angelegenheit [...] Er ist das Opfer des Volkszorns.«

Wie Michel Delon in seinem höchst aufschlußreichen Vorwort zu Band 1 der auf (mindestens) drei Bände angelegten historisch-kritischen Edition in der französischen Klassikerreihe »Bibliothèque de la Pléiade« aufzeigt, wird Sade diese Gerüchte nie mehr aus der Welt schaffen können; dafür triumphiert er – auf paradoxe Weise – in seinen Schriften, indem er sein eigenes Zerrbild etwa in der Figur des Arztes Rodin in J/J 1 (Kap. VI) noch überbietet, so daß das ganze neunzehnte Jahrhundert die Ammenmärchen über den Lustmörder Sade für bare Münze, wenn nicht gar für untertrieben hält. (vgl. auch Michel Delons Vorwort zu J/J 2)

Alice M.Laborde hat im Herbst 1991 einen ganzen Band mit Briefen und Dokumenten über die Affäre zusammengestellt, die sich im wesentlichen wie folgt abgespielt hat:

Sade bietet der Keller häusliche Arbeiten in seinem Lusthaus in Arcueil an; die Keller wird stets betonen, dies Angebot wörtlich verstanden zu haben, während Sade geltend machen wird, sie habe sehr wohl gewußt, worauf er hinauswollte. Immerhin vermerkt Marais, der Sade ja durchaus nicht wohlgesinnt ist, daß die Place des Victoires in der Nähe einer Kirche liege, die als Dirnentreffpunkt bekannt war, und daß viele Frauen, die in der Kirche keine Kundschaft gefunden hatten, eben auf diesem Platz Ausschau hielten.

Nach einer zweistündigen Fahrt in der verdunkelten Kutsche in Arcueil angekommen, sperrt der Marquis seine neue »Hausangestellte« in einem Zimmer im Erdgeschoß ein; dort läßt er sie zunächst eine Stunde lang warten, während er sich mit zwei Mädchen verlustiert, die sein Kammerbursche Langlois aufgetrieben hat.

Unter der Androhung, sie eigenhändig zu erdolchen und im Garten zu verscharren bringt er die Keller dazu, sich zu entkleiden; alsdann schlüpft er nacktbrüstig in eine ärmellose Weste, wickelt ein weißes Stirnband um seinen erhitzten Kopf.

Rose Kellers Version zufolge fesselt er sie auf ein Bett, peitscht sie – wie sie nach dem Vorfall jemandem mitteilt – »anderthalb Stunden« lang mit einer Rute und einer Klopfpeitsche mit verknoteten Darmsaiten, schlägt sie mit einem Stock, schneidet ihr mit Messern ins Fleisch und gießt rotes, terpentinhaltiges (also schmerzendes) Siegelwachs in die Wunden. Der später mit der Untersuchung beauftragte Arzt wird jedoch berichten, er habe keine Fesselungsspuren gefunden, auch keine Anzeichen für Stockschläge, keine Messereinschnitte und lediglich Reste von weißem (also harmlosem) Bienenwachs.

Das Wachs nun wandelt sich in der öffentlichen Gerüchteküche in eine Wunderwundensalbe und Sade in einen vom medizinischen Fortschritt besessenen Adligen; in der härteren Version (die Sades pornographischer Gegenspieler Restif de la Bretonne verantwortet) wird von einem zweiten Blaubart die Rede sein, in dessen Keller die Keller drei sezierte Leichen gesehen haben will, von denen eine noch ganz frisch war.

Fest steht hinwiederum, daß die Keller ihn angefleht hat, sie nicht sterben zu lassen, da sie noch nicht gebeichtet habe, worauf er ihr erwidert, er werde ihr selber die Osterbeichte abnehmen – die Öffentlichkeit wittert Blasphemie. In dieses Bild fügt sich auch die Aussage einer Zeugin, welche aus zweiter Hand berichtet und Sade als eine Art Antichrist darstellt, der den Namen Gottes nur mit Schauder erträgt: Als die Keller von Jesus und Maria sprach, habe Sade »wie ein Wahnsinniger mit den Zähnen geknirscht und das Zimmer kurz verlassen«. Unter »spitzen und haarsträubenden Schreien« entlädt er – ein Charakteristikum, welches zahllose Helden Sades wie etwa den Duc de Blangis in den *120 Tagen von Sodom* auszeichnet; auch das Porträt Gernandes in J/J 3 trifft sich mit Sades eigenem sexuellen Problem, das er in einem Brief schildert, den er seiner Frau aus der Bastille schreiben wird und der gemeinhin den Titel *La Vanille et la Manille* trägt (Vanille ist ein Aphrodisiakum, erinnert aber auch an Sperma; mit Manille ist onanistische Autosodomie gemeint):

> »Ich weiß sehr wohl, daß Vanille erhitzend wirkt, und daß man von der Manille mäßigen Gebrauch machen soll. Aber was soll man machen! wenn einem nur das bleibt – wenn man ohne jedes andere Behelfsmittel dasitzt. [...] Morgens eine gute Stunde lang *fünf Manilles*, kunstvoll abgestuft von 6 bis 9 [Zoll; also Kunstphalli von 15 bis 23 cm], abends eine gute halbe Stunde lang drei, mit kleineren Abmessungen... Auf der anderen Seite [also seinem Penis] [...] herrscht wirklich beispielhafte Keuschheit – fürwahr, bisweilen drei Monate lang. Nicht daß der Bogen nicht hart gespannt wäre – oh! keine Angst, in dieser Hinsicht würde alles zu Ihrer Zufriedenheit ausfallen – doch der Pfeil will nicht losgehen – und das ist tödlich. Denn man will ja, daß er losgeht – in Ermangelung eines Gegenübers geht es dann im Kopf los, wodurch nichts besser wird. [...] Was die Dickköpfigkeit betrifft, mit der dieser Pfeil einfach nicht losgehen will, so habe ich einen klaren Entschluß gefaßt, namentlich weil es im Falle, daß er es doch noch schafft, durch die Lüfte zu sirren, zu einem regelrechten epileptischen Anfall kommt. [...] Und von diesen Zuckungen, Krämpfen und Schmerzen – hast du in Lacoste Kostproben erlebt. Seither ist es doppelt so arg geworden, so daß du dir eine Vorstellung davon machen kannst. Da dies nun alles in allem mehr Nachteile als Vorteile mit sich bringt, halte ich mich an die Manille, die sanft ist [...] Ich wollte den Grund dieses Anfalls analysieren, und ich glaube ihn in der *unglaublichen Zähflüssigkeit* [vgl. J/J 3, 210] gefunden zu haben – es ist so, als wollte man Schmant [provenz. für Schlagrahm] durch einen äußerst engen Flaschenhals pressen. Diese Zähflüssigkeit bläht die Gefäße und zerreißt sie. [...] Je erregter der Kopf ist, um so weniger geht der Pfeil los. – Und auch das hast du miterlebt und wirst dich gut daran erinnern. Und je weniger er losgeht, um so erregter wird der Kopf [...] Wenn der Pfeil nicht losgeht und man ihn dazu zwingen will: *gräßliche Kopfschmerzen*; wenn es einem gelingt: *schreckliche Lustkrämpfe*. – Und wenn es einem nicht gelingt – *der Kopf geht zum Teufel*.«

Nachdem der wieder etwas zur Ruhe gekommene Marquis der Keller zu essen und zu trinken sowie alles Notwendige gebracht hat, um ihre Wunden zu pflegen, läßt er sie allein; sie betet zu Gott und beichtet – ganz Justine – ihre unfreiwilligen Sünden, da hat sie eine Eingebung: Es gelingt ihr, aus dem Fenster zu fliehen und die Gartenmauer zu überwinden. Sades Diener rennt der Flüchtigen nach, angeblich, so wird er zumindest im Prozeß behaupten, um ihr das geschuldete Geld hinterherzutragen!

Vergebens: Leute laufen zusammen, sie klagt Sade an.

Nach zähen, von Sades ehemaligem Lehrer, dem Abbé Amblet, mit der Keller direkt geführten Verhandlungen und dank einer Abfindung von 2.400 Livres (was etwa dem Betrag entspräche, den ein Zimmermädchen in zwanzig Jahren verdienen konnte, so daß es nicht erstaunt, daß Sade in seiner notorischen Geldnot klagen wird: »... diese Affäre hat meinen Geldbeutel geleert«) zieht sie die Klage zwar zurück; dennoch kommt es zum Prozeß, denn unter der Federführung des Kanzlers René-Nicolas de Maupeou (1714–1792) (zwar ein früherer Freund von Sades Vater, jedoch ein eingefleischter Feind des Obergerichtssteuerpräsidenten Montreuil, der sich Maupeous gegen den König und den Hofadel gerichteter Aufhebung des »parlement«, des souveränen Pariser Gerichtshofes, widersetzt hat), soll an Sade – gleichsam zur Ablenkung von anderen Mißbräuchen des dekadenten (Hof-)Adels – ein Exempel statuiert werden; die beiden zuständigen Kammern des Pariser »parlement« rollen (unabhängig voneinander) den Fall Arcueil mit unüblichem Eifer auf. Neben Maupeou liegt dies vor allem auch an einem gewissen Monsieur Pinon, wie der Buchhändler Hardy, ein selbsternannter Chronist jener Zeit, in seinem Tagebuch schreibt:

> »Das Ereignis hat im Ort einigen Lärm verursacht, und Herr Pinon, einer der Präsidenten des Gerichtshofes von Paris und damals Präsident der Chambre de la Tournelle, der ebenfalls in Arcueil ein Haus besitzt, in dem er sich zu jener Zeit gerade aufhielt, hat sich höchst ungehalten gezeigt, als er von der Affäre erfuhr.«

Auf der anderen Seite zieht der für einmal einig hinter Donatien stehende Montreuil-Clan hinter den Kulissen alle Register, um – wie auch in späteren Fällen – alles in geheimer Absprache mit dem König abzuwickeln und so einen schmachvollen, öffentlichen Prozeß zu vermeiden.

Ende April: Marais begleitet seinen alten Bekannten von einem Kerker (Schloß Saumur) zum anderen (Pierre-en-Cise in Lyon) und rapportiert:

»[...] den ganzen langen Weg haben wir ausführlich über sein Abenteuer gesprochen. Er unterstrich nachdrücklich, daß er das Mädchen nur gepeitscht habe und es ihm nie in den Sinn gekommen sei, ihr Wundmale zuzufügen [...] Er fürchtet jedoch, daß durch die Nachricht davon seine alten Geschichten [sic! überliefert ist nur eine, nämlich die Affäre Testard] wieder aufgewärmt werden könnten.«

In *Aline und Valcour* macht der Titelheld nach dem Tod seines Duellgegners ebenfalls Bekanntschaft mit der Festung Pierre-en-Cise. Sade benützt die Gelegenheit zu einer Huldigung an seinen dortigen Kommandanten und zu einer Spitze gegen seine späteren Gefängnisdirektoren (v.a. in Vincennes und der Bastille):

»[...] man führte mich in das Schloß Pierre-en-Cise (...), um eher in der Lage zu sein, im geheimen über mich zu verfügen, und zwar auf eine Weise, die mir angenehm sein mochte. Ich werde Ihnen niemals beschreiben können, was in meiner Seele alles vor sich ging, als ich an diesem verhängnisvollen Ort eintraf: zwar wurden mir von Seiten des befehlhabenden Offiziers Höflichkeiten zuteil, doch zunächst bot sich meinen Augen nur das ganze Grauen meiner Lage dar... Meine ersten Verzweiflungsanfälle ließen jene, die um mich waren, erschauern: es gab keinerlei Mittel, das ich nicht ergriffen hätte, um mir das Leben zu nehmen. Welch ein Glück ist es doch, unter derlei Umständen auf einen Mann von Geist zu treffen, der überdem das menschliche Herz genau kennt! Man kann es gar nicht in Worte fassen, was jener ehrenwerte Sterbliche, in dessen Hände mich mein glückliches Los hatte fallen lassen, alles unternahm, um mich zu beruhigen... [...] O ihr niederträchtigen Mietlinge, die ihr an ähnlichen Stätten jene, die man euch anvertraut, lediglich als Tiere betrachtet, mit deren Blut ihr euch mästen dürft...«

In der Tat läßt der Kommandant Sade an seinem eigenen Tisch speisen und läßt ihm so viel Freiheit, daß er mit der Marquise, die eigens ihre Diamanten verkauft hat, um nach Lyon reisen zu können, bei einem ihrer Besuche im September seinen zweiten Sohn zeugen kann.

10. Juni: Das Hin und Her zwischen dem »parlement« und dem König geht weiter: So wird Sade am 10. Juni zwar verhört, doch aufgrund eines königlichen Erlasses sind dem »parlement« die Hände gebunden. Jedenfalls liefert uns diese Einvernahme das erste »Interview« mit dem »göttlichen Marquis«:

»Gefragt, ob er am letzten 3. April nicht Roze Kailair auf der Place de Victoire begegnet sei

Hat bejaht

Gefragt, ob er ihr dann vorgeschlagen habe, ihn zu begleiten und ihr erklärt habe, was er im Sinn hatte

Hat gesagt, daß er ihr schlicht sagte, sie solle ihn begleiten

Gefragt, ob er sie in sein Zimmer geführt habe, das er gleich neben der neuen Markthalle habe, und ob er ihr dort erklärt habe, was er im Sinn hatte

Hat gesagt, daß er ihr zu verstehen gegeben habe, daß es sich um eine Lustpartie handle

Gefragt, ob er sie in sein Haus in Arcueil geführt habe und sie in ein kleines Kabinett habe treten lassen, wobei er ihr befohlen habe, sich zu entkleiden.

Hat gesagt, er habe ihr gesagt, sie solle sich entkleiden, was sie auch getan habe, und während sie sich entkleidete, habe der Befragte sich ebenfalls entkleidet.

Gefragt, ob er ihr nicht mit dem Tode gedroht habe, um sie zu diesem Schritt zu zwingen, und ob er sie nicht wider ihren Willen entkleidet habe.

Hat verneint.

Gefragt, ob er sie, als sie ganz nackt war, nicht in ein an besagtes Kabinett angrenzendes Zimmer geführt und ob er sie gezwungen habe, sich auf ein kleines Bett zu legen, auf welches er sie mit Stricken und Hanfseilen an Händen, Füßen und im Bereich der Körpermitte gefesselt habe

Hat gesagt, er habe ihr gesagt, sie solle sich auf das Bett oder den Liegestuhl legen, aber er habe sie dort nicht festgebunden.

Gefragt, ob er sie, nachdem er sie hingelegt habe, nicht zu wiederholten Malen mit Ruten gepeitscht, ihr Stockschläge verabreicht, ihr Wundmale mit einem Messer zugefügt und auf die Wunden weißes Wachs und rotes Wachs geträufelt habe, und dies bei jedem der besagten wiederholten Male

Hat gesagt, er habe sie mit einer Klopfpeitsche mit geknüpften Saiten gepeitscht und er habe sich weder der Ruten noch eines Stockes bedient, nicht eines Messers, noch spanischen Wachses, daß er auf die entzündeten Körperteile bloß an verschiedenen Stellen kleine, aus weißem Wachs bestehende Pomadeplättchen gelegt habe, in der Absicht, die Wunden zu heilen, gibt zu, drei oder viermal gepeitscht zu haben.

Gefragt, wie er mit einer derart grausamen Behandlung inmitten der Schreie, die diese Frau vermutlich ausstieß, weiterfahren konnte

Hat gesagt, sie habe überhaupt keinen Schrei fahren lassen, denn wenn sie einen hätte fahren lassen, so wäre sie von allen Personen, die im Hause weilten, gehört worden

Hat ihm vorgehalten, daß er, auch abgesehen von den Schreien, hätte aufhören müssen, als er den haarsträubenden Zustand sah, in den er sie versetzte

Hat gesagt, daß er aufgehört habe, als er gesehen habe, daß die Schläge, die er ausgeteilt habe, zu einer Entzündung führten und daß er ihr daraufhin die oberwähnte Salbe verabreicht habe.

Gefragt, ob besagte Frau ihm keine Vorwürfe bezüglich der Art und Weise, wie er sie behandelte, gemacht habe

Hat gesagt, daß sie ihm beim zweiten oder dritten Mal gesagt habe, daß es ihr allmählich wehtue und daß er von diesem Zeitpunkt an nur noch ein einziges Mal geschlagen habe.

Gefragt, ob er ihr nicht Wasser gegeben habe, um sich zu waschen, und ihr dabei gesagt, daß er nicht vor einer Stunde zurück sei.

Hat gesagt, daß er ihr beim Auftragen der Salbe gesagt habe, er werde nicht vor einer Stunde zurück sein, und daß er ihr kein Wasser gegeben habe, um sich zu waschen. Daß er nichtsdestoweniger gesehen habe, daß sie sich gewaschen hatte.

Gefragt, ob er mit ihr einen Preis für die Erduldung dieser Auspeitschung vereinbart habe

Hat verneint.

Gefragt, ob sie ihm nicht unzufrieden geschienen habe, als sie sich trennten

Hat verneint und gesagt, daß sie ihn lediglich gebeten habe, sie zeitig gehen zu lassen.

Gefragt, ob er Abolitionsbriefe [königliche Begnadigungsbriefe] erhalten habe

Hat bejaht

Gefragt, ob sie Wahrheit enthalten

Hat bejaht

Gefragt, ob er beabsichtige, davon Gebrauch zu machen

Hat bejaht«

16. Nov.: Nach rund einem halben Jahr Gefängnisleben spricht der König sein Machtwort: Begnadigung und symbolische Strafe (100 Livres Almosen für die mittellosen Gefangenen in der Conciergerie, jenem Kerker, in dem Sade Justine schmachten lassen wird; vgl. J/J 1, 94) sowie die Auflage, daß sich Sade bis auf weiteres auf »sein Anwesen in Lacoste zurückziehe«.

In einem Brief an Martin Quiros (d.i. sein Diener La Jeunesse) aus dem Jahr 1780 blickt Sade auf die Affäre zurück:

>>Sie wissen, Monsieur Quiros, in Frankreich läßt man es Huren gegenüber nicht ungestraft an Respekt fehlen. Die Regierung, der König, die Religion darf man schlechtmachen: all dies gilt nichts. Aber eine Hure, Monsieur Quiros, potzschlitz! eine Hure zu beleidigen, da muß man sich vorsehen, denn alsogleich kommen die Sartines, die Maupeous, die Montreuils und andere Anhänglinge des Bordells, stellen sie unter ihren *soldatischen* Schutz und bringen um einer Hure willen *unerschrocken* einen Edelmann zwölf oder fünfzehn Jahre [Nach knapp drei Jahren erahnt Sade bereits intuitiv die gesamte Haftdauer von 13 Jahren ...] hinter Schloß und Riegel. [...] Wenn Sie eine Schwester, eine Nichte, eine Tochter haben, Monsieur Quiros, raten Sie ihr, Hure zu werden; ich wette, sie wird keinen schöneren Beruf finden. Und in der Tat, wo kann ein Mädchen besser aufgehoben sein als in einem Berufsstand, in dem sie, von Überfluß, wollüstiger Trägheit, vom immerwährenden Rausch der Ausschweifung einmal abgesehen, auch noch ebenso viel Beistand, ebenso viel Ansehen, ebenso viel Schutz finden kann wie die ehrbarste Bürgerin? Das heißt, zur Sittlichkeit zu ermutigen, mein Freund; das heißt, die anständigen Mädchen mit Ekel vor der Völlerei zu erfüllen. Gott sei gepriesen! wie feinsinnig das ist! Oh? Monsieur Quiros, wie geistreich doch dieses Jahrhundert ist! Was mich angeht, so gebe ich Ihnen mein Ehrenwort, Monsieur Quiros, wenn mich der Himmel nicht in einem Stand hätte zur Welt kommen lassen, der es mir ermöglicht, meiner Tochter ihr täglich Brot zu geben, so schwöre ich Ihnen bei allem, was mir auf dieser Welt am heiligsten gilt, daß ich auf der Stelle eine Hure aus ihr machen würde.<<

In der Novelle *Der genarrte Präsident* wird sich Sade literarisch an Maupeou rächen und das Ereignis etwas gar stark herunterspielen:

>>Wenn ihr vor die Richter zu Paris treten müßt, sollt ihr ihnen in erster Linie jenes berühmte Abenteuer aus dem Jahr 1769 [sic!] in Erinnerung rufen, als ihr Herz, das mehr Mitleid mit dem ausgepeitschten Hintern einer Betteldirne als mit dem Volk empfand, als dessen Väter sie sich bezeichnen und das sie nichtsdestoweniger vor Hunger verrecken lassen, sie dazu vermochte, einem jungen Soldaten den Prozeß zu machen, der just seine besten Jahre im Dienste seines Fürsten geopfert hatte und bei seiner Rückkehr als einzige Lorbeeren jene Demütigungen erntete, welche die größten Feinde jenes Vaterlandes, das er soeben verteidigt, für ihn vorbereitet hatten.<<

Madame de Montreuil schöpft aus der Affäre von Arcueil die Hoffnung: »Das wird ihm eine Lehre sein.«

1769

Sade verbringt einen geruhsamen Winter auf Lacoste, wo der Provinzadel seinen Festen zusehends fernbleibt. Höchstens seine Hämorrhoiden, die ihn zeitlebens plagen, trüben die friedsame Ruhe, dafür führen sie zur Aufhebung seines »Exils«:

2. April: Er erhält die Erlaubnis, sich in Paris zu kurieren. Die Montreuil befürchtet eine neue Tollheit und läßt bereits im voraus verlauten:

>»Ich werde mich nicht mehr einsetzen [...], sondern mich nur noch um meine Tochter und meine unglücklichen Enkelkinder kümmern [...] Unserem Kleinen geht es ausgezeichnet. Er ist sehr hübsch, selbst wenn man meine Voreingenommenheit als Großmutter berücksichtigt; oft küßt er das Bild seines Papas im Zimmer seiner Mutter, was mir, um ehrlich zu sein, das Herz zerreißt.«

22. April: Die Montreuil: »Er soll sich nur nicht einbilden, er könne uns mit seinem ewigen ICH WILL Angst machen.«

2. Juni: Sade lädt an seinem Geburtstag den Abbé zu einer Theateraufführung auf sein Schloß Lacoste ein und bittet ihn, »eine Handvoll Mädchen von Isle[-sur-Sorgue] oder Mazan für diesen Tag zu verpflichten. Sie werden einem Nachtessen sowie einem Ball beiwohnen und dürfen, wenn sie dies wünschen, sogar auf ein Bett zählen.« Kein Wunder, daß der Abbé einmal mehr der Montreuil allerhand verheimlicht und letztere sich wieder einmal über sein »Schweigen« Sorgen macht.

29. Juni: Die Montreuil hält den Abbé de Sade zeitlebens über jede Schwangerschaft und die Entwicklung der Enkelkinder auf dem laufenden, so zum Beispiel jetzt:

>»Sie haben, Monsieur, einen neuen Neffen: Madame de Sade ist am Dienstagabend, den 27., niedergekommen [...] Sie hat sehr gelitten.«

Anläßlich der Taufe dieses kleinen Donatien Claude Armand verläßt sogar Mutter Sade für einmal ihr Kloster. Der Name Sade hat allerdings schon derart an Prestige eingebüßt, daß sich keine mit dem Königshaus verwandten Paten mehr gewinnen lassen und der Zweitgeborene mit der Patenschaft der Großeltern Vorlieb nehmen muß.

19. Sept.: Beginn seiner Reise durch die »lächelnden Landschaften« von Holland (Brüssel, Antwerpen, Rotterdam, Den Haag, Amsterdam), über die er in Briefform Buch führt. Zumeist reist Sade auf dem Wasserweg, was ihm zuzusagen scheint. In *Aline und Valcour* gestaltet er die paradiesische Südsee-Insel Tamoé entsprechend:

> »Diese herrliche Insel wird auf angenehme Art und Weise von Kanälen durchschnitten, auf deren Gestaden Palmen und Kokosnußbäume ihren Schatten werfen, und man begibt sich, wie in Holland, in bezaubernden Pirogen von einer Stadt zur andern...«

Touristische Angaben über Architektur (bei einem Turm in Antwerpen zählt er 666 Treppenstufen), Sehenswürdigkeiten, Qualität des Stadttheaters und Besonderheiten des Stadtlebens (»In dieser Stadt [Antwerpen] gibt es kein Theater; es heißt, daß die Männer kein ferneres Vergnügen kennen, als im Cabaret zu rauchen und Bier zu trinken.«), das Hofleben und die Preise wechseln mit oberflächlichen Betrachtungen allgemeiner Natur ab, so etwa über die holländischen Frauen:

> »Sie sind für gewöhnlich häßlich [...] Der übermäßige Genuß von äußerst heißem Tee und Kaffee verdirbt ihnen die Zähne vollends, so daß es fast unmöglich ist, auch nur vier Holländerinnen mit schönen Zähnen zu finden.«

Auch wer sein Urteil nicht gar so hart fällen mag wie etwa Hubert Fichte (»eine Wüste von Unbegabtheit, Beschränktheit und Langeweile«), muß eingestehen, daß es noch ein weiter Weg bis zur viel dichter geschriebenen *Italienreise* und ein noch viel weiterer Weg bis zur Verarbeitung der *Italienreise* in der *Juliette* (und in J/J 3, Kap. XI) ist.

Später wird Sade dem Abbé Amblet schreiben:

> »Ich teile durchaus die Ansicht von Monsieur de Buffon: Das einzige, was ich an der Liebe liebe und schätze, ist *die Lust*. Ihre Metaphysik ist meiner Meinung nach eine vollkommen geistlose und aufgeplusterte Angelegenheit...« (Und nachdem er auf ein eigenes Theaterstück zu sprechen gekommen ist, fährt er fort) »Es wird mir eine große Befriedigung sein, mich wieder meinem einzigen Genie hinzugeben und den Pinsel des Molière gegen den des Aretino zu vertauschen.

Der erstere hat mir, wie man sieht, nicht mehr als ein wenig Wind in der Hauptstadt der Guyenne eingetragen; der letztere hat mich für sechs Monate meine kleinen Vergnügungen in einer der ersten Städte des Königreichs finanzieren und zwei Monate lang durch Holland reisen lassen, ohne daß ich einen einzigen Sou dafür aufzuwenden brauchte. Was für ein Unterschied.«

Mit anderen Worten: Nachdem in Bordeaux irgendwann, irgendwo, irgendein Stück Sades aufgeführt oder von einem Theater zur Lektüre angenommen wurde, hat er irgendwann, irgendwo, irgendein pornographisches Werk wenn nicht publiziert, so doch einem Verleger (oder einem Erotomanen?) verkauft und das Geld in einer großen französischen Stadt und auf seiner ein(!)monatigen Reise verpraßt. Bisher fanden sich keine Spuren eines anonymen, in Holland publizierten, pornographischen Buches aus der Feder Sades; Pauvert vermutet den genauen Ort der Drucklegung allfälliger obszöner Frühwerke in Den Haag, was durch Sades einwöchigen Aufenthalt und den Umstand bestätigt werden mag, daß der Marquis noch 1779 seiner Schwiegermutter damit drohte, seine Erinnerungen von den Druckereien von Den Haag veröffentlichen zu lassen.

Möglicherweise folgte noch eine Reise nach England. Jedenfalls wird Sade in seinem historisch angehauchten Alterswerk *Isabella von Bayern* 1814 in einer Anmerkung prahlen:

»Ebendort, in der Bibliothek des englischen Königs, haben wir 1770 diese Notizen anhand von Originalen gesammelt...«

Winter: Sade verbringt seine Zeit in Paris; eine mondäne Einladung jagt die andere, wie Lever anhand neu entdeckter Listen mit bereits erledigten und noch ausstehenden Besuchen zeigte. So langweilig all dies zu sein scheint: Mme de Montreuil zeigt sich mit dem Lebenswandel ihres Schwiegersohnes zum ersten Mal seit langem wieder zufrieden.

1770

März: Der König will Sade nicht in Versailles sehen, da »die schlechten Eindrücke noch nicht verflogen sind«. Offenbar übt die Schwiegermutter Druck auf Sade aus, denn er hegt vor Versailles und den höfischen Katzbuckeleien zeitlebens Abscheu und hätte nie aus eigenem Antrieb um eine Audienz gebeten:

»[…] dieses sumpfige und ungesunde Kaff namens Versailles […] Die Ruhmsucht, der Geiz, die Rachsucht und der Hochmut führen tagtäglich Scharen von unglückseligen Leuten dorthin, die, von der Langeweile noch zusätzlich beflügelt, dem Götzen des Tages huldigen …« (*Der genannte Präsident*)

Juli: Gegen Ende dieses Monats versucht Hauptmann de Sade wieder in der Armee Fuß zu fassen; seine Schwiegermutter setzt sich nach Kräften für ihn ein und entschuldigt die Affäre Keller gegenüber einer einflußreichen Briefpartnerin als »Jugendtorheit«. Doch sein schlechter Ruf ist ihm vorausgeeilt und nicht mehr aus der Welt zu schaffen, so daß ihm sein direkter Vorgesetzter den von höherer Stelle bewilligten Wiedereintritt in die Armee verweigert. Umstritten ist, ob er sich zur Verteidigung seiner Ehre mit dem fraglichen Major wirklich ein Duell lieferte oder nicht.

1771

13. März: Die Militärkommission befindet: »Er erhielt 1762 die Genehmigung für die Standarte einer Gendarme-Kompanie zugesprochen, doch sein geringes Vermögen verwehrte es ihm, sie zu bezahlen. Gutachten: gut.«

19. März: Der Kriegsminister teilt mit, daß Seine Majestät auf Sades vom Prinzen Condé unterstütztes (also hat sich die gemeinsame Kinderstube dennoch gelohnt…) Gesuch bezüglich eines Auftrages als Regimentsoberst der Kavallerie ohne Besoldung positiv geantwortet habe; das Entscheidende daran ist jedoch weniger der militärische Rang an sich als vielmehr die indirekte Bestätigung: Sades Weste ist wieder rein.

17. April: Geburt von Sades Tochter Madeleine-Laure, die mit ihrem Fetischnamen dem Laura-Ideal Petrarcas lediglich in einer Hinsicht entsprechen wird, wie Sades Bannfluch über seine häßliche und bigotte Tochter zeigt: »Sie wird genauso jungfräulich sterben, wie sie zur Welt kam.«

20. Mai: Sade kündigt einem Verwalter bereits seinen nächsten Besuch in Lacoste an, der »länger dauern wird, als Sie möglicherweise denken werden«. Die Vorstellung, daß ihre Tochter »mit einem solchen Kopf in einem isolierten Schloß« zusammenleben könnte, ist für die Schwiegermutter, die bereits im März die Möglichkeit einer Scheidung ihrer Tochter von Sade angedeutet hat, schon jetzt der reinste Alptraum. Für Sade hingegen ist die Einsamkeit ein sexuelles Stimulans par excellence. Das Paradebeispiel ist Schloß Silling in den *120 Tagen von Sodom*, das durch Wälder, Felsklüfte, Schneemassen, Wassergräben und Schloßmauern von der Welt vollkommen abgeschnitten ist; doch nicht genug der Einsamkeit: Von der Kapelle führen dreihundert Stufen eines Geheimganges zu einem Gefängnisgewölbe, das erst noch »durch drei Eisentüren verschlossen war«:

> »Und dort, welch Stille! Wie sicher mußte sich dort doch jener Unhold fühlen, der sich, vom Verbrechen getrieben, mit einem Opfer dorthin verfügte! Er war bei sich zu Hause, er befand sich außerhalb von Frankreich, in einem sicheren Land, im Herzen eines unbewohnbaren Waldes, in einem Schlupfwinkel dieses Waldes, der dank der getroffenen Maßnahmen einzig von den Vögeln des Himmels erreicht werden konnte, und dort befand er sich in der Tiefe der Eingeweide der Erde. Unglück, hundertfaches Unglück über jenes Geschöpf, das sich inmitten einer solchen Abgeschiedenheit einem Unhold ausgeliefert sah, der weder Gesetz noch Religion achtete, den das Verbrechen ergötzte, der an diesem Ort nur noch auf das Interesse seiner Leidenschaften bedacht sein und nur noch die Richtschnur der herrischen Gesetze seiner hinterschlächtigen Gelüste beachten mußte.«

1. Juni: Der in Geldnöten befindliche Sade verkauft seinen Offiziersrang für 10.000 Livres an den Comte d'Osmont.

Juli/August: In diese Zeit – wohl eher gegen Ende – fällt ein kurzer Abstecher Sades in den »Schuldturm«, d.h. ins Militärgefängnis Fort-l'Evêque; seine Lustbarkeiten, Reisen, Renovationen haben das väterliche Vermögen endgültig aufgezehrt. Kurz und gut, er hat, wie die Schwiegermutter schon vor Jahresfrist besorgt ausgerechnet hat, seit der Heirat rund 60.000 Livres verjubelt (also etwa die Summe, die ein Dienstmädchen in 500 Jahren verdienen konnte).

9. Sept.: Laut einem Brief eines Verwalters ist Sade bereits seit einer Woche wieder auf freiem Fuß; er bombardiert alle Verwalter mit Bittbriefen, in denen er verzweifelt droht:

> »Wenn ich am 25. Sepember dieses Geld nicht habe, bleibt mir nichts mehr anderes übrig, als mir eine Kugel durch den Kopf zu jagen.«

So reist er gleich selber in die Provence, um auf seinen Gütern nach dem Rechten zu sehen, d.h. möglichst viel Geld aus ihnen herauszupressen.

Oktober: So ganz allein mit seinen Bediensteten läßt es sich auf Lacoste freilich weniger gut leben als in Begleitung seiner Frau und... deren bezaubernder Schwester Anne-Prospère de Launay de Montreuil. Letztere verdreht sogar dem alten Abbé den Kopf – er schenkt ihr ein korsisches Pferdchen, damit sie ihn im nahen Saumane besuchen kann. In einem Brief verzehrt er sich nach ihr:

> »Ich kenne nichts Liebenswürdigeres als Sie, doch bin ich in einem warmen Landstrich geboren [...], die Sonne peitscht das Blut eines Provençalen auf, der Schnee kühlt dasjenige eines Auvergnaten ab [damit ist Anne-Prospère gemeint] [...] Würde ich den Regungen meines Herzens folgen, so schriebe ich Ihnen alle Tage, und meine Briefe würden vor Zärtlichkeit und Wärme nur so überfließen: um Ihnen zu gefallen, [...] werde ich versuchen, den Stil der Auvergne nachzuahmen [...] ›Ah, mein lieber Onkel, ich liebe Sie so sehr! Seit ich Sie kennengelernt habe, sind Sie mir nicht mehr aus dem Kopf gegangen‹: Meine Nichte, ist dies etwa der Stil auvergnatischer Freundschaft? Ich teile Ihnen mit, daß ich diese Mitteilung als einen Ausrutscher in meine Provence betrachte. Wenn Sie weiterhin derlei Äußerungen von sich geben, dann werde ich nicht mehr Herr meiner selbst sein.«

Lever schlichtet wohl endgültig einen Streit, der zwischen den Sadologen mit bisweilen grotesker Erbitterung geführt wurde: In den *Jugendwerken* findet sich nämlich unter dem Titel *Porträt von Mademoiselle L**** die Beschreibung einer jungen Frau mit dem Phantasienamen »Julie«; da damit wohl kaum jene Kammerzofe von Madame de Sade gemeint ist, welche, wie aus einer Arztrechnung hervorgeht, um deren Bezahlung Sade noch im Jahre 1797 gebeten wurde, am 1. September 1773 ärztlich behandelt wurde, bezogen es viele auf Anne-Prospère; da letztere gemeinhin jedoch auf 26-28 Jahre geschätzt wurde, konnten die Gegner dieser Theorie auf einen Ausdruck in diesem literarischen Porträt hinweisen, der nur auf ein viel jüngeres Fräulein passen würde. Lever fand jedoch im von Monsieur de Montreuil akribisch geführten Familienalmanach das wahre Geburtsdatum von Anne-Prospère de Launay, die eigentlich auf den Namen Jeanne-Prospère getauft wurde: 27. Dezember 1751. Das Stiftsfräulein ist also noch nicht einmal zwanzigjährig und kommt frisch aus einer Klosterschule in der Nähe von Lyon nach Lacoste (Sade wird die Oberin dieses Stifts einmal als »diese Hündin von Äbtissin« beschimpfen). Der vielbekrittelte Ausdruck paßt also durchaus zu ihr, und das Porträt soll an dieser Stelle vor allem deshalb etwas ausführlicher zitiert werden, weil es spätere Porträts von Romanfiguren vorwegnimmt, die in ihrer Kunstfertigkeit ein untrügliches Kennzeichen von Sadeschen Texten darstellen:

»Julie steht in jenem glücklichen Alter, in dem man allmählich spürt, daß das Herz zum Lieben geschaffen ist. Davon künden ihre zauberhaften Augen, aus denen zarteste Wollust spricht; [...] Julie ist großgewachsen; ihre schwungvolle Hüfte ist geschmeidig; ihr Auftreten edel; ihr Gang gewandt und voll Anmut, wie auch alles übrige, was sie tut [...] Schon frühzeitig gewöhnte sie sich daran, ihre Vernunft sprechen zu lassen und alle aus der Erziehung und der Kindheit stammenden Vorurteile durch Philosophie abzuschütteln, und eignete sich in einem Alter, wo andere noch kaum selber denken können, Wissen und Urteilskraft an. Welcherlei Entdeckungen machte Julie dank derlei feinsinnigen Perzeptionen! Sie gewahrte sehr wohl, daß man ihre Vernunft benebelte, ihren Geist in Dunkel hüllte, indem man ihr aus den süßesten Seelenregungen und Naturtrieben Verbrechen drehen wollte. Was geschah? Julie merkte schon bald, daß man ihr Herz hinters Licht führen wollte, ließ es nun frei sprechen [...] Nachdem die Augenbinde gefallen war, erschienen Julie alle Gegenstände in einem neuen Licht, und alle Vermögen ihrer Seele gewannen ungeahnte Kraft. Dies kam allem, sogar ihrer äußeren Erscheinung zugute. Julie wurde noch reizender. Welche Kälte ging von ihren früheren Lustbarkeiten aus! und welche Hitze von ihren neuen Gedanken! [...] Um Vergebung, anbetungswürdige Julie! Ich erdreistete mich, von meiner Liebe zu sprechen, wo ich doch nur von Dir sprechen wollte. Aber, ach! laß mich doch glauben, daß diese beiden Dinge in unseren Herzen sowohl für Dich als auch für mich künftig eins sein werden. [...] Böse Zungen unterstellen ihr eine gezierte Ausstrahlung, allzu große Gefallsucht; doch das ist keineswegs ihre Schuld. Julie gefällt, ohne geziert zu sein und ohne eigens darauf aus zu sein. Selbst wenn sie alles unternähme, um nicht mehr liebenswert zu erscheinen, so würde sie nach wie vor Gefallen erregen.«

Nach Sades Tod 1814 werden sich in seinem Zimmer vier Miniaturbildnisse finden; eines davon, das allerdings nicht erhalten ist, zeigt wohl nicht zufällig seine kleine Anne-Prospère/»Julie«(ette), denn zwischen diesen beiden entspinnt sich zur Jahreswende 1771/72 eine romanhafte Liebschaft. Sein Verwalter Gaufridy notiert drei Jahre später in einer juristischen Eingabe:

»Sie [Madame de Sade] weilte zusammen mit ihrem Gatten, dem Marquis de Sade, auf dem Gut Lacoste, in der Provence; die Demoiselle de Launay, ihre Schwester, besuchte sie unter dem Vorwand, ihr etwas Gesellschaft zu leisten und frischere Luft zu atmen [...] die Zuvorkommenheit ihres Gatten erlaubte es ihr [Madame de Sade] nicht, zu argwöhnen, daß eine verhängnisvolle Leidenschaft bald zum Quell einer Folge von Unheil und Mißgeschick werden sollte.«

Inzest: So lautete die damalige, katholische Lesart dieser (Dreier?-)Beziehung. Nun wird es Mme de Montreuil endgültig zu bunt. Nicht genug mit seinen Skandalen, mit seinem immer stärker werdenden, verderblichen Einfluß auf Renée-Pélagie, nein, jetzt schändet Sade auch noch ihre zweite Tochter, welche nicht mehr zu verheiraten sein wird:

1774 schreibt sie Gaufridy: »Beaumont und seine Familie wollen die Heirat erst, wenn Sade für immer hinter Schloß und Riegel ist.« Kein Wunder, denn der Onkel des Bräutigams Beaumont ist Erzbischof von Paris und u.a. für das Verbot von Rousseaus *Emile* verantwortlich; man kann sich ausmalen, was er vom »schwarzen Rousseau« Sade halten muß.

Sade ahnt nichts vom Gewitter, das sich über seinem Kopf zusammenbraut, feiert wie eh und je Feste, wahre Freßgelage; nur daß der Provinzadel immer mehr auf Distanz zu ihm geht.

1772

25. Feb.: Sade engagiert den Schauspieler Bourdais aus Marseille und dessen Truppe für das ganze Jahr, so daß nun ständig 30 Personen von seinem Geldbeutel zehren. Bourdais wird ein weiterer Gläubiger des Marquis sein, der noch während der Revolutionszeit auf sein Geld wartet.

3. Mai: In Lacoste beginnt im fertiggestellten Theatersaal eine Art Sade-Festival, in diesem Rahmen bis zum 22.Oktober abwechselnd in Lacoste und in einem weiteren Familiensitz im nahen Mazan 24 Stücke u.a. von Voltaire und Diderot gegeben werden sollen, wobei Sade seinen Spielplan auf denjenigen der Comédie Française abstimmt und sich selber nicht etwa zu den Laiendarstellern, sondern zu den Berufsschauspielern zählt. Nicht zuletzt wird ein Stück aus Sades eigener Feder mit dem vielversprechenden Titel *Die Heirat des Jahrhunderts* aufgeführt, bei dem Sade die Rollenverteilung so einfädelt, daß er, als Schauspieler getarnt, Anne-Prospère seine Liebeserklärung auf der Bühne vortragen kann, derweil sich Renée-Pélagie mit einer Nebenrolle abspeisen lassen muß.

Für Mme de Montreuil eine reine Schande, sich vor dem provençalischen Adel auf der Bühne derart lächerlich zu machen; sie plant »einen großen Schlag«. Der Abbé läßt sich von ihr anstecken:

»Ich teile Ihre Ansicht über die Theaterleidenschaft meines Neffen; Sie sehen, wie er sie auf die Spitze treibt, und, wenn das so weitergeht, wird er bald ruiniert sein [...] Ich sehe mit Vergnügen, daß ihn die Schwierigkeit, den Frieden unter den Schauspielern zu erhalten, ihre ständigen Betrügereien [...] zu entmutigen beginnen, und warte nur einen günstigen Moment ab, um den entscheidenden Schlag zu führen. Das wäre schon geschehen, wenn sich seine Frau dazu bereit erklärt hätte, mit mir zusammenzuspannen, und wenn sie den Launen ihres Mannes nicht derart gefällig wäre.«

Sade kommt den beiden Verschwörern hilfreich zuvor:

20. Juni: »Ich breche am Dienstag nach Marseille auf, um Geld abzuheben.« (Sade). Doch Marseille wartet in Sades Augen noch mit ganz anderen Freuden auf:

»Marseille ist eine Stadt der Lustbarkeiten, man findet in ihr an Männern und Frauen alles, was den Leidenschaften eines Libertins schmeicheln mag. Vorzügliche Kost, himmlische Witterung, Unzuchtsopfer in Hülle und Fülle; was bräucht' es mehr, um einen Ausschweifling wie mich in den Bann zu schlagen.« (J/J 3, 97)

22. Juni: Als letztes Stück vor seiner Abreise wird in Lacoste ein Stück mit dem Titel *Der verheiratete Philosoph* aufgeführt; den Philosophen Sade scheint jedoch weder die Ehe noch die inzestuöse *ménage à trois* zufriedenzustellen...

27. Juni: Sade weilt mit seinem Diener Latour bereits seit vier Tagen in Marseille. Am Vorabend hat die Prostituierte Jeanne Nicou Sades Ansinnen zurückgewiesen, worauf er ihr versprach, »er werde am nächsten Tag Anis-Pastillen mitbringen, die sie zum Furzen brächten, und er werde die Winde einatmen.« Doch am Morgen darauf will sie nichts mehr davon wissen, und so führt Latour seinem Herrn, der bereits mehrere Bordellbesuche hinter sich hat, noch am Vormittag »nur« vier Schönheiten aus dem berüchtigten Hafenquartier zu: Marianne, Mariette, Marianette und Rosette.

Es folgen nun wahrhaft sadesche Variationen erotischer Konstellationen, die anhand der Gerichtsdossiers nur relativ schwer zu rekonstruieren sind; denn die Mädchen werden es beispielsweise abstreiten, Analverkehr gehabt zu haben. Verständlich, wenn man bedenkt, daß darauf der Scheiterhaufen stand. Jedenfalls wird mit dem Los (vgl. zu dieser Obsession J/J 3, 254 ff.) die Reihenfolge der Mädchen bestimmt; alsdann werden sie einzeln hereingeführt; Sade verabreicht ihnen, die als erotisches Stimulans berüchtigten Richelieu-Bonbons (Anispastillen auf der Basis von Kantharidin, d.i. Pulver der spanischen Fliege), in erster Linie um »leise Winde und laute Fürze« (J/J 3, 271) zu erregen; in *Juliette* heißt es etwa: »Hast du etwelche Pillen dabei? – Ich gehe nie ohne sie aus.«

Da sie die blutverschmierte Peitsche nicht in die Hände nehmen wollen, läßt Sade einen Besen aus Birkenreisig besorgen, mit dem er sich hierauf von ihnen auspeitschen läßt, während er die Anzahl der Schläge buchhalterisch ins Kamingesims ritzt:

215

179

225

240

Er läßt sich vor den Mädchen von seinem Diener Latour, den er aufgrund seiner Vorliebe für Travestien »Marquis« nennt, indes er sich selber »Lafleur« rufen läßt, besteigen: Dieser Hang zur passiven Sodomie, sowie die in den Augen der Gesellschaft provokative Umkehr der Herr-Diener-Hierarchie spiegelt sich sehr deutlich in der Figur des Comte de Bressac wieder (vgl. J/J 1, 146ff.; vgl. zu Lafleur auch die gleichnamige Figur in J/J 4).

Lever rekonstruiert zwei, drei Stellungen: Sade läßt sich peitschen, dreht das Mädchen auf den Rücken und nimmt sie von vorne, indes er seinen Diener masturbiert und sich danach von ihm ficken läßt. Oder: Das Mädchen peitscht Sade wie zuvor, wird dabei jedoch von Latour masturbiert, der sich von seinem Herrn wichsen läßt; folgt möglicherweise Analverkehr zwischen dem Diener und dem Mädchen. Oder: Zwei Mädchen schlucken einige Pastillen, werden von Sade gepeitscht und aufgeschürzt; er steckt seine Nase zwischen ihre Hinterbacken, läßt seine Beinkleider heruntergleiten, erregt seinen Diener und sodomisiert vor den Augen der einen die andere, indes er sich seines Orts von Latour sodomisieren läßt.

So weit, so gut. Indes den Mädchen die Anispastillen allmählich aufstoßen, sucht Sade kreuzvergnügt eine weitere Prostituierte, Marguerite Coste, auf und verabreicht ihr ebenfalls Kantharidenbonbons. Diese Dirne erbricht kurze Zeit nach Sades Weggang schwarze Partikel und läßt Arzt und Polizei rufen. Ja, man versucht ihr nach der Beichte die Sterbesakramente zu verabreichen, sie ist jedoch zu schwach, um die dargereichte Hostie zu schlucken. Sofort wird eine Untersuchung des Falles angeordnet. Folgt ein Gerichtsverfahren, dessen unrechtmäßiger Verlauf erst 1778 in einem Revisionsverfahren festgestellt werden wird, kein Wunder, wenn man bedenkt, daß es vom altbekannten

Maupeou vorangetrieben wird, der etwa vom libertinen Kardinal de Bernis folgendermaßen charakakterisiert wird:

>>Neben seiner Gabe der Beredsamkeit zeichneten ihn ein bezauberndes Äußeres sowie eine Vorliebe zu Ränken und Kniffen aus.<<

In jener juristischen Eingabe, aus der bereits zitiert wurde, vertritt Gaufridy Madame de Sade und berichtet:

>>Ihr Gatte bricht im Juni 1772 nach Marseille auf, zusammen mit einem Bediensteten; wenige Tage später kehrt er zurück, aber ach! sie vernimmt schon bald, daß in jener Stadt ein Gerichtsverfahren gegen ihn eingeleitet wurde; sie versucht, ihrer Ungewißheit ein Ende zu machen, ihre Ängste zu beruhigen; sie wendet sich an ihre Schwester, doch die Unruhe, die sie in deren Seele liest, deren stotternde Antworten, tragen nur dazu bei, ihre eigene Gemütsaufwallungen zu steigern; sie eilt mit dieser Schwester nach Marseille; während sie gewahrt, während sie sich davon überzeugt, daß eine >>reine Galanterie<< den einzigen Gegenstand dieses Gerichtsverfahrens bildet, muß sie feststellen, daß alle Köpfe von der maßlosesten Voreingenommenheit beherrscht sind, daß der Augenblick, diese zu bekämpfen, nicht gerade günstig ist; sie wollte den Schleier dieser Voreingenommenheit herunterreißen, doch die Niedergeschlagenheit ihrer Schwester zehrte an ihrer Kraft [...] Sie kehrt zurück; das Gerichtsverfahren nimmt seinen Lauf oder wird vielmehr von einem bösartigen Geist vorangetrieben [...] die Menschlichkeit verlor ihre Rechte; das genaue Prüfen und die Mäßigkeit wurden aus dem Sanktuarium des Gerichts verbannt; das Trugbild unterjochte die Wirklichkeit [...] Sie wendet sich an Madame de Montreuil, ihre Mutter [...] Doch diese glaubt ihn selber verfolgen zu müssen; alle, sogar die Demoiselle de Launay, verbünden sich, um ihre Rachegefühle aufzustacheln.<<

11. Juli: Bei einer Durchsuchung >>aller Gemächer des Schlosses<< können die Beamten nur mehr noch feststellen, daß ihnen der Gesuchte entwischt ist. Er ist zusammen mit Latour und seiner Schwägerin gen Italien geflüchtet; Pauvert zieht diese Episode noch als romantische Verirrung der Einbildungskraft früherer Biographen, allen voran natürlich des von ihm vielgeschmähten Gilbert Lely, in den Schmutz und meint, jeder, der diese zentrale Episode als gemeinsame Flucht romantisch verkläre, tue Sade das Unrecht, ihn zu den normalen Menschen, die normaler Liebschaften fähig sind, zu rechnen. Alice M.Laborde, die weißer wäscht als alle anderen Biographen und mit Pauvert, der sich Sade sehr wohl als Mörder vorstellen kann und will, ansonsten durchaus uneins ist,

vertritt ebenfalls hartnäckig die Ansicht, daß Sade Anne-Prospère weder verführt noch nach Italien »entführt« habe. Beide verspritzen ihre Tinte über Dut-
zende von Seiten und verstricken sich in aberwitzigen Widersprüchen, die von
Maurice Lever mit einem einzigen Satz aus einem unveröffentlichten Brief
Sades an seinen Verwalter Gaufridy vom Tisch gefegt werden: »[…] als ich
1772 mit Mademoiselle de Launay gen Venedig aufbrach«.

2. Sept.: Sade und Latour werden zum Tode verurteilt, obwohl die Mädchen
ihre Klage zurückgezogen haben (vgl. Rose Keller 1768): Sade soll wegen
»Giftmischerei« »geköpft«, Latour lediglich »gehängt« und alle beide in Aix
wegen Sodomie auf dem Scheiterhaufen »verbrannt […] und ihre Asche in den
Wind gestreut« werden.

Sade wird sich zeit seines Lebens ungerecht behandelt fühlen; gerade in den
Lustigen Geschichten, Erzählungen und provençalischen Schwänken gehören Ent-
schuldigungen für sein Verhalten sowie Angriffe auf die Richter zum festen
Inventar. Die Novelle *Der genarrte Präsident* wird von A bis Z von dieser Thematik beherrscht; Sade spritzt Gift und Galle gegen das Rechtssystem im allgemeinen und den in dieser Erzählung verhohnepiepelten Gerichtspräsidenten
aus Aix, der »Stadt des ewig errichteten Schafotts«, im besonderen. Zudem
beweist er – was sein eigener Vater ja nicht verstehen wollte –, daß die Heirat
zwischen reichem Robenadel (hier der alte Richter) und dem Adel (hier die
blutjunge Gemahlin) naturnotwendigerweise zum Scheitern verurteilt ist. Der
Richter wird wie folgt beschrieben:

> »Wenig Leute können sich vom Präsidenten des Gerichtshofes von Aix
> ein Bild machen, es ist dies eine Art Tier […], von Berufs wegen rigori-
> stisch und seiner Wesensart nach kleinlich, gutgläubig, verstockt, eitel,
> feigherzig, klatschsüchtig und einfältig; in seinen Gebärden verkrampft
> wie eine junge Gans, lispelnd wie ein Pickelhering in einer Komödie, für
> gewöhnlich mager von Leib und Lenden, lang, hager und stinkend wie
> ein Leichnam. […] Zwei etwas krummgewundene Beine stützten mit viel
> Drum und Dran diesen wandelnden Glockenturm, aus dessen Brust, nicht
> ohne etwelche Unannehmlichkeiten für die Umstehenden, eine krei-
> schende Stimme ausgedünstet wurde, mit der er voll Hingabe, halb auf
> französisch, halb auf provenzalisch, ellenlange Komplimente herunterlei-
> erte, über die er selber stets am meisten grinste und dabei den Mund so
> weit aufklaffen ließ, daß man bis zum Halszäpfchen in einen zahnlosen,
> schwärzlichen Schlund hinabsah, der an vielen Stellen zerfressen war und
> der Öffnung eines gewissen Sitzes nicht unähnlich war, der in Anbetracht

des Körperbaus unserer hinfälligen Menschheit den Königen ebenso oft als Thron dient wie den Hirten.«

Dem Richter werden allerlei Fallen gestellt, in die er trauselig tappt, so daß es nie zum Vollzug des ehelichen Beischlafes kommt. Einmal läßt man ihn ewig lange auf einem mit Leim beschmierten Abtritt schmachten, bis man ihn endlich mit einer Weingeistflamme losschweißt, die ihm die Haare versengt, um sich danach über ihn lustig zu machen und auf die Anis-Pastillen anzuspielen:

> »[...] In Marseille oder Aix ist ein kleines Magenknurren eine Krankheit mit schwerwiegenden Folgen; und seit wir erlebt haben, wie ein Haufen von Hurenböcken, allesamt aus der gleichen Zunft wie dieser Witzbold, etwelche Dirnen, die die Kolik hatten, als *vergiftet* betrachtete, sollte es einen nicht mehr erstaunen, wenn die Kolik bei einem provenzalischen Magistraten zu einer ernsthaften Angelegenheit wird.«

Den Höhepunkt bildet der Besuch im Schloß der jungen Gattin, wo der Richter die Geister austreiben soll, die dort angeblich ihr Unwesen treiben. Schon in der ersten Nacht wird er von vier Gespenstern gepackt, die ihm vier schwere Fehlurteile vorrechnen und sagen, daß sie erst Ruhe geben würden, wenn die zu Unrecht Verurteilten gerächt seien. Vom Vierten heißt es:

> »Im Jahre 1772: ein vornehmer Jüngling aus der Provinz wollte, aus einer als Scherz gemeinten Rache, eine Kurtisane abgerben, die ihm ein unpassendes Geschenk gemacht hatte; nun verdrehte dieses nichtswürdige Mondkalb [d.i. der Richter] diesen Spaß zu einer kriminellen Angelegenheit, behandelte das Ganze als Mord, Giftmischerei, brachte all seine Mitbrüder dazu, diese lächerliche Meinung zu teilen, richtete den Jüngling zugrunde, ruinierte ihn und ließ ihn in effigie zum Tode verurteilen, da er seiner Person nicht habhaft werden konnte.«

Danach beratschlagen die vier Gespenster, ob sie ihn wie die vier Unschuldigen rädern, hängen oder verbrennen sollen, lassen dann aber Gnade vor Recht ergehen und bestrafen ihn mit fünfhundert Peitschenhieben:

> »[...] damit lehnen wir uns lediglich an sein viertes Abenteuer an: da das Auspeitschen einer Dirne in den Augen dieses dummen Schafskopfes ein Verbrechen ist, welches den Tod verdient, soll er selber gezüchtigt werden.«

Der Präsident hat genug von »Leuten, die über Geister verfügen, die nur darauf warten, sie zu rächen«, verschwindet von der Bildfläche und wird weise, »die Dirnen aber beklagten sich, denn sie wurden in der Provence nicht mehr unterstützt, wodurch sich die Sitten besserten, da sich die jungen Mädchen dieses schamlosen Rückhalts beraubt sahen und so den Weg der Tugend jenen Gefahren vorzogen, die sie auf dem Pfad des Lasters erwarten mochten.«

Abschließend wird Sade in seinem »Großen Brief« an seine Frau vom 20.Februar 1781 urteilen:

> »Ich glaube, es wurde festgestellt, daß es sich lediglich um eine Aus-schweifung gedreht hat und daß alles, was man dem Gericht mitzuteilen für angemessen hielt, reine Erfindung war, um den Rachedurst meiner Feinde in der Provence und die Habgier des Kanzlers [d.i.Maupeou] zu befriedigen.«

Und er mutmaßt in einem Brief vom 17.Mai 1790:

> »Ich bin der festen Überzeugung, daß sie [die Montreuils] mir die Affäre von Marseille eingebrockt haben und daß sie die Mädchen gedungen haben, damit diese Greuel zu Protokoll geben, die ich mir nie beifallen ließ. Halten Sie das, was ich Ihnen hier sage, bitte nicht für Phantasterei! Ich höre heute von vielen, daß sie einfach keinen anderen Weg wußten, um mich von der Schwester meiner Frau zu trennen, mit der ich, wie Sie wissen, damals lebte [ein Satz, den Laborde und Pauvert unter den Tisch wischen, vgl. 11.Juli 1772] ...«

Die wildesten Gerüchte ranken sich um die Affäre von Marseille und ver-mischen sich mit anderen Geschichtsverdrehungen, bis etwa folgender Monsterbericht kursiert: Sade habe eine große Orgie veranstaltet und Kantha-ridenbonbons verteilt, deren Effekt derart stark war, daß mehrere Teilnehmer der Orgien sich aus dem Fenster gestürzt hätten; dieserweise habe Sade auch seine liebestoll gewordene Schwägerin vergewaltigt und nach Italien entführt, nicht ohne zuvor seine Frau vergiftet und aus Eifersucht ein Liebespärchen im Sumpf von Lacoste ertränkt zu haben – ein Sadescher Romantopos, den die Legende sogar bis in jene Details antizipiert, deren zentrale Bedeutung im Hin-blick auf die Erotik Sade immer wieder herausstreicht: »Sie waren mit breiten, rosafarbenen Bändern aneinandergefesselt.« (vgl. J/J 3, 180) So gewiß es jedoch in Lacoste nie einen Sumpf gab, so gewiß war Sade nie ein zweiter (bzw. erster) Bandole (vgl. J/J 2, 39-41).

7. Sept.: Wie aus einem unveröffentlichten Tagebuch hervorgeht, besucht Monsieur de Montreuil seine Tochter in Lacoste, nachdem er zuvor auch beim

Abbé in Saumane gewesen ist. Obwohl der in Rechtssachen beschlagene Präsident sogar in Aix vorspricht, erwähnt er die Affäre von Marseille, die in dieser Zeit auf ihrem Höhepunkt steht, merkwürdigerweise mit keinem Wort. Ebensowenig erwähnt er Sades Hausangestellte, die aus Yverdon stammende Schweizerin Gothon Duffé, nach deren Tod sich Sade 1782 in seiner Gefängniszelle in Vincennes erinnern wird:

> »Der Herr Präsident de Montreuil, konnte es sich, wiewohl ihn vor zehn Jahren eine äußerst wichtige Angelegenheit in die Provence geführt hatte (welche er auch ohne Zweifel untadeligst erledigte) nicht verkneifen, einen Augenblick seiner Freizeit der süßen Betrachtung jenes berühmten Zwillingsgestirns zu widmen [d.i. Gothons Arsch, laut Sade »der schönste Arsch, der seit mehr als einem Jahrhundert aus den Schweizer Alpen entwischt ist«] [...] Dieses Ereignis begründete den ruhmreichen Ruf, dessen sich die unglückliche Gothon für den Rest ihres Lebens erfreute. Und der von mir genannte Magistrat, ein um so beschlagenerer Kenner dieses Körperteils, als sich sein Geschmack anhand der göttlichen Schönheiten der Hauptstadt ausgebildet hatte, war wie berufen dazu, einen solchen Gegenstand angemessen zu beurteilen.«

12. Sept.: Anstelle der Schuldigen, die nicht gefaßt werden konnten, werden in Aix zwei Strohpuppen öffentlich verbrannt; Sade erleidet immerhin den zivilen Tod, da er all seiner Rechte enthoben wird.

In Italien (Genua und Nizza sind die einzigen gesicherten Aufenthaltsorte Sades) wird er von seiner öffentlichen Hinrichtung in effigie erfahren haben; in den *120 Tagen von Sodom* findet sich eine entsprechende Stelle:

> »Jedermann kennt die Geschichte des Marquis de ★★★, der als er den Richtspruch, in effigie verbrannt zu werden, vernahm, seinen Schwanz aus der Hose fischte und schrie: »Gottverfickt! endlich habe ich den ersehnten Punkt erreicht, endlich bin ich von Schimpf und Schande bedeckt. Laßt mich, laßt mich, ich muß jetzt ausspritzen!« Und im selben Augenblick tat er es auch.«

2. Okt.: Anne-Prospère weilt wieder bei ihrer Schwester auf Lacoste.

16. Okt.: Sade begiebt sich zwecks einer Geldübergabe in die Höhle des Löwen: Marseille. Von dort bricht er mit seinen zwei Dienern Latour und La Jeunesse sowie einer Unbekannten wieder nach Italien auf, die er bald als seine Frau, bald als seine Schwägerin ausgibt. Lever enthüllt zwar nicht, wer die

Dame ist, beweist aber, daß es weder Renée noch Anne-Prospère sein kann, da beide kurz danach ihren Vater in Echauffour treffen.

8. Dez.: Nachdem Sade die Unvorsichtigkeit begangen hat, aus Geldnot seiner Schwiegermutter zu schreiben, und diese beim Pariser Botschafter des Königreichs Sardinien (zu dem Savoyen damals gehörte) sofort alle Hebel in Bewegung gesetzt hat, wird Sade in einem gemieteten Häuschen in Chambéry verhaftet, dies trotz seines Decknamens »Comte de Mazan« (er ist ja bekanntlich Besitzer eines Hauses im gleichnamigen Dorf) und trotz seiner Verkleidungskünste; er schmachtet in der Festung Miolans (Bild in Pauvert, S.304), und zwar in einem Zimmer mit dem vielversprechenden Namen »Grosse Hoffnung«, wo er die Aussicht auf den Gipfel des Mont Blanc genießen kann… Gipfel der Ironie: die hohen Gefängniskosten werden von Sades eigenen Geldern abgezweigt.

Madame de Montreuil jagt schon jetzt (und noch Jahre später) einer kleinen, roten Kassette nach, weil sie bemüht ist, alle Schriftstücke rund um die unheilige Liaison Sades mit Anne-Prospère, aber auch alle sonstigen »Manuskripte« sowie Sades »Bücher wider die Moral« konfiszieren zu lassen; und sie warnt die Beamten vorsorglich, Sade verstecke seine Papiere an den unmöglichsten Orten. Die gesamte Korrespondenz Sades wird abgefangen und zensiert; Sade umgeht die Zensur seiner eigenen Briefe durch den einfachen Schlich, derart krakelig zu schreiben, daß der Zensor sie nicht mehr entziffern und somit nicht entscheiden kann, ob sie genehm seien oder nicht; Madame de Montreuil fürchtet insbesondere »mancherlei gewagte Schriften« und »daß er in Genf eine Denkschrift veröffentlicht, wie er es angedroht hat«. Es ist gut denkbar, daß Sade dem Erfolg der damals eben erschienenen *Mémoires à consulter* von Beaumarchais nacheifern will. Der Gouverneur von Savoyen, der Comte de la Tour, weiß sogar von »skandalösen und verleumderischen Schriften gegen seine nächsten Verwandten, ja sogar gegen seine Gattin, die er in Turin, Paris und hier verbreitet hat«…

Sade lebt relativ angenehm in Gesellschaft seines Bediensteten, schließt mit anderen Gefangenen der gehobenen Gesellschaft Bekanntschaft, zerstreitet sich mit ihnen aufgrund irgendwelcher Spielschulden, versöhnt sich wieder reumütig. Der Kommandant, der (wie Anne-Prospère und Sades späterer Bastille-Kommandant) de Launay heißt, fürchtet angesichts von der unberechenbaren »Gefährlichkeit« »dieses Genies« sogar um sein eigenes Leben, weil Sade es zugunsten einer Flucht bedenkenlos aufopfern würde. Er verbietet verschiedenen Wärtern aus Argwohn jeglichen Kontakt, weist leicht naive Höflichkeitsgeschenke des Marquis (Schokolade, Wein, Kaffee) unbestechlich zurück, indes sich Sade über ihn beschwert:

»Ich bin es nicht gewohnt, daß man zu mir mit Ausdrücken wie »verf[ickt]« oder »A[rsch]f[icker]« spricht, und diese wenig ehrenwerte Ausdrucksweise von M. de Launay hat mich zu einer etwas heftigen Antwort verleitet.«

9. Dez.: Sade unterzeichnet ein Schriftstück: »[…] ich gebe mein Ehrenwort, keinen Fluchtversuch zu unternehmen.« Später, in der Bastille, wird er einmal schreiben:»Versprechen, die man in Gefangenschaft gibt, muß man nicht halten.«

1773

5. Feb.: Aufgrund eines Beschlusses des Familienrates wird die Marquise de Sade Verweserin der Güter und des Einkommens ihres seiner Bürgerrechte beraubten Gatten.

14. Feb.: Sade schlägt einen leicht absurden Tausch vor: Die Freiheit gegen seine Dienste in der Armee des sardischen Königs.

6. März: In Chambéry steigen die »Brüder Dumont« ab; später wird der Comte de la Tour berichten:»Ich hätte nie vermutet, daß es sich dabei um die als Mann verkleidete Madame de Sade handelt.«
In der Tat fliegt ihr Plan, ihren Gatten zu befreien, auf, und nicht einmal ihr Bediensteter darf den Marquis sprechen. So reist sie unverrichteter Dinge wieder von dannen und schreibt dem Comte de la Tour aus Lyon verzweifelt:

»Um das Feuer einer allzu lebhaften Einbildungskraft zu löschen, hat man ihn in Miolans eingesperrt: auf diese Weise verschlimmert man aber das Leiden, von dem man ihn heilen wollte.«

Abgesehen von ihrem Schmuckverkauf (1768), um mit dem in Lyon inhaftierten Sade Kontakt zu haben (und ein Kind zu zeugen), scheint sie hier zum ersten Mal ganz bewußt gegen den Willen ihrer Mutter zu handeln; diese Dynamik gipfelt 1775 in der Beschimpfung ihrer Mutter als »Hyäne«; von ihrem »Befreier« Sade wird sie sich erst lösen können, nachdem er ihr nach dreizehnjähriger Gefangenschaft vollends fremd geworden und sie im Karmeliterkloster ihrem wahren Herrn und Meister begegnet sein wird; kein Wunder, daß Sade ihren *gott*gefälligen Scheidungsantrag nie wirklich verstehen sollte.

18. März: Ein im Gefängnis diensttuender Offizier, Leutnant Duclos, wird wegen allzu vertraulichen Umganges mit Sade versetzt.

19. März: Der Baron de l'Allée, ein Mitgefangener Sades und fettleibiger Vielfraß vom Schlage eines Gernande (vgl. J/J 3, Kap. XIII), ist gerade wieder einmal sturzbetrunken und wirft dem schlechten Verlierer Sade vor, er reiche bei der Gefängnisverwaltung aus den Fingern gesogene Klagen ein, um durch diesen Schlich seine Spielschulden nicht bezahlen zu müssen; hierauf reicht Sade tatsächlich Klage ein – wegen Beleidigung. Der seinerseits beleidigte Mitgefangene unternimmt aus Protest einen etwas zaghaften Selbstmordversuch: sein Dolch bleibt im Fett seines Wanstes stecken.

17. April: De Launay notiert, Sade werde immer »menschlicher « und sei seit der Ostermette ein neuer Mensch geworden, was er scharfsinnig auf die wundersame Wirkung der »Gnade des Sakraments« zurückführt.

30. April: Die beiden streitsüchtigen Spielernaturen haben sich seit geraumer Zeit wieder versöhnt; sie erhalten eines jener Zimmer, die Duclos bewohnt hatte, als Speisesaal zugesprochen, damit den beiden Gourmets das Essen aus der nahen Küche warm serviert werden kann; so haben sie Zutritt zur Latrine des vormaligen Gemachs von Leutnant Duclos. Dank eines achtzehnjährigen Boten, der Sade jeweils mit speziellen Leckerbissen aus Chambéry versorgt hat und nun nach einer geheimen Unterredung mit Sade eilfertig eine Leiter besorgt, gelingt es ihnen, zusammen mit dem getreuen Diener Latour, durch das Latrinenfenster aus diesem »gräßlichen Aufenthaltsort« (Sade) zu entfliehen; um drei Uhr morgens wird de Launay gemeldet, daß bei Sade noch Licht brenne; die Tür wird eingetreten und ein Suchtrupp losgeschickt. Doch die beiden retten sich mit einem knappen Vorsprung vor den Häschern bei Chapaveillan über die französische Grenze nach Grenoble.

Sade rächt sich an seinem Kerkermeister de Launay mit spitzer Feder – er hinterläßt einen Abschiedsbrief:

»Das einzige, was meine Freude, mich von meinen Ketten zu befreien, trüben könnte, wäre die Befürchtung, daß Sie für meine Flucht zur Verantwortung gezogen werden könnten. Nach all Ihrer Anständigkeit und Höflichkeit kann ich Ihnen nicht verhehlen, daß mir dieser Gedanke keine Ruhe läßt ...«; er rät seinem »Freund«, dem »teuren Kommandanten« jedoch dringend von einer Verfolgung ab, dies mit dem Hinweis auf »fünfzehn wohlbewaffnete Männer«, die er freilich frei erfunden hat und »die bereit sind ihr Leben zu opfern« sowie ein »großes Massaker« anzurichten. »Ich habe Frau und Kinder, die danach trachten werden, meinen Tod bis zu Ihrem letzten Seufzer zu rächen.« Trotzdem hofft er, »daß es mir eines Tages vergönnt sein wird, mich voll und ganz dem Gefühl der Dankbarkeit zu widmen, das Sie mir eingeflößt haben«.

Dem Gouverneur von Savoyen gegenüber begründet er seine Flucht lapidar mit: »Die Wildheit meines Blutes widersetzt sich derlei Züchtigungen; [...] der Tod ist mir lieber als der Verlust meiner Freiheit«.

De Launay wird degradiert, obwohl sich Madame de Montreuil noch für ihn einsetzt, und er ist froh, daß es nicht schlimmer gekommen ist:

> »Allein, ich bin noch glücklich, daß es ihnen nicht gelungen ist, die anderen Gefangen freizulassen [...], was mich den Kragen hätte kosten können und was sie durchaus hätten tun können, wenn es ihnen in den Sinn gekommen wäre.«

In der Tat kommt de Launay mit einem blauen Auge davon, wenn man bedenkt, daß der Kopf seines Namensvetters und Berufskollegen am 14.Juli 1789 – nach dem von Sade (mit)ausgelösten Bastille-Sturm – auf einer Pike durch die Straßen von Paris spazierengeführt werden wird.

10. Mai: Sade, der seinen beiden in Miolans zurückgelassenen Hündchen (!) und den verlorenen Papieren nachtrauert, verläßt Madame de Sade zufolge Lacoste bereits nach vierundzwanzig Stunden wieder und ist »an einen Ort aufgebrochen, den seine Verfolger nicht kennen, und dort wird er deren Sinneswandel abwarten.«

Juli: Sade weilt kurz in Bordeaux; in einem Brief vom März 1785 berichtet er über diverse Spione, die auf ihn angesetzt worden seien: »In Bordeaux, zwei entlarvt und verprügelt, sowie eine Hure ausgepeitscht, um sie Mores zu lehren.« Ebenfalls in Bordeaux treiben Jérôme und Joséphine ihr Unwesen, wobei Joséphine eine Hochzeitsreise nach Spanien plant, die jedoch von Jérôme durch fadenscheinige Argumente verhindert wird (vgl. J/J 2, 240f.); auch die von Sade angedeutete, eigene Spanienreise wird wohl ein unverwirklichter Plan geblieben sein, jedenfalls wird sie von keinem stichhaltigen Dokument belegt.

9. Sept.: In einem erst kürzlich von Jean-Louis Debauve publizierten Brief macht sich Herumtreiber Sade Luft:

> »Ich habe es satt, für einen Esel gehalten zu werden ... ich, der ich sogar dem lieben Gott ein Schnippchen schlagen würde, wenn ich es nur wollte.«

In diesen Monaten führt Sade ein Nomadenleben:

»Ich spüre, daß ich nicht zum Abenteurer geboren bin, und der Zwang, in diese Rolle zu schlüpfen, stellt für mich in der gegenwärtigen Lage eine der größten Qualen dar.«

Nov.: Für den Herbst verdichten sich die Anzeichen seines Aufenthaltes in Lacoste, wo er laut Pauvert vor allem schreibt, sich aber wohl auch mit seiner Frau und verschiedenen jungen weiblichen und männlichen Bediensteten die Zeit vertreibt. Die besorgte Madame de Montreuil an den Abbé:

»Verleumdungen, Schmähschriften [!], nichts ist mir und allen, die zu mir gehören, erspart geblieben […] Er hält seine unglückliche Frau gefangen, zwingt sie, Dienerin seines ruchlosen Treibens zu sein, oder er verhext ihr ineins die Augen und den Verstand. Sie sagen es selbst, Monsieur, daß sie nur nach seinem Diktat schreibt.

Sie sind nur 4 Meilen entfernt! Und Sie können nicht […] hingehen […] und ein Machtwort sprechen!«

16. Dez.: Madame de Montreuil erlangt bei Louis XV – zum zweiten Mal nach 1768 – eine »lettre de cachet« gegen Sade. Pauvert vermutet, daß der König nachfolgender Aktion der Präsidentin nicht zuletzt deshalb seinen Segen gibt, weil er bereits vor Sades pornographisch-blasphemischer Feder zittere.

1774

6./7. Jan.: Mitten in der Nacht dringt ein von Mme de Montreuil angeheuertes und teuer bezahltes (immerhin 8.235 Livres) Polizeikorps ins Schloß ein. Der Anführer, Inspektor Goupil, wird übrigens später wegen Handels mit konfiszierten Büchern zur gleichen Zeit wie Sade in Vincennes schmachten und im Oktober 1784 seiner Haft, deren Ende nicht abzusehen ist, selber ein Ende machen, indem er sich in einen Brunnenschacht stürzt.

Sade, durch einen anonymen Brief vorgewarnt, bringt sich eine halbe Stunde vor dem Eintreffen der Montreuil-Schergen in einem seiner diversen Schlupfwinkel in Sicherheit; Madame de Sade, neun Tage in Gewahrsam genommen, berichtet via Gaufridys juristische Eingabe, daß die Polizei trotzdem nicht mit leeren Händen ausging:

»Sie dringen ein, Pistole und Schwert in der Hand […] Der Polizeioffizier […] fragt sie [die Marquise] mit den schlimmsten Flüchen und den schlüpfrigsten Worten auf den Lippen [...], wo sich ihr Gatte, der Marquis de Sade, befinde, er müsse ihn erwischen, tot oder lebendig, [...] sie antwortct, daß ihr Gatte abwesend sei. Dieses Wort ist das Signal für die gräßlichste Ausschreitung. Die Truppe teilt sich auf [...] um alle Winkel und Ecken zu durchstöbern [...] Das Arbeitszimmer des Marquis de Sade ist Schauplatz der letzten Szene; man reißt die Familiengemälde von den Wanden und schneidet sie auf [...] alle vorgefundenen Papiere und Briefe werden beschlagnahmt; die einen fallen den Flammen zum Opfer [...] einige aus der Truppe trieben die Roheit so weit, herumzubrüllen, sie hätten Befehl, je drei Pistolenschüsse auf den Marquis de Sade abzugeben und hierauf die Leiche zu Madame de Montreuil zu schleppen...«.

Einmal mehr entwischt Sade seinen Häschern, so daß es lange Zeit als verbürgt galt, es gebe von Schloß Lacoste einen unterirdischen, bis heute freilich nicht entdeckten Geheimgang zum nahen Kloster Saint-Hilaire, über das es in einem Hahnrei-Histörchen Sades mit dem Titel *Der Ehemann als Priester* heißt:

»Zwischen den beiden Städtchen Ménerbes in der Grafschaft von Avignon und Apt in der Provence liegt ein kleines, abgeschiedenes Karmeliterkloster, das man Saint-Hilaire nennt und das auf einer Bergkuppe liegt, wo sogar die Ziegen nur mit Mühe weiden können. Diese kleine Stätte ist gleichsam das Auffangbecken aller benachbarten Karmelitergemeinschaften, dorthin werden all jene versetzt, die ihnen zur Unehre gereichen, so daß man sich leicht eine Vorstellung davon machen kann, wie rein die Gesellschaft eines solchen Hauses sein mochte: Säufer, Schürzenjäger, Sodomiten, Spieler.« Pater Gabriel, der »eine kleine, äußerst gottesfürchtige Dame, welche auf dem Schloß von ✶✶✶ in einer Entfernung von einer halben Meile weilt, ein himmlisches Wesen, das sich einbildet, durch Selbstzucht alle Torheiten ihres Gatten [d.i. der Marquis] wiedergutzumachen«, verführt, ist ein »Kinderzeuger, wie er noch nie dagewesen war, mit starken Schultern, den Hüften einer Erle, einem braungebrannten und ledergegerbtem Gesicht [...] und mit dem besonderen Merkmal eines jeden Karmeliters, das bei ihm, so munkelte man, nach dem Vorbild der prächtigsten Maultiere der ganzen Provinz geschaffen war.«

Doch zurück zu einer weniger heiteren Geschichte: Eine äußerst zwielichtige Rolle beim »Unternehmen Goupil« spielte vor allem Sades Verwalter Fage. In einem »offiziellen Briefwechsel« mit der eisernen Dame Montreuil sichert er sich für den Fall der Fälle ab und weist jede Mitarbeit bei diesem Coup empört von sich, in einem geheimen Briefwechsel jedoch spannt er mit ihr zusammen und hintergeht seinen Herrn.

Nachdem alles mißlungen ist, rapportiert Fage in einem Brief an die Montreuil:

»Goupil [...] hatte vollen Erfolg, nicht nur bei jenen Papieren, die Sie interessierten, sondern auch bei anderen, die Sie zu Ihrem eigenen Wohle ebenfalls in Gewahrsam nehmen sollten«.

Nachdem er auch bei der Veruntreuung von Finanzpapieren seines Klienten die Hände im Spiel gehabt hat, wird ihm in einem anonymen Brief, dessen Urheber leicht zu erraten ist, gedroht:

»Die Sades werden sich mit den Montreuils versöhnen, [...] Sie allein werden aufgeopfert werden [...] Man wird diabolische Schriften gegen Sie erscheinen lassen, durch die Sie in der ganzen Provinz als Schlitzohr, Verräter, Beutelschneider in Verruf kommen werden.«

3. Feb.: Gaspard-François Xavier Gaufridy, Advokat aus Apt, tritt Fages Nachfolge an; doch obwohl schon Vater Gaufridy für Vater Sade gearbeitet hat und die beiden Söhne als Kinder in Lacoste und »in der Stube von Sades Großmutter in Avignon« zusammen gespielt haben, wird auch die Loyalität dieses Verwalters schon bald ihre Grenzen haben: Während sich Sade noch und noch – und zwar oft zu Recht – über Gaufridys »perfide Lethargie« bei Geldanweisungen beklagen wird, wird im Gegenzug das, namentlich in den Revolutionswirren, zum Geldesel degradierte Opfer der Sadeschen Wechselmütigkeit den Marquis in einem Brief als »erstrangigen Egoisten« anschwärzen und sich ebenfalls schon bald auf die Seite der Schwiegermutter schlagen.

In diesen Monaten beendet Sade vorsorglich seine »Marseiller Verteidigungsschrift«, welche die Montreuil vor allem wegen allfälliger Enthüllungen über die inzestuösen Italienabenteuer mit Anne-Prospère fürchtet. Diesmal ist es Sade wirklich ernst: »Ich halte die Veröffentlichung meiner Denkschrift für wesentlich«; und er orakelt in einem Brief, daß er sich selber schlimmer beschuldige, als er beschuldigt worden sei, da er glaubte, »daß Gedanken nicht bestraft werden«, vor allem nicht, wenn man sie »bereue«; zudem habe er diesen Gedanken, »zu dem man ihm geraten habe, verworfen« und das »Geratene durch das Verteilen der Kanthariden simuliert«, was er »nicht gerade für ein gar arg großes Verbrechen« halte.

Wie schon verschiedentlich angesprochen, mehren sich die Hinweise dafür, daß er seiner Berufung zum Schriftsteller immer mehr nachgibt. Ein Blick auf seine Bibliothek in Lacoste bestätigt auch die atheistisch-materialistisch-pornographische Ausrichtung, die später sein Markenzeichen werden soll. Es finden sich unzählige verbotene, verbrannte Werke (ein Paradies für Goupil!...), die laut Laborde für eine Inhaftierung Sades bereits genügt hätten und in der Tendenz der merkwürdigen, von Robert Darnton dingfest gemachten, porno-philosophischen Mischung klandestiner Literatur entsprechen.

Die gesamte materialistisch-atheistische Philosophie der am weitesten vor-preschenden »Philosophes« (La Mettrie, Hélvetius, d'Holbach, (der anonyme) Diderot) und deren Vorläufer (Lukrez, Locke, Hobbes...) finden sich Seite an Seite mit pornographischen Werken wie dem *Pornographe* seines künftigen porno-literarischen Gegenspielers Restif de la Bretonne, der *Thérèse philosophe* des Marquis d'Argens oder zahlreichen Werken von Crébillon fils; seine Lieb-linge Molière, Voltaire, Rousseau und Cervantes ergänzen diese Liste ebenso wie die fast vollständig versammelten antiken Schriftsteller, allerlei Reiselitera-tur (v.a. zu Italien) und Ethnographisches (zur Relativität der Moral), sowie erotico-medizinische Abhandlungen (*Über die Liebe in der Ehe, Über die Onanie*). In Lacoste gehen Liebeslust und Leselust offenbar Hand in Hand, wobei letz-tere mit den Jahren derart überwiegt, daß Jean Paulhan das Bonmot geprägt hat: »Er hat ebenso viele Bücher gelesen wie Marx.«

11.März: Sade, stets auf dem Sprung, sich irgendwo zu verstecken, ent-schließt sich zu einer zweiten Italienreise. Als Priester verkleidet, reist er in einem Wagen Richtung Marseille ab: Die Maskerade ist derart überzeugend, daß sich ihm bei einem Zwischenfall auf einer Fähre in Panik geratene Passa-giere zu Füßen werfen, damit er ihnen die letzte Beichte abnehme...

Über diesen zweiten, kurzen Italienaufenthalt ist so gut wie nichts bekannt. Jedenfalls beklagt er sich über »das herumirrende und vagabundierende Leben«, das ihn die Montreuils führen lassen, sowie über Geldsorgen:

> »Ich habe mich in meiner Berechnung vollkommen getäuscht [...] Ich hatte einen kleinen, fast unbedeutenden Punkt vergessen, die Ernährung.«

Zuvor hat die Marquise unter dem Diktat ihres Gatten eine bereits mehr-mals zitierte, gegen ihre Mutter gerichtete Eingabe an das Pariser Gericht Châ-telet verfaßt, die trotz Gaufridys Überarbeitung nicht besonders juristisch klingt:

> »Ihr Töchter des Himmels, der Gerechtigkeit, der Wahrheit, der Zärt-lichkeit, des Mitleids! Ihr allein vermögt uns zu verraten, aufgrund wel-ches verhängnisvollen Schicksals ihr nicht mehr die Gefühle, Taten, Schritte der Dame de Montreuil leitet und aufgrund welcher Blendwerke in ihrem Herzen Eure Herrschaft durch die Ungerechtigkeit, die Ver-leumdung, die Hemmungslosigkeit und die Verhärtung abgelöst wurde.«

10. Mai: Louis XV stirbt nachmittags um drei Viertel vier an den wilden Blattern, die von seinem Leibarzt La Martinière am 29.April diagnostiziert wurden, welcher offenbar auch in Sades Augen eine Kapazität war (vgl. J/J 3, 157). Zuvor hat der Duc de Richelieu drei Versuche eines Geistlichen, dem König die letzte Beichte abzunehmen, vereitelt und ihm dafür angeboten, er dürfe seine (Richelieus) Beichte abnehmen, die gewiß nicht weniger interessant sei.

Sade wird den Tod von Louis XV ganz besonders freudig zur Kenntnis genommen haben, ist doch der Haftbefehl, den seine Schwiegermutter erwirkt hatte, in seinem Namen ausgestellt worden; die ersten Ereignisse nach dem Tod des Königs jedenfalls sind ermutigend: Maupeou wird in die Verbannung geschickt! Somit ist auch der Weg frei für ein Revisionsverfahren in Sachen Marseille. Im Herbst werden die alten Richter allerdings bereits wieder eingesetzt.

14. Juli: Anne-Prospère (!) schreibt um drei Uhr in der Früh aus Lacoste, sie werde mit ihrer Schwester überstürzt nach Paris abreisen, womit sie aus Sades Leben endgültig verschwindet.

In der Erzählung *Die Marquise de Télème oder die Folgen der Libertinage* bringt ein Marquis »seine Frau dazu, selber nach Paris zu gehen, um in dieser wichtigen Angelegenheit eine Klage einzureichen, indem er sie versichert, daß die Richter in dieser Gegend durch nichts so sehr überzeugen wie durch die Bittworte einer hübschen Frau. Diese junge, scheue und unerfahrene Person wagte es zunächst nicht, sich ein derart wichtiges Unternehmen auf die Schultern zu laden ...«

Auch Renée-Pélagie mag anfänglich gezögert haben, doch schließlich setzt sie in Paris alle Hebel in Bewegung, um eine neue »lettre de cachet« zu verhindern und statt dessen einen Revisionsprozeß in die Wege zu leiten; während sich die Präsidentin über all die aussichtslosen Bemühungen ihrer Tochter heimlich unterrichten läßt, kann der stellvertretende königliche Oberrichter über das Ungestüm der Marquise nur den Kopf schütteln und »allen erzählen, daß Madame de Sade verrückt sei«. Dieses »Kompliment«, wie sie es selber bezeichnet, nimmt sie jedoch ebenso auf die leichte Schulter, wie die Information, daß ihre Mutter »M. de Sade bis zur Raserei geliebt habe [!] und auf mich viel zorniger gewesen sei als auf ihn«!?

August: Wohl infolge der Differenzen mit ihrer Mutter quartiert sich Renée-Pélagie zum ersten Mal im Karmeliterinnenkloster an der Rue d'Enfer bei ihrer Schwiegermutter ein.

September–November: Sade und seine Frau heuern in Lyon und Vienne die vierundzwanzigjährige Anne Sablonnière, genannt Nanon, fünf blutjunge Mädchen sowie einen erst fünfzehnjährigen Sekretär (der nahezu Analphabet ist…) an, wobei die Marquise Gaufridy bittet, auf die besorgten Anfragen der Eltern mit »einer kleinen Lüge im Stil der Jesuiten« zu antworten und zu behaupten, »es gebe ja verschiedene Familien Sade«, wer wolle denn da gleich an den berüchtigten Marquis de Sade denken, der »sich ja aufgrund seiner Verurteilung wohl im Ausland befinde und sicherlich nicht derjenige sein könne, der sich gegenwärtige in Lyon aufhalte.«

Sade, im Kreise von dreizehn Bediensteten offenbar in Hochstimmung, läßt sich in Lacoste sein Theatermonopol nicht streitig machen und verbietet kurzerhand das Stück »Der gehörnte, geschlagene und zufriedengestellte Gatte« – wie er sagt, mit Rücksicht auf das religiöse Empfinden!

Dezember: »Aus tausend Gründen sind wir dazu entschlossen«, schreibt Schloßherr Sade an Gaufridy, »diesen Winter nur sehr wenig Leute zu sehen […] Bei Einbruch der Nacht ist das Schloß endgültig verriegelt, die Feuer gelöscht.«

Nachbemerkung:
Freilich würde es sich anbieten, erst mit Sades langjähriger Inhaftierung (ab 1778) eine Zäsur in der Biographie anzusetzen. Doch beim Verfassen dieses ersten Teils im Dezember 1991 lag die angekündigte, neue, im Vergleich zu der von Lely publizierten Fassung fünfmal längere Version von Sades Italienreise (1775-76) noch nicht gedruckt vor; gemäß unserem Grundsatz, den Schwerpunkt vor allem auf hierzulande noch nicht zugängliches Material zu legen, sollte ihr Erscheinen abgewartet werden; und so wird der zweite Teil dieser »parasitären Kurzbiographie« spätestens im ersten Band der »Juliette« folgen, für deren Lektüre, wie Thibault de Sade in seinem Vorwort zum vorliegenden Band angekündigt hat, die Italienreise von zentraler Bedeutung ist.

Da nun im verriegelten Winterpalast Lacoste, untermalt von den aus dem Brief *Vanille und Manille* bereits bekannten Lustkrämpfen (vgl. 1768), die äußerst verwickelte »Affäre der kleinen Mädchen« beginnt, welche sich unmittelbar *vor* und *nach* dieser Italienreise abspielt, brechen wir an dieser Stelle ab, um in Sachen »Affäre der kleinen Mädchen« keinen coitus interruptus riskieren zu müssen.

BILDDOKUMENTE

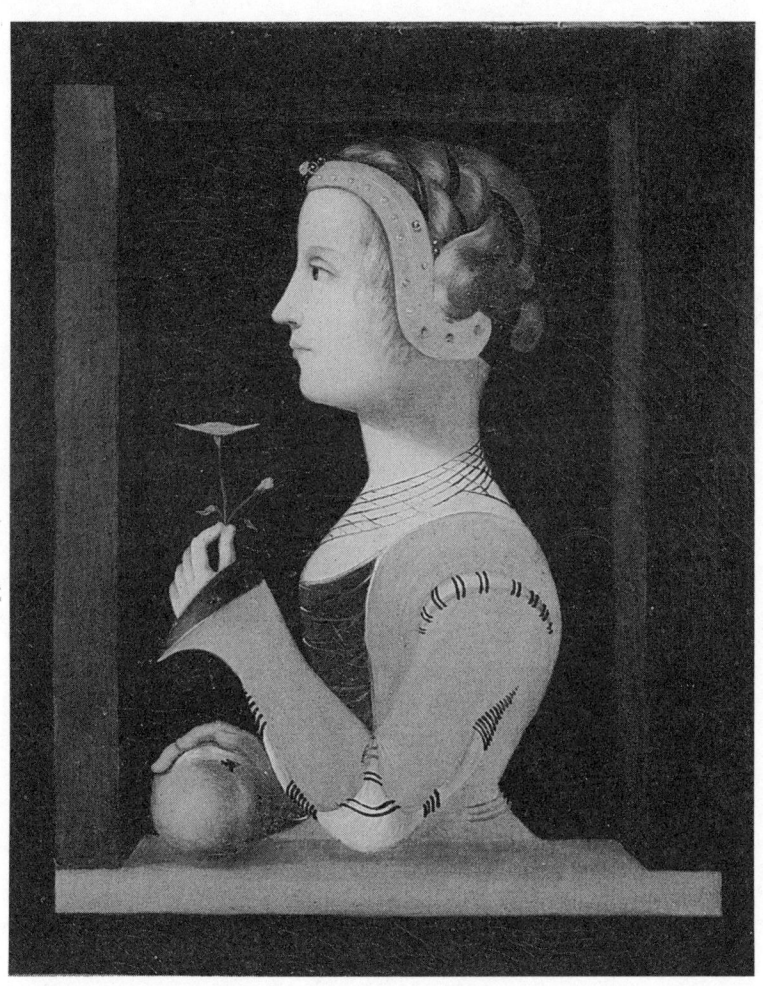

Laure de Noves

Jean-Baptiste
François Joseph,
Comte de Sade
und
Renée-Pélagie
Codier de Montreuil,
Marquise de Sade

Madame DE LAUNAY, & Monſieur
le Préſident & Madame la Préſidente
DE MONTREUIL, ſont venus pour
avoir l'honneur de vous voir, & vous
faire part du Mariage de Mademoiſelle
DE MONTREUIL, leur petite-Fille
& Fille, avec Monſieur le Marquis
DE SADE.

Heiratsanzeige von Mademoiselle de Montreuil und Marquis de Sade

La Coste

»La vanille et la manille«

Der Zwinger in Vincennes